U0092482

朱恒夫
姚蓉
李翰
許軍　注譯

新譯李商隱詩選

三民書局

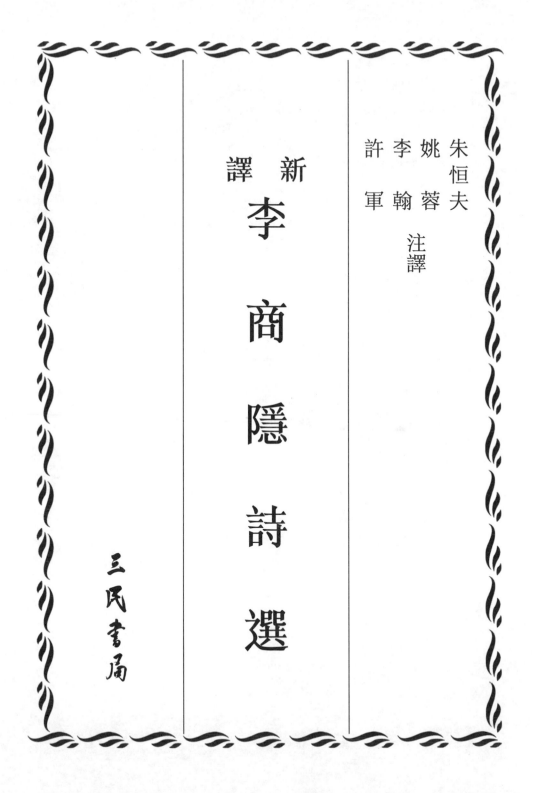

國家圖書館出版品預行編目資料

新譯李商隱詩選／朱恒夫,姚蓉,李翰,許軍注譯.－－
初版三刷.－－臺北市：三民，2022
面； 公分.－－(古籍今注新譯叢書)

ISBN 978-957-14-5440-5 （平裝）

851.4418 100000002

古籍今注新譯叢書
新譯李商隱詩選

注譯者 朱恒夫 姚蓉 李翰 許軍
發行人 劉振強
出版者 三民書局股份有限公司
地址 臺北市復興北路 386 號 (復北門市)
臺北市重慶南路一段 61 號 (重南門市)
電話 (02)25006600
網址 三民網路書店 https://www.sanmin.com.tw

出版日期 初版一刷 2011 年 2 月
初版三刷 2022 年 6 月
書籍編號 S032510
ISBN 978-957-14-5440-5

著作權所有，侵害必究
※ 本書如有缺頁、破損或裝訂錯誤，請寄回敝局更換。
三民書局

刊印古籍今注新譯叢書緣起

劉振強

人類歷史發展，每至偏執一端，往而不返的關頭，總有一股新興的反本運動繼起，要求回顧過往的源頭，從中汲取新生的創造力量。孔子所謂的述而不作，溫故知新，以及西方文藝復興所強調的再生精神，都體現了創造源頭這股日新不竭的力量。古典之所以重要，古籍之所以不可不讀，正在這層尋本與啟示的意義上。處於現代世界而倡言讀古書，並不是迷信傳統，更不是故步自封；而是當我們愈懂得聆聽來自根源的聲音，我們就愈懂得如何向歷史追問，也就愈能夠清醒正對當世的苦厄。要擴大心量，冥契古今心靈，會通宇宙精神，不能不由學會讀古書這一層根本的工夫做起。

基於這樣的想法，本局自草創以來，即懷著注譯傳統重要典籍的理想，由第一部的四書做起，希望藉由文字障礙的掃除，幫助有心的讀者，打開禁錮於古老話語中的豐沛寶藏。我們工作的原則是「兼取諸家，直注明解」。一方面熔鑄眾說，擇善而從；一方面也力求明白可喻，達到學術普及化的要求。叢書自陸續出刊以來，頗受各界的喜愛，使我們得到很大的鼓勵，也有信心繼續推廣這項工作。隨著海峽兩岸的交流，我們注譯的成員，也由臺灣各大學的教授，擴及大陸各有專長的學者。陣容的充實，使我們有更多的資源，整理更多樣化的古籍。兼採經、史、子、集四部的要典，重拾對通才器識的重視，將是我們進一步工作的目標。

古籍的注譯，固然是一件繁難的工作，但其實也只是整個工作的開端而已，最後的完成與意義的賦予，全賴讀者的閱讀與自得自證。我們期望這項工作能有助於為世界文化的未來匯流，注入一股源頭活水；也希望各界博雅君子不吝指正，讓我們的步伐能夠更堅穩地走下去。

新譯李商隱詩選 目次

導讀

「相見時難別亦難，東風無力百花殘。春蠶到死絲方盡，蠟炬成灰淚始乾。」這一首詩讓千百年來的人們感受到純潔愛情的美麗，並為熱戀中的青年男女增添了執著追求愛情的勇氣。「夕陽無限好，只是近黃昏」，這一融入了深邃哲理的詩句，則又讓千百年來的人們發出產生自內心深處的喟歎，尤其是讓處於暮年的老人，滋生出留戀人生卻又無可奈何的悵惘。

能夠寫出這些觸摸到人的靈魂深處的詩句的人，就是晚唐的詩人李商隱，他之所以能夠寫出這樣的詩歌，與他個人的際遇及晚唐的社會背景有著密切的關係。

一、李商隱的生平經歷與所生活的社會

李商隱，生於唐憲宗元和七年（西元八一二年），字義山，號玉谿生，又號樊南生，原籍懷州河內（今河南沁陽），從祖父這一代起遷居滎陽（今河南滎陽）。他的家庭世代為宦，然皆處於低級官位。從高祖這一代起，都只做縣令、縣尉和州郡僚佐一類地方官吏。因先祖清廉，又過世較早，故而「百歲無業」、「家惟屢空」。商隱九歲時，在浙西作幕府的父親撒手人寰，拋下他的母親與姐弟四人，年幼的商隱便奉喪侍母由浙西返回鄭州（今河南鄭州）。這時家庭的生活更加困難：「四海無可歸之地，九族無可倚之親。既祔故邱，便同逋駭。生人窮困，聞見所無。及衣裳外除，旨甘是急。乃占數東甸，傭書販

春。」（李商隱〈祭裴氏姐文〉）低微的家庭地位與艱難的生活，使幼年的商隱便體察到了社會的殘酷，也促使他發憤學習，決心憑自己的學業改變家庭的狀況。因此，他自小就懂事，懸頭苦學，「五年誦經書，七年弄筆硯」，希圖由科舉晉升，以「振興家道」。他的老師是他的堂房叔父，這位老師「味醇道正，詞古義奧」，有較深的詩文造詣，在他的教導下，商隱學業精進，「十六能著〈才論〉、〈聖論〉，以古文出諸公間」（李商隱〈樊南甲集序〉），十七歲時就進入了政治生活。

此時的社會，矛盾糾集，亂象叢生，安史之亂以來形成的藩鎮割據局面愈演愈烈。節度使們仗著手中的軍事實力，或尾大不掉，藐視朝廷的權威，或為了各自的利益，欺弱凌小，不斷發生摩擦。而在朝廷內部，宦官的勢力越來越大，竟然到了操縱皇帝廢立生死的地步，使得許多無良朝官仰其鼻息，攀援其勢。朝臣之間，則因政見不合與利益之爭，而形成了生死較量的兩個黨派，一個是以牛僧孺、李宗閔為首的牛黨，另一個則是以李德裕、鄭覃為首的李黨。牛黨得勢時，李黨則或黜或退；李黨掌權時，牛黨則受貶逐迫害。年輕的李商隱就是在這樣背景下進入官場的。

文宗大和三年（西元八二九年），他受到太平軍節度使，牛黨的重要人物令狐楚的器重，聘為幕僚。《舊唐書》本傳稱：「商隱幼能為文。令狐楚鎮河陽，以所業文干之，年才及弱冠。楚以其少俊，深禮之，令與諸子遊。楚鎮天平、汴州，從為巡官，歲給資裝，令隨計上都。」

他讓兒子令狐綯與其同學，親自傳授作駢文、章奏的技巧，使商隱很快地就成為四六駢體的名家。商隱對令狐楚的知遇之恩十分感激，令狐楚死後的很長一段時間，詩人仍不時憶念並寫詩頌揚。由於他與令狐綯是同學，在應舉這一重大關口，也得到了後者的幫助。開成二年，李商隱二十六歲，那年他再次應考，時知貢舉的高鍇，素重令狐綯賢明，也有巴結令狐楚的目的，讓令狐綯舉薦秀士，令狐綯連道三次「李商隱」之名，於是，商隱得以及第。商隱在放榜後寫給恩師令狐楚的信中道：「今月二十四日，禮部放榜，某僥倖成名，不任感慶。某才非秀異，文謝清華，幸忝科名，皆由獎飾。」若順著這樣的軌跡走下來，商隱的仕途將會是光明燦爛的。

可惜就在及第的當年，恩公令狐楚去世，使詩人立時失去了政治靠山。開成三年春，也就是登第的第二年，李商隱應博學宏辭科考試，本已被錄取，卻被一位「中書長者」抹去了名字。因為這一次的打擊，使他重新考慮在牛李兩黨中，到底該依附於哪一黨的問題。最後，他選擇了李黨，來到了為李德裕厚遇的涇原節度使王茂元幕下擔任幕僚。茂元愛其才，將最小的女兒嫁給他，商隱的同年進士韓畏之也娶了茂元的女兒，他們兩人便成了連襟。平心而論，李商隱在令狐楚死後不到一年的時間裡就轉依李黨，並與李黨重要人物結姻，在當時的政治背景下，確實欠於考慮，儘管只是為了自己在仕途上有更好的發展，並沒有做出任何賣友求榮的事情，但也確實傷了大力獎掖、提攜他的牛黨之人的心，難怪牛黨對他改變了看法，罵他「詭薄無行」、「放利偷合」。令狐綯從此以後，更不再援手相助。這一步走出去之後，他的命運便發生了逆轉，如果說，二十七歲之前，他的人生雖然也有坎坷，但總的來說，還是呈現上升之勢的話，那麼，自入王茂元幕府之後，便開始走下坡路，仕途蹭蹬，最後離政治理想越來越遠。

開成四年（西元八三九年），商隱再應吏部試，取得了正式入仕的資格，在朝廷擔任祕書省校書郎。但不久就被調為弘農尉，從清職轉為俗吏，其原因很可能是黨爭導致的。

武宗會昌二年（西元八四二年），商隱又一次參加吏部的書判甄拔考試，入選後，授祕書省正字。此時李黨受武宗倚重，詩人亦有可能得到提拔，但不久因母親去世而丁憂離職，等到重返祕書省時，政局因武宗駕崩而發生了變化。即位的宣宗先後任用牛黨的白敏中、令狐綯為相，對李德裕等會昌舊臣，從狹隘黨派的觀念出發，予以貶逐迫害，自然地，李商隱的處境也變得極為窘迫。為了求得令狐綯的諒解，他多次陳情表白，並祈求令狐綯舉薦援引。然而，令狐綯無動於衷，白眼相向。《舊唐書》本傳記載兩人的關係道：「令狐綯做相，商隱屢啟陳情，綯不之省。」

值得商隱欣慰的是，在這些極不得意的日子裡，妻子王氏給予他最溫暖最真摯的感情。自結婚到王氏去世，他們一共過了十四年的夫妻生活，儘管商隱做幕在外，書劍飄零，使二人聚少離多，但兩人的關係一直都非常親密。商隱每當提及這樁婚姻時，總是洋溢著幸福感：「紵衣縞帶，雅貺或比與僑吳；荊釵布裙，高義每符於梁孟。」（《樊南文集》卷六〈重祭外舅司徒公文〉）最能表現他們夫妻深摯之情的當是那首膾炙人口的〈夜雨寄北〉：「君問歸期未有期，巴山夜雨漲秋池。何當共剪西窗燭，卻話巴山夜雨時。」可以設想，他的生活中如果沒有了妻子王氏的慰藉與關愛，精神上的痛苦不知該有多麼沉重。

從大中元年開始到九年，李商隱除了短期在京兆府擔任文職和在朝廷任太學博士外，絕大部分時間遊幕在外，大中元年（西元八四七年）二月，接受桂管防禦觀察使鄭亞的辟聘，赴職嶺表。鄭亞屬於李黨，這樣，令狐綯為首的牛黨對他的成見就更深了，從桂林回京後，到令狐綯家拜謁，受到了從未有過的冷淡，「郎君官貴施行馬，東閣無因得再窺」（〈九日〉）。他對牛黨不斷地打擊李黨表示出強烈的不滿，多次寫詩抒發自己的不平之情。當想到李德裕被貶遠荒而孤寂淒涼的景況時，詩人不禁淚水潸潸：「永巷長年怨綺羅，離情終日思風波。湘江竹上痕無限，峴首碑前灑幾多。人去紫臺秋入塞，兵殘楚帳夜聞歌。朝來灞水橋邊問，未抵青袍送玉珂。」（〈淚〉）

大中三年九月，李商隱接受了治所在徐州的武寧節度使盧弘正的邀請，入幕做判官。一年多以後，盧弘正病逝，商隱不得不離開徐州，經過洛陽時，攜妻抱子，到長安另謀生路。此時的他，仕途偃蹇，窮困潦倒。在他生活的環境中，有可能提攜他的人——王茂元、李德裕、鄭亞、盧弘正等大都去世，而當權者貴而忘舊，對他不理不睬。處境的艱難、生活的窘迫、無望的前程，讓他極度的悲苦憂愁。這種精神狀況在他這一時期的詩中得到了充分的反映：「何處哀箏隨急管，櫻花永巷垂楊岸。東家老女嫁不售，白日當天三月半。溧陽公主年十四，清明暖後同牆看。歸來輾轉到五更，梁間燕子聞長歎。」（〈無題四首〉其四）（清）薛雪在《一瓢詩話》第三十三條中談到了讀此詩後的體會：「永巷櫻花，哀弦急管，白日當天，青春將半。老女不售，少婦同牆。對此情景，其何以堪？輾轉不寐，直至五更，梁燕聞之，亦為長歎。」字字是血，聲聲是淚，讀來酸楚入骨，不能不與之同悲。除了詩歌，商隱在與人的書信中也描述了此時的生活狀況：「無田可耕，有累未遣。席門晝永，或曠日方餐；蓬戶夜寒，則通宵罷寐。」（〈上韋舍人狀〉）屋漏偏逢連夜雨，就在這生活艱辛、精神上又百無聊賴的日子裡，結婚十多年感情甚篤的妻子王氏於大中五年的秋天去世了，這對商隱來說，無疑又是一個沉重的打擊，從此以後，他連一個能慰藉他痛苦心靈的人也沒有了。

已過不惑之年的商隱對政治理想已不再抱有什麼希望，但他既無固定的收入又無田廬可依憑，一雙小兒女還需要哺養，於是，不得不繼續在官場上周旋。大中五年（西元八五一年）秋末，他料理完妻子的喪事後，便往東川節度使柳仲郢幕中任職。雖然主賓關係融洽，商隱甚得仲郢的賞識，但對亡妻的思念，對寄人籬下兒女的憂慮，對前途的失望，在蜀五年，心情一直是憂鬱的：「薄宦仍多病，從知竟遠遊。談諧叨客禮，休澣接冥搜。樹好頻移榻，雲奇不下樓。豈關無景物？自是有鄉愁。」（〈寓興〉）落寞的情緒必然會影響到他的身體，疾病總是一直糾纏著他，悼亡、思子、臥病，消磨掉他最後上進的欲望，他開始皈依佛教，探索禪理，和衲子有了往來，詩歌創作開始流露出好禪遁世的色彩。大中九年（西元八五五年）末，柳仲郢因政績顯著而被朝廷徵為吏部侍郎，商隱隨同府主一起離開梓州赴長安。次年開春，得柳仲郢推薦任鹽鐵推官，作江東揚州之遊。大中十二年（西元八五八年）春罷官，回滎陽養病，然到了秋天，就溘然長逝，結束了坎坷而悲苦的一生。他的朋友崔珏在〈哭李商隱〉其二中道：「虛負凌雲萬丈才，一生襟抱未曾開。」可謂是對他一生最精確的概括。

二、李商隱詩歌的內容

李商隱一生創作了六百多首詩歌，題材廣泛，內容豐富，從其題意上來看，可以大體分為政治詩、詠史詩、感懷詩與愛情詩。

李商隱從少年到中年，一直都抱有遠大的政治理想，深切地關心國家的命運，因此，政治詩幾占了他全部詩歌的六分之一。在他生活的時代，所發生的重大的政治、軍事事件，其創作都有所反映。他當然不是客觀的描述，而是融入了他的政治態度與倫理觀念。詩人二十五歲時寫的長篇政治詩〈行次西郊作一百韻〉，反映了較為廣闊的社會現實，描寫在長安西郊所見的農村景象為：「高田長檞櫪，下田長荊榛。農具棄道旁，饑牛死空墩。依依過村落，十室無一存。」詩人通過與農民的對話，陳述了從貞觀、開元到安史之亂後農民生活的變化。在今昔對比中，提出了仁政任賢的主張，指出政治的好壞「在人不在天」。其詩憂國憂民的精神，頗似杜甫的〈北征〉。

「甘露之變」是發生在大和九年的一次重大的政治事件。事情的過程是這樣的：唐文宗與宰相李訓、鳳翔節度使鄭注共謀誅滅宦官。李訓使人詐稱左金吾大廳後石榴樹上夜降甘露，想引誘宦官首領仇士良等去驗看，乘機加以誅殺。士良剛至，即發覺有伏兵，趕忙逃回殿上，劫持文宗入宮，並令禁軍捕殺朝官。在這次事件中，除李訓被族滅外，未曾預謀的宰相王涯、賈餗、舒元輿等高官也是全族蒙禍。自此以後，朝廷大權進一步歸於宦官，帝臣之權受到嚴重的削弱。在當時極其恐怖的環境中，很少人能挺身而出，就連比較敢於講話的白居易也採取了明哲保身的態度。但年輕的李商隱全然不顧宦官迫害的危險，連續寫下了〈有感二首〉和〈重有感〉，猛烈的抨擊宦官專權以及他們的殘暴行為。在〈重有感〉中，他希望上疏聲討宦官的昭義軍節度使劉從諫，能帶兵來長安清除國賊，以拯救國家的災難：「玉帳牙旗得上游，安危須共主君憂。竇融表已來關右，陶侃軍宜次石頭。豈有蛟龍愁失水，更無鷹隼與高秋。晝號夜哭兼幽顯，早晚星關雪涕收。」態度鮮明，正氣凜然，表現了詩人敢於與損害國家權威的奸佞進行鬥爭的大無畏精神。

李商隱的詠史詩，政治色彩也極為鮮明。作詩的目的是借助於歷史上的人物與事件來告誡今日當權者，希望他們引以為鑑，不要重蹈覆轍。詩人在〈詠史〉中說得非常明確：「歷覽前賢國與家，成由勤儉破由奢。」因此，他的詠史詩沒有一首不關及現實的。〈隋宮〉之一曰：「乘興南遊不戒嚴，九重誰省諫書函？春風舉國裁宮錦，半作障泥半作帆。」借隋煬帝亡國的教訓，為窮奢極欲的帝王敲起了警鐘，警告他們：不恤民力，恣意妄為，其下場必然是國破家亡。〈瑤池〉則借周穆王事諷刺唐朝皇帝求仙的愚蠢行為：「瑤池阿母綺窗開，〈黃竹〉歌聲動地哀。八駿日行三萬里，穆王何事不重來？」中、晚唐的幾個皇帝都妄想長生不老，憲宗、穆宗、文宗、武宗，無一不服丹，穆宗還因此丟了性命。文宗服藥則引起了長安地區人心惶惶，民間盛傳他服的藥是用小兒心肝合成的。可見，〈瑤池〉一詩是有針對性的。詠史詩中最有名的是〈賈生〉：「宣室求賢訪逐臣，賈生才調更無倫。可憐夜半虛前席，不問蒼生問鬼神。」該詩選取漢文帝夜召賈誼這一素材，抓住帝王席前問鬼這個典型的細節，深刻揭示了唐王朝後期君主表面上敬賢重能，實際上不能識賢任人，重鬼神而「不問蒼生」的本質。

李商隱有著一顆極其敏感的心，往往會由觸目的景物想到自己悲苦的人生和渺茫的政治前途，於是抒情感懷，曲折地表現自己的精神世界。如〈出關宿盤豆館對叢蘆有感〉，面對著蕭蕭的蘆葦，詩人百感交集：自己一心想立足京華，出入要津，誰料時運不濟，前途渺茫。此時出關行役，所宿旅館，蘆聲不息，於是心中泛起一陣陣悲涼的情緒。又如〈憶梅〉：「定定住天涯，依依向物華。寒梅最堪恨，長作去年花。」此詩寫於四川梓幕後期，亦為感懷之作。詩人羈留天涯，面對三春芳華，不禁想到了去年開放的寒梅。它早開早謝，永遠不能與群花一起享受著春天的美好時光。這寒梅不就是我李商隱嗎？早秀而凋，開不逢春，當別人秉權執政，大展鴻圖時，自己卻浪跡天涯，心力交瘁。再如著名的〈錦瑟〉，更是感慨身世的代表作。「錦瑟無端五十絃，一絃一柱思華年」，詩人由錦瑟而不得不想起往日虛擲將近五十年的歲月，心境立時充滿了惆悵之情。「莊生曉夢迷蝴蝶，望帝春心託杜鵑」，我在早年也有過美好的理想，但殘酷的現實讓我的理想化成夢幻，只能像蜀帝杜宇那樣寄託在哀鳴聲中了。「滄海月明珠有淚，藍田日暖玉生煙。」滄海明珠，本是寶貴之物，卻因無人賞識，而流出悲苦的淚水；藍天碧玉，應為美人之佩飾，然不為人垂愛，則成了虛無之物。這種悵惘之情，相伴李商隱一生。

李商隱的愛情詩最動人，也最具有生命力。然而，學術界對這些愛情詩的理解卻有著重大的分歧。一種意見認為，商隱不過是以情詩來寄託自己對世事人生的感受與願望，並不是實寫。清朱鶴齡〈箋注李義山詩集序〉的說法最具代表性：「〈離騷〉託芳草以怨王孫，借美人以喻君子，遂為漢魏六朝樂府之祖。古人之不得志於君臣朋友者，往往寄遙情於婉孌，結深怨於蹇修，以序其忠憤無聊、纏綿宕往之致。唐至太和以後，閹人暴橫，黨禍蔓延。義山阨塞當塗，沉淪記室，其身危，則顯言不可而曲言之；其思苦，則莊語不可而謾語之。計莫若瑤臺璚宇、歌筵舞榭之間，言之者可無罪，而聞之者足以動。」另一種意見則認為，商隱的情愛詩都是針對具體的異性而寫的，無關心志，只是情愛的表達。商隱與妻子王氏婚後情深意篤，寫了許多情愛詩，這一點，後人沒有什麼疑議，爭論較多的是商隱的情感生活中有沒有讓他刻骨相思的其他女性。「寄託說」者認為商隱是一個生活態度極為嚴肅的人，他忠貞於妻子，妻子死後不接納歌伎張懿仙即可證明這一點。雖然他也接觸過女冠、歌女、美伎這類人物，也寫過與她們交往的詩篇，但用李商隱的話說：「雖有涉於篇什，實不接於風流。」意謂除了妻子以外，沒有讓他深戀過的女子。然而，此話於事實有一定的偏差，根據資料，商隱在婚前曾經有過一次刻骨銘心的戀愛。

他在二十五歲時到河南玉陽山學道，遇到靈都觀裡一位姓宋的女道人，她本是侍奉公主的宮女，後隨著公主而出家入觀。她年輕、美麗、能歌善舞，是一位才貌俱佳的姑娘。商隱一見鍾情，最終贏得了姑娘的芳心，兩人偷偷地交往著。由於道觀戒律的限制，他們每一次見面都很困難。那一段時間，總是處在片刻的歡會、長久的別離、痛苦的相思與焦灼的等待之中。不久，他們的戀情被人發現了，男女雙方都受到了懲罰：李商隱被趕下山，逐出道觀；宋氏則被遣返回宮，大約去做守陵這類事情的宮女。這是李商隱的初戀，遇到的又是這樣一位可意的女子，所以，商隱直到風燭殘年，都沒有忘掉她，許多詩就是對這一場戀情的描述，或描述自己當時對戀人的傾心，或後來追憶和抒發對戀人的那種永不消滅的感情。如〈聞歌〉寫宋氏歌聲極美，有遏雲之效果。並慶幸她能夠走出皇宮，避免了魏武歌伎、出塞昭君、楚宮瘦娥的悲劇命運，最後說自己對她的欽慕與苦戀已經很久，不知道如何才好。〈無題〉（來是空言去絕蹤）這首詩，大約是寫於宋氏被遣返回宮之後，表現了詩人失戀的痛苦。詩人五更醒後，回憶起夢中的情景：心中的女郎，輕盈空靈，悄悄地來，又悄悄地去，我呼喊著，哭叫著，但她依然隨夢而去。我急忙起床描寫剛才那甜蜜的時刻，匆忙間，連墨都沒有來得及磨濃。面對著屏風上的翡翠鳥與麝香熏過的芙蓉被，我不禁又想起了和她在一起的時光。可恨哪！我這個遇過仙女的人，現在卻離女郎的居地已遙不可及了，真是「劉郎已恨蓬山遠，更隔蓬山一萬重」。

三、李商隱詩歌的藝術特色

李商隱的詩在當時就博得人們的稱讚，將他與杜牧並稱為「小李杜」；又認為與溫庭筠的創作水平相當，故聯稱為「溫李」。唐末韋莊選的《又玄集》和韋縠選的《才調集》裡都收錄了李商隱的詩。他之所以能夠取得這樣大的成就，除了內容外，與在藝術表現上獨樹一幟，形成了不同於前輩與同時代詩人的風格也有很大的關係。具體地說，有下列幾點：

一是表現對事物幽深的感受，強化了主觀的色彩。古往今來，每一首優秀的詩歌都是「我」的心靈、精神的外化，都是詩人用「心」觸摸外界事物並將「心得」用語言文字表述出來的結果。而李商隱的詩，比起他人的詩歌，「心」的作用更大，幾乎每一個物象都是由「心」繪畫的，每一句話，每一組詞都是經過「心」的加工而構建的。由單首詩，我們可以了解他在寫作此詩時的心緒，而將他所有的詩誦讀一遍，我們則可以清晰地看到他幾十年間的心路歷程。由於是「心」的摹寫，所以，所表現的感情與對人事的評價是那樣的真實，又是那樣的動人。如商隱在文宗開成五年（西元八四〇年），任虢州弘農尉，做著捕捉疑犯、清點刑徒等事情，這對於志在魏闕、致君堯舜的他來說，已經夠無聊和痛苦的了，卻還因職位卑微需尊禮制對長官跪拜迎送，簡直就是一種折磨。更何況他的頂頭上司孫簡極不尊重他，僅因為在「活獄」的案件上提出了不同的意見，便要將他罷免，逼迫他不得不乞假離職。這對他來說是一種侮辱，於是他寫下了這樣的詩句：「黃昏封印點刑徒，愧負荊山入座隅。卻羨卞和雙刖足，一生無復沒階趨。」（〈任弘農尉獻州刺史乞假歸京〉）這最後兩句最震撼人心，因為讓我們看到了一顆滴著血的心，一個無助的靈魂，一個受盡屈辱而又竭力維護尊嚴的人。在文學史上，絕大多數詩人喜於詠史，以古喻今，影射現實，然而多數都將古人作為反面教材，用以警戒當代，說一些人人皆知而無關痛癢的道理。之所以這樣，根本的原因是因為沒有將自己的心貼近歷史，沒有用心去體驗歷史的人物，所以說出來的道理也得不到「為鑑」的效果。商隱不是這樣，他是用心去解讀歷史，探索歷史的發展規律，故而能夠帶領讀者走進歷史，讓讀者各自領悟歷史的真諦。如〈詠史〉：「歷覽前賢國與家，成由勤儉破由奢。何須琥珀方為枕，豈待珍珠始是車？運去不逢青海馬，力窮難拔蜀山蛇。幾人曾預〈南熏曲〉，終古蒼梧哭翠華。」題為〈詠史〉，實係傷悼唐文宗之作。人們常說，儉成奢敗是歷史不二的法則，然而文宗作風勤儉，勵精求治，也重視賢能之士，最後竟不能成事，到底是什麼原因呢？詩人認為，當一個社會衰頹的大勢已經形成後，就不可能得到振衰起弊的傑出人才，於是，敗亡便成了不可改變的結局。而要避免這一結局，只能在每一朝代，時時刻刻都要努力滋養向上的正氣，讓社會不斷向著光明的方向前進。

二是擅用迷離的意象、繁複的典故，使得詩歌意蘊深邃。和同處唐代的李白、杜甫、白居易這些大詩人相比，商隱的詩是「做」出來的，而不是由才情自然地流瀉出來的。由於要顯示自己豐富的知識與不願直抒那隱祕的思想感情，他的許多詩便晦澀難懂，不要說今天的讀者，就是古人也曾作這樣的喟歎：「詩家總愛西崑好，獨恨無人作鄭箋。」（元好問〈論詩絕句〉）一首〈錦瑟〉，一千多年來，不計其數的人試圖解讀，卻始終沒有得出一個大家都能接受的答案。他的詩多用比興、象徵、寄託的方式，而少賦陳，且用作比興的意象又都不是生活中所常見的，或者是一般讀書人常接觸到的。即使是熟悉的意象，離題意也比較遠，非轉幾個彎才能知道真意不可。如詠女冠的代表作品〈燕臺詩四首〉，也是歷來爭議很大的詩篇。錢木庵在《唐音審體》中說：「語豔意深，人所曉也。以句求之，十得八九；以篇求之，終難了了。馮默庵謂見此公詩如見西施，不必知姓名而後美也。亦不得已之論也。」至於用典，更是成了普通讀者閱讀的一道屏障，如〈牡丹〉：「錦幃初卷衛夫人，繡被猶堆越鄂君。垂手亂翻雕玉佩，折腰爭舞鬱金裙。石家蠟燭何曾剪，荀令香爐可待熏？我是夢中傳彩筆，欲書花葉寄朝雲。」一首八句的詩用了六個典故，分別是孔子見衛夫人南子於錦幃之中、鄂君子舉繡被而覆越人、石崇豪奢用蠟燭當柴燒、荀彧體香三日不散、江淹才華來自神授彩筆、巫山神女美豔動人。「垂手」與「鬱金裙」分別是舞姿與舞裙，其實也有典故。典故如此之多，沒有相應的知識，是不可能在第一次誦讀時就能弄清詩意的。典多固然造成閱讀上的困難，但不得不承認，商隱用得極為貼切，當讀者明白詩意以後，不能不佩服他的才力。所以有人說，商隱是用駢體來作詩，不無道理。在律詩體裁中用得那樣工整、對仗、意蘊深沉，沒有非凡的才力是不可能的。如「不學漢臣栽苜蓿，空教楚客詠江蘺」（〈九日〉），「漢臣」、「苜蓿」諷令狐綯不承父志，「楚客」、「江蘺」是逐客自嗟，借「不學」、「空教」的轉折，兩個典故因果顯然，結成脈脈相關之勢。這樣的典故，正如袁枚所說：「皆用才情驅使，不專砌填也。」（《隨園詩話・卷五》）

商隱出身貧寒低微之家，而能在十七歲時就見重於上流社會，完全是憑著其傑出的才學。典故之於他來說，爛熟於心，所以才能隨手拈來。開始用典，不無炫耀才學的動機，但後來運用慣了，便成了他的一種表現手法。

當然，他的詩並不是首首用典，句句迷離，也有不少詩直接明快、質樸自然且哲理深刻，而且能廣泛流傳的多是那些語淺意明的詩句。

三是善於遣詞用語，使語言高度的詩化。商隱在描述物態時，總是能選擇最精當的詞語。如詠〈蝶〉四篇：「只知防灝露，不覺逆尖風」；「飛來繡戶陰，穿過畫樓深」；「年年芳物盡，來別敗蘭蓀」；「孤蝶小徘徊，翩翾粉翅開」。生動、貼切，且不給人陳舊之感。數量詞本是最淺顯之語，但在商隱的詩中卻表現出強烈的感情與深刻的思想，如「錦瑟無端五十絃，一絃一柱思華年」；「江海三年客，乾坤百戰場」；「無質易迷三里霧，不寒長著五銖衣」；「一寸相思一寸灰」；「三百年間同曉夢」等，使得普通的數量詞具有詩的韻味，而且使語言顯得極為精粹。除此之外，商隱詩的語言還有色彩富麗、句式多變、虛實字活用、音律明朗等特點。

李商隱之所以能在詩歌創作上取得偉大的成就，除了他個人的才賦外，也與他虛心向前人學習是分不開的。他的詩繼承了「風」、「騷」精神，融入了漢、魏風骨，紹接了左思、陶淵明、李白、杜甫等大詩人的創作經驗，熔鑄各家之長，又別出心裁而自成一體。

他的詩對後代詩壇產生了深遠的影響，從晚唐韓偓等人、宋初西崑派詩人，直到清代的黃景仁、龔自珍等，都曾以他的詩為榜樣，特別是西崑派詩人，奉他為鼻祖，完全步其後塵。

四、李商隱詩歌的研究簡況與本書注譯研析工作的說明

現存且能易於檢閱的李商隱詩歌的本子多為明清刻版，有明汲古閣刊《唐人八家詩》之《李義山集》，三卷，簡稱汲古閣本；《四部叢刊》影印明嘉靖二十九年毗陵蔣氏刻《中唐人集十二家》之《李義山詩集》，六卷，簡稱蔣本；明姜道生刻《唐三家集》之《李商隱詩集》，七卷，簡稱姜本；明悟言堂抄本《李商隱詩集》，三卷，簡稱悟抄本；明胡震亨輯、清康熙二十四年刊《唐音統籤・戊籤》之《李商隱詩集》，十卷，簡稱胡本；清影印宋抄本《李商隱詩集》，三卷，簡稱宋抄本；清康熙四十一年席啟宇刊《唐詩百名家全集》之《李商隱詩集》，三卷，簡稱席本；清蔣斧影印錢謙益（東澗老人）寫校本《李商隱詩集》，三卷，簡稱錢本；清朱鶴齡《李義山詩集箋注》，簡稱朱本。本書以汲古閣本為底本，復以他本勘校。

明末清初以來，隨著李商隱作品刻本的增多，評注工作亦取得了較大的成績，比較著名的有：明錢龍惕《玉谿生詩箋》、清朱鶴齡《李義山詩集箋注》、清吳喬《西崑發微》、清陸崑曾《李義山詩解》、清姚培謙《李義山詩集箋註》、清屈復《玉谿生詩意》、清程夢星《李義山詩集箋註》、清馮浩《玉谿生詩箋註》、清紀昀《玉谿生詩說》、近人張采田《玉谿生年譜會箋》及《李義山詩辨正》；今人劉學鍇、余恕誠《李商隱詩歌集解》、今人周振甫《李商隱選集》、今人鄧中龍《李商隱詩譯註》、今人葉蔥奇《李商隱詩集疏註》等。

近四十年來，研究李商隱的理論專著亦有多部，影響較大的有楊柳《李商隱評傳》、吳調公《李商隱研究》與董乃斌《李商隱的心靈世界》等。

本書選錄了李商隱詩作三百四十六首，選錄的原則是思想性較強、藝術性較高，且在每一個階段有

一定的代表性。由於商隱詩用典較多，因此，本書在注釋時不但要用通俗語言解釋詞意，還力求引出每一個典故的出處與原文。又由於商隱詩意深晦，有的只可意會而難以用語言表達，故而在語譯時，有的句子只能是將我們的領會表述出來，無法做到每句譯語都能緊扣原詩。研析部分除了說出我們的心得外，還吸收了前賢時彥的研究成果，由於篇幅的原因，沒有在文中一一注明成果來自於何人何文，這裡，謹向諸位學者表示真誠的謝意。

本書邀請了姚蓉、李翰、許軍等學者一起來完成此項工作，並感謝王思韻先生對〈離亭賦得折楊柳二首〉研析的幫忙。從為文自負與尊重每個人的發表起見，每首詩的研析結尾都寫上各位撰寫者的名字。由於出自於多人之手，文風很難統一，敬請讀者見諒。

朱恒夫

二〇一〇年十二月於滬上

富平少侯

七國❶三邊❷未到憂，十三身襲富平侯❸。不收金彈❹拋林外，却惜銀牀❺在井頭。綵樹轉燈❻珠錯落，繡檀迴枕❼玉雕鎪❽。當關❾不報侵晨❿客，新得佳人字莫愁⓫。

【注釋】❶七國　漢景帝時有七國之亂，此喻當時叛亂諸藩鎮。❷三邊　指當時吐蕃、回鶻、党項等邊患。❸十三身句　漢張安世封富平侯，其後人延壽、勃、臨、放相繼嗣爵，尤以張放最得漢成帝寵信。張放嗣爵，史書未載年月，此處十三乃虛指，謂其年少即襲爵。❹不收金彈　《西京雜記》：「韓嫣好彈，常以金為丸，所失者日有十餘。長安為之歌謠：『苦饑寒，逐彈丸』。兒童每聞嫣出彈，常隨之拾取彈丸。」❺銀牀　指井上轆轤架。❻綵樹轉燈　周圍環繞燈燭的華麗燈柱。❼繡檀迴枕　四圍鏤刻文飾的檀木枕。❽玉雕鎪　形容檀木枕刻鏤精工，光潤如同玉雕。❾當關　守門者。❿侵晨　凌晨。⓫莫愁　古代女子，洛陽人，後嫁盧家為婦（見蕭衍〈河中之水歌〉）。一說石城女子，善歌謠。

【語譯】富平侯張安世的那些後嗣，年紀輕輕就襲封爵位。哪知道憂心國事，管什麼外患內憂。將那彈雀的金丸丟棄林外，卻把井上的轆轤當成寶。華燈錯落的豪宅柱壁輝煌，芳香馥郁的檀木枕紋飾繽紛。天色大亮還高臥不起，只為那新得的佳人嬌媚堪憐。

【研析】詩題〈富平少侯〉，然所詠則多與富平少侯張放行事不合。拋金彈用韓嫣事已是張冠李戴，結尾用莫愁事，更屬後世典實。可見，這首詩並非單純題詠古人，而別有微意寓焉。首句「七國三邊未到憂」，顯非僅指尋常貴家子弟，必其人居其位當憂而不憂，方有如此要求和譴責，而當憂「七國三邊」者究係何人固不難推知。徐逢源、馮浩等認為所謂「少侯」即「少帝」，所諷對象為唐敬宗，大體可信。敬宗少年襲位，不知憂念國事，惟以宴遊為務，荒淫奢靡，與詩中所詠多所契合。

本詩在藝術上也很有特色，詩人才情之機敏，運思之深曲已初露端倪。頷聯意謂對金彈之類珍貴之物拋之不收，毫不吝惜，而對安置井頭本不致丟失之轆轤，卻深惜而繫念之。「不收」、「却惜」，一放一轉，極頓挫之勢，於不動聲色間寫出貴冑豪侈且憨愚的面目，頗得子美之風。於此亦可見商隱學杜早在習始。頸聯以綵樹轉燈、繡檀迴枕寫貴冑豪奢生活，用詞華冶，也顯示了義山對彩繪麗藻的偏嗜。二句皆敘宿處，已暗逗下文的新得佳人與當關拒客。尾聯倒置敘述次序，新得佳人本當關拒客的原因，因果倒置遂使詩意更顯深警。佳人以莫愁為名，正與開頭「七國三邊未到憂」對應，更深一層的揭露了所諷對象的昏聵，詩意因此尤為刻露尖銳。

同一主題的詩，義山還有一首〈陳後宮〉：「茂苑城如畫，閶門瓦欲流。還依水光殿，更起月華樓。侵夜鸞開鏡，迎冬雉獻裘。從臣皆半醉，天子正無愁。」此詩題為〈陳後宮〉，同樣不切陳事，而符合唐敬宗「遊幸無常，好治宮室」等行事，當同為諷時之作。義山此類詠史詩，一般所詠與所題不合者，多為借古諷今之作，詩人正以這種不合暗示其諷時之意。敬宗朝內有佞臣敝政，外有藩鎮之患，而詩謂「天子正無愁」，真乃入木三分的誅心之筆。這與〈富平少侯〉「七國三邊未到憂」、「新得佳人字莫愁」同一意趣，言外皆寓「無愁果有愁」之意。寶曆二年，敬宗果為宦官劉克明等所殺，詩人所慮，竟應驗如神。

少年義山，關注時事，憂心國運，於這類詠史詩可見一斑。這種「欲回天地」之心，義山終其一生也未曾放下。兩首詩詞鋒犀銳，語意刻露，盡顯鬱勃不平的少年英氣。這與那種緬邈纏綿的深情，構成義山性格與詩風相映互彰的多面性。（李翰）

陳後宮

玄武❶開新苑，龍舟❷讌幸頻。渚蓮參法駕❸，沙鳥犯鈎陳❹。壽獻金莖❺露，
歌翻〈玉樹〉❻塵❼。夜來江令❽醉，別詔宿臨春❾。

【注釋】❶玄武　湖名。《陳書・後主本紀》載後主至德四年九月，「輿駕幸玄武湖，肆艫艦閱武，宴群臣賦詩。」❷龍舟　畫著龍形或製作成龍形的船。《淮南子・本經》：「龍舟鷁首，浮吹以虞。此游於水也。」❸法駕　天子之車駕。天子鹵簿，根據儀衛繁簡，有大駕、法駕、小駕三種。❹鈎陳　屬紫微垣，共六星。鈎陳一即北極星。此處代指後宮。《晉書・天文志》曰：「勾陳六星在紫宮中。勾陳，後宮也。王者法勾陳，設環列。」鈎，同勾。❺金莖　即承露盤之銅柱，也可指仙人掌承露盤。《三輔黃圖》：「建章宮有神明臺，武帝造，祭仙人處。上有承露臺，有銅仙人舒掌捧銅盤玉杯，以承雲表之露，和玉屑服之以求仙道。」《長安記》：「仙人掌大七圍，以銅為之。魏文帝徙銅盤，折，聲聞數十里。」❻玉樹　〈玉樹後庭花〉曲。《陳書・張貴妃傳》：「後主使諸貴人及女學士與狎客共賦新詩，被以新聲，其曲有〈玉樹後庭花〉、〈臨春樂〉等。」❼塵　歌動梁塵，當時習語。❽江令　江總，這裡指狎客之群臣。《陳書・江總傳》：「後主授總尚書令。總當權宰，但日遊宴後庭，共陳暄、孔範、王瑗等十餘人，當時謂之狎客。」❾臨春　臨春閣。《陳書・張貴妃傳》：「後主於光昭殿前起臨春、結綺、望仙三閣，後主自居臨春閣。」

【語譯】玄武湖畔，新建了美麗的宮苑，龍舟競渡，君臣常常來這裡歡宴。岸旁的蓮花啊，面對君王的法駕爭奇鬥豔；沙灘的水鳥啊，環列的妃嬪你怎敢冒犯。祝願吾皇萬歲，長生仙露奉一杯；宮女齊唱〈玉樹後庭花〉，樂聲繞梁塵土飛。江總身為尚書令，夜來沉醉不能歸；君王特地降詔書，今晚留他臨春閣上睡。

【研析】本詩借歷史上的陳後主之事揭露諷刺唐敬宗。名為詠史，實為諷時。詠史之意，落腳點在重大歷史事件本身，其與現實的關係較為疏離。但本詩卻不是這樣。《舊唐書・本紀十七》：「寶曆時幸魚藻宮觀競渡……（七月）詔王播造競渡船二十隻供進，……（八月）遣中使往湖南、江南等道及天台山采藥。時有道士劉從政者，說以長生久視之道，請於天下求訪異人，冀獲靈藥。仍以從政為光祿少卿，號昇玄先生。……（二年春正月）庚午，貶殿中侍御史王源植為昭州司馬。時源植街行，為教坊樂伎所侮，導從呵之，遂成紛競。

京兆尹劉栖楚決責樂伎，御史中丞獨孤朗論之太切，上怒，遂貶源植。……以諸軍丁夫二萬入內穿池修殿。」其中數事，如大興土木、恣肆遊觀、求仙問道、沉湎酒色、君臣荒淫等，唐敬宗都是後來居上。

「渚蓮參法駕，沙鳥犯鉤陳」一聯，既寫遊觀之歡樂無極，也暗示了凶險來自身邊佞幸。敬宗在宮內遊樂無度，引發了數次突發事件。即位之初，「編甿徐忠信闌入浴堂門，杖四十，配流天德。」四月，「賊張韶等百餘人至右銀臺門，殺閽者，揮兵大呼，進至清思殿，登御榻而食，攻弓箭庫。」八月，「妖賊馬文忠與品官季文德等凡一千四百人，將圖不軌，皆杖一百處死。」但是，敬宗並沒有記取教訓，反而更變本加厲。終於，寶曆二年「十二月甲午朔。辛丑，帝夜獵還宮，與中官劉克明、田務成、許文端打毬，軍將蘇佐明、王嘉憲、石定寬等二十八人飲酒。帝方酣，入室更衣，殿上燭忽滅，劉克明等同謀害帝。即時殂於室內，時年十八。」《舊唐書・本紀十七》慨歎說：「彼狡童兮，夫何足議！」與陳後主威脅自外而來相比，敬宗所遭遇的數次凶險都來自身邊。所有襲擊唐敬宗的事件，都與他本身遊樂無極直接相關，謂之「沙鳥犯」，不亦宜乎。

義山之詠史詩，都是立足現實基礎，在詠史中反觀現實。義山習慣直接截取歷史故實為素材，通過豐富的想像進行藝術加工，重建歷史；甚至只抓取歷史中最能激發感慨的一個點，做最大限度的借題發揮。義山之詠史，既有浪漫聯想，又不背離最基本的歷史真實，詠史的目的是託諷時事，這就是義山詠史詩總體的藝術風格。（許軍）

陳後宮

茂苑❶城如畫，閶門❷瓦欲流。還依水光殿，更起月華樓。侵夜鸞開鏡❸，迎冬雉獻裘❹。從臣皆半醉❺，天子正無愁❻。

【注　釋】❶茂苑　語出《穆天子傳》，此特指京都之宮苑。左思〈吳都賦〉曰「佩長洲之茂苑」，本不指宮苑；《漢書・枚乘傳》曰「修治上林，雜以離宮；積聚玩好，圈守禽獸，不如長洲之苑」，以茂苑與宮苑對。❷閶門　即閶闔，傳說中的天門。〈離騷〉：「吾令帝閽開關兮，倚閶闔而望予。」也指皇宮正門。張衡〈西京賦〉：「正紫宮於未央，表嶢闕於閶闔。」即指在皇宮正門前立高遠之宮闕。此處泛指宮門。❸鸞開鏡　宮女照鏡梳妝。范泰〈鸞鳥詩序〉：「昔罽賓王結網峻祈之山，獲彩鸞鳥，欲其鳴而不能致。夫人曰：『嘗聞鳥見其類而後鳴，可懸鏡以映之。』王從其言。鸞睹影感契，慨然悲鳴，哀響中宵，一奮而絕。」❹雉獻裘　雉頭裘，代指奇異而奢侈的服飾。《晉書・武帝本紀》載：「（咸寧四年）十一月辛巳，太醫司馬程據獻雉頭裘，帝以奇技異服典禮所禁，焚之於殿前。」❺從臣皆半醉　意謂朝中大臣都醉生夢死。張說〈玄武門侍射詩序〉：「從官半醉，皇情載悅。」❻天子正無愁　失去憂患意識的昏庸皇帝，此處指唐敬宗。《北齊書・後主本紀》載：「盛為無愁之曲，帝自彈胡琵琶而唱之，侍和之者以百數。人間謂之無愁天子。」《隋書・樂志中》：「後主亦自能度曲，親執樂器，悅玩無倦，倚絃而歌。別采新聲，為〈無愁曲〉，音韻窈窕，極於哀思，使胡兒閹官之輩，齊唱和之，曲終樂闋，莫不殞涕。雖行幸道路，或時馬上奏之，樂往哀來，竟以亡國。」

【語　譯】京城巍巍，人人都說皇宮美；琉璃瓦蓋，殿頂光澤如流水。新造水光殿，碧波蕩漾放光輝；又起月華樓，樓上月色更嫵媚。夜色還深沉，宮娥對鏡已梳妝；冬天還沒來，雉頭裘衣已準備。侍從群臣今又醉，無愁天子忘天下。

【研　析】本詩諷刺唐敬宗的現實痕跡較上一首〈陳後宮〉更加明顯。程夢星說：「題為〈陳後宮〉，結句乃用北齊事。合觀全文，全不切陳，蓋借古題以議時事也。」其看法是正確的。《舊唐書・敬宗本紀》載：「帝性好土木，自春至冬，興作相繼。」寶曆元年，「詔度支進銅三千斤、金薄十萬翻，修清思院新殿及昇陽殿圖障。」並且，中央財政不足，則逼令地方繳納。登基之初，「浙西觀察使李德裕奏：『詔令當道造盝子二十具，……當道在庫貯備銀無二三百兩』」。其奢侈作為，招致當時很多詩人的評議。杜牧〈上知己文章啟〉也說：「寶曆大起宮室，廣聲色，故作〈阿房宮賦〉。」與上作重在遊幸相比，本詩更突出其奢求無度。從形式上看，兩首詩歌也頗多類似，應為同時之作。

義山之詠史詩，大致分為三種：以古鑑今，如〈馬嵬二首〉；借題託諷，如〈無愁果有愁曲〉；借古喻今，如本詩。而義山之詠史詩，前後期的特色也很分明，前期峻而直，後期深而婉，藝術上的區別非常明顯。本詩直斥唐敬宗君臣之醉生夢死，毫不留情面。中期以後，義山飽嘗宦海風波之苦，對政治風險有了足夠認識，加上藝術認識加深，技巧更加熟練，其詠史詩之措詞，就絕不如此直白了。早熟的少年詩人，以他特有的敏感表達了對現實政治的參與熱情。這種「欲回天地」的現實責任感將伴隨著義山一生。（許軍）

無愁果有愁曲　北齊歌❶

東有青龍西白虎❷，中含福星包世度❸。玉壺渭水笑清潭，鑿天不到牽牛處❹。

麒麟踏雲天馬獰❺，牛山❻撼碎珊瑚聲❼。秋娥點滴不成淚，十二玉樓無故釘❽。

推煙唾月拋千里，十番❾紅桐❿一行死。白楊⓫別屋鬼迷人，空留暗記如蠶紙⓬。

日暮向風牽短絲，血凝血散今誰是？

【注釋】❶北齊歌　歌詠北齊後主。《北齊書・後主本紀》載：「盛為無愁之曲，帝自彈胡琵琶而唱之，侍和之者以百數。人間謂之無愁天子。」《隋書・樂志中》：「後主亦自能度曲，親執樂器，悅玩無倦，倚絃而歌。別采新聲，為〈無愁曲〉，音韻窈窕，極於哀思，使胡兒閹官之輩，齊唱和之，曲終樂闋，莫不殞涕。」❷東有句　青龍、白虎，星宿名稱，此指侍衛。古代天文學上以黃道、赤道附近二十八宿一分為四，在想像中用線條將其連接成龍虎等形狀，以觀測日月五星的運行：東方青龍七宿，西方白虎七宿，北方玄武七宿，南方朱雀七宿，合稱為「四象」。此後，又將其投射到地面，用以標注方位，指示陰陽。《禮記・曲禮》：「行前朱雀而後玄武，左青龍而右白虎。」❸包世度　包涵萬物。《雲笈七籤》：「包括四度，璿璣照明。」《天官・星占》：「歲星所居國，人主有福。不可加以兵。」❹鑿天句　此處誇張修鑿池水之長。史載：「敬宗屢幸魚藻宮觀競渡；寶曆二年正月，以諸軍丁夫二萬人內穿池修殿；八月，觀競渡於新池。」此聯概諷敬宗穿鑿無所不至，新池至清。牽牛處，代指銀河。❺麒麟句　此指周師入齊，似暗指敬宗身側的宦官及擊毬軍將。「獰」字透出其獰惡《漢書・禮樂志》載：漢武帝作〈郊祀歌〉曰：「靈之下，若風馬，左倉龍，右白虎」；「元狩三年馬生渥窪水中」，作歌曰「天馬徠，從西極，涉流沙，九夷服」；「太初四年誅宛王獲宛馬」亦作歌。故班固曰：「內有掖庭材人，外有上林樂府，皆以鄭聲施於朝廷。」❻牛山　既代指北齊幼主所逃之青州，也指遊玩之所。《列子・力命》：「齊景公游於牛山，北臨其國城而流涕曰：『美哉國乎，鬱鬱芊芊！若何滴滴去此國而死乎？』」❼珊瑚聲　本指擊碎珊瑚的聲音，這裡暗喻敬宗被殺死時候的燭影斧聲。《晉書》載石崇豪奢，以鐵如意擊碎王愷珊瑚樹，示以高美過之者六、七枚，任王愷挑選。唐釋齊己〈觀李瓊處士畫海濤〉：「昔年曾夢涉蓬萊，惟聞撼動珊瑚聲。今年正歎陸沉久，見君此畫思前程。」❽無故釘　指生前窮奢極欲，樓臺皆新建，無一舊釘。《北史・齊本紀》：「後主（幼主）又於晉陽起十二院，壯麗逾於鄴下。」《北史・周本紀》載周武帝破鄴，齊幼主攜母、妻逃往青州。周武帝於是「詔偽齊東山、南園及三臺，並毀撤。瓦木諸物凡入用者，盡賜百姓。山園之田，各還本主」。❾十番　十棵。番，量詞。猶言「株」。❿紅桐　桐之貴種，此喻帝王子孫。《毛詩・草木鳥獸蟲魚疏》：「桐有青桐、白桐、赤桐。」《酉陽雜俎續集・卷十》：「南中桐花有深紅色者。」⓫白楊　墳墓所種樹，此代墳墓及其荒涼之景。陳藏器《本草》：「白楊北土極多，人種墟墓間，樹大皮白。」古詩：「驅車上東門，遙望郭北墓。白楊何蕭蕭，松柏夾廣路。」⓬空留句　蠶紙，蠶繭紙。此言北齊國滅，人憐之而暗暗記載於蠶紙上。《北齊書・後主本紀》：「周軍奄至，（太上）並太后、幼主、諸王同送長安。至建德七年，數十人無少長皆賜死，神武子孫所存者一二而已。至大象末，陽休之、陳德信等啟大丞相隋公，請收葬，聽之，葬長安北原洪瀆川。」

【語　譯】群臣環衛，就像天上的青龍白虎；歲星是福，帝王統治著世間萬物。玉壺盛滿笑渭水，不如新池清又長；宮內挖池人夫多，恨不挖到天之上。只說歡樂無盡頭，誰知戰馬踏宮牆；一朝山崩天也裂，珊瑚聲碎天子亡。淚水難流，宮娥無主意彷徨；樓臺新建，瞬間灰飛真悲傷。連夜奔逃千里外，最終本族全死光。白楊蕭蕭，迷惑人的冤魂四處遊蕩；稗史偷記，淒慘的一幕只留下文字幾行。夕陽西下，寒風舞弄我的短髮，令我心情悲涼；血脈斷絕，誰人應負罪一場？

【研　析】本詩諷刺北齊後主荒淫滅國。題目即點明諷刺對象。「無愁」是說其被稱為「無愁天子」，然而最終身死國滅「果有愁」；又於題目下標注「北齊歌」，時代對象都極其分明。首聯說北齊後主警備森嚴，自恃威福。次聯謂其大興土木。三聯是說終於周軍入北齊，馬踏宮牆，而後主身死。四聯說宮娥流淚，不僅傷後主之死，更為自身歸宿茫然；而後主大興土木，周武帝則盡行毀折。五聯說即便是逃亡出宮，終於難免一死。六聯說後主身死，其事蹟只能成為稗史記載。末聯說其身死，其怨憤之血是凝聚不散還是已渙然消散呢？

人謂此詩諷刺唐敬宗，也有足夠理由。首聯是謂左右神策軍本應拱衛帝王，而敬宗卻死於神策軍將之手。次聯謂敬宗穿鑿新池無所不到，也是史書實跡。三聯說神策軍將突然凶獰，燭火明滅中，敬宗喪命。四聯中，上句謂敬宗死時，後宮尚未有後，弔哭無人；下句謂其大興土木，宮殿樓閣，悉為新造。五聯，實際暗示了敬宗死後，叛亂將領擁立絳王；樞密使王守澄等以衛兵迎立江王入宮，殺死絳王，也為史跡。六聯是說這樣的宮廷內訌自然密而不宣，只有稗史偷偷記載。末聯同樣是問敬宗被害是否怨憤已消。

從上面分析可以看出，在字面上，處處是寫北齊後主；然而骨子裡，字字都是敬宗。其構思極具技巧。名為詠史，實為諷今，是一首借題託諷之作。對於身歷其事者而言，自然是心知肚明。而對敬宗的評價，哀其不幸，斥其荒淫，直白淺露，毫不掩飾，反映了義山早期詠史詩歌峻直的特點。

在語言上，作者選用了很多怪異色彩與奇異事物。如「麒麟踏雲天馬獰，牛山撼碎珊瑚聲」；「推煙唾月拋千里，十番紅桐一行死」等，都具有怪異的恐怖色調。人謂其學李賀之體，確實具有李賀瑰麗奇異、鬼怪紛呈的特色。

義山的早期詠史詩，與其後期同類作品相比，藝術上尚顯稚嫩，思想上還不夠深刻，遠未形成後期詠史詩的含蓄深婉、奇幻朦朧、哀婉執著的個體特色。但是這類早期詩歌對於了解詩人的思想發展歷程及藝術成熟過程，都具有非常重要的意義。(許軍)

無題

八歲偷照鏡，長眉❶已能畫。十歲去踏青❷，芙蓉作裙衩❸。十二學彈箏，銀甲❹不曾卸。十四藏六親❺，懸知❻猶未嫁。十五泣春風，背面鞦韆下❼。

【注釋】❶長眉　修長的眉毛。古代以長眉為美，唐人也視為入時妝扮。白居易〈上陽白髮人〉：「青黛點眉眉細長」。❷踏青　春日郊遊。唐《輦下歲時記》：「唐人三月上巳日在曲江傾都禊飲踏青。」❸裙衩　專指女子下裳。《御覽》引《釋名》：「裙，下裳也。」衩，唐時有衩衣，即兩側開衩之長衣，為露體之便服。王建〈宮詞〉：「衩衣騎馬繞宮牆。」〈離騷〉：「製芰荷以為衣兮，集芙蓉以為裳；不吾知其亦已兮，苟余情其信芳。」此處化用，既指妝飾之美麗，也指情操之高潔。❹銀甲　銀製的指甲套，彈箏用，保護手指。杜甫〈陪鄭廣文遊何將軍山林〉：「銀甲彈箏用。」❺藏六親　藏在深閨，迴避關係最親之男性。六親之說很多，如《周禮・地官・大司徒注》曰：「六親，父、母、兄、弟、妻、子也。」❻懸知　揣知，寫女子又是希望又是擔憂的待嫁心理。❼背面句　此寫前途未卜，心情煩悶，無心遊戲，獨自傷春。也暗示作者懷才未遇，對前途憂慮。參見李商隱〈別令狐拾遺書〉：「生女子，貯於閨房密寢，四鄰不得識，兄弟以時見，……即一日可嫁去，是宜擇何如男子屬之耶？」鞦韆，即秋千。《荊楚歲時記》：「秋千，本北方山戎之戲，以習輕趫，後中國女子學之。乃以彩繩懸木立架，士女炫服坐立其上，推引之，名曰鞦韆。」

【語譯】那端詳鏡中自己的小姑娘，八歲已出落得嬌俏模樣；她畫的眉毛細又長，真是一副入時妝。在郊外踏青的人群裡，男孩女孩約會忙，十歲的她哪裡懂得這些事，只知道用荷葉做衣裳；十二歲的她學音樂，撥絃鏗鏗箏聲響；那彈撥的銀甲一直套在手指上，她終日勤練不願偷閒。十四歲不再見親友，整天只在深閨藏；親戚應知我未嫁，才華貌美應能配得上情郎。十五歲的姑娘人已老，她背對鞦韆架，流淚把心傷。

【研析】義山之詩，很多都具有雙重乃至多重的主題。本詩就是一首雙重主題之作。

從字面上看，詩是寫一位早慧早熟的少女一天天長大，她的美好姿容、優秀才華都已經初步長成，但是她卻被鎖在深閨，無人賞識，白白耽擱青春，於是深恐老大難嫁。詩說，她八歲已經學習畫眉，懂得欣賞美、創造美，才氣初具；十歲時候已經能夠剪裁芙蓉做裙衩，足顯妝飾之美麗、情操之高潔，其不凡氣質已經呈現；十二歲時候苦練彈箏，技藝精進；十四歲是該出嫁的年齡了，她卻受制於環境，被藏入深閨中，虛度年月；至十五歲尚未得人賞識，不禁非常憂傷。

這首詩以少女情境自況的痕跡是非常明顯的。以詩人本身的作品為證：〈上崔華州書〉說自己「五歲讀經史，七年弄筆硯」；〈樊南甲集序〉又說「樊南生十六能著〈才論〉、〈聖論〉，以古文出諸公間」；〈祭徐氏姐文〉則說「內無強近，外乏因依」。義山也是一個早慧的才子，同詩歌中的少女一樣，他也被環境深深束縛。

義山早年生活極其不幸。九歲父亡。在〈祭裴氏姐文〉中，他回憶說：「浙水東西，半紀飄泊。某年方就傅，家難旋臻。躬奉板輿，以引丹旐。四海無可歸之地，九族無可倚之親。既祔故邱，便同逋駭。生人窮困，聞見所無。」而年歲稍長，即「傭書販舂」。這個早慧的才子，在人生起步階段，就備嘗艱難。

而義山生活的時代，同樣是非常暗淡。經過安史之亂，唐王朝早已國事日非。在義山童年，唐穆宗喜好求仙問道，終於因服用方士丹藥，求仙未成反而暴卒。繼位的敬宗頑劣不堪，不僅大興土木、縱情聲色，而且遊樂無度、待下刻薄。在位剛三年，年齡剛十八，即被宦官和神策軍將聯合暗殺。隨後朝中發生激烈的帝位爭奪，絳王被殺，文宗立。

在這樣一個風雨飄搖的國家裡，又碰上多難而窘迫的家事，義山對未來前途，不免心懷忐忑。「十五泣春風，背面鞦韆下」可謂是自我寫照了。

本詩語言平淺直白，幾近口語；在層次上採用移步換形的手法，意象分明；感情疏淡，清新明朗，這些特點都不同於義山中後期作品。這首早期之作，顯示了義山創作初期所達到的藝術高度，展示了少年詩人的不凡才具。（許軍）

失題

幽人不倦賞，秋暑❶貴❷招邀❸。竹碧轉悵望，池清尤寂寥。露花終裛❹濕，風蝶❺強嬌饒❻。此地如攜手，兼君不自聊❼。

【注釋】❶秋暑　秋熱。❷貴　看重。❸招邀　邀請。儲光義：「招邀及浮賤。」一作招要。趙冬曦〈陪燕公遊灉湖上亭〉：「江外多山水，招要步馬來。」❹裛　通「浥」。沾濕。陶潛〈飲酒〉：「裛露掇其英。」❺風蝶　風中的蝴蝶。《古今注》：「蛺蝶，一名風蝶。」❻嬌饒　柔美嫵媚。饒，亦作嬈。❼不自聊　百無聊賴。左棻〈離思賦〉：「心不自聊。」

【語譯】你情懷幽雅，喜歡在美景中徜徉。小園的天氣還未涼，若能邀請你，你定會高興來欣賞。竹葉還是那樣青，可惜我心情更惆悵；池水還是碧波漾，卻讓我感到更彷徨。露水壓彎了花枝；蝴蝶在秋風中簸揚。若是攜手同遊，面對這敗落的風景，可能你也會神傷。

【研析】這首詩或是一封回信，慰答友人之不滿情緒。詩說幽情樂遊，又逢秋暑時節，正好出行。無奈情緒不好，看著清翠竹林，心情惆悵；看著清澈池水，反覺得寂寥。而帶露水的花朵，風中飛走的蝴蝶，無一不使自己感到毫無情趣可言。這樣的壞心情，自然是不適宜陪同客人遊賞的了。為免無聊情緒傳給友人，所以未邀約同遊。中間兩聯以「轉」、「尤」、「終」、「強」四個字，突出環境和心境的雙重蕭瑟。末聯一個「如」字，把前面的內容貫通了起來，並解釋了未能邀請的原因。全詩章法嚴謹，以詩代柬，想必義山之友看到這樣的回覆，一定會諒解義山的。

本詩含義平淺，語近直白。但是詩人為了什麼原因而情緒低落呢？是秋景蕭瑟嗎？可是秋景風光依舊。詩中所刻劃的惆悵，是一種無可名狀的感受，無緣無故，又無跡可尋，朦朧而虛幻。它所體現的情感特色，正是義山中後期詩歌刻劃情感的主要傾向。

義山是一位早慧的詩人。晚唐風雨飄搖的特殊時代背景，多災多難的家庭變故，坎坷壓抑的社會經歷，對這位年輕詩人的心理個性影響非常巨大。悲劇性的時代、悲劇性的命運造成其感傷的個性；而敏感多愁的個性影響了他哀婉纏綿的詩風，思維多向、想像豐富又使他的詩歌籠罩著一層朦朧奇幻的色彩。本詩中，人物的無名傷感和詩篇淡淡哀愁的風格，都是在這樣的背景下產生的。(許軍)

初食笋呈座中

嫩籜香苞初出林，於陵❶論價重如金。皇都陸海應無數❷，忍剪凌雲一寸心。

【注釋】❶於陵　漢縣名。治所在今山東鄒平東南。唐時為淄州長山。其地少竹，而沿海諸山中生般腸竹，味美，故珍貴。❷皇都句　此句明指長安附近物產豐饒，喻京都人才之盛。皇都，指唐都長安。陸海，謂陸上膏腴之地，寶藏之多猶如大海。

【語譯】那包著筍衣的香筍是多麼翠嫩，在於陵這樣的地方貴比黃金。皇都中滿眼的山珍海味，何必偏嗜新生的春筍，可憐它萬丈凌雲的孤高，剛一露頭就慘遭剪伐。

【研析】這首詩具體的寫作時間不易考定，但屬商隱少作無疑。馮浩曾因詩中「於陵」二字，而謂該詩作於兗海崔戎幕中。然義山大和八年四月隨崔戎赴兗，五月方抵兗，六月庚子，戎卒，義山離兗，居幕不過月餘。五、六月於兗間，已無「嫩籜香苞」可言。故此詩作於兗海幕可能性極小。又「皇都陸海」一句之「應」字，係推測揣想之詞，知其亦非作於長安。詩中情調、語氣均似少年意態，張采田推測「必幕遊未第時作」，庶幾近之，此或商隱少年客遊洛下等地時，於某顯宦席上所賦。

此詩託物言志，既抒發了少年人的凌雲意氣，也寄寓了憂心剪伐的不安，同時流露出對當局漠視人才、自己才高不聘的不滿。同樣的竹，在於陵價值千金，而在長安卻不名一文，被人肆意剪伐。除了前面說到的對人才漠視的不滿，「皇都陸海應無數」一句強調京都人才之盛，也似有「長安居，大不易」的隱憂，這些都是初入世者的口吻、心理。整首詩格調明朗，雖微寓隱憂，色彩畢竟很淡，同樣顯露了弱冠少年口吻。

聯繫商隱作期相近的一首〈無題〉：「八歲偷照鏡，長眉已能畫。十歲去踏青，芙蓉作裙衩。十二學彈箏，銀甲不曾卸。十四藏六親，懸知猶未嫁。十五泣春風，背面鞦韆下。」後兩句也有懷才不遇的隱憂，兩詩大意相近，只是這首對自我才能的自矜自憐更為突出。正是這種自信，支撐了商隱詩中的那份少年驕傲，也正是這種自信，給心思綿密敏銳的商隱帶來世無伯樂的擔心。從風格上看，前首有少年俊邁之氣，而此首多婉轉低回之態，似乎更切近商隱本來面目。不過，詩人早期詩藝正屬形成發展階段，峻邁、婉轉等不同風格的呈現，正是早期尚未定型的詩風特徵。（李翰）

隨師東❶

東征日調萬黃金，幾竭中原買鬪心。軍令未聞誅馬謖，捷書惟是報孫歆❷。

但須鸑鷟❸巢阿閣，豈暇鴟鴞在泮林❹。可惜前朝玄菟郡❺，積骸成莽陣雲深！

【注釋】❶隨師東　隨師，即隋師。此借隋師東征暗指大和年間討李同捷之戰爭。❷軍令二句　謂對違反軍令、不服調度的將領不敢懲誅，諸將只知道謊報戰功，以邀厚賞。馬謖，三國時蜀將，因失街亭而被諸葛亮斬首。孫歆，三國時吳國都督。晉將王浚伐吳，謊報戰功，說斬得孫歆首級。後晉將杜預俘獲孫歆，揭穿事實真相。❸鸑鷟　鳳凰的別名。❹豈暇句　此借指藩鎮割據州郡。鴟鴞，即貓頭鷹，古人以之為惡鳥。泮林，泮宮（古代學宮）旁的樹林。❺玄菟郡　漢武帝元封四年，以朝鮮地置樂浪、玄菟、真蕃、臨屯四郡，此處借指叛亂的滄、景地區。

【語　譯】金山銀海，竭盡國庫的東征，幾乎耗盡了當局窮兵黷武的心力。散漫鬆垮的軍紀，習以為常的是謊報軍功。要是有良將像鳳凰棲居在朝堂，哪裡會有貓頭鷹般的宵小占據學宮。可惜前朝開拓的疆域，如今叛亂連連，屍骨成山啊！

【研　析】唐敬宗寶曆二年（西元八二六年），橫海鎮（治滄州）節度使李全略死，其子李同捷擅稱留後，朝廷經年不問。文宗大和元年五月（西元八二七年），以李同捷為兗海節度使，同捷抗拒朝命，八月，命諸道進討。但討叛諸鎮以寇固寵，導致戰爭遲遲無功，據《通鑑．文宗大和二年》：「時河南、北諸軍討同捷，久未成功。每有小勝，則虛張首虜以邀厚賞。朝廷竭力奉之，江淮為之耗弊。」直至大和三年四月，才初步平定。詩即為這段史事而發。前四句便是對討叛諸將跋扈難制、冒功邀賞的譏刺。結尾寫戰亂後滄、景地區的荒涼蕭條，亦是史筆。《通鑑．文宗大和三年》：「滄州承喪亂之餘，骸骨蔽地，城空野曠，戶口存者什無三四。」然而，此詩主旨非僅止於譏刺與揭露，而係針對有關窳敗現象，溯源到朝廷威令不行，一味推行厚賂政策，且根本原因又在宰輔不得其人。五、六二句乃此篇樞要，鳳巢於阿閣，比喻賢臣之在朝，只要當朝得人，斷不容藩鎮之跋扈。義山一貫認為國家治亂，繫人不繫天，此詩較早鮮明的反映了這一觀點。

詩的首聯重筆突起。頷聯「未聞」、「惟是」，譏刺略無餘地：嚴肅軍紀之事，從來未有；而「買鬬」所得卻盡是「報孫歆」式的「捷書」。腹聯「但須」、「豈暇」將所揭現象一筆煞住，突出一切現象之根源乃宰輔非人。末聯於主旨既明之後，又回筆寫滄、景地區的慘痛景象，言外寓無限感慨。全詩的內容組織及結構安排都極為精洽，與虛字轉折吞吐的巧妙配合，使嚴整精警中見動盪回旋之勢。

大和初、二年間，義山不過十七、八歲，而詩藝精進如斯，已成雛鳳之勢。詩中累積典故，也顯示了義山日後詩風的一個突出特徵。將以上所選幾首詩合觀，義山對時局國運，可謂時時繫心也。其實泛泛而言，詩人所有主題無非兩塊，一曰社會，一曰人生，有時傾注於此，有時傾注於彼，而大多時候兩者是結合在一起的。正因義山內有春筍凌雲之志，對自我的高度自期與自信，才有如此自覺而密切的現實關懷。個人具體

的人生歷程與際遇尚未展開，詩人處於理想與憧憬階段，故所書所寫多軍國大事也。（李翰）

春游

橋峻班騅❶疾，川長白鳥❷高。煙輕唯潤柳，風濫欲吹桃。徙倚三層閣，摩挲七寶刀❸。庾郎❹年最少，青草妒春袍❺。

【注　釋】❶騅　毛色青白相雜的馬。《說文》：「騅，馬蒼黑雜色。」《爾雅》：「蒼白雜馬，騅。」❷白鳥　白羽之鳥，如鶴、鷺之類。《詩經》：「振鷺于飛。」《毛傳》注曰：「鷺，白鳥也。」❸七寶刀　名刀，此處代建功立業。〈琅琊王歌〉：「新買五尺刀，懸著中梁柱。一日三摩娑，劇於十五女。」❹庾郎　庾翼。《晉書》：「庾翼風儀秀偉，少有經綸大略。」❺青草妒春袍　意謂青色官袍令人嫉妒。此處化用古詩：「青袍似春草。」

【語　譯】橋頭高峻，斑馬翩翩。看長堤美景，白鳥高飛向天邊。柳色養眼，一抹鵝黃如輕煙；微風情縱，吹逗桃花不知倦。歸來斜倚在高樓，反覆摩挲七寶刀。年少顯達像庾郎，不怕人妒前程好。

【研　析】此詩之著作年代已不可考。據詩中「庾郎年最少」與意緒情態，應為少年得意之作。張采田認為「恐係弱冠時赴崔戎華州幕，或令狐楚東平幕所賦」。首聯寫馬蹄迅疾，白鳥高飛，滿眼春色。得意之情態畢顯。頷聯寫季節正是春末，一片春光。頸聯寫少年登樓，志向豪邁，刻劃鮮明。尾聯直陳年少而青袍著體，不勝人生歡樂。統觀全詩，少年的稚嫩情態非常明顯。

考義山生平，大和七年，崔戎任華州刺史，義山赴華州，入幕，掌章奏。次年三月，崔調任兗海觀察使，義山隨之，崔六月即卒於任所。義山十六歲受令狐楚教，十九歲入其幕府約三年。此後開成二年，義山登第；其年秋天，令狐楚病重，義山由京師馳赴興元探視，代草遺表，後奉喪歸長安。因此，這首詩的寫作日期當為入崔戎幕中最切情理。本詩也是義山詩集中少有的得意之作。全詩直抒胸臆，一氣呵成，興高采烈，全無中後期作品的掩抑深藏之情。此後則人生坎坷，樂少悲多：不久即幕府飄零，祕省數罷，黨爭打擊，投閒置散，人生失路，義山遂反覆慨歎「青袍似草年年定，白髮如絲日日新。」這位早慧的詩人，懷抱著「欲回天地」的壯志，在晚唐紛亂複雜的政治風波中徒然掙扎，於四十多歲的壯年即夭亡，真是生不逢時而又天妒英才。(許軍)

謝書❶

微意何曾有一毫，空攜筆硯奉〈龍韜〉❷。自蒙半夜傳衣❸後，不羨王祥得佩刀❹。

【注釋】❶謝書　此詩為感謝令狐楚傳授章奏之學而作。《舊唐書・文苑傳》：「商隱能為古文，不喜偶對。從事令狐楚幕，楚能章奏，以其道授商隱，自是始為今體章奏。」❷龍韜　此概指兵書。《隋書・經籍志》有《太公六韜》，傳為呂望作，分〈文韜〉、〈武韜〉、〈龍韜〉、〈虎韜〉、〈豹韜〉、〈犬韜〉。❸半夜傳衣　喻令狐楚祕授章奏之法。令狐楚為當時駢文章奏名家，此比之為禪宗五祖。李舟〈能大師傳〉：「五祖弘忍告之曰：『汝緣在南方，宜往教授，持此袈裟，以為法信。』一夕南逝。公滅度後，諸弟子求衣不獲，始相謂曰：『此非盧行者所得耶？』使人追之，已去。」《新唐書・令狐楚傳》：「德宗喜文，每省太原奏，必能辨楚所為，數稱之。……憲宗時，累擢職方員外郎，知制誥。其為文，於牋奏制令尤善，每一篇成，人皆傳諷。」❹王祥得佩刀　唐時官私文書，例用駢文，擅長駢體章奏為文士致身榮顯之要，故曰「不羨王祥得佩刀」。晉《中興書》：「初，魏徐州刺史呂虔有佩刀，工相之，以為必三公可服此刀。虔語別駕王祥：『卿有公輔之量，故以相與。』祥始辭之，虔強與，乃受。」《晉書・王祥弟覽傳》：「祥臨薨，以刀授覽，曰：『汝後必興，足稱此刀。』覽後奕世賢才，興於江左矣。」

【語　譯】微妙思想，我哪裡懂得一絲一毫；帶著筆硯，我本想學習武略文韜。傳我駢文章法，送我安身至寶。弟子今日得真傳，學海有路通雲霄。

【研　析】義山為人，一往情深。此詩既是謝師之作，感謝令狐楚教導之恩；又是抒懷之作，展望個人的理想和前途。駢文技巧是理解本詩的關鍵。隋李諤曾上書文帝，攻擊駢文蠹政：「連篇累牘，不出月露之形；積案盈箱，唯是風雲之狀」，但是隋唐的章奏文章仍然是駢體。這種文章的特點是講究對仗，句式錯落，節奏分明，多用典故，辭藻華麗，是一種詩化的散文。駢文寫作，不僅需要特定的技巧，還需要淵博的知識。令狐楚本人的章奏，在當時非常有名，「每一篇成，人皆傳諷。」義山得令狐楚指點教導，自感章法精進，內心興奮之情溢於言表。他認為，憑著這一手好文章，將來必定青雲有望。義山的這個想法正見出少年幼稚。晚唐政局，風雲變幻，朝廷官員、內廷宦官、地方藩鎮之間的矛盾鬥爭錯綜複雜。義山後來雖然憑著這一手好文章獵取了功名，卻連一個小小校書郎的京官職位都不能保全，可謂文章憎命達了。因此，此詩的寫作，應為大和四年前後。

詩中說「不羨王祥得佩刀」，自我期許的成分非常明顯。義山得令狐楚指點，確實能發揚光大令狐楚的駢文章法。義山的駢文典麗工整，才情富贍。針對中唐「文以明道」的理論，義山更強調直筆為文，抒發真情，形成情韻兼美的特色。他的駢文不僅風靡晚唐，也影響了兩宋駢文的寫作，被奉為四六文的絕品。從這個意義上說，義山確實不必羨慕王祥。然而，王祥得到了「佩刀」，義山卻蹇迫終生，始終未能得到。難怪崔珏在〈哭李商隱〉其二說：「虛負凌雲萬丈才，一生襟抱未曾開。」（許軍）

天平公座中呈令狐令公❶

時蔡京在坐京曾為僧徒❷故有第五句

罷執霓旌上醮壇❸，慢妝❹嬌樹❺水晶盤❻。更深欲訴蛾眉斂，衣薄臨醒玉艷❼

寒。白足禪僧❽思敗道，青袍御史❾擬休官。雖然同是將軍❿客，不敢公然子細看⓫。

【注　釋】❶令公　當作「中書令」尊稱，或作「相公」。《舊唐書》本傳載，大和三年十一月，令狐楚進位為檢校兵部尚書、鄆州刺史、天平軍節度使。但沒有任過中書令一職。《蔡寬夫詩話》引此題作〈呈令狐相公〉。❷僧徒　禪僧，和尚。《唐詩紀事・蔡京》：「邕州蔡大夫京者，故令狐文公楚鎮滑臺日，於僧中見之，曰：『此童眉目疎秀，進退不懾，惜其單幼，可以勸學乎？』師從之，乃得陪學於相國子弟。後以進士舉上第，尋又學究登科，作尉畿服。為御史，覈獄淮南，李相紳憂悸而卒，頗傳繡衣之稱。」❸罷執句　言此姬妾昔日曾為女道士。罷，表明不再執霓旌，不復上醮壇。〈高唐賦〉：「霓為旌，翠為蓋。」醮壇，道士祈禱所設之壇。❹慢妝　薄妝；淡妝。❺嬌樹　如嬌美之玉樹。陳後主〈玉樹後庭花〉：「璧月夜夜滿，瓊樹朝朝新。」原詞詠張貴妃、孔貴人容貌之美。❻水晶盤　水晶盤中舞。《太真外傳》載，漢成帝得趙飛燕，身輕弱不勝風，於是造水晶盤，令宮人以掌相托，讓飛燕於盤中歌舞。❼玉豔　如玉之容光，奇美。❽白足禪僧　此謂蔡京曾為僧也。《法苑珠林》卷二七載：「魏太武時，沙門曇始甚有神異，足不躡履，跣行泥穢中。奮足便淨，色白如面，俗號白足阿練也。」❾青袍御史　幕府中帶監察御史銜者。❿將軍　天平公令狐楚。⓫不敢句　意謂將軍深愛美姬，見座客忘情，心中妒火暗暗燃起；詩人警覺，只敢偷偷瞄兩眼，以免觸怒主人。《水經注釋》卷一六：「魏文帝在東宮宴諸文學，酒酣，命甄后拜坐，坐者咸伏，惟劉楨平仰觀之。太祖以為不敬，送徒隸簿。」子細，即仔細。

【語　譯】放下雲旗，告別醮壇；一抹淡妝如玉樹，精靈舞動在水晶盤。夜色涼如水，美人微皺眉，一懷幽情吐與誰。薄衣衫，睡眼惺忪，肌膚美豔惹人憐。得道的高僧愛美色，清規戒律早已拋到了腦後邊；堅貞的御史已驚魂，只想親近美人哪怕丟了官。將軍的客人們雖大膽，但是我不敢瞪大眼睛看。君不見，將軍心中的妒火已經熊熊燃起。

【研　析】此詩寫令狐楚宴客，座中令美人跳舞助興，於是義山妙筆生花，極力讚頌這位美人之美。詩中說這位美人曾經當過女道士，但是今日淡妝跳舞來為主客助興。她的一顰一笑，她的體態舞姿都非常豔麗。於是客人中有人思敗道，有人思違禮，也有人不敢多看。眾客忘情，足見美人豔驚四座；詩人不敢看，暗示美人實為將軍禁臠，不容他人染指。語句戲謔，而描寫窮形盡相。本詩中流露的一些言外之意也很值得注意。從詩歌題目來看，為遵令狐楚命而作。詩中對跳舞女子的描寫卻大膽放浪，足見義山與幕主關係之親密。而對在座的蔡京與另一位御史的態度，也是語含調笑。唐人禮法觀念之淡薄，確非虛言。

歷來注家都為義山之大膽放肆感到些許驚訝。其實，只要明白那個特殊時代的社會背景，就不難明白義山何以能面對幕主如此措辭了。唐代帝王奉老子為始祖，尊崇羽流，於是道教繁盛。流風所及，連女子都紛紛要求做女冠。她們加入道觀之後，在經濟上有了足夠保證，在社會上的活動變得更加自由，各種茶樓酒館、宴席內闈都可以隨意涉足，在兩性關係上也放誕無忌。一旦看中意中人，也可立即脫去道袍，廁身姬妾。著名的女冠魚玄機就曾如此經歷過，還寫了戀愛心得。〈寄李億員外〉：「易求無價寶，難得有心郎。」但是，魚玄機仍然底氣十足：「自能窺宋玉，何必恨王昌！」令狐楚幕府中的這位美人也必定是如此而來的。幕主風流自喜，義山自然無須一本正經。相信令狐楚看到此詩，也一定會感到高興。

本詩在藝術上自有一定特色。第一、第二聯直接描寫這位美人之美：首聯交代其身分，次聯刻劃其美麗神韻。第三、第四聯則側面烘托她的美麗：頸聯通過戲謔在座客人，烘托美人之美；末聯巧用劉楨瞪眼看甄后的典故，風趣而典雅。在形制上與〈陌上桑〉的秦羅敷極似，但風趣上似稍過之。張采田稱本詩：「豔詩中最深婉者，措辭鮮麗而有神味，絕非西崑塗澤所及。」（許軍）

贈宇文中丞

欲構中天正急材❶，自緣煙水戀平臺❷。人間只有嵇延祖❸，最望山公啟事來❹。

【注　釋】❶欲構句　此句意謂朝廷急需構造大廈之材，君王求賢輔佐治世。中天，一指大廈。《列子》：「西極化人見周穆王，王為改築宮室，其高千仞，臨終南之上，名曰中天之臺。」又指盛世。古史稱堯舜之時為中天之世。❷平臺　代梁園，此比幕僚。《史記・梁孝王世家》：「梁孝王大治宮室，為複道，自宮連屬於平臺三十餘里。……招延四方豪桀。自山以東，遊說之士莫不畢至。」義山〈上令狐相公狀〉：「每水檻花朝，菊亭雪夜，篇什率征於繼和，杯觴曲賜其盡歡，委屈款言，綢繆顧遇。」❸嵇延祖　嵇康之子嵇紹，字延祖，年少知名。《晉書・嵇紹傳》：「以父得罪，靖居私門。山濤領選，啟武帝，請為祕書郎。」❹最望句　義山注：「公感嘆亡友張君，故有此句。」山公，山濤。《晉書・山濤傳》：「所奏甄拔人物，各為題目，時稱山公啟事。」

【語　譯】王朝中興，廣廈再建，中丞選才為國家；師恩未報情難捨，更何況，悠遊詩酒樂麾下。亡友張君有遺孤，久望青雲路，才具堪栽培，望中丞薦舉將他提拔。

【研　析】本詩寫作之時，義山仍在令狐楚之幕府。其時，他甚得令狐楚尊重賞識，所謂「委屈款言，綢繆顧遇。」這位宇文中丞流露出薦舉之意，義山一方面婉言謝絕，另一方面又託中丞薦舉亡友張君之子，頗有謙謙君子之風。從詩歌流露出的情況看，義山與令狐楚師友之誼非常深厚。義山在〈謝書〉一詩中，說自己不過一介書生，卻受到令狐楚的禮遇。幕主對待僚屬如老師教導學生一般，這樣的恩德令義山沒齒難忘。在〈奠相國令狐公文〉中，義山說：「天平之年，大刀長戟。將軍樽旁，一人衣白。」這個無官階的少年，得到令狐楚這位一方大員的賞識栽培，義山內心的感激是不言而喻的。天平幕府，是義山獲得一技之長的學堂，是義山生活中最悠遊快樂的一段時光，是他一生時時懷念的一段記憶。

但是，若因此認為義山只是貪戀幕府悠遊生活、胸無大志就錯了。令狐楚教導義山駢文，乃是看中其為可造之材，而義山也自詡「不羨王祥得佩刀」，立志要自致青雲。因此，義山之婉拒，主要還是出於少年之心高氣傲，不願接受別人薦舉，想要憑藉真才實學去博取功名。晚唐科舉，盛行「行卷」，即考試前士子帶著自己的文章拜見主考，順便介紹自己的門庭、薦舉人，甚至附上各種賄賂。為獲得權貴薦舉，當時士子普遍有過杜甫所謂的「朝扣富兒門，暮隨肥馬塵」的輾轉拜託之苦。令狐楚為朝廷重臣，他的薦舉肯定可以發揮很大作用。但是，義山在〈上崔華州書〉中說自己「居五年間，未曾衣袖文章，謁人求知。」可見少年義山之骨氣錚錚。義山中年之後，仕途蹭蹬，四處求人，甚至時傷自尊，固然有損其形象，但也是荒誕時代逼迫而成的。本詩以詩代柬，語言淺易，意思明晰。詩共四句，各述一事，結構單純。其特色誠如紀昀所述：「直寫平淺」。（許軍）

贈趙協律晳

俱識孫公與謝公❶，二年歌哭處皆同❷。已叨鄒馬❸聲華❹末，更共劉盧族望通❺。南省❻恩深賓館❼在，東山事往妓樓空❽。不堪歲暮相逢地，我欲西征君又東❾。

【注釋】❶孫公與謝公　即晉孫綽與謝安，此處分別指令狐楚與崔戎。❷二年句　此言己與趙晳同為令狐楚、崔戎所知，二年幕友，感情投合，悲喜歌哭與共。歌哭，指感情相通，休戚與共。語出《禮記・檀弓》：「晉獻文子成室，張老曰：『美哉輪焉！美哉奐焉！歌於斯，哭於斯，聚國族於斯。』」❸鄒馬　鄒陽與司馬相如，二人同為梁孝王賓客。這裡代指幕友。❹聲華　聲譽。白居易詩曰：「昔為京洛聲華客，今作江湖潦倒翁。」❺更共句　義山自注：「愚與趙俱出今吏部相公門下，又同為故尚書安平公所知，復皆是安平公表侄。」劉盧，劉琨、盧諶，二人有親戚之誼。《文選》載劉琨〈答諶詩〉：「郁穆舊姻，嬿婉新婚。」盧諶〈贈琨詩〉：「申以婚姻，著以累世。」琨妻為諶之從母，諶妹又嫁琨弟。族望，名門大族。❻南省　代指令狐楚。唐六尚書二十四司，統屬於尚書都省，故尚書與郎官統稱南省。令狐楚時為僕射。❼賓館　漢公孫弘為丞相，開東閣以延賢良之士；賓館即東閣異名。❽東山句　此喻崔戎已卒。《晉書・謝安傳》：「謝安寓居會稽，棲遲東土，每遊賞，必以妓女從其後。雖受朝寄，然東山之志始末不渝，每形於言色。」❾我欲句　此言己赴京師、趙赴宣州。

【語　譯】樂於薦舉的孫綽與謝安，古今稱頌；提攜你我的崔戎令狐楚，再也難逢。兩年幕府常攜手，休戚與共情深厚。同遊君子才氣飛，承蒙不棄，我能參與良辰會。又得兩姓成一家，門第清華人人誇。難忘記，令狐門下，昨日知遇空回味；再回首，崔公一逝，詩酒流連好夢碎。人生苦無依，歲末情更悲，千里相逢在旅途，明日勞燕分飛各東西。

【研　析】此詩語調流利，但聲情悲鬱，極顯才情，誠所謂窮愁之詞易工。詩中歷數往事，不勝人生失路之悲。首聯言曾得到令狐楚與崔戎之知遇，但是崔戎辭世，令狐楚內調，兩處幕府皆散，但二人兩年共同生活建立了深厚友誼。次聯言幕友的才氣聲譽之隆，而己能與其同遊之榮幸；又兼親戚關係，更是情深意厚。三聯復言幕府昔日歡樂與今日幕散，空餘回憶。末聯言二人為生活所迫，雖在歲暮仍須四處奔波，客地千里相逢，明日又要各奔東西。詩歌抓取客舍相對這一生活鏡頭，在反覆咀嚼品味中渲染了悲痛情緒。義山其時，剛二十出頭，這樣的人生挫折對這位年輕人來說，不可謂不沉重。

文宗大和七年，義山因病未能參加科舉考試。當年六月，令狐楚奉調進京，任檢校右僕射，兼吏部尚書，太原幕府解散。不久，義山投奔其表叔——華州刺史崔戎，受到極好禮遇。義山在〈安平公〉詩中說：「丈人博陵王名家，憐我總角稱才華。華州留語曉至暮，高聲喝吏放兩衙。明朝騎馬出城外，送我習業南山阿。」崔戎賞識義山少年早慧，不僅與之留語連日，而且送其至南山讀書，寄望殷切。因此，在少年義山的成長過程中，令狐楚、崔戎的提攜再造之功可謂巨矣。

本詩以「歌哭」二字統領全詩。音韻上語調朗朗；層次上一一歷數。一個「空」字，把上文之回憶收束，而引起下文客舍相逢又告別的悲涼傷感之事。語言流利轉折，感情掩抑低迴。顯示出少年義山的出眾詩才。

（許軍）

過故崔兗海❶宅與崔明❷秀才話舊因寄舊僚杜趙李❸三掾

絳帳❹恩如昨，烏衣❺事莫尋。諸生空會葬❻，舊掾已華簪❼。共入留賓驛❽，俱分市駿金❾。莫憑無鬼論❿，終負託孤⓫心。

【注釋】❶崔兗海　崔戎。❷崔明　或為崔戎族子。❸杜趙李　即杜勝、趙晳、李潘。❹絳帳　代指傳道師育之恩。《後漢書・馬融傳》：「馬融常坐高堂，施絳紗帳，前授生徒，後列女樂。」❺烏衣　指烏衣巷。在秦淮河南，靠近朱雀橋，晉時大族王、謝子弟居住處。此處借謝混與子侄詩會遊賞事代崔戎在日諸人詩酒酬唱之樂。《南史・謝混傳》：「謝混風格高峻，少所交納，惟與族子靈運、瞻、晦、曜以文義賞會，常共宴處。居在烏衣巷，故謂之烏衣之遊。」❻諸生句　意謂門生弟子只是參加了老師的葬禮，其後則不復記師恩。《後漢書・郭泰傳》：「郭泰卒，四方之士千餘人，皆來會葬。」❼華簪　華貴的官簪，代指顯貴官位。❽留賓驛　喻幕府。《漢書・鄭當時傳》：「鄭當時嘗置驛馬長安諸郊，請謝賓客，夜以繼日。」❾市駿金　此指數人往日受崔戎厚遇恩。《戰國策・燕策》載郭隗遊說之詞：「古之君人有以千金求千里馬者，三年不能得。涓人請求之，得千里馬；馬已死，買其骨五百金。於是不能期年，千里馬之至者三。」❿莫憑句　意謂崔戎雖死，但靈魂仍在，其往日知遇之恩不可忘。《搜神記》卷一六載：「阮瞻字千里，素執無鬼論，……忽有客通名詣瞻，寒溫畢，聊談名理。客甚有才辨。瞻與之言良久，及鬼神之事，反復甚苦。客遂屈。乃作色曰：『鬼神古今聖賢所共傳，君何得獨言無？即僕便是鬼。』於是變為異形，須臾消滅。」⓫託孤　臨終拜託別人照料妻兒。《後漢書・朱暉傳》：「朱暉同縣張堪素有名稱，嘗於太學見暉，甚重之，接以友道，把暉臂曰：『欲以妻子託朱生。』暉以堪先達，舉手未敢對。……堪卒，暉聞其妻子貧困，乃自往候視，厚賑贍之。暉少子頡怪而問……暉曰：『堪嘗有知己之言，吾以信於心也。』」

【語譯】恩師耳提面命，就像發生在昨天。當日詩酒流連，一去成空不能重現。弟子眾多費栽培，墳頭空灑兩點淚。得志佩華簪，報恩有幾人。想當年，知遇恩隆，提拔情重。不要說，人死他年恩情絕；也須問，撫孤當日答應沒。

【研析】此詩借話舊而慨歎世態炎涼，所謂義正而辭嚴。首聯，上句不僅自謂，也兼指幕府僚友，都曾得崔戎教導之恩；下句言崔戎之辭世，所謂「人在人情在，人死兩分離」，對人情澆薄已含貶斥之意。次聯言門生弟子只是參加崔戎葬禮，此後沉浮異勢。「空」、「已」二字，透出薄情者面目。如陶淵明〈挽歌〉所謂：「親戚或余悲，他人亦已歌。」三聯再次言說當年幕友曾受到崔戎之恩遇與賞識。於是提出末聯，如此辜負忘恩，將何面目對崔戎地下之靈魂？崔戎之死，義山不僅情感上受到了打擊，而且也失去了一位在事業上可以極力提攜自己的老師。義山之悲悽，就顯得格外沉重。

本詩之主旨，在「背恩負心」四字上。這種道德評判，足以令負心者無地自容。義山此詩，一作而寄送四人，其道德審判力量是非常強大的。這種懲罰足以令負心者喪膽，也足以儆戒旁觀者。然而，世事難料，義山入王茂元幕府後，也遭到了這樣的道德審判。其打壓力量大到令其一生無法擺脫，也無法振作。傳統道德當然需要維繫，這是我們民族的靈魂。但這個道德的標準是誰掌控的，目的又是什麼，卻是大有講究的了。

本詩前六句，反覆陳述當日受恩情重，渲染知恩圖報之意，與末句「終負」形成極大落差。全詩既是憑弔，又是譴責，反覆寄慨，哀傷沉痛。義山之善為哀誄之詞，已經於此顯露；而義山之重情多感，也於此可窺一斑。（許軍）

宿駱氏亭❶寄懷崔雍崔袞❷

竹塢❸無塵水檻❹清，相思迢遞隔重城。秋陰不散霜飛晚，留得枯荷聽雨聲。

【注釋】❶駱氏亭　長慶間駱姓居士所築，亭址在灞陵附近。❷崔雍崔袞　商隱早年幕主崔戎的兒子。詩題逕稱名姓而無官職，雖因作者年長於二崔，亦必二崔尚未入仕。詩或作於大和八年戎卒後不久。❸竹塢　竹林環抱的船塢。❹水檻　臨水有欄杆的亭軒。

【語　譯】那竹林深處的船塢，是你解纜遠行的地方。如今秋色漸深，在臨水的亭軒我欄杆獨撫。望去山長水遠，這一份相思，經得住幾番跋涉。向晚的秋陰淒緊，霜花飛落。不忍聽那冷雨中的殘荷，零落無邊的離愁別恨。

【研　析】《紅樓夢》中林黛玉素不喜義山詩，而獨愛此詩「秋陰不散霜飛晚，留得枯荷聽雨聲」二句，大概秋雨滴打孤荷，那份落寞淒清特具情味與詩意吧！駱氏亭清幽絕塵，客遊獨宿自易牽動故舊之思。相思本無形無質之物，而說「隔重城」，則寫出思念的迢迢千里、牽腸掛肚的形態，極為形象。重城之隔，正見情感之相通。末二句善於造境，將思念之情與身世冷落之感一寓孤寂清淒之境，正王國維所謂「有我之境」。孤荷聽雨，永夜無寐，此言外之情，則須讀者嚼而後知，更顯情味雋永。

二崔乃義山早期府主崔戎之子，戎於義山亦多有知遇之恩，〈安平公〉詩云：「丈人博陵王名家，憐我總角稱才華。華州留語曉至暮，高聲喝吏放兩衙。明朝騎馬出城外，送我習業南山阿。」故義山與二崔，正如其與令狐綯一樣，既是青少時切磋來往的好友，同時這份友誼中又有對他們父輩的感激懷恩。義山的知恩重情，於此可見一斑。

整首詩轉折推想，情思綿綿，已見義山自家面目。情濃意重正義山為人為詩之最大特徵，義山的矛盾痛苦、纏綿糾葛便緣於情多，此情有親情、友情、愛情、感恩之情、自憐自傷之情等，不一而足。無情則無義山，此詩已早早說明了這一點。（李翰）

東還❶

自有仙才❷自不知，十年長夢采華芝❸。秋風動地黃雲暮，歸去嵩陽❹尋舊師。

【注釋】❶東還　自東而還。大和九年春李義山應舉落第，秋自長安東還鄭州時所作。❷自有仙才　意謂自己本適合求仙隱居，卻錯誤地去參加科舉考試。這是牢騷語。《漢武內傳》：「西王母曰：『劉徹好道，然形穢神慢，非仙才也。』」❸采華芝　求仙學道之生活。《抱朴子》說華芝：「服之可以長生。」❹嵩陽　河南嵩山之嵩陽宮，為學仙者修習之地。

【語譯】我本仙家下凡塵，夢裡常回仙山中。靈芝拿在手，駕鶴遊長空。十年辛苦追繁華，幾番淪落不肯休，只落得，誤我早去仙人洞。秋風遍地吹，黃雲滿天飛。嵩陽宮中，仙師恩永，重收我，此番歸去，常對明月與清風。

【研析】本詩作於大和九年長安科考落第回鄭州之時。〈樊南甲集序〉曰：「樊南生十六能著〈才論〉、〈聖論〉，以古文出諸公間。」「出諸公間」者，四處干謁也。大和三年，義山入令狐楚幕府，得令狐楚指點章奏駢文之法，文章更加精進。但是義山屢次參加禮部考試，都未被錄取。大和九年，義山又參加禮部考試，再次鎩羽而歸。春天參加考試，秋天落魄回家，內心的失落傷感是不言而喻的。開成元年，不知何因，義山沒有應考。但開成二年，義山還是參加科考並被錄取了。義山寫信給恩師令狐楚報喜說：「某僥倖成名，不任感慶。」「夢采華芝」，再次被拋到腦後。所以，視此詩為一時意氣可耳，不必真以為義山有此打算。

詩歌首聯即發牢騷，說自己為了科考誤了求仙，蹭蹬十年，結果求仙學道只好在夢中得到滿足。現在落魄歸去，可謂功名、求仙都落空。此聯語意雙關，既是自得之語，也是沉痛之言。義山確信自己的才華，但是十年努力，只是一場空夢。末聯言秋景傷懷，這次回去堅決隱居了。總之是不考了，沒意思。但是，秋風動地，黃雲滿天，詩人內心充滿悲傷情緒。此詩將少年的賭氣情態與失落心理，生動地摹寫了出來。（許軍）

夕陽樓❶

花明柳暗繞天愁，上盡重城更上樓。欲問孤鴻向何處，不知身世自悠悠。

【注　釋】❶夕陽樓　題下原有義山注：「在滎陽。是所知今遂寧蕭侍郎牧滎陽日作者。」滎陽，即鄭州。蕭侍郎，指蕭澣。

【語　譯】花明柳暗春光好，無奈濃愁漫天繞。登上城牆再上樓，只為將那愁悶消。忽見天際過孤雁，飄零無依正似我。孤雁有我憐牠苦，我苦更向何人告。

【研　析】文宗大和七年三月到八年末，澣曾任鄭州刺史，夕陽樓是其任上所建。商隱在這段時間與蕭結識，並深受知遇，故題注稱澣為「所知」。後澣入朝任刑部侍郎。大和九年七月，李訓、鄭注專權，排斥異己，蕭澣與牛黨首領李宗閔、楊虞卿一起遠貶。澣先貶遂州刺史，再貶遂州司馬。是年秋，商隱曾回鄭州，登夕陽樓，有感而作此詩。

詩由傷人忽復連類而傷己，將傷念之情寄寓孤遊無依之征鴻，即景抒慨中寓含比興象徵。花明柳暗，正風景怡人，然所知遠貶，朝政日非，故雖覽美景而益添憂愁。原為遣愁而登樓，孰知愁眼所及，無處而非愁，曰「繞天愁」，正見愁緒之彌天蓋地，多而且廣。三四句由傷人而自傷，義兼比興，巧於言情。

這年春，商隱應舉，為知舉崔鄲所不取，正經歷著人生的挫折。功名失意，而早期幕主崔戎已逝，蕭澣遭貶，詩人零落一身，依託無門，正如那天邊悠悠孤鴻。故睹景自然觸傷自身，本欲同情孤鴻之飄泊，忽然悟到自己的身世正復如是。是憐人者正須被人所憐，而竟不自知其可憐，亦無人垂憐；用思極為婉曲，言情也非常淒惋，整首詩時世與個人身世的交融感發，這些都已表現出商隱藝術風格的特色。（李翰）

燕臺詩四首

春

風光冉冉東西陌，幾日嬌魂尋不得。蜜房羽客❶類芳心，冶葉倡條偏相識。暖藹輝遲桃樹西，高鬟立共桃鬟❷齊。雄龍雌鳳杳何許？絮亂絲繁天亦迷。醉起微陽若初曙，映簾夢斷聞殘語。愁將鐵網罥珊瑚❸，海闊天翻迷處所。衣帶無情有寬窄❹，春煙自碧秋霜白。研丹擘石❺天不知，願得天牢鎖冤魄。夾羅委篋單綃起，香肌冷襯琤琤珮。今日東風自不勝，化作幽光入西海。

【注釋】❶蜜房羽客　蜜房，蜂房。羽客，指蜜蜂。❷桃鬟　桃花繁茂如雲鬟，故曰桃鬟。❸鐵網罥珊瑚　用鐵網掛取珊瑚。《新唐書・拂菻國傳》：「海中有珊瑚洲，海人乘大舶墮鐵網水底。……鐵發其根，繫網舶上，絞而出之。」此喻入海升天，殷勤尋覓。❹衣帶句　衣帶日漸寬鬆，謂人之消瘦。古詩：「相去日以遠，衣帶日以緩。」❺研丹擘石　此處指對愛情的堅定。《呂氏春秋・誠廉》：「石可破也，而不可奪堅；丹可磨也，而不可奪赤。」

【語譯】和煦的春光灑滿人間，可幾天來找遍了阡陌田間也不見你的蹤跡。花間飛舞的蜜蜂似你甜美的許諾，採遍了千枝萬條你要在哪裡停留。餘暉將西邊的桃林塗抹成溫暖的金黃，想起去年今日，繽紛的桃樹下你雲鬟高聳，豔奪桃花。可而今天涯人遠，你在何方？我的思念如狂飛的柳絮，彌天蓋地。醉眼裡落日的微光，猶如朝陽初升。恍惚間隔簾櫳傳來你斷斷續續的話語，恨不得像那異國的船夫用鐵網撈取海底的珊瑚，上天下地去尋覓你的蹤跡，可天高海闊又讓我迷失了方向。衣帶無情又漸顯寬鬆，春去秋來從不管人間愛怨。愛你的心如丹之紅如石之堅，只是有誰能知，那放逐的冤魂，有一座天牢鎖住也好啊，多少免去飄零的孤苦。天氣漸暖，夾衫收進衣篋你也該穿起了單衣。想起那裏在衣服裡冰潔的肌膚，以及你佩戴的琤琤玉佩。又是東風無力的時候，春光漸殘凋落一個相思的季節。

夏

前閣雨簾愁不卷❶，後堂芳樹陰陰見。石城景物類黃泉，夜半行郎空柘彈❷。
綾扇喚風閶闔天❸，輕帷翠幕波淵旋。蜀魂❹寂寞有伴未？幾夜瘴花開木棉。桂
宮流影光難取，嫣薰❺蘭破❻輕輕語。直教銀漢墮懷中，未遣星妃❼鎮來去。濁水
清波何異源，濟河水清黃河渾❽。安得薄霧起緗裙，手接雲軿❾呼太君。

【注釋】❶雨簾愁不卷　謂漫天飄雨，有如簾幕，終日不止。❷石城二句　《晉書‧潘岳傳》：「岳美姿儀……少時常挾彈出洛陽道，婦人遇之，皆連手縈繞，投之以果，遂滿載以歸。」二句用此典，謂石城景物淒暗如黃泉，故美少年雖挾彈行遊而無人欣賞。❸閶闔天　指西方、西南方之天。閶闔，亦指西風。《史記‧律書》：「涼風居西南維，閶闔風居西方。」❹蜀魂　指杜鵑鳥。〈蜀都賦〉：「鳥生杜宇之魄。」❺嫣薰　猶嫣香散發。❻蘭破　蘭花綻苞開放。意為女子啟齒時香氣溢出。〈洛神賦〉：「含辭未吐，氣若幽蘭。」❼星妃　織女。❽濟河句　《戰國策‧燕策》：「齊有清濟濁河。」濟河水清，黃河水渾，但兩者源頭卻是相同的。意謂己與對方本同末異，現已清濁異途，會偕無期。❾雲軿　仙人所乘的雲車。《真誥》：「駕風騁雲軿。」

【語譯】雨不停愁不斷，前閣的雨簾也無心捲起。堂後芳香的樹木綠蔭隱約可見，愁懷縈繞下石城的景物淒如黃泉，縱使衣錦光鮮夜行也無人見。綾扇輕揮涼風徐徐西來，水波搖曳，翠綠的帷幕輕輕擺動，幾夜間木

棉花不經意紅遍人間。孤苦的鵑魂啊，莫非它是你啼血的知音？月光灑下輕柔的身影卻無法觸摸，你櫻唇輕啟溫柔的聲息芳香猶在。要是銀河能納入懷中，牽牛織女的相會也就不必那麼辛苦。濟水清澈黃河混濁判然有別，可它們也曾有過相同的源頭。而我們仙凡相隔，相會在何年。多希望薄霧中能飄來你的裙裾，心上人駕著雲車從天而降。

秋

月浪衡天❶天宇溼，涼蟾❷落盡疏星入。雲屏不動掩孤嚬❸，西樓一夜風箏❹急。欲織相思花寄遠，終日相思卻相怨。但聞北斗聲迴環❺，不見長河水清淺❻。金魚❼鎖斷紅桂❽春，古時塵滿鴛鴦茵❾。堪悲小苑作長道，〈玉樹〉未憐亡國人❿。瑤琴愔愔⓫藏楚弄⓬，越羅冷薄金泥⓭重。簾鉤鸚鵡夜驚霜，喚起南雲⓮繞雲夢⓯。雙璫⓰丁丁⓱聯尺素，內記湘川相識處。歌唇⓲一世銜雨⓳看，可惜馨香⓴手中故。

【注釋】❶月浪衡天　指月光金波布滿天空。月曰金波，故言浪。衡，通「橫」。❷涼蟾　月中有蟾蜍。秋月，故曰涼蟾。❸嚬　同「顰」。皺眉。❹風箏　懸掛在屋簷下的金屬片，風起作響，故名。❺但聞句　北斗聲迴環，指星移斗換，時光流逝。❻不見句　即河漢深阻，不見清淺之時，喻會合無期。古詩：「河漢清且淺。」長河，星河。❼金魚　即魚鑰，銅鎖。❽紅桂　丹桂。此以「紅桂」喻所思女子。❾鴛鴦茵　繡有鴛鴦圖案的床褥。❿玉樹句　玉樹，〈玉樹後庭花〉。亡國人，指陳後主寵妃張麗華，善舞〈玉樹後庭花〉。⓫愔愔　安靜和悅貌。⓬楚弄　指琴曲。⓭金泥　即「泥金」，金屑；金末。詩中指越羅衣裳上用泥金顏料繪製的圖案。⓮南雲　陸機〈思親賦〉：「指南雲以寄欽。」詩以南雲代指思念之情。⓯雲夢　雲夢臺，此處代指衡湘一帶。⓰雙璫　一對耳珠。⓱丁丁　玉璫碰擊的聲音。⓲歌唇　指代所懷之女子。⓳雨　淚雨。⓴馨香　指雙璫尺素之馨香。

【語　譯】月光瀉滿天空，彷彿銀色的波浪。涼月漸沉，天上的星星疏疏朗朗。雲母屏風靜悄悄，你坐在那兒為何皺起了眉頭。聽西樓屋簷下的風鈴，一整夜響個不停。想織一束相思花寄予遠方的心上人，又不禁埋怨這相思的滋味實在太苦。星移斗換離別的日子是那樣漫長，重逢的音訊卻如此渺茫。相聚的小屋如今鎮日常鎖，人去樓空。丹桂兒還是像舊日一樣芳香，只是繡著鴛鴦的錦褥已落滿灰塵。小苑荒廢，已成人來人往的長路；〈玉樹〉依然，何曾哀憐過當日的亡國人。瑤琴演奏著和悅的楚調，越羅衣裳的泥金圖案美麗而冰冷。半夜霜降驚醒簾外的鸚鵡，也喚起我的思念飛到那雲夢臺邊。打開你留下的書信，包裹裡雙耳珠叮噹作響，那是我們湘川相識的信物。時光無情，沾染你馨香的尺素已芬芳流逝，婉轉的紅唇今在何方？換一世的淚雨繽紛。

冬

天東日出天西下，雌鳳孤飛女龍寡❶。青溪白石不相望，堂中遠甚蒼梧野❷。

凍壁霜華交隱起，芳根中斷香心死。浪乘畫舸憶蟾蜍，月娥未必嬋娟子❸。楚管

蠻絃愁一概，空城舞罷腰支在。當時歡向掌中銷，桃葉桃根雙姊妹❹。破鬟倭墮

凌朝寒，白玉燕釵黃金蟬❺。風車雨馬❻不持去，蠟燭啼紅怨天曙。

【注　釋】❶雌鳳句　雌鳳、女龍，均喻指女主人公。❷青溪二句　指雙方同處堂上而又能相望，但卻比蒼梧之野更為杳遠。即生離甚於死別。青溪白石，南朝樂府〈神弦歌〉十一曲，五曰〈白石郎〉，六曰〈青溪小姑〉曲。此處以青溪、白石分指相隔的男方與女方。蒼梧野，似暗用舜南巡不返，葬於蒼梧故事。〈檀弓〉：「舜葬于蒼梧之野，二妃未之從也。」❸浪乘二句　浪，空。蟾蜍，指月。嬋娟，美好的樣子。❹當時二句　歡，歡樂。掌中，相傳趙飛燕體輕，能作掌上舞。桃葉，東晉王獻之的妾。桃根，傳為桃葉之妹。❺破鬟二句　破鬟，蓬亂的髮鬟。倭墮，即倭墮髻，又叫墮馬髻，髮髻偏向一邊，似墮非墮。

黃金蟬，一種蟬形的頭飾。❻風車雨馬 指風雨化為車馬。

【語 譯】日出東邊落西方，孤獨中過了一天又一天。堂前咫尺深似海，相望容易相會難。冷霜凍壁結冰凌，香花連根被凍死。波浪浮著畫船，那晚的月色，也不是想像的那麼妖嬈。無論是楚歌還是胡曲，奏出來卻是一樣的憂傷。一曲舞罷，你的腰肢還是那麼的纖柔。當年的舞蹈是多麼的歡愉啊，為什麼如今兩姊妹卻有這麼多的憂愁。佇立在淩晨的寒風中，髮髻淩亂，無心打扮。好不容易有一次相會的機會，卻是那麼短暫。蠟燭流乾了眼淚也不能阻擋天明的足跡，風雨在眼前化作車馬，卻不願載你，去追隨那心上的人兒。

【研 析】此詩關涉商隱一段傷心情事，本事雖已不可詳考，但從詩中透露的言詞約略能肯定幾點：一、唐人慣以燕臺指使府，則此詩所涉當為商隱與使府後房一段情事，即非後房，其人亦必貴家姬妾或歌伎之流，這也可以從詩中「歌脣」、「楚管蠻絃」、「罷舞」等語看出。二、男女雙方曾在湘川一帶相識，其後男方曾以尺素雙璫寄女方。三、該女子有一姊妹（所謂「桃葉桃根雙姊妹」），男方所戀者為其中一人。四、女方後居之地，可能在嶺南，視詩中「幾夜瘴花開木棉」、「楚管蠻絃愁一概」等句可知。

這組詩所吟詠的題材，在元、白等手中，很可能就被敷演為〈長恨歌〉式的敘事長篇，但義山卻將它主觀化、抒情化，寫成純粹抒情的愛情詩。詩分〈春〉、〈夏〉、〈秋〉、〈冬〉四題，寫抒情主人公的四季相思。隨著時間的流逝和四季景物的變化，抒情主人公的感情也由一開始的反覆尋覓、懷想、企盼重會，到悲慨相思無望、情緣已逝，最後到「芳根中斷香心死」，愛情終歸幻滅。〈冬〉詩中那個在淒風苦雨和朝寒侵襲下破鬟蓬鬢、對燭悲泣的女子，從外形到內心，都與〈春〉詩、〈夏〉詩乃至〈秋〉詩中大不相同。徐德泓借〈柳枝詩序〉「幽憶怨斷」四字概括四首大意，謂「春之困近於幽，夏之洩近於憶，秋之悲鄰於怨，冬之閉鄰於斷」（《李義山詩疏》），雖未必盡切，但卻啟示我們，每首詩所表現的情感不但各有特點，而且整組詩的悲劇氣氛是在不斷加強、深化的。感情和人物的心理都是有發展變化的。

在這組詩中，通過回憶、想像所展現的昔境與現境的交錯，實境與虛境、幻境的交融，幾乎隨處可見，加上結構章法的跳躍性，遂使全詩呈現出一種朦朧迷幻的色調。組詩在想像新奇、造語華豔等方面，可謂深得李賀之神髓，但又特具自家之面目。它不像長吉（李賀）詩那樣奇而入怪，豔中顯冷，而是將奇幻的想像用於創造迷離朦朧的境界，用華豔的辭采來表達熾熱癡迷、執著纏綿的感情。使人讀後，既深為詩中所書寫的生離甚於死別的悲劇性愛情而悲歎，但同時又感到其中蕩漾著一種悲劇性的詩情，一種執著追求的深情，一種令人心田滋潤的詩意。哀感纏綿中流露的正是對生活中美好事物的無限流連，故雖極悲惋，卻不頹廢。

比較之下，商隱有一首〈河陽詩〉，儘管也是長吉體，但無論情感、意境、語言的悲劇性美感，都不及〈燕臺詩四首〉，其中還有不少生硬模仿長吉體的生澀詩句，意蘊也更為晦澀費解。因此，從藝術創作由模仿到獨創的自然進程來看，〈燕臺詩四首〉在商隱詩中占有重要地位，是其獨特風格形成的標誌性作品，也是我們劃分商隱前期詩歌創作時間下限的重要依據。（李翰）

柳枝五首有序

柳枝，洛中里娘❶也。父饒好賈，風波死湖上。其母不念他兒子，獨念柳枝。生十七年，塗妝綰髻，未嘗竟，已復起去，吹葉嚼蕊，調絲擪管，作天海風濤之曲，幽憶怨斷之音。居其旁，與其家接故❷往來者，聞十年尚相與，疑其醉眠夢物❸故不娉。余從昆❹讓山，比柳枝居為近。他日春曾陰，讓山下馬柳枝南柳下，詠余〈燕臺詩〉，柳枝驚問：「誰人有此？誰人為是？」讓山謂曰：「此吾里中少年叔耳。」柳枝手斷長帶，結讓山為贈叔乞詩。明日，余比馬出其巷，柳枝丫鬟畢妝，抱立扇下，風鄣一袖，指曰：「若叔是？後三日，鄰當去濺裙❺水上，以博山香❻待，與郎俱過。」余諾之。會所友有偕當詣京師者，戲盜余臥裝以先，不果留。雪中讓山至，且曰：「為東諸侯取去矣。」明年，讓山復東，相背於戲上，因寓詩以墨其故處云。

其一

花房與蜜脾[7]，蜂雄蛺蝶雌。同時不同類，哪復更相思？

其二

本是丁香樹，春條結始生。玉作彈碁[8]局，中心亦不平。

其三

嘉瓜引蔓長，碧玉冰寒漿。東陵[9]雖五色，不忍值牙香。

其四

柳枝井上蟠，蓮葉浦中乾。錦鱗與繡羽，水陸有傷殘。

其五

畫屏繡步障，物物自成雙。如何湖上望，只是見鴛鴦？

【注　釋】❶里娘　市井人家姑娘。❷接故　交往熟識。故，故舊。❸醉眠夢物　好醉嗜睡，醒夢顛倒，絕不娉嫁。一本無「物」字。❹從昆　從兄；堂兄。❺濺裙　洗滌衣裙。據《玉燭寶典》：「元日至晦日，並為副食，士女濺裙度厄。」濺，洗滌。❻博山香　《考古圖》：「爐像海中博山，下盤貯湯，潤氣蒸香，象海之四環」。意即焚香以待，暗指密約私歡。❼花房句　花房，花冠。蜜脾，蜜蜂釀蜜之機體，如內分泌腺的脾。❽彈碁　《夢溪筆談》：「彈棋今人罕為之，有譜一卷，蓋唐人所為。棋局方二尺，中心高如覆盂，其巔為小壺，四角隆起。」❾東陵　漢初召平，秦故東陵侯，秦破，召平為布衣種瓜於長安城東，瓜美，世稱「東陵瓜」。

【語　譯】柳枝，洛陽市井人家的姑娘。父親喜歡做生意，有一年在湖上遇風波溺水身亡。跟家中其他孩子比起來，柳枝特別受到母親的偏愛。柳枝長到十七歲，家裡為她梳頭妝扮，還沒有打扮好，就不耐煩地起身，揀起樹葉或者竹管，吹奏出天風海濤的聲音，或者幽怨哀愁的曲調。她那些往來數十年的鄰居們，都以為她嗜睡好醉，醒夢顛倒，沒個女孩樣，所以也沒有哪家願意娶她。我的堂兄讓山，住處和柳枝鄰近。有一次春天，讓山下馬在南邊柳樹下避陰，詠誦著我的〈燕臺詩〉，正巧柳枝也在那裡。柳枝聽完後驚問：「誰有這樣的詩啊？這麼好的詩是誰寫的呢？」讓山就告訴她說：「這是我們家年少的兄弟義山寫的。」柳枝斷開自己的束帶，請讓山轉贈以求其詩。第二天，我和讓山一起騎馬出巷，柳枝頭梳雙髻，衣妝整齊，兩手抱臂，立於門下，看見我們，舉起衣袖指著說：「這就是你的堂弟嗎？三日後，鄰居們要去水邊洗裙遣災，你可以過來，我們將焚起博山香接待。」我答應了下來。這時恰好有一個朋友，原來說好要一起去京師的，偷偷取了我的行李提前出發了，我也就不能再留在洛陽。是年冬天，大雪中讓山來到我這裡說：「柳枝已經被東都的官員娶走了。」第二年，讓山又要東行，我們在戲上告別，所以我就寫了這組詩，請他代為題寫在柳枝的舊居中。

其一

蜜蜂與蝴蝶相逢在花叢，但牠們釀蜜卻截然不同。有緣相逢非同類，相愛相思又何益？

其二

本是丁香樹一棵，春天發芽葉初生。玉作彈棋也精美，中心不平似我心。

其三

好瓜垂著長長的瓜蔓，夏天冰鎮味道勝瓊漿。東陵種瓜多又好，五色斑斕令人不忍嘗。

其四

柳枝蟠蜷在井上，蓮葉在浦中枯乾。水裡的游魚，天上的飛鳥，一樣的憔悴瘦損了。

其五

畫屏上繡著的圖案，每一個都成雙成對，湖上的鴛鴦也兩兩成雙。但為何望著這鴛鴦的，只是我孤單一人？

【研　析】這首詩至少可為我們提供兩點認識：一是商隱少年時代纏綿豐富的情感生活，二是商隱的才情不僅僅在詩，其散文、小說也精美絕倫。本詩為我們講述的，就是一段有情無緣、令人惆悵的愛情故事。詩序中提到的〈燕臺詩〉，即所選前首記錄商隱在湘川與一女子相戀事，這是一場心碎神傷的戀愛，有情人相聚無望，春夏秋冬，追憶此情，眉間心上，寫滿相思。該詩辭采繁豔，情感熾熱，寫出了商隱的癡情至性，一往情深。

本詩中柳枝由愛詩而鍾情於作詩之人，與其說仰慕詩人的才華，毋寧說是被商隱的深情至性所打動。詩序寫柳枝風神情態，筆筆欲活。「塗妝綰髻，未嘗竟，已復起去」。一個嬌憨任性的少女，栩栩然躍出紙面。她喜作「天海風濤之曲，幽憶怨斷之音」，又可見其心胸之豁達以及情思之豐富。雖為小家碧玉，高情麗質卻不為時人俗鄰所識。及其一聞〈燕臺詩〉，心有戚戚，頓生傾慕之心，乃一顆纖敏而多情之心被另一顆深情之心所振動。她連連驚問「誰人有此？誰人為是？」少女情思，真不暇掩飾也。密約幽期，約定「以博山香待」，已芳心暗許，率情至性，真似不食人間煙火。此惟不受世俗絲毫汙染，心性一片透明純真，方能有如此單純而熾烈的愛情。這讓人想起《聊齋》中之嬰寧，商隱傳奇手筆，較蒲氏不遑多讓。然而，這卻是一段憂傷的愛情，朋友的一次戲謔，讓商隱錯過了約定的會面，再回頭時，昔日少女已為人妻。

詩用樂府體，從中亦可見商隱學習南朝樂府民歌的痕跡。其一悲柳枝所適非類，東諸侯妻妾成群，哪裡顧得上小家兒女的恨怨哀愁，何況柳枝多情善感，種種心思又豈是東諸侯所能明瞭。其二以首二句喻春愁春恨，丁香結苞，即所謂「芭蕉不展丁香結，同向春風各自愁」，隱寓一「愁」字。三四句以彈棋局之「中心不平」喻己之心中不平，隱寓一「憤」字。對柳枝之薄命既憂且憤。其三以嘉瓜喻柳枝，形容柳枝年甫及瓜，正當妙年。「碧玉」由「碧玉破瓜時」而來，亦暗示柳枝為小家碧玉。三四句意為東陵瓜雖好，而己卻不忍食之，蓋不能忘懷「碧玉冰寒漿」之柳枝也。其四一二句分寫柳枝與自己，井上乃桃李所居之所，柳枝蟠於井上，可謂不得其所；蓮葉乾於浦中，謂己之憔悴沉淪。故三四句以水中之魚、陸上之禽分喻柳枝與自己，謂彼此均遭摧殘。其五詩意較顯豁，屏風圖畫，步障刺繡，其花鳥魚蟲，皆成雙成對，湖上鴛鴦也兩兩成雙，而自己仍然飄零一身，柳枝亦深閨憔悴，何草木花鳥之有情，而人竟不能有情者相聚相守哉？屈復說此首「舉目堪傷」，誠然。其實整組五首詩，又何嘗不都是舉目堪傷呢？（李翰）

有感❶二首

其一

九服❷歸元化❸，三靈❹叶❺睿圖❻。如何本初❼輩，自取屈氂誅❽。有甚當車泣，因勞下殿趨❾。何成❿奏雲物⓫，直是滅萑苻⓬。證逮符書密⓭，辭連⓮性命俱⓯。竟緣尊漢相⓰，不早辨胡雛⓱。鬼籙⓲分朝部⓳，軍烽照上都。敢云堪慟哭⓴，未必怨洪罏㉑。

其二

丹陛猶敷奏㉒，彤庭欻㉓戰爭。臨危對盧植㉔，始悔用龐萌㉕。御仗收前隊㉖，兵徒劇背城㉗。蒼黃五色棒㉘，掩遏㉙一陽生㉚。古有清君側，今非乏老成㉛。素心雖未易㉜，此舉太無名㉝。誰瞑銜冤㉞目，寧吞欲絕聲。近聞開壽讌，不廢用咸英㉟。

【注釋】 ❶有感　義山自注：「乙卯年有感，丙辰年詩成。」乙卯年，大和九年。是年十一月二十一日發生甘露之變。至第二年，才寫作完成。❷九服　指全國疆土。《周禮・夏官》載國都周圍方千里為王畿；從王畿向外，每方五百里為一個單位，依次分別為侯服、甸服、男服、采服、衛服、蠻服、夷服、鎮服、藩服。《晉書・文帝紀》：「九服之外，絕域之氓，曠世希至。」❸元化　帝王德化。❹三靈　日、月、星。❺叶　合。❻睿圖　稱頌帝王英明大略。❼本初　袁紹字本初。此指志大才疏的李訓。《後漢書・袁紹傳》載，宦官段珪等殺大將軍何進，袁紹揮兵捕殺宦官，「無少長皆殺之」。❽自取句　劉屈氂，漢武帝庶兄中山靖王子，征和二年為左丞相；遭遇巫蠱之禍而被殺。此處諷李訓為宰相揆之族孫，謀劃粗疏，自取族滅之禍。❾有甚二句　《漢書・袁盎傳》：「上朝東宮，趙談驂乘。盎伏車前曰：『臣聞天子所與共六尺輿者，皆天下豪英。今漢雖乏人，陛下獨奈何與刀鋸之餘共載。』於是上笑，下趙談。談泣下車。」此暗示甘露之變中，李訓欲一舉滅宦官，用意甚於袁盎；但謀劃粗疏，反而使天子下殿驅走，最後被宦官劫持。❿何成　意謂哪裡是。⓫雲物　日旁雲氣顏色，觀之可以預測吉凶水旱。此係奏報石榴夜降甘露之祥瑞，妄圖引走宦官。⓬萑苻　代指盜賊。《左傳》：「鄭國多盜，取人於萑苻之澤，子太叔興兵攻之。」⓭證逮句　《史記・五宗世家》：「請逮勃所與姦諸證。」證，證人；指與案情有關者。符書，逮捕憑證；逮捕的官方文書。⓮辭連　供詞牽連。⓯俱　同。⓰漢相　本指王商，此指李訓。《漢書》載，漢相王商身材高大，單于見之非常忌憚。《通鑑注》：「〈甘露記〉載：『訓為人長大美貌，口辯無前，常以英雄自任。』」⓱胡雛　喻鄭注。說其為奸邪小人。《晉書》：「石勒年十四，依嘯上東門。王衍見而異之，顧謂左右曰：『向者胡雛，吾觀其聲視有異志，恐將為天下患。』」⑱鬼籙　登錄死者之名冊。⑲朝部　朝班。⑳堪慟哭　謂時事堪傷悲。語出賈誼〈治安策〉：「臣竊惟事勢，可為痛哭者一，可為流涕者二，可為長太息者六。」㉑洪爐　天地。《莊子》：「今以天地為大鑪。」㉒敷奏　陳奏。㉓欻　忽；迅速。㉔盧植　此喻臨危受難的令狐楚。《後漢書・何進傳》載，宦官殺何進，劫持太后、天子、陳留王，盧植面對宦官威脅，堅貞對抗，宦官懼怕而釋放了太后；後又追殺宦官數人，保天子還宮。㉕龐萌　此指李訓被宦官誣陷謀反。《後漢書》載，帝信愛平敵將軍龐萌，龐在緊要關頭卻謀反。㉖收前隊　文宗被劫持入內廷。㉗背城　仇士良率兵從內廷殺出。㉘蒼黃句　《魏志》：「太祖除洛陽北部尉。」注曰：「太祖造五色棒，懸門左右各十餘枚。有犯禁者，不避豪強，皆棒殺之。」據載李德裕曾說：「天下有常勢，北軍是也。而反以臺府抱關游徼抗中人以搏精兵，其死宜也。」蒼黃，同「倉皇、慌張」。五色棒，謂金吾衛士、臺府從人。㉙掩遏　阻遏。㉚一陽生　甘露事變發生日，正是冬至。古人認為冬至日起，陽氣生成，於是白晝變長。㉛老成　社稷之臣。㉜未易　未變。言李訓等人謀反乃被宦官誣衊。㉝無名　無名目，效果極壞。㉞銜冤　被禍之人。㉟咸英　音樂。此處以帝王音樂不廢，喻慶幸唐文宗未被廢棄。《樂緯》：「黃帝樂曰〈咸池〉，帝嚳樂曰〈六英〉。」《舊唐書・王涯傳》：「文宗以樂府之音鄭衛太甚，欲聞古樂，命涯詢於舊工，取開元時雅樂，選樂童按之，名曰〈雲韶樂〉。樂成，上悅，賜涯等錦綵。」《舊唐書》載開成元年，賜宴曲江亭，令狐楚以新誅大臣不宜歡宴，稱病不去，時論美之。

【語譯】

其一

都說是，帝王權力遍天下，四方邊遠蒙教化；順應天心合人心，英明掌控國如家。當初自詡，才如袁紹，一旦成空，屈死在長街，好似漢朝劉屈氂。計謀粗淺，咎由自招，痛哭龍車也徒勞，連累得九重天子下殿跑。哪裡是什麼天降甘露有祥瑞，分明是斬殺重臣如切草。證詞牽連多，抓人文書急，一語勾連就要把命拋。李訓無才空有貌，天子重託他不能報。鄭注野心如胡兒，一旦得志不得了。朝臣半數入地府，烽火連天照國都。今日回顧我淚如雨，滔天大難誰釀成，問蒼天，天無語。

其二

殿前紅色的臺階上，朝臣正在上奏章；災難就發生在這一刻，突然變亂起倉皇。為什麼忠良像盧植，亂後才招來細商量；信賴的李訓那一幫，恰好似龐萌造禍殃。殿前侍衛剛退走，爪牙殺人出宮牆。快聚集打人的五色棒，去抗擊那提刀的禁軍壯兒郎；死傷慘狀，冬至日長，一點點溫潤的陽光，慘淡得不成樣。除去君側小人，古來很多榜樣；雖有老成持重的社稷臣，皇上使用的卻是羊或狼。發動變故的心雖好，卻說什麼甘露降，師出無名事不成，宦官幾乎解王綱。那銜冤死去的忠魂啊，栽贓的罪名死不認；那滿朝朱紫的群臣啊，這樣的屈辱和血吞。最近曲江又宴會，朝臣歡會互碰杯，君聽〈雲韶〉樂曲起，那作曲的王涯身已死。

【研　析】大和九年十一月，文宗謀誅宦官，李訓、鄭注設計，謊報甘露降臨在石榴樹上，企圖引走宦官，然後以伏兵截擊誅殺之。這個過程的設置顯然非常粗疏，事件中的偶然性成分很大。結果宦官中有人發現了伏兵，於是劫持文宗逃入內廷，隨即指揮禁軍衝出皇宮，見人就殺，大肆株連。此後，文宗處於宦官的嚴密掌控之中，再也無法動彈。《資治通鑑》載文宗開成四年十一月「召當直學士周墀，賜之酒。因問曰：『朕可方前代何主？』對曰：『陛下堯舜之主也。』上曰：『朕豈敢比堯舜。所以問卿者，何如周赧、漢獻耳？』墀驚曰：『彼亡國之主，豈可比聖德？』上曰：『赧、獻受制於強諸侯，今朕受制於家奴。以此言之，朕殆不如。』因泣下沾襟。墀伏地流涕。」要而言之，文宗有振興之志，而無振作之才；事前闇於知人，事後形同傀儡。文宗發動之甘露事變，正可謂授宦官以柄。

歷史往往有驚人相似處。《後漢書・何進傳》載袁紹獻計何進，廣召外兵，襲殺宦官，「主簿陳琳入諫曰：『……諺有掩目捕雀。夫微物尚不可欺以得志，況國之大事，其可以詐立乎？今將軍總皇威，握兵要，龍驤虎步，高下在心，此猶鼓烘爐燎毛髮耳。』」本詩之立論甚至措辭，都大致與此相同。

詩題曰〈有感〉，詩中內容也以議論為主，敘事為輔。首章重點在批判李訓、鄭注之謀淺；次章重點在批判文宗信用非人上。而文宗知人不明，是兩章共同加以批判的內容。首章，首聯言文宗擁帝王之尊。對照下文，意謂訓、注之禍，實文宗自招。「未必怨洪鑪」，又該怨誰呢？次章，「臨危對盧植，始悔用龐萌」，把這個答案挑明。「今非乏老成」、「此舉太無名」，都是批判文宗信用狂躁之輩，以倉促之舉謀定社稷大事。

義山博覽群書，其觀點與《後漢書》中陳琳觀點正同。劉學鍇、余恕誠謂「詩中所表露之觀點亦可能代表令狐等『老成』大臣之看法」是沒有根據的。義山在題目下自注：「乙卯年有感，丙辰年詩成」，可見是骨鯁在喉，不吐不快。與義山同時代之白居易、劉禹錫、令狐楚等人，在這一事件中表現出來的軟弱，與義山的勇氣是不可同日而語的。

義山此詩，是一首政論詩。在對甘露事變這一政治事件的描述中，義山把自己的政治態度和主觀評價一一穿插融匯入詩歌中。對文宗，既諷刺其闇弱，也同情其受制於宦官；對李訓，既指斥其粗疏，也同情其慘死；對鄭注，則抨擊其為狼子野心；對晚唐政局發展，則憂慮傷感。全詩夾敘夾議，亦諷亦慨，吞吐轉折，沉鬱掩抑，而詞意渾成，層次井然，很有杜詩之風味。《義門讀書記》對此評價說：「晚唐中，牧之、義山俱學子美。……不如義山頓挫曲折，有聲有色，有情有味，所得為多。」難怪王安石晚年尤愛義山此類詩歌。《蔡寬夫詩話》說王安石「以為唐人知學老杜而得其藩籬者，惟義山一人而已。」（許軍）

重有感

玉帳❶牙旗❷得上游❸，安危須共主君憂。竇融❹表已來關右❺，陶侃❻軍宜次

石頭。豈有蛟龍愁失水❼，更無鷹隼與高秋❽。晝號夜哭兼幽顯❾，早晚❿星關⓫

雪涕⓬收？

【注釋】❶玉帳　征戰時主將所居之軍帳。❷牙旗　以象牙裝飾的軍旗。❸上游　即上流，占形勝之地。❹竇融　東漢初封涼州牧，曾上書光武帝請討不肯歸順的隗囂。❺關右　函谷關以西地區，指涼州。❻陶侃　東晉荊州刺史。成帝咸和二年，

蘇峻叛亂。侃被推為盟主，會師石頭（今南京），擊斬蘇峻。❼蛟龍愁失水　喻人主失權，此處指文宗受制於宦官。❽鷹隼與高秋　鷹隼在秋天搏擊長空。與，通「舉」。《禮記・月令》：「孟秋，鷹乃祭鳥」，指搏擊凡鳥。❾幽顯　即陰陽，死者與生者。❿早晚　多早晚；何時。⓫星關　喻禁闕、皇宮。⓬雪涕　抹淚。

【語　譯】軍旗飄揚，儀仗威武，將軍坐擁地利之便，理應憂心國事與國共悲歡。要學那竇融上表干政主正義，陶侃領軍護朝綱。如今是蛟龍失水困險灘，雄鷹欲飛遭羈絆。生者死者晝夜哭，何時禁闕淚痕乾？

【研　析】唐文宗大和九年十一月廿一日，李訓、鄭注等謀誅宦官，事敗，李訓於逃亡途中被擒斬首，鄭注為鳳翔監軍張仲清所殺，宰相王涯、賈餗等亦被宦官仇士良誣殺，因訓、注而族滅者十一家。自此宦官氣焰日盛，文宗受制於家奴。史稱「甘露之變」。商隱心繫國運，一連寫下〈有感二首〉、〈重有感〉、〈曲江〉等多首詩篇反映此事。

本篇是〈有感二首〉的續篇。甘露之變發生後，昭義節度使劉從諫因與宦官有矛盾，曾於開成元年二月、三月兩次上表，力陳王涯等「荷國榮寵，咸欲保身全族，安肯構逆」，「訓等實欲討除內臣兩中尉，自為救死之謀，遂致相殺，誣以反逆，誠恐非辜」，抨擊宦官仇士良等「擅領甲兵，恣行剽劫，延及士庶，橫被殺傷，流血千門，僵屍萬計」，並表示「如奸臣難制，誓以死清君側」（見《通鑑》），暴揚仇士良等罪惡。仇等惕懼而稍有收斂，文宗方得以保全。

商隱此詩，即因從諫上表事有感而發。詩對從諫上書震懾宦官、穩定政局予以肯定，同時又對其僅止於上書表示不滿。起句謂劉從諫為一方雄藩，昭義鎮轄澤路，鄰近都城，得上游之便，興兵勤王的條件極為便利。接著以一「須」字，強調此乃人臣義不容辭之責任。既有責任，又有條件，那麼就該有勤王除奸的實際行動，頷聯便逼近追問：既已上書表明立場，又為何不付諸行動起兵剪滅宦官呢？詩中虛字，最見用意。「已來」、「宜次」，前賓後主，敦促中隱含對從諫「宜次」而竟遲遲未次之不滿。腹聯謂君主失權，受制閹豎，即為無人如鷹隼搏擊君側惡人之故。曰「豈有」，「哪裡有」，斷無此理之意。而「豈有」現在卻成了「竟有」，次句追溯因由，「更無」者，絕無之意，深有慨於「安危須共主君憂」者竟坐視危局，能為鷹隼而不為。感慨中富含憤鬱，對從諫激之亦所以責之。末聯「早晚」，由「多早晚」，意即何時能收復為宦官秉權之宮闕，朝廷上下拭淚歡慶呢？熱望中透出憂心如焚。

本詩憂心國事，幾欲戟指呼斥，詩情激熱，正詩人憤激的青年之聲。句中虛字，轉折推進，有杜甫的頓挫之致。但畢竟青春氣盛，不及杜的沉雄。而且以詩人之眼論國事，其時藩鎮勤王是否可行，帶兵進京是否會導致政局更大動盪，諸類問題並不在考慮之中。但此正見商隱憂心國事的急切焦灼，也說明商隱本質上畢竟只是一個詩人。詩歌學杜而規模漸近，也反映了詩藝的漸趨成熟。

商隱學杜，其實有個不似、彷彿、酷似的過程，已有人認為這首得杜之深，足可「直登其堂，入其室矣」（施補華《峴傭說詩》），然畢竟仍未越過工部藩籬。屈復《玉谿生詩意》：「此首即杜之〈諸將〉也。亦不能如杜之深厚曲折，而語氣頗壯，用意正大，晚唐一人而已。」評論頗為公允。雖在思想內容上繼承了杜甫憂國傷時的精神，然藝術上並無明顯創造。義山此期學杜以其感傷情調而特具自身風格的，是下面的這首〈曲江〉。（李翰）

曲江❶

望斷平時翠輦❷過，空聞子夜鬼悲歌。金輿不返傾城色，玉殿猶分下苑波❸。

死憶華亭聞唳鶴❹，老憂王室泣銅駝❺。天荒地變心雖折，若比傷春意未多。

【注釋】❶曲江　又稱曲江池，在長安東南郊，為唐代長安最大的風景遊樂場所，安史亂後廢。❷翠輦　皇帝所乘之車，車蓋以翠羽裝飾。❸下苑波　即曲江。曲江與御溝相通而地勢較高，江水流向御溝，故曰「分波」。❹華亭聞唳鶴　晉陸機被宦官孟玫所譏而受誅，死前悲歎道：「華亭鶴唳，豈可複聞乎！」（《晉書・陸機傳》）華亭，陸機故宅旁谷名，在今上海松江縣西。❺泣銅駝　西晉滅亡前，索靖預感天下將亂，指著洛陽宮門前的銅駝歎息說：「會見汝在荊棘中耳！」

【語　譯】望眼欲穿，也不見皇家富麗的車蓋，只聽見半夜鬼狐的悲號。傾城傾國的佳人一去不返，舊宮殿像往日一樣立在當中。兩縷翠帶從旁邊流過，那是曾經繁華的曲江。將死人徒然想起華亭的鶴鳴，老臣們憂心王室宮殿而今果成荒。一時的政局變故令人驚，但比起王朝衰落春逝去，這樣的事變何足道。

【研　析】杜甫〈哀江頭〉藉曲江今昔抒寫盛衰之感，深寓國家殘破之痛，義山此詩構思明顯受其影響。但詩中縈回著濃重的傷春情緒，則又是義山特有的感傷氣質浸潤的結果，顯示了義山自己在藝術創作上的某些特色。

此詩乃甘露事變後，詩人遊曲江而興起的感慨。前四句寫事變後曲江的荒涼景象：往昔君王車駕臨幸的盛況已不復可見，惟聞夜半冤鬼悲歌之聲。曲江的水雖然仍流向御溝，但乘著金輿陪同皇帝遊玩的宮妃們卻一去不回。「鬼悲歌」非泛寫荒涼，而係隱寓甘露事變中朝臣慘遭殺戮之事，即〈有感二首〉「鬼籙分朝部」、「誰瞑銜冤目」及〈重有感〉「晝號夜哭兼幽顯」之意。五句借陸機被宦官陷害遭戮喻指事變中宦官殺戮群臣事，上承「鬼悲歌」，下啟「天荒地變」。六句借索靖銅駝之悲抒寫自己憂慮國運之情，上承「望斷」，下啟「傷春」。

詩人的著眼點並不僅限於對甘露事變本身的感慨，而是從這一事變後昔榮今衰的對比中，看到國運不可挽回地走向衰落的趨勢，這才是讓詩人心憂神傷之所在。「天荒地變心雖折，若比傷春意未多」，比起整個王朝的春去花落，甘露之變雖是「天荒地變」之痛史，尤可忍受。末聯乃作總收，揭出全篇大意。

這首詩顯示出義山自身的特色在於，其感情雖由某一具體情事觸發，但卻擴展為一種整體的渾淪的感傷情緒，與其後來詩篇中往往由具體生活中的挫折傷感，而擴展為對整個人生世情的感慨，非常相似。這種縈回不去的傷春色調也是義山詩歌的主調，感傷詩風的形成、發展與成熟，是義山詩藝發展的主線。從這個角度說，此詩較早體現了義山的自家面目，與〈燕臺詩四首〉一樣，都是在學習他人的過程中形成自己的獨特風格，在其詩集中都堪稱標誌性作品。（李翰）

故番禺侯以贓罪致不辜事覺母者他日過其門❶

飲鴆❷非君命，茲身亦厚亡❸。江陵從種橘❹，交廣合投香❺。不見千金子❻，空餘數仞❼牆。殺人須顯戮❽，誰舉漢三章❾？

【注釋】❶故番句　題目諸家解釋紛紜，紀曉嵐認為「事覺母者」應該為「事毋覺者」，與末尾「顯戮」意思呼應；馮浩認為「母者」為千金子之母輩。義山之意或引劉盆子故事，今取馮浩意。《後漢書‧劉盆子傳》：「呂母入海中，招合亡命，眾至數千。呂母自稱將軍，引兵還，攻破海曲，執縣宰。諸吏叩頭為宰請。母曰：『吾子犯小罪，不當死，而為宰所殺。殺人當死，又何請乎！』遂斬之。」《舊唐書》說：「廣州南海縣，即漢番禺地，有番山、禺山」。❷飲鴆　服毒自殺。《史記‧呂后本紀》注：「鴆鳥食蝮，以其羽浸酒中，飲之立死。」《漢書‧蕭望之傳》：「中書令弘恭、石顯急發執金吾車騎馳圍其第。望之欲自殺，其夫人止之，以為非天子意；門下生朱雲勸自裁，竟飲鴆自殺。」❸厚亡　巨大損失。《老子》：「多藏必厚亡。」《後漢書‧折像傳》：「父國為鬱林太守，有資財二億。國卒，像感多藏厚亡之義，乃散金帛資產，周施親疏。或諫像曰：『君三男兩女，孫息盈前，當增益產業，何為坐自殫竭乎？』像曰：『昔門子文有言：我乃逃禍，非避富也。』」❹江陵句　《襄陽耆舊傳》：「吳丹陽太守李衡每欲治家事，妻輒不聽。後密遣人往武臨龍陽氾州上作宅，種甘橘千株。衡亡後，甘橘成，歲得絹數千匹。」意謂治理家事也是人之常情，需學淡泊持家。❺投香　把沉香拋入水中。《晉書‧吳隱之傳》載（龍驤將軍、廣州刺史）吳隱之將嫁女，（友人）石知其貧素，遣女必當率薄，乃令移廚帳助其經營。使者至，方間婢牽犬賣之，此外蕭然無辦。後歸自番禺，其妻劉氏齎沉香一觔，隱之見之，遂投於湖亭之水。」❻千金子　富家子弟。《史記‧袁盎傳》：「千金之子，坐不垂堂。」❼仞　古代計量單位。潘岳〈西征賦〉：「今數仞之餘趾。」❽顯戮　明正其罪之後殺死。《書‧

秦誓下》：「功多有厚賞，不迪有顯戮。」❾漢三章　代指國家綱紀。《史記・高祖本紀》：「吾當王關中，與父老約，法三章耳：殺人者死，傷人及盜抵罪。」

【語譯】一旦命喪，卻不是君命臣亡；催命符書，來自貪財劫貨的惡豪強。須學那李衡，江陵種橘才是治家模範；須學那吳隱之，向潭水拋投來路不明的沉香。都說是，千金之子不下堂；誰曾想，橫禍飛來命也殤；只剩下，老母流淚傍空牆。殺人須依法，審判有公堂，你究竟觸犯法律哪一章，又有誰人重振國紀與朝綱？

【研析】《舊唐書・胡証傳》：「大和二年，以疾上表，求還京師。是歲十月，卒于嶺南使府。廣州有海之利，貨貝狎至。証善蓄積，務華侈，厚自奉養，童奴數百。於京城修行里起第，連亙閭巷。嶺表奇貨，道途不絕，京邑推為富家。証素與賈餗善。及李訓事敗，禁軍利其財，稱証子溵匿餗，乃破其家。一日之內，家財並盡。軍人執溵入左軍，仇士良命斬之以徇。」義山與溵大和七年同年科考，作詩傷之，乃情理中事，但詩中的激烈抨擊卻是需要極大勇氣的。

紀昀以改題法貫通詩意，法不可取。溵與義山同時應舉，若都考中，則為同年，不宜稱其為「千金子」；且此事暗示呂母欲報子仇，則除非造反，否則將無能為力也，流露出對當時社會法紀淪喪的痛斥。

本詩之主旨，歷來注家認為是末聯，遂出現了多重主題說：多藏厚亡、諷刺贓罪、為子女計深遠、禁軍宦官暴力殺人等。類似作法在解釋詩意時都不能貫通。義山本意，必不如此。本詩主旨，就是末句一句。正是因為國家法紀不昌，所以胡証才能夠明目張膽地大肆搜刮；而禁軍與宦官垂涎其財，遂以更加惡劣的手段予以霸占。這個過程，猶如兩個惡勢力大魚吃小魚。只是可惜了胡溵，竟死於這場財產爭奪戰中。作者又借助「母者」之口吻，暗示出報仇雪恨之難以實現。這樣一個綱紀錯亂的社會，誰才能為屈死者雪冤呢？是朝臣、宦官，還是呂母式的揭竿而起者？由此分析，方能看出義山對當時社會的抨擊勇氣和認識深度。

當時之宦官，氣焰囂張。《資治通鑑》文宗開成三年載，中書侍郎同平章事李石企圖依法辦事，差點被官官所殺：「春，正月，甲子。李石入朝，中途有盜射之，微傷。左右奔散，石馬驚，馳歸第。又有盜邀擊於坊門，斷其馬尾，僅而得免。……乙丑，百官入朝者九人而已。京城數日方安。」百官都不能自保，可見當時社會綱紀之廢弛程度。

本詩是一首政論詩。詩歌所表現的情感峻直猛烈，事件過程清晰，有按有斷，詞義顯直，這些特點都是義山早期政治詩歌的共同特色。到義山中年以後，政治風波的屢次摧折、自身處境之艱危，藝術追求上的有意棄取，使得義山中後期政治詩歌掩抑深沉，欲說還休。這些早期峻直的政論詩，在藝術上自然遜色於中後期之作，但對於研究詩人的政治態度、現實氣節、情感變遷乃至藝術轉變都有重要參考價值。（許軍）

李肱❶所遺畫松詩書兩紙得四十韻

萬草已涼露，開圖披古松❷。青山偏滄海，此樹生何峰？孤根邈無倚，直立撐鴻濛❸。端如君子身，挺若壯士胸。樛枝❹勢夭矯❺，忽欲蟠拏空❻。又如驚螭走，默與奔雲❼逢。孫枝❽擢❾細葉，旖旎❿狐裘茸。鄒顛蓐髮軟，麗姬眉黛濃⓫。視久眩目睛，倏忽變輝容。竦削正稠直⓬，婀娜旋甹夆⓭。又如洞房冷，翠被張穹窿。亦若暨羅女⓮，平旦粧顏容。細疑襲氣母⓯，猛若爭神功。燕雀固寂寂，霧露常衝衝⓰。

香蘭愧傷暮⓱，碧竹慚空中⓲。可集呈瑞鳳，堪藏行雨龍⓳。淮山桂偃蹇⓴，蜀郡桑重童㉑。枝條亮眇脆，靈氣何由同㉒？

昔聞咸陽帝㉓，近說稽山儂㉔。或著仙人號㉕，或以大夫封。終南㉖與清都㉗，煙雨遙相通。安知夜夜意，不起西南風㉘？

美人昔清興，重之猶月鍾㉙。寶笥十八九，香緹㉚千萬重。一旦鬼瞰室，稠疊張羂罿㉛。赤羽㉜中要害，是非皆怱怱。生如碧海月，死踐霜郊蓬。平生握中玩，散失隨奴僮㉝。

我聞照妖鏡㉞，及與神劍鋒㉟。寓身會有地，不為凡物蒙。伊人㊱秉茲圖，顧盼擇所從。而我何為者，開懷㊲捧靈蹤。報以漆鳴琴㊳，懸之真珠櫳㊴。是時方暑夏，座內若嚴冬。

憶昔謝駟騎㊵，學仙玉陽㊶東。千株盡若此，路入瓊瑤宮㊷。口詠〈玄雲歌〉㊸，手把金芙蓉㊹。濃靄深霓袖㊺，色映琅玕㊻中。悲哉墮世網，去之若遺弓㊼。形魄天壇㊽上，海日高曈曈㊾。終期紫鸞歸，持寄扶桑翁㊿。

【注釋】❶李肱　義山友人，唐宗室，開成二年與義山一起登第。《雲溪友議．古製興》：「文宗元年秋，詔禮部：『宗正寺解送人，恐有浮薄，以忝科名。在卿精揀藝能，勿妨賢路。其所試賦則準常規，詩則依齊梁體格。』乃試〈琴瑟合奏賦〉、〈霓裳羽衣曲詩〉。主司先進五人詩，其最佳者則李肱也。況肱宗室，德行素明，人才俱美，敢不公心，以辜聖教。乃以榜元及第。」開成二年二人同登第，而作畫、作詩在登第先，故不稱「同年」。❷古松　古老的松樹。《史記．秦始皇本紀》載：始皇封禪泰山，風雨暴至，休於（松）樹下，因封其樹為五大夫。❸鴻濛　自然元氣。《莊子》：「雲將東遊，而適遭鴻濛。」

注曰：「鴻濛，（自然元）氣也。」❹樛枝　枝與枝糾纏。❺夭矯　屈曲自如。❻蟠拏空　盤繞牽引於空際。拏，牽引。❼奔雲　飛騰的雲。柳宗元〈萬石亭記〉：「渙若奔雲。」❽孫枝　樹木之嫩枝。從主幹生出者為子枝，從子枝生出者為孫枝。❾擢　拔；發。❿旖旎　繁盛。意謂細葉繁盛，如狐裘之細毛雜亂蒙茸。⓫鄒顛二句　典故不詳。《爾雅》：「顛，頂也。」《莊子・齊物論》：「毛嬙、麗姬，人之所美也。」意謂嫩松針如童髮一般，厚而軟；長成的松針如美人眉黛一樣，濃又綠。⓬稠直　密而直。白居易〈歎老詩〉：「我有一握髮，梳理何稠直。」⓭粤夆　牽挽。意謂枝葉密直聳立如削，旋即婀娜多姿，牽引搖曳。⓮暨羅女　西施。《吳越春秋》：「越使相者得苧蘿山鬻薪之女曰西施、鄭旦，飾以羅縠，教以容步，習於土城，臨於都巷。三年學服而獻於吳。」《拾遺記》卷三：「越美女二人，一名夷光，一名修明，以貢於吳，吳處以椒華之房，貫細珠為簾幌，朝下以蔽景，夕卷以待月。二人當軒並坐，理鏡靚妝於珠幌之內，竊窺者莫不動心驚魂，謂之神人。」⓯氣母　《莊子・大宗師》：「伏羲氏得之，以襲氣母。」《釋文》：「襲，入也；氣母，元氣之母也。」⓰衝衝　往來不定。⓱香蘭句　意謂蘭香雖好，但歲華搖落，不如青松經霜而不凋謝，自愧傷遲暮也。《左傳》：「蘭有國香。」《文子》：「叢蘭欲修，秋風敗之。」《楚辭》：「恐美人之遲暮。」⓲碧竹句　意謂不如松之表裡如一。《史記・龜策列傳》：「竹，外有節理，中直空虛。」⓳可集二句　意謂松有靈氣，可集呈瑞之鳳，堪藏行雨之龍，極言其不凡。《酉陽雜俎・續集》卷五：「不空三藏塔前多老松，歲旱則官伐其枝為龍骨以祈雨。蓋三藏役龍，意其樹必有靈也。」⓴偃蹇　蜷曲的樣子。《楚辭・招隱士》：「桂樹叢生兮山之幽，偃蹇連蜷兮枝相繚。」㉑重童　即童童，覆蓋廣大之狀。《三國志・蜀書・先主傳》：「先主舍東南角籬上有桑樹，高五丈餘，遙望童童如小車蓋，往來者皆怪此樹非凡，或謂當出貴人。」㉒枝條二句　謂桂、桑枝條細弱，不能如松之勁拔具靈異之氣。亮，誠然。眇脆，細小脆弱。㉓咸陽帝　秦始皇。㉔嵇山儂　一般以為是嵇康事。《晉書・嵇康傳》：「譙國銍人也……銍有嵇山，家於其側，因而命氏。」《世說新語・容止》：「嵇叔夜之為人也，岩岩若孤松之獨立。」㉕仙人號　典故不詳，似指赤松子一類。《通典》曰：「漢承秦制，爵二十等，以賞功勞，九曰五大夫。」秦始皇封泰山松為五大夫見前注中。㉖終南　終南山，西起秦隴，東到藍田。㉗清都　神話中傳說天帝居住之所。《列子・周穆王》：「化人之宮，構以金銀，絡以珠玉，出雲雨之上，實為清都、紫薇。」㉘安知二句　意謂松有靈性，欲乘風而上歸天庭。㉙美人二句　意謂美人昔日雅興，寶玩此畫，重之如珍奇之月鐘。美人，代指賢士或貴人。月鐘，極言其珍貴。《集仙錄》：「女仙魯妙典居山，有鐘一口，形如偃月，神人所送。」㉚緹　帛丹黃色。㉛一旦二句　謂一旦遇飛來橫禍，則處處網羅密佈。揚雄〈解嘲〉：「高明之家，鬼瞰其室。」罻罿，密布的羅網。《爾雅》：「罬罟謂之罻。」注：「幕也。」又，「罬謂之罿。」罿，捕鳥的網。㉜赤羽　此指赤羽箭。《孔子家語・致思》：「孔子北遊於農山，……曰：『二三子者各言爾志，吾將擇焉。』子路進曰：『由願得白羽若月，赤羽若日。』」㉝散失句　《舊唐書・王涯傳》：「王涯家書數萬卷，侔於祕府。前代法書名畫，人所保惜者，以厚貨致之，不受貨者即以官爵致之，厚為垣，竅而藏之複壁。涯死，人破其垣取之，或剔取函奩金寶之飾與其玉軸而棄之。」似乎此畫，即本王涯所有。㉞照妖鏡　《西京雜記》：「宣帝繫獄，臂上猶帶身毒國寶鏡一枚，大如八銖錢。舊傳此鏡照見妖魅，佩之者為天神所福。帝崩，鏡不知所在。」㉟及與句　《吳越春秋・闔閭內傳》：「湛盧之劍，惡闔閭無道，乃去而出，水行如楚。楚昭王臥而寤，得之於床。風胡子曰：『五金之英，太陽之精，寄氣託靈，出之有神，服之有威，可以折衝拒敵。然人君有逆理之謀，其劍即出，故去無道以就有道。』」㊱伊人　李肱。㊲開懷　開顏。㊳漆鳴琴　喻難得之寶物。南朝宋鮑照之妹鮑令暉有詩〈擬客從遠方來〉：「客從遠方來，贈我漆鳴琴。」㊴懸之句　《說文》：「櫳，房室之疏。」房間內隔架，可以掛畫。真珠，珍珠。㊵騶騎　車騎。㊶玉陽　玉陽山。張籍〈送胡煉師歸王屋山〉：「玉陽峰下學長生。」韓愈〈誰氏子〉詩：「非癡非狂誰氏子，去入黃屋稱道士。或云欲學吹鳳笙，所慕靈妃媲蕭史。又云時俗輕尋常，力行險怪取貴仕。」義山學仙，亦大致如此。㊷瓊瑤宮　道教所謂神仙宮殿，此指道觀。㊸玄雲歌　道教歌曲。《漢武內傳》：「西王母命侍女安法嬰歌〈玄雲之曲〉。」㊹芙蓉　蓮花。《杜陽雜編》：「滄州有金蓮花，研之如泥，以間彩繪，光輝煥爛，與真金無異。」李白〈廬山謠〉：「手把芙蓉朝玉京。」㊺霓袖　道士所穿青霓之衣。㊻琅玕　竹。㊼遺弓　《呂氏春秋・遺弓》：「荊人有遺弓者，而不肯索。曰：『荊人遺之，荊人得之，又何索焉。』」㊽天壇　天壇山。《一統志》：「天壇山，在懷慶府濟源縣西一百二十里王屋山北……絕頂有石壇，名清虛小有洞天。」㊾曈曈　日初升微明之狀。㊿扶桑翁　道教所謂扶桑大帝君。《十洲記》：「扶桑在碧海之中，地方萬里……地多林木，葉皆如桑。又有椹樹，長者數十丈，大二千餘圍。樹兩兩同根偶生，更相依倚，是以名為扶桑。仙人食其椹，而一體皆作金光色。」意謂此畫終為神物，終歸仙家，又含功成身退之意。

【語　譯】在草木沾滿露水的秋天，我打開一幅畫，撲面而來遠古的蒼松。它的周圍，是浩莽的青山；它是生長在哪個壁立的山峰？那孤獨的根啊，好像懸吊在半空；那直立的幹啊，高高托起無邊的蒼穹。它端莊，就像君子飄逸的身姿；它挺拔，好像壯士堅實的胸膛。枝與枝盤繞，如同交臂；葉與葉糾纏，就像盤龍。頂上枝葉上指，好像受驚的螭龍要與雲相逢。嫩枝上的細葉啊，好像狐裘上的細茸。嬌嫩的松針簇擁，如孩童的頂髮輕柔蓬鬆；長成的松針伸展，像美女的雙眉翠色濃。

我靜靜地看著，很久很久，忽然目眩進入神狂中；這美麗的圖畫它變換了姿容。那又密又直如刀削般的枝葉，轉眼又婀娜搖曳、風情萬種。好像幽冷的洞房，翠被展開成穹窿。又像傳說的美女，扮成奪目的妝容。它細膩，好像在吐息自然的精氣；它猛烈，如同在炫耀造化的神功。燕雀在它的庇護下，深藏無影；霧氣和露水，在它的身旁往來從容。

經霜不凋的青松啊，秋蘭高潔，比不上你的堅貞；表裡如一的青松啊，綠竹有節，自慚腹內空空。你的英氣，可以招來吉祥的鳳；你的靈氣，可以蘊藏行雨的龍。淮南小山，筆下的桂樹蜷曲多姿；蜀國先主，屋旁的桑樹廣大無朋。它們的枝葉雖然高大靚麗，他們的靈氣哪能跟你比呢？

論久遠，你曾得到始皇封；論旁近，嵇康人稱是孤松。你曾得到仙人之號，也曾得到大夫之封。終南山高，清都遙遙，其實煙雨暗相通。你屈居在凡間，夜晚可曾想歸去，鼓起一陣西南風？

那昔日的佳人啊，一定有著清雅的意興，愛你如同那神奇的月鐘。用名貴的容器，把你層層套藏；用黃色的錦帛，把你重重包裹。誰知人事倉皇啊，密布的羅網，滴血的暗劍，真是是非成敗轉頭空。他活著，你如碧海的明月掛當空；他死了，你像郊野的枯蓬任人踐踏在泥霜中。平生把玩不已的珍寶啊，流落給奴僕和家僮。

人人聽說照妖鏡，個個都曉神劍鋒。這些靈異的寶物，怎能甘心被困在凡庸。李兄得名畫，左顧右盼，為它擇主誰可從。誰如我落魄，驚喜捧巨松！我要為你奏名琴，懸掛你在珍珠裝飾的簾櫳。在炎炎的夏日裡，對著你，也會感覺滿室清冷如寒冬。

想當年，我謝絕太守車騎邀，學仙求道在玉陽山東。那滿山千株古松，都像你，陪伴我一路走進瓊瑤宮。我日日唱著〈玄雲歌〉，手裡拿著仙人的金芙蓉。如霧的松雲，染綠了我的霓袖；青蒼的顏色，一直逼進竹林中。可惜我墜落塵網，就像楚人遺失了良弓。今天面對著你啊，我的身體和靈魂，彷彿又回到天壇峰，看到那雲海日出的彤紅。感謝你喚醒了我的塵夢，我會跨上紫色的鸞鳳，帶著你去見扶桑帝君，和你廝守在神仙宮。

【研　析】此詩當作於二人登第之前。義山與李肱同在開成二年登第，但此詩未稱同年；而終南望清都之意，正由望沾君恩而發。

李肱畫松相贈，義山因此作詩，詩歌據松而生意，隱喻李肱兼喻自己的才具不凡，必將脫穎而出；而末言松元靈物，必將歸去，也暗示了自己將要功成身退的理想。

一段，寫在秋天時候打開古松圖畫，見到古松的英姿俊爽。

二段，寫古松具有陰柔之美。

三段，寫松之靈氣獨步。

四段，寫松之落下凡間，受到世人重視與封贈，但松功成身退之意時刻未忘。

五段，寫松遭遇坎坷；雖暫時沉淪，終將脫穎而出，為世所珍。

六段，寫李肱得畫以贈我，我則異常珍惜，則李肱與我皆知己。

七段，寫昔日學仙，道山之松株株有靈氣；今墮世網，乃心在山。故發下誓言，功成之後，必與此松一起退隱。

由上面可以看出，作者所寫的主題，並無甚突出之處，無非是以松自喻兼喻人，寄予情懷，抒發理想。但詩篇在章法上卻非常開闊，層層轉折，意興橫生，波瀾起伏，極具大篇宏章之美。

同時，從上面的分析也可以看出，第二段的插入，在內容上似稍嫌累贅。其陰柔之美，頗與作者指喻的對象不協調；而靈氣又與第三段重複；燕雀可藏等詞語在上下文中也已經出現，自不必重複。故紀昀認為不若刪去：「若刪去『孫枝』以下十韻，直以『默與』句接『淮山』句，便為完璧」。宏篇巨製，自然難免微小瑕疵。

詩歌直抒胸臆，傾吐懷抱，「雛鳳萬里」的自我期許，「孤直端挺」的自我約束，「欲回天地」之情，「功成身退」之志，在詩歌中都有充足表現。年輕的詩人盡情展示了自己的才華、品德、志向、情趣，感情坦率，意象明晰，早期特色鮮明。（許軍）

送從翁❶從東川弘農尚書幕

大鎮初更帥❷，嘉賓❸素見邀。使車❹無遠近，歸路更煙霄❺。穩放驊騮❻步，高安翡翠❼巢。御風❽知有在❾，去國肯無聊。早忝諸孫❿末，俱從小隱⓫招。心懸紫雲閣⓬，夢斷赤城標⓭。素女悲清瑟⓮，秦娥弄玉簫⓯。山連玄圃⓰近，水接絳河⓱遙。豈意聞周鐸⓲，翻然慕舜韶⓳。皆辭喬木⓴去，遠逐斷蓬飄。薄俗誰其激㉑？斯民已甚恌㉒。鸞皇期一舉，燕雀不相饒㉓。敢共頹波遠？因之內火燒㉔。是非過別夢，時節慘驚飆㉕。末至誰能賦㉖，中幹欲病痟㉗。屢曾紆錦繡，勉欲報瓊瑤㉘。我恐霜侵鬢，君先綬掛腰㉙。甘心與陳阮㉚，揮手謝松喬㉛。錦里差㉜鄰接，雲臺㉝閉寂寥。一川虛月魄，萬崦㉞自芝苗。瘴雨㉟瀧間㊱急，離魂㊲峽外銷。非關無燭夜，其奈落花朝㊳！幾處聞鳴珮㊴，何筵不翠翹㊵。蠻僮㊶騎象舞，江市賣鮫綃㊷。

南詔㊸知非敵，西山㊹亦屢驕。勿貪佳麗地㊺，不為聖明朝㊻。少減東城㊼飲，時看北斗杓㊽。莫因乖別久，遂逐歲寒凋㊾。

盛幕開高讌，將軍問故寮㊿。為言公玉季(51)，早日棄漁樵。

【注釋】❶從翁　叔祖。弘農尚書，楊汝士，弘農為其郡望。《舊唐書・楊汝士傳》：「開成元年七月，轉兵部侍郎。其年十二月，檢校禮部尚書、梓州刺史、劍南東川節度使。時宗人嗣復鎮西川。兄弟對居節制，時人榮之。」❷大鎮句　謂楊汝士剛剛出鎮東川。《舊唐書・文宗本紀》載：「開成元年十二月辛亥，劍南東川節度使馮宿卒。癸丑，楊汝士充劍南東川節度使。」從辛亥到癸丑，中間只隔一天，主要是地方重鎮，事關重大，故前任暴卒，後任必須馬上到位，以穩定局面。❸嘉賓　幕僚，即從翁。《詩經・小雅》：「我有嘉賓。」❹使車　出使者之車，即節度使之車。孟浩然〈送盧少府使入秦〉：「山河轉使車。」❺歸路句　意謂他年歸來，可致身雲霄。❻騂騮　良馬。❼翡翠　翡翠鳥。《說文》：「翡，赤羽雀；翠，青羽雀。」杜甫〈曲江二首〉：「江上小堂巢翡翠。」❽御風　借仙家語比喻扶風直上。《莊子》：「列子御風而行。」❾有在　有施展之處。❿諸孫　自稱。⓫小隱　隱於山林。《文選》王康琚〈反招隱詩〉：「小隱隱林藪，大隱隱市朝。」⓬紫雲閣　借指仙境。《上清經》：「元始居紫雲之闕，碧霞為城。」⓭赤城標　赤城山。以「標」代「山」，似為押韻。孫興會〈天台山賦〉：「赤城霞起而建標。」孔靈符《會稽記》：「天台赤城山土色皆赤，巖岫連沓，狀似雲霞。」⓮素女句　意謂鼓瑟即有素女出塵之悲調。《史記・封禪書》：「太帝使素女鼓五十絃瑟，悲，帝禁不止，故破為二十五絃。」⓯秦娥句　意謂吹簫則有秦娥飛昇之清音。《列仙傳》：「蕭史者，秦穆公時人。善吹簫，作鸞鳳之響，穆公女弄玉妻焉。日教弄玉作鳳鳴，居數年，吹似鳳聲，鳳凰來止其屋，公為作鳳臺。夫婦止其上不下數年。一旦皆隨鳳凰飛去。」⓰玄圃　神仙居處。《淮南子・墬形訓》：「崑崙之丘，或上倍之，是謂涼風之山，登之而不死；或上倍之，是為懸圃，登之乃靈，能使風雨。」⓱絳河　天河。《白帖》卷二：「天河，謂之天漢，亦有銀漢、銀河、絳河、明河等名。」《漢武內傳》：「上元夫人遣一侍妾問王母云：『遠隔絳河，遂替顏色。』」⓲周鐸　喻文宗屬行新政。《周禮・天官・小宰》：「徇以木鐸。」鄭玄注：「古者將有新令，必奮木鐸以警眾，使明聽也。木鐸，木舌也。」《舊唐書・文宗本紀下》贊文宗說：「史臣曰：昭獻皇帝恭儉儒雅，出於自然，承父兄奢弊之餘，當閹寺撓權之際，而能以治易亂，化危為安，大和之初，可謂明矣。」⑲慕舜韶　羡慕政治清明，有所作為。《史記・五帝本紀》：「四海之內，咸戴帝舜之功，於是禹乃興九招之樂。」《索隱》：「招，音韶，即舜樂〈簫韶〉。九成，故曰〈九招〉。」⑳喬木　故里。《孟子・梁惠王》：「所謂故國者，非謂有喬木之謂也，有世臣之謂也。」謂二人離開故里而宦遊在外。㉑激　阻遏水勢使奮躍，此指激勵。㉒恌　同「佻」。輕薄巧詐；苟且歲月。㉓鸞皇二句　此指科舉場中遭到排忌之事。鸞皇，鸞鳥鳳凰，自喻。燕雀喻小人。㉔敢共二句　謂己不願隨波逐流，混同末俗，因之內心如灼，極為苦悶。《莊子・應帝王》：「因以為弟靡，因以為波流。」弟，頹也。郭注：「變化頹靡，世事波流。」內火燒，內心之火。《莊子・人間世》：「今吾朝受命而夕飲冰，吾其內熱歟！」孟郊〈送李翺習之〉：「悔至心自燒。」㉕是非二句　慨歎人世是非變化匆匆，如別夢之倏然而逝；而節移序改，華年又殊易逝。飆，暴風。古詩：「人生寄一世，奄忽若飆塵。」陸機〈擬行行重行行〉：「驚飆褰反信，歸雲難寄音。」㉖末至句　意謂從翁在幕府才華第一。謝惠連〈雪賦〉：「歲將暮，時既昏。寒風積，愁雲繁。梁王不悅，游於兔園。乃置旨酒，命賓友，召鄒生，延枚叟。相如末至，居客之右。（王）乃授簡於司馬大夫曰：『抽子祕思，騁子妍辭，侔色揣稱，為寡人賦之。』」㉗痟　同「消」。消渴疾（糖尿病），寓渴求仕進。《韻會》：「痟，渴疾。」㉘屢曾二句　意謂從翁屢次贈送我錦綉文章，我也要以詩篇回贈，聊表謝意。錦繡，好文章。《世說新語・賞譽》：「著文章為錦繡，蘊五經為繒帛。」《詩經・衛風・木瓜》：「投我以木瓜，報之以瓊瑤。」㉙綬　絲帶。從翁入幕，帶以京銜。㉚陳阮　三國陳琳、阮瑀，此喻弘農尚書幕府之僚佐。《三國志・魏志》：「陳琳字孔璋，阮瑀字元瑜，太祖並以琳、瑀為司空軍謀祭酒，管記室。」㉛松喬　赤松子、王子喬，古代仙人。㉜差　交錯。謂西川（成都）與東川交錯而接鄰。《華陽國志》卷三：「成都城南之西曰夷里橋，南岸道西，故錦官也。錦江，織錦濯其中則鮮明，他江則不好，故命曰錦里。」㉝雲臺　雲臺峰與雲臺觀。《華山志》：「嶽東北有雲臺峰，峰有雲臺觀。」㉞萬崦　萬山。劉禹錫〈奉送家兄歸王屋山隱居〉：「水淨苔莎色，露香芝朮苗。」㉟瘴雨　山多瘴氣，故曰瘴雨。㊱瀧間　東川一帶河流。《廣韻》：「瀧，南人名湍。」㊲離魂　既言峽外，當自指。㊳非關二句　秉燭夜遊之意，無奈花落。㊴鳴珮　此言男女宴遊之事。《列仙傳・江妃》：「江嬪二女，不知何許人。步江漢湄，逢鄭交甫，見而悅之不知其神人也。謂其僕曰：『我欲下請其佩。』」女遂解佩與交甫，交甫悅，受佩而去。數十步，空懷無佩，女亦不見。」㊵翠翹　裝飾在頭上的翡翠鳥尾上之長羽。曹植〈七啟〉：「戴金搖之熠耀，揚翠羽之雙翹。」㊶蠻僮　蜀地兒童。西蜀與南蠻接壤，故稱蠻僮。㊷江市句　意謂當地奇異風土人情。《博物志》卷九：「南海有鮫人，水居如魚，不廢織績。」左思〈吳都賦〉：「俗傳鮫人從水中出，曾寄寓人家，積日賣綃，綃者，竹孚俞也。」㊸南詔　南方少數民族之一種。《新唐書・南詔傳》：「南詔本哀牢夷後，烏蠻別種。夷語「王」為「詔」。……蜀諸葛亮討定之。」㊹西山　岷山。李宗諤《圖經》：「岷山巉絕崛立，實捍阻羌夷，全蜀倚為巨屏。唐自肅、代後，西山三城履陷吐蕃。」南詔、西山，與吐蕃相表裏，繫蜀地安危。㊺佳麗地　蜀中繁華。《華陽國志》：「漢家食貨以為稱首。」㊻不為句　意謂忠於王室。可見唐代藩鎮之橫。㊼東城　代遊賞之地。㊽北斗杓　代指京都。《三輔黃圖》卷一：「惠帝更築長安城，城南為南斗形，城北為北斗形。至今人稱漢舊京為斗城。」㊾歲寒凋　堅定氣節。《論語・子罕》：「歲寒然後知松柏之後凋也」。㊿故寮　代指從翁。此言楊汝士再次慰勞從翁。從翁曾為其僚屬無疑。51為言句　意謂幕府高會，盼從翁為己援引。為言，即幫忙美言之意。公玉季，應指楊汝士。義山〈上張雜端狀〉：「是覲玉季，如對金昆。」則金玉乃讚譽，昆季為兄弟。楊汝士、楊嗣復弟兄分鎮東、西川。

【語　譯】東川剛剛換節度，從翁再次受邀請。主帥厚愛，接你的車不怕遠近；他日歸來，必將騰身在青雲。前程萬里長，俊傑有依傍。離開國都去遠方，正是英雄有了用武地，青雲直上莫悲傷。

晚輩早年真榮幸，追隨你隱居在山林。渴望登上紫雲端，學道求仙在赤城山。夢中素女彈清瑟，忽然弄玉簫聲傳。道山高萬仞，天上的玄圃可登攀；山高水也高，中有銀河波浪捲。

一聲木鐸喚迷人，聽說朝廷頒新政，何不助君為堯舜，開拓太平為蒼生。你我下山去，千里逐仕途，磕磕絆絆就像那亂飛的斷蓬沒有根。可惜啊，世風澆薄誰能救？可歎啊，滿眼趨炎附勢人。縱然要一飛沖上天，怎奈燕雀成群來使絆。邀我同流又合汙，耐不住心中怒火焚。回首一夢，人事是非轉頭空；功業未成，時光流逝如飄風。幕府才華數從翁，我腹內雖空望遭逢。深深謝，屢贈我錦繡文章；欲報答，只能作幾篇草莽。

您綬帶已經佩身上，我兩鬢成霜空懷抱。從今一心做幕僚，作別赤松子和王子喬。此去幕府，繁華東川連錦里；你我出山，昔日雲臺真寂寥。無人看，山中江流空映月，無人採，山中靈芝自逍遙。

前方多瘴氣，山溪來急雨，留我峽外相思苦。長夜無眠不看花，秉燭怎知只見落花滿地呢？人人都說西蜀好，聲色歌舞，酒筵處處。還有蠻童騎象舞，江邊集市賣鮫綃。

南詔與西山，西蜀危亡間，聲色縱情且莫貪，需常想，當初為何忙下山。請減少東城的飲宴，牢記北斗杓下的長安。山中立遠志，歷久莫凋謝。

他年逢盛宴，將軍問幕僚，請為我，美言數語，助我早日脫漁樵。

【研 析】《舊唐書．文宗本紀》載：開成元年「十二月辛亥，劍南東川節度使馮宿卒。……癸丑，以兵部侍郎楊汝士檢校禮部尚書，充劍南東川節度使。」則只隔一天，楊汝士即被任命。軍事駐地之重要，可見一斑。從翁被徵召，當在此後不久。

從結構層次上，本詩可分為七段。

首段，言從翁入幕，從此將直上青雲，點出送別之意。

二段，言二人曾一同學道。則從翁於己，情兼師友，志趣相投。

三段，言二人一起下山，但都遭遇流落；而從翁屢贈詩文，得相濡以沫。

四段，言從翁將帶職赴幕府，從此不必再隱居。但當日舊山川，不宜相忘。

五段，言東川勝景，風物繁華。

六段，言東川形勝，需要仔細籌劃，方不負舊山，不違夙願。

七段，期望汲引，並點惜別與祝賀高升之意。

本詩在謀篇布局上非常嚴密，極盡轉折遞進之能事。東川佳麗地，還需輔助聖明，不忘職責，不忘夙願，將全詩的含義籠罩貫通。隱則體悟大道，出則匡濟天下，從翁此去，本不為名利，也將不貪風月。全詩立意正大，風格渾厚，氣勢飛動。即便是望其汲引，出語也委婉雅致。

晚唐藩鎮，動輒割據地方，與積弱的中央王朝分庭抗禮。詩中囑託從翁，不要忘記北斗柄杓所指的長安城，反映了義山反對藩鎮割據、維護中央王朝的政治態度。義山早年，曾有過一段學仙求道的生活經歷，但自從入令狐楚幕府，義山無一刻不期望報效國家。「欲回天地」之志在義山已經是勉為其難，而期望「致君堯舜」更是一個純粹的畫餅。敏感的詩人似乎已經意識到在這個風雨飄搖的時代，實現政治理想可能要大大打

折，於是從翁投身幕府，也被詩人稱為「穩放驊騮步，高安翡翠巢」，這不是一個時代的諷刺嗎？（許軍）

令狐八拾遺❶綯見招送裴十四❷歸華州

二十中郎❸未足稀，驪駒❹先自有光輝。蘭亭❺讌罷方回❻去，雪夜詩成道韞❼歸。漢苑❽風煙催客夢，雲臺❾洞穴接郊扉。嗟余久抱臨邛渴❿，便欲因君問釣磯⓫。

【注釋】❶拾遺　令狐綯官職。《舊唐書．令狐綯傳》：「大和四年登進士第，開成初為左拾遺。」❷裴十四　名不詳，為令狐楚女婿。當時義山還未登第。❸二十中郎　借荀羨比裴十四。《晉書》：「荀羨尚尋陽公主，後除北中郎將、徐州刺史、監諸軍事、假節，時年二十八，中興方伯。晉《中興書》說時年二十歲。《宋書》：『未有如羨之少者。』謝晦初為荊州，甚自矜從叔，澹問晦年，答曰：『三十三。』澹笑曰：『昔荀中郎年二十七，為北府都督。卿比之為老矣。』晦有愧色。」馮浩認為，後人有「年少荀郎」、「二十中郎」之說，必荀羨，非他人也。❹驪駒　點其為貴婿，兼暗示離去。〈陌上桑〉曰：「何用識夫婿，白馬從驪駒。」又《大戴禮》中有古逸詩〈歌驪駒〉，為送客之作，其辭曰：「驪駒在門，僕夫具存；驪駒在路，僕夫整駕。」❺蘭亭　山陰縣西南。王羲之〈蘭亭集序〉曰：「永和九年，歲在癸丑。暮春之初，會於會稽山陰之蘭亭，修禊事也。」❻方回　郗愔。方回並未參加蘭亭集會，此以王羲之與方回的關係，喻令狐綯設宴餞別裴十四。《晉書．郗愔傳》：「與姊夫王羲之、高士奇、許恂並有邁世之風，修黃老之術。」❼道韞　裴十四攜妻歸，喻其妻為才女。《晉書．列女傳．王凝之妻謝氏》：「王凝之妻謝氏，字道韞，安西將軍奕之女也。嘗內集，俄而雪驟下。叔父安曰：『何所似也？』安兄子朗曰：『散鹽空中差可擬。』道韞曰：『未若柳絮因風起。』安大悅。」❽漢苑　指長安宮苑，一說指華陰，因華陰有漢宮觀。❾雲臺　華山東北有雲臺峰，下有洞穴。《華山志》載其洞穴：「經黃河底，上聞流水聲。」❿臨邛渴　寓求偶兼求仕之意。《史記．司馬相如列傳》：「相如自梁歸，而家貧無以自業，素與臨邛令王吉相善……於是往舍都亭。臨邛中多富人，有卓王孫者……有女文君新寡，好音，相如以琴心挑之，文君乃夜奔相如。……相如口吃而善著書，常有消渴疾（糖尿病）。」⓫便

欲句　姜太公垂釣渭水而遇文王，傳其遺址在華州。李白〈梁甫吟〉：「廣張三千六百釣，風期暗與文王親。」

【語　譯】二十中郎有何稀罕，今日裴兄勝過當年荀羨。乘龍快婿名列朝堂，真是無限風光。雪夜餞行，羨慕你回鄉榮耀門庭；嬌妻才名，比得上詠絮的謝道韞。久客長安，破碎了我虛幻的夢；近郊雲臺，有美麗的洞穴勝景。幾年辛苦貧病，我像流落臨邛未遇卓文君。請為我，查看釣魚臺，我有雲水遇合夢，不知能否得青睞。

【研　析】此詩內容如題。時義山既未登第，也未娶妻，故有漢苑之夢、臨邛之渴。詩中對裴少年即科第得意、兼娶才女讚歎不已，不僅不掩飾豔羨情緒，反而誇大之。這固然是因為相互關係親密，出語不妨戲謔；也是因為義山確實動了感慨，非徒然作交際應酬之詩。

觀義山一生，於此二事始終一往情深，也備受摧折。〈柳枝五首〉中，義山講述了一段早年戀愛故事，洛陽富家女柳枝對自己心生愛慕，結果義山因故失約，事遂不諧。這件事令義山非常傷感：「玉作彈棊局，中心亦不平。」與女道士宋華陽的感情只能是一場糾葛：「偷桃竊藥事難兼」。義山娶妻王氏，夫妻感情篤厚，可王氏早卒，帶給他很沉重的打擊。在〈祭小侄女寄寄文〉中，義山說「況吾別娶已來，胤緒未立」，似乎王氏為其再婚妻子。若真，則義山是第二次受到打擊。

而義山之仕途多舛，也是少見。牛、李黨爭，派系分明。義山初受知於令狐楚，後結姻於王茂元，把自己的政治身分弄得不倫不類，從此陷入兩派共同打壓的苦難深淵。人生百年，義山可謂極盡坎坷。若義山晚年翻檢此詩，不知當作何感慨。

本詩題為送別，實為自抒懷抱。義山久客長安，仕途蹭蹬，兼長久獨身，今觀裴十四之得志，聊借他人酒杯，澆我胸中塊壘。首四句鋪寫裴十四之少年得志與新婚之樂，在極力渲染其人生得意中為下文蓄勢。「去」、「歸」引出五句的客夢，久客長安，對方衣錦還鄉，而我豈能無動於心。六句接寫對方回家，雲臺仙境之美，正是攜妻遊賞之好所在；並暗示當年自己曾立志學道隱居。經過層層鋪墊，末聯終於把這種感情直接抒發出來，仕宦不順，久無佳偶，何時方能釣得機遇呢？還是請裴到家鄉問問釣魚臺吧。全詩借送別友人抒發自我情志，轉折自然，層次嚴謹，用典清雅。（許軍）

和友人戲贈二首❶

其一

東望花樓會不同，西來雙燕❷信休通。仙人掌冷三霄❸露，玉女窗虛五夜風❹。

翠袖自隨迴雪轉❺，燭房❻尋類外庭空。殷勤莫使清香透，牢合金魚❼鎖桂叢❽。

其二

迢遞青門❾有幾關？柳梢樓角見南山❿。明珠可貫⓫須為珮，白璧堪裁且作環⓬。子夜休歌團扇掩⓭，新正未破剪刀閒⓮。猿啼鶴怨終年事，未抵熏爐一夕間⓯。

【注釋】❶和友人句　舊本此二首後有〈題二首後重有戲贈任秀才〉，可見此二首也是贈任之作。應是令狐綯先有〈戲贈秀才〉之作，義山從而和之。❷雙燕　愛情的信使。《開元天寶遺事·傳書燕》：「長安豪民郭行先有女子紹蘭適鉅賈任宗。宗為賈於湘中，數年不歸，複音書不達。紹蘭目睹堂中有雙燕戲於梁間。蘭長吁而語於燕曰：『我聞燕子自海東來，往復必經由於湘中。我婿離家不歸數歲，蔑有音耗，生死存亡弗可知也。欲憑爾附書，投於我婿。』言訖淚下。燕子飛鳴上下，似有所諾。蘭遂吟詩一首云：『我婿去重湖，臨窗泣血書。殷勤憑燕翼，寄與薄情夫。』燕遂飛鳴而去。任宗時在荊州，忽見一燕飛鳴於頭上。宗訝視之，乃妻所寄之詩。宗感而泣下。後文士張說傳其事，而好事者寫之。」❸三霄　神霄、玉霄、太霄也，猶三重天。《釋名》：「霄，青天也，無雲氣而青碧者也。」《漢書．郊祀志》：「武帝作栢梁、銅柱、承露仙人掌。」❹玉女句　意謂獨處時風寒夜冷。《漢書．郊祀志》：「鄠縣有仙人玉女祠。」衛宏《漢舊儀》：「中黃門持五夜。五夜者，甲夜、乙夜、丙夜、丁夜、戊夜。」司馬相如〈大人賦〉：「載玉女而與之歸。」❺翠袖句　翠袖，佳人的衣袖。杜甫〈佳人〉：「天寒翠袖薄，日暮倚修竹。」〈洛神賦〉：「飄飄兮若流風之迴雪。」❻燭房　亮著燭火的房間。謝莊〈月賦〉：「去燭房，即月殿。」❼金魚　魚狀鑰匙。梁簡文帝詩〈秋閨夜思〉：「夕門揜魚鑰，宵床悲畫屏。」《芝田錄》曰：「門鑰必以魚，取其不瞑目守夜之義。」❽桂叢　猶芳叢，喻女子所居。❾青門　代女子居處之門。《三輔黃圖》：「都城東出南頭第一門，曰霸城門。民見門色青，名曰青城門，或曰青門，亦曰青綺門。」❿南山　終南山，在長安城正南。⓫貫　貫穿。《拾遺記》：「員邱之穴，洞達九天。中有細珠如流沙，可穿而結，因用為佩。此神蛾之矢也。」⓬環　玉環。《爾雅》：「璧肉好若一，謂之環。」《說文》：「璧，瑞玉環也。」⓭子夜句　《古今樂錄》：「〈團扇郎歌〉者，晉中書令王珉好捉白團扇，與嫂婢謝芳姿有情好。嫂捶撻婢過苦。王東亭聞而止之。芳姿素善歌，嫂令歌一曲，當赦之，芳姿應聲而歌：『白團扇，辛苦五流連，是郎眼所見。』珉聞，更問：『汝歌何道？』芳姿即轉歌云：『白團扇，憔悴非昔容，羞與郎相見。』後人因而歌之。」子夜，夜裡子時；深夜。⓮新正句　《荊楚歲時記》曰：「正月七日，剪綵為人，或鏤金箔為人，帖屏風上，亦戴之頭鬢，又造花勝以相遺。」杜甫〈絕句漫興〉：「二月已破三月來，漸老逢春能幾回？」破，過去。⓯未抵句　熏爐，夜晚取暖的火爐。意謂此夕曠遠之深，重於經年相思之苦。錢鍾書認為，意同『《淮南子．說山訓》所謂「拘囹圄者以日為修，當死市者以日為短」』之意。

【語譯】

其一

東望那花樓令人癡迷，不能與相愛的人聚會；西來的雙燕翩翩飛走，沒有帶給我一點點安慰。長空的冷露，降臨在銅人的手掌。那吹拂窗櫺的，是深夜惱人的涼風。彷彿看到你舞動的翠袖，就像雪花在清風中迴旋，點著搖曳的燭火，房間就像庭院，只有空曠在一點點蔓延。我的朋友啊，你可要層層鎖緊那深閨幽蘭，一點點輕微的香氣，成群的蜂蝶都想去沾染。

其二

那深鎖佳人的青門，到底要過幾重關？透過樓頭的柳，凝望秀美的終南。明珠若能貫穿，那就快點穿上線；白璧若能打磨，那就趕緊製成環。那獨守閨房的佳人，深夜她無心唱歌，正懷抱著白團扇；還未到新正開剪，你讓她百無聊賴怎麼辦。都說終年相思苦，比得上猿啼與鶴怨；誰知道子夜對熏爐，今夜相思最難堪。

【研　析】本詩中描寫的女子，友人戀愛之而未明媒正娶，大概只是置室外間，故義山作詩調笑友人。詩分二首，各有側重：第一首從男子的角度言二人分隔兩處，音訊難通；第二首從女子的角度言相思之苦。在具體描寫中又相互滲透，形成你中有我、我中有你的格局。詩作語含謔笑，而風情搖曳，極顯才情。

第一首，寫男子相思。向東望花樓，只看到雙燕從東邊飛過來。於是更加思念，夜不能寐：變得多愁而敏感，甚至能聽到露水滑落的聲音；而風吹開窗櫺，竟疑為對方深夜前來。翠袖飄動，疑為對方之舞姿；舉起燭火，看到空曠之外庭。總之相思綿綿，了無生趣。末聯打趣友人，你思念對方，對方也思念你，她長久思念而不得，難免琵琶別抱，你可要看緊點。

第二首，寫女子相思。女子青門深鎖，只能樓頭望南山，意蘊深永。次聯問友人何不逕直娶之。「明珠可貫須為佩，白璧堪裁且作環」，這種纏綿的情緒如同陶潛〈閒情賦〉所言：「願在衣而為領」，「願在髮而為澤」。正是因為這樣一種不明瞭的狀態，弄得女子徒勞相思。她抱著團扇，而情懷憂鬱；不能開剪，無法消遣。末聯直言一夜相思勝過一年。

諸家注解此詩，多從末聯分析義山之戲謔。其實，本詩戲謔風格融在整個篇章中。全詩寫相思從男女兩個角度入手，像是互相映照的鏡面，在想像中代雙方立言，真是我也苦，儂也苦。全詩情感細膩，而小兒女之憨態可掬。戲謔的風趣，竟然滲透到結構中，義山可謂善謔也。（許軍）

題二首後重有戲贈任秀才❶

一丈❷紅薔擁翠筠，羅窗不識繞街塵❸。峽中尋覓長逢雨❹，月裏依稀更有人❺。虛為錯刀❻留遠客，枉緣書札損文鱗❼。遙知小閣還斜照，羨殺烏龍❽臥錦茵。

【注　釋】❶題二首後句　由此題，可知上二首必是贈任之作。觀下文，可見為思念青樓之娼女。❷一丈　指身處高樓的美女。❸繞街塵　往來尋覓、頻繁繞窗，弄得滿身塵土的任秀才。❹雨　暗示神女暮雨的典故。❺更有人　除了姮娥，另有別人，故任秀才不得入。暗用姮娥獨居之典，意謂女子另有所歡。《淮南子．覽冥訓》：「羿請不死之藥於西王母，姮娥竊以奔月。」注曰：「姮娥，羿妻。羿未及服，姮娥盜食之，得仙，奔入月中。」❻錯刀　金錯刀，代指禮物。《漢書．食貨志》：「王莽更造錯刀，以黃金錯其文，曰：『一刀直五千。』」張衡〈四愁詩〉：「美人贈我金錯刀。」❼文鱗　代書信。古詩：「客從遠方來，遺我雙鯉魚。呼兒烹鯉魚，中有尺素書。」❽烏龍　犬。《搜神後記》載：「會稽張然，滯役在都，經年不得歸。家有少婦，無子，惟與一奴守舍，遂與奴通。然素養一狗，甚快，名曰：『烏龍』，常以自隨。後假歸，婦與奴謀欲得殺然。然及婦作飯食，共坐下食。婦語然：『與君當大別離，君可強笑。』然未得噉，奴已張弓拔矢，當戶須然食畢。然涕泣不食，乃以盤中肉及飯擲狗，祝曰：『養汝數年，吾當將死，汝能救我否？』狗得食不啖，唯注睛舐唇視奴。然亦覺之。奴催食轉急，然決計，拍膝大呼曰：『烏龍與手！』狗應聲傷奴。奴失刀杖倒地，狗咋其陰。然因取刀殺奴，以婦付縣殺之。」錢鍾書在《管錐編》第一冊中考證《詩經》「無使犬也吠」條說：「李商隱〈戲贈任秀才〉詩中『臥錦茵』之『烏龍』，裴鉶《傳奇》中昆侖奴磨勒撾殺之『曹州孟孩』猛犬，皆此『犬』之直流與留裔也。《初學記》卷二九賈岱宗〈大狗賦〉：『晝則無窺窬之客，夜則無奸淫之賓』；而十七世紀法國詩人作〈犬塚銘〉，稱其盜來則吠，故主人愛之；外遇來則不作聲，故主婦愛之，祖構重疊。蓋兒女私情中，亦以『尨也』參與之矣。」又曰：唐人豔體詩中，以「烏龍」為狗之雅號。

【語　譯】美人身在小樓裡，像一支紅色薔薇，掩映在翠竹林；浪子走在大街上，轉悠流連，一身灰塵有雅興。比她作神女，她長施雲雨到不了你的身；比她作嫦娥，她廣寒宮中有他人。也曾送出金錯刀，不過是虛情假客套；寫下情詩去討好，無奈流水無意空自勞。小閣斜陽照，美人身難靠，恨不得張然的烏龍犬，一口咬死那橫刀奪愛的人，獨自把美人抱。

【研　析】本詩與前面題贈的二首明顯不同，前二首中的男女雙方都是情意相愜，歡會間阻來自客觀環境。本詩中的女子與任則是虛情假意，而且室內「更有人」，其品行、氣質明顯不是良家女子。馮浩認為：「此必任秀才有所思於青樓中人也，否則措辭豈得爾！」而本詩中所刻劃的任秀才，也是形象惡俗。難怪馮舒注說：「戲得太毒，得勿有傷厚道。」唐士子宿娼，為那個時代特有之風流，本無須諱言。與義山齊名的杜牧，即是風流場常客。杜牧入牛僧孺揚州幕，常為狹斜遊；上司牛僧孺為防止他出事，密派屬吏夜夜跟蹤保護他。《唐才子傳．杜牧》載：「時淮南稱繁盛，不減京華，且多名姬絕色。牧恣心遊賞，牛相（牛僧孺）收街吏報『杜書記平安』帖子至盈篋。」這樣的風流韻事，杜牧曾總結為「十年一覺揚州夢，贏得青樓薄倖名。」義山也曾贈詩杜牧，說他「刻意傷春復傷別，人間唯有杜司勳」，不僅誇獎杜牧多情，而且誇獎他重情。措辭若本詩之惡俗，有傷友道，自然是不合適的了。

本詩為憑空想像之作，但是也能反映義山造境功夫。首句就是一個很好證明。葉蔥奇認為：「『紅薔』若指薔薇，不應該說『一丈』，當是『紅牆』之訛。」此以己意硬改古人之詩，法不可從。紅牆一說，不符合古代建築形制。古代一般只有宮殿、寺觀、壇臺的牆壁才會塗成紅色。而文中女子顯然非良家女子。青樓牆壁的最初顏色是青色而非紅色。末聯「小閣」，明謂女子居於高樓之上，可望不可及之意。若牆高一丈，任秀才怎能反覆窺探？因此，本句意思是說該女子身居高樓小閣，在竹林掩映中，可以看到她美麗的身影。情景不可謂不美。但是下文任秀才反覆來往一身塵土的形象一出現，立即將其含義轉為「一枝紅杏出牆來」了。可謂雅而趣。可惜末聯掃了全詩之雅趣，敗興不小。（許軍）

南山趙行軍新詩盛稱游讌之洽因寄一絕❶

蓮幕❷遙臨黑水❸津，櫜鞬❹無事但尋春。梁王司馬非孫武，且免宮中斬美人❺。

【注釋】❶南山句　「南山」一詞，歷來解釋紛紜。有認為是「終南山」，也有認為是蜀中南山。茲據馮浩說：「《禹貢錐指》：『華山，四州之際。東北冀，東南豫，西南梁，西北雍。雍梁之間，大山長谷，遠者數百里。終南山東連二華，在長安南，至武功而為太白；又西過寶雞，訖於隴首山，其深處高而長大者曰秦嶺，關中指此為南山，漢中指此為北山，斯實雍、梁之大限矣。』然則大散嶺、秦嶺之地，實為分界之處，關中正稱之為南山。」詩作於開成二年春。時令狐楚任興元尹、山南西道節度使，趙柷為其行軍司馬。❷蓮幕　值得羨慕的幕府。《南史・庾杲之傳》：「庾杲之為王儉衛將軍長史。安陸侯蕭緬與儉書曰：『盛府無僚，實難其選。庾景行泛淥水依芙蓉，何其麗也！』時人以入儉幕為蓮花池，故美之」。❸黑水　水名。《水經》：「漢水又東，黑水注之。」注曰：「水出北山，南流入漢。庾仲雍曰：『黑水去高橋三十里。』諸葛亮牋云：『朝發南鄭，暮宿黑水』。指謂是水也。」❹櫜鞬　放弓箭的箭袋，代指戰爭之事。《左傳・僖公二十三年》載晉公子重耳流亡期間，曾得到楚國幫助，楚國追問若助其回國為君，該如何報答楚國。重耳回答說：「若以君之靈，得返晉國，晉、楚治兵，遇於中原，其辟君三舍（一舍為三十里）。若不獲命，其左執鞭弭，右執櫜鞬，以與君周旋。」❺梁王二句　梁王與孫武，借代令狐楚與趙柷。令狐楚駐在興元，地屬梁州，故借稱。唐藩鎮權大勢重，不比漢藩鎮，故引述令狐楚乃能以梁王代。《史記・孫子吳起列傳》：「孫子武以兵法見吳王，王曰：『可試以婦人乎？』曰：『可。』於是出宮中美女百八十人，孫子分為兩隊，以王寵姬二人為隊長。即三令五申以鼓之右。婦人大笑；復三令五申鼓之左，婦人復大笑。遂斬隊長二人，用其次為隊長。於是復鼓之，皆中規矩繩墨，無敢出聲。」

【語譯】託身大府，駐紮南山，遠遠對著黑水岸；戰事全無，樂得悠閒，每天尋春在歌舞宴。梁王司馬，手不能縛雞，也把武官的位置占；帳下如雲美女，不必逐隊操練苦，只需對著司馬調笑朱顏。

【研析】本詩之寫作背景如題。趙入大帥幕府，擔當行軍司馬，本該助其軍政，但詩中盛讚幕府遊宴之盛，這是值得注意的事。晚唐藩鎮，為一地之軍政總管。幕府中設宴招待幕僚，常出歌伎侑酒。這種醉生夢死的場面概為當時之常情。義山自己也曾作過類似之詩，如〈天平公座中呈令狐令公〉，其中侑酒助興的歌伎還曾經身為女冠。姚培謙認為：「名士從軍，又值無事之日，惟以尊前歌舞為樂耳。」其說近是。

本詩在藝術上的風格為雅謔而微諷。上聯說幕府駐軍所在為黑水，但正是天下歌舞昇平之時，自然可以放心冶遊。下聯以孫武演武、執法斬美人來整頓軍紀為典故，說明趙行軍絕不會斬美人，言下之意則趙沉醉此溫柔鄉之中了。詩比趙行軍為孫武，趙卻沉醉溫柔，則趙徒然占據孫武之座位耳。同時，駐軍所在地黑水，為古來兵家必爭之地，也暗示了天下並非無事。義山在〈送從翁從東川弘農尚書幕〉中曾勸說從翁「勿貪佳麗地，不為聖明朝」。則趙之尸位素餐、沉醉溫柔，義山自然不會叫好。但趙先寄詩來，義山應和，禮節上不宜給對方潑冷水，因此出語非常含蓄。（許軍）

寄惱❶韓同年❷ 時韓住蕭洞❸二首

其一

簾外辛夷❹定已開，開時莫放豔陽迴。年華若到經風雨，便是胡僧話劫灰❺。

其二

龍山晴雪鳳樓霞❻，洞裏迷人有幾家❼？我為傷春心自醉，不勞君勸石榴花❽。

【注釋】❶寄惱 寄託內心憂愁，即詩中「傷春」。當時，韓正在新婚歡樂中，作者自謂此詩敗興，故曰「惱」。❷韓同年韓瞻，韓偓之父，開成二年與義山同年登第，亦王茂元之女婿。二人同時議婚，但韓先娶，作者此詩，概望韓為自己促成婚姻。❸時韓住蕭洞　為題下自注。蕭洞，岳父家，喻之為神仙洞府。《水經注．渭水》：「秦穆公時，有蕭史者，善吹簫，能致白鵠、孔雀。穆公女弄玉好之。公為作鳳臺以居之。積數十年，一旦隨鳳去云。」❹辛夷　又名望春花，屬木蘭科植物。花蕾在前一年秋季形成，花先於葉開放，孤獨地立在幼枝頂端。白居易有詩讚美：「紫粉筆含尖火焰，紅胭脂染小蓮花。」其花色澤鮮豔，花形緊湊，芳香濃郁，似荷花而略小。《離騷草木疏》載：「(辛夷)江南地暖，正月開；北地寒，二月開。初發如筆，北人呼為木筆；其花最早，南人呼為迎春。」❺年華二句　謂若到豔陽已去，風雨送春之日，則芳華都歇，猶遭厄歷劫，惟存劫火餘灰，調春芳華之可貴。劫，佛教語，意思是「遠大時節」。佛教傳說，世界歷若干萬年則毀滅一次，然後重新開始，每一週期為一劫。《搜神記》：「漢武帝鑿昆明池，極深悉是灰黑，無復土。舉朝不解，以問東方朔。朔曰：『臣愚不足以知之，可試問西域胡也。』帝以朔不知，難以核問。至後漢明帝時，西域道人入，來洛陽。時有憶方朔言者，乃試以武帝時灰黑問之。道人云：『經云：「天地大劫將盡，則劫燒。」此劫燒之餘也。』乃知朔言有旨。」❻龍山句　此句為點染「蕭洞」的環境氣氛。鮑照〈學劉公幹體〉：「胡風吹朔雪，千里度龍山。」鮑照〈代陳思王京洛篇〉：「鳳樓十二重，四戶八綺窗。」❼有幾家　引天台二神女事，暗示欲與韓共入天台之企盼。《太平御覽．地部》：「漢明帝永平五年，剡縣劉晨、阮肇共入天台山取穀皮，迷不得返。經十餘日糧盡，饑餒殆死。遙望山上有一桃樹，大有子實，而絕岩邃澗，了無登路。攀葛捫蘿至上，噉數枚而饑止體充。復下山，……溪邊有二女子，資質妙絕，……遂同還家。……有胡麻飯、山羊脯，甚美。食畢行酒。有群女來，各持三五桃子，笑而言：『賀女婿來。』酒酣作樂。劉、阮忻怖交並。至暮，令各就一帳宿。女往就之，言聲清婉，令人忘憂。至十日後求還去。女云：『君已來是，宿緣所牽，何複欲還耶。』遂留半年。……求歸甚苦。女曰：『當如何。』遂呼前來女子有三四十人，集會奏樂，共送劉、阮，指示還路。既出，親舊零落，邑屋改異，無複相識。問得七世孫，傳聞上世入山，迷不得歸。」❽石榴花　語意雙關，既指美人，也指美酒。《天中記》引《方輿勝覽》說：「崖州婦人以安石榴花著釜中，經旬即成酒，其味香美，仍醉人。」；又引《扶南傳》：「頓遜國有安石榴，取汁停杯中，數日成美酒。」

【語譯】

其一

簾外的辛夷在春風中招搖，紫色的火焰讓我的同年魂銷。美麗的辛夷啊，開放的時節請抓緊豔陽的光照。若是遭受了風吹雨打，就會生趣消散百般無聊；就像世界經歷了劫火燒，只留下一堆灰燼供胡僧憑弔。

其二

洞房的絢麗，就像龍山雪後的太陽在天上掛；鳳樓的旖旎，就像掩映在五彩的雲霞。那迷人的天堂喲，待客的仙女還有幾家？春光惱我，我有憂愁亂如麻。不需勸酒，更不要對我提起那株石榴花。

【研　析】本詩中，同年韓瞻新娶王茂元之女，正新婚燕爾；時義山鍾情王氏小女，但尚未如願，情懷若渴，遂以此詩寄韓。因為自己的情緒不佳，望同年諒解，故在題目中預先注明「惱」。

第一首，勸同年及時行樂之意。詩中又說若「經風雨」，則「話劫灰」，反襯新婚燕爾之樂。而義山由韓新婚想到劫灰，也是現實經歷使然，非憑空突發此語。對照〈祭小侄女寄寄文〉中「況吾別娶已來，胤緒未立」，似乎王氏為其再婚妻子。因此，如此之情緒，值對方之新婚，自然有點煞風景，所謂「惱」，意思在此。

第二首，則明示豔羨之情。首句暗示王家女兒個個都如雪如霞，美麗異常。次句以一個問句，暗示了自己的渴慕。三、四句則點明傷春、情醉。石榴花自然是語含雙關，既指美酒，也指美色。韓瞻見到此詩，必然心領神會，轉託其妻，而後再傳給王氏小女。經過一番斡旋，義山之如意算盤，也就大致得逞了。

本詩是非常優秀的求愛之作。題目即以「惱」與「蕭洞」對比，構成一定張力，突出內心的失落情緒。首章以劫灰反襯新婚之快樂，對韓新婚之豔羨與對己未能如願之慨歎都表露無遺。次章先以蕭洞中是否還有待客的仙女發問，再以情傷石榴花作結。王氏小女若得此詩，當會垂青才子。而同年韓瞻，也必將努力代為斡旋。義山之善於描情寫意，於此可見一斑。（許軍）

及第東歸❶次灞上❷却寄❸同年❹

芳桂當年各一枝❺，行期未分❻壓春期❼。江魚朔雁長相憶，秦樹嵩雲自不知❽。下苑❾經過勞想像，東門❿送餞又差池⓫。灞陵柳⓬色無離恨，莫枉⓭長條贈所思。

【注　釋】❶及第東歸　義山開成二年二月七日過禮部鄉試，三月二十七日東歸濟源省母。《新唐書》本傳：「開成二年高鍇知貢舉，令狐綯雅善鍇，獎譽甚力，故擢進士第。」似乎李商隱的中舉，與令狐獎譽直接相關；但《舊唐書》不載此條，義山本人對此事亦曾否認。❷灞上　地名，在長安東。灞，也作霸。《漢書》「沛公至灞上」條注：「應劭曰：『霸上在長安東三十里。古曰滋水。秦穆公更名霸。』師古曰：『霸水上，故曰霸上。即今謂之霸頭。』」❸却寄　回寄。❹同年　同科登第，故稱「同年」。❺芳桂句　芳桂，喻登科。《晉書・郤詵傳》：「(武帝)問詵曰：『卿自以為何如？』詵對曰：『臣舉賢良對策為天下之第一，猶桂林一枝，崑山片玉。』」《避暑錄話》：「世以登科為折桂。此謂郤詵對策東堂，自云桂林一枝。自唐以來用之。」❻分　料想。❼壓春期　壓，回家在三月，時為春末，故曰「壓」。❽江魚二句　江魚朔雁、秦樹嵩雲，謂南北兩地懸隔，音訊難通，只有長久相憶。杜甫〈春日憶李白〉：「渭北春天樹，江東日暮雲。」❾下苑　長安東南的曲江池，此處代曲江宴會。❿東門　長安東郭門，代灞橋送別。⓫差池　分離。《詩經・邶風・燕燕》：「燕燕于飛，差池其羽。之子于歸，遠送于野。」⓬柳　唐人習慣折柳送別，表達對行人的挽留，並祝願行人如柳枝一樣隨處而安、春光長在。據說是李白的詞作〈憶秦娥〉中，就說到這種習俗：「年年柳色，灞陵傷別」。《三輔黃圖》：「文帝霸陵，在長安城東七十里。霸橋跨水作橋，漢人送客至此橋，折柳贈別。」⓭枉　無需之意。眾人新登科第，各懷喜悅。義山歸家，也有衣錦之榮。故雖有離別相思，卻仍然感覺春光滿目，意興盎然。

【語　譯】好運偏逢，金色年華，我們各折桂樹一枝；真是沒有想到，回鄉能趕上春末這個好日期。我和你們，即使魚雁往來傳，畢竟秦樹離嵩雲，行蹤不定難盡知。下苑遊宴的盛景，那歡樂在我的心頭銘記；東門餞行的流連，這真情永遠值得我回憶。灞橋楊柳青，灞陵景色美，人生此刻最得意；前程正好，後會有期，請無需折下長柳枝。

【研 析】義山參加科考，前後五次，可謂備嘗艱辛。在〈上崔華州書〉中，他說「凡為進士者五年（參加考試五次），……未曾衣袖文章，謁人求知。必待其恐不得識其面，恐不得讀其書，然後乃出。」但義山並非始終不曾向人干謁。在〈與陶進士書〉中他說：「已而被鄉曲所薦，入求京師。又亦思前輩達者，故已有是人矣。有則吾將依之。系鞋出門，寂寞往返。其間數年，卒無所得，私怪之，而比有相親者曰：『子之書，宜貢於某氏某氏，可以為子之依歸矣。』即走往貢之。出其書，乃復有置之而不暇讀者。又有默而視之，不暇朗讀者。又有始朗讀，而中有失字壞句不見本義者。進不敢問，退不能解，默默已已，不復咨歎。故自大和七年後，……文尚不復作，況復能學人行卷耶？」杜甫曾經經歷的「朝扣富兒門，暮隨肥馬塵」的艱辛屈辱遭遇，義山同樣經歷過。義山從大和七年開始，先後經過大和八年、九年、開成元年、二年五次科考，至此方才考中，內心之喜，自然難以抑制。

本詩作於義山中第之後歸鄉省母，故與同年分別而毫無惜別之意，反有眉飛色舞之態。諸家注解頗有紛紜，都是因為未能把握題目中「及第東歸」這個感情衝動的命脈。義山中舉後曾寫信給恩師令狐楚報喜說：「某僥倖成名，不任感慶。」其情緒正與本詩相通。首聯言與同年都折桂一枝，而已歸家又在春末，正所謂「青春作伴」、「衣錦還鄉」。次聯即言分別，兩地懸隔，音訊難通，只能長久相憶。三聯，上句回憶曲江宴會的勝景，下句言東門餞行後即將分別。末聯言因無離恨，所以不需折柳。全詩節奏跳躍，語調流美，寫得興高采烈。（許軍）

壽安公主出降[1]

嬀水[2]聞貞媛[3]，常山索[4]銳師。昔憂迷帝力[5]，今分[6]送王姬[7]。事等和強虜[8]，恩殊睦本枝[9]。四郊多壘在[10]，此禮恐無時[11]。

【注　釋】❶降　下嫁。《新唐書‧藩鎮鎮冀》：「王廷湊，資凶悖，肆毒甘亂，不臣不仁，雖夷狄不若也。大和八年死，贈太尉。軍中以元逵請命。帝聽其襲節度。元逵其次子也，識禮法，歲時貢獻如職。帝悅，詔尚絳王悟女壽安公主。元逵遣人納聘闕下，進千盤食、良馬、主妝澤奩、具奴婢，議者嘉其恭。」❷嬀水　舜當年迎娶堯女的地方，代指藩鎮王元逵。《尚書傳》：「舜為匹夫，能以義理下帝女之心，於所居嬀水之汭，使行婦道於虞氏。」❸貞媛　純正美好的女子，本指堯女，這裡指壽安公主。❹索　挑選。《左傳‧襄公元年》：「齊人伐萊，萊人賂夙沙衛以索馬、牛皆百匹。」注曰：「索，簡擇好者。」❺迷帝力　謂王廷湊在日，不知恩德隨便作亂，而朝廷無可奈何之。《漢書‧張耳陳餘傳》：「（耳）子敖嗣立。高祖過趙，趙王體甚卑，高祖甚慢之。趙相貫高怒曰：『請為王殺之。』敖曰：『君何言之誤！先王亡國，賴皇帝得復國，德流子孫，秋毫皆帝力也。』」❻分　理所應當。語含諷刺。❼王姬　壽安公主。《詩經‧國風》：「曷不肅雝？王姬之車。」❽事等句　節度使臣子身分，竟然如同國家間的和親。暗示藩鎮跋扈。等，等同；如同。❾恩殊句　此處並且語含諷刺。唐寶曆二年，敬宗被害，蘇佐明等矯制立絳王，結果事敗，絳王被殺，文宗立。過了十一年後的今天，文宗將絳王之女壽安公主下嫁給藩鎮王元逵，其對待宗親可謂惡毒之極。本枝，嫡系子孫與旁系子孫。王元逵不是皇族分封之諸侯，與宗支有別，但對其恩遇之隆遠遠超過對待宗親。殊，殊異。❿四郊句　意謂藩鎮割據的很多，兼諷朝中官員。《禮記‧曲禮》：「四郊多壘，此卿大夫之辱也。」注：「數見侵伐則多壘。」⓫無時　不適宜，意謂遠遠不同於堯舜，時代情況不適合這麼做。《禮記‧檀弓》：「有其禮，無其財，君子弗行也。有其禮，有其財，無其時，君子弗行也。」意謂雖有王姬下嫁之禮，但堯降女兒於舜，為政治清明；今則藩鎮割據、王室不振，這麼做是喪失帝王威儀。

【語　譯】堯帝二女真美麗，舜以美德自作媒，感動得堯女降臨到嬀水；今日公主又出嫁，迎娶的夫婿卻是誰？王室挑選了王元逵，割據的強藩靠軍隊。他父親多次犯死罪，攪得朝廷沒法安睡，這兒子剛懂得一點兒禮，自然要送個公主去安慰。規則隆重啊，就像和親強虜；恩德特殊啊，超過皇家和睦。藩鎮割據跋扈多，大夫肉食可曾謀？和親更顯得王權弱，比那堯嫁舜娶相差了很多。

【研　析】唐代藩鎮的問題主要是權力過重、沒有制約、朝廷失控。唐初藩鎮僅僅掌管所屬的地區軍隊。朝廷另委刺史掌管行政，兼管一部分軍隊；同時委派按察、安撫、度支、營田、轉運各使，分別負責考察官吏，視察戰亂或受災地區，管理財政，主持屯田，調運糧食等。不久，按察、安撫、度支、營田、轉運各使，都由節度使兼任；不但如此，節度使還管轄所屬各州刺史。於是，境內全部軍隊都歸節度使掌握，並握有政權、財權等各項權力。他們在境內任意擴充軍隊，任命官吏，徵收賦稅，終於成為一方土皇帝，甚且與中央朝廷分庭抗禮，乃至反覆叛亂。藩鎮問題成為困擾晚唐的最大弊政。

本詩諷刺唐朝廷下嫁公主於藩鎮是不識大體，有辱朝廷。首聯言堯嫁女於舜是因為舜的美德，今朝廷嫁公主與藩鎮，徒然因為常山精銳之師。次聯直接揭露朝廷如此行為的根本原因，是懼怕藩鎮對抗，希望強大藩鎮能夠稍微保存一點尊重朝廷的禮儀。四聯，上句說朝廷如此作為，類似和親強虜，實際上是示弱；下句諷刺文宗殺死絳王在先，下嫁其女在後，其行為惡毒無恥。末聯言以和親對待藩鎮，是一件非常失策的行為。

本詩是一首政治諷刺詩，詩風峻直。「四郊多壘在，此禮恐無時」，將這一政策的荒誕性揭露無遺。通讀全詩，會發現義山措辭嚴厲，句句如刀，如斥如罵。寫出這樣的詩歌，在當時是需要相當大的膽量的。紀昀說「太粗太直，失諱尊之體」，又說「立言無禮」，正可看出義山此詩的價值所在。（許軍）

韓同年新居餞韓西迎家室戲贈❶

籍籍❷征西萬戶侯❸，新緣貴婿起朱樓❹。一名我漫居先甲❺，千騎君翻在上頭❻。雲路招邀迴彩鳳，天河迢遞笑牽牛❼。南朝禁臠無人近❽，瘦盡瓊枝❾詠〈四愁〉❿。

【注釋】❶韓同年句　韓同年，韓瞻。據〈寄惱韓同年〉二首，韓新婚後寄居在岳父家一段日子，此為攜新婦歸家。馮浩曰：「西迎者，涇原在京西。」此是韓於涇原攜帶妻子往京師。《新唐書・韓偓傳》載韓偓為「京兆萬年人。」❷籍籍　形容聲名甚盛。❸征西萬戶侯　代王茂元。時王為涇原節度使，在長安西，故稱征西。《後漢書》：「光武建武三年，馮異為征西大將軍。」《戰國策》：「有能得齊王頭者，封萬戶侯。」❹新緣句　意謂新居為王茂元建造。❺先甲　科第占先，語含戲笑。《易》：「先甲三日，後甲三日。」注曰：「甲者，造作新令之日。」《新唐書・選舉志》：「凡進士，試時務對策五道、帖一大經，經、策全通為甲第，策通四帖、過四以上為乙第。凡明法，試律七條、令三條，全通為甲第，通八為乙第。」❻千騎句　意謂韓先成婚。〈陌上桑〉：「東方千餘騎，夫婿居上頭。」❼雲路二句　意謂自己獨處，對韓夫妻團聚的豔羨。❽南朝句　此處解釋各家紛紜。結合第二聯意思，則義山已經議婚於王氏，但尚未婚娶；不意韓婚先成。此禁臠當指自己已經議婚王氏了，但是婚事遲遲未辦，弄得相思甚苦；又無法再議婚別家，徒然怨曠。大概藉此暗示韓瞻助己早點成婚。《晉書・謝混傳》：「孝武帝為晉陵公主求婚，王珣以謝混對。未幾帝崩。袁崧欲以女妻之，珣曰：『卿莫近禁臠。』」初，元帝始鎮建業，公私窘罄，每得一豘，以為珍膳，項上一臠尤美，輒以薦帝，羣下未嘗敢食，於時呼為『禁臠』，故珣以為戲。混竟尚主。」❾瓊枝　招引鳳凰之玉樹，此處自稱。《楚辭・離騷》：「折瓊枝以繼佩。」《太平御覽・鳳》：「老子歎曰：『吾聞南方有鳥，其名為鳳，所居積石千里，河水出下，天為生食，其樹名瓊枝，高百二十仞，以璆琳琅玕為食。』」❿四愁　張衡〈四愁詩〉。詩曰：「我所思兮在泰山，欲往從之梁父艱，側身東望涕沾翰。美人贈我金錯刀，何以報之英瓊瑤。路遠莫致倚逍遙，何為悵憂心煩勞。」

【語　譯】名聲顯赫的萬戶侯，為新找的寶貝女婿造高樓。論科第，我僥倖占了頭籌；論婚姻，帶著大隊人馬迎接新人回新家，你神氣活現走在前頭。剛剛青雲直上，又引彩鳳同遊；別笑我孤獨寂寞，像那苦等悵望的牽牛。心屬王家女，此身不自由；等那彩鳳等得瓊枝都瘦弱，只能常詠張衡的〈四愁詩〉。

【研　析】韓瞻成婚在春末，婚後當返回長安。王茂元為其建造好新居後，韓回涇原迎接妻子回新居。詩中有韓迎妻的盛況（千騎），並有餞別之詞，則此時義山已經在涇原。詩中並有「天河迢遞」、「瘦盡瓊枝」之語，大概是秋冬時節了。義山與韓瞻既是同年，又是連襟，對其迎接新婚妻子回新家，語含說笑，自不必莊重；而對自己尚未婚娶，也有稍微妒意，同時暗示自己婚事太遲，嘲韓、嘲己，兼嘲岳父王茂元。本詩名義上寫給韓瞻，實際上卻是寫給岳父王茂元的。首聯，對王茂元鍾愛韓瞻即稍露妒意，同時也嘲戲王茂元，巴結討好貴婿。頷聯，是說自己地位清貴不比韓瞻差，可韓在婚姻上比自己順利風光多了。頸聯，開始歎自己境況，相思之苦已經呼之欲出。尾聯則明白無誤地轉告王茂元，既然答應自己成為王家女婿，又不給辦婚事，簡直形同害人；弄得自己空守著，苦悶無聊，每天詠唱張衡的〈四愁詩〉打發時光，其情可憐，其形可笑。義山之善於嘲笑，於此可見。

義山深慕王茂元小女，「照梁初有情，出水舊知名」，既愛其美貌，也愛其才華。這段婚戀故事大概持續了一段時日，義山方才如意：「謝傅門庭舊末行，今朝歌管屬檀郎。」從婚後義山的詩作和王氏辭世後義山的悼亡詩來看，義山與王氏伉儷情深。惜王氏年壽不永，令義山再受重挫。義山三十九歲喪偶，四十二歲時在《樊南乙集》序中說：「三年已來，喪失家道，平居忽忽不樂，始克意事佛，方願打鐘掃地，為清涼山行者。」沒有盪氣迴腸的戀情，便不會產生刻骨銘心的痛苦。義山之反覆自媒，正所謂一往情深。(許軍)

病中早訪招國❶李十將軍遇挈家遊曲江

十頃平波溢岸清，病來唯夢此中行。相如未是真消渴❷，猶放沱江❸過錦城❹。

又一首❺

家近紅蕖❻曲水濱❼，全家羅襪起秋塵❽。莫將越客千絲網，網得西施別贈人❾。

【注　釋】❶招國　招國坊。《太平廣記》載王維「嘗至招國坊庾敬休宅，見屋壁有畫奏樂圖，維熟視而笑。或問其故。維曰：『此〈霓裳羽衣曲〉第三疊第一拍。』好事者集樂工驗之，無一差者。」❷相如句　指相如之消渴症。見〈令狐八拾遺綯見招送裴十四歸華州〉。❸沱江　又稱外江，自灌縣南分岷江東流，經過崇寧、郫縣、新繁、成都、新都、金堂、簡陽、資陽、資中、內江、富縣等縣，至瀘州入江。為李冰所開鑿。❹錦城　成都。杜甫〈春夜喜雨〉：「曉看紅濕處，花重錦官城。」❺又一首　此詩失題。舊本有作〈寄成都高苗二從事〉；但舊本中〈寄成都高苗二從事〉（紅蓮幕下紫梨新）一首，題下有自注：「時二公從事商隱座主府。」題目、內容、自注都吻合無誤。本首「家近紅蕖」與其毫不相干，顯然不符，題顯係誤植。馮浩據此詩詩意與前首相合，定為次章。今從馮浩說。❻紅蕖　芙蕖；荷花。曹植〈洛神賦〉：「迫而察之，灼若芙蕖出綠波。」❼曲水濱　曲江。程大昌《雍錄》卷六載曲江：「此地在都城中，固為空隙，便於遊觀，然亦緣黃渠可引，故遊觀者樂之也。於是紫雲樓在其南，杏園、慈恩寺在其西，皆以此池之故也。漢武帝時，池周回六里餘。唐周七里，占地三十頃，又加展拓矣。」❽秋塵　曹植〈洛神賦〉：「凌波微步，羅襪生塵。」挈家前往曲江遊玩，自然多女眷，故形容之。❾莫將二句　《中華道藏》第二十七冊有歌詩：「西施護展羅雕網，呂后空施陷虎牢。」大概為當時人之口頭傳說。千絲網，不詳何典。西施，代指美女。

【語　譯】曲江浩渺的水波輕拍堤岸，連堤岸也抹上一層青藍；我無時無刻不在思念它啊，病中無法前行，只能夢縈魂牽。司馬相如定不是真渴，那沱江流過錦城依舊潺湲；若是我，定會把它一口喝乾。

又一首

近水樓臺，住宅靠近曲江岸；全家春遊，美人遊移在荷花池面，一個個美如玉琅玕。那越地的客人啊，網得了西施，請您送給我，我當感激您賜予樂少年。

【研　析】義山這兩首詩的中心都是「渴」，手法都以雙關見長，所以其訪李十將軍也是別有懷抱。首章就「病」與「曲江」生發開來。一二句意謂曲江風光旖旎，自己無一日不在思念之中。其言外之意已經微露。三四句意謂司馬相如肯定不是真的渴了，否則沱江就一定要被喝乾；暗示自己的渴遠遠超過司馬相如。若遇到了曲江，一定把它一口喝乾，絕不放過。這種急渴甚至遠遠超過夸父追日，簡直要與那曲江融為一體。用語誇張，極顯癡情，詩人的急切之態已經很表面化了。司馬相如之消渴症，與美貌之文君關係甚大。他與卓文君的故事，既可以解釋為千秋好合的美滿婚姻，也可以解釋為沉湎愛河不死不休。次章扣緊「挈家遊曲江」之意。一二句說李十將軍的女眷，個個都風姿卓越，令人銷魂。義山大概對李的眷屬中某位女子產生強烈相思，而李對此也是心知肚明，故義山索性肆無忌憚，將所有女眷都大加讚賞一番，其實中意只在一人而已。三四句將這位女子比作心目中的西施，託其不要贈與別人，語含戲謔，而情懷熾熱。

綜觀全詩，首章言「相如渴」，次章言「西施贈」，如同對仗一般，在彼此掩映中將「急求作合」之意明白無誤地傳達給對方。詩以典故雙關、又以誇張強調，寄託一份濃濃的相思意。若李十將軍就是千牛李將軍，則其妻子為王茂元之女，義山託之代為說合，也是想借助近水樓臺，做曲江沉醉之思了。義山自媒還要自炫，足見這一份情感的熾熱。後王氏來歸，琴瑟和諧，才子有情，佳人有意，終於安慰了義山的這份千古奇「渴」。

（許軍）

哭遂州蕭侍郎❶二十四韻

遙作時多難，先令禍有源❷：初驚逐客議❸，旋駭黨人冤❹。密侍❺榮方入，司刑❻望愈尊。皆因優詔用，實有諫書存❼。

苦霧三辰沒，窮陰四塞昏。虎威狐更假，隼擊鳥逾喧。徒欲心存闕，終遭耳屬垣❽。遺音和蜀魄，易簀對巴猿❾。

有女悲初寡，無兒泣過門。朝爭屈原草，廟餒若敖魂❿。迥閣⓫傷神峻，長江極望翻。青雲寧寄意，白骨始霑恩。

早歲思東閣⓬，為邦屬故園⓭。登舟慚郭泰，解榻愧陳蕃⓮。分以忘年契，情猶錫類⑮敦⑯。公先真帝子，我系本王孫⑰。嘯傲張高蓋，從容接短轅⑱。秋吟小山桂，春醉後堂萱⑲。

自歎離通籍⑳，何嘗忘叫閽㉑。不成穿壙㉒入，終擬上書論㉓。多士還魚貫，云誰正駿奔。暫能誅倏忽，長與問乾坤㉔。蟻漏三泉路，螿啼百草根㉕。始知同泰講，徼福是虛言㉖。

【注　釋】❶蕭侍郎　見〈夕陽樓〉注。大和九年，蕭澣貶遂州刺史，再貶遂州司馬，開成元年夏卒於是州。詩當作於開成二年。❷遙作二句　句意謂甘露之禍亂，自李、楊、蕭等被貶時即已埋下禍胎。遙作，遠起。禍有源，指李宗閔、楊虞卿、蕭澣等被貶。❸逐客議　李斯〈上秦王書〉：「臣聞吏議逐客。」此處指鄭注、李訓合謀構陷楊虞卿、蕭澣等為黨人。❹黨人冤　指以李宗閔、楊虞卿、蕭澣等為黨人。❺密侍　指澣為給事中。唐時給事中為門下省之要職，掌駁正政令之違實，得以親近君主，故云「密侍」。❻司刑　指澣為刑部侍郎。❼皆因二句　承上二句言澣任給事中及刑部侍郎皆因君主優擢，非黨援幸進，且諫書現存，足見澣之勤勉盡職，文宗之任用得人。優詔，帝王優擢之詔。❽徒欲二句　意指終遭窺伺過失者告密而得禍。心存闕，心繫國事。耳屬垣，竊聽者貼耳於牆壁。❾遺音二句　此指蕭死在遂州，冤魂不散。蜀魄，指杜鵑。左思〈蜀都賦〉：「鳥生杜宇之魄」。蜀王杜宇死後化為杜鵑鳥哀鳴。易簀，《禮記・檀弓上》稱曾子病危，睡在大夫睡的席子上，叫人換了席子後死去。巴猿，《水經注・江水》：「巴東三峽巫峽長，猿鳴三聲淚沾裳。」❿朝爭二句　意謂蕭生前遭到小人排擠陷害，死後因無子而無人祭祀，如若敖之魂餒而無食。屈原草，《史記・屈原賈生列傳》中上官大夫奪屈原所起草憲令事。若敖魂，《左傳》：「若敖氏之鬼，不其餒而？」⓫迴閣　指劍閣。⓬東閣　《漢書・公孫弘傳》：「開東閣以延賢人。」⓭故園　詩原注：「余初謁於鄭舍。」大和七年，澣為鄭州刺史，商隱家鄭州，故稱故園。⓮登舟二句　謂己在鄭備受澣之禮遇。登舟句，《後漢書・郭泰傳》記郭泰與李膺交好，與膺「同舟而濟，眾賓望之，以為神仙焉」。解榻句，《後漢書・徐穉傳》：「蕃在郡，不接賓客，惟穉來特設一榻，去則懸之。」⓯錫類　《詩經・大雅・既醉》：「孝子不匱，永錫爾類。」指待之如族類。

⑯敦　情誼厚。⑰公先二句　指澣為梁帝蕭氏後代，而己與唐帝同宗。⑱嘯傲二句　高蓋指澣，短轅自指，謂澣能禮遇自己這樣身分低微之人。高蓋，《漢書・循吏傳》：「黃霸為潁川太守，賜車蓋，特高一丈。」短轅，《晉書・王導傳》：「短轅犢車。」⑲秋吟二句　淮南王劉安賓客宴集作詩，稱「小山」、「大山」。《詩・衛風・伯兮》：「焉得萱草，言樹之背。」此指澣請他作詩，並與之在後堂宴會。⑳離通籍　朝官外調。籍，掛在宮門上的官員名冊，出入時要檢查。通籍指朝官。㉑叫閽　叫開天門。揚雄〈甘泉賦〉：「選巫咸兮叫帝閽。」㉒穿壙　《史記・田儋列傳》載田橫自刎，其門客亦自剄殉葬事。㉓上書論　指上書為澣洗冤。㉔暫能二句　謂李訓、鄭注等雖被誅，而澣之冤情仍未洗雪。倏忽，指雄虺，一種毒蟲。㉕蟻漏二句　謂蕭墓被螻蟻做穴，墓門前草蔓螿啼，一片淒涼。蟻漏，螻蟻穴漏。㉖始知二句　借梁武帝事比蕭的信佛，指其雖講經功德，仍不能得福。同泰講，《梁書・武帝紀》載梁武帝於同泰寺講說佛經事。徼福，邀福。

【語　譯】大難將作，總是早早就有禍患的根源：先是有人因讒言而遭逐，接著您又被視為同黨受株連。門下省任職得到君王的親近，刑部主事讓您的威名更尊崇。您由於才幹品德得到重用，哪裡是朝中有奧援。

淒慘的濃霧遮蔽了日月星辰，陰霾沉沉四塞昏暗。狐狸們披著虎皮作威作福，烏雀兒的喧囂蓋過雄鷹。空懷報國心一片，無奈小人窺伺尋過失。遠貶遂州含冤啼血，客死他鄉巴山猿猴也哀傷。

可憐您一生無子，那哭成淚人的女兒，不久前剛遭遇了喪夫之痛。您生前在朝受盡小人的忌害，死後無兒又不免是遊魂餓鬼。蜀國的關山峻立肅穆似為您默哀，長江水翻騰洶湧在為您哭號。生前沒有青雲得路遇升遷，到死後方才蒙恩被赦還。

我早年就希望遇見賢人，入幕報國最先是在家鄉。就像李膺賞識郭泰、陳蕃禮遇徐孺，我也蒙受您太多的恩遇。我們結下了忘年的友情，您把我看成自家的親人。您是蕭梁帝王之後，我也是李唐皇室的王孫。想當年一起駕車馬出遊，縱情嘯傲多快慰。您常在秋日命我賦詩詠桂，我也曾在春天裡喝醉就留在您家的後堂。

自從您遭讒外貶，何嘗忘卻扣帝宮而鳴冤。雖然您沒有像田橫的門客那樣以死明志，可也有許多封上書激切議論。朝中濟濟多士皆碌碌，無人為您奔走雪冤屈。奸臣們最終伏法，但您的冤屈仍未昭雪。而今您的墓穴螞蟻成群，寒螿在蔓草中哀鳴，一片淒涼。才知道那些因果報應的佛法，說什麼善有善報都是空言。

【研　析】本詩第一段，總敘蕭、楊等被貶為日後禍亂之源，並謂蕭之被擢非緣黨援，點清「冤」字。第二段，敘訓、注專權，蕭澣終貶死遂州。第三段，敘蕭澣身後淒涼情景。第四段，敘澣在鄭州時對己的恩誼。第五段，謂訓、注雖戮，而澣之沉冤莫雪，歎善者不得蒙福。

本詩稱美蕭澣，基於兩點：一，認為蕭有才幹，能直言，卻蒙冤遭貶。二，蕭對作者私誼深重。從中可以看出商隱思想及性格上的一些特點：一，有獨立的是非觀、正義感。儘管詩中對蕭澣的稱頌不免因過於拔高而不符實際，從某種意義上說，他的是非觀不盡正確。但這只是商隱認識上的局限，他讚美蕭澣出自個人獨立的道德立場而非阿諛逢迎則可斷定。二，感恩重情意識強烈。此詩與其後來稱頌李德裕一致之處在於均出自詩人自身的是非判斷，不同之處即對蕭的評價中攙雜了私情。但在私情與正義的衝突中，商隱每每總站在正義的一邊，其與令狐綯的矛盾糾葛便是緣此，於私理應偏於牛黨，於公卻不能不站在德裕一邊，也可以說是一種忠孝不能兩全吧。偏偏商隱又是一個對兩者均十分看重的人，故其內心產生的矛盾痛苦也就更深，其詩也就極盡吞吐掩抑之致。不過稱頌蕭澣在商隱看來是公私統一的，他本於自己的是非判斷，無視蕭黨牛之事實，正如他後來稱頌李德裕並非自歸李黨而與牛黨對立一樣。明乎此，可以更好的理解商隱與黨爭的關係。

詩的結構整飭，層次分明，語言沉鬱蘊藉，紀昀評「苦霧」四句「極悲壯」，「白骨」句「沉痛之致而出以蘊藉」（《玉谿生詩說》）。無論章法層次還是語言風格，均深得杜甫神韻。不過也沒有突破杜之藩籬，說明其早期如〈曲江〉類自具風格的作品畢竟還不多。

題材上此屬政治詩，並關乎甘露之變，商隱此期與此事相關詩作近十首，可見其對時政的關注。此期創作題材也多集中於政治、愛情等領域，這與其初涉社會、求仕從政熱情高以及其時政局混亂多變有關，而多情善感宜乎愛情是義山詩永恆的主題，青春期正應以此類主題作為個人生活的主旋律。（李翰）

哭虔州楊侍郎虞卿❶

漢網疏仍漏❷，齊民❸困未蘇❹。如何大丞相❺，翻作弛刑徒❻？中憲❼方外易❽，尹京❾終就拘。本矜能弭謗，先議取非辜❿。巧有凝脂密⓫，功無一柱扶⓬。深知獄吏貴⓭，幾迫⓮季冬誅⓯。叫帝青天闊⓰，辭家白日晡⓱。流亡誠不弔⓲，神理若為⓳誣？

在昔恩知忝，諸生禮秩殊⓴。入韓非劍客，過趙受鉗奴㉑。楚水㉒招魂遠，邙山㉓卜宅孤。甘心親垤蟻，旋踵戮城狐㉔。陰騭㉕今如此，天災未可無。莫憑牲玉請，便望救焦枯㉖。

【注釋】❶虞卿　《舊唐書・楊虞卿傳》：「字師皐。大和中，牛僧孺、李宗閔輔政，引為給事中。五年六月，拜諫議大夫，充弘文館學士，判院事。六年，轉給事中。七年，宗閔罷相，李德裕知政事，出為常州刺史。虞卿性柔佞，能阿附權幸以為奸利。每歲銓曹貢部，為舉選人馳走取科第，占員闕，無不得其所欲；升沉取捨，出其脣吻。而李宗閔待之如骨肉，以能朋比唱和，故時號黨魁。八年，宗閔復入相，尋召為工部侍郎。九年四月，拜京兆尹。其年六月，京師訛言鄭注為上合金丹，須小兒心肝，密旨捕小兒無算。民間相告語，扃鎖小兒甚密，街肆恟恟。上聞之不悅，鄭注頗不自安。御史大夫李固言素嫉虞卿朋黨，乃奏曰：『臣窮問其由，語出於京兆尹從人，因此扇於都下。』上怒，即收虞卿下獄。於是子弟八人皆自繫，撾鼓訴冤。詔虞卿歸私第。翌日，貶虔州司馬，再貶司戶，卒於貶所。」❷漢網句　此謂法網疏漏，致使奸臣得以煽亂。《史記・酷吏列傳》：「漢興，網漏於吞舟之魚，而吏治烝烝，不至於奸，黎民艾安。」《鹽鐵論・刑德》：「令嚴而民慎，法設而奸禁，網疏則獸失，法疏則罪漏，罪漏則民放佚而輕犯禁。故禁不必。」❸齊民　人民，包括朝野。《漢書・食貨志》注：「齊，等也，無有貴賤謂之齊民。」語謂李訓、鄭注未被誅滅之前，朝野都深受其害。❹蘇　蘇息。❺大丞相　李宗閔。時任中書侍郎同平章事。大和九年六月，營救楊虞卿，貶為明州刺史，七月再貶處州刺史，八月又貶潮州司戶。❻弛刑徒　解除枷鎖之囚徒。李宗閔時被貶為潮州司戶，地荒人稀，形同流放之囚徒。《漢書・宣帝紀》：「西羌反，發三輔、中都官徒弛刑。」❼中憲　御史大夫，即李固言。❽外易　《史記・索隱》：「外易，在外革易君命。」❾尹京　楊虞卿，時為京兆尹。《漢書・敘傳》：「廣漢尹京，克聰克明。」❿本矜二句　為了消除謠言，鄭注遂陷害無罪的虞卿。而李固言概承鄭注指使。謗，此指鄭注取小兒的謠言。⓫凝脂密　法網嚴苛。《鹽鐵論・刑德》：「昔秦法繁於秋荼，而網密於凝脂。然而上下相遁，奸偽萌生，有司法之，若救爛撲焦不能禁。非網疏而罪漏，禮義廢而刑罰任也」。⓬一柱扶　臨危援手。《世說新語・任誕》：「任愷失權勢，不復自檢括。或謂和嶠曰：『卿何以坐視元裒敗而不救？』和曰：『元裒如北夏門拉攞自欲壞，非一木所能支。』」⓭獄吏貴　獄中受獄吏之折磨。《漢書・周勃傳》載，周勃被誣謀反，下獄，文帝赦免了他，「勃既出，曰：『吾常將百萬軍，安知獄吏之貴也。』」⓮迫　靠近。⓯季冬誅　漢法，於季冬（農曆十二月）統一行刑。司馬遷〈報任少卿書〉：「今少卿抱不測之罪，涉旬月，迫季冬，恐卒然不可諱。」⓰叫帝句　上告天庭。揚雄〈甘泉賦〉：「選巫咸兮叫帝閽。」⓱辭家句　意謂被遠遠貶謫之時，日色慘淡無光。白日哺，此處非指時間，而指空間。《淮南子・天文訓》：「日至於悲谷，是謂哺時。」⓲流亡句　〈離騷〉：「寧溘死以流亡兮」。按照古禮俗，流亡身死，不弔。《左傳》載，孔子卒，哀公誄之曰：「旻天不弔，不慭（願）遺一老。」流亡，身死異邦，魂魄散佚。⓳若為　怎能。王融〈三月三日曲水詩序〉：「設神理以景裕，敷文化以柔遠。」⓴在昔二句　意謂昔日忝受舊恩，受到優厚禮遇。㉑入韓二句　自責，意謂既不能為其報仇申冤，也未能追隨左右。《史記・刺客列傳》：「嚴仲子與韓相俠累有郄（通隙，仇隙），嚴仲子恐誅，亡去，遊，求人可以報俠累者……聶政直入，上階刺殺俠累。」《史記・田叔列傳》：「漢下詔捕趙王及群臣反者，唯孟舒、田叔等十餘人，赭衣自髡鉗，稱趙王家奴，隨之長安。」㉒楚水　虔州，古屬於楚，故曰楚水。㉓邙山　在洛陽北十里，唐代洛陽著名葬地。《五禮通考・嘉禮》：「大河在河南府城北二十里，繞北邙山之麓。」韓愈〈贈賈島〉：「孟郊死葬北邙山，日月風雲頓覺閑。」意謂其死在虔州而歸葬邙山。㉔甘心二句　《北齊書・恩倖》曰：「士開，先帝弄臣，城狐社鼠，受納貨賄，穢亂宮掖。」《管子・中匡》：「車不給轍，士不旋踵。」《資治通鑑》：「（文宗大和九年）秋七月甲辰朔，貶楊虞卿虔州司馬……舒元輿與李訓善，訓用事，召為右司郎中兼侍御史知雜，鞫楊虞卿獄。癸丑擢為御史中丞。……皆坐李宗閔之黨。是時李訓、鄭注連逐三相，威震天下。於是平生絲恩發怨無不報者。」十月，甘露事變發生，舒元輿與李訓皆族誅。可謂禍不旋踵。於此句下，義山自注曰：「是冬舒、李伏朋（黨禍）。」垤，蟻封；螞蟻聚集之土堆。㉕陰騭　上天默默保佑。此為反語諷刺。《尚書・周書》：「惟天陰騭下民，相協厥居。」傳：「騭，定也。天不言而默定下民，是助合其居，使有常生之資。」㉖天災三句　此謂開成二年大旱，冤抑不伸，祈雨無益也。牲玉，祭祀上天之物。《詩經・大雅・雲漢》：「靡神不舉，靡愛斯牲；圭璧既卒，寧不我聽？」《舊唐書・文宗下》：「開成二年七月乙亥，以久旱徙市，閉坊門」；並載詔令曰：「諸州遭水旱處，並蠲租稅。」

【語　譯】法網恢恢疏而不漏，誰知道漏網的巨魚能吞舟；煽起大禍亂朝綱，全天下人都遭殃？堂堂丞相也受牽連，如同囚犯被流放。李御史，忙結黨，哪裡還效忠於帝王。京兆尹，被栽贓，當時下獄受鋃鐺。為了顯示自己能弭謗，鄭注陷害無辜先下手為強。舒元輿，害忠良，鍛煉法網如凝脂；眼看大廈已傾倒，不見巨手救危亡。牢頭獄霸猛如虎，當時幾乎把命喪。上告天庭天不應，反被流竄到遠方。誰知身死在他鄉，依照古禮我不能弔亡；神靈怎能誣？

人情不能忘；昔日受深恩，禮數優渥愧難當。未能為你報深仇，未能追隨如田叔。魂兮歸來楚地遠，北邙山中為你立起孤獨的墳。我知你身死心不甘，那一幫小丑已被合族殲；陰德既如此，天報在眼前，彗星、蝗災連乾旱，降下災異連連。若不改弦更張，一點點祭祀豈能欺罔上天。

【研　析】義山此詩，大概作於文宗開成二年。當時，唐王朝經歷過甘露事變，國事更加衰敗，此可謂之人禍。《舊唐書・文宗下》載，當時又接連天災：蝗災、旱災；天象示警，彗星屢現。於時文宗降下一系列詔書，比如「閉坊門」等，但並未認真反思自責。《新唐書》列傳四十三載，宋務光就批評其作法說：「霖雨即閉坊門。豈一坊一市能感發天道哉？必不然矣！故里人呼坊門為宰相，謂能節宣風雨。」詩中「城狐」比喻，詩末溫婉指責，可謂切中要害。

作者與楊，關係雖不特別深厚，對其無辜而命喪遐荒深表同情，對當年恩遇深懷感激，因而作詩緬懷。但詩歌內容更集中在審視時政。要之，李訓、鄭注等人純為奸佞無疑，他們對朝政禍害極大。《資治通鑑》文宗大和九年，載其「貶逐無虛日，班列殆空，廷中洶洶。」此後，又隨意迎合文宗之意，發動甘露之變，結果事敗，激起宦官的瘋狂殺戮。朝廷經過兩次損害，自然元氣大傷。因此，對李訓、鄭注以及他們的幫兇舒元輿之流，義山之深惡痛絕是有足夠理由的。同時，也正因為他們的倒行逆施損害大、民憤廣，當時之牛黨、李黨對其都無好感。楊虞卿、李宗閔等人都為牛黨重要人物。楊虞卿、蕭澣被貶，與李德裕當政關係甚大。其時牛李兩黨，已經勢如水火。但這些在當時都還沒有顯示出足夠危害，所以作者沒有涉及該內容。中國歷代王朝的黨爭，並不如後人以為的那樣派系分明。其中牽涉到鄉土、地望、私交、利害等眾多關係。若要從詩中考證作者鮮明的黨派立場，不過是據令狐綯等政客立場反推，卻非義山之立場，這自然是緣木求魚的了。

若說義山此詩，憑弔逝者的心情渲染得不夠沉痛，誠然有之；若說此詩算不得好詩，則又被題目所束縛。此詩由楊虞卿之貶死，牽扯出甘露事變之前因，抓住混亂時政的綱領，可謂構思嚴密。而「莫憑牲玉請，便望救焦枯」，當時之詩壇，能在詩中切中此時政要害者，義山之外，尚有何人耶？（許軍）

自南山❶北歸經分水嶺❷

水急愁無地❸，山深故有雲。那通極目望，又作斷腸分❹。鄭驛來雖及❺，燕臺❻哭不聞❼。猶餘遺意❽在，許刻鎮南勳❾。

【注釋】❶南山　指山南之興元府（今陝西漢中）。令狐楚卒於山南西道節度使任上，使府治所在興元。❷分水嶺　指漢水與嘉陵江之間的分水嶺，即今陝西寧強北嶓冢山。❸愁無地　形容分水嶺處，山高勢陡，水若迅急不擇地而分流。「愁無地」，似寓無所依託之感。❹那通二句　謂更何況極目回望，雲封霧鎖，而嶺頭流水，又作斷腸分。那，況、又、更加的意思。「斷腸分」，暗寓與令狐楚永別。❺鄭驛句　鄭驛，《漢書》：「鄭當時嘗置驛馬長安諸郊，請謝賓客，夜以繼日。」來雖及，指令狐楚卒前急召商隱赴興元，得及死前見上一面。用「鄭驛」典既切楚之善待賓客，又切己之門客身分。❻燕臺　即黃金臺。相傳燕昭王置千金於臺上，以延天下之士。❼哭不聞　指死者不聞其哭。❽遺意　據《舊唐書・令狐楚傳》，楚卒前，遺言為其秉筆撰墓誌者無擇高位，這一任務即落到當時尚未釋褐的前進士李商隱的身上。❾鎮南勳　此指銘誌令狐楚功績。《晉書》：「杜預拜鎮南大將軍……刻石為二碑，紀其勳績，一沉萬山之下，一立峴山之上，曰：『焉知此後不為陵谷乎？』」

【語　譯】水流湍急似乎找不到出口，山深林密也就雲生霧繞。極目望去雲遮眼，嶺頭流水也嗚咽作離聲。急急趕過來為您奔喪，可到來時您已逝去聽不到我的哭聲。幸好您遺言命我作碑誌，定當銘刻下您鎮南的功勳。

【研　析】唐文宗開成二年（西元八三七年）十一月十二日，時任山南西道節度使的令狐楚卒於興元使府。這年十月，商隱中進士後正在長安候選，令狐楚病重，自知不久於世，急召商隱馳赴興元。大約十月下旬，商隱抵達興元，得及與令狐楚見上最後一面。在興元這兩月，商隱主要代令狐楚草擬表奏，楚卒後，相幫令狐兄弟料理後事。十二月，和令狐兄弟一起護送令狐楚靈柩，自興元經大散關、陳倉一路返回長安。行經漢水與嘉陵江之間的分水嶺——嶓塚山時，面對愁雲慘霧、斷腸流水，想起近十年來自己長期追隨、深受恩顧的令狐楚驟然去世，彷彿一下子失去了生命中最重要的依託，不禁悲從中來，寫下此詩。

商隱對令狐楚的深厚感情，不僅僅由於個人受其恩顧，在道德人品和政治見識上，令狐楚也一直是商隱推崇尊敬的恩師。〈有感二首〉中將令狐看作東漢末與宦官作鬥爭的盧植式的人物；楚臨終前召商隱代擬遺表，有以之「尸諫」之意，表中流露出他對甘露之變前後朝臣大遭貶逐誅戮一事的痛心，其中還蘊含了他對自己當時隔於形勢未能直諫的歉疚。這些可貴的政治質量和人格力量，不能不使商隱深受感染和感動。〈撰彭陽公志文畢有感〉有云：「敢伐不加點，猶當無媿辭。百生終莫報，九死諒難追。」便從令狐功業及其對詩人個人恩誼兩方面表現出感佩追懷，感慨猶為深沉。所以，於公於私，令狐楚的去世都足以讓商隱肝腸寸斷。這種痛極而呼的詩吟，自然感情沉摯，令人動容。

詩不僅將情融景中，而且筆意雙關，既是寫景，也是寫情。如寫水的不擇地而出，實見詩人心中的惶然無適；況二水分流以一「斷腸」，猶如北朝民歌所唱：「隴頭流水，嗚聲幽咽。遙望秦川，肝腸斷絕」，實為非露哀歌，是流水代詩人慟哭。後兩聯哭憶令狐楚逝世前後情事，是誄文常有的寫法，見出本篇具有「誄詩」

之性質。詩情沉痛近於哽咽，而筆致蒼老直逼老杜，也正如作誄之嘔心泣血。

這個地理上的分水嶺也是商隱人生中的分水嶺，也許詩人在題中點明這個詞，本人也早就存有這種意識。唐王朝失去了一位「老成」之臣，商隱人生中失去了一座風雨屏障。不惟如此，由於詩人有一段人生依憑於這座屏障，此後還得為此付出相應的代價。（李翰）

行次西郊作一百韻❶

蛇年❷建丑月❸，我自梁❹還秦❺。南下大散嶺，北濟渭之濱❻。草木半舒坼，不類冰霜晨；又若夏苦熱，燋卷無芳津❼。高田長槲櫪，下田長荊榛❽。農具棄道傍，飢牛死空墩。依依過村落，十室無一存。存者皆面啼，無衣可迎賓。始若畏人問，及門還具陳。

右輔❾田疇薄，斯民嘗苦貧。伊昔稱樂土，所賴牧伯仁。官清若冰玉，吏善如六親。生兒不遠征，生女事四鄰❿。濁酒盈瓦缶，爛穀堆荊囷。健兒庇旁婦⓫，衰翁舐童孫⓬。況自貞觀後，命官多儒臣。例以賢牧伯，徵入司陶鈞⓭。

降及開元中，姦邪撓經綸⓮。晉公忌此事，多錄邊將勳⓯。因今猛毅輩，雜牧昇平民。中原遂多故，除授非至尊。或出倖臣輩，或由帝戚恩。中原困屠解⓰，奴隸厭⓱肥豚。皇子棄不乳⓲，椒房抱羌渾⓳。重賜竭中國，強兵臨北邊。控弦二十萬，長臂皆如猿⑳。皇都三千里，來往同雕鳶㉑。五里一換馬，十里一開筵㉒。指顧動白日，暖熱㉓迴蒼旻㉔。公卿辱嘲叱，唾棄如糞丸㉕。大朝㉖會萬方㉗，天子正臨軒㉘。綵旂轉初旭，玉座當祥煙。金障㉙既特設，珠簾亦高褰㉚。捋須蹇不顧，坐在御榻前㉛。忤者死跟履，附之昇頂巔。華侈矜遞衒㉜，豪俊相併吞㉝。因失生惠養㉞，漸見徵求㉟頻。

奚寇㊱東北來，揮霍㊲如天翻。是時正忘戰，重兵多在邊㊳。列城遶長河，平明插旗幡㊴。但聞虜騎入，不見漢兵屯㊵。大婦抱兒哭，小婦攀車轓㊶。生小太平年，不識夜閉門。少壯盡點行，疲老守空村。生分作死誓，揮淚連秋雲。廷臣例麞怯，諸將如羸奔。為賊掃上陽㊷，捉人送潼關㊸。玉輦望南斗㊹，未知何日旋。誠知開闢久，遘此雲雷屯㊺。送者問鼎大，存者要高官㊻。搶攘㊼互間諜㊽，孰辨梟與鸞㊾？千馬無返轡，萬車無還轅㊿。城空雀鼠死，人去豺狼喧。

南資竭吳越，西費失河源(51)。因令右藏庫，摧毀惟空垣(52)。如人當一身，有左無右邊。筋體半痿痺，肘腋生臊膻。列聖蒙此恥(53)，含懷不能宣。謀臣拱手立，相戒無敢先。萬國困杼軸，內庫無金錢(54)。健兒立霜雪，腹歉衣裳單。饋餉(55)多過時，高估銅與鉛(56)。山東望河北，爨煙猶相聯。朝廷不暇給，辛苦無半年。行人[57]榷[58]行賫[59]，居者稅屋椽[60]。中間遂作梗，狼藉用戈鋋[61]。臨門送節制[62]，以錫通天班[63]。破者以族滅，存者尚遷延。禮數異君父，羈縻如羌零[64]。直求輸赤誠，所望大體全。巍巍政事堂，宰相厭八珍。敢問下執事，今誰掌其權？瘡疽幾十載，不敢抉其根。國蹙賦更重，人稀役彌繁。

近年牛醫兒[65]，城社[66]更攀緣。盲目[67]把大旆[68]，處此京西藩[69]。樂禍忘怨敵，樹黨多狂狷。生為人所憚，死非人所憐。快刀斷其頭，列若豬牛懸[70]。鳳翔三百里，兵馬如黃巾[71]。夜半軍牒[72]來，屯兵萬五千。鄉里駭供億[73]，老少相扳牽[74]。兒孫生未孩[75]，棄之無慘顏。不復議所適，但欲死山間[76]。

爾來又三歲，甘澤不及春。盜賊亭午[77]起，問誰多窮民。節使殺亭吏，捕之恐無因[78]。咫尺不相見，旱久多黃塵。官健腰佩弓，自言為官巡。常恐值荒迥，此輩還射人[79]。愧客問本末，願客無因循[80]。鄜坊抵陳倉，此地忌黃昏[81]。

我聽此言罷，冤憤如相焚。昔聞舉一會[82]，群盜為之奔。又聞理與亂，繫人不繫天。我願為此事，君前剖心肝。叩頭出鮮血，滂沱污紫宸[83]。九重黯已隔，涕泗空沾脣。使典作尚書，廝養為將軍[84]。慎勿道此言，此言未忍聞！

【注 釋】❶行次句 開成二年十二月，商隱從興元（今陝西漢中）返長安，途經京西郊區，目睹耳聞衰敗亂離情況，寫下此詩。次，止宿。❷蛇年 開成二年丁巳，巳屬蛇。❸建丑月 十二月。❹梁 梁州，州治在興元。❺秦 指長安。❻南下二句 此指自南面來下大散嶺，再北渡渭水。大散嶺，在今陝西寶雞西南。❼草木四句 四句寫冬旱景象：草木因晴暖而萌發，不像冰封雪凍的寒冬，猶似酷熱的暑天，因天旱而焦枯卷縮。舒，萌芽。燋卷，焦枯卷縮。❽高田二句 謂皆長不材之木也。檞、櫪、荊、榛均野生樹木。櫪，櫟樹。《本草綱目》：「檞與櫟相類。」❾右輔 輔指京郊，右輔即長安西郊。❿事四鄰 表示不遠嫁。⓫健兒句 舊時認為成年男子正妻外還能養活外婦是生活富裕的表現。庇，養活。旁婦，外婦。⓬衰翁句 此以「老牛舐犢」形容愛撫，指百姓得享天倫之樂。舐，舔。⓭司陶鈞 即指擔任宰相。陶鈞，製陶器的轉輪，轉動它來製成陶器，喻治理國家。⓮撓經綸 此指政治綱紀。撓，擾亂。經綸，政治綱紀。⓯晉公二句 晉公，李林甫，開元二十五年封晉國公。此事，即上文「命官多儒臣」。李林甫為獨攬朝政，力主蕃將任節度使，因為他們缺乏入相資格。故安祿山得以一身兼任平盧、范陽、河東三鎮節度使，為其後叛變提供了基礎。⓰屠解 屠殺肢解。⓱厭 同「饜」。飽足。⓲皇子棄不乳 指玄宗寵愛武惠妃，為立其子而殺太子瑛、鄂王瑤、光王琚事。⓳椒房句 《安祿山事蹟》：「祿山生日後三日，召祿山入內。……玄宗使人問之，報云：『貴妃與祿山作三日洗兒。』自是宮中皆呼祿山為祿兒，不禁出入。」安祿山是胡人，故云「羌渾」。⓴控弦二句 此指安祿山兵強勢盛。《安祿山事蹟》：「祿山引蕃奚步騎二十萬。」控弦，拉弓，此借指士兵。長臂句，《史記・李將軍列傳》謂李廣「猿臂」、「善射」。㉑皇都二句 指祿山令其將劉駱谷留長安作諜報事。三千里，范陽到長安路程。雕鶚，鷙鳥和鴟鷹。㉒五里二句 據《安祿山事蹟》，祿山身體肥胖，從范陽赴長安，驛站中間，要築臺換馬，謂之「大夫換馬臺」；其停歇的地方，都賜以「禦膳」。㉓暖熱 態度的溫和或嚴厲。㉔蒼旻 天。㉕糞丸 蜣螂用土包糞，轉而成丸。此指安祿山視朝臣若糞丸。㉖大朝 皇帝大會諸侯朝臣的隆重朝會，有別於平日常朝。㉗萬方 各地諸侯，即都督、刺史等。㉘臨軒 皇帝不坐正殿的座位而坐殿前平臺接見臣下。㉙障 屏風。㉚褰 掛起。㉛捋須二句 表安祿山驕蹇無狀，無所顧忌。蹇，驕傲。據《舊唐書・安祿山傳》：「上御勤政樓，於御座東為設一大金雞障，前置一榻坐之，卷去其簾。」㉜矜遞衒 即遞矜衒，競相誇耀奢侈的生活。㉝相併吞 指權貴間的爭鬥。此似兼安祿山與楊國忠的爭軋而言。㉞生惠養 撫育與愛養。㉟徵求 壓榨誅求。㊱奚寇 指安祿山叛軍，其中不少奚族人。㊲揮霍 行動迅捷。張衡〈西京賦〉：「跳丸劍之揮霍。」㊳是時二句 據《舊唐書・安祿山傳》：「天下承平日久，人不知戰，聞其起兵，朝廷震驚。」重兵句則說明唐自開元、天寶以來，為對付奚、契丹、吐蕃，精兵多集中於東北和西北，此時東北叛亂，西北軍隊不及馳援，故云。

(39)列城二句　謂黃河沿岸城邑，叛軍晚上攻打，天明即攻破，插上他們的旗幟。(40)但聞二句　天寶十四載（西元七五五年）十一月，安祿山從范陽起兵，十二月渡黃河，連陷陳留、滎陽、洛陽，沿途所至郡縣，往往沒有唐軍抵禦。(41)轓　車兩旁橫木向外翻出的部分，用以遮蔽塵泥。(42)掃上陽　打掃東都洛陽的上陽宮，指天寶十五載正月安祿山在洛陽僭稱大燕皇帝。(43)送潼關　指其年六月，叛軍攻陷長安後，搜捕百官、宦官、宮女等經潼關押送洛陽。(44)玉輦句　指玄宗奔蜀。(45)雲雷屯　《易經・屯卦》：「雲雷屯，剛柔始交而難生。」屯卦雷下雲上，即剛下柔上相交接而生災難。指祿山之亂。(46)送者二句　謂各地方鎮送物勞軍者有覬覦王室之意，遣使存問者，亦每邀求高官。問鼎，覬覦皇位。要，要挾。(47)搶攘　紛亂。(48)互間諜　互相刺探。(49)梟與鸞　分喻叛臣與忠臣。(50)千馬二句　謂朝廷討逆軍隊全軍覆沒。(51)南資二句　安史亂後，中原破壞嚴重，朝廷財政收入主要依靠淮南、江南，致使東南財力消耗殆盡；而河西大片土地又淪於吐蕃，故西北財源亦喪失不存。吳越，泛指東南地區。河源，指黃河上游河西、隴右地區。(52)因令二句　右藏庫，唐朝廷有左右藏庫，左藏庫存放全國賦調，右藏庫存放各地所貢珠寶。安史亂後，金玉寶貨為各地藩鎮壟斷，不再進貢，故右藏庫只剩空垣。資、費，均指朝廷財政費用。(53)列聖句　指肅、代、德、憲等帝，均受制于藩鎮。(54)萬國二句　織機中空無一物，說明剝削殘酷，人民困苦。萬國，此指全國各地。杼軸，織布機。(55)饋餉　發放軍糧。銅、鉛，代指錢幣。(56)高估銅與鉛　謂官府發放軍餉時，以實物折錢計算，故意抬高錢幣價值，以達到剋扣糧餉的目的。(57)行人　行商。(58)榷　本指政府專利買賣，此指徵稅。(59)行資　即行商的物資稅。(60)稅屋椽　徵收房屋稅。(61)中間二句　指河北藩鎮朱滔、田悅、王武俊以及朱泚、李懷光、李納、李希烈等相繼反叛，局面混亂。作梗，從中阻撓，此指藩鎮抗命，朝廷政令不能下達。用戈鋋，動刀兵。(62)節制　旌節和制書，指高官的任命。(63)以錫句　中唐以來，節度使死，其子往往自稱留後，朝廷派人將旌節制書送上門去，正式任命。並賜朝官銜，如僕射、同中書門下平章事，即宰相銜。錫，賜。通天班，直接隸屬皇帝的最高官階，如宰相。(64)禮數二句　謂藩鎮不遵守君臣間應有的禮儀，朝廷對之也只得如對待邊地少數民族一樣，加以籠絡維繫而已。羈縻，籠絡。羌零，先零，古西羌族的一支。(65)牛醫兒　東漢黃憲的父親是牛醫，有人便稱憲「牛醫兒」。此指鄭注，曾以方伎遊江湖間，以為文宗治病而得到信任和重用。(66)城社　城狐社鼠，依託城牆神社為害，除之又恐損壞城社，常喻皇帝身邊的奸邪。(67)盲目　《新唐書・鄭注傳》：「（注）貌寢陋，不能遠視。」此兼諷其政治識見的「盲目」。(68)把大旆　把大旗；持旌旗出鎮一方。(69)京西藩　鳳翔，唐置鳳翔府，設節度使，轄長安以西地區。大和九年十月，文宗以鄭注為鳳翔節度使。(70)快刀二句　李訓主事失敗後，仇士良密令監軍宦官張仲清誘殺鄭注，懸其首於京師興安門示眾。(71)鳳翔二句　鳳翔距長安三百五十里，此指長安以西，鳳翔以東地區。黃巾，東漢末張角等農民義軍。史載，甘露事變後，仇士良遣禁軍在京城大肆捕殺，又「出衛騎千餘，馳咸陽、奉天捕亡者。」兵禍直接蔓延到京郊地區。(72)軍牒　調兵文書。指宦官用左神策大將軍陳君奕為鳳翔節度使。(73)供億　唐代公文習語，即安頓。(74)老少句　百姓無力供給安頓這些禁軍，只好相攜逃亡。扳牽，牽挽。(75)孩　小兒笑，指還不會笑的嬰兒。(76)不復二句　指百姓倉皇逃難，漫無目的，只求藏於深山，即使不免一死，也比死在亂軍之中好。所適，所到的地方。(77)亭午　正午。(78)節使二句　謂節使因捕盜不力殺亭吏，但「盜賊」既多為窮民，亭吏要捕恐怕也沒有緣由。節使，節度使。亭吏，秦漢時鄉中有亭長，職責是捕盜，此處借指負責基層治安的小吏。(79)常恐二句　指官健名為巡盜，實際上他們自己就是害民的盜賊。荒迥，荒涼之地。此輩，即官健，由州府招募供養的士兵。(80)因循　馬虎大意。(81)鄠塢二句　說從鄠塢到陳倉一帶路途不寧，切忌傍晚時趕路。鄠塢，故址在今陝西鄠縣北（東漢末年，董卓曾築塢於鄠，號「萬歲塢」，世稱鄠塢）。陳倉，今陝西寶雞東。(82)舉一會　會即士會，春秋晉大夫。《左傳．宣公十六年》：「（晉景公）以黻冕命士會將中軍，且為太傅。於是晉國之盜逃奔於秦。」表明作者任賢主張。(83)紫宸　指皇帝聽政之內殿。(84)使典二句　此二句指斥宦官掌握兵權。唐德宗以來，禁軍將領都由宦官擔任。使典，即胥吏，辦理文書的下級官員。謂尚書等高官者，才器不過如胥吏之流。厮養，僕役，此指宦官。厮，通「廝」。

【語　譯】開成二年十二月，我自興元返回長安。南下大散嶺，北渡渭河，趕到京城西郊。天氣乾晴，草木枯槁萎縮，猶如夏日酷熱的熏炙，一點也不像冰霜冬晨的景象。高高低低的田疇，遍布野草荊棘。農具丟棄在路旁，空空的土堆邊是餓死的老牛。經過這些村落心情無比悲傷，十戶人家見不到一戶完好。倖存的人們以淚洗面，沒有一件遮體的衣服來迎接客人。我詢問為何這裡如此蕭條，開始他們並不敢回答，再三詢問才向我細述悲慘的境遇。

西郊的田地其實並不富饒，居民常常為貧窮而苦惱。過去這裡曾被稱為樂土，那是因為長官的仁慈。官員們清廉如冰似玉，對待百姓則猶如親人。養了兒子不必遠離家鄉赴徵役，生了女兒也能就近成家。酒雖不好卻家家常備，籮筐中總是裝滿了穀物。壯年男子還能再娶一房，老人們則抱著孫子樂享天倫。貞觀後的長官還都是儒臣，多因仁慈的善政，而得以入京為相。

開元時奸邪開始亂朝政，晉國公妒忌儒臣用邊將。蠻橫的邊將做長官，任免不由天子主。寵臣外戚專大權，中原混亂人民受殘害。奸邪當道搜刮忙，皇子被棄遭殺害。后妃養子選胡兒，厚賜耗盡中原財力。受賞的胡將重兵屯北，射手就有二十萬，個個臂長似猿猴。距離皇城三千里，安祿山如猛禽常來往。五里不到要換馬，十里左右擺酒筵。手指目顧多猖狂，勢大能易天寒熱。安祿山嘲弄公卿無顧忌，大臣在他眼中如糞土。節日天子大朝會群臣，彩旗在旭日的光輝中飄動，寶座旁祥雲繚繞。那金碧輝煌的屏風旁，有為他特設的座位，他大剌剌捋著鬍鬚就坐下。觸惱他的人被踐踏至非命，討好依附的則立刻得升遷，誇耀緊連著炫耀。北方的其他勢力一時都被吞併，百姓漸漸少了朝廷的愛撫養育，而多了藩鎮的徵斂誅求。

天寶十四載叛亂終爆發，天翻地覆叛軍東北來。當時多年無戰爭，重兵也多屯紮在邊境。叛軍們夜晚攻打繞河的城池，到天明就插上他們的旗幟。只看見胡人的鐵騎進入，從來沒有漢軍的蹤影。婦女們抱著孩子哭，攀著車蓋無處逃。從小生活在太平環境中，連夜晚關閉城門的局面也少見。少壯早就按戶籍被徵往邊疆，剩下些老弱病殘在家中。朝臣們像獐鼠一樣的膽怯，將軍們如瘦羊拔腿就跑。大臣們紛紛投降做偽官，為叛軍抓捕壯丁送往潼關。皇帝入蜀避難也不知何時還，大概是開國日久命該遭遇此難。叛亂的要奪取皇位，跟隨皇帝逃難的則伸手要高官。互相爭奪鬧喳喳，忠臣奸臣誰能辨？征討的軍隊兵敗無生還，殘酷的屠城連鳥雀老鼠都死光，叛軍們齜牙叫囂狼奔豕突。

叛亂後朝臣的財政全靠南邊的吳越，因吐蕃的侵擾失去了河西、隴右的財源，存放珍寶的右藏庫僅剩下空空四壁。就像一個人失去了半邊臂膀，一半身體痿痹麻木，肘腋充滿了腥臊。玄宗之後的皇室都蒙受異族的欺辱，眼看再難有收復失地的機會。謀臣們束手無策，誰也提不出一個好主意。百姓受盡了盤剝，織布機上沒有一根紗。皇宮金庫也沒有一丁點金錢，士兵們在冬天還穿著單衣，餓著肚子站立在風雪中。軍餉總是拖欠著遲遲不發，長官用實物充餉又剋扣。華山以東到河北，炊煙相連人口較稠密。受藩鎮壓榨全年勞作而無半年穫，朝廷也無暇顧及。這裡的行商要交納貨物稅，居住要交房產稅。中央的政令不能到達，藩鎮們還動不動用兵對抗。他們抗命要求世襲，朝廷往往還得送去旌節和委任文書，加以宰相或僕射的高官。被剿敗的藩鎮遭受滅族，而那些表面歸順的仍然割據世襲。藩鎮對朝廷無君臣之禮，而朝廷還得像對待少數民族一樣去籠絡。那巍峨高大的政事堂，宰相們聚集議事。請問您是否知道，當今執政的宰相是誰？安史之亂幾十年，至今無人敢去拔禍根。國土淪喪而賦稅加重，人煙減少征役卻更加頻繁。

近年來那個江湖醫生，攀附青雲，城狐社鼠們仗勢作惡。鄭瞎子出鎮節度使，駐紮京西的要地。幸災樂禍忘記他還有很多怨敵，結黨營私無比猖狂。生前人們忌憚他，死後沒有一個人哀憐。甘露事變的快刀砍下他的頭，像豬狗一樣懸掛示眾。事變後宦官們瘋狂殺掠，災禍綿延到鳳翔附近三百里。半夜裡禁軍出鎮鳳翔，駐軍多達一萬五。鄉親們驚起來供給安頓，難忍勒索棄下還沒學會笑的小孩，慌不擇路地逃亡，寧願死在山野之間。

這樣又過了三年，天怨人怒，三年裡沒一年春天不乾旱。青天白日也有許多盜賊，都是些被逼無奈的百姓。節度使縱然殺盡追捕不力的亭長，也是枉然。旱久了到處都是灰塵，對面咫尺互相看不到臉。還有那些腰間配帶著弓刀的人，自稱是官家的巡邏。可到了那荒僻的小路，就常常射殺無辜的百姓。慚愧您問了這麼多前因後果，希望您不要在此多停留。從郿塢到陳倉，這一段路過了黃昏後您最好都別走。

聽完這番話，我冤恨交集。古人只是任用過一個賢人，就能把盜賊全部趕跑。看來治亂的關鍵，還是要知人善任。這裡淒慘的情景，我希望能面君泣血陳述，並說出自己的心裡話。只是奸邪蔽道，我的政見無由上達，徒然流涕空傷心。胥吏們做尚書，宦官們拜將軍，這樣混亂的政治，不但令人不能言說，甚至也不忍聽聞！

【研　析】在商隱創作的第一階段，出現了〈有感二首〉、〈重有感〉、〈曲江〉等一批密切聯繫時事的作品，政治詩的創作可謂達到一個高潮。這必須和大和、開成之際的政局聯繫起來看。李訓、鄭注的專權，李宗閔、楊虞卿、蕭澣、李德裕等大臣的迭貶，甘露之變的發生，以及此後宦官囂張，皇帝失去權力等情況，給他思想上以強烈震撼，使其對王朝危機有了相當深切的體驗，強烈的憂患感與危機感促成了政治詩的創作高潮。

而這高潮所達到的最高峰，便是作於開成二年末的〈行次西郊作一百韻〉。

長詩是作者在〈有感二首〉等詩的基礎上，進一步考察社會、思索國計民生的產物。作者視野已由某些局部事件和問題，擴展到對唐王朝開國以來的盛衰歷史，以及政治、經濟、軍事等方面問題的全面考察與思索，帶有總結歷史經驗的性質。詩中「又聞理與亂，繫人不繫天」一語，乃全篇綱領以及指歸所在，詩中所有議論、敘述均圍繞此一中心觀點展開：開元前政清民樂，是「所賴牧伯仁」、「命官多儒臣」，開元後由於「姦邪撓經綸」，政治逐漸走下坡路，導致安史之亂及其後的藩鎮割據局面，而開成中的「盲目把大旆」，旋致甘露之變，宦官專權，政局動盪昏暗。圍繞此一中心，長詩對唐王朝衰敗過程中各種嚴重的社會政治危機作了多方面揭露，而藩鎮割據與人民困窮尤為作者注意的中心，這些都觸及到當時現實問題的癥結。

全篇內容廣闊，體勢磅礴。既有對唐王朝衰落歷史的縱向追溯，又有對各種社會危機的橫向解剖，經緯交錯，構成長達百餘年的社會歷史畫面，是唐人政治詩中少有的長篇巨製。紀昀評論說：「亦是長慶體裁，而準擬工部氣格以出之，遂衍而不平，質而不俚，骨堅氣足，精神鬱勃，晚唐豈有此第二手。」（《玉谿生詩說》）在構思、表現手法上明顯受杜甫〈北征〉等詩的影響，雖不及杜的波瀾起伏、沉鬱頓挫，但規模更大，政治色彩更濃，兼有史詩與政論的特色。詩歌情感熾熱，最後一段憂心民瘼，為民請命，可謂泣盡以血，感人肺腑。

以社會、歷史為主要指向的早期創作，這首詩是一個高峰，同時也是一個結束，一個創作風向轉變的標誌。泅泳於現實人生，蹭蹬於坎坷仕途，商隱不得不沉湎於自我微屑然而真實的酸甜悲歡，抒情視角逐漸由外在的鴻圖經濟轉向內在的春恨秋悲，即使關注時事之作，也每每繫結著個人塊壘。（李翰）

彭陽公❶薨後贈杜二十七勝❷李十七潘❸二君並與愚同出故尚書安平公❹門下

梁山❺兗水❻約從公❼，兩地差池一旦空❽。謝墅庾郵❾相弔後，自今岐路更西東。

【注　釋】❶彭陽公　令狐楚。《舊唐書・令狐楚傳》載：「大和六年二月，改太原尹、北都留守、河東節度使……九年六月，轉太常卿。十月，守尚書左僕射，進封彭陽郡開國公。」❷杜二十七勝　杜勝，宰相杜黃裳之子。《新唐書・杜黃裳傳》：「勝，字斌卿，寶曆初擢進士第宣宗大中朝，拜給事中，遷戶部侍郎、判度支，欲倚為宰相。及蕭鄴罷，為以中人沮毀……出為天平軍節度使，不得意，卒。」❸李十七潘　李潘。《舊唐書・李漢列傳》：「漢弟潘，大中初為禮部侍郎。」《新唐書・宗室世系上》：「雍王房之第九代孫潘字子及。」❹安平公　崔戎。其先人崔玄暐為博陵安平人。大和七年，崔任華州刺史，義山赴華州，入幕，掌章奏。次年三月，崔調任兗海觀察使，義山隨之，崔六月即卒於任所。❺梁山　梁山興元幕府。❻兗水　兗海觀察使崔戎幕府。❼從公　唐人習語，參與公事，辦理公事。約從公，相邀一起參與公事。《詩經・魯頌・泮水》：「無小無大，從公于邁。」❽兩地句　指在兗、梁二地，兩位幕主先後亡故。遽失依託，故云「一旦空」。差池，參差不齊，引申為差錯、乖忤。表事情不如人意。《詩經・邶風》：「燕燕于飛，差池其羽。之子于歸，遠送于野。」❾謝墅庾郵　借喻崔戎、令狐舊宅，並暗示當年賓主相得之誼。《晉書・謝安傳》：「安於土山營墅，樓館林竹甚盛，每攜中外子侄往來遊集。」《晉書・庾亮傳》：「亮在武昌，諸佐吏殷浩之徒，乘秋夜往共登南樓，俄而不覺亮至，將起避之。亮曰：『諸君少住，老子於此處興復不淺。』便據胡床，與浩等談詠竟坐。」

【語　譯】先梁山，後兗水，我們攜手去辦公；誰知先後歿二公，悠遊相得，兩地都成空。謝家別墅曾圍棋，庾家南樓談竟夜，只能重現在長夢中。我們岐路兩分手，一聲珍重各西東。

【研 析】本詩的創作背景，概為令狐楚喪後，幕府星散，幕友即將各奔東西，義山遂作此詩傷之。義山十六歲受令狐楚教，十九歲入其幕府，在幕府約三年。此後開成二年，義山登第；其年秋天，令狐楚病重，義山由京師馳赴興元探視，代草遺表，後奉喪歸長安。杜、李二人與義山都曾是令狐楚之幕僚，又同出崔戎幕府，私交甚厚；令狐、崔戎皆卒，回顧往昔，自然不勝悲涼。

令狐楚去世，是義山人生中重要的轉折點。因為失去令狐楚的政治、經濟依託，義山轉入王茂元幕府，得到王的賞識，並娶其小女，成為其東床快婿。義山從此陷入牛、李兩黨的共同打壓之中，政治上無法振作，被迫流轉於各地幕府，始終不能在朝廷立足。令狐綯顯達之後，更是以背家恩為藉口，極力壓制義山。昔日之好友，也因黨爭而分道揚鑣。「歧路更西東」，真是一語成讖了。

義山詩人氣重，一往任情。詩中追思受恩之地，面臨同僚分別，極吐傷感深長之思。「梁山兖水」、「歧路西東」，於今昔對比中慨歎流落無依，出語沉痛，深情綿邈。然而世事蒼黃，豈能長久聚首，所謂人生無不散的筵席。此後政局跌宕，浮沉異勢，炎涼之態，義山當日更未能料及。杜勝、李潘至大中時顯貴騰達，成為牛黨中堅，在義山招致無情打擊之時，未見絲毫援手；而義山詩中，也再不見二人名字。辛棄疾曾說：「少年不識愁滋味，愛上層樓，愛上層樓，為賦新詞強說愁。而今識盡愁滋味，欲說還休，欲說還休，卻道天涼好個秋！」想義山日後之苦，大概已經超越了語言承載之能力吧。（許軍）

撰彭陽公誌文畢有感❶

延陵❷留表墓，峴首送沉碑❸。敢伐❹不加點❺，猶當無媿辭❻。百生❼終莫報，
九死❽諒難追。待得生金❾後，川原亦幾移❿。

【注　釋】❶撰彭陽公句　《舊唐書・令狐楚傳》：「疾甚，諸子進藥，未嘗入口……前一日，召從事李商隱曰：『吾氣魄已殫，情思俱盡，然所懷未已，強作自寫聞天，恐辭語乖舛，子當助我成之。』……謂其子緒、綯曰：『吾生無益於人，勿請諡號。葬日勿請鼓吹。唯以布車一乘，餘勿加飾。銘志但志宗門，秉筆者無擇高位。』」惜其誌文已佚。彭陽公，彭陽郡開國公，令狐楚。❷延陵　季札。意謂延陵季子的美德，有誌文記載流傳。《史記・吳太伯世家》：「從太伯至壽夢，十九世……壽夢有子四人，長曰諸樊，次曰餘祭，次曰餘昧，次曰季札。……封於延陵，故號曰『延陵季子』。」歐陽修《集古錄》：「孔子題季札墓曰：『嗚呼，有吳延陵季子之墓。』」；並說「舊石堙滅，開元中，玄宗命殷仲容拓石，遂傳於世。然則開元以前已有刻石矣。」季札之墓，現在江蘇江陰申港鎮。❸沉碑　意謂美德不朽，不因陵谷變遷而湮滅。《晉書・羊祜列傳》：「羊祜卒，百姓於峴山祜平生遊憩之所建碑立廟，歲時饗祭焉。望其碑者，莫不流涕。杜預因名為墮淚碑。」《晉書・杜預列傳》：「預好為後世名……刻石為二碑紀其功績，一沉萬山之下，一立峴山之上，曰：『焉知此後不為陵谷乎？』」❹伐　矜誇。❺點塗改。《後漢書・文苑列傳・禰衡》：「黃祖子射，大會賓客，人有獻鸚鵡者，射舉卮於衡曰：『願先生賦之，以娛嘉賓。』衡攬筆而作，文無加點，辭采甚麗。」❻無媿辭　不為諛墓文字。意謂美德甚多，只需據實而寫，無需阿諛。《後漢書・郭泰傳》：「郭泰卒，刻石為碑，蔡邕為文謂盧植曰：『吾為碑銘多矣，皆有慚德，惟郭有道無愧色耳。』」《新唐書・韓愈傳》：「劉義持愈金數斤去，曰：『此諛墓中人得耳，不若與劉君為壽。』愈不能止。」❼百生　多次託生。《舊唐書・李德裕列傳》：「德裕奏曰：『臣百生多幸，獲遇昌期，受寄名藩。』」❽九死　死亡多次。〈離騷〉：「雖九死其猶未悔。」❾生金　墓碑生金，意謂德行高超，出現祥瑞。《晉書・五行志》：「懷帝永嘉元年，項縣有魏豫州刺史賈逵石碑生金，可采。」❿移　變遷。意謂川原陵谷數次變遷，此碑也不泯滅。

【語　譯】延陵季子節行高，感動得聖人為他寫墓表。羊祜生平多善事，百姓為他在峴山樹碑廟。提筆寫來如流水，我怎敢自居文才好；你道德功勳堪世範，我秉筆直書不用把浮辭套。百世為人，難報你待我的恩典；九死不悔，我願永遠追隨你。德操難滅，就像賈逵金生石碑；功蹟永存，哪怕滄海桑田多次變遷。

【研　析】義山此詩，是在為令狐楚作墓誌後抒發情感。詩中說令狐楚之德行可比季札與羊祜，自己絕非任意而作諛墓文字，語極推崇。後言令狐楚厚恩，令己感激，點明二人關係之深厚。末聯意微旨遠，非尋常可道。令狐楚彌留之際，召義山助作奏章，並叮囑二子：「銘誌但志宗門，秉筆者無擇高位。」其身前概已經定下讓義山作墓誌之意。令狐楚被封為「彭陽郡開國公」，依照常理，必然託朝廷重臣作墓誌，為己顯揚名聲，為子託付重臣，然其臨終卻立下「無擇高位」的遺囑，這自然是對義山文筆信任，也是出於深遠的政治考慮。令狐楚在朝中任職，從憲宗元和十四年到穆宗長慶元年罷，從文宗大和九年到次年開成元年又罷，開成二年卒。其時朝中黨爭如火，政局變幻，牛、李兩黨輪番執政如走馬燈。若依託今日之重臣，明日而為囚犯，則實足為子孫累，故「無擇高位」，以待局勢穩定。這一點，義山知之，故有川原變幻之感；惜未能行之，招致終生之累。

義山自謂「無媿辭」，但詩中至比令狐楚為延陵季札、峴山羊祜、漢末郭泰、大儒賈逵，令狐楚之功業、文章、教化、影響，可能與此四人相較嗎？視本詩為義山感激令狐楚的栽培提拔則可，而對其中的頌讚之詞實在不必當真。因此，本詩之關鍵在「百生終莫報，九死諒難追。」則義山為令狐楚所寫之墓誌，大概也不出此範疇。此墓誌今已不存。前人注疏，往往為其亡佚極度惋惜。若深入體悟本詩，自然可以悟到其未能留存的大概原因。

本詩雖然極力頌讚令狐楚，但感人力量並不強烈。主要原因是義山拋棄了自己擅於寫情的藝術手法，而極力推崇令狐楚之不朽，至憑空虛吹、反覆阿諛。藝術作品沒有真情實感，自然談不上優秀。（許軍）

安定❶城樓

迢遞高城百尺樓，綠楊枝外盡汀洲❷。賈生年少虛垂涕，王粲春來更遠遊❸。

永憶江湖歸白髮，欲迴天地入扁舟❹。不知腐鼠成滋味，猜意鵷雛竟未休❺！

【注釋】❶安定　即涇州（治今甘肅涇川北），唐涇原節度使府所在地。❷汀洲　水邊平地。❸賈生二句　謂己如賈生之憂憤國事而不為當權者用，暗寓考試落第。賈生，即賈誼，西漢著名文學家，曾上〈陳政事疏〉：「臣竊惟事勢可為痛哭者一，可為流涕者二，可為長太息者六。」未得漢文帝重用。王粲，東漢著名文學家。因避東漢末年戰亂，流寓荊州，依刺史劉表。曾作〈登樓賦〉，抒寫去國懷鄉、憂時傷亂之情。❹入扁舟　用春秋時范蠡幫助越王句踐滅吳後，乘小船泛五湖歸隱的故事。❺不知二句　《莊子·秋水》篇載惠施猜忌莊子欲爭其梁相之位，「莊子往見之，曰：『南方有鳥名鵷雛，發於南海，而飛於北海，非梧桐不止，非練食不食，非醴泉不飲。於是鴟得腐鼠，鵷雛過之，仰而視之曰：「嚇！」今子欲以子之梁國而嚇我耶！』」此針對猜忌者而發。

【語　譯】遠遠的高大的城牆，危立著百尺高的門樓。綠楊枝外，水邊的平地一望無際。當年的賈誼為國擔憂垂淚正值年少，王粲在一個美麗的春天離鄉追求理想。我歸隱林泉的心願總要等到白髮鬢生，待實現報國理想再逍遙五湖。猜忌不休的鴟鳥是多麼可笑，牠們竟以為鵷雛要來爭腐鼠的臭肉！

【研　析】此詩作於開成三年暮春，時義山應博學宏辭科落選，應王茂元辟而入涇原幕。此篇便是他到涇原不久，登涇州城樓覽眺抒懷之作。義山宏辭落選，與某中書大人「此人不堪」這一含有道德人品的非議有關，詩中所用《莊子·秋水》典故，也許正是對這種猜忌與汙蔑的憤慨。

傳統登臨題材，卻一反寫景抒慨之陳規，僅在首聯以登樓騁望發端，以下通篇純粹抒懷，可謂登臨律體中的創格。由首聯寫景至次聯忽發時世之憂、身世之感，表面看來起落無端，而實際上意脈通貫。闊遠美好之境界，每易激起懷抱遠大，遭遇不偶者之憂憤，故其意致跡似杜詩「花近高樓傷客心，萬方多難此登臨」。賈誼有策而無用，王粲空懷「冀王道之一平，假高衢而騁力」（〈登樓賦〉）的志願，也被迫遠遊，頷聯即寓含了詩人的憂國深情。聯繫〈行次西郊作一百韻〉所揭示的國家的深重危機以及「九重黯已隔，涕泗空沾脣」等句，不難理解這種深憂的具體內容及其沉重程度。有此憂國之情、回天之志，後面功成身退的表白方不是泛泛套語，蔑視鴟梟嗜腐方有批判力度。同時，賈、王的個人遭遇，顯然又是在身世之感上與商隱相通。故全詩是將憂念國事、抒寫抱負、感慨時世、抨擊腐朽融為一爐，通過理想抱負與客觀境遇的尖銳矛盾，展示了青年詩人闊遠的胸襟和在逆境中所顯示出來的峻拔堅挺的精神風貌。

據《蔡寬夫詩話》載，王安石特別稱賞「永憶」一聯，認為「雖老杜無以過」，也許便在於其中的俊邁高逸之氣。詩中由賈誼、王粲聯及自身，不無傷感之意，但頸聯的高邁與尾聯強烈的憤激色彩沖淡了這種傷感。不過，與前期〈曲江〉、〈重有感〉等七律比較，詩中自我的成分顯然占據了中心，身世感慨是越來越濃重了。

（李翰）

回中❶牡丹為雨所敗二首

其一

下苑❷他年未可追，西州❸今日忽相期。水亭暮雨寒猶在，羅薦❹春香暖不知。

舞蝶殷勤收落蕊❺，有人惆悵臥遙帷❻。章臺街❼裡芳菲伴，且問宮腰損幾枝？

其二

浪笑榴花不及春，先期零落更愁人❽。玉盤迸淚❾傷心數，錦瑟驚弦❿破夢頻。

萬里重陰⓫非舊圃⓬，一年生意屬流塵。前溪⓭舞罷⓮君迴顧，併覺今朝粉態新。

【注　釋】❶回中　在涇州附近，秦時曾建有回中宮，這裡以回中代指涇州。❷下苑　即曲江，漢代稱宜春下苑，唐長安最大的風景區。❸西州　安定郡（涇州）。❹羅薦　錦製的墊褥之類。❺收落蕊　蝴蝶在落英中飛舞，好似惜花而收取落蕊。❻臥遙帷　牡丹因風雨摧殘而委頓，遙看猶如佳人惆悵臥於幃中。❼章臺街　在長安西南。《漢書．張敞傳》：「張敞為京兆尹，時罷朝會，過走馬章臺街。」❽浪笑二句　石榴花夏初始放，故說「不及春」。而牡丹不應零落而落，則比「不及春」之榴花更可悲。浪笑，空笑。❾玉盤迸淚 牡丹花冠上雨珠飛濺，好似落淚一樣。❿錦瑟驚絃 以錦瑟急奏時的促柱繁絃比喻急雨打花，令人心驚。⓫重陰 烏雲密布。⓬舊圃 指往昔曲江舊圃之美好環境。⓭前溪 今浙江武康，南朝習樂場所，有〈前溪歌〉：「花落隨流去，何時逐流還。」⓮舞罷 指花瓣飄落淨盡。

【語　譯】

其一

下苑沒有見到你的蹤跡，卻在涇州遇到你的花期。水亭外暮雨飄搖寒意猶在，錦褥裡春香陣陣，不知不覺暖意融融。風雨吹落一地的花瓣，好似佳人惆悵臥帷帳。蝴蝶飛舞穿梭，似在殷勤收集落蕊。章臺街裡的扶風弱柳是你芳菲的夥伴，不知近來它腰肢瘦削了幾分？

其二

輕狂地笑那石榴花趕不上春天，可花開早凋落早更加令人愁。雨打花急如同錦瑟急管繁絃，花冠上雨珠飛濺好似傷心落淚。烏雲萬里這兒再不是昔日的花圃，一年的生機也都隨塵飛水流。花瓣落盡逐溪流而去，回頭看時似乎水洗的花容更加新豔。

【研　析】比起前一階段，涇幕詩中有關個人懷抱、遭際及恩舊、家室的篇章顯著增多，而且往往寫得比較出色。所選兩首為比興體詠物詩，即詩人涇幕期間託物寓懷，自慨身世之作。首章展開較長的時間過程，寫牡丹他年植於曲江苑圃，今日淪落西州，著重今昔境遇的對比和同伴之間得意與失意的對照。次章突出牡丹一春的遭遇，著重寫風雨摧殘、零落迸淚的淒慘情狀。兩章呼應配合，借牡丹的不幸，寓託作者應宏辭遭斥、寄身涇州的種種情事。同時，時代環境的惡劣及其對美好事物的摧殘，也在詩中曲折地得到反映。

詠物和抒懷緊密結合，但重在抒懷，這和〈安定城樓〉一樣，都顯示出商隱主觀的重抒情的創作個性。如果說〈安定城樓〉顯示了商隱學杜達到了既神似又能變化的境地，則這兩首詩就顯示出他已完全建立了個人獨創的風格。兩詩寫牡丹為雨所敗的情景固然逼真，但作者目的並不在於純客觀的景物描繪，寫景全以唱歎出之，不為描摹物象所拘滯。詩不僅次章結尾以想像中的「舞罷迴顧」才過一步作結，謂與將來飄落殆盡相比，今日雨中的晶瑩零落猶為新豔美麗，將淒零之傷悲更推進一層。而且兩章開篇也分別以「下苑他年未可追」、「浪笑榴花不及春」向前回溯一步，令人想像牡丹當年在曲江的繁華盛況和為雨所敗前迎春開放的情景。這些都是虛筆。綜觀全篇，雖重點在寫雨中牡丹，卻用它零落前後的境況作為對照，隱隱構成牡丹生活遭遇的三部曲，不僅表現落花的悲慘現狀，而且展示了牡丹悲劇性的命運，使詩歌意味更加雋厚。

商隱詠物詩在物我之間，常呈時分時合、似分似合的狀態，人稱每不甚分明。如此詩首章起聯顯然站在觀賞角度，以敘述口吻，主客體區分明確。而以下三聯則物、我無形中融為一體。大概作者初因見雨敗牡丹而興感，隨著感情被落花激發醞釀，由落花聯及自身飄零不偶的命運，不覺身依魂附，物我渾然了。這與商隱意識流的思維與寫作方式是分不開的，而這又是與其主觀性純粹抒情性的創作個性聯繫在一起。如果說從抒情基調上，商隱是以感傷色彩的強化和成熟為主線，那麼在抒情手法上，則以這種遵循情感自然邏輯的意識流的寫作特點不斷突出為趨向。這兩點循著商隱的創作一路走下去，會看得越來越明顯。（李翰）

東南

東南一望日中烏❶，欲逐羲和❷得去無？且向秦樓棠樹下，每朝先覓照羅敷❸。

【注釋】❶日中烏　傳說太陽中有三足烏。此處借指東南隅初出之朝陽。❷羲和　駕日車之神。〈離騷〉：「吾令羲和弭節兮，望崦嵫而勿迫。」亦用以代指日。❸羅敷　美女代稱。此處秦樓指妻子住所，羅敷也代指妻子。

【語譯】遙望東南覓那太陽中的三足烏，又想著是否能跟著羲和駕車遠去？到那秦樓的棠樹下，每天都能最早照到心上的羅敷。

【研　析】商隱入幕涇原，受到王茂元的格外器重。〈重祭外舅司徒公文〉有云：「往在涇川，始受殊遇。綢繆之跡，豈無他人？樽空花朝，燈盡夜室。忘名器於貴賤，去形跡於尊卑。語皇王致理之文，考聖哲行藏之旨。每有論次，必蒙褒稱。」又〈祭外舅贈司徒公文〉亦云：「京西（按指涇原）昔日，輦下當時。中堂評賦，後榭言詩。」正是由於在這樣經常的接觸談論、評賦言詩的過程中，茂元發現了商隱的才能，因而「愛其才，以子妻之」（《舊唐書》本傳）。王氏是王茂元最小的女兒，不僅貌美，而且極富才華，商隱對其也屬意已久。兩位才人走到一起，不僅在生活中是伴侶，在精神上更是知音。〈過招國李家南園二首〉其一有云：「春風猶自疑聯句，雪絮相和飛不休」，便寫出兩人婚後彼此唱和聯句的幸福情景。可是詩人遊幕之身不由己，新婚燕爾，也不能長相廝守。新婚遽別，對妻子的思念是情難以堪的。

本詩乃詩人晨起看見東南隅初出的朝陽，思念之情難抑，不由觸景生出奇想。羲和既能駕日車歷天入海，自當能見到異地的妻子，詩人於是便幻想能跟在他後面，去看看那愛人所居的「秦氏樓」。此念既切，不覺身已化為陽光而照見秦氏樓中的羅敷（指妻子王氏）了。「逐」、「照」之間，暗含想像的推移轉換，而令人渾然不覺。張若虛〈春江花月夜〉：「此時相望不相聞，願逐月華流照君」，這首詩的聯想與之出自同一機杼。

想像新奇，意境優美，可謂是奇情幻想，出人意表，顯示了商隱詩思的奇巧豐富，這是作為一個優秀詩人所必不可少的天分。類似的奇句還有「相如未是真消渴，猶放沱江過錦城」（〈病中早訪招國李十將軍遇挈家遊曲江〉）、「鶯啼如有淚，為濕最高花」（〈天涯〉）、「幾時心緒渾無事，得及遊絲百尺長」（〈春光〉）、「輕身滅影何可望？粉蛾帖死屏風上」（〈日高〉）等。它們所體現的奇思妙喻，說明了天才在詩歌中的重要意義，雖然現實給予商隱那麼多的磨難，但他卻在夢中得到了那枝五彩筆。商隱未必以之為幸，但我們的詩歌史卻因之在盛、中唐之後又放一束異彩。（李翰）

和韓錄事送宮人入道❶

星使追還不自由❷，雙童❸捧上綠瓊輈❹。九枝燈❺下朝金殿，三素雲❻中侍玉樓。鳳女❼顛狂❽成久別，月娥❾孀獨好同遊。當時若愛韓公子，埋骨成灰恨未休❿！

【注釋】❶和韓錄事句　義山文集中有〈為濮陽公陳許奏韓琮等四人充判官狀〉；《新唐書・藝文志・集部》：「《韓琮詩》一卷。字成封，大中湖南觀察使。」《舊唐書・文宗本紀下》載文宗開成三年「六月丁未朔辛酉，出宮人四百八十，送兩街寺觀安置。」義山所記，當是此年此事。韓錄事，可能為韓琮。❷星使句　《太平廣記・女仙四》：「《東方朔內傳》云：『秦併六國，太白星竊織女侍兒梁玉清、衛承莊逃入衛城少仙洞，四十六日不出。天帝怒，命五嶽搜捕焉。太白歸位，衛承莊逃焉。梁玉清有子名休，玉清謫於北斗下常春。』」意謂既謫在人間，又追回上天，毫無自由。星使，道觀所遣迎宮人入道者。古代天文家以天極八星，主使臣持節，宣威八方，故帝王使者稱星使。❸雙童　侍者。《雲笈七籤》卷二〇：「凡行玉清之道，出則諸天侍軒，給玉童玉女各三千人，建三七色之節，駕紫雲飛軿，十二瓊輪前導，鳳歌從後。」❹輈　小車居中之彎曲車杠，代車。❺九枝燈　帝王所用。《太平御覽・時序部》：「王母遣謂帝：『七月七日當暫來。』帝至日掃宮內，然九華之燈。」❻三素雲　道教中神仙所駕之雲。《真誥》卷五曰：「太極有四真人。老君處其左，佩神虎之符，帶流金之鈴，執紫毛之節，巾金精之巾，行則扶華晨蓋，乘三素之雲。」❼鳳女　代宮中女伴。《列仙傳》：「蕭史者，秦穆公時人也。善吹簫，能致孔雀白鶴於庭。穆公有女，字弄玉，好之，公遂以女妻焉。日教弄玉作鳳鳴，居數年，吹似鳳聲，鳳凰來止其屋，公為作鳳臺。夫婦止其上不下數年。一旦皆隨鳳凰飛去。」❽顛狂　放蕩不羈。❾月娥　月中嫦娥。❿埋骨句　此處語帶雙關，調笑同僚韓錄事。《說郛》卷三一：「吳王夫差小女名紫玉，悅士子韓重欲嫁之不得，乃結氣而死。重遊學歸，知之，往弔，於墓側玉見形抱重，延頸而歌。」

【語　譯】仙娥從天宮降臨到凡間，還沒有享受到歡樂又被追還，雙童隨侍，雲車翩翩，引導她們去道觀。昨天還在金鑾殿，九華燈下拜吾皇；今天就要到玉樓，陪著真人把道經念。告別了宮中的美麗女伴，把喧鬧的日子留在昨天；從此在寂寞中修煉，要和寡居的嫦娥一起成仙。遙想當年，若是愛上了韓公子，豈不是白白把魂牽，苦悶難熬死了也不心甘！

【研　析】送宮人入道觀，歷朝歷代都有。這個題材中、晚唐張籍、王建、戴叔倫、元稹、于鵠、項斯等很多詩人都有詩作。義山此詩，對宮人的不幸處境深為同情，且對宮人入道觀一事頗有微詞。首聯即突出「不自由」：無論是選入宮中，還是被送入道觀，這些宮女都沒有自己的意志，在他人的安排下完成自己的生命歷程，這是非常辛酸的。接著，義山對宮人的宮中生活、道觀生活兩相對比，找出它們之間的區別：那就是，一個是面對君王，過著奢侈無聊的生活；一個是面對所謂的真人，過著寂寞空虛的生活。一個是生活中若能得意，也許顛狂恣肆；一個是孤獨如同守寡，毫無生之波瀾與樂趣。無論在皇宮，還是在道觀，她們都形同幽閉，身不自由。末聯語帶謔笑，似乎韓琮曾作詩戲笑這些宮女，義山遂連帶及此。

本詩首句提「不自由」，末句再提「恨未休」，中間兩聯分別以皇宮與道觀作對比，既首尾呼應，又反覆致慨，寄予了詩人對這些失去愛情和自由的宮女的深切同情。本詩末聯，馮浩曾說「倘有冶情，則從此終身埋恨」，似失之淺。義山對宮女不幸命運的同情，無疑更加深入：作為女人，她們被剝奪了性的權利和愛的自由，成為帝王荒淫生活的組成；一旦年老色衰，則大量被打入道觀，終生未能享受到一個女人的幸福。她們若經歷了弄玉的愛情，必因無法結合，死了也不會心甘；但是，她們沒有經歷過弄玉的刻骨銘心，死了也同樣不會心甘！這樣的悲劇揭示是非常深刻的。

義山以宮女為題材的詩歌還有〈宮妓〉、〈宮女曲〉、〈宮辭〉等。在〈宮辭〉中，義山認為「君恩如水向東流，得寵憂移失寵愁」。對宮女而言，既患得寵也患失寵，而無論得寵還是失寵都是一場不幸。這樣的雙重反思，與本詩末聯可以互參。（許軍）

奉和太原公送前楊秀才戴兼招楊正字戎❶

潼關地接古弘農❷，萬里高飛雁與鴻❸。桂樹一枝❹當白日❺，芸香三代❻繼清風。仙舟尚惜乖雙美❼，綵服❽何繇得盡同？誰憚士龍❾多笑疾，美髭終類晉司空❿。

【注　釋】❶奉和句　太原公，涇原節度使王茂元。《新唐書・王茂元傳》：「茂元交煽權貴，鄭注用事，遷涇原節度使。注敗，悉出家貲餉兩軍，得不誅，封濮陽郡侯。」則王茂元之封侯是開成之初。義山詩集中稱其為太原公，文集中稱其為濮陽公，應該只是一種習慣而已。秀才，唐科舉中的一類，不同於後世對讀書人泛稱的秀才。《舊唐書・職官二》：「凡舉試之制，……其科有六：一曰秀才」。注曰：「試方略策五條，此科取人稍峻，貞觀已後遂絕。」正字，官職名稱。《舊唐書・職官志》載，正字為「從九品下」或「正九品下」。楊戴楊戎，宰相楊敬之之子，為兄弟。《新唐書・楊敬之列傳》：「文宗向儒術，以宰相鄭覃兼國子祭酒，俄以敬之代，未幾兼太常少卿。是日二子戎、戴登科，時號楊家三喜。」則其時當亦在開成初。❷弘農　弘農郡。《漢書・地理志》：「弘農郡，武帝元鼎四年置。」其郡治在弘農縣，今河南靈寶北。❸雁與鴻　似喻兄弟。❹桂樹一枝　喻戴登科。《晉書・郤詵傳》：「（武帝）問詵曰：『卿自以為何如？』詵對曰：『臣舉賢良對策為天下之第一，猶桂林之一枝，昆山之片玉。』」❺白日　猶如清明盛世，譽美唐王朝。❻芸香三代　意謂楊氏一門三代都以文章登第，科名顯赫。《古今事文類聚・祕書監》：「芸香辟紙魚蠹，故藏書臺稱芸臺。」《新唐書・楊憑傳》：「楊憑字虛受，一字嗣仁，虢州弘農人……與弟凝、淩皆有名。大曆中踵擢進士第，時號『三楊』。……淩字恭履，最善文，終侍御史。子敬之……元和初擢進士第。……二子戎、戴登科，時號『楊家三喜』。」❼仙舟句　仙舟雙美，典出郭泰和李膺。《後漢書・郭泰列傳》：「李膺與郭泰同舟而濟，眾賓望之，以為神仙焉。」❽綵服　孝養雙親。《困學紀聞》：「陳思王〈靈芝篇〉：『伯瑜年七十，綵衣以娛親。』今人但知老萊子，不知伯瑜。」❾士龍　陸雲。《晉書・陸機列傳》：「吳平，二陸入洛，機初詣張華。華問雲何在，機曰：『雲有笑疾，未敢自見。』俄而雲至。華為人多姿制，又好帛（繩）纏鬚，雲見而大笑，不能自已。」⑩晉司空　張華。《晉書・張華傳》載張華「代下邳王晃為司空。」

【語　譯】潼關聚攏靈氣，保守著你的家鄉古弘農。兄弟都是英傑，就像那高飛萬里的雁與鴻。清明盛世，兄弟登科同顯榮；三代文章，繼承父祖的清風。今天見到你，就像瞻仰郭林宗，可惜未能同時見李膺。雖應奉親揚孝道，哪能兄弟同時在家中？無所不容太原公，賓主一定會樂相逢；就像豁達的晉司空，對著癡笑的陸士龍。

【研　析】本詩為應酬之作，然一首詩而頌三人，才力自是雄厚。題目意謂受王茂元之託，作詩表達送別之情、招徠之意，自然也要讚賞王之愛才如渴了。首聯言楊氏兄弟郡望顯赫，同時高舉，前途不可限量。頷聯言兄弟聯捷，而一門三代都以文章登第，真是家世顯榮。頸聯，上句言送戴歸去而不捨，望戎來而情切；下言戎為孝子，今戴歸亦將為孝子，而戴歸戎可出仕也，不必兄弟同時守在家中。尾聯極有情趣，借陸雲見到張華時的呆笑不止，寫王茂元雅量愛才，若戎到來，定會賓主相得，一堂歡笑，構思巧妙，令人莞爾。

同時，這首詩也是一個政治信號，那就是，無論義山本人是否意識到，他不僅脫離牛黨加入李黨，而且已經成為李黨幹將了。義山寫作之時，與幕主關係已經融洽，甚至現身說法，代其招攬人才，顯示其入幕已歷時日。為王茂元延攬楊氏兄弟並作詩流傳，對那些熱衷黨派傾軋的人來說，這個信號太強烈了。《新唐書・楊敬之傳》載楊戴之父楊敬之「坐李宗閔黨，貶連州刺史。文宗向儒術，以宰相鄭覃兼國子祭酒，俄以敬之代。」而李宗閔與牛僧孺善，與李德裕交惡，於是拉幫結派，內訌不已。則楊敬之父子都是牛黨，且勢力雄厚。義山在李黨得勢之時，從牛黨內部挖掘中堅人才使之加入李黨，他日牛黨上臺，焉能不努力反攻？在黨爭劇烈的封建時代，政治是文化流氓的遊戲。詩人氣質，十足書生，往往為政治所累。義山就是一個顯例。

（許軍）

贈送前劉五經❶映三十四韻

建國宜師古❷，興邦屬上庠❸。從來以儒戲❹，安得振朝綱。叔世❺何多難，茲基❻遂已亡。泣麟猶委吏❼，歌鳳❽更佯狂。屋壁❾餘無幾，焚坑❿逮可傷。挾書秦二世⓫，壞宅⓬漢諸王。草草臨盟誓，區區務富強⓭。微茫金馬署⓮，狼藉⓯鬭雞場。盡欲心無竅，皆如面正牆⓰。驚疑豹文鼠⓱，貪竊虎皮羊⓲。

南渡⓳宜終否⓴，西遷㉑冀小康。策㉒非方正士，貢絕孝廉郎㉓。海鳥悲鐘鼓㉔，狙公㉕畏服裳。多岐空擾擾㉖，幽室竟倀倀㉗。凝邈㉘為時範，虛空作士常㉙。何由羞五霸㉚？直自呰三皇㉛。別派驅楊墨，他鑣並老莊㉜。詩書資破塚㉝，法制困探囊㉞。

周禮仍存魯㉟，隋師果禪唐。鼎新麾一舉，革故法三章㊱。星宿㊲森文雅，風雷起退藏㊳。縲囚為學切㊴，掌故受經㊵忙。夫子時之彥㊶，先生㊷跡未荒。褐衣㊸終不召，白首興難忘㊹。感激㊺誅非聖，棲遲到異粻㊻。片辭褒有德，一字貶無良㊼。燕地尊鄒衍，西河重卜商㊽。式㊾閭真道在，擁篲㊿信謙光。獲預青衿(51)列，叨來絳帳旁52。雖從各言志53，還要大為防54。勿謂孤寒55棄，深憂訐直56妨。叔孫讒易得57，盜跖暴難當58。雁下秦雲黑，蟬休隴葉黃59。莫渝60巾屨61念，容許後升堂62。

【注釋】❶五經　唐代科名。《新唐書・選舉志上》：「科之目，有明經。明經之別，有五經。凡《禮記》、《春秋左氏傳》為大經；《詩》、《周禮》、《儀禮》為中經；《易》、《尚書》、《公羊傳》、《穀梁傳》為小經。……通五經者大經皆通，餘經各一，《孝經》、《論語》皆兼通之。先帖文，然後口試，經問大義十條，答時務策三道，亦為四等。」但其人命運多舛，五十尚未入仕，故稱「前劉五經」。❷師古　學習古代先賢作法。《尚書・說命》：「事不師古，以克永世，匪說攸聞。」杜甫〈行次昭陵〉：「文物多師古，朝廷半老儒。」❸庠　古代學校名。《禮記・郊特牲》：「有虞氏養國老於上庠，養庶老於下庠。」《漢書・儒林傳序》：「三代之道，鄉里有教，夏曰校，殷曰庠，周曰序。」❹儒戲　輕視儒者而不容其直。《禮記・儒行》：「終沒吾世，弗敢以儒為戲。」❺叔世　衰世。《左傳・僖公二十四年》：「首周公弔二叔之不咸。」孔穎達疏：「伯、仲、叔、季，長幼之序也。故通謂國衰為叔世，將亡為季世。」❻茲基　國之根本，即儒學。❼委吏　本指委積倉廩之吏，這裡泛指小吏。《公羊傳・哀公十四年》：「春，西狩獲麟。」杜預注：「麟者仁獸，有王者則至，無王者則不至。……（孔子）反袂拭面，涕粘袍。」《孟子・萬章下》：「孔子嘗為委吏矣。」❽歌鳳　代指隱者。《論語・微子》：「楚狂接輿歌而過孔子曰：『鳳兮鳳兮，何德之衰！……已而，已而，今之從政者殆而！』」❾屋壁　伏生藏書於屋壁。《漢書・儒林傳》載，《尚書》本有一百篇，「秦時禁書，伏生壁藏之。其後大兵起，流亡。漢定，伏生求其書，亡數十篇，獨得二十九篇。」❿焚坑　秦始皇焚書坑儒。《史記・秦始皇本紀》：「三十四年……丞相李斯曰：『……史官非秦記皆燒之。』」秦始皇三十五年，書生抨擊始皇暴政，結果「犯禁者四百六十餘人，皆坑之咸陽」。⓫二世　兩代皇帝。意謂秦兩代皇帝都禁止挾書。《漢書・惠帝紀》：「惠帝四年，除挾書律。」⓬壞宅　壞孔子宅。孔安國〈尚書序〉：「魯共王好治宮室，壞孔子宅……於壁中得先人所藏古文虞夏商周之書，及《傳》、《論語》、《孝經》，皆蝌蚪文字。」⓭草草二句　謂戰國時各國諸侯忙著結盟設誓、富國強兵，儒術不行於天下。草草，憂慮；勞心。《詩經・小雅・巷伯》：「驕人好好，勞人草草。」區區，辛苦。⓮微茫句　微茫，隱約模糊。金馬署，即金馬門。《史記・東方朔傳》：「金馬門者，宦署門也，門傍有銅馬，故謂之金馬門。」漢代受徵聘者都待詔公車（官署名），特別優待者方令其待詔金馬門。《漢書・東方朔傳》、〈公孫弘傳〉都有「待詔金馬門」。《漢書・朱買臣傳》：「詣闕上書，書久不報。待詔公車，糧用乏」。⑮狼藉　嘈雜忙亂。《漢書・宣帝紀》：「受詩於東海澓中翁，高材好學，然亦喜遊俠，鬥雞走馬，具知閭裡奸邪，吏治得失。數上下諸陵，周遍三輔。」⑯晝欲二句　二句皆謂愚民政策。心無竅，指愚民政策。《莊子・應帝王》：「儵與忽謀報混沌之德，曰：『人皆有七竅以視聽食息，此獨無有，嘗試鑿之。』日鑿一竅，七日而混沌死。」面正牆，《論語・陽貨》：「子謂伯魚曰：『……人而不為〈周南〉、〈召南〉，其猶正牆面而立也與！』」⑰驚疑句　意謂時人孤陋寡聞。《新唐書・盧若虛傳》：「若虛多才博物，隴西辛怡諫為職方，有獲異鼠者，豹身虎臆，大如拳。怡諫謂之鼮鼠而賦之，若虛曰：『非也。此許慎所謂鼨鼠，豹文而形小。』一座皆驚。」⑱貪竊句　意謂時人以假亂真。揚雄《法言・君子卷第二》：「羊質而虎皮，見草而悅，見狼而戰（顫抖），忘其皮之虎矣。」⑲南渡　晉元帝渡江。《資治通鑑・晉紀》：「晉元帝江東草創，始立太學。成帝時以江左寢安，興學校，徵集生徒；而士大夫習尚老莊，儒術終不振。」⑳終否　《易經・序卦》：「物不可以終否，故受之以同人。」否指天地不交、萬物不通。㉑西遷　陳後主歸隋。《北史・儒林傳》載隋文帝統一天下後，「厚賞諸儒。京邑達乎四方，皆啟黌校，齊、魯、趙、魏學者，尤多負笈。」㉒策策問。《漢書・文帝本紀》：「舉賢良方正，能直言極諫者。」㉓貢紹句　貢，貢舉。《漢書・武帝本紀》：「令郡國舉孝廉各一人。」注：「『孝』謂善事父母者，『廉』謂清潔有廉隅者。」㉔鐘鼓　禮法。意謂散漫的海鳥畏懼鐘鼓。《莊子・至樂》：「昔者海鳥止於魯郊，魯侯御而觴之於廟，奏〈九韶〉以為樂，具太牢以為膳。鳥乃眩視憂悲，不敢食一臠，不敢飲一杯，三日而死。」㉕狙公　養猴的老翁。《莊子・天運》：「今取猨狙而衣以周公之服，彼必齕齧挽裂，盡去而後慊（滿足）。」㉖擾擾　忙碌。《列子・說符》：「鄰人亡羊，既率其黨，又請楊子之豎追之。楊子曰：『亡一羊矣，何追者之眾！』鄰人曰：『多歧路。』既反，問：『獲羊乎？』曰：『亡之矣！』曰：『奚亡之！』曰：『歧路之中又有歧焉，吾不知所之，所以反也。』楊子戚然變容……心都子曰：『大道以多歧亡羊，學者以多方喪生。』」㉗倀倀　迷失不知所措。《禮記・仲尼燕居》：「治國而無禮，譬猶瞽之無相，倀倀乎其何之？終夜有求於幽室之中，非燭何見？」㉘凝邈　凝思寂聽，杳然高遠。㉙虛空句　意謂時風與士則皆流入空虛一套。虛空，虛無，指代老莊之玄言。㉚五霸　春秋五霸，即齊桓公、晉文公、宋襄公、秦穆公、楚莊王。㉛三皇　其說紛紜，此處取用三代明王之意，指夏禹、商湯、周文。曹植〈與楊德祖書〉：「昔田巴毀五帝，罪三王，呰（訾）五霸於稷下。」㉜別派二句　謂當時老莊楊墨之學大盛，如車馬之馳騖也。鑣，馬銜口之具，即馬嚼子。

他鏣猶他道。㉝資破塚　做陪葬品。《晉書・束晢列傳》：「太康二年，汲郡人不準盜發魏襄王墓，或言安釐王塚，得竹書數十車。」㉞探囊　小偷。《莊子・胠篋》：「將為胠篋探囊發匱之盜而為守備……然而巨盜至，則負匱、揭篋、擔囊而趨。」㉟周禮句　意謂東晉以來，玄風大熾，儒學墜地；至唐，方振。《左傳・昭公二年》：「晉侯使韓宣子來聘……觀書於太史氏，見《易象》與《魯春秋》，曰：『周禮盡在魯矣。』」周禮，儒學。㊱革故句　《周易・雜卦》：「革，去故也。鼎，取新也。」《梁書・武帝本紀》：「取新之應既昭，革故之徵必顯。」《史記・高祖本紀》：「父老苦秦苛法久矣，吾約法三章耳，餘悉除去秦法。」㊲星宿　上應星宿的聖主賢臣。李白〈古風〉：「文質相炳煥，眾星羅秋旻。」㊳退藏　淪落隱居之士。《周易・繫辭》：「聖人以此洗心，退藏於密。」㊴切　認真急迫。《漢書・夏侯勝傳》載，宣帝初年，黃霸、夏侯勝忤帝下獄，罪當死，「勝、霸既久繫，霸欲從勝受經，勝辭以罪死，霸曰：『朝聞道，夕死可矣。』勝賢其言，遂授之。繫再更冬（三年），講論不怠。」㊵受經　學習經書。《史記・袁盎鼂錯列傳》：「鼂錯以文學為太常掌故。文帝時，天下無治《尚書》者，獨聞濟南伏生……治《尚書》。年九十餘，老不可徵，乃詔太常……遣錯受《尚書》伏生所。」㊶夫子句　意謂劉是當時才俊美士。夫子，指劉五經。㊷先生　《禮記・曲禮上》注：「先生，老人教學者。」㊸褐衣　布衣，謂無功名。㊹白首句　《漢書・藝文志》：「幼童而守一藝，白首而後能言。」㊺感激　有所感而情緒激動。《後漢書・桓譚傳》：「桓譚極言讖之非經，帝大怒，曰：『桓譚非聖無法。』將下獄斬之，譚叩頭流血，良久乃得解。」㊻棲遲句　《漢書・敘傳上》：「棲遲於一丘，則天下不易其樂。」《禮記》：「五十異粻。」棲遲，遊息。㊼片辭二句　意謂《春秋》筆法。〈春秋正義序〉：夫子「因魯史有得失，據周經以正褒貶。一字所嘉，有同華兗之贈；一言所黜，無異蕭斧之誅。」㊽燕地二句　意謂王茂元鎮守涇原，厚禮劉五經。《史記・孟子荀卿列傳》：「鄒衍如燕，燕昭王擁篲先驅，請列弟子之座受業焉。」《史記・仲尼弟子列傳》：「卜商，字子夏……孔子既歿，子夏居西河教授，為魏文帝師。」㊾式　通「軾」。以手扶軾，表示尊敬。《史記・魏世家》：「文侯受子夏經藝，客段干木。過其閭，未嘗不軾也。」㊿擁篲　擁掃把上前掃地，表示尊敬。句下自注：外舅太原公亦受經於公也。《易經・謙卦》：「謙尊而光。」(51)青衿　後來指學子之服裝，代指學子。《詩經・鄭風・青衿》：「青青子衿，悠悠我心。」(52)叨來句　《後漢書・馬融傳》說馬融「常坐高堂，施絳紗帳，前授生徒，後列女樂。」(53)雖從句　《論語・先進》：「子路、曾晳、冉有、公西華侍坐。……子曰：『何傷乎？亦各言其志也。』」(54)還要句　《禮記・坊記》：「大為之坊，民猶踰之。故君子禮以坊德，刑以坊淫，命以坊欲。」(55)孤寒　指自己家世寒微，無可依附。《晉書・陶侃傳》：「少長孤寒。」(56)訐直　性情剛直。《周書・樂運傳》：「性訐直，為人所排抵，遂不被任用。」此謂劉訐直，遂功名蹭蹬。(57)叔

孫句　《論語・子張》：「叔孫武叔毀仲尼。子貢曰：『無以為也。仲尼不可毀也。』」58盜跖句　《史記・伯夷列傳》：「盜跖日殺不辜，肝人之肉，暴戾恣睢，黨數千人，橫行天下。」盜跖，殘暴之徒。59雁下二句　送別的地點與時間，露惜別之意。60渝　改變。61巾屨　儒服。杜甫〈題李尊師松樹障子歌〉：「松下丈人巾屨同。」62容許句　意謂請劉日後接納自己為升堂弟子。《論語・先進》：「由也升堂矣，未入於室也。」

【語譯】治國還需祖宗法，興邦應該廣設學堂。輕視儒術的朝代，多不能振作朝綱。在國家多難的衰朽年代，儒術立國的根本法則就會消亡。積極救世的儒者無法施展，聖人也只能沉淪下僚；已經隱居的儒者徒然歌唱，只好繼續隱居更加佯狂。藏於壁縫中的古籍，已經所剩無幾；坑殺儒生的暴政，讓人更加悲傷。說秦朝，禁止百姓讀詩書；想漢朝，破壞聖人房屋的是諸侯王。分裂時代，諸侯忙的是合縱連橫；統一時代，帝王忙的是國富民強。那接見儒生的金馬門，人跡罕至；那聲色狗馬的鬥雞場，人聲喧揚。壓抑儒術，但願世人都混沌；滅絕文明，無知無識如對牆。弄到儒者都愚蠢，見到豹紋的老鼠心混茫；不惜以假亂真，如同披著虎皮的羊。

元帝南渡，儒學墜地無人賞；隋朝科舉，帶給人們振作的希望。門閥流風，受策問的不是方正賢良；資歷暢行，被貢舉的不是真正的孝廉郎。占據上流的庸才，就像散漫的海鳥討厭禮樂鐘鼓；他們本性草莽，自然如猿猴那樣毀裂冠裳。世多歧路，想有所作為只會自我攪擾。朝政黑暗，想找到出路只能更加迷茫。不問世事，天下竟有這樣的時代風範；發言玄虛，士人竟如此相互標榜。不重仁德，還敢指責攻伐的五霸？拋棄禮儀，也敢詆毀聖明的三皇。標新立異，這一派高舉楊朱、墨翟；暢談佛玄，那一派說是繼承老莊。儒家典籍無人問，要想找到只能挖掘古墳；公平法制遭扭曲，只能打擊小偷不敢碰豪強。

一脈未絕，周禮能保存在魯；儒術重振，隋朝禪位給大唐。君王旗號一舉，天下清明再現；從此煥然一新，就像漢高祖約法三章。文士眾多，像群星煜煜生輝，招徠隱士，如風雷震醒了遍地春光。即便是身陷囹圄，也不忘尋師求學；即使是已經顯貴，也要學習經書終日匆忙。您是當代的才俊，堅持傳道把儒術弘揚；您從未獲得一官半職，但學習經書的興致白首不忘。您常常義憤填膺，攻擊非聖無法的當代權貴；但也正是因為這樣，年屆五十不能身列朝堂。即使片言隻語，您也不忘褒揚有德、貶斥無良。

燕地愛鄒衍，西河尊卜商，先生何愁無人賞。陋室人瞻仰，是因為真道在其間；尊者也擁彗，是想借仁者突出自己輝光。機會難得，我能得您教誨；至今榮幸，往日側身聽講。即便是暢所欲言，尊卑禮儀還需要提防。出身寒微，不要輕言放棄；剛勁直言，會妨礙晉身官場。即使您堅貞如仲尼，也免不了別人誹謗；而盜跖那樣的強梁，其殘暴更無法抵擋。秦雲已暗，君去難留，就像大雁南飛向衡陽；蟬聲寂然，我心悲傷，請看隴上萬木都枯黃。您的學術，值得我永遠追隨；請答應我，將來正式接納我登堂。

【研　析】劉五經映其人生平不詳。根據詩歌之意，可以看出兩方面情況：一是他和作者私交可能並不很深。義山向他請教過經學，但二人其他方面則似乎難以找到多少共同興趣。二是此人離開王茂元幕府，依照詩意應該是捲鋪蓋回家，王茂元並無挽留之意。因此，推斷劉之才能，可能正是《新唐書・選舉志》所說的那樣「明經多抄義條，進士惟誦舊策，皆亡實才。」但王茂元幕府中人來客往，義山並非都需要送上一詩；而此詩也無奉命痕跡，所以，推測作詩緣由，應從義山「不平而鳴」入手。

晚唐政局，紛紜多變。甘露之變前，科舉考試盛行「行卷」、「溫卷」之風。朱慶餘那首〈近試上張水部〉的詩非常出名，他想知道主考張籍是否願意錄取自己，就借新嫁娘的口吻問：「妝罷低聲問夫婿，畫眉深淺入時無？」而張籍回覆得很乾脆：「齊紈未足時人貴，一曲菱歌敵萬金。」還沒有考試，主考就告訴考生，你已經被錄取了。不正常的科舉已經堵塞了寒士晉身之路。義山自己也經歷過行卷這樣的暗箱操作。而晚唐君主昏庸者多，動輒大興土木，重用的不是宦官就是佞幸。甘露事變後，王權更加不振，藩鎮尾大不掉，割據一方。朝廷中黨爭迭起，在朝者很難置身事外。義山此詩，也是骨鯁在喉，今天且借劉五經之酒杯，澆一澆胸中壘塊。

全詩之意，落到儒學興盛關係國運盛衰。儒者保守，樂於守成，故漢武帝「罷黜百家，獨尊儒術」。而守成之君，若背離了這個立國的基本點，則國家不幸也就會到來。通觀歷史，這一點大致不差。全詩可分為五個部分：

一、首四句正反對照，說明崇儒與儒戲可以作為國家綱紀的晴雨表。

二、「叔世何多難」至「法制困探囊」，歷數周末至隋學術之衰，點明「儒戲」。

三、「周禮仍存魯」至「掌故受經忙」說唐以來儒術復振，點明「師古」可以「興邦」。

四、「夫子時之彥」至「擁篲信謙光」寫劉五經其人學術厚重、氣節嚴厲，不能在朝，但在幕府受到重視，已經暗含牢騷滿腹了。

五、「獲預青衿列」至末尾，表面是寫劉五經，實際處處寫自己，都是流落蹭蹬。作者說劉五經「許直」，而他自己在詩中流露出的抨擊與譏諷可謂有過之而無不及。「叔孫讒易得，盜跖暴難當」不正是詩人此後的命運寫照嗎？「莫渝巾屨念，容許後升堂」則儼然要承其衣鉢，做劉五經第二了。

因此，統觀全詩，厚重的關於儒學國運的歷史感和沉重的個人流落命運的慨歎緊緊相連。這真是生而不幸的時代。謂義山此詩敷衍，是不懂義山；謂義山在寫送別之詩，也未能抓住要害。劉五經之捲鋪蓋回家，作者不過比他苟延殘喘多了幾日。無論是否友誼厚重，這一份兔死狐悲之情，豈能忍而不發耶！（許軍）

十一月中旬至扶風❶界見梅花

匝❷路亭亭豔，非時裛裛❸香。素娥❹唯與月，青女❺不饒霜。贈遠虛盈手❻，傷離適斷腸。為誰成早秀？不待作年芳❼。

【注釋】❶扶風　郡名，今陝西鳳翔一帶。❷匝　環繞。❸裛裛　香氣濃盛。❹素娥　嫦娥。❺青女　主霜雪的女神。❻贈遠句　《荊州記》：「陸凱與路曄為友，在江南，寄梅花一枝詣長安與曄，並贈詩曰：『折花奉秦使，寄與隴頭人。江南無所有，聊贈一枝春。』梅是報春的花，早梅所開非時，不能贈春寄遠，所以說「虛盈手」。贈遠，古有折梅贈遠的風習。❼年芳　春天開花。

【語譯】雖然還不是梅花綻放的時節，可它們亭亭開放花滿路，細香陣陣多鮮豔。嫦娥給它帶來美麗的明月，青女不忍加給它寒霜。折一枝欲為贈別，只是花開非時不堪贈。離別時節傷斷腸，你為了誰這麼早早地就開放？等不及春天的到來。

【研析】梅花例在臘月底開放，十一月中旬開花可謂非時；梅花宜於小園，依牆臨水，而此梅環繞車馬絡繹之大道，可謂非地。這樣一種梅花，恰可為詩人傳神寫照。商隱才名早著，十六七歲便「以古文出諸公間」（〈樊南甲集序〉），但是卻所遇非時，仕途偃蹇，可以說是早慧非福。宏辭試中非但選而復黜，且蒙受人格上的欺辱，這也正如早梅「素娥唯與月，青女不饒霜」的遭遇。嫦娥愛梅只有無助的清冷月光，而青女霜威肆虐卻是早梅實實在在的嚴酷境遇，紀昀謂「愛之者虛而無益，妒之者實而有損」。聯繫詩人自身，雖也遇到不少賞其才華的府主、恩師，但卻不能助其扶搖青雲，建功立名。所以本篇純為託物寓懷，寄慨遙深。

詩中寫出了早梅芬芳秀美、孤孑不群的形象，雖用豔字增添色澤，但不塗飾刻劃，而以烘染傳神，顯示商隱詠物抒懷傳神空際的特點。而由於寓慨深遠，又決不是以逃虛為妙，有空腔而無實質。（李翰）

馬嵬❶二首（其二）

海外徒聞更九州❷，他生未卜此生休❸。空聞虎旅❹傳宵柝❺，無復雞人報曉籌❻。此日六軍同駐馬❼，當時七夕笑牽牛❽。如何四紀❾為天子，不及盧家有莫愁❿。

【注釋】❶馬嵬　即馬嵬坡，故址在今陝西興平西。天寶十五年（西元七五六年）六月，安史叛軍攻破潼關，玄宗奔蜀，被逼在此處死楊貴妃。❷九州　此指傳說中的仙境。❸他生句　陳鴻〈長恨歌傳〉載貴妃與玄宗長生殿盟誓，「願世世為夫婦」。❹虎旅　護衛皇帝的禁軍。❺宵柝　夜間巡邏時用以報警的梆子。❻無復句　雞人，宮中司晨之人，報曉時敲擊更籌（竹籤），稱「曉籌」。❼六軍同駐馬　指禁軍斬殺和逼死二楊的「馬嵬之變」。❽七夕笑牽牛　指玄宗與楊貴妃長生殿盟誓事。❾四紀　一紀十二年，玄宗在位四十五年，此處約言之。❿莫愁　此指民間普通女子。也兼取「莫愁」字義，暗挑李、楊的「長恨」。

【語譯】海外徒然地聽說九州變更，來生哪裡知道今生已經完休。只聽見軍營裡木柝聲聲，再也不聞司晨的宮人來報時。當年長生殿山盟海誓，今天卻奪不走砍向心上人的刀。可憐做了四十多年皇帝，到頭來還不如平常百姓人家。

【研析】由於自身的現實遭際，商隱詩歌的走向是由外逐漸轉向內的，此期作品對個體身世方面的感慨遠遠重於對現實的關注，但這並不意謂商隱已經完全規避退縮，只專注於小我的喜樂憂愁。事實上，「欲回天地」的抱負他一直不曾放下。內和外在其生命的不同階段，偏向容或有所輕重，但始終是相依相伴的。就外而言，前期因不曾體驗種種現實遭遇，抱負高遠，理想色彩較強，故關注現實熱切，持論亦刻露而峻切，如〈初食筍呈座中〉、〈富平少侯〉便是詩人早期關乎外的典型。隨著個人悲劇性命運的現實展開，義山詩感傷色彩逐漸濃郁，影響到外，即將許多個人的感觸加入其中，特別是思力加深，對歷史與現實都是在反覆沉思後發出感慨，概括力更強，詩意因個人閱歷與思力加深也由峻直走向深婉。〈詠史〉（歷覽前賢國與家）、〈北齊二首〉等可供佐證。這種變化也是義山詩社會性的關乎外的內容方面的一種趨勢，和內的方面沉入心靈，反覆沉潛後醞釀千迴百轉之悲情體驗的趨向是一致的。

此篇詠明皇、貴妃故事，對君主荒淫誤國痛責深諷，是商隱表達自己政治認識的關乎外的方面的作品。詩以倒敘開篇，先寫玄宗遣方士招魂之舉，再追溯馬嵬事變，突出玄宗荒淫而招致玉碎國破的結果，批判力量較強。詩中每一聯都包含著鮮明的對照，方士招魂與楊貴妃死去的現實，承平年代宮中雞人的報曉與奔亡道中的虎旅宵柝，長生殿上的七夕盟誓與馬嵬坡的六軍駐馬，四紀為君而不能保全妻室與民間夫妻的白頭相守，同時輔以虛字的抑揚，充分顯示出玄宗迷於色而不悟，終至自食惡果。

不過詩意又似不止於諷刺，承平與亂離的對照，馬嵬悲劇的釀成，李楊主觀願望與實際遭遇的懸差，都不免令人產生更廣泛的聯想，乃至重溫玄宗朝多方面的歷史教訓。詩人思力的加深也便表現在這裡。而處處以今昔對照，顯然又寄寓了詩人對玄宗「早知今日，何必當初」的感慨與惜悔。尾聯的對比追問，除批判外，有著同情、痛惜、傷感等許多複雜的感情。這一切都增加了詩歌的景深，詩意因而變得深曲，使此期關乎外的作品從輕利峻直走向深重。（李翰）

思賢頓❶

內殿張絃管❷，中原絕鼓鼙❸。舞成青海馬❹，鬬殺汝南雞❺。不見華胥夢❻，
空聞下蔡迷❼。宸襟❽他日❾淚，薄暮❿望賢西。

【注釋】❶賢頓　即望賢宮，在咸陽東數里。頓為停留及停留之處。《舊唐書·玄宗本紀》載安史之亂中，玄宗出亡，「至咸陽望賢驛，置頓，官吏駭散，無復儲供，上憩於宮門之樹下」。❷內殿句　《舊唐書·音樂志》：「明皇於聽政之暇，教太常樂工子弟三百人為絲竹之戲，音響齊發，有一聲誤，玄宗必覺而正之，號為『皇帝弟子』，又云『梨園弟子』。」又「令宮女數百人，自帷出擊雷鼓，為破陣樂、太平樂、上元樂。雖太常積習，皆不如其妙也。」❸中原句　諷刺玄宗忘戰招危。白居易〈長恨歌〉：「漁陽鼙鼓動地來，驚破〈霓裳羽衣曲〉。」❹舞成句　舞馬，訓練馬匹按照音樂節奏跳舞。《舊唐書·音樂志》：「玄宗日旰，即內閑廄引蹀馬三十匹，為〈傾杯樂〉曲，奮首鼓尾，縱橫應節。又施三層校床，乘馬而上，抃轉如飛。」❺鬬殺句　鬬殺，鬬死。《天中記·四時》引〈東城老父傳〉：「玄宗在藩邸時，樂民間清明門雞戲。及即位，治雞坊，以賈昌為小兒長。每至是日，萬樂具舉，昌導群雞敘立於廣場。勝負既決，隨昌行歸於雞坊。」又《漢舊儀》：「汝南出長鳴雞。」❻華胥夢　天下太平、帝王悠遊之夢。《列子》：「黃帝晝寢而夢遊華胥。華胥國人入水不濡，入火不熱，乘空如履

實，寢處如處林。帝既寤，怡然自得。又二十有八年，天下大治，幾若華胥國矣。而帝登假。」❼下蔡迷　美人。宋玉〈登徒子好色賦〉：「東家之子，增之一分則太長，減之一分則太短；著粉則太白，施朱則太赤；眉如翠羽，肌如白雪，腰如束素，齒如含貝。嫣然一笑，惑陽城，迷下蔡。」❽宸襟　帝王的思慮，亦指帝王。❾他日　那個時候，與「今日」反思對。❿薄暮　當時悲傷後悔之時間，亦暗喻唐朝國勢從此下衰也。《舊唐書．玄宗本紀》載玄宗逃到望賢宮，「亭午未進食，俄有父老獻麨。上謂之曰：『如何得飯？』於是百姓獻食相繼。俄又尚食持御膳至，上頒給從官而後食」。

【語　譯】絃歌奏響，皇上親自教梨園；海內昇平，哪裡會有烽煙。千里馬，練跳舞，不用疆場去征戰；汝南雞，被鬥死，從此日高放膽眠。留戀華胥神仙夢，沉醉美人笑儼然。瞬間爆發安史亂，君臣逃亡到望賢宮。傍晚時分，西望長安，縱然今日淚如雨，澆不滅滿地烽煙。

【研　析】安史之亂是唐王朝盛極而衰的轉折點。安、史雖然倡亂，若問禍亂根由，還是玄宗自招。唐代詩人，身處本朝，對此事多有涉及，也多遮掩。本詩之意，要不出「漁陽鼙鼓動地來，驚破〈霓裳羽衣曲〉」之建構。詩共四聯，前三聯都極力渲染窮奢極欲、紙醉金迷之荒淫；尾聯突然折入望賢宮逃亡西望之剪影，對比鮮明，諷刺深刻。首聯又包裹下面三聯，已經種下了他日禍亂的根苗。頷聯，青海千里馬，只做昇平之點綴，則賢才被置於無用之地；汝南報曉雄雞被鬥死，則從此高枕無憂到天明。頸聯，上句欲效法黃帝不親政事，結果畫虎類犬；下句謂沉醉聲色，弄到女色誤國。尾聯托出逃亡途中，回望長安，恍如隔世，此時方醒，可謂悔之莫及也。所謂太平盛世，瞬間瓦解冰消，令人慨歎不已。

玄宗當政之初，任用姚崇、宋璟，政治清明。但天下大治之後，隨即不思進取。此後，用佞幸，任宦官，罷文臣統帥，任胡人將領，聚集皇子到「十王宅」中看管，可謂倒行逆施，咎由自取。《資治通鑑．唐紀三十一》：「上從容謂高力士曰：『朕不出長安近十年，天下無事。朕欲高居無為，悉以政事委林甫，何如？』對曰：『天子巡狩，古之制也。且天下大柄不可假人，彼威勢既成，誰敢復議之者？』上不悅。力士頓首自陳：『臣狂疾發妄言，罪當死！』上乃為力士置酒。」但為玄宗開脫的作法，無論唐代還是後代，都非常普遍。《舊唐書．玄宗本紀贊》：「嗚呼，女子之禍於人者甚矣！」這是把安史之亂的罪名強加給一個弱女子。

白居易說「一篇〈長恨〉有風情」，以纏綿愛情為其塗脂抹粉。而義山此詩則冷峻之至，直斥帝王，可謂膽識俱壯。末聯「宸襟他日淚，薄暮望賢西」，以淚水將前文的所有快樂瞬間澆滅，形成巨大的感情落差；而薄暮西望，更是情苦神傷，將全詩籠罩進悲愴彷徨的意緒中。義山本詩，在風格上有了微妙變化，前期的峻直開始向後期的深婉轉化，雖然峻的痕跡還很明顯，但是直的痕跡已經開始淡化。全詩有按無斷，以末聯的落差傳達出自己的情感態度。這一變化痕跡顯示了詩人的詩歌藝術和社會閱歷正逐步走向成熟。（許軍）

玉山

玉山高與閬風齊，玉水清流不貯泥❶。何處更求迴日馭❷，此中兼有上天梯❸。

珠容百斛龍休睡❹，桐拂千尋鳳要棲❺。聞道神仙有才子，赤簫吹罷好相攜❻。

【注釋】❶玉山二句　玉山，古代帝王的藏書之府。此處喻指祕書省。閬風，傳說神仙所居之山。玉水，發源於玉山之水，亦喻祕省清要。❷迴日馭　指極高之山，羲和駕日車到此也只得迴旋。此指祕省地位之尊。❸上天梯　喻得到發展的機遇。❹珠容句　《莊子・列禦寇》：「夫千金之珠，必在九重之淵，而驪龍頷下。能得珠者，必遭其睡也。」這裡用「龍休睡」寄望君主清明。❺桐拂句　傳說鳳凰非梧桐不棲，非竹實不食。此以梧桐喻祕省，鳳喻己。❻聞道二句　神仙才子，指祕省同僚。赤簫句，秦穆公時有蕭史者，善吹簫，穆公女弄玉好之。後弄玉乘鳳，簫史乘龍，升天而去。事見《水經注・渭水》及《列仙傳》。此句用此事以比僚友，故曰「相攜」。

【語譯】祕書省高貴如仙山，祕省的官員清高超凡。位置顯赫高得能擋住羲和的車馬，登天的天梯也就在這裡前途無量。君王是含珠真龍可要時刻清醒，我就是那五彩鳳凰非梧桐不棲。同僚們個個才華如仙，吹簫弄玉正好相伴相隨。

【研　析】約在開成四年仲春，商隱離涇原幕赴長安參加吏部書判拔萃科考試，釋褐為祕書省校書郎。商隱自大和五年起應進士試，至開成二年方登第；登第後又三次參加吏部試，方釋褐入仕。雖經歷了不少坎坷，但能獲得祕書省校書郎這樣的清職，心情還是十分興奮。校書郎方階九品，官品雖低，但卻是文士起家最好的出身，馮浩說：「職官以清要為美。校書郎為文士起家之良選，諸校書皆美職，而祕省為最。如翰林無定員，諸曹尚書下至校書郎，皆得與選矣。」商隱乍獲此美職，心中充滿了平步青雲的企盼，本篇即抒發了這種心情。

以玉山策府指祕書省，乃喻其為文翰清望之署。首二句一「高」況其位尊，一「清」況其職美，正是祕省清資的形象比喻。三四謂玉山高可「迴日」、「上天」，即視祕省為日後登進的天梯，充滿了對前途的美好憧憬。五六祈望君主清明並抒發了自己鳳棲高梧的宏願。「桐拂千尋鳳要棲」，一「要」字寫出一種錐處囊中的昂揚自得，與李白的「君何惜階前盈尺之地，不使白揚眉吐氣，激昂青雲」（〈與韓荊州書〉）倒有幾分神似。尾聯承六，謂同時僚友既亦有棲桐之宏願，何不於赤簫吹罷之際攜手同上青雲乎？語中寓有一種「同學少年多不賤」的意興，見出攜來百侶、指點江山之自得。

全篇躊躇滿志，興會淋漓，完全是少壯得意的神情風貌，與日後望薦求引之詩的詞意卑曲者迥異。只是，這種躊躇得意比朝露還短暫，祕書省校書郎任上不到三四個月，商隱突然被調為弘農尉，一下子由清職淪為俗吏，在人生道路上又遇到一次新的挫折。（李翰）

別辭巖賓

曙爽行將拂❶，晨清坐❷欲凌❸。別離真不那❹，風物正相仍❺。漫水任誰照，
衰花淺自矜。還將兩袖淚，同向一窗燈。桂樹❻乖真隱❼，芸香❽是小懲❾。清規❿

無以況，且用玉壺冰⓫。

【注　釋】❶曙爽句　拂曙，天色將明。庾信〈對燭賦〉：「蓮帳寒檠窗拂曙。」❷坐　正。❸淩　迫近。❹那　奈何。王維〈酬郭給事詩〉：「強欲從軍無那老。」《左傳・宣公二年》：「棄甲則那。」❺相仍　依舊。屈原〈悲回風〉：「觀炎氣之相仍兮。」❻桂樹　既含隱居之意，又暗示登科。《楚辭・招隱士》：「桂樹叢生兮山之幽，偃蹇連卷兮枝相繚。」《唐才子傳・方干》：「弟子已折桂，先生猶灌園。」❼乖真隱　杜甫〈獨酌〉：「薄劣慚真隱。」乖，背離。❽芸香　芸草之香，熏書防蛀之用。《古今事文類聚・祕書監》：「芸香辟紙魚蠹，故藏書臺稱芸臺。」義山約開成四年入祕書省做校書郎，但不久即外調為弘農尉。❾小懲　貶官。《易傳》：「小懲而大誡。」《北夢瑣言・孟宏微躁妄》：「貶其官，示小懲也」。❿清規　美好的規範。《晉書・王承傳論》：「素德清規，足傳於汗簡。」⓫玉壺冰　代指為政清明。鮑照〈代白頭吟〉：「清如玉壺冰。」駱賓王〈上齊州張司馬啟〉：「加以清規日舉，湛虛照於冰壺。」

【語　譯】天快要亮了，清晨的寒氣陣陣逼近。離別的滋味難受；風景依舊，卻沒有觀賞的心情。漫轉不定的池水，沒有人照臨；即將枯萎的花朵，只有自愛自憐。雙袖淚水沾滿，小窗燈火陪伴，我們度過難熬的夜晚。當年蟾宮折桂，浪得虛名背離了真隱；祕書省外調，是上面的小小警告。但我不會改變節操，貶到地方，那就保一方政治清明。

【研　析】此詩是向薛巖賓道別。薛之生平不詳。據詩中二人共坐在小窗下徹夜未眠，並且雙袖淚水來看，是雙雙被從朝廷貶調到地方。因此，各家評論者所說的通篇在論述自己，或只是送別薛巖賓，在情感脈絡上都顯得格格不入。何焯說「下第詩，似為宏辭不得也」，則無法對應五聯之詞。程夢星謂「詞本雙行」，大體不差；但又說「結則側卸薛君，以期其致用也」，則是把「且用」的處所和時間給誤會了。馮浩則說「祕省清資，何以云『小懲』？或為出尉時之失意，或薛之官途曾降改祕省，無可定也」，其說矛盾錯出。祕書省為清貴衙門，貶到地方任俗吏，則不僅品級受到影響。若細問緣由，大概不出黨爭內訌。

詩中，二人徹夜未眠。雖然周圍風物依舊，但心情悲傷，無心欣賞美景。在小窗下，坐了一夜，淚水打溼了雙袖。回顧當初得第，詩人覺得違背了「真隱」的初衷；而從祕書省外調，則是小小懲罰。誰施加了懲罰？懲罰的目的是什麼？詩人沒有點明。他接著說，節操清明，要保所在地政治清明。這顯然已經在考慮到任後的打算了。此詩之所以一語未點明辭，好像句句都是自言自語，只要從詩中二人共同的舉動、共同的心情入手，就會發現，兩人是同船共渡結果雙雙落水了。因此，只有默契最不需點破，也只有默契才會讓旁觀者如入霧中。

本詩末聯所定下的志願，義山在弘農尉任上是認真履行了的。為了活獄的事，他並與上司發生了矛盾。《新唐書・李商隱傳》：「調弘農尉，以活獄忤觀察使孫簡，將罷去，會姚合代簡，諭使還官。」貶官之時，仍然要堅持清規，足見傲骨。

不過，從藝術的角度來說，本詩並不夠優秀。紀昀說本詩末尾「尤不成語」，確有此累。但若斬去後面兩聯，則連二人何以分別都未能點明。大概分手傷懷，前途渺茫，令詩人無法自制，故詩意阻滯。（許軍）

蜨

初來小苑中，稍與鏁闈❶通。遠恐芳塵❷斷，輕憂豔雪❸融。只知防灝露，不覺逆尖風❹。迴首雙飛燕，乘時入綺櫳❺。

【注　釋】❶鏁闈　鏤刻有連瑣圖案的宮中側門，此指宮廷。❷芳塵　香塵；花之色香。亦取寓意，指宮禁。❸豔雪　謂蝶粉。❹只知二句　兩詞均有所寓，指喻變生意外，橫遭摧抑。浩露，濃露。尖風，陰冷之風。❺綺櫳　綺窗；雕刻有綺美圖案之窗櫳。櫳，窗櫺。

【語　譯】剛剛飛到小苑，又悄悄越過宮牆。怕花香因路遠而消歇，又擔憂蝶粉在飛舞中消融。只注意到防備寒露，不提防迎面遭遇到冷風。回頭看看那雙飛的羽燕，乘機飛進了綺窗。

【研析】這是一首寓言體詠物詩，與商隱的出尉弘農有關。商隱在〈與陶進士書〉中，自己解釋任弘農尉的原因：「尋復啟與曹主，求尉於虢（按弘農屬河南道虢州），實以太夫人年高，樂近地有山水者，而又其家窮，弟妹細累，喜得賤薪菜處相養活耳。」彷彿只是為了照顧老母弟妹，減輕生活負擔，而主動請尉弘農的。這顯然是一種飾詞，否則就不會在這期間有那麼多哀怨之吟了。其真實原因倒是在本詩中隱約有些透露，雖然具體事由仍不得而知。

馮浩在《玉谿生箋注》中基本揭出了本篇意旨：「自慨之作。起二句喻初為祕省，得與諸曹相近。下言不意被斥，讓他人乘時升進也。」「小苑」、「鏁闈」指宮禁，謂初入祕省，得近宮廷。次聯形容「初來小苑」忐忑不安的心情，既恐遠隔芳塵，不得長留宮廷，又憂粉消雪融（指蝶粉），失輕艷之姿容。腹聯謂自己只防濃露的侵襲，卻未料遇上「尖風」的衝擊，喻變生意外，橫遭摧抑。結末言他人乘時而入宮掖。鏁闈、綺櫳都是喻指宮廷。「回首」二字，正點出尉弘農時。儘管隱約其辭，但初來小苑即遇上「尖風」這樣惡勢力的侵襲還是表現得比較明顯的。

就藝術性而言，本篇在商隱詠物詩中並非上乘之作，處處流露出寓比的痕跡，比附也顯得較實較死。不是將人的感慨、命運融入物中，而是以人的寄託剝離、侵占了物本應具有的精神，從而使得寄託一望而知，物基於自然特性下的精神全無。比起他後來那些詠物詩因物興感，以物寄興，寄託在有無疑似之間，渾淪抒慨，傳神空際，不免稍遜一籌。正因如此，特選錄本詩，除了以之尋繹商隱出尉弘農這一重大人生挫折的蛛絲因由，體察詩人心頭的衝擊痛苦；再有便是以此映照，以見詩人藝術水平的前進足跡。（李翰）

出關❶宿盤豆館❷對叢蘆有感

蘆葉梢梢夏景深，郵亭暫欲灑塵襟。昔年曾是江南客❸，此日初為關外心❹。
思子臺❺邊風自急，玉孃湖❻上月應沉。清聲不遠行人去，一世荒城伴夜砧。

【注　釋】❶關　此指潼關。❷盤豆館　在今河南靈寶境內，距潼關四十里。相傳漢武帝過此，父老以牙盤獻豆而得名。❸江南客　商隱〈獻相國京兆公啟〉記其少年時有「東至泰山」、「南遊郢澤」的遊歷，此處有可能指「南遊郢澤」一事，也有可能指少年隨父客居浙水東西。❹關外心　關，此指函谷關，原在弘農境內，漢武帝時樓船將軍楊僕恥居關外，請武帝移函谷關於新安，去弘農三百里。❺思子臺　《漢書・戾太子傳》載，戾太子（劉據）以巫蠱事自殺，後漢武帝知其冤，因作思子宮，又建歸來望思之臺於湖縣。臺址在今河南靈寶境。❻玉孃湖　王士禛《秦蜀驛程後記》：「過閿鄉盤豆驛，涉郎水，即義山所云之玉孃湖。」未知所據何書。湖當距盤豆館不遠。

【語　譯】蘆葉青蔥一片正是盛夏時節，郵亭歇腳正想著舒展心懷。過去曾客遊江南，今天卻無奈淹留關外。思子臺邊急風吹動，玉娘湖旁的月兒剛剛落下。擣衣的砧聲猶在荒城中回蕩，我漸行漸遠那聲音也漸微漸弱。

【研　析】這首詩大約是開成四年（西元八三九年），商隱由秘書省校書郎調任弘農尉，作於赴任途中即將到達弘農時。由秘省清職降為俗吏，是商隱仕途一大挫折，其心情之苦悶可想而知。故出關見叢蘆頓生仕途淹蹇、身世孤寂之感。詩言「初為關外心」，謂開始有楊僕恥居關外之心，顯然由仕途失意，不得已離開長安引起，這是一篇主意所在。詩的前四句由叢蘆而憶及江南，再由江南折出「關外心」，在曲折的思緒活動中，回溯了漫長悠遠的時間、空間和有關生活內容。這種回憶，以及暫時因環境清幽而塵煩乍釋的心境，對於逐漸萌生的「關外心」，起著引發和映襯的作用。後四句則由「關外心」擴展開去，思緒連綿，融合了對親人的思念和長夜難眠之中對外在環境的感受，使「關外心」表現得更加充分和形象。

詩純粹寫因叢蘆觸發而引起的種種感慨，正面寫叢蘆僅開頭一句，接下一連串的思緒和感情活動，都是任憑思維自身的邏輯自然展開，青春的客遊江南，此日的流落關外，眼前的蒼茫叢蘆，遠方的親人思念，極大的時空跨度都被跳躍發散的思維聚合在一起，和〈回中牡丹為雨所敗〉一樣，這都是以意識流的方式組合全篇。而末聯渲染永伴荒城的清音，更把環境給人的感覺注入心境之中，讓讀者自始至終都能感覺到蘆葉梢梢的那種形象和韻味。這就為詩營造出了意境，而且是一種哀感優柔的意境，體現出義山詩情緒色彩的特徵所在。（李翰）

次❶陝州❷先寄❸源從事❹

離思羈愁日欲晡❺，東周西雍此分塗❻。迴鑾❼佛寺高多少，望盡黃河一曲❽無？

【注　釋】❶次　停留。❷陝州　今河南陝縣。義山開成四年由祕書省校書郎外調為弘農尉，弘農在陝州西。❸先寄　途中寄詩，尚未到達。如武元衡〈漸至涪州先寄王使君〉。❹源從事　生平不詳。應該是身在弘農，虢州刺史之僚屬。❺晡　申時；黃昏時分。❻塗　通「途」。《史記・燕召公世家》：「周武王之滅紂，封召公于北燕，其在成王時，召公為三公。自陝以西，召公主之；自陝以東，周公主之。」❼鑾　鑾輿；車駕。《舊唐書・代宗本紀》：「廣德元年十月，吐蕃犯京畿，駕幸陝州。十二月還京。」徐逢源以為「佛寺必還京後建以報功者。」❽曲　黃河的一道彎，稱為一曲。《爾雅・釋水》：「河百里一小曲，千里一大曲，一直一曲，九曲以達於海。」

【語　譯】離開長安的思念，人在旅途的哀愁，此刻日落西山，最讓我難消受。東周和西雍，在我的腳下分界。那迴鑾佛寺有多高，能不能望盡黃河千里遠，好讓我東西兩頭都看一看？

【研　析】本詩題曰「先寄」，當是於旅途中向友人寄詩，敘述見聞感想之作。義山於開成四年由祕書省校書郎外調為弘農尉，在〈別薛巖賓〉詩中徹夜未眠、淚水長流，其內心是非常傷感的。理解本詩，應從此入手。

首聯是說身在旅途，愁思百結。而詩人特別提到自己腳下的陝州是周公、召公封國的分界線，這就耐人尋味了。《史記・樂書第二》載周公、召公的歷史功績時說：「武亂（亂，治理紛亂）皆坐周召之治也。且夫武始而北出；再成而滅商；三成而南；四成而南國是疆；五成而分陝，周公左，召公右；六成複綴以崇天子，夾振之而四伐，盛威於中國也。」而〈樂書第二〉一開頭，「太史公曰：余每讀〈虞書〉至於君臣相敕，維是幾安；而股肱不良，萬事墮壞，未嘗不流涕也。」更不要說周召共和那一段歷史上的所謂黃金時光，令儒家反覆流連了。因此，義山此時此地，絕不僅僅只是評價地理分界。回顧歷史，再看看今日的晚唐，政壇上黨爭內訌、派系傾軋，其狀況正如那日薄西山的夕陽，奄奄待亡。下聯提到「迴鑾佛寺」，是唐王朝由極亂而復振的見證，更是令作者感傷不已。晚唐至今，尚能復振否？沉重的歷史失落感和現實悲愴感，壓抑得作者想借助登高來排遣。但是，那佛寺能望盡千里嗎？這濃重的愁緒，正如陳子昂登幽州臺時「念天地之悠悠，獨愴然而涕下」了。說義山此詩，言二人仕途上的委屈，或說只是報導見聞，都是未能瞭解詩人之苦，因此隔靴搔癢，始終不得要領了。

義山此詩，在詩歌風格上開始發生著變化。全詩不再只局限於一件事，而是由一事之感傷推衍到人生、歷史的感傷；對歷史與現實的感傷情緒是暗含在詩歌整體的感傷氣氛中的，而不是通過作者自己的直接傾訴；前期自我期許的成分沒有了，代之以茫然失所之感；詩歌的內涵也因此豐富深厚起來，具有深而婉的特色。（許軍）

荊山❶

壓河❷連華❸勢孱顏❹，鳥沒雲歸一望間❺。楊僕移關三百里❻，可能❼全是為荊山？

【注　釋】❶荊山　弘農郡內山名。《元和郡縣志・陝州》：「荊山在（湖城）縣南，即黃帝鑄鼎之處。」《新唐書・地理志》：「虢州弘農郡……縣六……湖城覆釜山，一名荊山。」❷河　黃河。❸華　華山。❹孱顏　即巉岩，山勢高峻。❺鳥沒句　意謂山勢高峻，飛鳥、浮雲到此都受到阻遏。化用杜甫〈望嶽〉：「蕩胸生層雲，決眥入歸鳥。」❻楊僕句　楊僕，漢武帝時樓船將軍。《漢書・武帝紀》：「元鼎三年冬，徙函谷關於新安。以故關為弘農縣。」至於徙關之原因，顏師古引應劭曰：「時樓船將軍楊僕，數有大功，恥為關外民，上書乞徙東關，以家財給其用度。武帝意亦好廣闊，於是徙關於新安，去弘農三百里。」❼可能　豈能。

【語　譯】荊山形勢天下罕見，頭枕著黃河，腳踏著華山，高高的山體直插霄漢。飛鳥到此棲息，白雲到此止步，一望氣勢非凡。那上書武帝的楊僕，竟然移動了函谷關；向西三百里，帝都壯景觀。試想他當初移動函谷關，是否全是為荊山？

【研　析】義山從祕書省被外調為弘農尉，內心憂傷，牢騷滿腹。晚唐黨爭，成者威勢顯赫，敗者落魄困窘，實在毫無道理可講。關於義山外調為弘農尉的原因，在〈與陶進士書〉中，他說：「尋復啟與曹主，求尉於虢，實以太夫人年高，樂近地有山水者，而又其家窮，弟妹細累，喜得賤薪菜處相養活耳。」表面上好像非常豁達，其實這些理由無一可以站得住腳。太夫人年高，何處不可奉養？有山水處甚多，何地不可擇居？薪菜極賤之處，必為極端凋敝荒寒之地。而王茂元豪富出名，豈能讓義山夫妻為薪菜計較。其牢騷已經非常明顯。實際上，義山名為外調，實為發配，是牛黨上臺打擊報復異己的結果。而今日登臨荊山，義山不能不想到：若不是當年的楊僕移關之力，自己已經純為關外之人了。而此地勢雄壯之荊山，與自己一樣靜靜地躺在邊鄙，不為人賞識。

荊山形勢壯美，移入關內，不惟開拓地勢，而且拱衛帝都。然而，當年楊僕移關，不過是「恥為關外民」，並非是考慮國家。他移關成功，既是因為「數有大功」，也是因為武帝「亦好廣闊」，於是完成了一件於國於己都有利的大事。《漢書・楊僕傳》：「上以為能。南越反，拜為樓船將軍，有功，封將梁侯。東越反，上欲複使將，為其伐前勞，以書敕責之」，說他有五過。武帝訓斥之後，問他：「今東越深入，將軍能率眾以掩過不？」「僕惶恐對曰：『願盡死贖罪。』」《史記・酷吏列傳》又載：「楊僕以嚴酷為王爵都尉。」則無論作為帶兵一方的將帥，還是作為朝廷重臣，楊僕都是在武帝的嚴密掌控之下。而今日晚唐，外則有跋扈狂妄之藩鎮，內則有結黨營私之牛、李兩派，內廷還有掌控禁軍的宦官。若楊僕生於今日，其作為又將如何呢？義山思念至此，其中心不知該何等沉重。

本詩為登臨之作，也是以古鑑今之作。詩由登臨遠眺而生發感慨，抓取歷史中的一個點然後開始生發議論，但只是提供一個歷史的思考角度，而不明確發表自己的看法。全詩有按無斷，風格婉曲。末句的一個反問，把全詩籠罩進蒼茫的歷史傷感之中。義山的詩歌藝術正漸向成熟。（許軍）

戲贈張書記❶

別館❷君孤枕，空庭我閉關❸。池光不受月，野氣欲沉山❹。星漢秋方會，關河夢幾還❺。危絃❻傷遠道，明鏡惜紅顏。古木含風久，平蕪❼盡日閒。心知兩愁絕，不斷若尋環❽。

【注釋】❶張書記　張審禮，王茂元之婿。義山〈祭張書記文〉：「維會昌元年……隴西公，滎陽鄭某、隴西李某、安定張某、昌黎韓某、樊南李某……致祭於故碩方書記張五審禮之靈。」而義山〈為外姑祭張氏女〉說張審禮妻「汝寄京師，食貧終歲。頃吾南返，又往朝那，汝實從夫，適來岐下」，張采田據此認為「張審禮未嘗與婦相離。是或張於役弘農，與義山相見，其婦尚居岐下，故以思家戲之也。詩意牢落，必調尉時作。」今從張說，定此詩作于開成五年秋，時義山任尉弘農。❷別館　客館。❸空庭句　意謂自己任弘農尉時，妻王氏未相隨。❹野氣句　意謂月色照水，波光反射，如不受月光一般；夜色蒼茫，暮色下垂，籠罩於群山之上，又好像壓住了群山。以此寫出黯然心境。❺星漢二句　牛郎織女每年七夕方能相會於天河之上，喻張與妻子遠隔相思。❻危絃　絃高調急。李騫〈釋情賦〉：「起白雪於促柱，奏淥水於危絃。」❼平蕪　亂草叢生的地方。❽尋環　當為循環。《史記・高祖本紀》：「三王之道若循環，終而復始。」傅休奕〈怨歌行〉：「情思如循環，憂來不可遏。」

【語　譯】客房內，你孤枕難眠；空庭中，我形如閉關。月光慷慨飛灑，池水好像不肯承擔，反射著粼粼波瀾；山野暮色低垂，沉沉地壓住群山。遠遊的人啊想家苦，就像牽牛等在那銀河岸；相思的人啊夢不開，來往飛越在關山間。思念遠客的人啊，琴聲一定會羽調悲壯；對著明鏡的人啊，不斷慨歎易老的紅顏。你的形貌，就像風中的古樹，站立得太久滿身蒼涼；她的心情，就像荒野的草場，瘋狂滋長一片雜亂。今夜兩地愁，渴望早回還，你想著她，她想著你，翻來覆去好像是循環。

【研　析】本詩寫作之時，義山已在弘農尉任上。連襟張書記獨身至此，義山遂代作情詩。事件本身可謂充滿情趣。但若細細品味，則苦澀之意非常濃厚。詩中首句可以看出，張是獨自外出，而作者任弘農尉也未帶妻子前往。義山與妻子王氏感情篤厚，每當孤館月夜之時，也必定相思難熬。此情此景，早已鬱積在心，今日且借連襟張書記而一吐之。所以，全詩雖然是代張作相思詞，卻又是自吐相思意，自然情懷勃發，一氣呵成。

據義山〈為外姑祭張氏女〉所說「念汝差長，慰吾最深」，則張妻為王茂元長女。義山妻為王茂元幼女。義山〈祭張書記文〉曰：「論極懸河，文酬散綺」，其人口才、文采皆佳；又說他「職高蓮幕，官帶芸香，青袍如草，白簡如霜」，其身分遭際與義山正相似；又說他「亦解客嘲，還答賓戲」，則二人性情亦類似；又說「某等早承餘眷，晚獲聯姻。或感極外家，延自出之念；或恩深猶子，多引進之仁；或敬屬丈人之行，或情兼內妹之親」，則二人之關係甚為融洽。義山代其作相思，而不知不覺竟自我寫照，足見這一份相思之苦，也足見二人關係已臻知己。

詩由張與己同在孤館入手，先述居地環境，由遠觀而仰視；再代為設想閨中人之苦悶；末兩聯則兩處相思。「心知」二字是本詩之眼，由此，方能代張述相思意，也能連帶映現自己的相思苦。題目雖著一「戲」字，

卻典雅清麗，章法老成。全詩典故很少，純以白描見長，卻情韻兼勝，婉約感人。（許軍）

任弘農尉獻州刺史乞假歸京❶

黃昏封印點刑徒❷，愧負荊山入座隅❸。卻羨卞和雙刖足❹，一生無復沒階趨。

【注釋】❶任弘農尉句　開成四年（西元八三九年），李商隱由祕書省校書郎調任弘農尉（隸屬虢州，今河南靈寶）。因為活獄（免除或減輕對受冤囚犯的處置）觸怒陝虢觀察使孫簡，憤而辭去尉職，因作此詩。❷黃昏句　兩者都是府縣主管治安的官員每天散衙前的例行公事。封印，封存官印。點刑徒，清點囚徒。❸入座隅　指入座當值，兼有屈居席末之意，因縣尉職位在令、丞、主簿之下。❹卞和雙刖足　春秋時楚人卞和在荊山（今湖北南漳西）得一玉璞，先後獻給楚厲王和楚武王，都被說成是石頭，相繼被斬去雙足。楚文王即位，他抱璞哭於荊山，文王命玉工雕琢，果得寶玉，史稱「和氏璧」，價值連城。

【語譯】黃昏時分封存官印清點囚徒，辜負了林泉高志跑到這裡做個小官。真羨慕卞和因為砍去了雙足，從此不必再屈膝事人。

【研析】由校書郎調為弘農尉，不僅在官品上下降了兩級，而且是由清職降為俗吏，商隱心理上的痛苦可想而知，從前一首〈出關宿盤豆館對叢蘆有感〉顯露出的淒苦的「關外之心」，可感知他精神上受到的打擊該有多麼沉重。

然而，挫折與打擊剛剛開始，弘農尉任上，又因同情被逼犯科的窮民，觸忤了孫簡一流的酷吏。詩人不甘接受辱責，憤而辭官。商隱在〈行次西郊作一百韻〉中曾說：「盜賊亭午起，問誰多窮民。節使殺亭吏，捕之恐無因」，可以推想他這次「活獄」之舉是出於對窮民處境的理解同情以及對當局酷虐政治的不滿。詩人呈詩「乞假」離職，本身就是一種抗議。詩中抒寫的「封印點刑徒」時的愧疚心情和對「沒階趨」的卑辱處境的憎恨，與高適「拜迎官長心欲碎，鞭撻黎庶令人悲」（〈封丘作〉）心情較相一致。

卞和獻玉乃楚之荊山，非商隱所居之虢州荊山，兩者混用，體現了商隱用典不泥的特點。從卞和的遭遇中，詩人又抒發了自身有才不遇，有志難伸的強烈感憤，直率中見深警曲折。詩中的倔傲意氣，與〈安定城樓〉中「不知腐鼠成滋味，猜意鵷雛竟未休」一樣，展示了商隱個性中極其激烈傲岸的一面，雖然從總體上看，商隱是個優柔內向，容易自傷自憐之人。而且，正因為個性的自閉與內向，寫給外人的詩篇才更多以堅強掩蓋脆弱。這種堅強，也正是一個心性敏感之人面對屈辱的本能反應，心性越敏感，反應越激烈。只有在那些寫給至交親朋或自我抒懷的作品中，商隱才會流出憂傷的眼淚。這首詩的倔傲激烈沒有妨礙商隱詩風的感傷走向，而其所顯示的詩人個性特徵，正是商隱不可避免悲劇性命運的重要性格因素。（李翰）

自貺❶

陶令棄官後❷，仰眠書屋中。誰將五斗米，擬換北窗風❸。

【注　釋】❶貺　贈。❷陶令句　陶令，陶淵明，曾為彭澤令。《晉書·隱逸列傳》：「陶淵明為彭澤令。郡遣督郵至縣，吏白：『應束帶見之。』潛歎曰：『吾不能為五斗米折腰，拳拳事鄉里小人邪！』解印去縣。」❸擬換句　《晉書》本傳載其曾說：「夏月虛閑，高臥北窗之下，清風颯至，自謂羲皇上人。」擬，打算。

【語　譯】古來人人讚陶潛，寧願棄官保真元；閒來仰臥在書房中，那一份悠閒縱然是神仙也不換。誰願為了那五斗米，為人屈膝把臉色看；那涼風習習的北窗下，是快樂悠遊的一方天。

【研　析】《新唐書·李商隱傳》：「調弘農尉，以活獄忤觀察使孫簡，將罷去，會姚合代簡，諭使還官。」此詩當作於即將離職之時。義山此詩，足見傲骨。因此，《新唐書·李商隱傳》記載的「牛、李黨人嗤謫商隱，以為詭薄無行」的罪名，這一記載其實等同於宣布義山不肯參與黨爭中的某一派。義山已被任命為祕書省校書郎，竟被不明不白外調為縣尉，這也是黨爭賜予的苦果。這個官職專門負責地方治安，諸如捕捉盜賊、拷打囚犯、追繳租稅等。詩人對下層百姓深表同情，在對待「盜賊」的問題上與統治者格格不入，他認為「盜賊亭午起，問誰多窮民」，所謂盜賊只是困苦百姓鋌而走險罷了。而所幹的工作近乎獄吏，令自己深為不安：「黃昏封印點刑徒，愧負荊山入座隅。」在活獄量刑上，義山與觀察使孫簡發生意見分歧，遭其鉗制，於是一氣之下，準備離職而去。雖然姚合挽留，但義山還是於開成五年冬辭去此職。與義山有過相似處境的，還有一位高適。他曾在封丘尉任上寫詩說「拜迎官長心欲碎，鞭撻黎庶令人悲」。在最苦悶的日子裡，他也想起了陶潛：「生事須向南畝田，轉憶陶潛〈歸去來〉」。但高適後來能夠發達，而義山一直蹭蹬，確也生不逢時。

本詩為借古喻今之作。詩中抓取陶潛仰臥書屋的細節，直陳陶潛之逍遙，認為其北窗下清風吹拂之樂，勝過五斗米的小官之樂。義山自己雖不著一字，但精神面目也隨之浮現出來。全詩詞義平淺，意境清朗，傲骨錚錚。（許軍）

假日❶

素琴絃斷酒瓶空，倚坐欹眠日已中。誰向劉靈❷天幕❸內，更當陶令北窗風。

【注釋】❶假日　本指休假之日，但本詩之假日應同於〈任弘農尉獻州刺史乞假歸京〉之假日，乃離職之日；也含有《楚辭》「聊假日以娛樂」之意。❷劉靈　即劉伶。❸天幕　即幕天。劉伶〈酒德頌〉：「幕天席地，縱意所如。」

【語譯】素琴弦已斷，瓶中酒已空；倚坐斜躺無憂慮，一直到日中。悠悠，與天地合一，品味劉伶〈酒德頌〉；閒暇，棄官學陶潛，享受北窗下的涼風。

【研　析】本詩當作於作者棄弘農尉之後。在〈自貺〉詩中，作者因為受到觀察使孫簡的挾制掛冠而去，隨後姚合代孫簡之職，挽留歸官。但從此詩看，義山還是辭去了弘農尉。義山之〈任弘農尉獻州刺史乞假歸京〉自云「却羨卞和雙刖足，一生無復沒階趨」，牢騷滿腹，其實是一篇辭職報告。開成五年，義山辭尉從常調時，又作〈上李尚書狀〉，狀云：「某始在弱齡，志惟絕俗，每北窗風至，東皋暮歸，彭澤無絃，不從繁手；漢陰抱甕，寧取機心？」也可以與此篇互相發明。因此，本詩應作於棄尉之後不久。詩之主題，無非是無官一身輕。但在享受北窗下的涼風之時，作者特別提到了劉伶、陶潛，此二人之閒適自然有目共睹，而此二人之不得志的憤懣也不容忽視。劉伶〈酒德頌〉就說：「惟酒是務，焉知其餘。有貴介公子、縉紳處士，聞吾風聲，議其所以，乃奮袂攘襟，怒目切齒，陳說禮法，是非鋒起。」這也是義山境況之自我寫照。《新唐書・李商隱傳》：「牛、李黨人嗤謫商隱，以為詭薄無行，共排笮之。茂元死，來遊京師，久不調。」義山之隱，豈是真隱耶，乃不得已耳！

本詩首聯先重筆自我描畫，突出一個欹坐傲岸之形象；末聯形式為反問，實質為自我審視，意謂今日比劉伶、陶潛將如何呢？這就在形式上將義山、劉伶、陶潛合一了。但是這一反問的表達方式，仍然為自己和劉伶、陶潛拉開了距離。（許軍）

詠史

歷覽前賢國與家，成由勤儉破由奢❶。何須琥珀方為枕❷，豈得珍珠始是車❸。

運去不逢青海馬❹，力窮難拔蜀山蛇❺。幾人曾預〈南薰曲〉❻，終古蒼梧❼哭翠華❽。

【注 釋】❶歷覽二句 《韓非子・十過》：「秦穆公問由余曰：『古之明王得國失國常何以故？』余對曰：『常以儉得之，以奢失之。』」❷何須句 琥珀枕，據沈約《宋書》載，宋武帝（劉裕）時寧州獻琥珀枕，時北征須琥珀治金瘡，即命搗碎分付諸將。❸豈得句 珍珠車，據《史記・田敬仲完世家》載，戰國時魏惠王向齊威王誇耀他有「徑寸之珠，照車前後各十二乘者十枚」，威王說自己寶貴的是賢臣，「將以照千里，豈特十二乘哉！」❹青海馬 一種產於青海的雜交馬，據說能日行千里。此喻可任軍國大事的英才。❺蜀山蛇 《蜀王本紀》：「秦獻美女於蜀王，王遣五丁迎女。還至梓潼，見一大蛇入山穴中，五丁共引蛇，山崩，壓殺五丁，化為石。」馮浩《箋注》：「句意本劉向〈災異封事〉：『去佞則如拔山』」。❻南薰曲 相傳舜作〈南風〉之詩：「南風之薰兮，可以解吾民之慍兮。」這裡以〈南薰曲〉指君主愛民求治之願望。❼蒼梧 即九疑山（今湖南寧遠南），傳為舜葬之處。這裡借指文宗所葬的章陵。❽翠華 天子儀仗，代指文宗。

【語 譯】遍觀先賢事蹟與家國興衰，成功少不了勤儉而敗落總是由於奢侈。善待士兵不必定要有琥珀枕療傷化疾，得遇賢才可遠比珍珠車珍貴。國運將頹難以有千里馬過來效力，氣數已盡政治上的弊端自難去除。自古君王有幾個真正渴盼賢才，因此像大舜那樣的明君才讓人永遠懷念。

【研 析】題為〈詠史〉，實係傷悼唐文宗之作，詩當作於開成五年（西元八四〇年）正月文宗去世後。

儉成奢敗本是歷代興衰的常規，但文宗在位期間，作風勤儉，政治上也多次作過重振朝綱的努力，卻一事無成，最終在「受制於家奴」的哀歎聲中死去。面對這種無法解釋的反常現象，詩人已隱約感覺到「運去」、「力窮」，唐王朝崩頹之勢已成，即使出現一兩位明君賢臣，也難以挽回了。文宗在位時，商隱對於他的闇弱，頗多譏評；而於其身後，則又加以哀惋。無論譏評還是哀惋，均出自對國家命運的深切關注。

正由於這種深切的關注，國運難以逆挽的崩頹之勢，成為詩人心頭難以解脫的宿命般的悲涼。如果說商隱感傷詩風的發展成熟，就個體來說是性格、遭遇使然；那麼就時代因素來說，實是對衰颯大環境的呼吸領會。「運逢末世」，就是促成商隱感傷詩風的內外兩層背景，身世之感與末世情懷交相促發激盪，將詩人內心的感傷越釀越濃。（李翰）

垂柳

娉婷小苑中，婀娜曲池東。朝佩❶皆垂地，仙衣盡帶風。七賢寧占竹❷，三品且饒松❸。腸斷靈和殿❹，先皇玉座空❺。

【注　釋】❶佩　飾玉的佩帶，飄飄如垂柳。❷七賢句　七賢，竹林七賢。《晉書・嵇康傳》：「（嵇康）所與神交者，惟陳留阮籍、河內山濤。豫其流者，河內向秀、沛國劉伶、籍兄子咸、琅邪王戎，遂為竹林之游。世所謂『竹林七賢』也。」❸三品句　馮浩注曰：「少林寺有則天皇后封三品松、五品槐。」饒，讓。❹靈和殿　典出劉悛。《南史・張緒傳》：「緒吐納風流，聽者皆忘饑疲……劉悛之為益州，獻蜀柳數株，枝條甚長，狀若絲縷……武帝以植於太昌靈和殿前，嘗賞玩咨嗟，曰：『此楊柳可愛，似張緒當年時。』其見賞愛如此」。❺玉座空　唐文宗辭世。

【語　譯】小苑中神姿飄逸，曲池東風度翩翩。你長長的柔條，像佩玉的飄帶垂到地面；你飄拂的身姿，像飛天的彩衣在風中招展。清雅的風度，翠竹占先，七賢曾與它作伴；顯赫的聲名，青松驟顯，女皇曾封它為官。不過，在靈和殿前，先皇也曾把你誇讚；可惜先皇他一去不還，至今回憶令人悲傷腸欲斷。

【研　析】義山此詩，乃借柳自喻。義山身歷文、武、宣三朝，文宗朝曾叨功名，釋褐為官，併入祕書省任校書郎。此時，實為義山仕途最騰達之時。此後則黨爭加劇，無論牛、李上臺，都對他無情打擊。黨爭只問派系利益，不問是非曲直，義山自然無法參與其中，也不得不受打擊。《新唐書・李商隱傳》載牛、李兩黨「共排笮之。茂元死，來遊京師，久不調。」因此，自嗟身世，傷感不已；對文宗當年提拔自己格外感激。

柳性柔弱，姿態嫵媚。曹丕〈柳賦〉描摹它「柔條婀娜而蛇伸。」《本草綱目》說柳「枝柔弱而垂流」、「細葉如絲，婀娜可愛。」這樣的形態特徵，正符合義山柔弱多情、壓抑傷感的性格特徵，故義山愛柳、寫柳。義山詩歌中的詠柳類，大致可分為自喻、他喻（如〈柳枝五首有序〉）和春景三類。

首聯說柳條神姿清雅。頷聯則由柳條想到朝佩，想到仙人，則回憶祕省悠遊之日不能無憾。三聯，上句說比竹而不如，恐已失去隱士面目；下句說比松而不如，松能驟然顯貴，則牢騷已出。末聯則借齊武帝移柳靈和殿懷念張緒事，慨歎文宗對己知遇之恩。然而「先皇玉座空」，自己也蹭蹬至今，君臣際會再難相逢，不勝人生失路之悲。

本詩各聯無一「柳」字，卻句句都在寫柳。前三聯都是寫柳，分明刻劃柳之生長環境、形象、聲名。中間兩聯互相對照，「朝佩」對「仙衣」，「七賢竹」對「三品松」，形象地突出了義山在入仕與歸隱這一兩難處境中的心靈掙扎。而義山對文宗的緬懷，折射了心靈天平向仕途的最終傾斜。詩中，柳與人是合一的，柳的風格就是人的風格，柳的遭逢與失落正與人同。全詩語意平淺，情感溫婉哀傷。（許軍）

酬別令狐補闕❶

惜別夏仍❷半，迴途秋已期❸。那修直諫草❹，更賦贈行詩。錦段❺知無報，
青萍❻肯見疑？人生有通塞❼，公等繫安危。警露鶴辭侶，吸風蟬抱枝❽。彈冠❾
如不問，又到掃門❿時。

【注釋】❶令狐補闕　令狐綯。《舊唐書．令狐綯傳》：「開成初為左拾遺。二年，丁父喪。服闋，授本官，尋改左補闕。」❷仍　通「乃」。始。❸期　週期。秋已期，即秋末。❹直諫草　點明令狐綯的左補闕身分。❺錦段　對方之厚禮。張衡〈四愁詩〉：「美人贈我錦繡段，何以報之青玉案。」❻青萍　含義有三，一是朋友意。《冊府元龜．交友》：「青萍，豫讓之友也。為趙襄子參乘。襄子遊於囿中，至於梁。馬卻不肯進。……青萍進視梁下，豫讓卻寢，佯為死人……青萍曰：『少而與

子友，子且為大事，而我言之，失相與交友之道；子將賊吾君，而我不言，失為人臣之道。如我者，唯死為可。』退而自殺。」❻二指寶劍。〈刜鐘無聲賦〉：「君子謂青萍、幹將之刃也，可以比德於吾人。」三指疑惑之情態。鄒陽〈獄中上梁王疏〉：「明月之珠。夜光之璧，以暗投人於道路，人無不按劍相眄者。何則？無因而至前也。」❼通塞　通達與困厄。人生升沉得喪之概。❽警露二句　鶴、蟬，自喻。《風土記》：「鳴鶴戒露。此鳥性警，至八月白露降，流於草上，滴滴有聲，因即高鳴相警，移徙所宿處。」《孔子家語》卷六：「蟬飲而不食。」❾彈冠　準備出仕。《漢書・蕭望之列傳》：「長安語曰：『蕭朱結綬，王貢彈冠』，言其相薦達也。」❿掃門　干謁求見。《史記・齊悼惠王世家》：「魏勃父以善鼓琴見秦皇帝。及魏勃少時，欲求見齊相曹參，家貧無以自通，乃常獨早夜掃齊相舍人門外。相舍人怖之，以為物而伺之，得勃。勃曰：『願見相君無因，故為子掃，欲以求見。』於是舍人見勃，曹參因以為舍人。一為參禦，言事。參以為賢，言之齊悼惠王。悼惠王召見，則拜為內史。」

【語　譯】分手正是仲夏，算我歸來時，將是秋盡。勞您放下奏章，為我遠行賦詩。府上厚恩，我永遠無法報答；友愛情深，您怎麼會對我懷疑？沉浮異勢，在我要聽天由命。為國舉士，在您是安危社稷。我要學警露之鶴，時時檢點；我要像淡泊之蟬，抱定故枝。您仕途亨達，我彈冠歡慶；如果您毫不顧惜，我就學魏勃為您掃門等時機。

【研　析】據詩題「酬別」，則此詩為答令狐綯之作。令狐綯在開成五年轉左補闕，義山以詩酬答，望其汲引。前四句點明酬別，感謝令狐綯放下公務，為自己遠行賦詩。五六句謂令狐府厚恩難報，點明二人友情，望其不要懷疑自己。七八句謂人生沉浮異勢，哀歎自身與讚頌令狐綯。字面上顯得骨氣剛健、氣力雄壯。馮浩認為，「此等句入老杜集何以辨！」九、十二句謂自己當時時警惕，不忘故恩。末聯則直白望其汲引。

全詩骨氣全無、氣力卑下者要數末聯。紀昀說末聯「太無地步」、「太無骨格」。同時，也因為這毫無骨力的末聯，致全詩境界下跌。觀義山詩中之意，大概令狐綯已經開始公開表達了不滿，並指責其背恩。這與義山婚娶王茂元之女關係極大。義山在恐懼之中，作詩反覆辯解，並迫切希望令狐綯舉薦自己，詞卑意苦。從新、舊《唐書》二人的本傳來看，他們之間的隔閡並沒有消除，反而變大了。在晚唐黨派鬥爭中，朝廷重臣與地方藩鎮為掌控朝政權力展開殊死搏鬥。義山這樣的書生即便想在這夾縫中求得生存，也是一件極為艱難的事。義山縱然反覆求饒，也是徒然掙扎，任人簸弄。這一千古是非，令後人玩味不已。

通讀本詩，會發現其中語句於矛盾中極顯落差。如「人生有通塞，公等繫安危」，何等豁達與瀟脫；「彈冠如不問，又到掃門時」又是何等自卑與渺小。「錦段知無報，青萍肯見疑」，清雅而大方；「警露鶴辭侶，吸風蟬抱枝」又是那樣卑微小氣。全詩格調上表現出的這種極不協調，恰好反映了義山性格中正直與軟弱、優柔與耿介的矛盾。「言為心聲」，於此可見。（許軍）

送千牛李將軍赴闕五十韻❶

照席瓊枝❷秀，當年紫綬榮❸。班資❹古直閣，勳伐舊西京❺。在昔王綱紊，因誰國步❻清？如無一戰霸❼，安有大橫庚❽？

內豎❾依憑切，凶門責望輕❿。中台終惡直，上將更要盟⓫。丹陛⓬祥煙滅，皇闈⓭殺氣橫。喧闐眾狙⓮怒，容易八鸞驚⓯。檮杌⓰寬之久，防風⓱戮不行。素來矜異類，此去豈親征⓲！捨魯⓳真非策，居邠未有名⓴。曾無力牧㉑御，寧待雨師迎㉒。

火箭侵乘石，雲橋逼禁營㉓。何時絕刁斗㉔？不夜見欃槍㉕。屢亦聞投鼠，誰其敢射鯨㉖？世情休念亂，物議笑輕生㉗。大鹵思龍躍㉘，蒼梧失象耕㉙。靈衣沾媿汗，儀馬困陰兵㉚。別館蘭薰酷㉛，深宮蠟焰明。黃山遮舞態，黑水斷歌聲㉜。縱未移周鼎㉝，何辭免趙坑㉞。空拳㉟轉鬬地，數板不沉城㊱。且欲憑神算㊲，無因計力爭。幽囚蘇武㊳節，棄市仲由㊴纓。下殿言終驗㊵，增埤事早萌㊶。蒸鷄殊減膳㊷，屑麴異和羹㊸。

否極時還泰，屯餘運果亨㊹。流離幾南度，倉卒得西平㊺。神鬼收昏黑，姦兇首㊻滿盈。官非督護貴㊼，師以丈人貞㊽。覆載還高下㊾，寒暄㊿急改更。馬前烹莽卓(51)，壇上揖韓彭(52)。扈蹕(53)三才正，迴軍六合(54)晴。此時唯短劍(55)，仍世盡雙旌(56)。

顧我由群從(57)，逢君歎老成(58)。慶流歸嫡長(59)，貽(60)厥在名卿。隼擊須當要(61)，鵬(62)摶莫問程。趨朝排玉座(63)，出位泣金莖(64)。幸藉梁園賦(65)，叨蒙許氏評(66)。中郎(67)推貴壻，定遠(68)重時英。政已標三尚(69)，人今佇一鳴(70)。長刀懸月魄，快馬駭星精(71)。

披豁(72)慚深眷(73)，睽離(74)動素誠。蕙留春(75)晼晚，松待歲崢嶸(76)。異縣期迴雁(77)，登時已飯鯖(78)。去程風刺刺，別夜漏丁丁。庾信生多感(79)，楊朱死有情(80)。絃危中婦瑟(81)，甲冷〈想夫〉箏(82)。會與秦樓鳳，俱聽漢苑(83)鶯。洛川迷曲沼，烟月兩心傾[84]。

【注　釋】❶送千牛句　本詩大部乃敘述西平王李晟平定朱泚之亂。唐德宗建中元年，二月，以朱泚兼四鎮、北庭行營、涇原節度使；八月兼中書令。建中三年十一月，朱泚弟朱滔反；建中四年九月，朱泚亦反。十一月，李晟聞德宗奔逃奉天，率兵勤王，晝夜東行；於路搜集人眾，至東渭橋，人馬由原來四千增至萬餘。興元元年五月，德宗欲西逃成都，李晟力諫乃止。六月，李晟攻入長安。露布至行在，德宗流淚曰：「天生李晟，以為社稷，非為朕也。」千牛，職官名。《通典・武官上》：「千牛，刀名。後魏有千牛備身，掌執御刀，因以名職。（唐）顯慶五年，置左右千牛府。」李將軍，西平王李晟之孫，王茂元之婿，義山連襟，名不詳。❷瓊枝　本指王衍，此指李將軍。《晉書・王衍傳》：「王衍神姿高徹，如瑤林瓊樹，自然風塵物外。」❸當年句　當年，正當妙年。千牛將軍，三品，佩帶紫色綬帶。❹班資　位次資格。《通典》：「梁置左右驍騎，領朱衣直閤，並給儀從，出則羽儀清道，入則與二衛通直，臨軒則升殿夾侍。」❺勳伐句　指李晟收復長安之功勞。舊西京，長安。❻國步　國家命運。《詩經・大雅・蕩》：「國步滅資，天不我將。」❼一戰霸　本指一戰而稱雄於諸侯，此指李晟平定叛亂。《左傳・僖公二十七年》：「一戰而霸。」❽大橫庚　大橫，得社稷之吉祥卦象。《史記・文帝本紀》：大臣誅殺諸呂，代王「猶與未定，卜之龜卦，兆得大橫。占曰：『大橫庚庚，余為天王。』」服虔曰：「庚庚，橫貌。」❾內豎　宦官。❿凶門句　謂叛亂發生時，禁軍不能指望，德宗竟然只能倚靠宦官保護。《淮南子・兵略訓》：「凡國有難，君自宮召將……將軍受命，……鑿凶門而出。」古代將軍出征時，鑿一向北之門，由此出發，以示必死決心，稱凶門。責望，責怪抱怨。《舊唐書・宦官列傳》：「初魚朝恩誅後，內官不復典兵。德宗以親軍委白志貞。志貞多納豪民賂，補為軍士，取其傭直，身無在軍者，但以名籍請給而已。涇師之亂，帝召禁軍禦賊。志貞召集無素，是時並無至者。唯（竇）文場（字）仙鳴率諸宦者及親王左右從行。」⓫中台二句　《漢書・東方朔傳》：「願陳泰階六符，以觀天變。」孟康注曰：「泰階，三台也。」應劭注曰：「泰階，天之三階也。上階為天子，中階為諸侯、公卿、大夫，下階為士、庶人。」《舊唐書》載，楊炎想浚豐州陵陽渠以屯田，涇原節度使段秀實認為不宜興事召寇；楊炎遂將段秀實調離；後任命朱泚為涇原節度使。結果朱泚與弟朱滔相約謀反。中台，當指楊炎。上將，應為朱泚。⓬丹陛　宮殿前紅色塗飾的臺階。⓭皇闈　皇宮。⓮眾狙　叛軍。《莊子・齊物論》：「狙公賦芧，曰：『朝三而暮四。』眾狙皆怒。曰：『然則朝四而暮三。』眾狙皆悅。」⓯容易句　意謂建中四年，姚令言率兵五千至京師，因犒師食物粗劣而鼓噪反叛，德宗從苑北門出幸奉天。容易，疏忽不曾提防。《宋書·禮志》：「漢制：金根車，駕六黑馬，施十二鑾。五時副車駕四馬，施八鑾。」⑯檮杌　本指猛獸，傲狠難馴，此指惡人。《左傳·文公十八年》：「顓頊氏有不才子，不可教訓……天下之民，謂之檮杌。」⑰防風　防風氏，代藩鎮。《國語·魯語下》：「昔禹致群臣於會稽之山，防風氏後至，禹殺而戮之，其骨節專車。」⑱素來二句　謂對朱泚這樣心懷異志的兇類，德宗養癰貽患，終於不可收拾。異類，朱泚。《尚書·甘誓》載，有扈氏叛，夏王啟帥眾親征。《資治通鑑》德宗建中四年：「賊已斬關而入。上乃……自苑北門出……姜公輔叩馬諫曰：『朱泚嘗為涇帥，坐弟滔之故，廢處京師，心嘗怏怏。臣謂陛下既不能推心待之，則不如殺之，毋貽後患。今亂兵若奉以為主，則難制矣。請召使從行。』上倉促不暇用其言，曰：『無及矣。』遂行。……夜半，泚按轡列炬，傳呼入宮，居含元殿。」⑲捨魯　德宗倉皇離開國都。《禮記·禮運》：「孔子曰：『我觀周道，幽厲傷之，我捨魯，何適矣。』」⑳居邠句　謂德宗逃到奉天，情非得已。居邠，德宗逃到奉天。《孟子·梁惠王下》：「昔者大王居邠，狄人侵之，去之岐山之下居焉。非擇而取之，不得已也。」㉑力牧　重臣侍衛。皇甫謐《帝王世紀》：「黃帝夢人執千鈞之弩，驅羊數萬群。帝寤而歎曰：『千鈞之弩，異力者也；驅羊萬群，能牧民為善者也，天下豈有姓力名牧者也？』於是求之，得力牧於大澤，進以為將。」㉒寧待句　句謂德宗出逃奉天，既無侍衛，也無儀衛。雨師，儀衛。《韓非子·十過》：「昔者黃帝合鬼神於泰山之上，風伯進掃，雨師灑道。」㉓火箭二句　乘石，君王所乘上車之石。《三國志·魏書·明帝紀》：「（諸葛）亮起雲梯衝車以臨城。（郝）昭於是以火箭逆射其雲梯。」《舊唐書·渾瑊列傳》：「瑊前與防城使侯仲莊揣雲梁所道，掘大隧，積馬矢及薪然之。賊乘風推梁以進，載數千人。……雲梁及隧而陷，風返悉焚，賊皆死。舉城歡噪。」《資治通鑑》接著說：「入夜，泚複來攻城。矢及御前三步而墜，上大驚。」禁營，皇上的兵營。㉔刁斗　古代軍隊用斗狀銅具，白天可代鍋做飯，夜則懸掛敲擊報警。《史記·李廣傳》：「廣行無部伍，行陣就水草屯，舍止人人自便，不擊刁斗以自衛。」㉕欃槍　彗星之異形者。古人迷信，認為其為兵亂之兆。《隋書·天文志》：「彗星，世所謂掃星，本類星，末類彗，小者數寸，長或竟天。見則兵起，大水。」㉖屢亦二句　意謂雖有小勝，而元兇未除。鼠、鯨，代叛軍與元兇。賈誼〈陳政事疏〉：「欲投鼠而忌器。」㉗物議句　意謂人心不穩，從賊者反嘲笑守衛者自取滅亡。《詩經·小雅·庭燎》：「嗟我兄弟邦人，莫肯念亂。」《資治通鑑》建中四年：「朱泚攻城益急，穿塹環之。……遣使環城招誘公卿士庶，笑其不識天命。」物議，眾人的議論，此指從賊者的嘲笑。㉘大鹵句　《冊府元龜·帝王部·都邑第二》：「我國家以神武聖德，應天受命，龍躍晉水，鳳翔太原。」大鹵，太原晉陽地。㉙蒼梧句　蒼梧，唐帝王陵。《越絕書》：「舜葬蒼梧，象為之耕；禹葬會稽，鳥為之耘。」

㉚靈衣二句　意謂陵寢之衣，愧被沾汙；依仗之馬，難以陰助。《楚辭・九歌》：「靈衣兮披披，玉佩兮陸離。」《資治通鑑》建中四年：「自泚攻城，斬乾陵松柏，以夜繼晝。泚移帳於乾陵，下視城中，動靜皆見之。」㉛酷　（香氣）濃烈。㉜黃山二句　意謂長安之宮館為賊據有，而歌舞為賊娛樂。宋敏求《長安志》卷四：「武帝廣開上林……北繞黃山，瀕渭而東。」《尚書・禹貢》：「黑水西河惟雍州。」㉝周鼎　國家政權。《史記・周本紀》：「秦取九鼎寶器，而遷西周公於畏狐。」㉞趙坑　慘重傷亡。《史記・白起王翦列傳》：「秦軍射殺趙括，括軍敗，卒四十萬人降武安君（白起），……乃挾詐而盡坑殺之。」㉟拳　弓。《文選・報任少卿書》：「沫血飲泣，更張空拳。」李善注引顏師古曰：「陵時矢盡，故張弩之空弓，非是手拳也。」李奇曰：「拳，彎弓也。」㊱數板句　比喻德宗在奉天，賊攻城甚猛，形勢危急。板，同「版」。築城工具。《史記・魏世家》：「率韓魏之兵以圍趙襄子於晉陽，決晉水以灌晉陽之城，不沉者三版。」《資治通鑑》德宗建中四年：「賊已有登城者，上與渾瑊對泣。群臣惟仰首祝天。」㊲憑神算　聽天由命。《後漢書・王渙傳》：「京師稱歎，以為渙有神算。」㊳蘇武　代陷入賊中而不投降者。《漢書・蘇武傳》：「（單于）乃幽武置大窖中，絕不飲食……數日不死，匈奴以為神。乃徙武北海上無人處，使牧羝（公羊），羝乳乃得歸。……（武）杖漢節牧羊，臥起操持，節旄盡落。」㊴仲由　代堅貞赴死者。《史記・仲尼弟子列傳》：「石乞、壺黶攻子路，擊斷子路之纓，子路曰：『君子死而冠不免。』遂結纓而死。」㊵下殿句　帝王逃亡。《資治通鑑・梁紀》載梁武帝：「先是熒惑入南斗，去而復還，留止六旬上。以諺云：『熒惑入南斗，天子下殿走。』乃跣而下殿以禳之。及聞魏主西奔，乃慚曰：『彼亦應天象邪?』」㊶增埤句　本句下，自注：「先時桑道茂請修奉天城。」《資治通鑑》：「建中元年六月，術士桑道茂上言：『陛下不出數年，暫有離宮之厄。臣望奉天有天子氣，宜高大其城，以備非常。』辛丑，命京兆發丁夫數千，雜六軍之士築奉天城。」㊷蒸鷄句　《晉書・惠帝紀》惠帝流亡途中，「有老父現蒸鷄，帝受之。」《晉書・成帝紀》：「咸康二年……三月旱，詔太官減膳。」殊，不同於。㊸和羹　代指美味。《晉書・愍帝紀》：「永遠（按應為建興）四年冬十月，京師饑甚，米斗金二兩，人相食，死者大半。太倉有麴數十餅，麴允屑為粥以供帝。」《資治通鑑》：「朱泚攻圍奉天經月，城中資糧俱盡，時供御止有糲米二斛，每伺賊之休息，夜縋人於城外，采蕪菁根而進之。」㊹否極二句　否、泰、屯、亨，皆八卦卦名。否，天地不交而萬物不通。泰，天地交而萬物通。屯，剛柔始交而難生。亨，通達順利。㊺西平　西平王李晟。《資治通鑑》建中四年載，德宗逃到奉天，準備繼續逃亡成都，李晟力諫方止。又載：「淮南節度使陳少遊將兵討李希烈，屯盱眙。聞朱泚作亂，歸廣陵，修塹壘，繕甲兵。浙江東西節度使韓滉閉關梁，禁馬牛出境，築石頭城，穿井近百所，繕館第數十，修塢壁，起建業抵京峴，樓堞相屬，以備車駕渡江，且自固也。」㊻首　伏罪。

㊼官非句　意謂李晟當時的官職並不顯貴。《資治通鑑》建中四年：「神策河北行營節度使李晟疾愈，聞上幸奉天，帥眾將奔命……丁丑加晟神策行營節度使。」㊽師以句　《易經・師卦》：「師貞，丈人吉，無咎。」此處取其字面意，謂眾將士為李晟的忠貞之氣感發。丈人，尊稱李晟。㊾覆載句　意謂仍舊天高地下，恢復社會秩序。覆載，天覆地載，代天地。㊿寒暄　從德宗逃出長安到回京，時間不到一年，即一寒一暑。或謂政治形勢。(51)莽卓　王莽、董卓，此代朱泚、姚令言等叛將。(52)韓彭　韓信、彭越，此代李晟、渾瑊等平叛將領。(53)扈蹕　護從皇帝車駕。(54)六合　天地四方。《資治通鑑》：「興元元年，七月壬午，車駕至長安，渾瑊、韓游瓌、戴休顏以其眾扈從。李晟、駱元光、尚可孤以其眾奉迎。步騎十餘萬，旌旗數十里。晟謁見上於三橋，先賀平賊，後謝收復之晚，伏路左請罪。上駐馬慰撫，為之掩涕」。(55)此時句　謂當時只知用兵，家人為賊質也在所不置。(56)仍世句　《新唐書・百官志四》：「節度使掌總軍旅，專誅殺……辭日，賜雙旌雙節；行則建節，豎六纛。」晟子愿、愬、聽、憲皆為節度使。此句之下，開始轉入其孫千牛李將軍。仍世，累代。(57)顧我句　《晉書・阮籍列傳》：「群從昆弟，莫不以放達為行。」《舊唐書・李晟列傳》：「元和四年，詔曰：『……其家宜令編附屬籍，晟配饗德宗廟庭。』」義山為唐宗室，故二人的關係相當於兄弟，故曰「由群從」。由，通「猶」。(58)老成　閱歷廣泛，練達世事。(59)慶流句　先輩有令德，其吉慶必流於後代。《舊唐書・德宗本紀》：「詔以太尉、中書令、西平郡王李晟長子愿為銀青光祿大夫、太子賓客，賜勳上柱國，與晟門並列戟。」(60)貽　遺，此處指福蔭。《詩經・大雅・文王》：「詒厥孫謀，以燕翼子。」鄭玄注曰：「詒，遺也；燕，安也。乃遺其後世之子孫以善謀。以安翼其子也。」(61)當要　對準主要目標。(62)鵬　代李將軍。《莊子・逍遙遊》：「鵬之徙於南冥也，水擊三千里，摶扶搖而上者九萬里。」(63)玉座　帝王寶座。《新唐書・百官志》：「以千牛備身左右，執弓箭宿衛。」(64)出位句　意謂千牛將軍侍衛帝王，若出位則王綱委地，銅人哭泣。出位，此指離職。金莖，即承露盤之銅柱。(65)幸藉句　《史記・梁孝王世家》：「孝王築東苑，方三百餘里。」《史記・司馬相如列傳》：「客游梁，梁孝王令與諸生同舍。相如得與諸生遊。居數歲，乃著〈子虛〉之賦。」藉，憑藉。(66)許氏評　許氏，許劭，此指李將軍。《後漢書・許劭列傳》：「劭與兄靖俱有高名，好共覈論鄉黨人物，每月輒更其品題，故汝南俗有月旦評焉。」詩中未見千牛李將軍之文學才華，且「叨蒙」若謂李將軍則不倫不類。因此應為：義山自我評價，憑藉文章，受到李的褒揚，表示感謝，突出二人之關係耳。(67)中郎　荀羨，代李將軍。《晉書・荀羨傳》：「年十五……出尚公主，拜駙馬都尉……除北中郎將，徐州刺史……時年二十八。」(68)定遠　定遠侯班超。《後漢書・班超傳》：「相者指曰：『生燕頷虎頸，飛而食肉，此萬里侯相也。』……封超為定遠侯。」(69)政已句　馮浩注曰：「孔子曰：『帝王改號於五行之德，各從其所王。夏后氏以金德王，尚黑；殷人以水德王，尚白；周

人以木德王，尚赤。此三代所以不同。』」又說：「上言『泣金莖』者，千牛當於文宗晏駕時罷歸。今武宗立，朝政一新，不啻三代之各易所尚，而千牛將起用矣。」茲據其說。政，朝政。❼⓪佇一鳴　《史記・滑稽列傳・淳于髡》：「此鳥不飛則已，一飛沖天；不鳴則已，一鳴驚人。」佇，長久站立，有期待意。❼①長刀二句　寫將軍長刀快馬之勇武形象。月魄，月初生時的形狀，喻刀。《新唐書・志第十三上・儀衛上》：「千牛衛將軍一人陪乘，執金裝長刀……居供奉官後。」駭，驚嚇。《爾雅・釋天》：「天駟，房也。」注曰：「龍為天馬，故房四星謂之天駟。」❼②披豁　披露胸懷，赤誠相待。❼③深眷　厚愛。❼④睽離　闊別。李白〈淮陰抒懷寄王宗成一首〉：「斗酒熟黃鷄，一餐感素誠。」❼⑤蕙留春　蕙開於夏令，故曰「留春」。《楚辭》：「白日晼晚其將入兮。」❼⑥松待句　此指千牛李將軍將要被徵召。崢嶸，高峻，形容突出。鮑照〈舞鶴賦〉：「歲崢嶸而愁暮，心惆悵而哀離。」❼⑦迴雁　回信。❼⑧登時句　登時，立時。任昉〈奏彈劉整〉：「苟奴登時欲捉取。」《西京雜記》：「五侯不相能，賓客不得往來。婁護豐辯，傳食五侯間，各得其懽心。競致奇膳，護乃合以為鯖。世稱五侯鯖，以為奇味焉。」鯖，同「𦙶」，為魚肉合烹成之食物。❼⑨庾信句　庾信〈哀江南賦序〉：「不無危苦之辭，惟以悲哀為主。……天意人事，可以悽愴傷心者矣！」多感，多愁。❽⓪楊朱句　《列子・說符》：「鄰人亡羊，既率其黨，又請楊子之豎追之。楊子曰：『亡一羊矣，何追者之眾！』鄰人曰：『多歧路。』既反，問：『獲羊乎？』曰：『亡之矣！』曰：『奚亡之！』曰：『歧路之中又有歧焉，吾不知所之，所以反也。』楊子戚然變容……心都子曰：『大道以多歧亡羊，學者以多方喪生。』」有情，動情。❽①絃危句　古樂府〈相逢行〉：「大婦織綺羅，中婦織流黃。小婦無所為，挾瑟上高堂。」危，此指絃高調急。❽②甲冷句　杜甫〈陪鄭廣文游何將軍山林十首〉之五：「銀甲彈箏用。」《太平廣記・訛誤》：「唐司空於頔以樂曲有〈想夫憐〉，其名不雅，將改之。客有笑曰：『南朝相府曾有瑞蓮，故歌為〈相府蓮〉，自是後人語訛。』乃不改。」甲，彈箏之銀甲。想夫，〈想夫憐〉，羽調曲。❽③漢苑　代長安。謂其夫妻將要相聚於長安。❽④洛川二句　點明送別的地點與場景。

【語　譯】像一株玉樹光照離席，年輕的將軍紫綬懸腰。論資歷，你守在直閣保國君，論功勳，讓人想起往日的西京。在王綱紊亂的歷史關頭，是誰拯救了國家命運？若不是一戰定乾坤，哪裡能繼續高祖卜來的大橫運？

那一場苦難誰釀成？德宗對宦官無比寵信，禁軍將領又腐敗無能。宰相忙著打擊直言的重臣，上將朱泚竟勾結反叛的藩鎮。朝廷紅色的臺階上，祥雲瑞氣蕩然無存；皇宮庭院的空氣裡，瀰漫著血腥氣氛。小丑們突然跳踉，驚動了沉睡帝王。對待檮杌那樣難馴的猛獸，您寬大為懷的時間太長；他終於聚攏力量，成為難以剪除的防風。一直保護著反賊，哪裡想這一天去御駕親征！放棄京師是失措倉皇，來到奉天是師出無名。既然沒有力牧那樣的護衛，當然也不指望雨師灑掃般的歡迎。

帶火的羽箭，射中鑾輿旁的乘石，攻城的雲梯，靠近了皇上的行營。默默祈禱啊，什麼時候那刁斗的聲音才會早點停息？明亮的天庭，還掛著兵象的欃槍星。也常聽到捷報，殺死了舊日的佞幸；究竟誰才敢射殺，那掀起滔天巨浪的大鯨？世人不懂得亂世要堅守，反嘲笑那死守的是輕生。想一想高祖太原起兵，不忍看叛兵踐踏皇陵。小丑亂國，祖宗的靈衣慚愧；陰兵猖獗，廟中的儀馬困頓。他們闖入別館，品味著濃烈的蘭香；他們占據深宮，燃起了明亮的蠟焰。那放縱的舞姿快要遮掩了黃山；那叫囂的歌聲快要把黑水截斷。雖然還沒有移動周鼎，免不了長平那樣的元氣大傷。戰鬥向前，哪怕弓上沒有了箭；死守城頭，哪怕腳下只剩一塊磚。最危險的時刻，只能祈禱蒼天；最疲憊的時刻，已經計窮力盡。那被監禁的，就像蘇武護衛著漢家符節；那被砍頭的，臨死也保護著君子的冠纓。多麼慚愧啊，寵信策士卻在今日應驗；多麼僥倖啊，及早修城今日靠它依憑。吃的是百姓送來的蒸鷄，卻不是主動減膳；喝的是曲屑做成的稀飯，感到與和羹一樣香甜。

終於否極泰來，果然困極則通。流離無依，幾乎要逃向南方；倉促危急，出現救星西平王。神鬼保佑，收拾這昏黑的世界；巨惡元凶，走向了惡貫滿盈。論官職，他只是小小節度；論情勢，他兵少糧無，憑著一腔忠貞氣，他激勵將士殊死戰。終於天地歸原位，寒盡春回形勢轉。戰場剿滅元兇，將臺封贈大帥。英雄的殊死護衛，換來秩序重歸；浩大的回京場面，普天萬里清明。一把短劍安天下，世代子孫享福蔭。

論年齡，我們就像是兄弟；論才力，你持重老成讓我一見欽佩。令祖大德遠慮，子孫瓜瓞綿綿，個個都成為公卿。鷹隼搏擊，一定會看準要害；大鵬騰空，何須問前程萬里。進入朝堂，排列在御座兩旁；離開朝堂，銅人也要流淚悲傷。我很榮幸，憑著幾篇文章，得到你一言九鼎的誇獎。在王家，你就像二十中郎，年少顯貴；在朝廷，你就像豪傑班超，命該封侯。新皇登基，要開拓新的氣象；豪傑群立，期待你一飛沖天。你的長刀，就像新月初生；你的快馬，會驚動天上的星精。

感激你胸懷坦蕩，慚愧我難報深情，在這分手的時刻，你的誠意我已心領。我如蕙草，剛出生就錯過春天；君如青松，正好把才華施展。此後遠在他鄉，期待你好信頻傳；今日分別，感謝你美食召請。你在遠去的路上，會聽到風聲呼呼；我在分別的夜晚，會數那漏聲丁丁。親友生離，就像庾信多愁。生而困頓，真是楊朱動情。想夫人怎樣把相思排遣？一定是瑟悲調急心幽怨；夜深沉，銀甲已變冷，她長久沉浸在〈想夫憐〉。願你夫唱婦隨早團圓，斜倚在長安，一起聽那黃鸝囀。明月照洛水，曲沼飄輕煙，看這景色多迷人，難得我們心相連。

【研　析】本詩題目說是送別千牛李將軍，但詩中內容十之八九是寫千牛之祖李晟。諸家評論對此多有批評。而持肯定意見者也未能全面分析義山如此作法的原因。

李晟平叛，就唐朝歷史來說，是乾坤再安；就其家族來說，是累世受封。千牛將軍從朝中出位，也許原因很多；但其再次入朝，必定只有一個原因，那就是李晟的福蔭。唐帝王為了激勵藩鎮忠誠，就必須獎勵那些做出巨大功績的忠臣。千牛的官運亨通，靠的就是這一點。千牛自己，當也明白其中奧祕。只要乃祖功績掛在人口，他就可以一直飛黃騰達。義山送別的時候，不提其祖李晟，其實是不合適的。

而朱泚發動叛亂，唐王朝險些江山易主。義山此詩，對剛剛過去的歷史展開檢討，也是對當下局勢的感慨。更何況，晚唐帝王大多醉生夢死，德宗犯過的錯誤他們都在繼續。詩中認為，對這場叛亂應負主要責任的正是德宗自己。詩作從四個方面總結了這場禍亂。一是任用非人，亂起長安而非邊地：「內豎依憑切，凶門責望輕。中台終惡直，上將更要盟。」朝堂面臨崩潰，空氣裡都彌漫著殺氣了，德宗竟然毫無察覺。二是養癰遺患：「檮杌寬之久，防風戮不行。」德宗逃跑之前，姜公輔曾建議德宗立即殺了朱泚，德宗竟然回答「來不及了」。結果朱泚成了叛亂的總指揮，為害極鉅，震動極大。三是在叛亂中，士大夫階層與普通民眾都喪失操守，成為任意被裹挾的盲動力量：「世情休念亂，物議笑輕生」。這股力量是可怕的，是難以控制的，也是必須時刻警惕的。四是對帝王不聽忠言進行諷刺：「下殿言終驗，增埤事早萌」。若當年建議修築奉天城的不是方士，而是朝臣，則德宗必不肯聽，亂時則不知要落腳何處了。批判歷史占了將近一半，則義山落筆有深意也。

開成五年正月,文宗暴卒。文宗本意還是要有所作為,但正如《舊唐書》所評價的那樣:「有帝王之道,無帝王之才，雖旰食焦憂，不能弭患。」他倚靠佞幸小人，發動對宦官的奪權，兩次都失敗，最終死在宦官之手。宦官仇士良、魚弘志矯詔廢去皇太子，立穎王瀍為皇太弟，繼承了皇位，是為武宗。武宗繼位之初，局勢尚不明朗。禁軍將領劉弘逸、薛季稜謀誅仇士良，結果反而被殺，朝廷上官員大量更換。武宗也寵信道教，一次就召八十一個道士入宮內建道場，因此招致大臣批評。同時，武宗也提拔了李紳、李德裕等一批重臣。這些重大事件，身處長安的義山是非常清楚的，其憂慮情緒自然難以克制。義山希望帝王能夠以史為鑑的迫切之意，就很容易理解了。

這麼多的內容要整合在一篇詩歌中，自然難度很大。詩用五言排律，講究對仗。本詩在藝術上的特色主要是大開大轉。詩可分為下面幾個層次：

「照席瓊枝秀」至「安有大橫庚」，首讚千牛李將軍，自然涉及其家世功勳。由李晟之扭轉乾坤而導入那段歷史。

「內豎依憑切」至「寧待雨師迎」，反思叛亂發生，德宗養癰遺患，終於逃亡奉天。

「火箭侵乘石」至「屑麴異和羹」，由逃亡奉天引入奉天保衛戰，而戰場之慘烈自然切入。

「否極時還泰」至「仍世盡雙旌」，由上層之極亂，導入本層之平叛，引出李晟功在唐朝，福蔭後代。

「顧我由群從」至「烟月兩心傾」，引入今日之送別，對千牛的勉勵與期待。

大篇排律，紀昀認為「鋪排不難，難於氣格之高壯；層次不難，難於起伏轉折之有力。」義山此詩，可謂當得此評。（許軍）

華州周大夫❶宴席

郡齋何用酒如泉❷，飲德先時已醉眠❸。若共門人推禮分❹，戴崇爭得及彭宣❺？

【注釋】❶周大夫　周墀。《舊唐書・周墀傳》：「周墀，字德升，長慶二年擢進士第。大和末，累遷至起居郎。……武宗即位，出為華州刺史、鎮國軍潼關防禦等使。」義山自注：「西銓」。《舊唐書・職官志二》：「尚書、侍郎分為三銓。」注曰：「尚書為尚書銓，侍郎二人，分為中銓、東銓也。」《冊府元龜・銓選部・總序》：「乾元二年，改中銓為西銓。」但周墀本傳及墓誌中從未載其擔任此職務，可能是兼領其事。❷酒如泉　形容款待之豐盛。裴秀〈大蠟詩〉：「有肉如丘，有酒如泉。……與民優遊，享壽萬年。」❸飲德句　謝靈運〈平原侯植〉：「中山不知醉，飲德方覺飽。」《詩經・大雅・既醉》：「既醉以酒，既飽以德。君子萬年，介爾景福。」❹禮分　禮數；禮節。❺戴崇句　戴崇、彭宣，二人為張禹弟子。《漢書・張禹傳》：「禹成就弟子尤著者，淮陽彭宣至大司空，沛郡戴崇至少府九卿。宣為人恭儉有法度，而崇愷悌（和樂）多智，二人異行。禹心親愛崇，敬宣而疏之。崇每候禹，常責師宜置酒設樂與弟子相娛。禹將崇入後堂飲食，婦女相對，優人管絃，鏗鏘極樂，昏夜乃罷。而宣之來也，禹見之於便坐，講論經義，日晏賜食，不過一肉卮酒相對，宣未嘗得至後堂。及兩人皆聞知，各自得也。」爭得，怎麼能夠。

【語譯】承蒙大夫厚待，其實不必有酒如泉；享受大夫盛德，令我沉醉安眠。如果真要在弟子中論禮節，戴崇哪裡趕得上彭宣？

【研析】本詩以戴崇自比。首聯言在幕府受周款待甚厚，但心中實有所不足。次聯明白提出在門人之中，周待己雖厚但卻未能極力推舉自己，這是非常讓自己遺憾的。注家有謂詩中有自得意，其實全詩並無自得意，而是岌岌抱怨，如恐不及。

理解此詩關鍵點是在作者自注的「西銓」二字。開成三年，義山應吏部博學宏辭科，初選合格；周墀乃擬義山名，授予官職，呈報中書，卻被駁回。義山在〈與陶進士書〉中，記載此事時說：「前年乃為吏部上之中書，歸自驚笑。又復懊恨周（墀，兼西銓）、李（回，博學宏辭試官。）二學士以大法加我。夫所謂『博學宏辭』者，豈容易哉？……後幸有中書長者曰：『此人不堪』，抹去之。乃大快樂曰：『此後不能知東西左右，亦不畏矣。』」信中記載自己被黜落經過，全用反語，憤憤不平。會昌元年正月，義山曾為周墀擬賀赦表（〈為汝南公華周賀赦表〉），則詩當作於此時。而作者在題目下自注「西銓」二字，是非常迫切地望其汲引，以致口不擇言，語含怨氣了。無怪紀昀評價說：「憤語殊乏詩致。」周墀既經中書駁斥，欲再次引薦義山，自有其難處。其待義山「酒如泉」，亦可謂豐厚；義山此詩，毫不體諒，確有鹵莽之處。（許軍）

淮陽路❶

荒村倚廢營❷，投宿旅魂驚。斷雁高仍急，寒溪曉更清❸。昔年嘗聚盜❹，此日頗分兵❺。猜貳❻誰先致？三朝❼事始平。

【注釋】❶淮陽路　路過淮陽郡之境。《太平寰宇記・河南道》：「淮陽郡，唐武德元年平房憲伯改為陳州，領宛丘、箕城、扶樂、大康、新平五縣。……天保元年改為淮陽郡。」會昌元年，王茂元赴陳許觀察使任，義山隨後赴幕。❷廢營　廢棄的營壘。藩鎮割據對抗中央朝廷時雙方對陣的營壘遺跡。❸斷雁二句　意謂大雁過而心驚，怕被饑民掠食；河中植物動物皆無，故清。仍，更。寒溪句，諸家注此句皆謂一夜無眠，清晨即走，故水清，皆誤。《資治通鑑》憲宗元和十二年：「淮西被兵數年，竭倉廩以奉戰士，民多無食，采菱芡魚鱉鳥獸食之，亦盡。」❹盜　叛亂的藩鎮。《資治通鑑》載：德宗建中三年十二月，蔡州刺史、淮西節度使「李希烈自稱天下都元帥、太尉、建興王」；貞元二年，李希烈被部將陳仙奇毒死；七月，淮西兵馬使吳少誠殺陳仙奇，分割一方，對抗朝廷。憲宗元和四年，吳少誠死，大將吳少陽代之；元和九年，吳少陽死，子吳元濟擒；元和十年，吳元濟焚掠周邊，朝廷詔討；元和十二年「李愬率師入蔡州，執吳元濟以獻，淮西平。」❺此日句諸家說法，以張采田所說更切合此地此時之政治措施：「少誠為節度，治蔡州；陳許本自有節度，治許州；蔡平，始析郾城為溵州，屬陳許，其後又省彰義歸忠武軍，故曰『分兵』。」若說分兵是分天下藩鎮之兵，則晚唐這個措施根本不能推行，且不切合此時此地。若說駐紮重兵此地防守，則重兵本身就是禍害。因此，分兵，是分散其地兵力的統領，削弱其力量，不使之過於坐大。❻猜貳　此謂德宗生性猜疑，而又不能決斷。其一，朱泚之亂。《資治通鑑》載，建中三年，朱泚弟朱滔約反，但朱泚並不知情，德宗沒有殺朱泚，但又削奪其實權，厚養其第。其二，淮西之反。《資治通鑑》載：貞元元年，陸贄上奏，請德宗招撫諸鎮，不要肆意用兵，「朝廷稍安，必復誅伐，如此則四方負罪者孰不自疑，河朔、青齊固當回應」；二年，陳仙奇毒死李希烈，「舉淮西降。才數月，詔發其兵於京西防秋。仙奇遣都知兵馬使蘇浦悉將淮西精兵五千人以行。會仙奇為吳少誠所殺，少誠密遣人召門槍兵馬使吳法超等使引兵歸。」於是德宗布置沿途劫殺，結果「得至蔡者才四十七人。吳少誠以其少，悉斬之以聞。」吳少誠歸順意絕，於是淮西反。其三，臣下離心。貞元二年，吐蕃入寇，李晟伏擊大敗之，於是吐蕃廣布離間之言。「上亦忌晟功名，……由延賞罷李晟兵柄故，武臣皆憤怒解體，不肯為用」。德宗欲和吐蕃，李晟力諫不聽，結果吐蕃果然入侵，「上欲出幸以避吐蕃，大臣諫而止。」從此，吐蕃反覆入侵，將帥不肯用力，吳元濟乘機逐漸壯大。❼三朝　淮西之亂，歷德宗、順宗、憲宗三朝。

【語　譯】村落荒蕪，邊上是廢棄的營壘；投宿處像在鬼域，讓我一夜驚魂。孤雁從夜空飛過，恐怖的叫聲又高又急；清晨我急忙啟程，溪水空空特別清澈。當年這裡曾經割據，今日仍然分散本地的兵力統屬。是誰任意猜疑，激發了這場大亂？一直經歷了三代，這裡終於變成荒野。

【研　析】此詩為義山路過淮陽時憑弔歷史之作。首四句謂古戰場之凋敝衰殘景象。頸聯謂昔日此地割據，今日此地仍然分其之兵統屬。如此凋敝之地，再欲據以叛亂已不可能，但朝廷仍然分其兵，足見防範之重；若每地都如此防範，則天下不勝其防範也。此亦義山之委婉批評。末聯直接追問歷史根源，也是總結教訓之意。

唐代藩鎮割據，除了藩鎮坐大之外，其中也有皇帝猜忌朝臣，導致藩鎮疑懼恐慌而割據自保。晚唐歷史上，德宗更是少有的猜忌心重。《資治通鑑》德宗貞元二年載：李泌對德宗言：「陛下以李懷光為太尉，而懷光愈懼，遂至於叛。」貞元三年，德宗又無故懷疑太子，欲廢之，李泌大哭力諫，回家交代後事；而太子欲服藥自裁。後德宗悔悟，事罷。如此反覆，君臣解體，心懷異志者固然不能自安，忠誠朝廷者也不敢過分賣力。藩鎮得以坐大，無法剿滅。《資治通鑑》憲宗元和十二年七月：「宰相李逢吉等競言師老財竭，意欲罷兵。裴度獨無言。上問之，對曰：『臣請自往督戰。……臣比觀吳元濟表，勢實窘蹙。但諸將心不一，不併力迫之，故未降耳。若臣自詣行營，諸將恐臣奪其功，必爭進破賊矣。』」果然，十月，吳元濟被捉。義山對此段歷史，自然極其熟悉。對今日之藩鎮政策，也不無否定。此詩確可謂之詩史。然而，義山詩中引史亦如用典，只抓一鱗，其餘只恐藏之不深。若稍不熟悉此段歷史，雖老注家亦為之恍惚，比如第二聯就是如此。這也是義山詩歌之一大累。

詩中描寫古戰場，場面闊大。在戰場場面、氣氛的描寫中展開對現狀、歷史的反思，感情沉鬱，意境深沉。紀昀認為「沉著圓勁，不減少陵。」全詩非常鮮明地反映出義山中後期政治詩歌的特色：有按無斷，深沉婉約。（許軍）

無題二首（其一）

昨夜星辰昨夜風❶，畫樓西畔桂堂東。身無彩鳳雙飛翼，心有靈犀一點通❷。

隔座送鉤❸春酒暖，分曹射覆❹蠟燈紅。嗟余聽鼓應官❺去，走馬蘭臺❻類轉蓬。

【注釋】❶昨夜句 《書經·洪範》：「星有好風。」含有好會的意思。❷心有句 《漢書·西域傳》：「通犀翠羽之珍。」如淳曰：「通犀，謂中央色白，通兩頭。」犀角中心的髓質像一條白線貫通上下，借喻相愛雙方心靈的感應與暗通。❸送鉤 古代一種遊戲，又稱藏鉤。周處《風土記》：「義陽臘日飲祭之後，叟嫗兒童為藏鉤之戲。分為二曹（隊），以校勝負。……

一鉤藏在數手中，曹人當射（猜）知所在。」❹射覆　古代酒席間遊戲。在巾盂等物下面覆蓋著東西讓人猜。❺聽鼓應官　唐制：五更二點，鼓自內發，諸街鼓承振，坊市門皆啟。鼓響天明，即須上班。❻蘭臺　漢代藏圖書祕籍的宮觀，這裡借指詩人供職的祕書省。

【語譯】昨夜的星辰多麼璀璨，風兒是那樣溫柔，我們相約在那畫樓西畔桂堂東。雖不能像彩鳳插上雙翅，可心兒卻彼此息息相通。酒席間藏鉤射覆大家遊戲正歡，我們隔座位眉目傳情春酒正暖。只可惜到了時間我又要去上班當值，身似飄蓬不能與你長相廝守。

【研析】這是一首有詩人自己出場的賦體無題，抒寫對昨夜一夕相值、旋成間隔的意中人的深切懷想。頷聯「身無」、「心有」相互映照，不僅寫出心雖相通而身不能接的苦悶，而且寫出間隔中的契合、苦悶中的欣喜、寂寞中的慰藉，將對立感情的相互滲透與交融表現得深刻細緻而又主次分明。星辰好風、燈紅酒暖的追憶，加深了今昔相隔的悵惘。詩寫的是愛情，但這種人生的輕愁與無奈，又不僅限於愛情。

末聯蘭臺轉蓬固指詩人為職事所羈，不得與所愛如願相會。同時也暗含了詩人兩入祕省，仕途蹭蹬的人生經歷。故這種間隔之歎中的轉蓬之感，便在愛情的悵惘中帶有自傷身世的意味。

整首詩淺唱輕歎，惘悵綺美，較突出的體現了義山詩「深情綿邈，典麗精工」的特點。（李翰）

鏡檻❶

鏡檻芙蓉入，香臺❷翡翠❸過。撥絃驚〈火鳳〉❹，交扇拂天鵝❺。隱忍陽城笑❻，喧傳❼郢市歌❽。仙眉瓊作葉❾，佛髻❿鈿⓫為螺。五里無因霧⓬，三秋只見河⓭。月中供藥剩⓮，海上得綃多⓯。玉集胡沙割⓰，犀⓱留聖水⓲磨。斜門穿戲蝶，小閣鎖飛蛾⑲。騎襜⑳侵韉㉑卷，車帷約幰㉒鈋㉓。傳書兩行雁，取酒一封駝㉔。橋迥涼風壓，溝橫夕照和。待烏燕太子㉕，駐馬魏東阿㉖。想像㉗鋪芳褥，依稀解醉羅。散時簾隔露，臥後幕生波㉘。梯穩從㉙攀桂，弓調任射莎㉚。豈能拋斷夢，聽鼓㉛事朝珂㉜。

【注釋】❶鏡檻　馮浩注曰：「本集諸本皆作鏡，所見《才調集》二本，一作鏡，注曰：『或作錦』；一直作錦。」則錦檻應為錦棚。《開元天寶遺事》「結棚避暑」條載：「長安富家子，每至暑伏中，各於林亭內植畫柱，以錦綺結為涼棚，設坐具，召長安名妓間坐，遞相延請，為避暑之會。」「探春」條載：「都人仕女，每至正月半後，各乘車跨馬，供帳於園圃或郊野中，為探春之宴。」「裙幄」條載：「長安仕女，遊春野步，遇名花則設席藉草，以紅裙遞相插掛，以為宴幄。」杜甫〈陪諸貴公子丈八溝攜妓納涼晚際遇雨〉：「公子調冰水，佳人雪藕絲。」據此，則「錦檻」更切合詩中意思。現其字仍從本集「鏡檻」，其意則遵照詩意解為「錦檻」。❷香臺　意謂錦檻設在高敞處，遠望如臺。此也可證明「錦檻」，若上句中「鏡檻」作鏡臺解釋，此句「香臺」作梳妝檯解，則此聯已為合掌。義山必不至此。❸翡翠　喻名妓。首句「芙蓉」亦喻名妓。❹火鳳　曲名。《唐會要・雅樂・宴樂》：「貞觀末有裴神符者，妙解琵琶，作〈勝蠻奴〉、〈火鳳〉、〈傾杯樂〉三曲，聲度清美，太宗深愛之。高宗末，其伎遂盛。」❺天鵝　天鵝羽製成的扇子。《太平御覽・服用部・扇》：「《拾遺記》：『周昭王時，塗修國獻青鳳丹鵲各一雌一雄。夏至取鵲翅為扇，一名遊飄，一名條翮，一名仄影。時有南甌獻二美女，更搖此扇，侍於王側。』」❻隱忍句　此句狀女子隱笑之態。隱忍，女子能忍住笑；淺笑。陽城笑，迷人的笑。宋玉〈登徒子好色賦〉：「嫣然一笑，惑陽城，迷下蔡。」❼喧傳　唱歌時和者甚眾，聲音喧鬧。❽郢市歌　廣市之中引吭高歌。宋玉〈對楚王問〉：「客有歌於郢中者，其始曰〈下里〉、〈巴人〉，國中屬而和者數千人；其為〈陽阿〉、〈薤露〉，國中屬而和者數百人；其為〈陽春〉、〈白雪〉，國中屬而和者不過數十人。」❾瓊作葉　如瓊葉，取其柔潤光澤。梁元帝詩：「佩逐金衣移，柳葉生眉上。」❿佛髻　髮髻如佛頭之髻，螺形。⓫鈿　金製的花形首飾。⓬五里句　即無因五里霧，不是因為霧而迷惑。《後漢書》：「張楷，字公超，居弘農山中，學者隨之，所居成市。後華陰山遂有公超市。性好道術，能作五里霧。時關西人裴優亦能為三里霧。」

⑬河　銀河。⑭月中句　月中供藥，傳咸〈擬天問〉：「月中何有？玉兔擣藥。」剩，多。⑮海上句　比喻對方為嫦娥、鮫人。《博物志・異人》：「南海外有鮫人，水居如魚，不廢織績，其眼能泣珠。」⑯玉集句　意謂對方如精琢的玉。《孔叢子・陳士義第十五》：「秦王得西戎利刀，以之割玉，如割木焉。」周密《齊東野語》「金剛鑽」條載：「玉人攻玉，必以邢河之沙。」⑰犀　意謂對方如磨洗過的犀牛角一樣通徹聰慧。《抱朴子》：「得毒藥以此攪之，皆生白沫；無復毒勢，則無沫起也。通天犀所以能殺毒也。」《通志・昆蟲草木略》：「通天犀，乃是水犀角上有一白縷直上至端，能出氣通天，置露中不濡，置屋中烏鳥不敢集屋上，置米中雞皆驚駭，故亦謂之駭雞犀。《抱朴子》曰：『通天犀，角三寸以上者，刻為魚，銜之入水，水常為開三尺。』」⑱聖水　靈異的水。《舊唐書・五行志》：「寶曆二年，亳州言出聖水愈病。江淮以南，遠來奔湊求水。」⑲小閣句　諸家皆謂此聯寫女子的苦悶無聊，皆誤。此謂戲蝶得空穿過斜門，小閣中的飛蛾得春信也。暗喻二人得暗通信息。於是接入下面二人奔向郊外。⑳襜　前襟。《爾雅・釋器》：「衣蔽前，謂之襜。」《詩經・小雅・采綠》：「終朝采藍，不盈一襜。」㉑韉　馬披具，又名障泥。㉒幰　車幔。㉓鈚　圈使之圓。《說文解字》：「鈚，吪圓也。」㉔一封馳　單峰駱駝。㉕烏燕太子　烏，烏鴉。《燕丹子》：「燕太子丹質於秦，欲歸，秦王謬言曰：『烏頭白，馬生角，乃可。』丹仰天歎，烏即白頭，馬為生角。秦王不得已而遣之。」㉖魏東阿　魏東阿王曹植。〈洛神賦〉：「余從京城，言歸東藩，背伊闕，越轘轅，經通谷，陵景山，日既西傾，車殆馬煩，爾乃稅駕乎蘅皋，秣駟乎芝田，容與乎陽林，流眄乎洛川。」此聯只取字面意義，即夕陽西下，遙望沉思。㉗想像　回味。意謂迷離恍惚如夢。㉘散時二句　描寫歡會之久，場面熱辣。《史記・滑稽列傳・淳于髡》：「日暮酒闌，合尊促坐，男女同席，履舄交錯，杯盤狼藉。堂上燭滅，主人留髡而送客。羅襦襟解，微聞薌澤。當此之時，髡心最歡，能飲一石。」幕生波，意謂動盪了簾幕，亦所謂「被翻紅浪」之意。㉙從　任。《酉陽雜俎》：「月桂高五百丈，下有一人常斫之，樹創隨合。」王逸〈九思〉：「緣天梯兮北上。」㉚莎　莎草，此代功業。《北史・豆盧寧傳》：「當與梁企定遇於平涼川，相與肄射，乃相去百步，懸莎草以射之，七發五中，企定服其能。」㉛鼓　街鼓，報時與報警之用。《舊唐書・馬周傳》：「先是，京城諸街，每至晨暮，遣人傳呼以示眾。周遂奏請置街鼓，每擊以警眾，今罷傳呼，時人便之。」㉜珂　馬勒上的裝飾品，借代馬。即策馬早朝。

【語譯】郊外搭起錦棚，場面熱鬧非凡；芙蓉一樣的紅衣女走進了錦棚，翡翠一樣的綠衣女從高臺走過。你撥動著琴絃，一曲〈火鳳〉豔驚四座；你輕搖著羽扇，姿態嫻雅惹人愛憐。你沉穩大方，淺淺的微笑勾人魂魄；你引吭高歌，踏青的人群隨之應和。你細長的眉毛像玉樹的葉子，溫潤柔美；你迴旋的髮髻點著者金色的花瓣。我遠遠地望著你，就像在五里霧中，迷茫而沉醉；你像三秋銀河一樣清亮，我只能悵望。你是嫦娥，也有搗藥如塵的孤獨；你像鮫人，織出的鮫綃深藏在房屋。你像邢沙反覆打磨的美玉，光澤秀麗；你像聖水反覆磨洗的犀角，聰慧有情。戲蝶在空中飛舞，牠輕巧地穿過虛掩的房門；那深鎖的小閣內，孤獨的飛蛾接到了春信。我捲起前襟，快馬加鞭；你把車帷捲成一個圓，好放開視線。書信相傳，遣使取酒，今日我們約會在郊原。涼風吹拂，夕陽斜照，小橋邊，水清淺。我思念你情深意切，今夜離開除非是烏頭白；知道我佇立在郊外，動情的女神降臨在洛水岸邊。真是值得回味啊，美人鋪開了噴香的褥墊；真是目眩神迷啊，美人解開了香羅帶。分手時，露水打濕了秀簾；躺下時，帷幕蕩漾成波瀾。此刻我只專注在你，任他人蟾宮折桂吧，即使架好梯子可通天；此刻我只憐愛著你，任他人建功立業吧，哪怕已經調準獵取功名的絃。我寧願不聽鼓聲，不願策馬去早朝，這千載難逢的豔遇啊，像一場美夢，令我沉醉流連。

【研　析】諸家解釋此詩，都認定其為豔詩。但在具體解釋時，卻多有窒礙。因其字面含義不甚明朗，所以先據詩意分層分析如下：

首聯，謂郊外搭起錦棚。這是唐人習尚，若硬說是在內宅，絕不能通。

「撥絃驚〈火鳳〉」至「佛髻鈿為螺」，寫作者突然發現自己心儀的女人，覺得她非常迷人。

「五里無因霧」至「犀留聖水磨」，作者對她仰慕不已，而這個女孩也非常寂寞。她不僅美麗，而且心有靈犀，讀懂了作者的心意。

「斜門穿戲蝶」至「駐馬魏東阿」，男女主人公經過書信往來，終於決定到郊外約會。

「想像鋪芳褥」至「聽鼓事朝珂」，寫那一夜風流，至今仍然回味無窮。

諸家解釋之所以出現很多不通之處，主要原因是兩個，一是作者選用了極其複雜的意象，給理解造成了困難；二是這樣一場放縱的私生活描寫，說來不雅，因此想為其掩飾一二。其實，唐人性開放程度，並不如後來的明清那麼封閉。文人士子招妓侑酒，甚至流連青樓楚館，在當時是一件可以炫耀的風流之事。這一點，在唐詩人中非常普遍。義山一夜風流，後人自不必諱言。

就詩歌的情節來說，是男女主人公以野合的方式，把一場相思之苦了斷。這種明顯違背禮儀的放縱行為，在今天自不宜讚賞。但作者對雙方情態的刻劃、事件過程的鋪敘和渲染是非常靈動的。這一點，卻不宜忽視。比如「玉集胡沙割，犀留聖水磨」一聯，上句說其美麗，下句說其聰慧：「心有靈犀一點通」。這種你有情我有意的心靈相通，才是後文偷情野合得以發生的根本原因。「斜門穿戲蝀，小閣鎖飛蛾」，歷來注家都以為是女子寂寞，其實不是，是戲蝶之偷送春信，而飛蛾如撲火般飛向郊外也。不僅寫出了兩情熾熱如火，也引出了下面的幽會，描寫、轉折殆如天工。「散時簾隔露，臥後幕生波」，此聯則實寫其性愛場面之熱辣，非諸家解釋所謂似有其事或想像之詞。由此極度歡愛，方才有下文的不羨立功登第之想，概謂其中有極樂也。而末聯收煞，意謂今日思之，仍存極樂之想，但已身在朝堂，歡會成夢了。收束自然，而有餘響。

此詩用典繁複，意蘊豐富。用詞豔麗，語義上避熟就生，追求陌生化。詩歌風格顯得華豔而纏綿。描寫上濃墨重彩，氣氛纏綿熱烈，顯得情濃意重。詩歌的結構轉折無痕。義山的詩歌藝術發展至此，已經非常成熟了。（許軍）

贈子直❶花下

池光忽隱牆，花氣亂侵房❷。屏緣蝀留粉，窗油蜂印黃❸。官書❹推❺小吏，

侍史❻從清郎❼。並馬更吟❽去，尋思有底❾忙？

【注釋】❶子直　令狐綯的字。❷池光二句　意謂風吹拂著花枝，把牆上斑駁的池光掃退，牆面上出現了花光，但花光是

動盪的，也像是池光；而花的香氣四散開來，侵入到了房間內。❸屏緣二句　句謂花氣侵房，故屏風的邊緣常有蝴蝶停留遂遺落了蝶粉，窗沿常有蜂停留而印上蜂黃。暗喻令狐綯妓院風流性事。《道藏經》：「蝶交則粉退，蜂交則黃退。」緣，邊緣。窗油　窗的邊沿。〈擬意〉：「屏帖釘窗油。」❹官書　官府中的文書。❺推　託付。❻侍史　女侍史。《通典．職官四》：「給尚書郎侍史二人，女侍史二人，皆選端正妖麗，執香爐香囊護衣服。」❼清郎　讚語，代令狐綯。《北史．袁聿修傳》：「初聿修為尚書郎，十年未曾受升酒之遺。尚書邢卲與聿修舊，每省中語戲，常呼聿修為『清郎』。大寧初，聿修以太常少卿出使巡省，……經兗州時，邢卲為刺史，別後送白紬為信，聿修不受。……(邢卲)報書云：『……弟昔為清郎，今日復作清卿矣。』」《山公啟事》：「舊選尚書郎選極清望也，號為大臣之副。」此處意應為兩者兼有。❽更吟　更番吟唱。❾底　代詞。何；什麼。

【語　譯】池面的波光，把斑駁的光影投射到牆面上；一陣風來，波光恍惚花影浮動，花香侵入了閨房。那聞香而來的蝴蝶，在屏風邊緣落下了粉痕；那貪戀花香的蜜蜂，在窗沿沾染了蜂黃。公文都推給了小吏，秀麗的女侍陪伴著清郎。我們一起並馬吟唱，卻又匆匆要離去；請讓我想一想，他為什麼這麼匆忙？

【研　析】本詩是一首打趣令狐綯「狎邪行」的作品。對此詩的創作時間概有二說：一是會昌年間。令狐綯在會昌二年任戶部尚書，而會昌年間牛黨失勢，義山重入祕書省，仕途開始重新好轉。二是大和五年前後。此時令狐綯初釋褐授弘文館校書郎，但此時義山在鄆州令狐楚幕府，當然也就不可能二人並馬而行，令狐綯狎邪之事義山也就難以盡知了。因此，本詩應作於會昌年間。此時，二人之關係看上去還正常，故義山可以密友身分嘲戲其狎邪之行。同時，義山在詩歌中直接稱呼令狐之字，並嘲謔對方，此時二人的關係是平等的，既不同於「彈冠如不問，又到掃門時」的卑微阿諛，也不同於「萬里懸離抱，危於訟合鈴」的驚懼乞求。歷來評價，多指斥令狐綯為小人。但二人之間的糾葛，實難以君子、小人來籠統分析之。要之，義山想在黨爭紛亂局面中走中間路線，於是招致牛黨、李黨的雙重打擊。在中國封建社會裡，政治上站錯隊伍都是極嚴重之事，更何況想兩邊游移。

詩的前四句，是由春色之蕩漾，導入令狐綯之狎邪，但褻而不墮入惡趣。特別是頷聯，巧妙點入，輕靈飛動，俗事雅化。末兩聯說其身閒而心忙，連吟詩作賦的雅趣也毫無，一門心思要去做別的什麼事兒。義山打趣他：你忙著幹嘛去啊？令狐綯尋花問柳之行遂被揭發無遺。全詩構思巧妙，清新雅致，繪聲繪色，謔者與被謔者俱形神生動。（許軍）

即日❶

小苑試春衣，高樓倚暮暉。夭桃唯是笑❷，舞蝶不空飛。赤嶺❸久無耗，鴻門❹猶合圍。幾家緣錦字❺，含淚坐鴛機❻。

【注　釋】❶即日　意謂就當日所見所聞而立即命筆。❷夭桃句　錢鍾書《管錐編‧毛詩正義六十則‧桃夭》：「蓋『夭夭』乃比喻之詞，亦形容花之嬌好，非指桃樹之少壯。李商隱〈即日〉：『夭桃惟是笑，舞蝶不空飛』，『夭』即是『笑』，正如『舞』即是『飛』；又〈嘲桃〉：『無賴夭桃面，平明露井東。春風為開了，卻擬笑春風。』具得聖解。」夭，嬌美。❸赤嶺　邊境地名，代前線。《新唐書‧地理志》：「赤嶺，其西吐蕃，有開元中分界碑。」❹鴻門　鴻門縣。《漢書‧地理志第八》載：西河郡為武帝元朔四年置，縣三十六，中有鴻門縣。其西面正對著回鶻。❺錦字　相思詞。《晉書‧列女》：「竇滔妻蘇氏……善屬文。滔苻堅時為秦州刺史，被徙流沙，蘇氏思之，織錦為〈迴文旋圖〉詩以贈滔，宛轉循環以讀之。詞甚淒惋，凡八百四十字。」❻鴛機　織錦機。

【語　譯】在小苑換上合體的春衣，走上高樓，默默凝望夕陽的餘暉。桃花開了，好像滿懷歡喜；蝴蝶飛舞，雙雙對對。吐蕃的威脅還沒有解除，保衛赤嶺的人啊，他走了很久音信不回；回鶻又燃起了烽火，保衛鴻門的人啊，正在拼命合圍。有多少家，把相思織成回文字；有多少家，含淚對著這織錦機。

【研　析】會昌二年八月初一，回鶻一部烏介可汗帥本部人馬「突入大同川，驅掠河東雜虜牛馬數萬，轉鬥至雲州城門，刺史張獻節閉城自守。……詔發陳許、徐汝、襄陽等兵屯太原，及振武、天德，俟來春驅逐回鶻。」當時，王茂元為河陽節度使，奉詔一起討伐。義山正在其幕中。此時，義山已娶王氏，但戰事正殷，自然不能攜妻同行。本詩由自己思念妻子，感懷時事，而出以閨婦口吻。全詩從少婦的視野和心理出發，以閨中思夫這一角度展開。詩中情感，一方面是同情思婦之苦，另一方面是希望戰爭盡快結束，國家安定，社會和諧。然而處在晚唐末世，戰爭的前景並不明朗。因此，詩中除了同情之外，還彌漫著深沉的憂鬱情緒。

本詩在構思上，確實是借鑑了王昌齡的〈閨怨〉：「閨中少婦不知愁，春日凝妝上翠樓。忽見陌頭楊柳色，悔教夫婿覓封侯。」但在取意上，正與上作相反。王作中的閨中少婦悠遊而樂，忽然感到人生苦短、歡樂幾時，在征婦怨的基礎上，是對及時行樂的肯定。詩歌中除了歡樂情懷，是淡淡的失意。而本詩的閨中少婦則全無歡樂。她換上春衣，走上高樓，對著夕陽思念遠人，內心悲苦。勃勃春景，更使她內心的思念之苦難以承受。生逢末世，戰火頻燒，征人戍守前方，令思婦又是幽怨又是擔憂。末尾則由己及人，推而廣之。雖發以一己之私情，而能擴大到當時社會的普遍流離，其境界不可謂不高。（許軍）

贈別前蔚州契苾使君❶

何年部落到陰陵❷？奕世❸勤王國史稱。夜捲牙旗千帳雪❹，朝飛羽騎一河冰❺。蕃兒襁負來青塚，狄女壺漿出白登❻。日晚鸊鵜泉❼畔獵，路人遙識郅都鷹❽。

【注釋】❶贈別句　義山自注：「使君遠祖，國初功臣也。」《資治通鑑》唐武宗會昌二年載：「通，何力之五世孫。契苾種帳，大和中附於振武。契苾何力，太宗時來朝，遂留宿衛。」蔚州，《舊唐書・地理志》：「河東道蔚州興唐郡，本隋雁門郡之靈邱縣。武德六年置蔚州。」契苾，指契苾通。《舊唐書・契苾何力傳》：「契苾何力，其先鐵勒別部之酋長也。……

貞觀六年，隨其母率眾千餘家詣沙州，奉表內附。太宗置其部落於甘、涼二州。何力至京，授左領軍將軍。後封涼國公。」《舊唐書・武宗紀》載，會昌二年，「八月，回鶻烏介可汗過天德，至杞賴峰北，俘掠雲朔、北川」；詔各路軍馬進討，令「契苾通、何清朝領沙陀、吐渾六千騎趨天德。」則此詩必作於此時。❷陰陵　陰陵縣。諸家考證陰山、陰陵地名，甚有說為押韻而硬改陰山為陰陵的，皆不得要領。此取其歸順大邦之意。《庾山子集》中〈宮調曲・又〉：「陰陵朝北附。」下注：「《漢書・地理志》：『九江郡有陰陵縣，項羽迷失道處。九江時屬南朝，言將北附也。』」❸奕世　累世。《舊唐書・契苾何力傳》：「有三子：明、光、貞。明，左鷹揚衛大將軍，兼賀蘭都督，襲爵涼國公；光，則天時右豹韜衛將軍，為酷吏所殺；貞，司膳少卿。」❹夜捲句　謂冒雪夜襲吐谷渾。《舊唐書・契苾何力傳》：「乃自選驍兵千餘騎，直入突淪川，襲破吐谷渾牙帳，斬首數千級，獲駝馬牛羊二十餘萬頭。渾主脫身以免，俘其妻子而還。」❺朝飛句　此謂從冰面突擊高麗。《舊唐書・契苾何力傳》：「次於鴨綠水，其地即高麗之險阻。莫支男生以精兵數萬守之，眾莫能濟。何力始至，會層冰大合，趨即渡兵，鼓噪而進，賊遂大潰。追奔數十里，斬首三萬級，餘眾盡降，男生僅以身免。」❻蕃兒二句　謂契苾明移鎮北方後，深得附近少數民族擁護，諸部落紛紛歸附。蕃，華夏周邊民族或國家。《周禮・秋官・大行人》：「九州之外，謂之蕃國。」襁負，襁，襁褓。《論語・子路》：「夫如是，則四方之民襁負其子而至矣。」青塚，王昭君墓。《太平寰宇記》：「青塚在金河縣西北，漢王昭君葬於此。其上草色常青，故曰『青塚』」。壺漿，《孟子・梁惠王下》：「簞食壺漿，以迎王師。」白登，此處代指邊疆重鎮。《漢書・匈奴傳》：「冒頓縱精兵三十餘萬騎圍高帝於白登。」《新唐書・契苾何力傳》：「子明，字若水。孺褓授上柱國，封漁陽縣公。年十三，遷奉輦大夫，李敬玄征吐蕃，明為栢海道經略使，以戰多，進左威衛大將軍，襲封……再遷雞田道大總管，至烏德鞲山，誘附二萬帳。」❼鸊鵜泉　邊地名。《文獻通考・四裔考》：「西受降城，北三百里許至鸊鵜泉。」❽郅都鷹　安定邊疆的猛將，代契苾何力。《史記・酷吏列傳》：「郅都嚴酷，致行法不避貴戚列侯，宗室見都側目而視，號曰『蒼鷹』……孝景帝乃使使持節，拜為雁門太守。……匈奴素聞郅都節。居邊，為引兵去，竟郅都死不近雁門。匈奴至為偶人象郅都，令騎馳射，莫能中，見憚如此。」

【語　譯】是哪一年，您的先祖帥部投順了大唐？有多少代，國史記載您的家族盡忠勤王？您的五世祖契苾何力英勇善戰：他曾深夜突襲，拔取敵人的牙旗與營帳；他曾清晨猛攻，越過冰封的江面把敵人掃蕩。您的四世祖契苾明懷柔招遠，感動了蕃邦，拖兒帶女來到青塚旁，還有北狄的少女提酒漿，來到白登搭大帳。看塞下掛夕陽，將軍行獵在鸊鵜泉旁，人們一定會遠遠指點：看，蒼鷹郅都再現我邊疆。

【研　析】武宗會昌二年「八月，回鶻烏介可汗過天德，至杷頼峰北，俘掠雲朔、北川」；詔各路軍馬進討，令「契苾通、何清朝領沙陀、吐渾六千騎趨天德。」其時，義山正在王茂元幕府。目睹時艱，自然希望能及早平息國難，甚至張揚大唐聲威。義山對契苾通的鼓勵與期待還是非常殷切的。

契苾通本少數民族後代。其先祖歸順於唐，並為唐帝國的興盛作出很大貢獻。就這一點來說，也可見唐的民族思想開闊宏達。契苾通五世祖契苾何力，以戰功顯赫著稱。所以詩中次聯，重點寫其兩件戰功。一是突襲吐谷渾。此戰之前，與契苾何力並肩作戰的薛萬均被吐谷渾擊敗，「兄弟皆中槍墮馬，徒步而鬥，兵士死者十六七。何力聞之，將數百騎馳往，突圍而前，縱橫奮擊，賊兵披靡。」新敗之後，他不顧薛萬均畏敵情緒，「乃自選驍兵千餘騎，直入突淪川，襲破吐谷渾牙帳，斬首數千級，獲駝馬牛羊二十餘萬頭。渾主脫身以免，俘其妻子而還。」二是猛攻高麗。高麗沿鴨綠江而陣，「何力始至，會層冰大合，趨即渡兵，鼓噪而進，賊遂大潰。追奔數十里，斬首三萬級。」這兩次戰鬥，一是反敗為勝、以少勝多，一是突破防守，其戰術思想對扭轉唐軍與回鶻的目前態勢是非常必要的。其四世祖契苾明以懷柔著稱。《新唐書》載其「至烏德鞬山，誘附二萬帳。」義山選取契苾通之五世祖與四世祖，此二人一靠征戰、一靠懷柔，都達到了安定邊疆的目的。試問，義山如此為契苾通出征送行，是否比讚揚契苾通自己更有力量、更有價值呢？謂義山與契苾通關係不緊密，因此借其先祖說事，謂義山是敷衍了事，是真不瞭解義山此詩與此心了。末聯以「蒼鷹郅都」許之，乃是希望他在地方能不畏豪強、到邊疆能敢戰大敵。有注者謂本詩題目中「別」字、「前」字落空。放眼邊疆，非「別」乎？離開地方，非「前」乎？王國維所謂「同情理解」，能做到確實很難。

本詩既是贈別詩，也是詠史詩。借契苾家族的光輝歷史，激勵契苾通為國立功，一題兩寫，一筆兩到。中間兩聯，上聯重武功，下聯重謀略，各有側重。場面熱烈，境界闊大，再現了盛唐氣象。最後以路人遙指蒼鷹郅都收束，不僅點出送契苾通上前線之意，也顯得餘韻悠悠，慷慨深沉。（許軍）

灞岸❶

山東❷今歲點行❸頻，幾處冤魂哭虜塵。灞水橋邊倚華表❹，平時二月有東巡❺。

【注釋】❶灞岸　會昌二年（西元八四二年）八月，回鶻烏介可汗率所部南侵至大同、雲州一帶，唐朝廷下令徵發許、蔡、汴、滑等六鎮兵馬，準備抗擊。詩所寫即此事。灞岸，灞水橋（在長安東）邊。❷山東　函谷關以東地區。❸點行　按名冊抽丁出征。❹華表　古代用以表示王者納諫或指路的木柱，立於大路交衢。此指設於橋前作為標誌與裝飾之表柱。❺東巡　皇帝巡遊東都洛陽。《書經．舜典》：「歲二月，東巡守。」故說二月東巡，非實際計時。

【語譯】山東一帶今年頻頻徵兵，到處都有慘死在胡人鐵蹄下的冤魂。灞水旁邊華表巍巍，往年此時，該能見到皇上東巡盛大的儀仗。

【研析】會昌二年下半年開始準備，三年正月進行的破襲回鶻的戰爭，和會昌三年八月至四年八月的討伐澤潞叛亂，是唐後期兩次重大的政治軍事行動。商隱對這兩次戰爭都有深切的關注，寫下一系列詩文。本詩所涉及唐政府為抗擊回鶻而徵兵之事，對因遭回鶻侵擾而死亡流離的百姓深表同情。杜牧同一時期也寫過一篇反映此一史事的作品〈早雁〉。除小李杜外，同代詩人直接反映此事的作品卻很少，這一方面說明了當時詩壇的寂寞，另一方面也說明商隱在哀歎個人命途多舛的同時，一直不曾停止對國運的關切。

詩以回鶻南侵為背景，主要寫的是灞岸遠眺時的心情。通過想望中東都一帶兵士應征、北方邊地百姓號哭的情景與盛時帝王東巡的對比，寓無限今昔盛衰之感。

結構上詩人先從眺望中想像到的今日情景寫起，再聯想昔日東巡，結尾戛然而止，餘味深遠，令人深思。

而且這種從時間角度來說的倒裝，起到更好的襯迭效果，能突出侵擾與動亂給國家和人民帶來的災難。但這種結構安排未必是作者有意為之，詩人的思路本來就是由現實出發而聯想開的，遵循的是自身思維的邏輯。

商隱關於討伐澤潞叛亂的詩更多，今舉一篇〈登霍山驛樓〉：「廟列前峰迥，樓開四望窮。嶺鬟嵐色外，陂雁夕陽中。弱柳千條露，衰荷一向風。壺關有狂孽，速繼老生功。」

這是會昌四年秋，商隱移家永樂，往返永樂、太原時，登霍山而作。是時，討伐劉稹的戰爭即將完全獲勝。從字面上，前三聯均登臨即景，只有最後一聯寫時事。「老生功」指隋將宋老生。李淵進軍關中時，老生守霍邑，被李淵打敗斬殺。詩人乞求霍山神能像當年幫助李淵一樣，早日助朝廷平定叛亂。

由前面的寫景到末聯祈願，看似突然。實際上，由於詩人心中早就裝滿時事，登高一眺廣緲時空，內心蓄積便被引發出來。詩人將這表現在詩中，而又省略了其間的筆墨蹊徑，於是出現末聯的跳躍。紀昀說：「登高望遠，忽動於懷，興寄無端，往往有此似突而究非突，蓋其轉接之間以神而不以跡也。」(《玉谿生詩說》)其實，這同樣是遵循思維自身邏輯的結果。(李翰)

行次昭應縣道上送戶部李郎中充昭義攻討❶

將軍❷大旆掃狂童❸，詔選名賢贊武功❹。暫逐虎牙❺臨故絳❻，遠含雞舌❼過新豐❽。魚遊沸鼎知無日，鳥覆危巢豈待風❾？早勒勳庸❿燕石⓫上，佇⓬光綸綍⓭漢廷中。

【注釋】❶行次句 《新唐書・地理志》：「天寶元年，更驪山曰會昌山。三載，以縣去宮遠，析新豐、萬年置會昌縣。……七載，省新豐，更會昌縣及山曰昭應。」武宗會昌三年，昭義軍閥劉稹擁兵反叛。次，旅途中臨時停駐。戶部李郎中，此人非李丕，李此前已為御史中丞，資歷高於郎中。據詩中意，應為在朝文官，臨時招入幕府參贊軍事者。充，臨時充任；兼職。❷將軍　當時的軍事統帥，非李郎中。❸狂童　代劉稹。《資治通鑑》武宗會昌四年：「德裕曰：『劉稹呆孺子耳。』」❹詔選句　名賢，即李郎中。「贊」說明此非李丕，而是被招來入幕參贊的文人。❺虎牙　虎牙將軍，泛指將軍。《漢書・匈奴傳》：「雲中太守田順為虎牙將軍，三萬餘騎出五原。凡五將軍、兵十餘萬騎出塞。」❻故絳　春秋時晉都城，後遷都新田，遂稱其為故絳。討伐劉稹時為晉絳行營所在地。《新唐書・穆宗本紀》：「晉絳行營節度使石雄及劉稹戰於烏嶺，敗之。」❼含鷄舌　點明郎官身分。《通志・昆蟲草木略》：「應劭為漢侍中，年老口臭，帝賜鷄舌香含之。後來三省故事，郎官日含鷄舌香，欲其奏事對答芬芳。」❽新豐　代昭應。❾魚遊二句　意謂劉稹將很快覆滅。丘遲〈與陳伯之書〉：「將軍魚游於沸鼎之中，燕巢飛幕之上，不亦惑乎！」❿勳庸　功績。《雞肋集・王勳字重民序》：「王功曰勳，民功曰庸。」⓫燕石　燕然山。《後漢書・和殤帝紀》：「車騎將軍竇憲出鷄鹿塞，……與北匈奴戰於稽落山，大破之，追至和渠北鞮海。竇憲遂登燕然山，刻石勒功而還。」⓬佇　期待。⓭綸綍　帝王詔令。《禮記・緇衣》：「王言如綸，其出如綍。」

【語　譯】將軍舉起大旗，去掃蕩狂童；皇上選拔俊傑，去參贊武功。臨時追隨名將，您來到故絳；昨日奏對郎中，今日路過新豐。看那叛軍，像魚逃竄，在沸騰的鼎內即將焦爛；像鳥覆巢，在脆弱的枝上哪用風吹？祝願您早建功勳，把不朽的功名刻在燕然；期待您早日凱旋，在朝廷接受皇上的褒讚。

【研　析】會昌三年四月，昭義節度使劉從諫死，其子劉稹擁兵自立；七月，晉絳行營節度使李彥佐領命應征，但拖延遲緩；八月，以天德防禦使石雄代李彥佐。據詩中「虎牙臨故絳」，石雄尚未代替李彥佐。其時戰事尚未開始，義山此詩，謂叛鎮如「魚遊沸鼎、鳥覆危巢」，後劉稹果然被殺。《舊唐書・劉稹傳》載，昭義節度使劉從諫於「會昌三年卒。大將郭誼等匿喪，用其侄稹權領軍權。時宰相李德裕用事，素惡從諫之奸，回奏請劉稹護喪歸洛，以聽朝旨。稹竟叛。德裕用中丞李回奉使河朔說，令三鎮加兵討稹。乃削奪稹官，命徐、許、滑、孟、魏、鎮、幽、并八鎮之師四面進攻。四年，郭誼斬稹，傳首京師。」

詩中謂劉稹如「魚遊沸鼎」，期盼李郎中刻石燕然，可以看出義山對中央王朝的擁護，對藩鎮動輒割據的憤怒。而義山身在前線，對其割據形勢也較為了解，遂分析指點，鼓舞李郎中，作詩為之壯行。

此詩氣勢開闊，骨力甚強。首聯劈空而來，氣勢逼人，象徵朝廷的赫赫威勢；而李之文韜武略也被突出。次聯既點明李郎中身分，也點明其來之迅速，文武雙兼，呼之欲出。頸聯則直指叛軍掙扎無日，行將覆滅。尾聯期待李郎中勒石燕然，光耀朝廷。唯尾聯需要含不盡之意，但此詩卻把意思收盡了。注者多以為缺少餘味，可謂洞見。（許軍）

賦得雞❶

稻粱猶足活諸雛❷，妒敵專場❸好自娛。可要❹五更驚穩夢，不辭風雪為陽烏❺。

【注　釋】❶雞　鬥雞，此諷喻貪婪好鬥之藩鎮。❷諸雛　那些小雞。❸專場　獨霸鬥雞場。曹植〈鬥雞詩〉：「願蒙狸膏助，常得擅此場。」劉孝威〈鬥雞篇〉：「丹雞翠翼張，妒敵得專場。」❹可要　豈願。❺陽烏　日精，代指唐朝廷。張衡〈靈憲〉：「懸象著明，莫大乎日月。……日者，陽精之宗，積而成烏，象烏而有三趾。」

【語　譯】鬥雞啊，你占據的穀物，早已足夠養活那些小雞；你依舊喜歡妒忌同類，爭鬥稱霸在一方。你表面雖能聽從太陽召喚，但你哪裡願意被打斷美夢，只好敷衍幾聲，報曉在風雪中。

【研　析】義山此詩，顯係針對跋扈藩鎮而發。晚唐藩鎮，一方面割據自大，另一方面又怕被朝廷吃掉，所以在軍事行動中，往往以拖延緩慢的動作、消極遲鈍的措施，對抗王命力圖自保。《資治通鑑》武宗會昌三年：「上命德裕草詔，賜成德節度使王元逵、魏博節度使何弘敬，其略曰：『澤潞一鎮，與卿事體不同，勿為子孫之謀，欲存輔車之勢。但能顯立功效，自然福及後昆。』」二人得聖旨，無法繼續遷延，於是用命，很快事平。德宗時代，吳元濟就因藩鎮尾大不掉而坐大。後來，吳元濟勢窘，乃至上表請求投降（但為手下所困無法實施），朝廷仍然無法剿滅他。《資治通鑑》憲宗元和十二年七月：「宰相李逢吉等競言師老財竭，意欲罷兵。裴度獨無言。上問之，對曰：『臣請自往督戰。……臣比觀吳元濟表，勢實窘蹙。但諸將心不一，不併力迫之，故未降耳。若臣自詣行營，諸將恐臣奪其功，必爭進破賊矣。』」義山此詩，可謂切中晚唐藩鎮之病根。

本詩以鬥雞來比喻藩鎮，語含諷刺。《太平御覽・羽族部》載：「《韓詩外傳》曰：田饒……謂哀公曰：『夫雞有五德。』」《類說》亦載：「田饒事魯哀公而不見察，饒曰：『君不見雞乎？頭戴冠，文也；足傅距，武也；敵在前敢鬥，勇也；見食相呼，仁也；守夜不失時，信也。』」

詠物詩，要求所詠之物與所指之對象在某一點上能夠極其類似，但是在詩歌的詠唱中又要不露斧鑿痕跡，自然而巧妙地點出。本詩無一句不是寫鬥雞，也無一語不是諷刺強大藩鎮，非常巧妙地揭露了藩鎮的貪婪本性和膽怯內心。末句之報曉形象，境界宏大，意蘊渾厚，可謂點睛之筆。（許軍）

和劉評事❶永樂❷閒居見寄

白社幽閒君暫居❸，青雲❹器業❺我全疎。看❻封諫草歸鸞掖❼，尚貢❽衡門❾待鶴書❿。蓮聳碧峰關路近⓫，荷翻翠扇水堂虛⓬。自探典籍忘名利，欹枕⓭時驚落蠹魚⓮。

【注釋】❶劉評事　名不詳。《新唐書・百官志》：「大理寺：評事八人，從八品下。掌出使推按。」❷永樂　今山西芮城。❸白社句　此謂其雖然隱居，但當很快歸京耳。白社，地名。此指隱居之地。《水經注・谷水》：「陽渠水經建春門，水南即馬市，北則白社故里。」《晉書・董京傳》：「初與隴西計吏俱至洛陽，被髮而行，逍遙吟詠，常宿白社中。……孫楚時為著作郎，數就社中與語。遂載與俱歸京。」❹青雲　仕途騰達。王勃〈滕王閣序〉：「窮且益堅，不墜青雲之志。」❺器業　器識才能。❻看　行看；不久。❼鸞掖　代朝廷。杜甫〈晚出左掖〉：「避人焚諫草。」❽賁　裝飾。❾衡門　橫木為門，極其簡陋。《詩經・陳風・衡門》：「衡門之下，可以棲遲。」❿鶴書　鶴頭書，選舉詔令。孔稚珪〈北山移文〉：「鳴騶入谷，鶴書赴隴。」《通典・選舉》：「若有選授吏部，先為白牒，列數十人名。尚書與參掌者共署奏，勅或可或否。其可者，則下於選曹，量貴賤，別內外，隨才補用，以黃紙錄名，八座通署。奏可乃出，以付於典名。典名書其名，帖鶴頭板，修容整儀，送所授之家。」⓫蓮聳句　《華山記》：「山中有池，池中生千葉蓮花，服之羽化，因名華山。」聳，高起；直立。⓬虛　空。意謂劉將離家入朝。《楚辭・九歌》：「築室兮水中，葺之兮荷蓋。」⓭欹枕　倚枕。⓮蠹魚　書中蛀蟲。《爾雅・釋蟲》：「蟫，白魚。」注：「衣、書中蟲。一名蛃魚。」

【語　譯】在悠閒的白社，你只是暫時隱居；那青雲直上的才具，我已經完全生疏。你快要回歸掖庭草寫奏表；請裝飾一下簡陋的門庭吧，準備迎接求賢的詔書。住在千葉蓮花盛開的峰頂，那裡接近潼關的路途；荷池裡翠葉翻動，那一片水色荷香就要堂空人去。我已經忘記名與利，在典籍中徜徉；只是在躺倒時，吃驚地發現從書裡滑落蠹魚。

【研　析】此詩寫作之時，作者正丁母憂。當劉評事寄來詩篇，提到自己的境況時，作者以此詩作答。詩中，首聯說對方只是暫時隱居，而自己可能面臨著仕途沉淪。一種憂懼與急迫的心情，毫不掩飾。次聯仍然說，閣下看吧，馬上要回到朝堂了，徵召的詔令很快就要到了。頸聯說，你的住處離關很近，詔令想必不久就到，馬上就要結束隱居生活了。末聯說，我已經鑽進書堆裡面了，但是發現書中竟然出現蠹魚，可見隱居太久了，這麼荒廢著，我還是感到很恐慌。通篇之中，無一句不是仕途，無一句不是利祿。這樣迫切的心情，這樣勢利的情緒，如何能寫出好詩呢？

本詩從題目上看應該是一首閒適詩，但詩中利祿功名之心急迫淺薄。義山五次努力，方得一功名，現因丁憂在家，乃心無時無刻不在朝廷之上。諸注家在評點此詩時，多謂此詩窒礙；但分析原因時，則意見紛紜。義山此詩最大的問題是立意俗。對利祿之事汲汲，哪還有閒情構思詩歌之意境，而結構、遣詞自然就缺少推

敲了。紀昀評價說「牽率應酬之作」，大致不差。（許軍）

和韋潘前輩❶七月十二日夜泊池州城❷下先寄上李使君❸

桂含爽氣三秋首❹，蓂❺吐中旬二葉新。正是澄江如練處，玄暉❻應喜見詩人。

【注釋】❶韋潘前輩　韋潘，不詳。集中有〈十字水期韋潘侍御同年〉詩，不詳是否為同一人。岑仲勉〈玉谿生年譜會箋平質〉一文曾說：「唐人用『前輩』、『先輩』甚泛，《黃御史集》中有〈二月二日宴中貽同年封先輩渭〉詩，此稱同年為先輩之例也。」❷池州城　《舊唐書・地理志三》：「隋宣城郡之秋浦縣，武德四年置池州，領秋浦、南陵二縣。貞觀元年廢池州……永泰元年，江西觀察使李勉以秋浦去洪州九百里，請復置池州，仍請割青陽、至德二縣隸之，又析置石埭縣，並從之。後隸宣州。」❸李使君　池州刺史李方玄。馮浩曰：「杜樊川有〈處州李使君墓誌銘〉：『使君名方玄，字景業，由起居郎出為池州刺史，凡四年。會昌五年四月卒於宣城客舍。』蓋時方移處州而遽卒也。」❹三秋首　七月。❺蓂　傳說中的草木。《帝王世紀》：「堯時，有草夾階而生，每月朔日生一莢，至月半則生十五莢；至十六日後日落一莢，至月晦而盡。若月小，餘一莢。王者以是占曆。唯盛德之君應和氣而生，以為堯瑞。名曰蓂莢，一名曆莢，一名瑞草。」❻玄暉　謝朓，此代池州刺史李方玄。《南齊書・謝朓傳》：「謝朓字玄暉，為中書郎，出為宣城太守。」謝朓〈晚登三山還望京邑〉：「餘霞散成綺，澄江靜如練。」李白〈金陵城西樓月下吟〉：「解道澄江靜如練，令人長憶謝玄暉。」

【語譯】桂花飄著香氣，正是三秋之首的七月；已過中旬了，蓂草又吐出兩枚新葉。澄清的江流，像一條白色的絲帶；愛好風雅的池州刺史，一定樂意見到詩人知己。

【研析】本詩為義山應和之作。韋潘之作應題為〈七月十二日夜泊池州城下先寄上李使君〉，於是義山和之。詩中雖然提到謝朓的典故，但卻與宣州毫無關係。其原因是，一者從元和到大中，刺史中無一姓李；二是李方玄為池州刺史從會昌元年至四年，此後不久暴卒於宣城客舍。因此，玄暉之典，只是取其詩人刺史這一身分。義山詩歌中之用典，多取典故原義之一鱗半爪，成為理解詩歌的一大障礙。

此詩格局雖小，亦自有可觀處。首句寫月份，次句出日期，三句寫傍晚，末句點出二人之歡會。嫻雅清新，一氣灌注。紀昀評價其結構時就說：「首句是七月，次句是十二日，三句是夜泊，四句是和韋上李使君，可謂字字清楚矣。」末句不僅點出二人之身分、情趣，而且預期其知己之樂，含不盡之意。同時，正是因為這末句，把前面的各句貫穿了起來，為人物的活動營造了一個極具美感的詩的意境，令人流連回味。張采田認為：「前二句正以樸率取姿，而後結語愈得神味。」（許軍）

大鹵❶平❷後移家到永樂縣❸居書懷十韻寄劉韋二前輩❹二公嘗於此縣寄居

驅馬遶河干❺，家山❻照露寒。依然五柳❼在，況值百花殘。昔去驚投筆❽，今來分❾掛冠❿。不憂懸磬⓫乏，乍喜覆盂⓬安。甑⓭破寧迴顧，舟沉⓮豈暇看。脫身離虎口⓯，移疾⓰就豬肝⓱。鬢入新年白，顏無舊日丹。自悲秋穫⓲少，誰懼夏畦⓳難。逸志忘鴻鵠⓴，清香披蕙蘭。還持一杯酒，坐想二公歡。

【注釋】❶大鹵　太原。《元和郡縣志・河南道》：「《春秋》：『晉荀吳帥師敗狄於大鹵。』」即太原晉陽縣也。中國曰太原，夷狄曰大鹵。按：晉太原、大鹵、大夏、夏墟、平陽、晉陽六名，其實一也。」❷平　平叛。《舊唐書・武宗本紀》：「四年春正月，乙酉，朔，以澤潞用兵，罷元會。其日楊弁逐太原節度使李石……壬子，河東監軍使呂義忠收復太原，生擒楊弁，盡斬其亂卒……（七月）詔石雄率軍七千入潞州。（郭）誼斬劉稹首以迎雄。澤潞等五州平。」❸永樂縣　義山有故居在此。《元豐九域志・陝西路》：「永樂三鎮。有中條山、拓丘、開山、五老山、黃河、媯水、汭水。」❹前輩　敬稱。岑仲勉〈玉谿生年譜會箋平質〉一文曾說：「唐人用『前輩』、『先輩』甚泛，《黃御史集》中有〈二月二日宴中貽同年封先輩渭〉詩，此稱同年為先輩之例也。」❺河干　河岸。《詩經・國風・伐檀》：「坎坎伐檀兮，置之河之干兮」。❻家山　家鄉。錢起〈送李棲桐道舉擢第還鄉省侍〉：「蓮舟同宿浦，柳岸向家山。」❼五柳　雙關，既指柳樹，也是隱者。《陶淵明集・五柳先生傳》：「先生不知何許人也，亦不詳其姓字。宅邊有五柳樹，因以為號焉。」❽投筆　建功立業，本指班超。《後漢書・班超傳》：「班超，字仲升……家貧，常為官傭書以供養。……投筆歎曰：『大丈夫無他志略，猶當效傅介子、張騫立功異域，以取封侯，安能久事筆研間乎！』左右皆笑之。超曰：『小子安知壯士志哉！』」❾分　應該。❿掛冠　代歸隱。《後漢書・逸民列傳・逢萌傳》：「解冠掛東都城門，歸，將家屬浮海，客於遼東。」⓫懸罄　赤貧。《後漢書・陳龜傳》：「室如懸罄」，注：「其屋居如磬之懸，下無所有。」⓬覆盂　倒置的盂，比喻穩固、安定。《漢書・東方朔傳》：「連四海之外以為帶，安於覆盂。」⓭甑　此喻功名。《後漢書・郭泰傳》：「孟敏，字叔達……客居太原，荷甑墜地，不顧而去。林宗見而問其意。對曰：『甑已破矣。視之何益？』林宗以此異之。」蘇軾〈與周長官、李秀才游徑山〉：「功名一破甑，棄置何用顧？」⓮舟沉　諸家注解或說傷王茂元之死，或疑其別有他典。此謂當時朝廷討伐藩鎮之掏心戰略耳。《晉書・宣帝紀》：「與賊營相逼，沉舟焚梁，傍遼水作長圍，棄賊而向襄平。諸將言曰：『不攻賊而作圍，非所以示眾也。』帝曰：『賊堅營高壘，欲以老吾兵也。……古人曰：敵雖高壘，不得不與我戰者，攻其所必救也。賊大眾在此，則巢窟虛矣。我直指襄平，則人懷內懼，懼而求戰，破之必矣。』遂整陣而過，賊見兵出其後，果邀之。……乃縱兵逆擊，大破之。」⓯虎口　極度危險之境地。《莊子・盜跖》：「料虎頭，編虎鬚，幾不免於虎口哉！」《史記・劉敬叔孫通列傳》：「通曰：『公不知也。我幾不脫於虎口。』乃亡去之。」⓰移疾　又作移病，上書稱病辭官。《漢書・公孫弘傳》：「使匈奴，還報，不合意。上怒，以為不能。弘乃移病免歸。」顏師古注曰：「移病，謂移書言病也，一曰以病移居。」⓱就豬肝　《後漢書》卷八三：「太原閔仲叔者……客居安邑，老病家貧，不能得肉，日買豬肝一片。屠者或不肯與，安邑令聞，敕吏常給焉。仲叔怪而問之，知。乃歎曰：『閔仲叔豈以口腹累安邑邪？』遂去，客沛，以壽終。」就，近。⓲秋獲　農家秋天的收成。《漢書・食貨志》：「其能耕者不過百畝。百畝之收，不過百石。春耕夏耘，秋獲冬藏。」⓳夏畦　夏天在畦中勞作，喻辛苦。《孟子・滕文公下》：「脅肩諂笑，病於夏畦。」趙岐注曰：「病，極也。言其意苦勞極，甚於仲夏之月治畦灌園之勤也。」⓴鴻鵠　遠大志向。《史記・陳涉世家》：「燕雀安知鴻鵠之志哉！」

【語　譯】我騎馬繞行在河岸邊，秋寒彌漫了家鄉的山，晨露在朝陽下眨著眼。故居的五柳依然挺立，更何況百花凋殘，我的內心湧起波瀾。當年我曾壯志凌雲，要學古人投筆，去博取功名；今日也該辭去官。室內空空我不愁，因為家鄉很平安。官如破甑，已無須回頭；戰如舟沉，也未能細看。終於脫離虎口，稱病辭官，學那古人買豬肝。新年臨近，頭髮更加斑白；歲月如刀，面容日漸蒼老。荒年的收成讓我傷感，趨炎附勢的辛苦更讓我畏難。就此隱居吧，我已經忘記鴻鵠高遠，彎腰躬耕，種下一畦蕙和蘭。閒暇的日子裡，手持一杯酒，追想二公隱居，也是像我一樣得歡顏。

【研　析】本詩需要特別分析的一個問題是：「舟沉豈暇看」究竟有典無典？

本詩所作，乃是「大鹵平後」之歸隱，題目所及，豈能詩中反而落空？張采田、馮浩謂「舟沉豈暇看」是王茂元暴卒，屬考證粗疏。題目中的「大鹵平」指的是楊弁之叛，王茂元兵敗而暴卒乃是平劉稹，與楊弁之事無關。為了解決這個矛盾，有注家認為應與上句「甑破寧迴顧」是一個意思，都是丟了官、逃了命。舟沉、甑破本事完全不同，若屬於一事，則此聯與下聯「脫身」又將重合，詩意將極為拙劣，義山當不至此。因此，還是應該從「舟沉」出發，考察義山本意。沉舟一事，本出於項羽，表示與敵決一死戰，往往用於以少勝多。但是《晉書・宣帝》載，司馬懿曾以破釜沉舟方式逼近強敵營壘，卻突然移師攻向敵人後方，造成守敵恐慌，結果一戰而勝。晚唐李德裕輔助武宗平定楊弁、劉稹，依靠的是藩鎮力量。起初，這些藩鎮動作拖延，徒耗糧米。李德裕意識到，藩鎮不願意出力，是因為他們生怕打敗叛軍後，朝廷力量壯大影響自身生存。李德裕遂反其道而行之，讓藩鎮從不同方向分地段攻打，駐紮的地盤和攻下了的地盤自然就暫時成為他的天下，稅收物產皆入囊中；對那些仍然不肯出力的，就讓別的藩鎮迫近他駐紮的地盤，於是藩鎮為了自身利益開始賣力。在平息楊弁的叛亂時，李德裕採用激發內變的方式，讓平叛軍隊直接向太原城逼近。藩鎮的軍隊都劫掠燒殺成性，這給太原的本地兵心理造成很大恐慌。《資治通鑑》武宗會昌四年載：「河東兵戍榆社者聞朝廷令客軍取太原，恐妻孥為所屠滅，乃擁監軍呂義忠自取太原。壬子克之，生擒楊弁，盡誅亂卒。」

呂義忠平楊弁，並沒有得到詔令，他和他的士兵之所以這麼積極平叛就是為了自救；太原兵攻回老家自然輕車熟路，一夜之間叛亂平定，沒有多少驚心動魄的戰鬥；叛亂平息後，太原的地盤仍然屬於太原軍人集團，只不過主將換了。事後不久，為了激發另一藩鎮將領王宰賣力，李德裕說服武宗時，仍然舉此戰為例。他說：「事固有激發而成功者。陛下命王宰去磁州，而何弘敬出師遣客軍討太原，而戍兵先取楊弁。今王宰久不進軍，請徙劉沔鎮河陽，仍令以義成精兵二千直抵萬善，處宰肘腋之下。若宰識朝廷此意，必不敢淹留。」因此，司馬懿以沉舟之法突然調兵攻敵腹地逼其決戰，李德裕以調兵迫近藩鎮地盤逼其出力死戰，在戰略原理上是一致的：都是攻敵之所必救，都是激發而後成功。義山點明此事，足見久歷軍幕，見識非同於鑽研故紙之學者。

詩歌的結構層次非常明晰，簡單分析如下：

首三聯，寫歸鄉見到景物依舊，心情愉悅；又時值秋天這個感情容易起伏的季節，於是思緒綿綿，一聲感慨。這是「抒懷」的緣起。

次三聯，寫亂世之中，能苟延性命得以隱居已為大幸。「不憂」聯，寫盡亂世之感：貧窮不怕，活著就好。「甑破」聯，上句謂幕僚小官被拋棄無足道；下句謂朝廷以攻敵必救之法，瞬間就平息了叛亂。「脫身」聯謂自己終於離開險地，回鄉安享歲月了。

末四聯謂歲月虛度，人生易老，但隱居養志，也是人生一大樂事，故作詩以寄二公。

本詩題目為「書懷」，而所寄的對象又曾經隱居在此，因此書懷是本篇的最大主旨。表面上，義山又是說「喜」又是說「歡」，但深究詩中情感，實無一毫樂趣：亂世隱居，一苦；室如懸磬，二苦；仕途不遇，三苦；年華易老，四苦；秋收無多，五苦；傷秋，六苦；有病，七苦；旁觀時事，八苦。有此八苦，隱居在此自然也不會心甘了。二公嘗隱居於此，今日又在哪裡呢？義山此詩的真正目的又是什麼呢？（許軍）

自喜

自喜蝸牛舍❶，兼容燕子巢。綠筠❷遺粉籜❸，紅藥❹綻香苞。虎過遙知穽，魚來且佐庖。慢行成酩酊❺，鄰壁有松醪❻。

【注釋】❶蝸牛舍　簡陋住所。崔豹《古今注・魚蟲第五》：「蝸牛，陵螺也。野人結圓舍，如蝸牛之殼，故曰蝸舍，亦曰蝸牛之舍也。」❷筠　竹皮。《禮記・禮器》曰：「竹箭之有筠也。」鄭玄注曰：「筠，竹青皮。」❸籜　筍之殼。謝靈運〈於南山往北山經湖中瞻眺〉：「初篁苞綠籜，新蒲含紫茸。」白居易〈晚興〉：「閑吟倚新竹，筠粉汙朱衣。」❹紅藥　紅芍藥。❺酩酊　爛醉。《晉書・山簡傳》：「簡優遊卒歲，唯酒是耽。諸習氏荊土豪族有佳園池，簡每出遊嬉，多之池上。置酒輒醉，名之曰高陽池。時有童兒歌曰：『山公出何許？往至高陽池。日夕倒醉歸，酩酊無所知。』」❻松醪　代酒。義山〈潭州〉：「目斷故園人不至，松醪一醉與誰同？」《晉書・阮籍傳》：「禮豈為我設耶？鄰家少婦有美色，當壚沽酒。籍嘗詣飲，醉便臥其側。籍既不自嫌；其夫察之，亦不疑也。」

【語譯】住房像蝸殼一樣小，但我心情愜意；燕子也不嫌它小，還在裡面做了一個巢。青青翠竹，褪下多粉的筍殼；紅色芍藥，綻開噴香的花苞。山前有虎，遠處有陷阱牠不會來到；水中有魚，正好為我增添佳餚。我漫步而行，回來已經酩酊；隔壁鄰家，有的是美酒松醪。

【研析】此詩為義山表達田園生活之樂的閒適之作。題目〈自喜〉，其實是取首句二字，實為無題。首聯絕佳，人寄蝸居之中，融於自然之境；而燕子竟然又在蝸居內築了另一蝸居，於是融入了我之蝸居。我寄於物，物復寄於我；我融於自然，自然又融於我。這樣一種大徹大悟的境界，真是絕妙的人生體悟，簡直可以說是「不知周之夢為蝴蝶與？蝴蝶之夢為周與？周與蝴蝶則必有分矣，此之謂物化。」次聯寫居處有花有竹，春意盎然，生機勃勃，滿眼喜氣。三聯寫虎過無須擔憂，魚來正好佐餐，所謂「三竿兩竿之竹，一寸二寸之魚」的田園生活，有樂而無憂。此時，再加上鄰家一壺美酒，正可謂花天而酒地。

有注家謂此詩是干謁之作或是傷春之作，都未能體會其中真正含義耳。特別是末聯，暗用了阮籍的不問世情、不理世事的態度，這樣的思想，還會要求誰來薦舉自己嗎？義山一生汲汲功名，心喜富貴場而難於寂寞。本詩中名為自喜，而實含自悲之意。山濤之酩酊，阮籍之歸隱，都是英雄廢退。詩中首四句春光爛漫，頸聯寫鄉居安寧而清貧，末聯巧入山濤與阮籍，在結構上造成落差。義山目睹春光之燦爛而思及山、阮之醉眠，豈內心真隱耶！則首聯中「自喜」、「兼容」，實際上是自悲不為世所容。其深婉的意緒，令人讚歎。（許軍）

春宵自遣

地勝遺❶塵事，身閒念歲華❷。晚晴風過竹，深夜月當❸花。石亂知泉咽，苔荒任逕斜。陶然恃琴酒，忘却在山家。

【注釋】❶遺　忘卻。❷歲華　一歲中之美好景物。此處兼有年華之意，微寓美人遲暮之感。❸當　正對；映照。

【語譯】江山勝跡讓人忘卻紅塵瑣事，一身清閒正好懷念一年好景。傍晚初晴，風聲蕭蕭穿過竹林，深夜的月色映照著花兒。山石凌亂中泉流猶如幽咽，曲折傾斜的山路長滿荒苔。擺弄著琴瑟準備好美酒其樂融融，山裡人家正是忘懷得失的好處所。

【研析】會昌四年三月，商隱移家永樂，為母守喪。閒居期間生活相對安定，寫了不少表現閒適生活的詩以及一些酬贈之作。但商隱內心對此種生活並不習慣，仍然關注著國事，焦慮著前途。〈登霍山驛樓〉作於此期，便可見商隱內心的不閒適。因此，即使一些著意表現閒適生活的詩篇，從中仍可窺見作者不閒適的心曲。本詩即是如此。

詩寫竹影風聲，月夜花香，幽泉潺潺，逕斜苔荒，在幽境與琴酒間頗有悠然自得之趣。但因「地勝」而暫忘「塵事」，因「琴酒」而「陶然」山家，這種「自遣」是所謂舉杯澆愁耳，並非真能超然物外。馮浩說：「念歲華，是不能忘也。陶然、忘卻，聊自遣耳。」可謂善探詩人心曲。

其實，商隱這種欲遣難遣的積鬱抑塞，將此期類似題材的作品串起來一看，便一目了然。〈秋日晚思〉：「桐槿日零落，雨餘方寂寥。枕寒莊蝶去，窗冷胤螢銷。取適琴將酒，忘名牧與樵。平生有游舊，一一在煙霄。」取適、忘名，曠達其表；零落、寂寥，淒悲其內。此處的琴酒自遣，便流露出不得已的苦悶了。所取景物寂寥淒冷，尾聯更是顯明揭示出內心不平靜的波瀾。而到〈幽居冬暮〉，連取適、忘名一類的話頭都沒有了，只是慨歎急景頹年，匡國之情難以實現：「羽翼摧殘日，郊園寂寞時。曉雞驚樹雪，寒鶩守冰池。急景倏云暮，頹年寖已衰。如何匡國分，不與夙心期。」

如果說閒居之初，商隱心境尚較安恬，而此時則急切而悲涼了，情感變化的脈絡非常清晰。可見商隱的個性並不適於閒適曠達，因此，永樂閒居期間，詩作數量雖然不少，出色的卻不多，特別是那些抒寫閒適情調的，一些甚至可算平庸之作。

張采田說：「玉谿詩境，盤鬱沉著，長於哀豔，短於閑適。摹山範水，皆非所擅長。集中永樂諸詩，一無出色處。蓋其時母喪未久，閑居自遣，別無感觸故耳。其後屢經失意，嘉篇始多。」（《李義山詩辨正・憶雪殘雪》評）貼切說明了商隱的悲劇命運、感傷個性與感傷詩風三者的關係，說明了商隱詩歌悲劇性的特質。永樂諸詩無論從正面還是反面，直接還是間接，都再次證明了這一點。（李翰）

戲題贈稷山驛吏王全❶

絳臺驛吏老風塵❷，躭酒成仙幾十春。過客不勞詢甲子，唯書亥❸字與時人。

【注　釋】❶戲題贈句　義山自注：「全為驛吏五十六年，人稱有道術，往來多贈詩章。」稷山，絳州縣名。《舊唐書・地理志二》：「絳州，隋絳郡。……絳州領正平、太平、曲沃、聞喜、稷山五縣。」❷絳臺句　《元和郡縣志・河東道》：「晉靈公臺在縣西北二十一里。《左傳》曰：『晉靈公不君，從臺上彈人，觀其避丸』，即此臺也。」老，久歷之意。❸亥　暗示七十三歲。《左傳・襄公三十年》：「晉悼夫人食輿人之城杞者。絳縣人或年長矣，無子，而往與於食。有輿疑年，使之年（有輿者懷疑他年齡，讓他自己說出年齡），曰：『臣小人也，不知紀年。臣生之歲，正月甲子朔，四百有四十五甲子矣。其季於今，三之一也。』吏走問諸朝。師曠曰：『七十三年矣。』史趙曰：『亥有二首六身，下二如身，是其日數也。』士文伯曰：『然則二萬六千六百有六旬也。』」杜注云：「『亥』字二畫在上，並三六為身，如算之六也。」

【語　譯】絳臺驛吏叫劉全，久歷風塵老神仙；生平最好是喝酒，飄飄然過了幾十個春天。來往的客人啊，不必詢問我的生年；我只寫個亥字給你，請你自己計算。

【研　析】本詩既題為「戲」，作品也是臨時率性而為。詩中寫這個年老的驛吏，見多識廣了來去的客人，自然老於世故；同時又好喝酒，生性俏皮；加上來往客人傳說他有道行，於是他便借酒三分醉，別人問他年齡，他就故弄玄虛，賣弄一番。這樣的情節設置與典故引入，抓住了對象特徵，突出了人物神韻，還是很有生活情趣的。

義山此詩，始終扣緊題目下的自注「人稱有道術」做文章，刻劃年老的絳臺驛吏整日醉醺醺若有遺世之氣；突出其久歷「往來」之客，既風趣幽默又自我期許之得意情態。次聯中的「亥字」典故，本指絳縣一年老長者，這裡用來代指絳臺驛吏劉全，既切合了「老風塵」，也切合了絳地老人這個獨特身分，可謂嚴密。本詩題贈的對象，大概粗通文墨，所以義山作詩相贈，也走質樸一途，但質樸中自有雅趣。其成功之處，最突出者為「亥」字典故的靈活運用。（許軍）

登霍山❶驛樓

廟❷列前峰迥，樓開四望窮。嶺鼷❸嵐❹色外，陂雁夕陽中。弱柳千條露，衰荷一向❺風。壺關❻有狂孽❼，速繼老生功❽。

【注釋】❶霍山　霍山郡。《山西通志》卷一七六：「義寧（隋恭帝年號）元年，以霍邑、趙城、汾西、靈石置霍山郡。武德元年曰呂州。貞觀十七年州廢，以靈石隸汾州，霍邑、趙城、汾西來屬。有西北鎮霍山祠。」❷廟　嶽廟。《水經注·汾水》：「河東霍太山有嶽廟，廟甚靈，烏雀不棲其所，猛虎常守其庭。」❸嶺鼷　山嶺如小鼠之狀。《爾雅注疏·釋獸》：「鼷鼠。鄭樵曰：『鼠之最小者。』郭云：『謂有螫毒者，一說甘口鼠也。』」❹嵐　山中霧氣。❺一向　一片；一派。溫庭筠〈谿上行〉：「風翻荷葉一向白，雨濕蓼花千穗紅。」❻壺關　地名。《漢書·武五子傳》：「壺關三老茂上書」，顏師古注曰：「壺關，上黨之縣也。」❼狂孽　指劉稹。《舊唐書·劉稹傳》載，昭義節度使劉從諫於「會昌三年卒。大將郭誼等匿喪，用其侄稹權領軍權。時宰相李德裕用事，素惡從諫之奸，回奏請劉稹護喪歸洛，以聽朝旨。稹竟叛。」❽老生功　斬殺宋老生之功。《舊唐書·高祖本紀》：「大業十三年……七月壬子高祖率兵，西圖關中。……隋武牙郎將宋老生屯霍邑以拒義師。會霖雨積旬，餽運不給。高祖命旋師，太宗切諫乃止，有白衣老父詣軍門曰：『余為霍山神使謁唐皇帝』。曰：『八月雨止，路出霍邑東南，吾當濟師。』……八月辛巳，高祖引師趨霍邑，斬宋老生，平霍邑。」

【語譯】我推開窗戶，縱目遠眺。遠處的霍山頂峰，是那座著名的山神廟。在四野的霧氣中，山嶺像小鼠在跑；群雁在山坡上沐浴夕照。千萬條柔弱的柳枝沾滿露水，在風中飄搖；衰敗的荷葉隨著風吹，向一個方向傾倒。險隘的壺關，有狂妄的叛軍在喧囂；霍山的神靈啊，再次指點正義之師吧，把當今的老生斬首在霍山坳。

【研 析】義山此詩，作於劉稹亂後。劉稹妄圖割據一方，而中央王朝詔令諸路藩鎮一起進軍，欲滅之而後快。然而朝廷倚仗以平叛的藩鎮卻遷延時日，於是戰事出現小勝後久拖不決的僵局。《資治通鑑》武宗會昌三年載：「以（王）元逵為澤潞北面招討使，何弘敬為南面招討使，與夷行劉沔、（王）茂元合力攻討……詔王元逵、李彥佐、劉沔、王茂元、何弘敬以七月中旬五道齊進。……李德裕言於上曰：『臣見向日河朔用兵，諸道利於出境，仰給度支，或陰與賊通，借一縣一柵，據之自以為功，坐食轉輸，延引歲時。今請賜諸軍詔旨，令王元逵取邢州，何弘敬取洺州，王茂元取澤州，李彥佐、劉沔取潞州，毋得取縣上。……王元逵奏拔宣務……詔切責李彥佐、劉沔、王茂元使速進兵逼賊境。』」詩中所謂「速繼」，正當作催促諸藩鎮快速推進來看。

詩寫作者登樓遠眺，滿目凄涼，於是情懷憂傷。所見之山，在霧靄中困頓；所見之雁，在夕陽下落在山前；柳枝柔弱而粘露，荷葉衰老而隨風。全詩風物衰敗，情緒傷感，充滿悲涼氣氛。秋天的景色如此落寞，詩人回顧一開始看到的嶽廟，不禁想起王朝開疆拓土時候的赫赫功業。歷史的錯位對比，戰亂的傷殘摧折，加上黯淡的秋景，把晚唐的日薄西山之氣渲染得非常濃重。（許軍）

題道靖院❶院在中條山❷故王顏中丞❸所置虢州刺史❹捨官居此今寫真存焉

紫府❺丹成化鶴❻群，青松手植變龍文❼。壺中別有仙家日❽，嶺上猶多隱士❾雲。
獨坐❿遺芳⓫成故事，褰帷舊貌似元君⓬。自憐築室靈山⓭下，徒望朝嵐⓮與夕曛⓯。

【注　釋】❶道靖院　一作道靜院，或作道淨院。《宣室志》卷九：「河中永樂縣道淨院，居蒲中之勝境。道士寓居，常以千數。文宗時，道士鄧太玄煉丹於藥院中，丹成，疑轉功未完，留貯院內，後人共掌之。」❷中條山　在蒲州境內。《山西通志・蒲州府》：「《括地志》：『蒲州河東雷首山，一名中條山，亦名曆山，亦名首陽山，亦名蒲山，亦名襄山，亦名甘棗山，亦名渠豬山，亦名獨頭山，亦名吳山。此山西起雷首山，東至吳阪，凡十二名，隨州縣分之。』」❸王顏中丞　御史中丞王顏。權德輿〈中嶽宗元先生吳尊師集序〉：「大原王顏，常悅先生之風采，道也熟。自先生化去三歲，顏為御史中丞，類斯遺文，為三十編，拜章上獻，藏在祕府，冀玄者遍得先生之道。」❹虢州刺史　不詳。❺紫府　仙人所居。《抱朴子・祛惑》：「及到天上，先過紫府，金床玉几，晃晃昱昱，真貴處也。」❻化鶴　傳說仙人到人間常變成鶴。《雲笈七籤・洞仙傳》：「丁令威者，遼東人，少隨師學得仙道分身，任意所欲。嘗暫歸，化為白鶴，集郡城門華表柱頭，言曰：『我是丁令威，去家千歲今來歸。城郭如舊人民非，何不學仙塚纍纍。』」❼青松句　指龍紋松，靈松。《抱朴子・仙藥》：「松三千歲者，其皮中有藂芝如龍形，名曰飛節芝。大者重十斤。末服之，盡十斤得五百歲也。」❽壺中句　謂仙人幻化神奇。《後漢書・方術列傳・費長房傳》：「費長房者，汝南人也。曾為市掾。市中有老翁賣藥，懸一壺於肆頭，及市罷，輒跳入壺中。市人莫之見，唯長房於樓上睹之，異焉。因往，再拜，奉酒脯。翁知長房之意其神也。謂之曰：『子明日可更來。』長房旦日復詣翁。翁乃與俱入壺中，唯見玉堂嚴麗，旨酒甘餚盈衍其中，共飲畢而出。」❾隱士　這裡指隱居學仙之人。《太平廣記》卷二〇二「高逸」：「齊高祖問之曰：『山中何所有？』弘景賦詩以答之，詞曰：『山中何所有？嶺上多白雲。只可自怡悅，不堪持寄君。』高祖賞之。」❿獨坐　此指御史中丞王顏。《後漢書・宣秉傳》：「宣秉……隱遁深山，州郡連召，常稱疾不仕。……更始即位，征為侍中。建武元年，拜御史中丞。光武特詔，御史中丞與司吏校尉、尚書令會同，並專席而坐。故京師號曰：『三獨坐。』」⓫遺芳　遺跡。張華〈雜詩二首〉：「誰與翫遺芳，佇立獨咨嗟。」⓬褰帷句　《後漢書・賈琮傳》：「琮為冀州刺史。舊，與傳車驂駕，垂赤帷裳，迎於州界。及琮之部，升車，言曰：『刺史當遠視廣聽，糾察美惡。何有反垂帷裳以自掩塞乎？』乃命御者褰之。」此指虢州刺史。褰，揭開。元君，道教語，成仙者之美稱，多指女子。常建〈夢太白西峰〉：「夢寐升九崖，香靄逢元君。」⓭靈山　猶仙山，指中條山。時義山移家中條山下永樂縣。⓮嵐　山中霧氣。⓯夕曛　夕陽餘暉。

【語　譯】中條山上的成群仙鶴，是吃了靈丹從天宮返回的群仙。他們當年種下的青松，千年後已變化出龍紋。仙人跳入壺中，壺中別有洞天；仙人隱居嶺上，嶺上有不盡的白雲賞玩。王顏御史的遺蹤，成為人們傳誦的故事；虢州刺史的容顏，彷彿就是元君再現。可惜我築室靠近仙山，早上看著山中的霧氣，晚上送走夕陽的餘暉，至今未能得道成仙。

【研析】此詩是義山移家永樂時所作。詩中追思棄官歸隱得道者，反觀自己臨近道山，而富貴、求仙都不能實現，於是悵然若失。

諸家注釋，往往指定詩中這一句指中丞，那一句指刺史，弄到無法可通，皆誤。其實，此二人身分、境遇非常相似，都是仕宦而後隱居、富貴而後求仙，分而為二人，合而為一事，處處雙關，句句兩寫，豈能分開，又何必分開！

義山心目中最理想的隱居之士，都是富貴而後歸隱，功成然後身退，因此單純地默默無聞地歸隱，在義山是難以接受的。這一點，既是有唐一代詩人的共同特性，也是義山隱士情結的關鍵。因此，義山之隱，是仕宦失敗之後的憤懣發洩，是困頓之中的自我慨歎。仕途官場才是義山要努力駐守的所在，是義山揮之不去、反覆掙扎的痛苦淵藪。只有從這個角度，才能理解義山詩歌中兩位官員得道者在義山心目中的含義。

首聯是說山上的群鶴就是仙宮中返回的群仙。不僅包括了中丞、刺史，還包括了所有古今的仙人，把中條山的仙家氣氛渲染烘托了出來。次聯說仙人的形跡是奧祕無窮的，小隱隱於市，大隱隱於山；而無論隱居在哪裡，仙家之幻化與悠閒都是難以言說的。頸聯以「獨坐」暗示御史身份，以「褰帷」暗示刺史身分，這二人的往事與遺像都可供學道者追思與欣賞；同時，「獨坐」還暗示了冥想，「褰帷」還暗示了瞻仰，把已經得道者的召喚力量和尚未得道的仰慕神情都刻劃了出來。末聯則歎息自己，富貴、得道二者無一得，亦所謂渴望「腰纏十萬貫，跨鶴上揚州」之意了。

義山此詩，勝在雙關，把前代之群仙，昨日之御史、刺史，今日之我和眾多求仙者，融入同一首詩中。手法獨特，才力甚雄。（許軍）

奉同諸公題河中任中丞❶新創河亭❷四韻之作

萬里誰能訪十洲❸，新亭雲構❹壓中流。河蛟縱覿難為室❺，海蜃遙驚恥化樓❻。左右名山窮遠目❼，東西大道鎖輕舟。獨留巧思傳千古，長與蒲津作勝游。

【注釋】❶任中丞　任畹。李德裕《會昌一品集・任畹李丕與臣狀共三道》：「前月末與河中留後任畹、委曲令轉問李丕有何方略……」❷河亭　黃河中的亭子。任新創河亭，在河之中流，溝通南北，氣勢宏偉，故歌頌盛事。《通鑑地理通釋・河南四鎮考》：「有蒲津關，一名蒲阪關。開元十一年鑄八牛，牛有一人策之，牛下有山，皆鐵也。夾岸以維浮梁。」❸十洲　傳說中海外極遠之地。《海內十洲記》：「八方巨海之中，有祖洲、瀛洲、玄洲、炎洲、長洲、元洲、流洲、生洲、鳳麟洲、聚窟洲。有此十洲，乃人跡所稀絕處。」❹雲構　連接雲天。《六臣注文選》卷四六〈三月三日曲水詩序〉：「飛觀神行，虛簷雲構。」呂向注：「雲構，言高與雲齊也。」❺河蛟句　意謂鮫人無論怎樣賞玩都無法仿造，誇張其宏麗巧妙。郭璞〈江賦〉：「鮫人構館於懸流。」蛟，通「鮫」。❻海蜃句　《史記・天官書》：「海旁蜃氣象樓臺。」傳說蜃吐氣能幻化為樓臺之景，即所謂海市蜃樓，實際上這是特殊的光線折射現象。恥，自愧不如。❼左右句　窮，望盡。《元豐九域志・陝西路》：「永樂三鎮。有中條山、拓丘、開山、五老山、黃河、嬀水、汭水。」「蒲津關：中條山，五老山，龍門山，梁山，曆山」。

【語譯】海外有十洲，微茫難見；新亭壓江流，宏麗可觀。黃河中的鮫人為之流連，卻不能仿建；遙遠的海蜃為之驚歎，這樣壯美的樓臺怎能變幻！亭中遠眺，望不盡左右名山；東西堤岸，圍繞著新亭像是兩條鎖鏈。誰有任中丞的奇思妙想啊，蒲津增添美景，行旅飛越天塹，新亭和它的故事將永遠流傳。

【研析】本詩為應酬之作，無甚深意。新亭建成，作者隨同應酬。首聯言新亭之宏麗，簡直如同人間之仙境。次聯言新亭的奇巧構思，鮫人不能造，海蜃不能變，誇張其巧奪天工。頸聯壯美而奇幻。上句說，站在新亭上，極目左右名山，景色壯美。下句說，黃河的東西堤岸，蜿蜒在新亭兩旁，像兩條鎖鏈；好像不是新亭鎖鏈連著兩岸，倒是兩岸鎖鏈圍繞著新亭。移步換景，非身登新亭不能有此奇妙感覺。末聯言此新亭為蒲津增添了美景，再次誇張任中丞的奇巧構思。詩中第二聯，扣緊「新創」；第三聯，扣緊「河亭」，都很切題。因此，紀昀說「無一句是詩」顯然苛刻了一些。

毋庸諱言，與所有應酬詩一樣，本詩在內容上顯然浮泛空洞；同時，吹捧任中丞與新亭將千古流傳，也顯得吹拍過度。難怪紀昀諷刺說「俗不可醫」，而一貫批評紀昀對義山太苛刻的張采田這次也只是評價紀昀的話說：「此論亦奇。」義山閒居在家，躬逢盛宴，又急需復出，於是以詩作拍馬之具，自然有損詩歌之美。

（許軍）

過姚孝子❶廬偶書

拱木❷臨周道❸，荒廬積古苔。魚因感姜❹出，鶴為弔陶❺來。兩鬢蓬常亂，

雙眸血不開。聖朝敦❻爾類❼，非獨路人哀。

【注釋】❶姚孝子　邵伯溫《聞見錄》：「唐永樂縣有姚孝子莊，孝子名栖筠。唐貞元中，當戍邊。栖筠之父語其兄曰：「兄嗣未立，弟已有子。請代兄行。」遂戰歿。時栖筠方三歲。其後，母再嫁，鞠於伯母。伯母死，栖筠葬之，又招魂葬其父。廬於墓側，終身哀慕不衰。縣令蘇輒以俸錢買地開阡陌，刻石表之。河東尹渾瑊上其事，詔加優賜，旌表其閭。名其鄉曰『孝悌』，社曰『節義』，里曰『欽愛』。……姚氏世推尊長公平者主家，子弟各任以事，專以一人守墳墓，度為僧亦廬墓側，早晚於堂上聚食。」❷拱木　墓上之樹。《左傳・僖公三十二年》：「爾墓之木拱矣。」杜預注曰：「合手曰拱。」❸周道　大路。《詩經・小雅・何草不黃》：「有棧之車，行彼周道。」❹姜　姜詩。《華陽國志》卷一〇中：「姜詩，字士遊……事母至孝，母欲江水及鯉魚膾，又不能獨食，須鄰母共之。詩嘗供備。子汲江溺死，祕言遣學，不使母知。於是有湧泉出於舍

側，有江水之香，朝朝出鯉魚二頭，供二母之膳。……永平三年，察孝廉。」❺陶　陶侃。《晉書・陶侃傳》：「陶侃丁母艱，在墓下，忽有二客來弔，不哭而退，儀服鮮潔，知非常人。隨而看之，但見雙鶴飛而沖天，時人異之。」❻敦　勉勵。❼爾類　同類。《詩經・大雅・既醉》：「孝子不匱，永賜爾類。」

【語　譯】姚家祖墳近大路，墳上長著合抱的樹。守墓草廬已荒蕪，古老的青苔爬滿了牆壁和地面。姜詩侍養兩母，屋旁湧出黃河泉，每日跳出雙鯉魚；陶侃回鄉丁憂，門前弔問兩仙人，化為飛鶴又上天。那普天下的孝子，在守墓的日子裡，哪一個不是雙眼血紅，哪一個不是兩鬢蓬亂。天下的孝子啊，你的孝行世人讚歎，聖明的朝廷也會獎勉；姚莊的先人啊，你的大孝影響深遠，路人都為你哀傷。

【研　析】此詩寫作緣由，馮浩認為是「義山喪母未久，故觸緒成篇。」但詩歌的品質卻招致諸多注家的一致批評。紀昀就這樣評價此詩：「多不成語」；並說：「凡詩詠忠臣易，詠孝子難，詠烈女易，詠節婦難，而孝子尤難於節婦。代述衷曲，或有至情動人；旁贊必不佳。」紀昀的這個意見很值得重視。

詠孝子的題材為什麼難寫？這是因為孝道在於日常柴米油鹽之細小瑣事中，卑之無甚高論。而史書所歌頌的轟轟烈烈的孝道往往又以自戕身體、殘毒子孫為代價（如姜詩之子，即因姜詩母堅持要喝黃河水，在汲水時溺亡），非仁者所為。孝道感動神仙之事，語涉虛妄，難為智者承認。在重視門閥的封建世代，被表彰的孝子往往徒有虛名，甚至出現「察孝廉，父別居」的怪現象。孝是封建國家以宗族方式治理天下的法理基礎。這個原則是多以犧牲子孫後代利益為前提的。對此合理性，古往今來一直爭論不休。而為了延續孝道乃至結族而居的生存方式，同統治者的發展生產、繁衍人口的根本國策又是衝突的。詩歌頌揚孝道，自然多吃力難討好。

孝道存在於孝子的日常行為中。家庭內部成員之間關係的融洽程度，在很大程度上非語言所能傳達。孝子奉養雙親，雙親自然也疼愛孝子，這種關係是雙向的。若割裂開來單純寫孝子如何奉養，實際上已經把雙親置於木頭人地步。

本文中的姚孝子，據《聞見錄》所載，其孝行只有一句「廬於墓側，終身哀慕不衰。」若果如此，是其感情放縱有餘，克制不足；依戀有餘，自立不足。即使以古人的眼光看，也是不正常的。

義山喪母不久，若能自寫其孝思，必自有真面目存在，自然能感人。結果避熟寫生，空洞地歌頌這麼多毫不熟悉的人和事，甚至語涉虛妄，怎麼可能寫出好詩來呢。縱然是寫詩巨手，亦難免墜入空洞浮泛之中。

（許軍）

靈仙閣❶晚眺寄鄆州❷韋評事❸

愚公方住谷❹，仁者本依山❺。共誓林泉志❻，胡為尊俎❼間。華蓮開菡萏❽，荊玉❾刻孱顏❿。爽氣臨周道⓫，嵐光出漢關⓬。滿壺從蟻泛⓭，高閣⓮已苔斑。想就安車⓯召，寧期負矢還⓰！潘遊全璧散⓱，郭去半舟閒⓲。定笑幽人迹，鴻軒⓳不可攀。

【注　釋】❶靈仙閣　在永樂縣。《太平廣記・草木・木怪・江叟》：「開成中，有江叟者，多讀道書，廣尋方術，善吹笛，往來多在永樂縣靈仙閣。」❷鄆州　《舊唐書・地理志一・河南道》：「鄆城：漢壽良縣。隋改為萬安縣，仍於縣置鄆州。尋改萬安為鄆城。貞觀八年移鄆州治所於須昌縣。」❸韋評事　韋潘。❹愚公句　愚公，齊桓公時人，智者。劉向《說苑・政理》：「齊桓公出獵，逐鹿而走，入山谷之中，見一老父而問之曰：『是為何谷？』對曰：『為愚公之谷。』桓公曰：『何故？』對曰：『以臣名之。』桓公曰：『今視公之儀狀，非愚人也。何為以公名？』對曰：『臣請陳之。臣故畜牸牛，生子而大，賣之而買駒。少年曰：「牛不能生馬。」遂持駒去。傍鄰聞之，以臣為愚。故名此谷為愚公之谷。』」❺依山　近山而居。《論語・雍也》：「智者樂水，仁者樂山。」❻林泉志　退隱之志。《舊唐書・高祖二十二子列傳・舒王元名傳》：「賞玩林泉，有塵外之意。」❼尊俎　同「樽俎」。樽，酒具。俎，盛飯食之具。樽俎，代指宴會酒席。《晏子春秋》：「夫不出樽俎之間，而知千里之外，其晏子之謂也，可謂折衝矣。」張協〈雜詩〉：「折衝樽俎間，制勝在兩楹。」❽菡萏　荷花。《爾雅・釋草》：「荷，芙蕖。……其花菡萏，其實蓮，其根藕。」陸德明《經典釋文・毛詩音義上》「菡萏」下注曰：「菡萏，荷花也。未開曰菡萏，已發曰芙蓉。」❾荊玉　荊山。此山與卞和得玉之荊山（今湖北）同名，故稱呼它為荊玉。《元和郡縣志・陝州》：「荊山在（湖城）縣南，即黃帝鑄鼎之處。」《新唐書・地理志》：「虢州弘農郡……縣六……湖城覆釜山，一名荊山。」《水經注》卷四〇載：「荊山在南郡臨沮縣東北。」注曰：「東條山也。卞和得玉璞於是山。楚王不理，懷璧哭於其下，王后使玉人理之，所謂和氏之玉焉。」❿孱顏　同「巉巖」。山勢險峻。⓫周道　大路。《詩經・小雅・何草不黃》：「有棧之車，行彼周道。」⓬漢關　潼關，漢所設建。《元和郡縣志》卷二：「潼關在縣東北三十九里，古桃林塞也。……秦函谷關在漢弘農縣，即今靈寶縣西南十一里故關是也。……漢武帝元鼎三年，楊僕為樓船將軍，本宜陽人，恥居關外，上疏請以家僮七百人徙關於新安。武帝從之。即今新安縣東一里函谷故關是也。」⓭蟻泛　倒酒時湧起之細沫。《文選》張衡〈南都賦〉：「醪敷徑寸，浮蟻若萍。」李善注引曰：「《釋名》曰：『酒有泛齊，浮蟻在上，泛泛然，如萍之多者。』」⓮高閣　靈仙閣。⓯安車　坐乘之小車。《漢制考》卷三曰：「〈曲禮〉：『乘安車』。注：『安車，坐乘，若今小車也。』疏：『古者乘四馬之車，立乘；此臣既老，故乘一馬小車，坐乘也。』」《史記・儒林列傳》：「天子（漢武帝）使使束帛加璧，安車駟馬迎申公。」⓰負矢還　衣錦還鄉。《漢書・司馬相如傳》：「乃拜相如為中郎將，建節往使……至蜀，太守以下郊迎，縣令負弩矢先驅，蜀人以為寵。」⓱潘游句　潘，潘岳。《晉書・夏侯湛傳》：「夏侯湛，字孝若……文章宏富，善構新詞，而美容觀。與潘岳友善，每行止同輿接茵，京城謂之連璧」。⓲郭去句　郭，郭泰。《後漢書・郭泰列傳》：「林宗（泰）唯與李膺同舟而濟，眾賓望之以為神仙焉。」⓳鴻軒　高飛之狀，如鴻鵠之高飛遠舉。顏延年〈五君詠・向常侍〉：「交呂既鴻軒，攀嵇亦鳳舉。」

【語　譯】人跡罕至的谷，正是愚公合適的住所；遠離城市的山，正是仁者喜歡的空間。當年我們相約去隱居，轉眼你進幕府折衝樽俎間。你的才能，就像華山的蓮，開放出鮮豔的菡萏；你的品格，就像荊山的玉，包容著凌厲的巉巖。就像清新的空氣，在大道上一路吹拂；就像返照的山光，轉眼跨過了漢關。倒下一杯酒，我無心飲用，任杯上浮沫氾濫；斜靠在高閣，我情懷蕭散，看牆上塊塊苔蘚斑。在此不久，你一定會得到安車的徵召；當你歸來，也會得到相如歸蜀的榮耀！我們分別後，就像潘岳離開了夏侯湛，雙璧只剩下一半；就像郭泰離開了李膺，那船兒半邊空閒。你一定會笑我，隱居山野；而你鴻鵠遠飛，已經高不可攀。

【研　析】本詩寫作之時，義山正在永樂閒居。義山本不耐寂寞，功名之心時刻未忘，現在韋潘突然出仕，更是觸動了義山敏感神經，於是寫此詩寄予。詩在慨歎對方騰達之時，對己之幽居廢退非常懊喪。本詩之末聯更是直陳「鴻軒不可攀」，豔羨情緒直露。義山之不能為隱者，於此也可得明證。

此詩內容包括羨慕對方已經入幕與慨歎自己隱居不仕。詩分三層。首二聯為事由。首聯似乎非常豁達，又似回憶當日的誓言；次聯則語帶抱怨，一副沉不住氣的情態，於是登閣而遣發之。三、四、五聯為登閣。可是登臨之後，所見之景物卻處處映射出對方。登閣看到蓮花、山石，想到對方之才華；閣下之大路、遠方之漢關，又想起對方赴幕所經過之途徑；最後連喝酒的心情也沒有了，只好看著牆壁上的苔蘚斑痕而暗自傷感。末三聯直陳寫作之意：一是恭賀對方仕途通達，二是哀歎自己形影孤單，三是對雙方沉浮異勢的感慨。謂義山此詩「寓招隱」自然錯誤，但說義山此詩是虛應故事，也不正確：義山獨自登樓、汲汲出仕，沉浮異勢的慨歎和隱居虛度的恐慌，豈是虛應故事耶？（許軍）

寄和水部馬郎中題興德驛❶

仙郎❷倦去心❸，鄭驛❹暫登臨。水色瀟湘❺闊，沙程朔漠深❻。鷁舟❼時往復，
鷗鳥恣浮沉。更想逢歸馬❽，悠悠嶽❾樹陰。

【注　釋】❶寄和水部句　義山自注：「時昭義已平。」《資治通鑑》武宗會昌四年載，昭義節度使劉從諫卒，其子稹反；會昌四年七月，昭義軍中大將郭誼殺劉稹投降朝廷；九月，郭誼等叛軍首領皆被誅殺。水部，隸屬工部。《舊唐書．職官志二》

載尚書省工部下設：「水部郎中一員、員外郎一員、主事二人、令史四人、書令史九人、掌固四人。郎中、員外郎之職，掌天下川瀆陂池之政令，以導達溝洫，堰決河渠。凡舟楫溉灌之利，咸總而舉之。」馬郎中，不詳。張采田謂「馬郎中當自京暫來永樂」，馮浩謂「馬郎中自永樂入朝」，據詩中「倦去心」、「暫登臨」、「更想」、「悠悠」等語，明係離開永樂入朝，馮說是。興德，馮翊縣南。《元和郡縣誌》卷二：「興德宮在縣南三十二里。義旗將趨京師，軍次於忠武園，因置亭子，名興德宮。」❷仙郎　曹郎，美稱。尚書省屬下各部曹為仙曹，各部郎中、員外郎為仙郎。黃滔〈寄敷水盧校書〉：「諫省垂清論，仙曹豈久臨。」李白〈江夏使君叔席上贈史郎中〉：「仙郎久為別，客舍問何如。」❸倦去心　暫時不急著回去了，想停留一下。遂有下面的登臨。❹鄭驛　借指興德驛。《漢書・鄭當時傳》：「(鄭當時)常置驛馬長安諸郊，請謝賓客，夜以繼日。」❺瀟湘　湘江。《水經注・湘水》：「瀟者，水清深也。《湘中記》曰：『湘川清照五六丈，下見底，石如樗蒲矣，五色鮮明，白沙如霜雪，赤崖若朝霞。是納瀟湘之名矣。』」❻沙程句　謂興德驛瀕臨洛河，而自此向北，又漸近朔漠。謝惠連〈雪賦〉：「於是河海生雲，朔漠飛沙。」朔漠，北方沙漠。❼鷁舟　畫有鷁鳥圖形或製成鷁鳥形狀的舟。《文選》張衡〈西京賦〉：「浮鷁首」，李善注曰：「船頭象鷁鳥，厭水神，故天子乘之。」❽歸馬　雙關，既指歸去之馬郎中，也指散放之戰馬。《尚書・武成》：「乃偃武修文，歸馬於華山之陽，放牛於桃林之野，示天下弗服。」桃林、華山，皆興德驛周邊之地，故及之，且望天下太平。❾嶽　此指華山。

【語　譯】郎中入京，一路風塵，也該暫歇歸心；登上興德驛，把戰後的河山眺望。腳下洛水，清淨遼闊，讓人想起南方的瀟湘；北方沙漠，深沉如海，那路上已完全荒涼。但已經有了恢復的跡象，那江面已經通航，有船兒不時來往；那水上有鷗鳥浮沉，不時還自由翱翔。當您歸去的時候，會看到更多和平景象。那華山下成群的歸馬，正在樹蔭下納涼。

【研　析】晚唐藩鎮，動輒對抗中央朝廷。義山的政治態度是一貫的，那就是堅決反對藩鎮獨立，維護中央朝廷；同時反對戰亂，渴望和平，呼喚晚唐中興。武宗會昌四年，昭義節度使劉從諫卒，其子劉稹在叛將郭誼等人鼓動下謀反；七月，在戰事不利情況下郭誼殺劉稹投降朝廷，企圖獲得寬宥；九月，郭誼等叛軍首領皆被誅殺。義山詩中所描寫的荒涼蕭索的背景都是這次戰亂造成的，而對和平的渴望也源於此。

此詩是一篇應酬之作，但能緊緊扣住「時昭義已平」五字，自有可觀處。首聯點出和詩的緣由。郎中之所以能夠暫時「倦」了歸心，有此閒情登臨遠眺，正可見當時驛路已經安寧。次聯寫遠眺，但是看到的景色都非常蕭索。江面寬闊，而水清見底；沙海深沉，而缺少人跡。這個景象正是大戰之後必有的景象。此聯取景遼闊，場面蕭瑟，直欲遠視千里。頸聯寫戰後生機之出現。上句謂人之往來，下句為禽鳥之往來，物我兼融，歷歷如畫，清新可喜。末聯巧妙地以歸馬作喻，語意雙關，既是和平徵兆，表達了對王朝長久康寧的期盼；又暗示了馬郎中歸去，將愈行愈遠；而郎中之所以能歸去，正是因為「時昭義已平」耳。「歸馬」典故，足以把全篇啟動。相信馬郎中讀到這裡，定能會心一笑。若張采田讀懂此意，當不會犯「馬郎中當自京暫來永樂」這個明顯錯誤。因此，表面上只是一首應酬之作，但實際上，義山是有自己的真實情感在內的，謀篇布局甚見巧思。（許軍）

和馬郎中移白菊見示

陶詩只采黃金實❶，郢曲新傳〈白雪〉英❷。素色不同籬下發，繁花疑自月中生❸。浮杯小摘❹開雲母，帶露全移綴水精❺。偏稱含香❻五字客❼，從茲得地始芳榮❽。

【注釋】❶陶詩句　陶潛詠菊花詩。〈飲酒〉：「采菊東籬下，悠然見南山。」又〈雜詩〉：「秋菊有佳色，裛露掇其英。」宋唐慎微《證類本草》卷六：「正月采根，三月采葉，五月采莖，九月采花，十一月采實。」同卷〈玉函方〉：「王子喬變白增年方：甘菊，三月上寅日采，名曰玉英；六月上寅日采，名曰容成；九月上寅日采，名曰金精；十二月上寅日采，名曰長生。長生者，根莖是也。」❷白雪英　白花。宋玉〈對楚王問〉：「客有歌於郢中者，……其為〈陽春〉、〈白雪〉，國中屬而和者不過數十人。」《楚辭》：「朝飲木蘭之墜露兮，夕餐秋菊之落英。」鮑照〈玩月城西門廨中〉：「蜀琴抽〈白雪〉，郢曲發〈陽春〉。」❸月中生　喻其白。梁簡文帝〈采菊篇〉：「月精麗草散秋株。」❹小摘　隨意採摘。謝靈運〈永嘉記〉：「百卉正發時，聊以小摘供日。」❺帶露句　意謂帶露全移的百菊，如綴晶瑩的水精。水精，喻其瑩白。❻含香　暗示郎中身分。《通志·昆蟲草木略》：「應劭為漢侍中，年老口臭，帝賜雞舌香含之。後來三省故事，郎官日含雞舌香，欲其奏事對答芬芳。」❼五字客　本指鍾會，此指馬郎中。郭頒《魏晉世語》：「司馬景王命中書郎虞松作表，再呈，不可意，令松更定之，經時竭思，不能改。中書郎鍾會取草視，為定五字。松悅服，以呈景王。景王曰：『不當爾耶？』松曰：『鍾會也。』王曰：『如此可大用，真王佐才也。』」❽芳榮　指花葉更加繁茂。鍾會〈菊花賦〉：「仰撫雲髻，俯弄芳容。」

【語　譯】酷愛菊花的陶潛，只知道採摘金色的黃菊；你詩中吟唱的白菊，就像〈陽春〉〈白雪〉歌唱在郢都。這雪白的顏色，不同於陶潛東籬下的花朵；這晶瑩的繁花，就像廣寒宮中生長的月魄。泡在杯中，隨意採摘的花朵盛開，就像晶瑩的雲母；移栽新地，露水襯托白菊，閃爍水精一樣的光澤。這絕品的白菊，只有郎中佳詠可以媲美。地氣適宜，才子賞玩，從此花葉更加繁榮。

【研　析】此詩應和馬郎中之移白菊詩，故以陶潛黃菊作陪。第一句即主客分明，不僅突出主人雅趣，而且突出此花品種之稀有。第二句郢曲唱〈白雪〉，引出馬郎中吟詠中之白菊，切合首句，也顯示馬詩作之高雅，白菊品種之少有。三四句意思重複一二句，但卻不如前二句意思好。五句小摘，寫花朵之白；六句全移，寫全株菊花之晶瑩，而移字也被引入了。末聯上句謂花好才高，下句謂花得地而繁榮，則才子也將得地而通達。全詩前三聯都極力說花之白，末聯則說此白之少有，頌讚花好人好，兩相得宜。

全詩用典刻意，斧鑿過甚，應酬之痕跡明顯。所以紀昀語含諷刺地評價說：「刻意寫『白』字。然此花格韻不宜如此刻劃了之。」大概義山本人未見此花，也不見得真的喜歡此品種，但馬郎中既然大老遠特地寄來詩作，不敷衍一下實在說不過去，於是強作耳。強作之詩，自然難出佳作。（許軍）

菊

暗暗淡淡紫，融融冶冶❶黃。陶令籬邊色，羅含宅裏香❷。幾時禁重露❸，實是怯殘陽。願泛❹金鸚鵡❺，昇君白玉堂❻。

【注　釋】❶融融冶冶　明豔之狀。❷香　飄香。《晉書・文苑列傳・羅含傳》：「含致仕還家，階庭忽蘭菊叢生，以為德行之感。」❸幾時句　不勝重露，衰敗凋零之態。禁，勝。❹泛　飲酒。《西京雜記》：「九月九日佩茱萸，食蓬餌，飲菊花酒，令人長壽。」❺金鸚鵡　用黃金模仿鸚鵡螺形狀打造的酒器。唐劉恂《嶺表錄異》：「鸚鵡螺旋尖處屈而朱，如鸚鵡嘴，故以此名。殼上青綠。斑文大者，可受三升。殼內光瑩如雲母。裝為酒杯，奇而可玩。」❻白玉堂　此指朝堂。《玉臺新詠・古樂府六首・相逢狹路間》：「黃金為君門，白玉為君堂。」

【語　譯】有些是暗淡的紫，有些是明豔的黃。陶潛隱居的東籬，因你的裝點而生色；羅含致仕的住宅，因你的出現而增香。你天生麗質，怎能禁受重重冷露的摧殘；你迎著秋風怒放，實在是畏懼那飛落的斜陽。我願化為美酒，盛入金色的鸚鵡杯，登上君王的白玉堂。

【研　析】本詩自喻的色彩非常明顯。首聯寫眼前的菊花，或紫色，或黃色，都很珍貴，也很搶眼。次聯寫此菊曾裝點在陶潛之東籬下、羅含之住宅內，而今日則裝點在我之東籬下、我之住宅內。則此花照應彼花，而我也直追古代的賢良。但詩中的「我」卻失去了陶潛與羅含的心平氣和，顯得非常著急。頸聯寫菊花其實禁受不了重重秋露的摧殘，而夕陽西下更是令菊花也令自己恐慌，渲染出一種美人遲暮、英雄失路之悲。末聯則希望能化身美酒，致身金玉，親近君王。

義山此詩中的菊花，既不同於陶潛歸隱的高潔不屈之菊，也不同於羅含的才德徵兆之菊，而是畏秋懼露、哀歎時運不濟的失路英雄的象徵。菊花遭受冷露的摧折，又迫近斜陽，義山借菊花自喻，其中蘊含的身世之悲非常強烈。全詩色彩華豔，感情惆悵，充滿憂鬱傷感的情調。

此詩念念不忘金、玉，仕宦之心很強烈，絕非晚年落寞之作，而抱怨與嗟歎亦不得視為憤怒控訴也。如此，則首聯望君注意，頷聯望君重視，頸聯望君憐憫，末聯望君重用。不堪冷落、熱衷仕進的情緒貫串了全篇，可見是罷官家居、圖謀再起之作。（許軍）

所居

窗下尋書細，溪邊坐石平。水風醒酒病，霜日曝衣輕❶。雞黍❷隨人設，蒲魚得地生❸。前賢無不謂，容易即遺名❹。

【注釋】❶霜日句　霜日，即秋晴之日，曝衣易乾，故曰「輕」。儲光羲〈樵父詞〉：「喬林時曝衣。」❷雞黍　隱者之食物。《論語·微子》：「止子路宿，殺雞為黍而食之。」❸得地生　得地之利，適宜生長。《周禮·夏官》：「正東曰青州，其山鎮曰沂山，其澤藪曰望諸，其川淮泗，其浸沂沭，其利蒲魚。」❹遺名　遺棄名位。曹植〈七啟〉：「君子不遁俗而遺名，智士不背世而滅勳。」

【語譯】有時坐在窗下，仔細地翻檢圖書；有時坐對小溪，看坐著的石塊又滑又平。水面上吹來涼爽的風，可以清醒我的宿酒；秋天晴朗的日頭，曬得我身暖衣輕。殺雞作黍，隨人心意而措辦；蒲草游魚，因得地利而繁生。住處不能隨便，前賢頗費心思；居所優裕如我，自然容易遁世遺名。

【研析】此詩寫鄉居之閒適，恬然自樂，甚得隱士之風。首聯終日悠閒：有時在窗下翻翻書，有時在溪邊看看水，無所用於心，優哉遊哉。次聯寫身心舒適。酒喝多了，可以臨溪吹吹風，清新涼爽的空氣有助於醒酒；

衣服穿得久了，在霜日的陽光下曬曬，一會就蒸發了水氣，變得又輕又暖。三聯寫生活淳樸。可以殺雞作黍，可以採蒲捕魚，一種田園情趣，勝過山珍海味。末聯總括，說前賢皆因得隱居之樂，所以才能夠心平氣和地遁世遺名，而我之隱居極樂也在其中了。

此詩用語平淺，情趣淡泊，思想寧靜，意境單純，努力以平淡示人。義山詩歌中，能如此淡泊名利的詩歌並不多見，足見鄉居怡人，可以淡泊名利之心，非虛語也。張采田認為此詩「是永樂退居時所作」，其意可從。大概作詩時義山退居鄉間時間不長，故能如此平淡，隱居中後期，就顯得牢騷滿腹、窮愁滿紙了。如下面這首〈秋日晚思〉中「雨餘方寂寥」的情緒，就很有代表性。（許軍）

秋日晚思

桐槿日零落❶，雨餘方寂寥。枕寒莊蝶去❷，窗冷胤螢銷❸。取適琴將❹酒，
忘名❺牧與樵。平生有游舊❻，一一在煙霄❼。

【注　釋】❶桐槿句　桐槿，桐樹與木槿。梧桐發葉晚，落葉早；木槿花朝開而夕凋。並且，秋天一到，桐槿不僅花全凋，而且葉全落，光禿禿只有枯幹。❷枕寒句　莊蝶，莊子夢為蝴蝶。枕寒，而且莊蝶去，意謂不能成夢。《莊子．齊物論》：「昔者莊周夢為蝴蝶，栩栩然蝴蝶也。自喻適志與，不知周也。俄然覺，則蘧蘧然周也。不知周之夢為蝴蝶與，蝴蝶之夢為周與？周與蝴蝶則必有分矣，此之謂物化。」❸銷　毀失。意謂情懷頗差，難以靜心讀書。《晉書．車胤傳》：「胤恭勤不倦，博學多通。家貧不常得油，夏月則練囊盛數十螢火以照書，以夜繼日焉。」❹將　與。❺忘名　不慕聲譽。《顏氏家訓．名實篇》：「上士忘名，中士立名，下士竊名。」❻游舊　昔日朋友。❼煙霄　飛黃騰達；致身青雲。錢起〈過曹鈞隱居〉：「濟濟振纓客，煙霄各致身。」

【語　譯】桐樹與木槿，花早凋零，葉漸落盡，淅瀝的秋雨，在枯澀的樹幹點滴零淫，這秋天令人傷情。夜晚特別冷清，想片刻忘懷，莊生蝴蝶卻無法入我夢境；窗外寒氣入侵，想挑燈夜讀，車胤的螢火已無處可尋。無聊的滋味難排遣，只好喝酒與彈琴；默默隱居吧，託身牧人與樵夫，就做一個山野之民。回顧平生交遊，一個個置身青雲。

【研　析】本詩的創作時間，馮浩認為應該是武宗會昌五年，較合情理。此時丁憂期已滿或將滿，義山名利心開始蠢動。葉蔥奇將其定為宣宗大中十一年閒居鄭州，顯然失誤，此時義山正在鹽鐵推官任上，非閒置之時。鄧中龍定其為大中十二年，即義山辭世前不久。此說未能注意到義山那時已經心疲體病，絕難振作了，其論點也難成立。

「枕寒」二字，鄧釋為義山已經喪妻，顯然臆說。此聯只是煩躁，而不是喪妻的痛苦，兩者的情緒表現天懸地隔。本詩中，隨後詩人就故作鎮定要「取適」，要「忘名」，可謂傲氣仍存，非喪偶之苦悶萎靡可比。

「平生」一詞，可以釋為平素、往常。《論語·憲問》：「見利思義，見危授命，久要不忘平生之言，亦可以為成人矣。」也可釋為舊交。唐楊衡〈送鄭丞之羅浮中習業〉：「何當真府內，重得款平生。」但是，在本詩中卻不能解釋為一生。即使是人到暮年，也不能這樣解釋。

此詩寫秋日寂寥與內心不平，非暮年氣象，當為心尚未死、志欲再伸之作。首聯言秋景寂寥，桐樹與木槿，空餘枯枝；加上秋雨淅瀝，令人魂銷神傷。此為白天。次聯寫夜晚更加難以禁受，躺著不成眠，坐著又無心讀書，直是困頓，煩躁不安。頸聯寫自我安慰與排解。而末聯則不僅使頸聯的努力落空，且點明了傷情的根本原因，原來是名利之心蠢蠢欲動耳。

全詩造境寫情，感傷哀婉，語調悽楚酸苦。與前面的作品比較，其感情更為沉鬱，表達愈加婉曲。坎坷不平的人生歷程，影響了詩人的詩歌藝術與情感體悟。「忘名」二字為本詩之眼，然詩中一切煩惱皆由此「名」而起，欲忘而實際耿耿於懷。義山之懷才不遇、沉淪下僚的悲劇命運，是造成其詩歌感傷情調的總根源。（許軍）

幽居冬暮

羽翼摧殘日❶，郊園寂寞時。曉雞驚樹雪，寒鶩守冰池❷。急景❸倏云暮，頹年❹寖❺已衰。如何匡❻國分，不與夙心期。

【注　釋】❶羽翼句　意謂不能再高飛遠舉，如鳥兒羽翼被摧殘。❷曉雞二句　意謂冬日之極度寂寞。姚培謙謂：「『曉雞』句，喻不改其常；『寒鶩』句，喻不移其守」。鶩，野鴨。❸急景　即白天很短。鮑照〈舞鶴賦〉：「窮陰殺節，急景凋年。」景，日頭；陽光。❹頹年　衰朽之年。韋應物〈滁州園池宴元氏親屬〉：「感往在茲會，傷離屬頹年。」❺寖　漸漸。通「浸」。❻匡　扶助。《後漢書・蔡邕傳》：「匡國理政，未有其能。」

【語　譯】就像鳥兒被摧折了翅膀，我寂寞地困守在家鄉。夜雪，樹木粉裝，晨起的雞群驚恐飛鳴；冰封，水面如鏡，耐寒的鴨子流連池塘。轉眼又是歲末，西天燒起了晚霞；年歲空老令我頹唐，精力日衰更讓我憂傷。我一心想報效君王，無奈時運不濟，處處違背自己的理想。

【研　析】義山詩集中，有〈春宵自遣〉、〈秋日晚思〉、〈七夕偶題〉、〈幽居冬暮〉，從情感發展過程來看，顯然是一組詩，它們的創作時間以丁憂之後閒居最貼近情理。

本詩是這組詩中的較後來之作。丁憂初期的閒適情緒不見了，稍後的煩躁情緒也不見了，代之以自我哀傷。首聯言自己剛剛仕途上有點起色，結果因為丁憂不得不困守郊園，就像斷翅的鳥兒不能再飛翔。次聯寫幽居之景色，承接「郊園寂寞時」。困守荒涼的鄉下，雖然不時驚恐，但也無法離去，就像野鴨困守在寒塘，無謂地消磨時光。頸聯寫一年之歲暮與一己之遲暮，睹時光流逝而感歎人生無成。末聯出語激憤，猶云為什麼命運不公如斯。

本詩對偶嚴整而出語遒勁，情懷激越蒼涼；詩中取景、寫物，開闔自如；外在的時空與自我的時空展開、物與我的呼應與融合都安排妥貼，無斧鑿痕，顯示了很渾厚的藝術才力。與前面的系列作品相比，可見其思想由淒苦酸楚之音，變而為激楚頓宕，再為本作之深沉凝重，將無窮的悲憤含蓄在淒清衰颯的意境畫面中，發人深思，令人歎惋。人謂義山此詩可能作於後期，大概正是因為本詩藝術風格上蒼老渾成的優秀特質。（許軍）

四年冬以退居蒲之永樂渴然有農夫望歲之志遂作憶❶雪又作殘雪詩各一百言以寄情於游舊

憶雪

愛景❷人方樂，同雲❸候稍愆❹。徒聞周雅什❺，願賦朔風篇❻。欲俟千箱慶❼，須資六出❽妍。詠留飛絮❾後，歌唱〈落梅〉❿前。庭樹思瓊⓫蕊，粧樓認粉緜。瑞邀盈尺⓬日，豐待兩歧⓭年。預約延枚酒⓮，虛乘訪戴船⓯。映書⓰孤志業，披氅阻神仙⓱。幾向霜階步，頻將月幌⓲褰⓳。玉京⓴應已足，白屋㉑但顒然㉒。

殘雪

旭日開晴色，寒空失素塵㉓。遶牆全剝粉，傍井漸銷銀。刻獸摧鹽虎㉔，為山倒玉人㉕。珠還猶照魏㉖，璧碎尚留秦㉗。落日驚侵晝，餘光悞惜春。簷冰滴鵝管㉘，屋瓦鏤魚鱗㉙。嶺霽嵐光坼㉚，松暄翠粒㉛新。擁林愁拂盡，著砌恐行頻㉜。焦寢忻㉝無患㉞，梁園㉟去有因。莫能知帝力㊱，空此荷平均。

【注釋】❶憶　思；盼望。〈木蘭詩〉：「問女何所思，問女何所憶？」❷景　日光，這裡指冬天的日光。《左傳・文公七年》：「趙衰，冬日之日也；趙盾，夏日之日也。」注：「冬日可愛，夏日可畏。」❸同雲　亦作「彤雲」。下雪前天空密布的陰雲。《藝文類聚・天部・雪》：「《韓詩外傳》：『雪花曰霙，雪雲曰同雲。』」《詩經・小雅・節南山》：「上天同雲，雨雪雰雰。」❹愆　差錯，這裡指天氣變冷。❺周雅什　指歷史上已有詠雪篇什。周雅，代指古人的詠雪詩篇，包括上引之《詩經》。謝惠連〈雪賦〉：「歌北風於衛詩，詠南山於周雅」。什，篇什。❻朔風篇　代指自己所作的新的詠雪詩篇。即本詩。雪落時多朔風勁吹，故稱詠雪詩為朔風篇。《詩經・邶風・北風》：「北風其涼，雨雪其雱。」❼千箱慶　農家豐年的歡樂。《詩經・小雅・甫田》：「乃求千斯倉，乃求萬斯箱。黍稷稻粱，農夫之慶。」唐太宗〈秋暮言志〉：「已獲千箱慶，何以繼薰風？」❽六出　雪花。《藝文類聚・天部・雪》：「《韓詩外傳》曰：『凡草木花多五出，雪花獨六出。』」❾飛絮　指謝道韞詠雪事。❿落梅　曲調名。蘇味道〈正月十五夜〉：「行歌盡〈落梅〉。」《樂書・胡部・羌笛》：「羌笛有〈落梅花曲〉。」⓫瓊　美玉，這裡指凝雪。張衡〈西京賦〉：「屑瓊蕊以朝餐。」⓬盈尺　大雪。謝惠連〈雪賦〉：「盈尺則呈瑞於豐年，袤丈則表沴於陰德。」《左傳・隱公八年》：「平地尺為大雪。」⓭歧　即一麥兩穗，表示豐收。《後漢書・張堪傳》：「乃於狐奴（地名）開稻田八千餘頃，勸民耕種，以致殷富，百姓歌曰：『桑無附枝，麥穗兩岐。張君為政，樂不可支。』」⓮延枚酒　賞雪酒。謝惠連〈雪賦〉：梁王「乃置旨酒，命賓友，召鄒生，延枚叟……俄而微霰零，密雪下。」⓯訪戴船　賞雪船。《世說新語・任誕》：「王子猷居山陰，夜大雪，眠覺，開室，命酌酒，四望皎然，因起彷徨，詠左思〈招隱〉詩，忽憶戴安道。時戴在剡，即便夜乘小船就之，經宿方至，造門不前而返。人問其故。王曰：『吾本乘興而行，興盡而返，何必見戴？』」⓰映書　用雪光照著讀書。《南史・范雲傳》：「貧，常映雪讀書。」⓱披氅句　《晉書・王恭傳》：「恭美姿儀，人多愛悅。……嘗被鶴氅裘涉雪而行。孟昶窺見之，歎曰：『此真神仙中人也。』」氅，大衣。⓲幌　帷幕。⓳褰　撩起。

⑳玉京　京城。㉑白屋　寒士之屋。《漢書・蕭望之傳》載蕭望之勸說霍光：「將軍以功德輔幼主，將以流大化，致於洽平（太平之教化，融洽於四方），是以天下之士延頸企踵，爭願自效，以輔高明。今士見者皆先露索挾持（衛士搜身並左右夾持之），恐非周公相成王、躬吐握之禮，致白屋之意。」顏師古注曰：「白屋，謂白蓋之屋，以茅覆之，賤人所居。」劉孝威〈行還值雨又為清道所駐〉：「況余白屋士，自依卑路旁。」㉒顒然　仰望之態。㉓素塵　喻雪花。何遜〈詠雪〉：「若逐微風起，誰言非玉塵？」㉔刻獸句　摧，消融。《左傳・僖公三十年》：「冬，王使周公閱來聘，饗有昌歜、白、黑、形鹽。辭曰：『國君文足昭也，武可畏也，則有備物之饗以象其德，薦五味，羞嘉穀，鹽虎形以獻其功。吾何以堪之？』」㉕為山句　此聯意謂各種堆雪造型都開始消融。李白〈襄陽歌〉：「玉山自倒非人推。」《晉書・裴楷傳》：「楷風神高邁，容儀俊爽，博涉群書，特精禮義，時人謂之玉人。」㉖珠還句　《後漢書・循吏列傳》：「孟嘗遷合浦太守，郡不產穀實，而海出珠寶，與交阯比境，常通商販，貿糴糧食。先時宰守並多貪穢，詭人採求，不知紀極。珠遂漸徙於交阯郡界，於是行旅不至，人物無資，貧者餓死於道。嘗到官，革易前敝，求民病利，曾未逾歲，去珠復還。」㉗璧碎句　此句意謂殘留的雪光仍然很瑩潔。《史記・廉頗藺相如列傳》：藺相如「因持璧卻立，倚柱，怒髮上衝冠，……相如持其璧睨柱，欲以擊柱。秦王恐其破璧，乃辭謝。」㉘鵝管　屋簷下懸掛的冰像鵝毛管。《外臺祕要方・薛侍郎服乳石體性論一首》載鐘乳石：「通中輕薄如鵝翎管，碎之如爪甲。」㉙魚鱗　此指屋瓦。庾信〈溫湯碑〉：「秦皇餘石，仍為雁齒之階；漢武舊陶，即用魚鱗之瓦。」㉚圻　開。㉛粒　即鬣。《太平廣記・草木一》：「松凡言兩粒、五粒，粒當言鬣。」㉜頻　頻繁。章孝標〈淮南李相公紳席上賦春雪〉：「六出花飛處處飄，粘窗著砌上寒條。」㉝忻　同「欣」。㉞患　害。《高士傳・焦先》：「後野火燒其廬，先因露寢，遭冬雪大至，先袒臥不移，人以為死，就視如故。」㉟梁園　此暗指幕府。㊱帝力　帝王恩德或王權統治。古樂府〈擊壤歌〉：「日出而作，日入而息，鑿井而飲，耕田而食，帝力於我何有哉！」

【語譯】

憶雪

冬天溫暖的陽光，沒有人不喜歡。可是下雪前彤雲密布，氣溫就要發生一點改變。古人詠雪的詩歌膾炙人口，今天我也想吟唱一篇。要想豐收的來年，這個冬天還須雪花裝點。雖不如謝道韞的詠絮才，也請為我吹奏〈落梅花〉，聽我把雪花詠歎。庭中的玉樹，期待綴滿晶瑩的瓊花；粉裝的樓臺，好像堆疊層層的白綿。

政治清明，渴望大雪一尺；瑞雪紛飛，預兆麥秀兩穗的豐收年。我要預備好酒，邀請友人把這雪景賞玩；我要拜訪遠客，請為我準備賞雪的船。那亮麗的雪光，正好照耀書本；那潔白的雪地，正好披上鶴氅學做神仙。有好幾次，我在雪白的臺階上往返；月光浮動在眼前，像白色的雪幕，誘使我伸手試探。京師的雪應該下得充足了吧，我在郊外的茅屋裡，卻還在抬頭看天。

殘　雪

朝陽一放出萬道紅光，天空消失了飛舞的雪花。圍繞牆壁的，好像正在剝落的白粉；靠近井欄的，好像正在融化的白銀。用雪堆成的造型，已經殘破；高出地面的雪堆，已經傾倒。就像明珠，仍然泛著潔白的光澤；就像碧玉，依稀保存破碎前的完美。太陽已經落山，白天卻走得很慢；明媚的天色像是春天，怎不讓人愛憐。簷下的冰柱開始融化，像是中空的鵝翎。瓦頂上斷續的雪痕，像是鏤空的魚鱗。陽光照射到山嶺，霧氣全部散開；松樹脫去了雪衣，每一枚松針都那麼清新。林間簇擁的雪，我生怕一陣風把它們吹盡；臺階殘留的雪，我生怕人們走得太殷勤。焦先曾袒臥雪中，躲過了奪命的大火；雪後天晴，梁園賞雪的來賓已經遠行。呆在天高地遠的郊原，我無法感受政治清明；但這普天的雪花，卻昭示著天道均平。

【研　析】武宗會昌四年，王茂元卒，義山離開幕府至京城，退居永樂。《新唐書・李商隱傳》載「牛、李黨人嗤謫商隱，以為詭薄無行，共排笮之。茂元死，來遊京師，久不調。」義山此詩的最大特色是用典繁密，誠所謂「獺祭魚」。唐人科考，有試帖，考背誦經書的能力；唐代公文，也以連篇累牘的駢體為主，特別講究運用典故。義山偏好繁密用典，與此社會風氣有關。令狐楚教導義山駢體文，更是從一個側面助長了義山的這一偏好。

義山此詩，曲終奏雅，本意不在雪，雪只是一個引子，一個招牌，或者一個寓意；本意在末句。〈憶雪〉的結尾直接發問，希望友人能夠汲引。〈殘雪〉末尾好像是說在朝在野都平均了，但只有雪花平均，可惜又融化成空，因而仍然不平均。因此，本詩的性質，類同於溫卷與行卷，干謁特色頗濃，強作的痕跡也很明顯。

義山作詩，最擅長者在淒絕二字。其原因是屢次摧折，困頓不堪，不吐不快，欲說還休。而本詩還沒有受到這樣的打擊。此前，義山受到令狐楚賞識，教導寫作，延請入幕，備受禮遇；此後又兩次得第，並得官；令狐楚死，轉投王茂元，同樣受到重視，並娶茂元幼女。因此，雖然生活中有過一些小的挫折，總體還是比較順利，義山此時尚沒有岌岌可危之感，也沒有後期的絕望淒慘之悲。這些閒暇生活中寫出來的詩歌，無論情感體驗還是情緒鬱結，都沒有後期那麼濃烈。若義山沒有後來那麼多悲慘的遭遇，必不會寫出那樣風格淒絕的詩篇，其藝術成就絕難臻一流；則義山之不幸，是其詩歌之大幸。真是人生不可有此事，百代不可無此詩。（許軍）

題小柏❶

憐君孤秀植庭中，細葉輕陰滿座風。桃李盛時雖寂寞，雪霜多後始青葱❷。
一年幾變枯榮事❸，百尺方資柱石❹功。為謝❺西園車馬客❻，定悲搖落盡成空。

【注　釋】❶題小柏　題一作〈題小松〉。❷葱　青。《爾雅・釋器》：「青謂之葱。」❸枯榮事　枯榮，指桃李。❹柱石　意猶棟梁。《漢書・霍光列傳》：「田延年謂霍光曰：『將軍為國柱石。』」顏師古注曰：「柱者，梁下之柱；石者，承柱之礎也。言大臣負國重任，如屋之柱及其石也。」❺為謝　為告。❻車馬客　追逐繁華之輩。曹丕〈芙蓉池作〉：「承輦夜行游，逍遙步西園。」曹植〈公宴詩〉：「清夜遊西園，飛蓋相追隨。……秋蘭被長阪，朱華冒綠池。」

【語　譯】小柏樹啊，我愛你孤傲清秀的神姿，把你移植到庭中。你伸展開細葉遮擋陽光，給四座送來陣陣涼風。在桃李盛開的季節，沒有多少人關注過你；在大雪嚴霜的冬天，只有你綠得那樣青葱。桃李開了又謝了，一年幾度枯榮；你在寂寞中慢慢成長，等到身高百尺，才顯示棟梁之功。請告訴西園賞花的客人吧，他們駕著車馬趨附繁華，等到百花搖落，他們的歡樂將轉頭成空。

【研　析】義山此詩意思很淺顯，注家多因此懷疑此詩非義山之作，似乎沒有必要。義山一生以王茂元死為其政治分水嶺，前期生活稍微順利，其思想、情感皆與後期明顯不同。而且，從詩人的成長來說，其特有風格的形成是一個由生而熟、由熟而化的過程，不是一下子就能達到的。

本詩題目向來有二，一為本題，一為〈題小松〉，諸家注釋都不能確定。據詩中之意思，義山歌頌的對象具有孤而秀的特點，能起柱石之功，但卻難為世人重視也難為世用。這些特點卻為柏樹所特有。宋人陸佃《埤雅・釋木》：「柏之指西，猶針之指南也。」《六書精蘊》：「萬木皆向陽，而柏獨西指。蓋陰木而有貞德者，故字從白。白者，西方也。」杜甫〈古柏行〉：「孔明廟前有老柏，柯如青銅根如石。霜皮溜雨四十圍，黛色參天二千尺。……志士幽人莫怨嗟，古來材大難為用。」根據詩歌含義，既孤秀又才高難用的，只有柏樹合適。故定其題目為〈題小柏〉。

本詩以小柏自喻，似乎為少年之作。首聯引出對象，次聯詠其堅貞氣節，三聯詠其日久必成棟梁，末聯對追逐繁華者加以諷刺。詩歌的意思確實非常平淺，無甚深意。（許軍）

正月十五夜聞京有燈恨不得觀

月色燈光滿帝都❶，香車寶輦隘❷通衢❸。身閒❹不覩中興盛❺，羞逐鄉人賽❻

紫姑❼。

【注　釋】❶月色句　此謂正月十五張燈。《資治通鑑》憲宗元和五年：「春正月……會望（十五日）夜，軍吏以有外軍，請罷張燈。張茂昭……命張燈，不禁行人，不閉里門。三夜如平日，亦無敢喧譁者。」胡三省注曰：「唐制：兩京及諸州縣街巷，率置邏卒，曉暝傳呼，以禁夜行，惟元夕張燈，弛禁，前後各一日。」❷隘 阻塞。❸通衢 四通八達的大道。❹身閒 時正丁憂隱居永樂。❺中興盛會 會昌四年，澤潞平。《舊唐書・武宗本紀》：「四年春正月，乙酉，朔，以澤潞用兵，罷元會。其日楊弁逐太原節度使李石……王子，河東監軍使呂義忠收復太原，生擒楊弁，盡斬其亂卒……（七月）詔石雄率軍七千人潞州。（郭）誼斬劉稹首以迎雄。澤潞等五州平。」❻賽 以歌舞雜戲酬神。❼紫姑 紫姑神。《異苑》：「世有紫姑神，古來相傳。云是人家妾，為大婦所嫉，每以穢事相次役。正月十五日，感激而死。故世人以其日作其形，夜於廁間或豬欄邊迎之。祝曰：『子胥不在（是其婿名也），曹姑亦歸（曹即其大婦也），小姑可出。』戲投者覺重，便是神來。奠設酒果，……能占眾事、卜未來蠶桑，又善射鉤，好則大儛，惡便仰眠。」

【語　譯】元宵的月色很美，元宵的燈光很亮，京師將變成燈與光的海洋；人潮在大街上湧動，車流在大道上徜徉，京師的夜空迴盪著歡笑的聲浪。我已一身清閒，不能參與京都的狂歡，困守在這窮鄉僻壤。鄉下賽神的狹小集會，勾不起我參與的欲望。

【研　析】此詩題目曰「恨」，足見義山內心的焦急與煩躁。義山喜歡追逐繁華，熱衷仕進，隱居永樂，仍時刻未忘。而對鄉下的迎神歌舞，卻毫無興趣，是其志不在遊玩，而在廁身之環境耳。馮浩以為本詩當作於「東川歸後，病還鄭州」之時，明顯忽視了詩歌中的情感特徵。病廢鄭州之時，義山對人世沉浮異勢的看法變得很消極了，他曾把人生的升騰比喻為井中之泥，偶爾被淘井者提上地面，於是立即春風得意；而如果沒有淘井者的努力，則將永不得見天日。可以說，其對仕途得失已經非常絕望。而本詩充滿孜孜以求的渴望，顯然是一篇早期的詩作。繫之會昌五年元宵，也符合唐王朝會昌四年平息兩次藩鎮叛亂的所謂「中興」史實。

本詩立義在「恨」，謀篇構思也為突出這一情緒而努力。首聯，上句寫京師之月色燈光，下句寫京師之車水馬龍，極寫其一片繁華熱鬧，為下文蓄勢。次聯則自歎閒棄如同廢退，不能身歷目睹，而鄉下賽神之小家子式的場面也羞於參與。前後兩聯形成巨大落差，詩人身在山野、志在魏闕之心也就非常明確了。（許軍）

賦得桃李無言❶

夭❷桃花正發，穠李蕊方繁。應候❸非爭艷，成蹊❹不在言。靜中霞暗吐，香處雪潛翻。得意搖風態，含情泣露❺痕。芬芳光上苑❻，寂默委中園。赤白徒自許，幽芳誰與論。

【注釋】❶無言　不自矜誇。《史記・李將軍列傳》：「余睹李將軍悛悛如鄙人，口不能道辭。及死之日，天下知與不知，皆為盡哀。……諺曰：『桃李不言，下自成蹊。』此言雖小，可以論大也。」❷夭　美好。《詩經・周南・桃夭》：「桃之夭夭，灼灼其華。」❸應候　順應氣候。❹蹊　小路。❺泣露　露水粘濕，形如淚水。李賀〈李憑箜篌引〉：「芙蓉泣露香蘭笑。」❻上苑　上林苑。

【語譯】嬌媚的桃花在春風中怒放，豔麗的李花把枝頭綴滿。不是為了鬥豔，只是順應季節的召喚；不必自我誇讚，花下自有遊人往還。默默開放，桃林染紅了一片霞光；悄悄噴香，李園開成了雪的海洋。看她搖曳在春風中，歡樂時風情萬種；看她飽含著露水珠，含淚要把深情訴。繁華的桃李，點綴在皇家的園林；寂寞的桃李，萎頓在鄉下的菜園。誰有我火紅的豔麗，誰有我雪白的嫵媚，如今空自淪落，卻與誰人評說。

【研析】本詩是一首試帖體詩。唐代進士考試分為三場：首場試詩、文各一篇，這是考察其才華；第二場為貼經，主要考背誦經書的能力；第三場考時務對策，查看考生的政治能力。每場都決定通過還是逐出。第一場的臨場賦詩，也叫試帖詩。一般為五言六韻或八韻的排律，題目臨時公布。從今天流傳的情況來看，試帖詩品質一般都不高。這主要是考試的程式化要求大。考生必須根據固定的題目做類似八股那樣的破題、承題、引申、拓展、收束，這自然嚴重限制了才情的發揮。程千帆曾經評價說：「省試詩（試帖詩）是唐詩中的糟粕，是進士科舉制度給唐代文學帶來的消極影響。就今存省試詩以及舉子們擬作的同類作品看來，其題材和主題主要是頌聖、詠史、寫景、賦物之類；而且無論做的是什麼題目，都還有一條必須遵守的不成文規則，那就是不許罵題，不許做反面文章。而在形式上，雖然它還沒有發展到明、清的八股文那樣公式化，卻也已經產生了一些清規戒律。」祖詠的〈終南山望餘雪〉其實是破了規矩，寫成了絕句。《唐詩紀事》：「有司試〈終南山望餘雪〉詩，詠賦云：『終南陰嶺秀，積雪浮雲端。林表明霽色，城中增暮寒。』四句即納於有司。或詰之。詠曰：『意盡』。」一般士子大概沒有祖詠這麼大膽，而試官也不見得會有這份通融，所以寫得四平八穩者多，優秀之作非常少見。

本詩即義山練習技藝兼發牢騷之作。這種牢騷當然不能在考試紙上寫下來，所以顯然不是正式的試帖詩。義山一方面說桃李不言，另一方面卻牢騷滿腹，不僅露才揚己，而且眼空無物，很有少年狂傲之態。因此，此詩不可能為晚期作品，應為永樂閒居時之作。義山身閒而心不閒，致以試帖體反覆作詩，既抒發個人情感，也不忘功名科考，這份熱衷確實了得。義山自詡桃李不言，只怕桃李不如此行事。（許軍）

永樂縣所居一草一木無非自栽今春悉已芳茂因書即事一章

手種悲陳事，心期翫❶物華。柳飛彭澤❷雪，桃散武陵❸霞。枳❹嫩棲鸞葉，
桐❺香待鳳花。綬❻藤縈弱蔓，袍草❼展新芽。學植❽功雖倍，成蹊跡尚賒❾。芳
年誰共翫，終老召平瓜❿。

【注釋】❶翫 通「玩」。玩賞。杜甫〈絕句漫興九首〉：「手種桃李非無主，野老牆低還是家。」韋應物〈閒居贈友〉：「徂歲方緬邈，陳事尚縱橫。」❷彭澤 彭澤令陶潛。《陶淵明集・五柳先生傳》：「先生不知何許人也，亦不詳其姓字。宅

邊有五柳樹，因以為號焉。」❸武陵　代桃花源。〈桃花源記〉：「晉太元中，武陵人捕魚為業。緣溪行，忘路之遠近。忽逢桃花林，夾岸數百步，中無雜樹，芳草鮮美，落英繽紛。」❹枳　枳樹。《太平御覽・木部・棘》：「枳棘非鸞鳳所棲，百里豈大賢之路。」❺桐　梧桐。傳說鳳凰非梧桐不棲。《詩經・大雅・卷阿》：「鳳凰鳴矣，于彼高岡。梧桐生矣，于彼朝陽。」❻綬　綬帶。王維〈韋給事山居〉：「庖廚出深竹，印綬隔垂藤。」❼袍草　官袍的顏色青如草。古詩：「青袍似春草，長條隨風舒。」❽學植　本指學習如農夫種植，此指學習栽種培植草木。《左傳・昭公十八年》：「夫學，殖也。不學，將落。」杜預注曰：「殖，生長也。言學之進德，如農之殖苗，日新月益。」❾賒　賒欠；還沒出現。《史記・李將軍列傳》：「桃李不言，下自成蹊。」❿召平瓜　召平，本秦東陵侯。《史記・蕭相國世家》：「召平者，故秦東陵侯。秦破，為布衣，貧，種瓜於長安城東。瓜美，故世俗謂之東陵瓜，從召平以為名也。」

【語　譯】看著親手栽種的草木，想起家園的往事，心中湧起淡淡的哀傷。我每天都在盼望，早點看到它們繁茂的景象。柳絮飄飛，舞動漫天的雪花；桃花開了，燒起美麗的紅霞。枳樹伸展出嫩綠的葉子，可以棲息鸞鳥；桐樹開放出噴香的花朵，可以招引鳳凰。藤如綬帶，纏繞著柔嫩的蔓；草如青袍，伸展出新鮮的芽。雖然我加倍辛勤，但遊人如織的跡象似乎無望。除了我，還有誰會欣賞這美好的景象；也許我，會像種瓜的召平老死在家鄉。

【研　析】此詩題目說「永樂縣所居，一草一木無非自栽」，則永樂當為其舊居。詩共六聯。寫隱居之樂的只有第二聯「柳飛彭澤雪，桃散武陵霞。」似乎義山要尋求隱居了，但是與真隱士陶潛不一樣的是，義山的隱居更多的是一種姿態，是做給他人也是做給自己看看的。他並沒有能夠衝出功名利祿之網，如陶潛那樣高唱「久在樊籠裡，復得返自然」；更沒有能夠參透人生，發現生命的短暫與永恆：「死去何所道，托體同山阿」。義山始終未能忘情於功名，他的隱士是功成身退式的隱士；在沒有建功立業之前，絕不作真正的歸隱。然而，現實環境又屢次剝奪其用武的舞臺，於是造成其情感的一次次失落，最終造成其悲劇人生。本詩中的其他五聯都是慨歎功名難立之苦。義山之內心與現實環境之間的這種衝突，是造成他悲劇人格和詩歌悲情風格的根源。

此詩也是試帖體，典故唯恐不繁密。首聯，上句「手種」承接「自栽」，下句「物華」承接「芳茂」；而「悲陳事」、「翫物華」則點出歲月蹉跎、望人賞識之意，成為一篇之骨。下三聯以六種草木展開家園的景物描寫，景物繁富，典故堆疊。「學植」聯則雖努力而難成名；末聯則慨歎無人賞識之苦。有注家謂本詩典故太多，這是當時試帖體的普遍情況，自不必對義山苛求；也有注家謂本詩語涉雜湊、靈動不足，確是有此弊端。義山退居永樂，既不能安心垂釣衡水，也不能邁步仕途，隱非真隱，仕又不能，這樣矛盾、焦慮的心理狀態捉筆寫四平八穩的試帖詩，自然難出佳作。（許軍）

小園獨酌

柳帶誰能結❶？花房未肯開❷。空餘雙蝶舞，竟絕一人來。半展龍鬚席❸，輕斟瑪瑙❹杯。年年春不定，虛信歲前梅。

【注釋】❶柳帶句　《隋書·后妃列傳》：「見合中有同心結數枚。」李白〈擣衣篇〉：「真珠簾箔掩蘭堂，橫垂寶幄同心結。」柳帶，柳枝。❷花房句　李賀〈宮娃歌〉：「蠟光高懸照紗空，花房夜擣紅守宮。」《北夢瑣言·白蓮女惑蘇昌遠》：「唐中和中，有士人蘇昌遠，……忽見一女郎，素衣紅臉，容質絕麗，……蘇生惑之既甚，嘗以玉環贈之結殷勤。或一日見欄前白蓮花開芙蓉殊異，俯而玩之，見花房中有物，細視之，乃所贈玉環也。」花房，花苞。❸龍鬚席　此指精緻的酒宴。《山海經·中山經第五》：「賈超之山……其中多龍修。」郭璞注曰：「龍鬚也。似莞而細，生山石穴中，莖倒垂，可以為席。」《新唐書·地理志》載：涇州保定郡、原州平涼郡等地進貢物品為「龍鬚席」。❹瑪瑙　一種名貴的玉。曹丕〈瑪瑙勒賦〉：「瑪瑙，玉屬也。出自西域，文理交錯，有似馬腦，故其方人因以名之。」

【語譯】柳條兒剛剛萌發，同心結誰人能綰？花朵兒含羞不放，讓蜂蝶苦悶流連。蝴蝶兒成對飛舞，小園內人跡全無。展開龍鬚席，那貴客未曾降臨；斟滿瑪瑙杯，問何人與我對飲。一年又一年的春信喲，總是沒有一個准；春梅開放了，春天無消息，將我白白欺騙。

【研　析】本詩的題旨，姚培謙認為是「有所期而不遂之詞」，又說「對雙蝶而長懷，必同心之侶也」。這樣的解釋無疑是正確的。但是反駁姚的注家認為是政治請託，則陷入穿鑿過度。即便有屈原的美人香草之傳統，在無確鑿根據的情況下，也不能就認定其主題為影射仕途。本詩從詞面上看，確是相思詞。

首句含義，諸多注家都以為只是寫柳枝和花朵，而忽視了其可能蘊涵的豐富含義。其實，本詩首聯，把豔情點染得濃烈而雅致。柳如帶，卻因春信未到，無法綰結；花房可開，也因春信未足，而不肯開。其中，綰結就是綰同心結。這是一個古老的愛情習俗。《樂府詩集·清商曲辭·子夜歌》：「何處結同心，西陵柏樹下。」晁采〈子夜歌〉：「儂既剪雲鬟，郎亦分絲髮。覓向無人處，綰作同心結。」後來，這個意象還進入詞中。《說郛》卷四七下載：「太學服膺齋上舍鄭文，秀州人。其妻寄以〈憶秦娥〉云：『……閑將柳帶，細結同心。』」而下句中的花房同樣含義豐富。李賀〈宮娃歌〉說「花房夜搗紅守宮」，則此花房為美人之閨房；而在《北夢瑣言·白蓮女惑蘇昌遠》中，花房則暗喻一個美麗精靈的以身相許。如此認識首聯，其含義才符合本詩的意思。

次聯，雙蝴蝶飛舞，但花房未開，所以只能空，只能餘；下句無一人，其實不是要別人來到，只是等待的那個人未到。至此，借春光寫豔情的含義被挑明。三聯，寫自己展席等待，席只展開一半，所以此席只為對方而設；但對方未來，瑪瑙杯也只有自斟自飲了。末聯的梅，雙關「媒」，空傳春信，而無實際，所以受到抱怨。

全詩又是抱怨，又是等待，甚至埋怨起穿針引線之媒，小兒女癡情稚態呼之欲出。至於此詩除了春情之外，是否有政治的寄託呢？只能說，也許有。（許軍）

小桃園

竟日小桃園，休寒亦未暄❶。坐鶯❷當酒❸重❹，送客出牆繁❺。啼久豔粉薄，舞多香雪翻❻。猶憐❼未圓月，先出照黃昏。

【注釋】❶休寒句　謂寒意已去然尚未晴暖。亦，尚；且。暄，溫暖。❷坐鶯　讓黃鶯坐在花中。❸當酒　正對著酒。❹重　意謂一樹繁花壓彎枝頭。❺繁　繁花，如送客狀。❻啼久二句　此聯指花落。❼憐　愛。白居易〈暮江吟〉：「可憐九月初三夜，露似真珠月似弓。」

【語　譯】正是乍暖還寒，我在小桃園中整日流連。黃鶯坐在花間鳴囀，正對著酒，花枝如醉般低垂著粉面；一樹繁花，伸展到牆外，送客人一個笑臉。黃鶯長久的啼鳴，花粉的顏色漸漸變淡；微風長久的舞弄，花瓣下落就像噴香的雪片。那一輪弦月最讓我憐愛，剛剛黃昏它就殷勤地掛在天邊。

【研　析】本詩的主旨若以一個成語概括，可謂之花天酒地。首聯說雖然天氣並不和暖，但詩人仍然整日待在小園中，不為別的，就為了欣賞小園中的桃花。次聯，上句寫坐著喝酒，聽到的是鶯啼，看到的是繁花，聞到的是花香；送客出小園時，可以看到繁密的花枝已經伸出牆外，就像是殷勤送客一般。三聯寫客人走後我未走，繼續流連不已。在鶯聲中，在春風中，桃花的顏色漸漸變淡，花瓣也紛紛下落。彷彿不知不覺中時光就流逝了過去，也顯示了詩人沉醉於繁花美景中的時間之久。太陽還沒有完全落下，多情的弦月出現了，早早就掛在了天上。為什麼不是滿月呢？因為滿月的光輝將奪走桃花的紅豔；為什麼詩人感到高興呢？因為他可以在夜裡看花而免得秉燭了。這真是夜以繼日而不知疲倦。對繁花的及時欣賞，是對美的尊重；而及時行樂之人生，未嘗不是一種積極的生活態度。生活沒有那麼多含義，也不需要永遠沉甸甸，放下包袱，把握當前，這才是自然的閒適的人生。所以，紀昀評價本詩時，顯得很矛盾，一方面說其「極有情致」，另一方面則說「格卑」。「格卑」者，不必寄託也。

本詩對景物的刻劃非常有特色。詩人採用靜態觀照的方法，從多個角度展開對桃花的描寫：「坐」、「重」、「送」、「繁」、「啼」、「薄」、「舞」、「翻」等字，對桃花展開擬人化描寫，突出其纖弱和柔美，富有情趣；「豔粉」、「香雪」又從視覺和味覺方面渲染其穠豔。最後，又以黃昏月的整體意象，給畫面塗抹上一層清淡幽雅的情調。這樣一幅豔麗、柔弱、淡雅的畫面，正符合義山略帶感傷的個性審美情趣。（許軍）

春日寄懷

世間榮落重逡巡❶，我獨丘園坐四春。縱使有花兼有月，可堪無酒又無人。

青袍似草年年定❷，白髮如絲日日新。欲逐風波千萬里，未知何路到龍津❸？

【注釋】❶逡巡　迅疾。張相《詩詞曲語辭匯釋》卷五：「逡巡，迅速之義，與普通之作為遲緩解者異。韓湘〈言志〉詩：『解造逡巡酒，能開頃刻花。』……李商隱〈春日寄懷〉詩……重者甚辭，此言四年之間，世人之忽榮忽落甚迅速，獨我之貧困如故也。」❷青袍句　語含憤憤不平。青袍，低級官員的服色。《舊唐書・輿服志》：「八品服深青，九品服淺青。」庾信〈哀江南賦〉：「青袍如草。」定，注定；固定。❸龍津　龍門。辛氏《三秦記》：「河津一名龍門，大魚集龍門下數千不得上。上者為龍，不上者魚，故云曝鰓龍門。」《晉書・孫綽傳》：「山濤吾所不解，吏非吏，隱非隱，若以元禮門為龍津，則當點額暴鱗矣。」

【語譯】人說世事最難料，繁華衰落，變化只在一瞬間；可我獨守在丘園，四年生活，只有寂寞無燦爛。即使也有花開與月圓，卻是無酒無友很難堪。青袍如春草，顏色固定如宿命；白髮如蠶絲，每天都有新發現。

我要逆流而上，只想越過龍門，哪怕千里狂風萬里浪；誰能指點我，途徑和方向？

【研析】本詩之寫作時間非常清楚，詩人會昌二年丁憂閒居，至此四年時間過去，則此時為會昌五年。丁憂制度規定子女為父母持喪三年。此時，官員回家守制，三年期滿再復出。《儀禮・喪服》解釋說：「何以三年也？正體於上，又乃將所傳重也。」而義山困守在丘園四年，只有官服在身，而無實際職務。他早已經超過了復出的時間，卻連復出的途徑都沒有，更不知道可以求告何人。這樣的狀況自然是經濟窘迫、內心憤懣了。

首聯是義山不平之原因：別人的仕途如世間萬物一般有榮有枯，而我則始終處於枯寂狀態。人生之苦，莫大於屈抑一生。沒有經歷過生之爛漫，何來落寞與感慨；沒有品味過生之寂寞，何來自在與灑脫。義山之憤懣，當作如是觀。本詩的主旨在末句「未知何路到龍津」，不是請求故舊汲引，而是汲引無人、求告無門的絕望狀態。《新唐書・李商隱傳》載「牛、李黨人嗤謫商隱，以為詭薄無行，共排笮之。茂元死，來遊京師，久不調。」可以想見，此前義山能託請的故舊都託請了，能通融的門路都試過了，結果全無一毫實效，至此不免心冷。

此詩不是寫給別人看的應酬之作，而是自我發抒，故語言淺白而感情飽滿，一氣呵成。本詩從首至尾，句句不平，語語不平。「我獨」、「可堪」、「定」、「新」、「欲逐」、「未知」等詞語反覆渲染出內心的焦躁與對世道的不平。而白髮日新、時不我待的時間迫促感，更加重了詩人內心的焦灼情緒。末聯之問，實為毫無出路的反問，使得全篇的憤懣情緒更被染上一層苦悶彷徨。（許軍）

落花

高閣客竟去，小園花亂飛。參差❶連曲陌，迢遞送斜暉。腸斷未忍掃，眼穿仍欲稀❷。芳心向春盡，所得是沾衣。

【注　釋】❶參差　形容花先後飄落；迢遞；遙遠。❷腸斷二句　謂花落漸多，枝頭殘留之花越來越稀疏，不因人之惜花而暫輟。

【語　譯】高閣裡的客人陸續離開，小園裡落花飛舞。起起落落飄到曲折的小路，遠遠飛去似是送夕陽下山。傷懷斷腸也沒有心思打掃，放眼望去枝頭的花兒越來越稀疏。芳心一片就這樣交付給春風，得到的只是無邊的傷心之淚。

【研　析】本篇也是永樂閒居時的作品，但卻不是強為排解的閒適之作，而是義山本色的感傷之詠，寫出了詩人真實的情緒、心境。詩以傷春者的眼光與心情寫落花，使落花與惜花者渾然一體。花落正值人去之時，這樣更加重了小園和詩人心境的寂寥冷落。「竟」、「亂」二字分寫客和花，而深層作用卻在於表現惜花者心緒的悵惘與紛亂。頷聯寫花落之態，「連曲陌」見飛紅飄灑彌漫之廣；「送斜暉」點出夕陽落花這倍添傷感的特定情景，言外可知哀颯的自然風物正衝擊、感染著詩人的心緒。因此，腹聯便主要表現傷凋之情，透過花的委地、依枝情狀，人的傷感斷腸也彷彿可觸。末聯總收，將落花與具落花身世的詩人合而為一。在一片花謝花飛和傷春之感中，落花與惜花者神情全出。

借落花以寓慨身世本是常調，但不是靠比附，而是於無限深情的惜花心意中隱含身世之感。物我既融合無間，而又能使物態人情各自得到貼切的表現。雖詠落花，卻不沾滯於詩題，不借香豔的辭藻進行描摹刻劃，純用白描，絕去纖媚之態。詩所表現的，即是一種感傷的意境，所傳達的，即是一種傷感的情緒。故寫景以傳神為能事，不斤斤於繁縟摹畫，這與商隱以寫情為擅，而尤擅寫感傷之情同樣是一致的。（李翰）

縣中❶惱❷飲席

晚醉題詩贈物華❸，罷吟還醉忘歸家。若無江氏五色筆❹，爭奈❺河陽一縣花ㄏㄨㄚ❻。

【注　釋】❶縣中　當指永樂縣。❷惱　撩逗；戲謔。❸物華　物中之精華。王勃〈滕王閣序〉：「物華天寶，龍光射斗牛之墟。」❹江氏五色筆　江淹之才。《南史・江淹列傳》：「淹少以文章顯，晚節才思微退。……又嘗宿於冶亭，夢一丈夫自稱郭璞，謂淹曰：『吾有筆在卿處多年，可以見還。』淹乃探懷中，得五色筆一以授之。爾後為詩絕無美句，時人謂之才盡。」❺爭奈　怎奈；拿（對，把）……怎麼辦。❻河陽一縣花　此指妓女。《海錄碎事》卷一二：「潘岳為河陽，令種桃李花，人號曰：『河陽一縣花』。」庾信〈枯樹賦〉：「若非金谷滿園樹，便是河陽一縣花。」〈春賦〉：「河陽一縣並是花，金谷從來滿園樹。」

【語　譯】那席上嬌娃，美色堪誇；讓我酒醉難自持，不想回家，還要賦詩送給她。請你相信我，飽有才華；我有江淹五色筆，你占河陽一縣花，以我好詩，配你奇葩。

【研　析】據詩歌題目，似乎是在永樂縣酒席上，義山題詩戲謔。其戲謔的對象不會是同席的友人。詩中非常明確地說「題詩贈物華」，又說是「河陽一縣花」，則題贈對象為花中之華，即所謂花魁。這個意思是非常明確的。因此，本詩是酒席間贈送妓女之詩。至於說本詩「露才揚己」（紀昀），顯然是苛刻了些。我們可以說義山此詩有點輕狂，卻不能說他狂妄，因為接受詩篇的是一個妓女，而非一位才士。

詩首句點明題贈對象。物華，物之精，即所謂尤物。次句寫忘記回家，亦所謂流連忘返，長老此溫柔鄉之義。三、四兩句是聊發狂興，以我之才，配你之貌，正是絕配。「花滿河陽」之典，出自潘岳。本指繁華之地，常與「金谷滿園樹」相對。但義山將其引申為河陽一縣之花的花魁之義，這個典故使用還是很有創意的。曹爾堪就受義山啟發，作詩贈送河陽妓。其詩〈贈紅兒〉曰：「莫道胭脂開未足，驚誇，卻占河陽一縣花。」

東晉葛洪在〈酒戒〉中說：「口之所嗜，不可隨也。心之所欲，不可恣也。」義山在本詩中展示出了放達，卻不損其雅。酒雖是有情物，卻也是形象思維最高境界——意象的催生劑。義山在放下生活包袱盡情沉醉之中，寫出富有自我生活情調、展示自我本真狀態的詩歌，豈非酒德乎？（許軍）

寒食❶行次冷泉❷驛

歸途仍近節，旅宿倍思家。獨夜三更月，空庭一樹花。介山❸當驛秀，汾水❹遶關斜。自❺怯春寒苦，那堪禁火賒❻。

【注　釋】❶寒食　寒食節。《荊楚歲時記》：「去冬節一百五日，即有疾風甚雨，謂之寒食，禁火三日。」❷冷泉　地名。《山西通志》載太原府靈石縣：「冷泉關，北四十五里即古川口也。關外迤北皆平原曠野，而入關則左山右河，中通一線，實南北咽喉要地。」❸介山　介子推隱居之山。《太平寰宇記・河東道・汾州》：「介山，一名橫嶺，地名綿上。《左傳》：『晉侯賞從亡者，介子推不言祿，祿亦不及。遂與母偕隱而死。晉侯求之不獲，以綿上為之田，曰：「以志吾過，且旌善人。」』杜注：『介休縣南有地名綿上。』此山即綿上田之故地。漢以為縣。《郡國志》云：『介山上有子推塚並祠存。』」❹汾水　即今汾水。《水經注》卷六：「汾水出太原汾陽縣北管涔山。」❺自　已是；已經。❻賒　嚴苛。

【語　譯】快到寒食，人在旅途；冷泉驛站寄宿的夜晚，家鄉讓我分外思念。三更的月色清明，獨宿無眠；走進庭院，只有一樹繁花可看。我走出驛站，夜色中那秀美的輪廓，是介山矗立在對面；汾水繞過冷泉關，像一條斜放的白練。正是料峭春寒，使我心緒低落身寒顫。各處都禁絕煙火，冰冷的食物更是難以下咽。

【研　析】此詩為義山往來太原與永樂之間時所寫。程注謂「會昌四五年閒居太原之時作也」，大致正確。

詩歌風格明秀清雅，寫景抒情都疏朗有味。首聯謂跋涉旅途、時近寒食，思家的感情非常強烈。次聯拓開，謂寄宿驛站，三更無眠，於是走到庭院中。在清明的月色下，一樹繁花相對。詩句不言思家，而思家的情懷通過外顯的動作歷歷可見。月色繁花，明雅別致，一種清幽的意緒蔓延開來。詩人本想通過庭院漫步排遣思鄉之情，誰知這感情反而更加濃郁，於是索性走出驛站旅館。三聯就是在旅館外的所見。對面的介山在月色中雖不清晰，但淡淡的輪廓卻體現出白天所無法看到的秀媚；汾水在關下繞行，在月光的朗照下，如一條斜斜的白練。夜色中的景色如此美麗，給了獨自旅行的詩人一點慰藉。末聯如同一聲輕微的歎息，詩人仍然沒有直接說出鄉愁，而是抱怨春寒的氣候、寒食的飲食，真是穿不暖、吃不飽，家的溫馨就格外顯得珍貴、格外令遊子思念了。

諸家注解多認為本詩結構不夠連貫，又有說「倍思家」欠發揮者，都是缺少體悟不得要領。詩歌不同於考證，它其實排斥嚴格冷靜的邏輯，也不允許字字落實。詩是心靈的歌唱，情緒才是它搏動的脈絡，而詩的語言是最美麗輕靈的語言，有時甚至是難以把握的。注家之意見，不宜過苛。讀者也當自具隻眼，不必盲從。

（許軍）

喜聞太原同院❶崔侍御❷臺拜❸兼寄在臺三二同年之什

鵬魚❹何事遇屯同❺？雲水升沉一會中。劉放未歸雞樹❻老，鄒陽新去兔園❼空。寂寥我對先生柳❽，赫奕❾君乘御史驄❿。若向南臺⓫見鶯友⓬，為傳垂翅⓭度春風。

【注釋】❶太原同院　似指李石鎮太原時的幕友，惜無確證。義山〈大鹵平後移家到永樂縣〉謂自己「脫虎口」，事件較切合「遇屯同」；時間也符合第四句的「新去」。《舊唐書・武宗本紀》：「（會昌）四年春正月，乙酉，朔，以澤潞用兵，罷元會。其日楊弁逐太原節度使李石……壬子，河東監軍使呂義忠收復太原，生擒楊弁，盡斬其亂卒……（七月）詔石雄率軍七千入潞州。（郭）誼斬劉稹首以迎雄。澤潞等五州平。」❷侍御　侍御史。馮浩注曰：「唐有三院御史：侍御史謂之臺院，殿中侍御史謂之殿院，監察禦史謂之監院。」❸臺拜　臺院也。❹鵬魚　鵬指對方，將飛騰雲霄；魚自指，將沉沒深水。❺遇

屯同　一同遭遇困難。《易經・屯卦》：「彖曰：屯，剛柔始交而難生。」❻雞樹　雞棲樹，樹名。《魏晉世語》：「劉放、孫資，共典機要。夏侯勝、曹肇心內不平。殿中有雞棲樹（皂角樹一名雞棲樹），二人相謂：『此亦久矣，其能複幾？』」指謂中書監劉放、中書令孫資。」原意為雞棲樹已老，劉放久歷機要，此處指雞棲樹雖老，而已卻閒居在鄉未能歸朝。❼兔園　漢梁王之苑。謝惠連〈雪賦〉：「歲將暮，時既昏……梁王不悅，遊於兔園。乃置旨酒，命賓友，召鄒生，延枚叟。」❽先生柳　陶淵明自號五柳先生，此指隱居處的柳樹。❾赫奕　聲勢顯赫。❿御史驄　桓典之馬。《後漢書・桓榮傳》載，桓典「舉高第，拜侍御史。是時宦官秉政，典執政無所回避。常乘驄馬，京師畏憚，為之語曰：『行行且止，避驄馬御史。』」⓫南臺　御史臺。《通典》：「御史臺亦謂之蘭台寺，梁及後魏、北齊或謂之南臺。後魏之制：有公事，百官朝會，名簿自尚書令僕以下悉送南臺。」⓬鶯友　升官喬遷之友。《詩經・小雅・伐木》：「伐木丁丁，鳥鳴嚶嚶。出自幽谷，遷于喬木。嚶其鳴矣，求其友聲。」陳陽楨〈從駕祀麓山廟〉：「簷巢始入燕，軒樹已遷鶯。」錢起〈和人秋歸終南山別業〉：「昔年鶯出谷，今日鳳歸林。」⓭垂翅　比喻落魄情態。《後漢書・馮異傳》載馮異與赤眉起義軍戰，先敗而後勝，光武帝劉秀降璽書慰勞馮異說「赤眉破平，士吏勞苦，始雖垂翅回谷，終能奮翼黽池，可謂失之東隅，收之桑榆。」

【語　譯】大鵬與游魚，困頓曾相同？今日一個飛騰在高空，一個沉埋深淵中。雞棲樹老，容我晉身的位置尚未騰空；兔園客歸，鄒陽剛去就被重用。我如陶潛，對著門前垂柳長寂寥；君如桓典，騎著青驄傲視長安道。見到南臺的朋友們，請轉達我的問候吧，我像垂下羽翼的鳥，守在鄉下消磨春風。

【研　析】本詩功用在應酬，目的是干謁。本詩創作時間取馮浩說，為會昌四年（西元八四四年）。義山於開成二年（西元八三七年）登第，至此時已歷八年。其間，義山丁憂回鄉，困守鄉下多年。同年考中的朋友已有數人升遷到臺省，而自己形同廢棄。晚唐官場，缺乏門第背景的知識分子如果希望仕途上有所發展，其出路一般有二：科舉和幕府。科舉是進入官場的必備資格，而幕府是權臣培養政治團隊選拔後續力量的一個重要方式。此時，原來欣賞義山的兩大幕主令狐楚、王茂元雙雙辭世，而義山又很不幸地陷入了牛、李黨爭中，這就使得義山在仕途上寸步難行。儘管詩人有著種種政治期望，這一先天不足將決定性地影響其今後的發展。於是，義山就掙扎。義山在祝賀朋友升遷的這首詩中，怨憤哀傷的情緒遠大於喜悅祝賀，託請的渴望遠大於賀喜。

本詩採用對比方式向昔日同僚訴說苦衷，企望延譽援手。首聯說對方如鵬鳥高飛，而自己則長久沉淪。次聯，上句說自己廢退很久了，即所謂「樹猶如此，人何以堪」；下句說對方離開幕府入朝廷，如鄒陽離開兔園入朝一樣，受到了重用。三聯說對方之赫赫威嚴與我之困頓不堪。末聯則遍託人情，四處求告。本詩的格調稍顯俗氣。在結構上，兩兩對舉的句式有助於對典故的理解，即便如此，諸家注解仍然為第二聯究竟指幕府之府主還是義山本人而爭論，足見義山典故過於繁富已成為一大累。(許軍)

所居永樂縣久旱縣宰祈禱得雨❶因賦詩

甘膏滴滴是精誠❷，晝夜如絲❸一夕盈。祗怪閭閻喧鼓吹，邑人同報束長生❹。

【注釋】❶祈禱得雨　通過各種祈禱儀式感動上天降雨。今天看來，其作法自然毫無科學道理。《太平御覽・地部二十》：「湯時大旱。殷史卜曰：『當以人禱。』湯曰：『吾當自禱之。』遂齋戒，剪髮斷爪，己為牲，禱于桑林之野，告於上天。已而雨大至。」❷精誠　誠懇心志。《詩經・小雅・甫田》：「以祈甘雨，以介我稷黍。」李白〈東海有勇婦〉：「蒼天感精誠。」❸如絲　形容雨水情狀。張協〈雜詩〉：「騰雲似湧煙，密雨如散絲。」❹束長生　束晳，這裡指縣宰。《晉書・束晳傳》：「太康中，郡界大旱。晳為邑人請雨，三日而雨注。眾以晳誠感，為作歌曰：『束先生，通神明，請天三日甘雨零。我黍以育，我稷以生。何以酬之，報束長生。』」

【語譯】一滴滴雨水，來自縣宰祈禱的精誠；一晝夜細雨，久旱的大地喝足了甘霖。鄉民淳樸，打起震天的鑼鼓；縣宰愛民，祝願他獲得長生。

【研析】義山在政治上有強烈的參與欲望，但他不是要做一個庸俗的投機政客，他的政治理想是造福天下，致君堯舜，然後急流勇退，隱居道山。他對現實社會、對百姓民生始終是關注的。對當時藩鎮割據、外族入侵、朝政混亂所造成的社會大破壞以及人民所受到的災難，他在詩中多有反映。其〈行次西郊作一百韻〉，寫長安附近農村荒蕪，一眼望去，田裡盡是荊棘雜草；破爛的農具扔在路邊無人管，耕牛也餓死在野地裡。詩人走進村子，發現十室九空。好不容易碰到一個人，卻連件衣服都沒有。這位光脊梁的農民，向詩人訴說苦難，說他們在盛唐時期，官吏比較清廉，社會比較富裕；安史之亂以後，連年征戰，民不聊生；現在農村裡甚至連麻雀、老鼠也被餓死了……義山此詩，關注普遍的民生疾苦，致被人稱為堪與杜甫「三吏」、「三別」相媲美的民生詩篇。

「只怪」二字是本詩之眼。表面上，這是表達驚訝之詞，「真是奇怪啊」，但實際上毫不奇怪，所謂「天聽自我民聽，天視自我民視」。義山未必同意這場大雨真的來自縣宰的精誠，但縣宰能夠為了百姓生產而親自去祈禱，這份愛民、親民的思想感情是無論如何值得稱讚的。義山之稱讚縣宰愛民，也反映了義山對鄉下農民生產生活的關注。環境可以影響人，這個道理在本詩中、在廢退鄉下的義山身上，都再次得到了體現。本詩語言清新流麗，頗具民歌特色，形式與內容非常諧和，小篇短章而風致自在。（許軍）

崔處士❶

真人❷塞其內❸，夫子入於機❹。未肯投竿❺起，唯歡負米❻歸。雪中東郭履❼，
堂上老萊衣❽。讀遍先賢傳❾，如君事者稀。

【注釋】❶處士　有德才而隱居不願做官的人。❷真人　體悟大道並融入其中之人，道家語。《莊子・大宗師》：「不忘其所始，不求其所終，受而喜之，忘而復之，是之謂不以心捐道，不以人助天。是之謂真人。」《莊子・刻意》：「故素也者，謂其無所與雜也；純也者，謂其不虧其神也。能體純素，謂之真人。」❸內　內在，包括精神和智慧。《莊子・胠篋》：「慎

汝內，閉汝外，多知為敗。」《意林》注曰：「慎汝內，全真也；閉汝外，守其分也；多知為敗，智無涯，故敗。」❹機　自然造化之機，不是機心之機。《莊子・至樂》：「萬物皆出於機，皆人於機。」❺投竿　郅惲事蹟，此指由隱而仕。《文選》引應休璉〈與從弟君苗君胄書〉：「昔伊尹輟耕，郅惲投竿，思致君於有虞。」《東觀漢記・郅惲傳》：「郅惲，字君章，汝南人也。……鄭次都隱於弋陽山中。惲即去從次都，止，漁釣甚娛，留數十日。惲喟然歎曰：『天生俊士，以為民也。鳥獸不可與同群。子從我為伊尹乎？將為許巢而去堯舜也。』……告別而去。惲客於江夏郡，舉孝廉，為郎，為上東門候。」❻負米　貧窮中孝養雙親。《孔子家語・致思》：「子路見於孔子曰：『昔者由也，事二親之時，常食藜藿之實，為親負米百里之外。親歿之後，南遊於楚，從車百乘，積粟萬鍾，累茵而坐，列鼎而食。願欲食藜藿，為親負米，不可復得也。』」❼履　鞋。《史記・滑稽列傳・東郭先生》：「東郭先生久待詔公車，貧困饑寒，衣敝，履不完。行雪中，履有上無下，足盡踐地。道中人笑之。東郭先生應之曰：『誰能履行雪中，令人視之，其上履也，其履下處乃似人足者乎？』」❽堂上句　《太平御覽・人事部・孝中》：「師覺授《孝子傳》曰：『老萊子者，楚人。行年七十，父母俱存，至孝蒸蒸。嘗著斑斕之衣，為親取飲，上堂腳跌，恐傷父母之心，僵仆為嬰兒啼。』」老萊，老萊子，至孝。❾先賢傳　泛指先賢傳記載的行跡。

【語　譯】體悟大道的真人，內心保持天真，行事安於本分；你融入了造化，參透了自然。不肯放下隱居的釣竿，只願侍奉雙親頤養天年。你安於貧賤，寧願穿著東郭破爛的鞋，行走在下雪天。你孝心勤謹，不怕老萊子綵衣斑斕。我讀遍先賢傳，你才配稱作真正大賢。

【研　析】此詩情致，與〈過姚孝子廬偶書〉相類，其創作之時地大概也如馮浩所說的那樣：「義山喪母未久，故觸緒成篇。」詩的中間兩聯結構相同，都是上句說其安於貧賤，自甘隱居；下句說其孝心不已，勤謹奉養。而首聯之學道也可以看作是隱居與孝養的思想源頭，所謂自然本性。如此，則這位處士的行跡如何可以稱為賢者中的賢者呢？這不免令人懷疑。

義山曾自述自己具有皇族血統，這是否真實不得而知，現實情況是他身處寒族衰門，而且九歲喪父，孤兒寡母，無依無靠。在〈祭裴氏姊文〉中他說：「家難旋臻，躬奉板輿，以引丹旐。四海無可歸之地，九族無可倚之親。既祔故邱，便同逋駭。生人窮困，聞見所無。及衣裳外除，旨甘是急。乃占數東甸，傭書販舂。」

其時，他還是一個十一二歲的少年，就開始支撐門庭。成年以後，義山撫養弟妹，使其各有歸宿。他為去世的兩位姐姐、一位侄女、一位本家叔叔遷墳修墓，撰寫了多篇悼念親人的祭文。義山是一位對家庭責任感很重的人。母親去世，「子欲養而親不在」，他對孝道的體悟更加深刻而敏感。對家族的責任感，影響了義山對國家、社會、百姓的責任感。他寫下了大量指斥時政的詩篇，為了活獄不怕丟官，歌頌為百姓求雨的縣宰。義山雖然常會表現出卑微懦弱的一面，但其正直的本性始終沒有丟失。

在這個基礎上再看義山此詩，會發現詩中所歌頌的「道」，其實就是「孝」。悟道就是悟孝，與道融合就是孝心孝思，真人就是孝子。義山之歌頌崔處士，慨歎其寧願貧賤也不肯離家遠遊，其實是哀歎自己母親去世不能孝養的莫大遺憾。（許軍）

鄭州獻從叔舍人❶褒

蓬島❷烟霞閬苑❸鐘，三官❹牋奏附金龍。茅君❺奕世仙曹貴，許掾❻全家道氣濃。絳簡尚參❼黃紙案，丹爐猶用紫泥封。不知他日華陽洞❽，許上經樓第幾重？

【注釋】❶舍人　起居舍人。《舊唐書・李讓夷傳》：「時起居舍人李褒有痼疾，請罷官。」馮浩曰：「文集有〈為舍人絳郡公上諸相啟〉，乃由中書舍人於會昌二年，出守絳州移鄭州者，正當劉稹叛亂時。啟皆以多病事煩，乞移他郡，而詩言好道，意其養疾攝生，習導引之術歟？稱舍人者，唐人重內輕外，投贈外官，每書其京職。」義山〈上李舍人狀〉中曾記載會昌四到六年李褒任鄭州刺史，而會昌五年，義山接受邀請入其幕府。❷蓬島　蓬萊，傳說中仙人居住的島。《漢書・郊祀志》：「自威宣、燕昭使人入海求蓬萊、方丈、瀛洲。此三神山者，其傳在勃海中。」其傳，注曰：「世人相傳。」❸閬苑　傳說中的神仙居所。❹三官　道教術語，主管人間賞罰的神仙。《後漢書・劉焉傳》：「魯字公旗。初，祖父陵，順帝時客於蜀，學道鶴鳴山中，造作符書，以惑百姓。受其道者，輒出米五斗，故謂之米賊。」注曰：「請禱之法：書病人姓字，說服罪之意。作三通：其一上之天，著山上；其一埋之地；其一沉之水。謂之『三官手書』。」《真誥・稽神樞第三》：「三官如今刑名之職，主諸考讁，而以真仙司命兼總御之。」❺茅君　傳說中的得道成仙者。《神仙傳》卷五〈茅君〉：「茅君者，名盈字叔申，咸陽人也。……去家十餘里，忽然不見，觀者莫不歎息。……二弟年衰……修練四十餘年，亦得成真。太上老君命五帝使者持節，以白玉版、黃金刻書，加九錫之命，拜君為太元真人，東嶽上卿、司命真君，主吳越生死之籍。……又使使者以紫素策文拜固為定祿君，衷為保命君，皆例上真，故號『三茅君』焉。」❻許掾　許謐，傳說中的得道成仙者。《真誥》卷二〇〈真胄世譜〉載許謐一家幾代顯貴與得道之事：「長史名謐，字思玄，一名穆正。生少知名，儒雅清素，博學有才章。簡文皇帝久垂俗表之顧，與時賢多所儔結，少仕郡主簿功曹史。王導、蔡謨臨川辟從事不赴，選補太學博士，出為餘姚令，人為尚書郎、郡中正護軍長史、給事中、散騎常侍。雖外混俗務，而內修真學。」❼參　混雜。《唐會要》：「開元三年，始用黃麻紙寫詔。」《漢官舊儀》：「皇帝六璽，皆白玉螭虎紐。……皆以武都紫泥封青布囊。」❽華陽洞　陶弘景隱居處，此代這位從叔將來隱居之所。《梁書・處士列傳・陶弘景》：「永明十年，上表辭祿。詔許之，賜以束帛，及發公卿祖之於征虜亭，供帳甚盛，車馬填咽，咸云宋齊以來未有斯事，朝野榮之。於是止於句容之句曲山，恆曰：『此山下是第八洞宮，名金壇華陽之天。』……永元初更築三層樓，弘景處其上，弟子居其中，賓客至其下，與物遂絕。」

【語　譯】冉冉的香煙升起，好像雲霞飄上蓬萊仙山；幽遠的鐘聲響起，像來自崑崙山頂的閬苑。造作符書送三官，上奏朝廷金龍簡。您會像茅君，受到朝野稱讚，家族都享受富貴又成仙；也會像許謐，處理俗務又不廢真學，世代都結下神仙緣。您的書案上，紅色符紙混雜著章奏的黃紙片；您的丹爐，密封時也常錯用黃泥。他年您歸隱華陽洞，經樓會接納我上第幾重？

【研　析】唐人推崇道教，與帝王自大其門閥有關。唐初立國，舊有的門閥思想還很嚴重；唐帝王為了樹立權威，不惜自大門閥，把乃祖上推到老子李耳，於是大封其號，尊為「太上玄元皇帝」；大廣其書，玄宗親自注《道德經》，「詔天下家藏其書」；大張其教，莊子、文子、列子、庚桑子皆封為真人。上有所好，下必甚焉。當時之士大夫亦官亦隱者不少，隱居終南而望捷徑者也不乏其人。本詩所提到的這位從叔李褒，就是鄭州刺史兼道教羽流。

本詩在結構上非常嚴密。首聯，上句以煙霞、鐘聲造勢，渲染神仙道教氣息，下句說這位從叔在神仙世界、在人間朝廷都掌箋奏，似為俗人，實為仙人。次聯說從叔全家都將要既享受莫大之人間富貴，又要一起得道升仙。三聯刻劃了這位官員道士的獨特生活，桌上符紙與章奏縱橫，封丹爐時也隨手用封奏章的黃泥來密封，情節有趣，令人失笑。末聯則說從叔終將要隱居修道，引陶弘景的故事問他，陶當年修三重樓，其弟子住當中，那麼，我將來是否能執子侄弟子之禮，為您接引賓客，向您學仙求道呢？全詩層層轉折而嚴絲合縫，甚顯謀篇布局之功力。

但是，既學道又做官，這樣一種騎牆的人生態度只怕是官做不好，道也學不好，骨子深處是既要富貴，也要長生，對世人而言，是一種欺騙。姚鼐評為「東餐西宿」，紀昀評為「庸俗殆不可耐」，諸如此類的諷刺，也不為無因。（許軍）

七夕❶偶題

寶婺搖珠珮，嫦娥照玉輪❷。靈歸天上匹，巧遺世間人❸。花果香千戶，笙竽溢四鄰。明朝曬犢鼻，方信阮郎貧❹。

【注　釋】❶七夕　傳說牛郎織女相會日。《荊楚歲時記》載：「七月七日為牽牛織女聚會之夜……是夕人家婦女結彩縷、穿七孔針，或以金銀鍮石為針，陳几筵酒脯瓜果於庭中以乞巧。」❷寶婺二句　此聯謂催織女渡河。寶婺，星名。《史記・天官書》：「牽牛為犧牲，其北河鼓。河鼓大星，上將；左右，左右將。婺女其北織女。織女，天女孫也。」❸靈歸二句　意謂牛郎、織女為神靈，送巧惠於世人。謝惠連〈七月七日夜詠牛女〉：「雲漢有靈匹，彌年缺相從。」❹明朝二句 《晉書・阮籍列傳》：「咸字仲容。……咸任達不拘，與叔父籍為竹林之遊，當世禮法者譏其所為。咸與籍居道南，諸阮居道北。北阮富，而南阮貧。七月七日，北阮盛曬衣服，皆錦綺燦目。咸以竿掛大布犢鼻於庭。人或怪之。答曰：『未能免俗，聊復爾耳！』」犢鼻，類似今日之圍裙。

【語 譯】寶婺閃爍著光芒，對著織女招搖玉佩；嫦娥升起在天空，為織女照亮了車輪。天上的牛郎織女啊，顯示你們仙侶的神靈吧；人間乞巧的世人啊，但願都得到神靈賜予的巧惠。看千家萬戶，都陳列著飄香的花果；聽左鄰右舍，都吹奏起歡樂的笙簫。我也曾乞巧，我也是空落，不信，請明朝看我，高杆曬圍裙，清貧如阮郎。

【研 析】會昌五年夏，義山從鄭州抵達洛陽，居王茂元家。王富於家財，甘露事變中即以家資賄賂宦官而免於一死。但義山住在王家，似乎很不得意。〈重祭外舅司徒公文〉說：「跡疏意通，期奢道密。苧衣縞帶，雅況或比於僑吳；荊釵布裙，高義每符於梁孟。」生活之狀況為夫妻恩愛，而經濟清貧。此前，義山在〈韓同年新居餞韓西迎家室戲贈〉一詩中，曾提到王茂元為韓瞻造新居事：「籍籍征西萬戶侯，新緣貴婿起朱樓」，豔羡情態毫不掩飾。兩相對比，王茂元厚彼而薄此，義山心裡產生抱怨，這也是很自然的。

末聯由乞巧而想到自己的清貧狀況。問題是義山自認為有沒有乞到巧呢？諸家注解都認為沒有。若單純地認為乞巧落空了，則義山此詩是嘲笑世人愚昧、神仙騙人。這與義山熱衷道教、動輒要歸隱求仙是矛盾的。從表面上看，乞巧如果成功，自然能夠致富了。這卻是把問題看簡單了。義山在〈重祭外舅司徒公文〉一文中又說：「愚方遁跡邱園，遊心墳素，前耕後餉，並食易衣。不忮不求，道誠有在；自媒自炫，病或未能。雖呂範以久貧，幸冶長之無罪。」可見，義山是寧願守拙，不願取巧；實際不缺少巧。關鍵是，巧能致富嗎？東坡之〈洗兒詩〉曾曰：「人皆養子望聰明，我被聰明誤一生。惟願孩兒愚且魯，無災無難到公卿」，則走得更遠了。因此，義山之意為，縱然乞巧成功，也不等於生活一切順利。因此，義山之抱怨，實際是因瑣事觸發了人生感悟。本詩在結構上共安排了兩次轉折：一是「靈歸天上匹，巧遺世間人」，承上啟下，引出下文的乞巧；二是末聯「明朝曬犢鼻，方信阮郎貧」，上聯針對世人乞巧，下聯是感歎自己現狀。全詩結構上轉折層深，而語言清麗單純。（許軍）

寄令狐郎中

嵩雲秦樹久離居❶，雙鯉❷迢迢一紙書。休問梁園舊賓客❸，茂陵秋雨病相如❹。

【注　釋】❶嵩雲句　謂分隔雙方之間的思念。嵩，嵩山，地近洛陽，借指作者居地。秦，秦中，指長安，時令狐綯在朝任左司郎中。雲、樹，化用杜甫〈春日憶李白〉「渭北春天樹，江東日暮雲。」❷雙鯉　書信。古樂府〈飲馬長城窟行〉：「客從遠方來，遺我雙鯉魚。呼兒烹鯉魚，中有尺素書。」❸休問句　商隱早年為令狐楚幕僚，故稱「梁園舊賓客」。梁園，漢景帝時梁孝王宮苑。《史記・司馬相如列傳》載相如「客遊梁，梁孝王令與諸生同舍。」❹茂陵句　《史記・司馬相如列傳》：「相如嘗稱病閒居，不慕官爵，拜為孝文園令。既病免，家居茂陵。」作者時病臥洛陽，故以相如自況。

【語　譯】我們猶如嵩山之雲與關中之樹，總是天各一方長久分離。現在千里迢迢寄給您書信一封，莫問梁園裡的故人究竟如何。如今落魄潦倒，猶如那秋雨中臥病在床的司馬相如。

【研　析】和令狐綯的關係，是商隱後期悲劇性命運的重要現實因素。不過，此時兩人雖有隔閡，但矛盾尚未加深。本篇即令狐綯先有書信問候，商隱以詩作答。首句平平敘起，次句款款承接，於紆徐平淡中含悠長之思念和對故人問候的深切感激。三四句凝練含蓄，特富情韻。往昔與令狐楚的關係、當前的處境心情、對方來書的內容以及對舊主故交情誼的感念交融在一起。以「休問」提起，末句跌落，用貌似客觀描述當前處境的筆調緩緩收住，感慨身世落寞之意，全寓言外。確如紀昀所說：「一唱三歎，格韻俱高。」

就本詩來看，商隱與令狐綯交誼依舊，但大抵同期或稍後，商隱有一首〈獨居有懷〉，卻顯露了和令狐關係的真實情況。其中有云：「柔情終不遠，遙妒已先深。」託閨怨以抒懷，「柔情」謂自己感情依舊，而對方卻早已心存芥蒂了。但由於會昌年間，李黨當權，牛黨成員大多正遭貶斥，故令狐綯雖對商隱有所疑忌，卻不會構成詩人仕途上的真正障礙。所以，本詩感念舊誼故交而無卑屈趨奉之態，感慨身世而無乞援望薦之念。到大中朝令狐綯掌權，這些疑忌不滿就有力地推動著商隱悲劇性命運的深化了。而圍繞著與令狐綯的關係，商隱的正直與軟弱、優柔與耿介，思想個性的優缺點都一一展現出來。就其感傷詩風而言，令狐綯也正是一大客觀現實因素。（李翰）

獨居有懷

麝❶重愁風逼，羅❷疎畏月侵。怨魂迷恐斷，嬌喘細疑沉。數急芙蓉帶❸，頻抽翡翠簪❹。柔情終不遠，遙妒已先深。浦冷鴛鴦去，園空蛺蝶尋。蠟花長遞淚❺，箏柱鎮移心❻。覓使嵩雲❼暮，迴頭灞岸❽陰。只聞❾涼葉院，露井近寒砧。

【注釋】❶麝　麝香，此泛指香氣。❷羅　羅幃。❸數急句　意謂頻繁拉緊衣帶，即衣帶漸寬，日漸消瘦。梁元帝〈烏棲曲〉：「交龍成錦鬥鳳紋，芙蓉為帶石榴裙。」數，屢次。❹頻抽句　意謂頭髮也日漸稀疏，不得不頻繁重整。杜甫〈春望〉：「白頭搔更短，渾欲不勝簪。」《後漢書・輿服志》：「太皇太后、皇太后入廟簪以玳瑁為擿，長一尺，端為花勝，上為鳳凰爵，以翡翠為毛羽，下有白珠，垂黃金鑷。」頻，頻繁。❺淚　蠟淚。庾信〈對燭賦〉：「銅荷承淚蠟，鐵鋏染浮煙。」❻箏柱句　意謂心如箏柱常移。王臺卿〈詠箏〉：「促調移輕柱，亂手度繁弦。」鎮，常；長。❼嵩雲　嵩山深處。《天中記》卷八引《漢武內傳》：「武帝夜夢與李少君俱上嵩高山上，半道，有繡衣使者乘龍從雲中下，持節，言太乙君請少君。覺，告近臣曰：『如朕夢，少君將舍朕去矣。』」❽灞岸　灞陵岸。此聯意謂身在嵩山，回首長安，要尋覓合適的使者傳遞資訊，將會很困難。王粲〈七哀詩〉：「南登灞陵岸，回首望長安。」❾只聞　暗示與對方聲息不通。

【語　譯】麝熏香濃，想重溫舊夢，卻擋不住風兒反覆吹拂；羅帷低垂，想片刻朦朧，卻禁不住月兒投射進光輝。分別的愁怨，夢縈魂牽，屢屢被打斷；苦悶傷感，微微嬌喘，幾乎要一息了斷。我為你衣帶漸寬，反覆收攏；我為你長髮疏短，頻頻重簪；我愛你深情綿綿，始終不渝，你為何不體察，反而深深嫉妒。鴛鴦分飛，令我心冷水寒；蛺蝶尋覓，卻是人去園空。耿耿不寐，對著燭火淚水長流；愁思百結，心如箏柱常轉。身在嵩山，心在長安，暮色下望不見灞陵岸，請何人助我把音信傳。一聲長歎，沉沉小院，落葉颯颯砧聲寒，是何人擣衣傍井欄。

【研　析】本詩從表面上看，寫的是豔情。詩以女子口吻，反覆陳述自己思念對方的深情不渝，而對方誤解已深，無法化解；天地懸隔，信使無人。語言清麗，情思綿邈。全詩可分三層：

一層描畫女子相思之苦。首聯言夢不成，寐不成，情景如畫。次聯言魂縈夢牽，以致病染沉痾。「數急」一聯則承上聯之相思苦，說自己衣帶漸寬，長髮蕭疏。

二層描畫對方離去的單相思之苦。「柔情」一聯，上句總括上文，說自己情如金石不轉移；下句引起下文，說對方未能明白自己心意，反而產生嫉恨。一個「妒」字又引起下面的許多文章。「浦冷」聯說對方遠去，自己的寂寞如鴛鴦分飛、蛺蝶空尋。「蠟花」聯，承續上聯，尋而無得，夜晚不寐，淚水伴著蠟花流；白天無聊，彈箏排遣而心亂。

三層寫無法溝通之苦。「覓使」聯言相互懸隔，無法傳信溝通。末聯則以擣衣聲傳達深沉相思意，該女子將長久陷入這種無法解釋又相思無盡的痛苦之中。

張采田注曰：「玩『覓使』一聯，其會昌五年洛中作乎？」其時義山正居住洛陽，新、舊《唐書》本傳所謂「來遊京師，久不調」之時。其說很有見地。義山另有〈寄令狐郎中〉一詩，中云「嵩雲秦樹久離居」，正與本詩「覓使嵩雲暮，迴頭灞岸陰」一聯相對。然而，詩中女子相思深情終不為對方體察，而女子又未能覓得信使溝通，則對方之「遙妒」將深且久也。義山此詩，並非是寫給對方之作，而是自己抒懷。詩中流露出的憂讒畏譏，不幸而言中。《新唐書・李商隱傳》：「牛、李黨人嗤謫商隱，以為詭薄無行，共排笮之。茂元死，來遊京師，久不調。更依桂管觀察使鄭亞府為判官。亞謫循州，商隱從之，凡三年乃歸。亞亦德裕所善。綯以為忘家恩，放利偷合。謝不通。京兆尹盧弘正表為府參軍，典箋奏。綯當國，商隱歸，窮自解，綯憾不置。」義山之與令狐綯，可謂糾葛深矣。（許軍）

漢宮詞❶

青雀❷西飛竟未迴，君王長在集靈臺❸。侍臣最有相如渴❹，不賜金莖露一杯。

【注　釋】❶漢宮詞　表面是諷刺漢武帝，實際是諷刺唐武宗。武宗會昌五年正月築望仙臺於南郊，卻於同年秋患病，次年三月即辭世。當時諷刺者，不只義山一人。孫樵〈露臺遺基賦并序〉：「武皇郊天明年，作望仙臺於城之南。農事方殷而興土功，且有糜於縣官也。樵東過驪山，得露臺遺基，遂作賦以諷之。」❷青雀　青鳥，西王母之信使。《山海經・大荒西經》：「西有王母之山有三青鳥，赤首黑目。……一名曰青鳥。」注曰：「皆西王母所使也。」《太平御覽・時序部》：「七月七日，上於承華殿齋。忽有青鳥從西來，集殿前。上問東方朔。朔曰：『此西王母欲來也。』有頃，王母至。有二青鳥如鳳，夾侍王母旁也。」❸集靈臺　武帝求仙之宮觀。《三輔黃圖》卷三：「集靈臺、集仙臺、存仙殿、存神殿、望仙臺、望仙觀，俱在華陰縣界，皆武帝宮觀名也。」《冊府元龜・帝王部・都邑第二》：「天寶元年十月造長生殿，名為集靈臺，以祀天神。」❹渴　消渴疾。《史記・司馬相如列傳》：「相如口吃而善著書，常有消渴疾。……稱病閒居，不慕官爵。常從上至長楊獵。」

【語　譯】青鳥飛向了西方，送藥的王母她一去不回；君王長久地瞻望，虔誠駐守在集靈臺。君王自求長生藥，哪管相如病消渴，靈露仙方，捨不得給侍臣嘗。

【研　析】本詩創作目的，表面是諷刺漢武帝，實際上是諷刺唐武宗。但是，求仙問道，漢代帝王熱衷者不乏其人；唐代帝王中也不只是武宗一人。此後，歷史上為求仙而荒政者有之，亂吃仙藥招致橫死者也不少。這首詩遂獲得長久的生命力。

關於本詩題旨，歷來注家見解紛紜，或謂自我感慨，或謂諷刺武宗求仙，或謂二者兼而有之。但是，這裡面有個問題，就是這二者是否能夠很好地統一在一首詩歌之內呢？歷來注家都認為一、二句意思明瞭，因而特別重視對三、四句的理解。這二句究竟是說帝王愚昧，為什麼不拿相如做個試藥的大白鼠呢，還是說帝王小氣，不肯把靈藥與相如共享呢？徐增注說：「武帝豈吝此一杯露者哉！疾且不能愈，而敢望仙之必成也？」其說法漠視史實而自說自話。《史記．孝武本紀》：「天子曰：『嗟乎！吾誠得如黃帝，吾視去妻子如脫躧（敝屣）耳。』」武帝不自私嗎？《戰國策．楚策》：「有獻不死之藥於荊王者，謁者操以入。中射之士問曰：『可食乎？』曰：『可。』因奪而食之。王怒，使人殺中射之士。中射之士使人說王曰：『臣問謁者，謁者曰可食，臣故食之。是臣無罪，而罪在謁者也。且客獻不死之藥，臣食之，而王殺臣，是死藥也。王殺無罪之臣，而明人之欺王。』王乃不殺。」其故事中的荊王雖孜孜求仙也有自知之明。因此，說帝王愚昧到可笑的程度，說天子刻薄寡恩，或謂二者兼而有之，都是始終未能抓住要害。

理解此詩，其實還需從一、二句入手。《類說》引《漢武內傳》曰：「帝乃信天下有神仙之事。而淫色自性，殺伐不休。受書六年，意旨自暢，以為神真見降，必獲度世。興起臺館，勞敝百姓，每事不從王母之深言，上元之妙戒。二真遂不復來。」本詩首句說「竟未迴」，以奇怪的語氣，暗示了必不可能再來的結局，而不來的原因乃是貫通本詩主旨的關鍵所在。《資治通鑑》武宗會昌五年載：「上自秋冬以來，覺有疾，而道士以為換骨。上祕其事，外人但怪上希復遊獵。」其荒淫自奉正相同。觀義山之〈崔處士〉「茅君奕世仙曹貴，許掾全家道氣濃」，不僅自己成仙，而且全家都要成仙，鑿鑿有詞。可見，本詩意旨也不是要揭露道教虛偽、羽流騙人。義山於會昌五年十月重回祕書省，即便此詩作於此時之後，帝王恩澤既未降臨到相如這樣的近侍，自然也就降臨不到義山。因此，諷刺帝王奢侈自私、刻薄寡恩，樂於求助神仙而不能愛惜人才，這才是本詩的真正主旨。

本詩語言清麗，結構精嚴。「長在」、「不賜」形成強烈對比，這一不愛人才愛求仙的現象，深刻諷刺了帝王自私刻薄而妄圖一己長生的可笑荒誕。全詩慨歎良深，詩意深婉，雖短章小篇而風姿綽約。(許軍)

北齊二首

其一

一笑相傾國便亡❶，何勞荊棘始堪傷❷。小蓮玉體橫陳夜❸，已報周師入晉陽。

其二

巧笑❹知堪敵萬機，傾城最在著戎衣。晉陽已陷休迴顧，更請君王獵一圍❺。

【注釋】❶一笑句　李延年曾侍上武帝歌曰：「北方有佳人，絕世而獨立。一顧傾人城，再顧傾人國。」此處「一笑相傾」之「傾」為傾倒、傾心之意，謂君主一旦為美色所迷，便種下亡國禍根。❷何勞句　《吳越春秋》：夫差聽讒，子胥垂涕曰：「以曲作直，舍讒攻忠，將滅吳國，城郭丘墟，殿生荊棘。」❸小蓮句　小蓮進御與周師攻陷晉陽時間相距甚遠，剪綴一處為極言色荒之禍。小蓮，即馮淑妃，北齊後主高緯寵妃。❹巧笑　《詩・衛風・碩人》：「巧笑倩兮，美目盼兮。」❺晉陽二句　《北齊書》：「周師取平陽，帝獵於三堆。晉州告急，帝將還。淑妃請更殺一圍，從之。」所陷者係晉州平陽，非晉陽，作者一時誤記。

【語　譯】

其一

傾城一笑國家破滅，不必到銅駝倒在荊棘中才知感傷。在你沉湎於小蓮美色歡情正濃時，周朝的軍隊已經攻陷了晉陽。

其二

巧笑迷人，惹得君王將國事拋在腦後，美人兒穿著戎裝風情萬種。晉陽既然已經淪陷大王就別再過問，還是讓我們趕天早再獵一圍。

【研　析】二篇均詠北齊後主高緯寵馮淑妃而荒淫亡國事。義山詠史詩，大約有三種類型：一、以古鑑今之作。如前面所選〈馬嵬二首〉，重在寫荒淫奢侈而招致敗亡的歷史教訓，寓含對當代統治者的警戒諷慨。二、借題託諷之作。如〈無愁果有愁曲北齊歌〉，題面是諷詠號稱「無愁天子」的北齊後主高緯，但內容與高緯行事全然不合，不過以詠北齊作掩飾，暗諷當代的「無愁天子」唐敬宗被殺事。再如第一期所作的〈隨師東〉，借隋師東征寫朝廷和李同捷的戰爭，故詩中史事與隋史並不吻合。這些都是假託古人古事以詠今人今事。三、借古喻今之作。所詠古人古事固然不錯，但真實目的卻在喻指今人今事。此二首便是此類。

唐武宗後期喜畋獵，寵女色，史載武宗王才人善歌舞，每畋苑中，才人必從，「袍而騎，佼服光侈。」與詩中「著戎衣」、「獵一圍」有相似之處。武宗固非高緯一流的「無愁天子」，但詩人從關心國家命運出發，自不妨借北齊亡國事預作警戒。首章一二句「一」「便」、「何勞」「始堪」，危言聳聽，語重心長，看得出是有具體警戒對象的。

兩章都有較重的議論成分，但由於詩人善於提煉、剪裁典型的歷史事件、場景與細節，與議論相互映照發明，不但使議論落到實處，而且使讀者透過鮮明的歷史場景，深切感受到其中寓含的歷史教訓。首章三四句剪接不同時間發生的兩個場景，融合誇張與對比，以揭示其間的因果聯繫，顯得警切明快，發人深省。次章一二句反言若正，似讚實諷。作者只呈現典型細節，有按無斷，含而不露又刮骨見血，意味極其豐厚。有別於前期詠史的峻快，伴隨著詩藝的成熟，詩人的筆觸更顯老到深婉。

就像〈詠史〉(歷覽前賢國與家)對文宗複雜的感情一樣，商隱諷諭武宗也是憂國心切，求全責備。武宗在唐後期可謂英武有為之君，只是自平定澤潞後，迷神仙、好畋獵、喜女色等積習加重，政治上走下坡路。商隱針對這些寫了一系列的詩，如〈漢宮詞〉、〈漢宮〉、〈瑤池〉、〈海上〉、〈過景陵〉等。詩人越是認為武宗英武有為，就越為其迷信神仙等行為感到惋惜，從而深加諷慨。這種雙重態度和矛盾情緒，在〈茂陵〉、〈昭肅皇帝挽歌辭三首〉中表現得就相當明顯。〈昭肅皇帝挽歌辭三首〉在讚頌武宗擊回鶻、平澤路等武功的同時，對其迷信神仙反覆致諷，這在給帝王的挽歌辭中是很少見的。〈茂陵〉借漢武帝諷武宗種種荒侈之行，但仍重在對其武功的讚揚。結尾云：「誰料蘇卿老歸國，茂陵松柏雨蕭蕭。」以蘇武歸國致慨，尤寓故君之痛，可見詩人對武宗還是深有感情的。

正如蘇卿歸國而君易，商隱服喪期滿回朝而武宗薨。宣宗即位，朝局大變，等待商隱的，正是那如蕭蕭松柏雨一樣悲涼而不測的前途。隨著乖舛命運的再度磨難，商隱的詩文創作也進入了一個新的階段並最終攀上自己的高峰。(李翰)

昭肅皇帝❶挽歌❷辭三首

其一

九縣❸懷雄武，三靈❹仰睿文。周王傳叔父❺，漢后重神君❻。玉律❼朝驚露❽，
金莖夜切雲❾。笳簫淒欲斷，無復詠橫汾❿。

其二

玉塞⑪驚宵柝⑫，金橋罷舉烽⑬。始巢阿閣鳳⑭，旋駕鼎湖龍⑮。門咽⑯通神鼓，樓凝警夜鐘⑰。小臣觀吉從⑱，猶誤欲東封⑲。

其三

莫驗昭華琯⑳，虛傳甲帳㉑神。海迷求藥使㉒，雪隔獻桃人㉓。桂寢㉔青雲斷，松扉白露新㉕。萬方同象鳥㉖，輦㉗動滿秋塵。

【注釋】❶昭肅皇帝　唐武宗。《舊唐書・武宗本紀》載：會昌六年三月二十三日「崩，時年三十三。謚曰：『至道昭肅孝皇帝』，廟號『武宗』。其年八月，葬於端陵。德妃王氏祔（殉葬）焉。」❷挽歌　喪歌。《古今注》：「〈薤露〉、〈蒿里〉歌，並喪歌也。出田橫門人。橫自殺，門人傷之，為悲歌，言人命如薤上之露易晞滅也，亦謂人死魂精歸於蒿里，故有二章。……至孝武帝時，李延年乃分二章為二曲，〈薤露〉送公卿貴人，〈蒿里〉歌送士夫庶人，使挽柩者歌之，世亦呼挽歌。」❸九縣　九州。《後漢書・光武帝紀》贊曰：「九縣飆回，三精霧塞。」注曰：「九縣，九州也。……三精，日月星也。」❹三靈　日月星，此指宇宙。《漢書・揚雄列傳》：「方將上獵三靈之流。」注曰：「三靈，日月星垂象之應也。」❺叔父　此指武宗死，宣宗繼立，為武宗之叔父。《史記・周本紀》：「共王崩，子懿王囏立。……懿王崩，共王弟辟方立，是為孝王。孝王崩，諸侯復立懿王太子燮，是為夷王。」武宗病重，太監弄權，妄圖立一傻子皇帝，好繼續作奸，於是選定宣宗。《資治通鑑》武宗會昌六年載：「初憲宗納李錡妾鄭氏，生光王怡。怡幼時，宮中皆以為不慧。大和以後，益自韜匿，群居遊處，未嘗發言。文宗幸十六宅宴集，好誘其言，以為戲笑。上性豪邁，尤所不禮。及上疾篤，旬日不能言。諸宦官密於禁中定策，辛酉下詔，稱『皇子沖幼，須選賢德。光王怡可立為皇太叔，更名忱，應軍國政事，令權勾當。』太叔見百官，哀戚滿容，裁決庶務，咸當於理。人始知有隱德焉。」❻漢后句　漢后，漢武帝。《史記・封禪書》：「天子病……使人問神君。神君言曰：『天子無憂病。病少愈，強與我會甘泉。』於是病癒，遂起幸甘泉。病良已，大赦。」《資治通鑑》武宗會昌五年：「上餌方士金丹，性加躁急，喜怒不常。……以衡山道士劉玄靜為銀青光祿大夫，崇玄館學士，賜號廣成先生，為之治崇玄館，置吏鑄印。」❼玉律　本指根據時間定音高，這裡概代指時間。《後漢書・律曆志》：「候氣之法，為室三重。……殿中候用玉律十二，惟二至（冬至、夏至）乃候靈臺，用竹律六寸。」❽朝驚露　《古今注》載〈薤露〉歌詞：「薤上朝露何易晞（乾；曬乾），露晞明朝還復滋。人死一去何時歸！」❾切雲　上摩青雲，極言其高。切，切近。《三輔黃圖》曰：「建章宮有神明臺，……武帝造，祭仙人處。上有承露臺，有銅仙人舒掌捧銅盤玉杯，以承雲表之露，和玉屑服之以求仙道。《長安記》：『仙人掌大七圍，以銅為之。』」❿橫汾　橫渡汾水。漢武帝〈秋風辭并序〉：「上行幸河東，祠后土，顧視帝京欣然，中流與群臣飲燕。上歡甚，乃自作〈秋風辭〉：『……泛樓船兮濟汾河，橫中流兮揚素波。簫鼓鳴兮發棹歌，歡樂極兮哀情多，少壯幾時兮奈老何！』」⓫玉塞　出塞過玉門關，故稱玉塞，泛指塞外。⓬驚宵柝　夜襲。《資治通鑑》武宗：「會昌三年，春，正月，回鶻烏介可汗帥眾侵逼振武，劉沔遣麟州刺史石雄都知兵馬，使王逢帥沙陀、朱邪、赤心三部，及契苾拓跋三千騎襲其牙帳，沔自以大軍繼之。……雄乃鑿城為十餘穴，引兵夜出，直攻可汗牙帳。至其帳下，虜乃覺之，可汗大驚，不知所為，棄輜重走，雄追擊之。庚子，大破回鶻于殺胡山（即黑山）。可汗被瘡，與數百騎遁去。雄迎大和公主以歸。」⓭烽　烽煙。《玉海・宮室・橋梁》：「金橋在上党南二里。」義山〈為河南盧尹賀上尊號表〉：「蕞爾潞子（劉從諫），復生孽童（劉稹），脫緤冀恩（上表請授節鉞），止柩拒詔（拒旨不護喪歸洛）。……夷其巢穴，去彼根株，清明皇之舊宮，復金橋之故地。」⓮巢阿閣鳳　鳳巢阿閣，祥瑞。《古微書・卷四・尚書中候》：「黃帝時，天氣休通，五行期化。鳳凰巢阿閣，歡於樹。」⓯鼎湖龍　鼎湖，皇帝升天處。《漢書・郊祀志》：「黃帝采首山銅，鑄鼎於荊山下。鼎既成，有龍垂胡髯下迎黃帝。黃帝上騎，群臣後宮從，上龍七十餘人。龍乃上去。餘小臣不得上，乃悉持龍髯，龍髯拔墮，墮黃帝之弓。百姓仰望，黃帝既上天，乃抱其弓與龍髯號。故後世因名其處曰鼎湖，其弓曰烏號。」⓰咽　低沉。《詩經・魯頌・有駜》：「振振鷺，鷺於下鼓，咽咽醉言，舞於胥樂兮。」《續詩傳鳥名卷》：「說者謂鷺是鼓精。越王句踐曾作大鼓以壓吳。及晉時移鼓建康，有雙鷺破鼓飛去。」⓱警夜鐘　宮中夜間報時之鐘。《南史・后妃列傳・武穆裴皇后》：「上數遊幸諸苑囿，載宮人後從車。宮內深隱，不聞端門鼓漏聲，置鐘於景陽樓上，應五鼓及三鼓。宮人聞鐘聲，早起妝飾。」⓲吉從　吉服從會。《後漢書・禮儀志》：「先大駕日，游冠衣於諸宮諸殿。群臣皆吉服，從會如儀。皇帝近臣喪服如禮。」⓳東封　東去封禪泰山。《漢書・武帝紀》：元封二年「夏四月，癸卯，上還，登封泰山。」⑳昭華琯　傳說中的神奇玉管。《西京雜記》卷三：「高祖初入咸陽宮，周行庫府，金玉珍寶不可稱言。……玉管長二尺三寸，二十六孔。吹之，則見車馬山林隱轔相次；吹息亦不復見。銘曰：昭華之琯。」㉑甲帳　招引神仙的大帳。《太平御覽・服用部・帳》引：「《漢武故事》曰：『上以琉璃珠玉、明月夜光，雜錯天下珍寶，為甲帳；其次為乙帳。甲以居神，乙以自居。』」㉒使　使者。《史記・秦始皇本紀》：「齊人徐市等上書，言海中有三神山，名曰蓬萊、方丈、瀛洲，仙人居之，請得齋戒，與童男女求之。於是遣徐市發童男女數千人，入海求仙人。」㉓獻桃人　代指王母。《拾遺記》：「西王母進周穆王嵰州甜雪，萬歲冰桃。」《太平御覽・天部・雪》：「王子年《拾遺記》曰：『穆王至大㧕之谷，西王母來進嵰州甜雪。嵰州去玉門三十萬里，地多寒，雪霜露著木石之上，皆融而甘，可以為果也。』」㉔桂寢　桂宮。《三輔黃圖》卷二：「桂宮，漢武帝造，周圍十餘里。《漢書》曰：『桂宮，有紫房複道，通未央宮。』《關輔記》：『桂宮在未央北，中有明光殿，土山復道從宮中西上城，至建章神明臺、蓬萊山。』」㉕松扉句　松扉、柏城、白露，都是陵寢慣用。㉖象鳥　象耕鳥耘，舜禹之葬。《帝王世紀》：「舜葬於蒼梧，下有群象嘗為之耕。」《水經注・浙江水》：「昔大禹即位十年，東巡狩，崩於會稽，因而葬之。有鳥來為之耘，春拔草根，秋啄其穢。」㉗轝　古人稱呼喪車，轝、輿、車三字相通。

【語譯】

其一

您的雄才武功，九州懷念；您的文治教化，天地仰瞻。您有周懿王的胸懷，廢子傳弟；您有漢武帝的嗜好，癡迷神仙。朝露初零的時候，您遽然升天；那收集靈露的玉盤，還夜夜高舉到雲端。笳簫悲鳴，令人魂斷；汾水中流，誰人再詠〈秋風〉篇。

其二

夜襲黑山，令回鶻聞風喪膽；金橋平叛，警藩鎮改惡從善。太平有慶，鳳凰將在上苑築巢。大鼎初成，皇上就乘龍飛上天。宮門通神的鼓啊，通通嗚咽；景陽警夜的鐘啊，聲聲沉緩。小臣身著吉服，跟隨著大駕，就像隨行去封泰山，誰知大行已不回還。

其三

說什麼昭華之琯，從來沒有證驗；說什麼甲帳有神，想來也是虛傳。尋求長生仙藥的使者，迷失在海面；手持仙桃的王母，被大雪阻隔未能及時奉獻。迎接仙人的桂館，從此青雲隔斷；長滿松樹的陵園，君看白露新粘。就像懷念象耕鳥耘的舜禹，看喪車一動秋風起，萬方悲慟，追悼大行皇帝的風範。

【研析】本詩宏大典重，頗不同於義山之纖麗婉約的一貫風格。詩為武宗作挽歌，在讚頌其武功、哀悼其辭世之時，亦惋惜其沉迷神仙道術，亦頌亦諷。義山此詩之立論，簡直可以媲美正史之贊。《舊唐書・武宗本紀》贊曰：「雄謀勇斷，振已去之威權；運策勵精，拔非常之俊傑。……紀律再張，聲名復振。足以蹈章武出師之跡，繼元和戡亂之功。然後迂訪道之車，築禮神之館。棲心玄牝，物色幽人。……徒見蕭衍、姚興之謬學，不悟秦王、漢武之非求。」故本詩之立意，可謂之正大。

在結構上，詩歌一發三首，一唱三歎，反覆致慨，聲情充沛。同時，三章各有側重：首章讚與諷並重，但內容以虛寫為主；二章側重讚頌武功，三章側重諷刺求道，都以實寫為主。其相互關係為首章總領，二、三章分承，形成鼎立之勢。在每一章內部，布局也很講究。首章既讚其文治武功，也諷其崇祀道流，以末句一聲長歎作結，既暗示武宗與漢武帝的極其相似，拉開歷史的縱深；又以淒切的音樂籠罩了全篇，把挽歌的氣氛渲染起來。二章側重武宗的武功之盛，以末句的贊辭，寫出對大行皇帝的極度哀思，所謂思之深切、諱其死亡；而大駕鹵簿的喪儀，也再次把喪禮的場面、氣氛加以烘托。三章側重諷武宗之迷信道流，最終仍難逃一死。末句以象耕鳥耘的神話，既渲染了道教羽流的神異色彩，又照應了前文的沉重哀悼，把全篇的氣氛都烘托渲染到高潮。

在語言的使用上，本詩詞語華贍，而情感淒婉；語意沉痛，用語得體。結構上，三章同題，各有側重，章法精嚴，格局恢宏。加上大量用典，排斥虛詞，極具沉鬱頓挫之美。義山之詩歌才華，於此詩可見一斑。

（許軍）

茂陵❶

漢家天馬出蒲梢❷，苜蓿榴花徧近郊❸。內苑只知含鳳觜❹，屬車無復插雞翹❺。玉桃偷得憐方朔❻，金屋修成貯阿嬌❼。誰料蘇卿❽老歸國，茂陵松柏雨蕭蕭。

【注釋】❶茂陵　漢武帝陵寢。《漢書・武帝紀》：「葬茂陵」，注曰：「茂陵在長安西北八十里也。」❷蒲梢　千里馬名。《史記・樂書》：「伐大宛，得千里馬，馬名蒲梢。次作以為歌，歌詩曰：『天馬來兮從西極，經萬里兮歸有德，承靈威兮降外國，涉流沙兮四夷服。』中尉汲黯進曰：『凡王者作樂，上以承祖宗，下以化兆民。今陛下得馬詩以為歌，協於宗廟先帝百姓，豈能知其音邪？』上默然不悅。」應劭注曰：「大宛舊有天馬種，蹋石汗血。汗從前肩膊出，如血，號一日千里。」❸苜蓿句　苜蓿、石榴，皆漢武帝時由西域傳入。《史記・大宛列傳》：「馬嗜苜蓿，漢使取其實來。於是天子始種苜蓿、蒲陶肥饒地。及天馬多，外國使來眾，則離宮別觀旁盡種蒲陶、苜蓿極望。」《初學記・果木部》引「《博物志》曰：『張騫使西域還，得安石榴、胡桃、蒲桃。』」❹鳳觜　一種奇異的膠水。《海內十洲記》：「鳳麟洲在西海之中央，……又有山川池澤及神藥百種，亦多仙家，煮鳳喙及麟角合煎作膏，名之為續弦膠，或名連金泥。此膠能續弓弩已斷之弦。刀劍斷折之金，更以膠連續之，使力士掣之，他處乃斷，所續之際終無斷也。……武帝幸華林園射虎而弩弦斷。使者時從駕，又上膠一分，使口濡以續弩弦。帝驚曰：『異物也！』乃使武士數人，共對掣引之，終日不脫，如未續時也。」❺雞翹　雞翹車，帝王車駕依仗。《太平御覽・儀式部・鹵簿》：「蔡邕《獨斷》曰：天子出車駕，謂之鹵簿。……鸞旗者，編羽毛，列系幢旁。俗人名之曰雞翹車。」❻方朔　東方朔。《漢武故事》：「東郡送一短人，長五寸，衣冠具足。上疑其精，召東方朔，至，朔呼短人曰：『巨靈，阿母還來否？』短人不對，因指謂上：『王母種桃，三千年一結子。此兒不良，已三過偷之。失王母意，故被謫來此。』上大驚，始知朔非世中人也。」❼阿嬌　陳皇后乳名。《漢武故事》：「王夫人因厚事之，長公主更欲與王夫人男婚，上未許。後長主還宮，膠東王數歲，公主抱置膝上。問曰：「兒欲得婦否？」長主指左右長御百餘人，皆云：「不用。」指其女：「阿嬌好否？」笑對曰：「好。若得阿嬌作婦，當做金屋貯之。」長主大悅，乃苦要上，遂成婚焉。」❽蘇卿 蘇武。《漢書·蘇武傳》：「武留匈奴凡十九歲，始以強壯出，及還，鬚髮盡白。」

【語譯】漢家聲威遠耀，四夷爭相投效，進貢了汗血寶馬蒲梢，遍地的苜蓿、榴花傍近郊。他反覆畋獵，侍衛們手拿異域靈膠，不停用口水把斷弦粘牢。他輕裝簡從，在微行中歡樂逍遙，看屬車取下了雞翹。為了得到長生，可憐那東方朔屢屢偷仙桃；為了享受美色，裝飾了金屋貯藏著美人阿嬌。世事誰料，大命難逃，年邁歸來的蘇武，只看到茂陵松柏，只聽到雨聲蕭蕭，忍不住慟哭在茂陵道。

【研析】關於本詩的題旨，顯然是借漢武之事諷諭唐武宗。詩中年邁歸來的蘇武，實際也是自指。張采田認為：「唐人遷宦卑官，多好以賈誼、蘇武借喻。此蘇卿歸國，義山自比也。」則義山長久廢退，今日始歸朝廷，正如年邁方歸來之蘇武。首聯，注家有謂諷刺武帝窮兵黷武，方東樹甚而謂「此詩全與武宗對簿。一二言窮兵略遠」。若依此說法，則全篇都是冷漠無情之諷刺。漢武雖然黷武，但也平定了邊患，為漢家贏得了此後多年的邊境清寧；唐武宗之平藩鎮、平回鶻更是大振了王朝聲威，穩定了搖搖欲墜之勢，這樣的歷史功績無論如何不能漠視。因此，首聯乃是讚頌。而頷聯則轉向微諷。西域貢來的異物，成為皇帝縱情畋獵的玩物；而屬車出行也不插雞翹，以方便皇上微行出遊。頸聯則諷刺皇帝一方面尋求長生，一方面縱情聲色。要之，前三聯對唐武宗的一生是有圈有點。末聯則哀悼之：武宗儘管存在很多缺點，但是，他對振興唐王朝還是作出了貢獻，不愧為一代英主。義山為之一慟，也是發自內心的。

本詩為借古喻今之作，表面上處處寫漢武帝，實際上句句都是唐武宗；作者對武宗的政治態度是可圈可點，功大於過；評論隱而不發，在事件的描述中暗示其政治態度，感情深沉哀婉。這一點，與前期政治諷諭詩的峻直之風顯然不同。本詩在結構上的最大特色，仍然是末聯的反照。前三聯一氣灌注，對其一生評述；末聯突然插入蘇武哭陵，把前文收攏進凄涼傷感的氣氛中，遂使全詩有了悠遠不盡之致。（許軍）

漢宮

通靈❶夜醮❷達清晨，承露盤晞❸甲帳❹春。王母西歸方朔去❺，更須重見李夫人❻。

【注釋】❶通靈　通靈臺。《三輔黃圖》卷三載：「王褒《雲陽記》曰：『鉤弋夫人從至甘泉而卒，屍香聞十餘里，葬雲陽。武帝思之，起通靈臺於甘泉宮。有一青鳥集臺上往來。』」❷醮　設壇祭神。❸晞　乾；曬乾。❹甲帳　傳說漢武帝招引神仙的大帳。《太平御覽・服用部・帳》引：「《漢武故事》曰：『上以琉璃珠玉、明月夜光，雜錯天下珍寶，為甲帳；其次為乙帳。甲以居神，乙以自居。』」❺方朔去　方朔，東方朔。《漢武帝內傳》：「至明旦王母與上元夫人同乘而去。人、馬、龍、虎導從，音樂如初，而時雲彩鬱勃，盡為香氣。極望西南，良久乃絕。……後東方朔一旦乘龍飛去，……仰望良久，大霧覆之，不知所適。至元二年二月，帝病。……丁卯，帝崩。」❻更須句　此謂地下重見。《漢書・外戚列傳》：「上思念李夫人不已，方士齊人少翁言能致其神。乃夜張燈燭，設帳帷，陳酒肉。而令上居他帳遙望，見好女如李夫人之貌，還幄坐而步，又不得就視。上愈益相思悲感，為作詩曰：『是邪非邪？立而望之，偏何姍姍其來遲！』」《資治通鑑》唐武宗會昌六年載：「初，武宗疾困，顧王才人曰：『我死，汝當如何？』對曰：『願從陛下於九泉。』武宗以巾授之。武宗崩，才人即縊。」

【語譯】思念已歿之新歡，設壇齋醮不惜通宵達旦。空立著承露盤，靈露早乾；裝飾得甲帳珠寶燦爛，招不來神仙。王母西去不回還，偷桃的東方朔也一夜升天。那早死的舊寵，看殿下九泉如何相見。

【研析】本詩之諷刺非常冷峻，但需要仔細品味。首句謂武帝齋醮，卻是為了思念死去的鉤弋夫人，這副好色荒淫的嘴臉，以道教齋醮的莊嚴面目出現，簡直令人失笑。二句直承首句，謂既如此荒淫，神仙自然難求。承露盤靈露毫無；甲帳空費了許多珍寶，裝點如春，可神仙根本不予理睬。三句謂曾經降臨的西王母一去不返，而為武帝偷仙桃的東方朔也離開武帝而去，求仙之道已經絕也。末句言武帝死，地下再見到李夫人，不知又將奈鉤弋夫人何？對武帝而言，不僅長生絕不可能，生前之好色，也將變成死後內帷之分崩。如此諷刺，簡直刺骨。

在結構上，本詩採用環形連鎖。首句是借神仙道教逐情欲，二句謂道教努力之落空，三句謂神仙也離之而去，四句則謂情欲適足以成為其死後之一大累。這樣層層諷刺，步步加深，末句又回到首句的問題，但卻讓其陷入一個兩難境地中。表面上，詩中無一字評點，在層層拆解中，突然抖出一個荒唐怪誕的結局。其諷刺之辛辣，可謂不留餘地。

本詩採用絕句近體的形式，抓取帝王為死去后妃齋醮的典型畫面，由實而虛，引出題旨，生發出生與死、求仙與荒淫的主題，即小見大，把精警的立意蘊含到歷史畫面的傳神白描中，具有詞微而顯、意深而永的藝術效果。（許軍）

華嶽下題西王母廟❶

神仙有分豈關情，八馬❷虛追落日行。莫恨名姬❸中夜沒，君王猶自不長生。

【注釋】❶華嶽句　《漢書・哀帝紀》：「四年春大旱，關東民傳行西王母籌，經歷郡國，西入關，至京師，民又會聚祠西王母。」華嶽，華山。❷八馬　穆王所駕。《穆天子傳》卷一：「天子之駿：赤驥、盜驪、白義、踰輪、山子、渠黃、華騮、綠耳。」卷二：「乃遂西征。癸亥，至於西王母之邦」；「甲子，天子賓於西王母，乃執白圭玄璧以見西王母。好獻錦組百純，組三百純。西王母再拜受之。乙丑，天子觴西王母於瑤池之上。」❸名姬　盛姬。《穆天子傳》記載其事曰：「姬姓也，盛柏之子也，天子賜之上姬之長。……天子東狃於澤中，（盛姬）逢寒疾，天子舍於澤中。盛姬告病，天子憐之。……天子西至於重壁之臺，盛姬告病，天子哀之。是日哀次。天子乃殯盛姬於轂丘之廟。……天子南葬盛姬於樂池之南。……天子永念傷心，乃思淑人盛姬，於是流涕。七萃之士蔞豫上諫於天子曰：『自古有死有生，豈獨淑人。天子不樂，出於永思。永思有益，莫忘其新。』天子哀之，乃又流涕。」

【語　譯】縱情聲色的帝王，想借助求仙把歡樂長享；乘著八駿追逐太陽，穆王他終究白忙一場。寵愛的妃子撒手而亡，請不要在地下遺憾悲傷；求仙學道的癡情君王，情緣空忙，仙緣空忙，也是很快把命喪。

【研　析】本詩之主旨，乃諷刺君王既要縱欲又要長生。關於其諷刺對象，汪家之意見有二：

一是諷刺唐武宗。武宗一生行跡，正如張采田所說：「武宗學仙，好色，又好大喜功，絕類穆滿、劉徹。」考之史實，皆鑿鑿有之。《資治通鑑》唐武宗會昌五年載：「上餌方士金丹，性加躁急，喜怒不常。……以衡山道士劉玄靜為銀青光祿大夫，崇玄館學士，賜號廣成先生，為之治崇玄館，置吏鑄印。」孫樵〈露臺遺基賦并序〉：「武皇郊天明年，作望仙臺於城之南。農事方殷而興土功，且有麇於縣官也。樵東過驪山，得露臺遺基，遂作賦以諷之。」

二是認為同情王才人（或為孟才人）。此亦實事。《資治通鑑》唐武宗會昌六年載：「初，武宗疾困，顧王才人曰：『我死，汝當如何？』對曰：『願從陛下於九泉。』武宗以巾授之。武宗崩，才人即縊。」《劇談錄》：「孟才人善歌，有寵於武宗皇帝。嬪御之中，莫與為比。一旦龍體不豫，召而問曰：『我若不諱，汝將何之？』對曰：『以微眇之身，受君王之寵，若陛下萬歲之後，無復生焉。』是日，俾於御榻前歌〈河滿子〉一曲，聲調淒切，聞者莫不涕零。及宮車晏駕，哀慟數日而殞。……張祜有詩云：『偶因清唱詠歌頻，奏入宮中二十春。卻為一聲〈河滿子〉，下泉須弔孟才人。』」

唐武宗、穆天子、漢武帝這三人的共同特點是：一代英主卻惑於所溺，又屢屢被羽流所欺騙。他們的優點，足以開拓一個王朝的局面；他們的缺點，卻又為王朝埋下了隱患。而帝王求仙學道，並非愛好道本身，只是想求得仙藥，長享現實奢侈荒淫的生活，這就形成了一個不可調和的矛盾。而兼具求仙與荒淫雙重面目的帝王，幾乎是無代無之。義山偶爾睹西王母廟而興發感慨，豈能一一落實到具體的人、具體的事。詩不同於史書的敘事，它是情緒的捕捉。義山本人當時也許想到了很多，但只截取了這麼一段用文字固定了下來。後人讀這固定的文字，也許最需要的是通靈功夫，即張采田所謂「更當於言外味之。」因此，本詩的諷刺對象，還是不要指定落實為好。（許軍）

華山❶題王母❷廟

蓮花峰下鎖❸雕梁，此去瑤池地共長❹。好為❺麻姑到東海，勸栽黃竹莫栽桑❻。

【注　釋】❶華山　《藝文類聚・草部・芙蓉》：「《華山記》曰：『山頂有池，池中生千葉蓮花，服之羽化，因名華山。』」❷王母　即西王母。❸鎖　山巒環抱之狀。江總〈雜曲〉：「芙蓉作帳照雕梁。」❹此去句　共，甚；極。《穆天子傳》卷二：「至於西王母之邦」；「天子觴西王母於瑤池之上。」❺好為　叮囑之詞。❻栽桑　語出滄海桑田。《神仙傳》卷三：「麻姑自說：『接待以來，已見東海三為桑田。向到蓬萊，水又淺於往昔會時略半也。豈將復還為陵陸乎？』（王）方平笑曰：『聖人皆言海中行復揚塵也。』」

【語　譯】層層疊疊的蓮花峰，像鎖鑰圍護著畫棟雕梁；那氣派宏偉的廟宇裡，供奉著西天的王母娘娘。從華山到瑤池，從人間到天上，求仙的道路何其長。請為我捎信給麻姑，在那乾涸的東海土地上，請廣種黃竹不栽桑。

【研　析】本詩題旨，眾說紛紜。其關節所在，乃是「黃竹」一詞的含義。有趣的是，注家的各種說法都出自《穆天子傳》。注家的意見分為三種：

其一，義山用錯了此詞，根據是「黃竹」為地名。《穆天子傳》卷五載穆王西遊途中，「乃宿於黃竹。」

其二，黃竹不是地名，而是竹子一種，其特點為枝葉堅守本色。《穆天子傳》卷二：「天子乃樹之竹，是曰竹林。」馮浩謂「竹貫四時而不改，桑田有時變海」，並認為「似指令狐交情」。則意謂該篇主旨為向令狐示好，要海枯石爛了。

其三，本詩為哀民生之作。劉學鍇、余恕誠以為「蓋〈黃竹歌〉本為穆王哀民凍寒之作，栽黃竹猶可動哀民之念」。《穆天子傳》卷五：「天子乃休。日中大寒，北風雨雪，有凍人。天子作詩三章，以哀民，曰：『我徂黃竹，□（缺）員閟寒帝收九行，嗟我公侯百辟冢卿，皇我萬民，旦夕弗忘。我徂黃竹，□（缺）員閟寒帝收九行，嗟我公侯百辟冢卿，皇我萬民，旦夕勿窮。有皎者鴼，翩翩其飛，嗟我公侯，□（缺）勿則□（缺），居樂甚寡，不如□（缺）土，禮樂其民。』天子曰：『余一人則淫，不皇萬民。』」

上面的三種情況，只要稍加對照，應該能夠明白本詩的主旨所在。第一種說法，似乎未能讀完《穆天子傳》，其所引之例距離〈黃竹歌〉只隔數行。第二種說法自然很淺陋，在詩意上也無法貫通。因此，本詩主旨為勸帝王勿求虛妄之事，立足國計民生，因為神仙不可求，而國運有盛衰。

詩歌首句即謂神仙虛妄：在華山蓮花峰下，雕梁畫棟的廟宇裡，深鎖著王母娘娘的塑像，世人殷勤朝拜，讓詩人想起穆天子去西天求仙的故事。義山問，穆王駕八駿逐日而行，到西天尚費時日，世人又如何能到呢？穆王到了西天也是白忙一場，可見求仙甚屬無謂。

次聯以調侃的口吻對王母娘娘說，請告訴麻姑吧，滄海桑田，變化只在一瞬間；那就不要種桑了，種黃竹；實際上，這句話是諷刺世間君王的，人世蒼黃，神仙世界也同樣不是靜止不變的，不如想想穆王的〈黃竹歌〉，看看民間的疾苦。可惜，穆王雖然唱了〈黃竹歌〉，但也沒有停止西行的腳步；世間的君王，又有幾人能被喚醒呢？

義山之詠史詩，絕不單純是「發思古之幽情」，也不同於託古以述懷，而是借鑑歷史來指陳時事、譏評時政，使詠史詩成為政治詩。本詩與〈華嶽下題西王母廟〉為同題之作，也應為同時之作。上作諷刺帝王欲兼荒淫與長生，結果只能是死後一場尷尬，用語尖利，毫無諱飾。本作則勸勉帝王重視民生，不要做無謂的求仙迷夢，情感態度較為隱晦。（許軍）

過景陵❶

武皇❷精魄久仙昇，帳殿❸淒涼煙霧凝。俱是蒼生留不得，鼎湖❹何異魏西陵❺。

【注　釋】❶景陵　唐憲宗陵寢。《舊唐書・憲宗紀》：「(元和十四年十一月) 上服方士柳泌金丹藥，起居舍人裴潾上表切諫。……十五年春正月甲戌朔，上以餌金丹小不豫，罷元會……庚子……是夕上崩於大明宮之中和殿，享年四十三。……五月丁酉，群臣上謚曰：聖神章武孝皇帝，廟號憲宗。庚申，葬於景陵。」❷武皇　即憲宗。義山〈韓碑〉：「元和天子神武姿。」❸帳殿　陵寢中的殿堂。《通典・喪制四》引《大唐元陵儀注》：「內外哭從以赴山陵。靈駕至陵門西凶帷帳殿下，回駕南向。」❹鼎湖　黃帝升仙處。《漢書・郊祀志》：「黃帝采首山銅，鑄鼎於荊山下。鼎既成，有龍垂胡顊下迎黃帝。黃帝上騎，群臣後宮從，上龍七十餘人。龍乃上去。餘小臣不得上，乃悉持龍顊，龍顊拔，墮，墮黃帝之弓。百姓仰望，黃帝既上天，乃抱其弓與龍顊號。故後世因名其處曰鼎湖，其弓曰烏號。」❺西陵　魏武帝曹操陵墓。陸機〈弔魏武帝文〉載魏武遺命諸子：「汝等時時登銅雀臺望吾西陵墓田。」《通典・禮・大喪初崩及山陵制》載魏武帝臨終遺言曰：「送終之制，襲稱之數。繁而無益，俗又過之。先自製送終衣服四篋，題識其上。春秋冬夏，曰有不諱，隨時以斂。金珥珠玉銅鐵之物，一不得送。」

【語　譯】說什麼魂魄升仙，憲宗就在這片土下埋葬；帳殿中煙霧凝集，彌漫著追悼的淒涼。都是血肉之軀，哪能長生不死亡。黃帝逝去的鼎湖，魏武薄葬的西陵，其實都是一個樣。

【研　析】此詩之中心，乃是諷刺帝王求神仙之無謂。義山經過景陵，想到憲宗之求仙終不免一死因而生發感慨。首聯言既然說已經升仙了，何以又建了陵寢；而陵寢中的氣氛分明又是如喪考妣般的淒涼。則神仙之說，既不能自欺，也不能欺人。次聯言都是蒼生，帝王也罷，百姓也罷，大限來臨，一律平等。則所謂黃帝跨龍飛升之鼎湖，與魏武帝薄葬之西陵，都是紀念死者而已。

本詩是一首現實諷諭詩。詩人把諷刺批判的矛頭直接指向本朝帝王。詩中之唐憲宗亂服金丹、妄圖長生結果反而暴卒，本事就極具諷刺意義。全詩用語直白，諷刺尖利，毫不諱飾。末聯則連帶諷刺黃帝升仙這一神話的虛妄，戳穿其自欺欺人的把戲。黃帝是遠古聖王的模範，早已化為一個神話。義山則打破了這個神話，無論思想深刻性還是政治膽量都是非常突出的。

朱彝尊說「以魏武陪黃帝，則殊不倫」，紀昀說「因憲宗求仙，故以黃帝託諷，然擬之曹瞞，究竟非體」，二人如此立論，其實還是固執地認為黃帝乃上古聖王，所以不可隨便比擬。他們的這一看法，同很多封建士大夫一樣，仍然有意無意地參與了造神運動。唐至清，邁過了千年歷史，對黃帝的認識仍然發展不大，足見神仙思想絕跡之難，也可看出義山諷刺之深刻、生死觀之超前。（許軍）

瑤池❶

瑤池阿母❷綺窗開，〈黃竹〉歌聲動地哀❸。八駿❹日行三萬里❺，穆王何事不重來？

【注釋】❶瑤池　西王母居處。《穆天子傳》卷三：「天子觴西王母於瑤池之上。西王母為天子謠曰：『白雲在天，山陵自出。道里悠遠，山川間之。將子無死，尚能復來？』天子答之曰：『予歸東土，和治諸夏。萬民平均，吾顧見汝。比及三年，將復而野。』」❷阿母　此指西王母。《漢武帝內傳》：「帝問東方朔：『此何人？』朔曰：『是西王母紫蘭宮玉女。常傳使命，往來扶桑，出入靈州，交關常陽。』傳言玄都阿母昔出配北燭仙人，近又召還，使領命祿，真靈官也。」❸黃竹句　哀，哀傷，暗示穆王已死。❹八駿　穆王所駕之馬。《穆天子傳》卷一：「天子之駿：赤驥、盜驪、白義、踰輪、山子、渠黃、華騮、綠耳。」❺日行三萬里　傳說其速度之快。「天子大朝於宗周之廟，乃里西土之數。曰：『……宗周至於西北大曠原，萬四千里；乃還東南，復至於陽紆七千里，還歸於周三千里。各行兼數三萬有五千里。」《列子》卷三：「乃觀日之所入，一日行萬里。王乃歎曰：「於乎，予一人，不盈於德，而諧於樂。後世其追數吾過乎？」」《太平御覽・獸部・馬》：「飛兔者（神馬名），日行三萬里。」

【語　譯】在極遠西天的瑤池樓臺，秀麗的小窗被打開，王母從樓裡探出頭來。她透過雲霧陰霾，一直望到黃竹地界，那〈黃竹〉喪歌響亮悲哀。八駿能日行三萬里，穆王他為何不肯再來？

【研　析】本詩描寫刻劃的角度，不在穆王，也不在穆王之行事，而在王母及其心理活動。詩中設想了一個情節，王母正從瑤池的綺窗探頭東望，她在等待穆王。她曾經跟穆王約好三年見面的，但直到現在穆王遲遲沒有來到，王母為此很著急。她極力東望，沒有看到穆王的車馬，卻聽到黃竹的輓歌聲很響亮很悲傷。她很奇怪，穆王有著日行八萬里的八駿，為什麼不肯再來呢？

本詩是一篇反面文章，通過至高無上之神仙的迷茫，反映出即使神仙也無法確知一些事，更無法幫助穆王長生，甚至穆王已經死了，西王母還不知道穆王已死，還在苦苦等待穆王到來。求仙者辛勤一生，也無法求得真神降臨；即使如穆王那樣見到過至上神仙王母娘娘，也仍然難逃一死。其意思極類似李賀〈官街鼓〉：「幾回天上葬神仙。」求仙之虛妄可謂極其清楚了。義山之詩更深刻之處在於，他不僅寫出了求仙的虛妄，更巧妙點出了求仙帝王的自私刻薄。穆王曾唱〈黃竹歌〉，並慨歎說：「余一人則淫，不皇萬民。」穆王死，萬民哀痛，哭聲動地，一直傳到西天，而他一直努力渴慕的神仙竟不知道他已經死了。萬民擁戴的帝王一心求神仙而「不皇萬民」的自私荒淫嘴臉，可謂入木三分。此詩諷刺深刻，慨歎良深，政治批判力強，膽識俱壯。（許軍）

海上

石橋❶東望海連天，徐福❷空來不得仙。直遣麻姑與搔背❸，可能❹留命待❺桑田！

【注　釋】❶石橋　秦始皇看日出所造之跨海橋。《太平御覽．地部．石上》載：「《三齊略記》曰：『秦始皇作石橋於海上，欲過海看日出處。時有神人驅石下海。石去不速，神輒鞭之，皆流血。至今石悉赤。』」❷徐福　秦始皇時方士，入海求仙而不返。《史記．秦始皇本紀》：「齊人徐市等上書，言海中有三神山，名曰：蓬萊、方丈、瀛洲，仙人居之。請得齋戒，與童男女求之。於是遣徐市發童男女數千人，入海求仙人。」《後漢書．東夷傳》：「有夷洲及澶洲。傳言秦始皇遣方士徐福將童男女數千人入海，求蓬萊神仙不得，徐福畏誅，不敢還，遂止此洲。世世相承，有數萬家。」❸直遣句　《神仙傳》卷三：「麻姑至，蔡經亦舉家見之。……麻姑手爪不如人，爪形皆似鳥爪。蔡經中心私言：若背大癢時，得此爪以爬背，當佳也。方平已知經心中所言，即使人牽經鞭之，曰：『麻姑，神人也。汝何忽謂其爪可以爬背耶？』便見鞭著經背，亦不見有人持鞭者。」麻姑，傳說中的神仙。❹可能　豈能。❺待　等到。《神仙傳》卷三：「麻姑自說：『接待以來，已見東海三為桑田。向到蓬萊，水又淺於往昔會時略半也。豈將復還為陵陸乎？』（王）方平笑曰：『聖人皆言海中行復揚塵也。』」

【語　譯】曾做石橋渡海，如今始皇人何在？從石橋遠望東海，只看見天連著水、水連著天。徐福冒著生命危險去求仙，最終流落在海外。縱然讓麻姑搔背，又怎能把命延，又怎能看到滄海變桑田！

【研　析】本詩主旨仍然是諷刺帝王妄求長生。首句意謂秦始皇為了看日出，有神仙幫他建造石橋，但秦始皇仍不免一死；秦始皇又命徐福帶數千童男女入東海尋找神仙，結果徐福一去不敢回還。這已經顯示了帝王尋求長生的不可能。次聯謂即使能找到神仙，即使能讓麻姑為其搔背，神仙也不能為其延年益壽，更不要妄想長生不死。此亦所謂「俱是蒼生留不得」，把求仙長生的夢想給擊碎了。

義山詩歌中屢次提到帝王求仙必不能成，也是立足現實而生發的感慨。義山所歷之晚唐帝王，多有愛好求仙者，其中憲宗因此暴卒，武宗因此病死，嚴重影響了朝廷的政局穩定。更重要的是，帝王求仙，往往連帶著窮奢極欲、大興土木、荒疏政事、不能任賢、不顧民生，對社會民生帶來重大消極影響。憲宗弘佛，武宗滅佛，都不是出於宗教熱愛，而是只求自己長生，不問天下蒼生。義山批判帝王求仙，是把求仙與誤國、亡國聯繫在一起的。義山之反對帝王求仙問道，乃是出於強烈的現實責任感和民生情懷。

石橋存留，而始皇已死；徐福求仙，最終逃亡。帝王求仙一場，屢屢受騙而不知悔悟。詩人以冷峻之筆，直寫慨歎，即使麻姑降臨，也難保其長生。全詩借題發揮，以始皇求仙託諷世主、指斥時事，既有浪漫聯想，又立足於歷史與現實，寓慨於諷，憂傷憤激。(許軍)

四皓❶廟

本為留侯❷慕赤松❸，漢廷方識紫芝翁❹。蕭何只解追韓信❺，豈得虛當第一功❻？

【注釋】❶四皓　漢初四個隱士，後曾輔佐惠帝。宋敏求《長安志》卷一三：「四皓廟在陝西商縣東二十五里。」《史記・留侯世家》：「及宴，置酒，太子侍。四人從太子，年皆八十有餘，鬚眉皓白，衣冠甚偉。上怪之，問曰：『彼何為者？』四人前對，各言名姓曰：『東園公、甪里先生、綺里季、夏黃公。』上乃大驚曰：『吾求公數歲，公辟逃我。今公何自從吾兒遊乎？』四人皆曰：『陛下輕士善罵，臣等義不受辱，故恐而亡匿。竊聞太子為人仁孝，恭敬愛士，天下莫不延頸欲為太子死者，故臣等來耳。』上曰：『煩公幸卒調護太子。』四人為壽已畢，趨去。上目送之，召戚夫人指示四人者曰：『我欲易之，彼四人輔之。羽翼已成，難動矣。呂后真而主矣。』」❷留侯　張良。《史記・留侯世家》：「呂后乃使建成侯呂澤劫留侯曰：『君常為上謀臣。今上欲易太子，君安得高枕而臥乎？』……留侯曰：「此難以口舌爭也。顧上有不能致者，天下有四人。四人者，年老矣，皆以為上慢侮人，故逃匿山中，義不為漢臣。然上高此四人。今公誠能無愛金玉璧帛，令太子為書，卑辭安車，因使辯士固請，宜來。來，以為客，時時從入朝，令上見之，則必異而問之。問之，上知此四人賢，則一助也。」……竟不易太子者，留侯本招此四人之力也。」❸赤松　赤松子，此代求仙學道。《史記・留侯世家》：「高帝即日駕，西都關中。留侯從入關。留侯性多病，即導引不食穀，杜門不出歲餘。……留侯乃稱曰：『家世相韓，及韓滅，不愛萬金之資，為韓報仇強秦，天下振動。今以三寸舌為帝者師，封萬戶，位列侯，此布衣之極，於良足矣。願棄人間事，欲從赤松子遊耳。』乃學辟穀，導引輕身。」❹紫芝翁　代四皓。《陝西通志・藝文・紫芝歌》：「商山四皓隱居，高祖聘之，四皓不出，仰天歎而作歌：『漠漠商洛，深谷逶迤。灼灼紫芝，可以療饑。唐虞世遠，吾將安歸？駟馬高車，其憂甚大。富貴之畏人，不如貧賤之肆志。昊天嗟嗟，深谷逶迤。樹木漠漠，高山崔嵬。岩居穴處，以為幄茵。灼灼紫芝，可以療饑。唐虞往矣，吾當安歸。』」❺蕭何句　《史記・淮陰侯列傳》：「何聞信亡，不及以聞，自追之。人有言上曰：『丞相何亡。』上大怒，如失左右手。居一二日，何來謁上。上且怒且喜，罵何曰：『若亡，何也？』何曰：『臣不敢亡也。臣追亡者。』上曰：『若所追者誰？』何曰：『韓信也。』上復罵曰：『諸將亡者以十數，公無所追。追信，詐也！』何曰：『諸將易得耳。至如信者，國士無雙。王必欲長王漢中，無所事信；必欲爭天下，非信無所與計事者。顧王策安所決耳。』……王曰：『吾為公，以為將。』何曰：『雖為將，信必不留。』王曰：『以為大將。』何曰：『幸甚！』於是王欲召信拜之。」只解，只知道。❻豈得句　《史記・蕭相國世家》：「上已撓功臣多封蕭何，至位次未有以復難之，然心欲何第一。關內侯鄂君進曰：『……雖數亡山東，蕭何常全關中以待陛下，此萬世之功也。今雖亡曹參等百數，何缺於漢？漢得之，不必待以全。奈何欲以一旦之功而加萬世之功哉？蕭何第一，曹參次之。』高祖曰：『善！』」虛，指實際不能或不該。

【語　譯】只因留侯追隨赤松，漢廷才認識了紫芝翁。四皓出山隨太子，是張良消弭凶險於無形中。那蕭何只知道追韓信，怎麼算得上是第一功？

【研　析】本詩題旨，從文字上看，似乎是替古人打筆墨官司。留侯之功，自然不能與蕭何比，這是極顯然之事。義山此詩，不過借此事為一發端，寄慨於當時現實。

徐逢源說：「此詩為李衛公發。衛公舉石雄，破烏介，平澤潞，君臣相得，始終不替，而卒不能早定國儲，使武宗一子不得立，有愧紫芝翁多矣。故假蕭相以譏之。」馮浩也認為：「《通鑑》云：『諸宦官密于禁中定策，下詔稱皇子沖幼，須選賢德。』則其時武宗之子未盡也。留侯之使呂澤迎四皓，已在多病導引不食穀、杜門不出之後歲餘矣。衛公始終秉鈞，而竟不能建國本、扶沖人，何哉？」

武宗死，宦官為了弄權，矯詔廢太子，而立武宗叔父光王怡，因為在宦官看來，光王怡是個智力低下的傻子，自然容易玩弄於股掌之中。《資治通鑑》武宗會昌六年載：「初憲宗納李錡妾鄭氏，生光王怡。怡幼時，宮中皆以為不慧。大和以後，益自韜匿，群居遊處，未嘗發言。文宗幸十六宅宴集，好誘其言，以為戲笑，號曰『光叔』。上性豪邁，尤所不禮。及上疾篤，日不能言。諸宦官密於禁中定策，辛酉下詔，稱：『皇子沖幼，須選賢德。光王怡可立為皇太叔，更名忱，應軍國政事，令權勾當。』太叔見百官，哀戚滿容，裁決庶務，咸當於理。人始知有隱德焉。」這件事情的發生，李德裕是有責任的。

考李德裕其人，勇於任事，嗜好專權。《冊府元龜・帝王部・誡勵》：「賜（石）雄詔書曰：『古者有必勝之將，無必勝之人。將立奇功，實在謀帥。朕所以求鷙鶚於累百，得飛將於無雙。』」而義山〈太尉衛公會昌一品集序〉記載武宗對李德裕說：「我將俾爾以大手筆，居第一功。」則李德裕功勞也可以對應蕭何之情狀，但是李德裕好權弄術，於保守臣節方面遠遠不如蕭何，更不及留侯張良。《資治通鑑》武宗會昌六年載：「李德裕秉政日久，好徇愛憎，人多怨之。自杜悰、崔鉉罷相，宦官左右言其太專，上亦不悅。給事中韋弘質上疏言：『宰相權重，不應更領三司錢穀。』德裕奏稱：『制置職業，人主之柄。弘質受人教導，所謂賤人圖柄臣，非所宜言。』十二月，弘質坐貶官，由是眾怒愈甚。」則李德裕專權，最終不僅與宦官集團形成衝突，而且招致帝王、群臣的極度不滿，陷入了孤立境地。此時，再想有所作為，自然難以振作。《資治通鑑》又載：「上自秋冬以來，覺有疾。……宰相奏事者亦不敢久留。……六年春……上自正月乙卯不視朝，宰相請見不許。……（三月）甲子上崩。」則武宗臨終前，李德裕忙於黨爭，不暇或不意武宗遽死，結果錯失了最後補救的機會；而武宗對李德裕亦非常戒備猜疑，乃至病中拒絕與其會面。晚唐的這一幕，李德裕豈能沒有責任！

義山此詩之慨歎，不身歷其事者難以體會其內心之悲涼。杜牧〈題商山四皓廟〉：「呂氏強梁嗣子柔，我於天性豈恩仇。南軍不袒左邊袖，四老安劉是滅劉。」說法雖反義山，對儲君變易之慨歎可謂同樣深厚。

本詩特點是，直接抓取歷史故實，但這個歷史卻不等於史書中的真實歷史，而是借助於豐富想像力進行藝術加工之後重建起來的歷史。義山抓住歷史中最能激發自己感慨的內容，「攻其一點，不及其餘」，借題發揮，感慨當世，指斥時政，具有非常深厚的歷史感和非常切實的現實批判力。（許軍）

代祕書❶贈弘文館❷諸校書❸

清切❹曹司❺近玉除❻，比來秋興復何如？崇文館❼裏丹霜後，無限紅梨憶校書。

【注　釋】❶祕書　祕書省。《舊唐書・職官志二》：「（中書省下）祕書省，祕書監一員，……祕書郎四員，校書郎八人，正字四人，主事一人。」❷弘文館　唐官署名。《舊唐書・職官志二》：「（門下省下）弘文館學士，學生三十人，校書郎二人。」❸校書　校書郎。義山於會昌六年重官祕省正字，本詩應作於此時。❹清切　清貴機要。白居易〈晚春重到集賢院〉：「官曹清切非人境，風日鮮明似洞天。」❺曹司　官署。❻玉除　玉階。曹植〈贈丁儀〉：「凝霜依玉除，清風飄飛閣。」❼崇文館　類同弘文館的官署。《通典・職官・東宮官》：「魏文帝始置崇文館……貞觀中置崇賢館，……後沛王賢為皇太子，避其名，改為崇文館，其學士例與弘文館同。」

【語　譯】清貴顯要的官署，接近天子的玉階，真是令人羨慕；正秋高氣爽時節，你們的雅興又將何如？寒霜過後，層林如染。崇文館裡的紅梨，在微風中招搖；那一片風雅的韻味，讓人想起當年的校書。

【研　析】本詩為應酬之作，但很得風雅之趣。詩中首先讚美對方之職位、官署都清貴顯要。然後筆鋒一轉，借崇文館秋來之風韻，懷念當年曾在此面對紅梨的諸位校書。紅梨的搖曳多姿，正襯托出崇文館的風貌特色，而校書之令人懷念，其風雅必更勝一籌。如此短章，而風韻清雅，義山確為摹景寫情之高手。

文宗開成三年，義山應博學宏辭科，考官本已錄取，但複審時卻被「中書長者」除名。四年，義山應吏部試書判拔萃科及格，得任為祕書省校書郎。不久，被調為弘農縣尉。到任不久，因活獄而觸忤上司，義山便辭職移居關中。會昌元年，武宗即位，李黨得寵，牛黨失勢，義山的境遇有所好轉。會昌二年，他回長安參加吏部書判甄拔考試，以書判拔萃，授祕書省正字。不久，因母親辭世，而離官服喪。會昌五年，義山重回祕書省。大中元年，宣宗即位，大黜李黨，重用牛黨，義山入鄭亞幕。祕書省為官，雖官階不高，但曹司清要，義山還是非常滿意的。這在詩歌中可以看出。可惜，祕書省為官的美夢也不能持續很久。

本詩特色在於寫人與寫物的融通。義山抓住弘文館校書郎職務清要、人物清華這一特點，把自己的獨特感受與情緒融入到選取對象上。詩人以敏銳的觀察力，抓取秋風紅梨這一客觀事物，勾勒其情態神韻，把人之風情與物之神理融為一體，極具藝術魅力。（許軍）

喜舍弟義叟及第上禮部魏公❶

國以斯❷文❸重，公仍❹內署❺來。風標❻森❼太華❽，星象❾逼中台。朝滿遷鶯侶❿，門多吐鳳才⓫。寧同魯司寇⓬，唯鑄⓭一顏回。

【注釋】❶魏公　魏扶。《唐詩紀事・卷五一・魏扶》：「扶登大和四年進士第。大中初知禮闈，入貢院，題詩云：『梧桐葉落滿庭陰，鎖閉朱門試院深。曾是當年辛苦地，不將今日負前心。』榜出，無名子削為五言詩以譏之。李羲叟，義山弟也，是歲登第。義山因上魏公詩。」❷斯　代詞，此。❸文　禮樂制度。《論語・子罕》：「子畏於匡，曰：『文王既沒，文不在茲乎？天之將喪斯文也，後死者不得與於斯文也；天之未喪斯文也，匡人其如予何？」❹仍　更。❺內署　指任職翰林。《新唐書・百官志》：「開元二十六年，又改翰林供奉為學士，別置學士院，專掌內命。……號為內相，又以為天子私人。……唐之學士，弘文、集賢分隸中書、門下省，而翰林學士獨無所屬。」❻風標　風度品格。❼森　森嚴。❽太華　太華之山。《山海經・西山經》：「太華之山，削成而四方，高五千仞。」❾星象　魏扶的官階。《晉書・天文志》：「三台六星，兩兩而居，……在人曰三公，在天曰三台。……西近文昌二星曰上台，為司命，主壽；次二星曰中台，為司中，主宗室；東二星曰下台，為司祿，主兵。」❿遷鶯侶　升遷之友。《詩經・小雅・伐木》：「伐木丁丁，鳥鳴嚶嚶。出自幽谷，遷于喬木。嚶其鳴矣，求其友聲。」⓫吐鳳才　本指揚雄，此指才華卓絕的士子。《西京雜記》卷二：「揚雄著《太玄經》，夢吐白鳳凰，集於《玄》上，頃而滅。」⓬司寇　孔子。《史記・孔子世家》：「定公十四年，由大司寇行攝相事。」⓭鑄　培養。《揚子法言》卷一：「或曰：『人可鑄歟？』曰：『孔子鑄顏淵矣。』」

【語　譯】貢院考生魚貫，是國家文教清華；閣下眾目所瞻，更何況承命內闈。您節操森嚴，就像方正高峻的太華山；您官位通顯，在星象上直逼中台。朝中好友多，個個都高舉喬遷；門下才子多，都是夢吐白鳳的俊彥。您主持科考，門牆桃李蔚為壯觀；那曾任司寇的孔子，只是栽培了一個顏淵。

【研　析】本詩為應酬之作。魏扶既為舍弟之座主恩師，義山作詩頌讚，不妨誇大其詞。首聯言魏扶到貢院主考，是秉持文運。次聯，上句頌魏扶之節操，下句讚魏扶之官階清顯。頸聯言魏扶之同門多通顯，而門生多俊傑。末聯言魏扶為國選拔人才，遠勝孔夫子只是教育出一個賢才。詩意簡單，情感浮泛。

本詩末聯，多為注家所責難。一是說，孔子聖人，魏扶如何能和聖人相提並論。對孔子的尊崇是一個歷史過程。先秦，孔子只是儒家學派的代表，其地位與普通的士並無大區別，得意時盡可以出任司寇，失意時「累累若喪家之犬」。漢武帝獨尊儒術，但也沒有廢絕百家。至唐，儒、道並重，皆列入科考。唐人對孔子，並不如宋明那樣畢恭畢敬，往往直呼其名，放言無憚。杜甫〈醉時歌〉：「儒術於我何有哉？孔丘盜跖俱塵埃」；李白〈廬山謠寄盧侍御虛舟〉：「我本楚狂人，鳳歌笑孔丘」；王維〈與胡居士皆病寄此詩兼示學人二首〉：「植福祠迦葉，求仁笑孔丘」；王績〈贈程處士〉：「禮樂囚姬旦，詩書縛孔丘」。如此，則義山此詩末聯，以孔子和魏扶相對，又有何不可呢？

一說末聯不知所云。魏扶主持科考，其所選拔舉薦的舉子，都是其門生，都是賢才。這個規模當然比孔子只造就一個賢人來得又快又多了。這只是科舉考試制度和這種制度下的特殊文化現象，與孔子之教育並不相干。換言之，恭維而已。（許軍）

海客❶

海客乘槎❷上紫氛❸，星娥❹罷織一相聞❺。只應不憚牽牛妒，聊用支機石❻贈君。

【注釋】❶海客　傳說中近海濱僥倖上天庭之人。李白〈崔四侍御〉：「謔浪棹海客，喧呼傲陽侯。」《博物志》卷一〇：「舊說云，天河與海通。近世有人居海濱者，年年八月見浮槎去來，不失期。人有奇志，立飛閣於槎上，多賫糧乘槎而去。十餘日中，猶觀星月日辰，自後茫茫忽忽，亦不覺晝夜。去十餘日，奄至一處，有城郭狀，屋舍甚嚴。遙望宮中多織婦，見一丈夫牽牛渚次飲之。牽牛人乃驚問曰：『何由至此？』此人具說來意，並問：『此是何處？』答曰：『君還至蜀郡，訪嚴君平則知之。』竟不上岸，因還如期。後至蜀，問君平，曰：『某年月日，有客星犯牽牛宿。』計年月，正是此人到天河之時也。」❷槎　木筏。❸紫氛　紫霄，指天空。❹星娥　織女星。❺相聞　即相見。張若虛〈春江花月夜〉：「此時相望不相聞。」❻支機石　支撐織布機的石塊。《太平御覽‧天部八》在《博物志》浮槎故事內容之後，又說：「乃與一石而歸。後至蜀，問嚴君平。君平曰：『此織女支機石也。』」宋之問〈明河篇〉：「明河可望不可親，願得乘槎一問津。更將織女支機石，還訪成都賣卜人。」

【語　譯】遠方的客人乘上浮槎，他一直飛上紫色雲霞。那天河的織女把梭兒放下，立即跑來見他。隨那牽牛郎如何嫉妒吧，織女她不再懼怕；她取下支機石，把一片心意送給了他。

【研　析】本詩表面上是織女私情萌發、背叛牽牛而依附海客，實際上是別有隱衷，聊借題為發揮。本詩中的海客應該為義山準備依附之幕主。義山曾經依附過的幕府長官有令狐楚、崔戎、王茂元、鄭亞、盧弘正、柳仲郢等。能與「海客乘槎」有詞義關聯的還屬鄭亞。鄭亞廉察桂管，轄地近海，故有「海客」之稱。義山〈自桂林奉使江陵途中感懷寄獻尚書〉中說「水勢初知海，天文始識參。」〈上尚書范陽公啟三首〉也說「去年遠從桂海，來返玉京。」這些詩作都可以證明，海客之所用，唯有鄭亞能與其含義關聯。

考義山一生，處於牽牛或妒，而已決然而行赴幕府的，也只有鄭亞。武宗死，宣宗繼位，極討厭李德裕專權，於是大罷其黨，重新招用武宗時失勢的牛黨。鄭亞即李德裕私人，遂由給事中出為桂管觀察使。鄭亞臨行前，表奏義山入幕，義山遂與之同行。《新唐書・李商隱傳》：「茂元死，來游京師，久不調。更依桂管觀察使鄭亞府為判官。亞謫循州，商隱從之。凡三年，乃歸。亞亦德裕所善。綯以為忘家恩，放利偷合，謝不通。」至盧弘正、柳仲郢之時，則牽牛已經暴怒與之決裂了。

詩中，義山自喻為織女，將鄭亞喻為海客，而那個曾經依附的對象牽牛郎則為令狐綯。李黨之大量貶斥，牛黨重新掌權，對這樣的政治形勢，義山是清楚的，他也意識到追隨鄭亞可能召來令狐綯的憤怒。義山自稱「不憚牽牛妒」，辭氣決然。義山到桂管不久，令狐綯就從湖州刺史任上來信斥責。義山立即寫詩回贈，反覆申訴討饒。〈酬令狐郎中見寄〉：「土宜悲坎井，天怒識雷霆。……補羸貪紫桂，負氣託青萍。萬里懸離抱，危於訟閤鈴。」正直與軟弱、耿介與優柔，這一對矛盾如同一枚硬幣的兩面，在義山身上同時存在著。自謂偷情的織女，義山這個比擬可謂至當！（許軍）

謝❶往桂林至形庭❷竊❸詠

辰象❹森羅❺正，鉤陳❻翊衛❼寬。魚龍❽排百戲❾，劍珮儼❿千官。城禁將開晚，宮深欲曙難。月輪移枍詣⑪，仙路下闌干。共賀高禖⑫應，將陳壽⑬酒歡。金星⑭壓芒角⑮，銀漢⑯轉波瀾。王母⑰來空闊，羲和⑱上屈盤⑲。鳳凰傳詔旨⑳，獬豸㉑冠朝端。造化中台座㉒，威風大將壇㉓。甘泉猶望幸㉔，早晚冠呼韓。

【注釋】❶謝　離京入幕，至內廷謝恩。《新唐書・李商隱傳》：「更依桂管觀察使鄭亞府為判官。亞謫循州，商隱從之。凡三年，乃歸。」❷彤庭　內廷。〈西都賦〉李善注：「《漢書》曰：『昭陽殿中庭彤朱而殿上髹漆。』砌皆銅遝黃金塗。」❸竊　私下。應為廷謝之後，歸私第而詠。《新唐書・選舉志》：「受旨而奉行焉，謂之奏受。視品及流，外則判補，皆給以符，謂之告身。凡官已受成，皆廷謝。」❹辰象　星象。❺森羅　森嚴羅列。張正見〈山賦〉：「森羅辰象，吐吸雲霧。」❻鉤陳　即勾陳。《晉書・天文志》：「勾陳六星在紫宮中。勾陳，後宮也。王者法勾陳，設環列。」❼翊衛　天子侍衛。《說郛》卷一〇八：「羽林軍星，四十五星，壘辟十二星，並在室南，主翊衛天子之軍。」❽魚龍　類似戲法的表演。《漢書・西域傳贊》：「漫衍魚龍、角抵之戲，以觀視之。」❾百戲　歌舞雜技表演之總稱。《後漢書・安帝紀》：「罷魚龍曼延百戲。」《新唐書・穆宗本紀》：「觀百戲於宣和殿，三日而罷。」❿儼　威嚴。古代臣子皆佩劍，上殿則解；功高者特賜劍履上殿。《史記・蕭相國世家》：「乃令蕭何賜帶劍履上殿入朝不趨。」⑪枍詣　枍詣宮。《三輔黃圖》卷三：「枍詣宮。枍詣，木名，宮中美木茂盛也。」⑫高禖　又稱郊禖，在郊外祭祀管理婚姻和生育的大神。《呂氏春秋・二月紀》：「是月也，玄鳥至。至之日，以太牢祀於高禖，天子親往。」⑬壽　祝壽。《詩經・豳風・七月》：「為此春酒，以介眉壽。」⑭金星　每天先日而出，又叫啟明；後日而沒，又叫長庚。⑮芒角　星之光芒。⑯銀漢　銀河。⑰王母　此指「太后」。⑱羲和　《初學記》引《廣雅》曰：「日御曰羲和。」似謂太后親臨。⑲屈盤　此代寶座。《歷代帝王宅京記・關中三》：「清涼殿……以紫玉為盤，如屈龍，皆用雜寶飾之。」⑳詔旨　詔令。《鄴中記》：「石季龍（後趙武帝）與皇后在觀上，為詔書五色紙著鳳口中，鳳既銜詔，侍人放數百丈緋繩，轆轤回轉，鳳凰飛下，謂之鳳詔。」㉑獬豸　神羊，此指直臣。《後漢書・輿服志》：「法冠……執法者服之。……或謂之獬豸冠。獬豸，神羊，能別曲直，楚王嘗獲之。故以為冠。」㉒造化句　即協助國君治理天下，功如造化。造化，調和陰陽。㉓大將壇　拜大將之壇。《史記・淮陰侯列傳》：「王欲召信拜之。何曰：『王素慢無禮。今拜大將，如呼小兒耳。此乃信所以去也。王必欲拜之，擇良日，齋戒，設壇場，具禮乃可耳。』王許之。」㉔幸　帝王駕臨。《漢書・宣帝紀》：「甘露元年春正月，行幸甘泉，郊泰畤。匈奴呼韓邪單于遣子右賢王銖婁渠堂入侍。」

【語　譯】群星拱衛，皇宮氣象宏偉，禁衛羅列，氣氛肅穆森嚴。宮中扮演著百戲，看那奇妙的魚龍變幻；那魚貫而來的臣子，腰懸佩劍神色儼然。宮門在晚上打開，迎接臣僚歡慶大宴；皇宮如此深邃，只怕朝陽要投進曙光也很難。月光明亮，我們移動到枍詣宮；那神仙行走的路上，皇上正走向闌干。君臣一起歡呼，高禖祭祀終於應驗；群臣一起敬酒，祝願聖壽萬年。啟明星升起在東方，它的光芒開始黯淡；天上的群星漸漸退隱，好像是銀河泛起了波瀾。太后突然親臨，從空闊的遠處走來；她走上寶座，寶座旁有紫玉為盤。那鳳凰從空中飛下，銜來太后的詔旨；宣讀詔令的大臣，頭戴著獬豸冠。位列中台的文臣，調和陰陽造化；登壇受拜的武將，威風凜然難犯。願天下太平，願四夷早服，願吾皇像漢宣巡幸到甘泉，封賞臣服的強蠻。

【研　析】本詩為義山隨鄭亞入朝辭謝後之作。義山位卑職小，這樣浩大的宮中宴會，大概很少能夠參與，因此激動之餘，作詩頌讚。義山雖躬逢其盛，其實只是宴會中的一個隨員，因此詩中所寫，多皮相，少內涵。這與義山詩重內在感情湧動的特色極不相類，故馮浩懷疑「義山何若此歟？」

詩前三聯寫的宮廷內皇家氣象。四、五、六聯寫宮內徹夜大宴的場景。七、八、九聯寫宴會之後的早朝景象。末聯是祝願天下太平之語。本詩結構上四平八穩，作者本人完全是一副少見多怪的模樣，做客觀的場面記錄，這樣的詩歌，自然難以出佳作。

不過，關於本詩的理解，多有分歧。比如「共賀高禖應」，所賀對象為誰？義山好用典故，本來很淺顯的事情也喜歡以典故出之，當時當事者自然心照不宣，但後世讀者常陷入恍惚之中。

「共賀」一聯的含義，當與「王母」一聯合起來看。《新唐書・后妃列傳》：「憲宗孝明皇后鄭氏，……元和初，李錡反。有相者言，后當生天子。錡聞，納為侍人。錡誅，沒入掖廷，侍懿安后。憲宗幸之，生宣宗。宣宗為光王，后為王太妃。及即位，尊為皇太后。太后不肯別處，故帝奉養大明宮，朝夕躬省候焉。懿宗立，尊后為太皇太后。咸通三年，帝奉后宴三殿，命翰林學士侍立結綺樓下。」由此可見，宮中宴會，及宴會後早朝，都離大明宮很近。所以，群臣之共賀高禖，及降臨登座的對象，都是這位太后。（許軍）

離席

出宿金尊掩，從公玉帳❶新。依依向餘照，遠遠隔芳塵❷。細草翻驚雁，殘花伴醉人。楊朱❸不用勸，只是更沾巾。

【注釋】❶玉帳　征戰時主將所居之軍帳。見〈重有感〉注。❷依依二句　離京赴桂，取道東行，依依不捨者，長安在西方，故云「向餘照」。芳塵，紅塵，京師繁華之地。❸楊朱　《列子》：「楊子見逵路而哭之，為其可以南，可以北。」

【語譯】餞行的酒澆不熄離別之愁，就要追隨您離開京城遠赴桂林。就像那夕陽依戀著山巒，腳步遲遲但離京城還是越來越遠。風吹草動旅雁驚飛，花殘葉落陪伴著這個不願醒來的醉人。不必再說那些寬慰的話，想到前途叵測只有更加傷心。

【研析】商隱服喪期滿，復官祕閣不過一年，便於唐宣宗大中元年三月應鄭亞辟聘，遠赴桂林，開始了又一次遊幕生涯。桂幕時間雖短——加上來回行程耗去的時間也不過一年半，但卻成為他生活與創作歷程中一個重要轉折點。

本詩即作於赴桂前餞別的酒席之上。落日低垂即將遠別的帝京，奔赴那遠隔繁華富庶的炎方（南方）異域，詩人的感情是那樣的憂傷淒迷。政局翻覆，歷史的劇中人猶如風中受驚的大雁，借酒不能澆愁，醉眼所見也還是花殘春暮。中間這兩聯以景襯情，寫出了感染力極強的「有我之境」。風吹草動，以「細草驚雁」，是隔過一層來寫風，同時又暗寓政治風波，技法著實高妙。宣宗即位以來一年中種種「務反會昌之政」的措施，尤其是打擊李德裕政治集團的行動，使詩人選擇追隨鄭亞南下桂管的同時，對前途自然不免產生黯淡悲淒的心緒。尾聯將自己比作「見歧路而泣」的楊朱，直接表達了這種歧路彷徨、茫然不知所之的心理。

赴桂途中過荊州時，商隱有一首〈荊門西下〉：「一夕南風一葉危，荊門迴望夏雲時。人生豈得輕離別，天意何嘗忌嶮巇。骨肉書題安絕徼，蕙蘭蹊徑失佳期。洞庭湖闊蛟龍惡，卻羨楊朱泣路歧。」這裡變借景抒情為直接抒懷，所反映的心情與本篇類似，但意思更推進了一層。本篇尚自比楊朱有歧路可供選擇，而〈荊門西下〉中似已無路可退。

商隱的矛盾、彷徨、憂傷都是一種真實的心情，惟有這種種真實的矛盾，商隱作出的選擇才讓人覺得尤為難得，而這種選擇下詩人那真實的心情也才更具耐人尋味的深刻性與豐富性。（李翰）

五松驛❶

獨下長亭❷念❸〈過秦〉❹，五松❺不見見輿薪❻。只應既斬斯高❼後，尋被樵人用斧斤。

【注釋】❶五松驛　地名，長安東南。時義山赴鄭亞幕，途中經過而賦詩。❷長亭　庾信〈哀江南賦〉：「十里五里，長亭短亭。」❸念　誦讀。❹過秦　〈過秦論〉，賈誼作，總結秦朝盛衰興亡之道。❺五松　五大夫松，泛指松樹。《史記・秦始皇本紀》：「風雨暴至，休於（松）樹下，因封其樹為五大夫。」❻輿薪　負薪。❼斯高　李斯和趙高。《史記・秦始皇本紀》：「高乃與公子胡亥、丞相斯陰謀……立子胡亥為太子……（三年）冬，趙高為丞相，竟案李斯，殺之。……二世自殺。閻樂歸報趙高。趙高乃悉召諸大臣公子，告以誅二世之狀。……令子嬰齋，當廟見，受玉璽。齋五日，子嬰與其子二人謀曰：『丞相高殺二世望夷宮，恐群臣誅之，乃佯以義立我。我聞趙高乃與楚約，滅秦宗室而王關中，今使我齋見廟，此欲因廟中殺我。我稱病不行，丞相必自來。來則殺之。』高使人請子嬰數輩，子嬰不行。高果自往，曰：「宗廟重事，王奈何不行？」

子嬰遂刺殺高於齋宮，三族高家，以徇咸陽。」

【語譯】獨自走下長亭，我背誦起賈誼的〈過秦論〉。這驛站空有五松名，四望不見松，只看到樵夫背柴薪。想來李斯和趙高一場鬥，從內部衰敗了強秦；沒有了帝國存在，還談什麼榮譽和威名；管你什麼五大夫，只落得一頓斧頭砍為柴薪。

【研析】本詩是作者從鄭亞往桂幕途經五松驛而作。詩說，經過五松驛，想起了五大夫松。由此想到秦的滅亡。李斯與趙高各自營私，相互爭鬥，結果不僅他們自己兩敗俱死，強大的秦朝也一夜瓦解，甚至曾被封贈的松樹也橫招厄運，被人砍為柴薪。這樣的歷史教訓是非常深刻的。

晚唐，武宗死，宣宗立，盡逐李黨，遍招牛黨。本詩之作，慨歎黨爭對帝國歷史的重大影響，以昭誡未來。劉學鍇、余恕誠認為：「唐之季世，朋黨紛爭，南北司勢若水火，政局動盪變化不已」，這個說法確實抓住了晚唐政治的病根。

但是，這個說法仍然不夠全面。因為，晚唐朝廷，除了朋黨，還有宦官勢力。《資治通鑑》載文宗開成四年十一月「乙亥，上疾少間，坐思政殿，召當直學士周墀，賜之酒。因問曰：『朕可方前代何主？』對曰：『陛下堯舜之主也。』上曰：『朕豈敢比堯舜。所以問卿者，何如周赧、漢獻耳？』墀驚曰：『彼亡國之主，豈可比聖德？』上曰：『赧、獻受制於強諸侯，今朕受制於家奴。以此言之，朕殆不如。』因泣下沾襟。墀伏地流涕。」而宣宗之立，同樣操縱於宦官。《資治通鑑》武宗會昌六年載：「初憲宗納李錡妾鄭氏，生光王怡。怡幼時，宮中皆以為不慧。大和以後，益自韜匿，群居遊處，未嘗發言。文宗幸十六宅宴集，好誘其言，以為戲笑，號曰：『光叔』。上性豪邁，尤所不禮。及上疾篤，旬日不能言。諸宦官密於禁中定策，辛酉下詔，稱『皇子沖幼，須選賢德。光王怡可立為皇太叔，更名忱，應軍國政事，令權勾當。』太叔見百官，哀戚滿容，裁決庶務，咸當於理。人始知有隱德焉。」晚唐皇帝的廢立，竟然操縱在宦官手中；而外朝之群臣，仍然不能勵精圖治，只顧結黨營私，其行為正如《史記．李斯列傳》所論「持爵祿之重，阿順苟合，嚴威酷刑」。

義山此處提出的李斯、趙高，應該是指外朝的群臣、內廷的宦官，他們忙著以自己的方式爭權奪利，而不顧王朝江山社稷，視帝王為傀儡，長此爭鬥，王朝殆也。晚唐後來覆滅的歷史，正被義山不幸而言中，可謂「秦人不暇自哀，而後人哀之；後人哀之而不鑒之，亦使後人而復哀後人也。」義山在五松驛站，背誦到此，是否曾反覆吟唱呢？

本詩為借古鑑今之作。從秦王朝興衰存亡的浩繁歷史材料中，義山抓取五大夫松這一鱗半爪式的史料，展開豐富想像，探討五大夫松何以不見，重新虛構一個根本不存在的歷史，託諷現實，悲慨時事，在表面不動聲色中，寄予了強烈的現實情懷，可謂深而婉也。（許軍）

四皓❶廟

羽翼❷殊勳棄若遺，皇天有運我無時。廟前便接山門路，不長青松長紫芝❸。

【注　釋】❶四皓　漢初四隱士，後輔佐惠帝。❷羽翼　保護。《史記・留侯世家》：「四人從太子，年皆八十有餘，鬚眉皓白，衣冠甚偉。……四人皆曰：『陛下輕士善罵，臣等義不受辱，故恐而亡匿。竊聞太子為人仁孝，恭敬愛士，天下莫不延頸欲為太子死者，故臣等來耳。』上曰：『煩公幸卒調護太子。』」❸紫芝　雙關，既指紫色靈芝，也指四皓的〈紫芝歌〉。《陝西通志・藝文・紫芝歌》：「商山四皓隱居，高祖聘之，四皓不出，仰天歎而作歌：『漠漠商洛，深谷逶迤。灼灼紫芝，可以療饑。唐虞世遠，吾將安歸？駟馬高車，其憂甚大。富貴之畏人，不如貧賤之肆志。』」

【語　譯】四皓一出商山，就建立了蓋世功勳；功成身退，對官祿毫不留戀。皇天偏愛，賜予他們極好機緣。生不逢時，讓我徘徊慨歎。看廟門前的道路，指向深山；看廟四周的景物，沒有青松，只有紫芝成片。

【研　析】義山此詩也是借四皓而慨歎。首句言四皓輔佐惠帝承繼帝位，功勳卓著；但是帝王刻薄，功成之後棄之若遺。二句直接慨歎四皓功成，是皇天賜予用武好運，而我卻沒能遇到個好時機。次聯說廟門朝向深山，立志歸隱。

「我」指誰，這是諸多注家紛紜爭論的關鍵。

馮浩認為「此為輔導壯恪太子者歎也。」但是，文宗之子壯恪太子暴卒，未能登上帝位，輔導者「羽翼殊勳」無從談起。

劉學鍇、余恕誠認為：「此詩與『本為留侯慕赤松』蓋同為李德裕而發。」此說仍然不足以解釋詩中之意。李德裕在牛、李黨爭中爭權奪利，其思想狀態與四皓難以協調。《資治通鑑》武宗會昌六年載：「李德裕秉政，日久好徇愛憎，人多怨之。自杜悰、崔鉉罷相，宦官左右言其太專，上亦不悅。給事中韋弘質上疏言：『宰相權重，不應更領三司錢穀。』德裕奏稱：『制置職業，人主之柄。弘質受人教導，所謂賤人圖柄臣，非所宜言。』十二月，弘質坐貶官，由是眾怒愈甚。」書中又載：「上自秋冬以來，覺有疾。……宰相奏事者亦不敢久留。……六年春……上自正月乙卯不視朝，宰相請見不許。……（三月）甲子上崩。」武宗臨終前，李德裕忙於黨爭，不暇或不意武宗遽死，結果錯失了最後補救的機會；而武宗對李德裕亦非常戒備猜疑，乃至病中拒絕與其會面。而前一首同題詩中，義山認為「蕭何只解追韓信，豈得虛當第一功」，已經否定了李德裕的行為。因此，武宗之子的廢與立，李德裕在其中的作用渺渺，而不是努力未成，所以「無時」二字也是落空。

其實，「我」就是義山本人。義山之一生，無一刻不想建立功業，而後功成身退，名利雙收。他崇拜的人物多為功成身退者。如范蠡，〈安定城樓〉：「欲迴天地入扁舟」；如張良，〈驕兒詩〉：「張良黃石術，便為帝王師」；如四皓。但是，他又不願意像陶潛那樣默默無聞地歸隱，〈偶成轉韻七十二句贈四同舍〉：「且吟王粲從軍樂，不賦淵明歸去來」。而現實政治，始終沒有提供給他這樣一個機會，連當個小小的祕書省校書郎的機會也要被剝奪，被迫離京入幕府。現在見到了四皓廟，義山豈能不歎息「我無時」乎？（許軍）

商於新開❶路

六百❷商於路，崎嶇❸古共聞。蜂房❹春欲暮，虎穽❺日初曛。路向泉間辨，人從樹杪分❻。更誰開捷徑❼，速擬上青雲。

【注　釋】❶開　開通。《新唐書．地理志》：「商州上洛郡……貞元七年，刺史李華自藍田至內鄉開新道七百餘里，回山取途，人不病涉，謂之偏路，行旅便之。」❷六百　指商於之地的面積，不是路的長度。《資治通鑑．周紀三》：「乃使張儀至楚，說楚王曰：『大王誠能聽臣，閉關絕約於齊，臣請獻商於之地六百里，使秦女得為大王箕帚之妾，秦楚嫁女娶婦，長為兄弟之國。』楚王說而許之。……齊王大怒，折節以事秦，齊秦之交合。張儀乃朝見楚使者曰：『子何不受地？從某至某，廣袤六里。』使者怒，還報楚王。」❸崎嶇　道路不平。《漢書．王莽傳》：「繞霤之固，南當荊楚。」注：「服虔曰：『隘險之道。』師古曰：『謂之繞霤者，言四面塞阸，其道屈曲。溪谷之水，回繞而霤也。』其處即今商州界七盤十二繞是也。」❹蜂房　指人跡少，而蜂築巢於道旁峭壁。❺虎穽　捕虎陷阱。謂猛獸多，路邊時見捕虎陷阱。❻分　分辨。意謂道路高低懸隔，高處的人如隱身樹梢，需要分辨才能看到。杜甫〈北征〉：「我行已水濱，我僕猶木末。」❼捷徑　既指道路，也是仕途。《新唐書．盧藏用傳》：「始隱山中時，有意當世。人目為隨駕隱士。晚乃徇權利，務為驕縱，素節盡矣。司馬承禎嘗召至闕下，將還山，藏用指終南曰：『此中大有佳處。』承禎徐曰：『以僕視之，仕宦之捷徑耳。』藏用慚。」

【語　譯】商於地廣六百里，道路崎嶇古聞名。在春天的傍晚，那峭壁之上，蜂房緊挨著行人；夕陽西下，還要提防捕虎的陷阱。路徑若現若隱，順著溪水仔細追尋。路面高低不平，看別人就像在樹梢上穿行。不知是誰人，開拓出一條捷徑；很多人從此穿過，迅速地直上青雲

【研　析】本詩題名為「新開路」，而詩中所描畫的都是未開時之蠻荒道；詩歌中說捷徑通青雲，語意雙關，由現實道路指向了政治投機。義山寫作此詩時，正隨鄭亞南下。京官做不成了，只好投奔地方幕府，內心不

無怨言，詩歌不無指斥。因此，新開之路，只是一個觸發的對象，而詩中所寫，都是象徵比喻。詩說，宦海仕途，古來險惡。旁有野蜂騷擾，下有凶險陷阱；政局時昏時明，身歷者如履薄冰。但是，投機者在這樣的道路上反而能如魚得水，直上青雲。總之，滿腹牢騷，憤憤不平。

若問義山何以會走上這樣的仕途，他也許會說「我無時」；若問義山何以不及早回頭，只怕義山要陷入尷尬。終南捷徑之心，義山同樣不能免俗。因此，本詩所寫，是一個封建時代宦海風波中苦苦掙扎的失意小官吏的心理。

本詩是一首政治詩，也是一首借景抒情詩。詩歌極力渲染商於舊路之崎嶇危險，而末聯中的青雲捷徑，則將商於路的含義延伸到仕途。義山由商於路觸發感想，抓取這一富有啟發意義的意象，重新構建虛擬了商於舊路的沿路情景，在真實歷史的背景上展開浪漫想像。商於舊路，被義山賦予了特殊意義，成為險惡仕途的象徵。詩人借商於舊路，寄慨身世，把自己身歷仕途屢受打擊的感受和情緒融入對這條路的描寫中。詩中，商於舊路的險惡，與商於路上行人內心的悲苦恐慌相互烘托，並借助象徵暗示，繪形繪神地刻劃出詩人內心的憤慨，達到情與景交融、路與人互證、人與我相通的藝術效果。（許軍）

送崔珏❶往西川

年少因何有旅愁？欲為東下更西遊。一條雪浪吼巫峽❷，千里火雲燒益州❸。

卜肆❹至今多寂寞，酒壚從古擅風流❺。浣花牋紙❻桃花色，好好題詩詠玉鉤❼。

【注釋】❶崔珏 字夢之，大中年間進士。《新唐書・藝文志》：「崔珏詩一卷。」❷巫峽 巫峽又名大峽，是三峽中最可觀的一段。以幽深秀麗著稱。整個峽區奇峰突兀，怪石嶙峋，峭壁屏列，綿延不斷，宛如一條迂迴曲折的畫廊。《水經注・

江水》：「其間首尾百六十里，謂之巫峽。蓋因山為名也。自三峽七百里中，兩岸連山，略無闕處，重岩疊嶂，隱天蔽日。」❸千里句　益州的上空，布滿了火燒雲。千里，喻其廣也。白居易〈得微之到官後書備知通州之事悵然有感因成四章〉：「四野千重火雲合，中心一道瘴江流。」益州，古地名。殷商時期是巴人和蜀人生活的地方。戰國末期秦國滅了巴蜀之後在原巴蜀地區設置了巴郡和蜀郡。元封五年（西元前一〇六年），漢武帝在全國設十三刺史部，四川地區為益州部，州治在雒縣。三國時期，益州是當時最大的三個州之一，劉備占領此地並建立蜀漢政權。三國末年曹魏滅蜀漢，分割益州，另置梁州。諸葛亮〈出師表〉：「今天下三分，益州疲弊，此誠危急存亡之秋也。」❹卜肆　占卜算命的地方。《漢書》卷七二：「(嚴)君平卜筮於成都市，以為卜筮者賤業，而可以惠眾人。」❺酒壚句　用司馬相如與卓文君當壚賣酒事。《史記．司馬相如列傳》：「文君夜亡奔相如。相如乃與馳歸家居，徒四壁立。卓王孫大怒……相如與俱之臨邛，盡賣其車騎，買一酒舍酤酒，而令文君當壚。……卓王孫不得已，分予文君僮百人、錢百萬。」❻澣花牋紙　一種用花的圖案裝飾的用於寫字的便箋。《六藝之一錄．歷代書論》：「元和之初，薛濤尚斯色而好制小詩，惜其幅大，……乃命匠人狹小為之。蜀中才子既以為便，後減諸箋亦如是，特名曰薛濤箋。」❼玉鉤　喻月芽兒。鮑照〈玩月城西門廨中〉：「始見西南樓，纖纖如玉鉤。」

【語　譯】正當年輕去遠遊，應該高興你為何發愁？原來只是想東下，卻陰差陽錯向西走。你要去的西川，風景美不勝收。你要過的巫峽，山高林密，只看到一條雪浪奔騰怒吼；你要到的地方，會看到千里火燒雲下有益州。那裡的高士很多，占卜算命隱居於街市；那裡當壚的妹子如同文君一樣美麗，從古到今都很風流。澣花箋紙的顏色，像桃花一樣鮮豔，你可以盡情地歌詠，在上面寫下初月如鉤的詩章。

【研　析】本詩是題贈之作。年輕的崔珏本想東遊，結果卻要西下入川，自然情懷憂鬱，於是義山作詩安慰他。先介紹奇特風景，再描述風土人情。末句說，只怕你要沉醉此遊，所以我要提醒你，別忘了寫詩記錄你這次快樂的蜀中之行啊。「卜肆至今多寂寞，酒壚從古擅風流」一聯，乃是說蜀地甘於寂寞而隱居街市的高士有很多，可以隨時拜訪請教；而當壚之少女美麗風流，可以隨處調笑取樂。詩中首聯而下，處處都是寫樂，所謂「茲遊奇絕冠平生」之意。姜炳璋說：「卜肆今雖寂寞，而從古風流；酒壚當日風流，而今為古跡也，皆言勝地可以覽古感興」，諸如此類的注解，不符合當時的人物心理與情境。少年遠遊，正愁緒滿懷，若渲染遠地之荒僻，豈不是加重其思想負擔？應是義山以長者身分，將自己在蜀地的遊歷感受告知崔珏，以寬解對方的憂慮。

詩歌中間兩聯極有特色，一為風景，一為人情，從不同角度展示了西川美麗，氣勢奔放，格局闊大。頷聯寫景，詩人運用典型描繪的藝術方法，在想像中描畫了蜀地的奇麗山川和壯美廣袤。其藝術感染力出於畫面之中又超越畫面之外，令人神往，為崔珏遠行奠定了樂觀豪邁的基調。頸聯寫人，詩人運用典故概括，極力渲染蜀地人才之茂、美女之多。這對年輕的崔珏來說，更有情感上的巨大召喚力量。全詩色彩明麗，格調爽朗，情緒樂觀，最後輔以期望，可謂堂堂正大，豪邁風流，是一首非常優秀的送行詩。（許軍）

荊門❶西下

一夕南風一葉❷危，荊門迴望夏雲時。人生豈得輕離別，天意何嘗忌嶮巇❸。

骨肉書題安絕徼❹，蕙蘭蹊徑失佳期。洞庭湖❺闊蛟龍惡，卻羨楊朱泣路歧❻。

【注釋】❶荊門　山名，在今湖北宜都西北，長江南岸，古為巴蜀荊吳之間要塞。此代指荊州。唐王維〈寄荊州張丞相〉詩：「所思竟何在？悵望深荊門。」趙殿成箋注：「唐人多呼荊州為荊門。文人稱謂如此，不僅指荊門一山矣。」❷一葉　指一葉扁舟。❸嶮巇　危險；險阻。❹絕徼　絕塞；極遠之邊塞。❺洞庭湖　在湖南北部，長江南岸，為中國第二大淡水湖。《韓非子・初見秦》：「秦與荊人戰，大破荊，襲郢，取洞庭、五渚、江南。」唐韓愈〈岳陽樓別竇司直〉詩：「洞庭九州間，厥大誰與讓？」有時也作太湖的別名。左思〈吳都賦〉：「指包山而為期，集洞庭而淹留。」❻楊朱泣路歧　楊朱是戰國時期魏國（今河南開封）人，反對儒墨，主張貴生、重己。《淮南子・說林訓》：「楊子見逵路而哭之，為其可以南，可以北。」

【語　譯】乘著夜晚的南風，我的小船兒在危波中啟航。回望荊州的方向，夏日的白雲遮掩了城牆。人們啊總是把離別看得稀鬆平常，卻不知道上天總是讓險阻擋在前方。親人們來信叮囑我，要安於偏遠的異鄉，但一想到不能再與親愛的她漫步蕙蘭香徑，我就痛斷肝腸。八百里洞庭闊大寬廣，湖裡的蛟龍橫行一方。古代的楊朱為何在歧路哭泣？如果能像他那樣走在南北坦途，我絕不會如此黯然神傷。

【研　析】此詩的寫作時間和地點，歷來有多種說法。岑仲勉認為是「商隱隨鄭亞赴桂途次作」，或近其實，那麼寫作時間大約是在宣宗大中元年（西元八四七年）。從內容不難看出，這首詩充滿了詩人對行路艱難的慨歎。詩作開篇就點出一葉扁舟遭遇的風波之險，末聯更點出扁舟前往的洞庭湖波濤險惡、蛟龍橫行，令人感到詩人這一路險阻重重。面對旅途艱難，詩人從抱怨天意的艱危，到想念家鄉的親友，進而懊悔失去與妻子相會的佳期，以致最終羨慕起能在歧路哭泣的楊朱，情感基調失意低沉，令人感傷。

此詩在藝術上成功地運用了雙關手法。聯繫詩人當時的現實處境不難發現，詩歌字面上寫的是由荊州向東經洞庭湖往桂林的舟行險途，字底下卻時時透露出他在政治上前途堪憂的危機意識。「一夕南風」看似寫氣候的突變，實際上暗寫宣宗即位後，貶斥李德裕黨人，鄭亞受累出守桂林，詩人也應鄭亞之辟從荊門前往桂林等時事的變動。因而詩中的「天意」一句，絕非僅指自然之天，也暗含著詩人對天子之意反覆莫測的憂懼。對「骨肉」、妻子的想念，在此背景下更表露出詩人前程的凶險。而對楊朱的羨慕之情，更反襯出詩人前途未卜的沉痛心情。（姚蓉）

岳陽樓❶

欲為平生一散愁，洞庭湖上岳陽樓。可憐❷萬里堪乘興，枉是❸蛟龍❹解覆舟。

【注　釋】❶岳陽樓　湖南岳陽西門古城樓。登樓遠眺，洞庭湖風光盡收眼底，為古今著名風景名勝。❷可憐　可喜。❸枉是　徒然。❹蛟龍　傳說中能使洪水氾濫的一種龍。

【語　譯】為了排遣平生的憂愁，我登上洞庭湖畔的岳陽樓。面對著眼前壯麗的景象，辛苦艱難的萬里途程都得到了報酬。我乘著興致遊賞，任喜悅漲滿心頭。洞庭湖的蛟龍啊，就算你們善於興風作浪，也傾覆不了我勇往直前的航舟。

【研　析】聯繫前一首〈荊門西下〉所描繪的風險重重的江湖旅途來看，這首詩是詩人乘船順利經過洞庭湖之後，登上岳陽樓遠眺舒懷的作品。詩作用語比較直白，字面上表達的是詩人脫離風波之險後的慶幸之情及登樓遣愁的勃勃興致，但「蛟龍覆舟」之語又似乎另有言外之意——在那個黨爭白熱化的年代，朝中各派明爭暗鬥，為打壓對手使盡手段，掀起的政治風波如同蛟龍覆舟，致人毀滅。故詩人對洞庭蛟龍的嘲諷，焉知不是對善於興風作浪的政客們的指斥？詩人對自己離舟上岸的慶幸，焉知不有對遠離政治漩渦的嚮往？（姚蓉）

夢　澤❶

夢澤悲風動白茅❷，楚王❸葬盡滿城嬌。未知歌舞能多少，虛減宮廚為細腰❹。

【注　釋】❶夢澤　雲夢澤，地在今湖南、湖北之間。此指洞庭湖一帶，商隱大中初赴桂經過這裡。❷白茅　俗稱茅草，春夏抽生有銀白色絲狀毛的花穗。古代常用以包裹祭祀用的祭品。夢澤為楚地，周代楚每年要向周天子貢包茅。《左傳》：「爾貢包茅不入。」❸楚王　楚靈王，著名荒淫之君。❹細腰　《韓非子・二柄》：「楚靈王好細腰，而國中多餓人。」《後漢書・馬廖傳》：「楚王好細腰，宮中多餓死。」

【語　譯】雲夢澤淒涼的冷風吹捲著雪白的蘆葦，那裡掩埋著美麗的楚宮嬌娥。歌舞雖好卻不能侍人一生，餓著肚子追求纖細的腰肢，到頭來還是一場空。

【研　析】大中元年春，商隱隨鄭亞赴桂，行經洞庭湖附近湖澤地區，見到白茅茫茫一片、隨風起伏的荒涼景象，因楚之舊地而聯想到楚靈王的傳說，有感而賦這首〈夢澤〉。

詩以悲風白茅景象發興，「葬盡滿城嬌」著一「盡」字，見出楚王荒淫的為害之烈。但詩的重點不在責斥楚靈王的荒淫，而針對那些受害者——自戕以邀寵的宮女們，揭示她們身上深刻的悲劇，這是本詩超越一般懷古詠史詩的地方。三、四句即撇開楚王，「未知」、「虛減」，開合相應，諷刺入骨，也悲涼入骨。這些宮女為邀寵而忍饑瘦身，其實不過是昏王取樂的玩物，又哪裡有真正的恩寵可言。它不是一般地諷刺宮女們的迎合邀寵，而是諷刺她們身陷悲劇、被人戕害而不自知、自我戕害而不自知。諷刺中寓含同情，但又不是一般地同情她們的處境與命運，而是悲憫她們作為悲劇人物所不應有的無知、愚蠢和靈魂的麻木。

聯繫當時朝局變化、趨附新君新貴之風日熾的現實政治背景，這首詠史詩或許寓有詩人的現實諷慨。但由於詩歌深刻地揭示了這種為腐朽世風所左右而自願、盲目地走向墳墓的悲劇的內在本質，概括了與之相類似的歷史、現實生活內容，寓慨深廣，從而具有超越所詠具體史事的普遍意義。

對楚王與宮女的諷刺，對宮女命運的感慨同情，對類似歷史或現實現象的映射，本詩集中體現了商隱詠史詩典型性、諷時性與抒情性的結合，是其七絕中的精品。（李翰）

失猿❶

祝融❷南去萬重雲，清嘯無因更一聞。莫遣碧江❸通箭道❹，不教腸斷❺憶同群。

【注釋】❶失猿　孤獨失群之猿。❷祝融　湖南衡山七十二峰之最高峰，代指衡山。❸碧江　指湘江。❹箭道　舊時練習射箭的場所。❺腸斷　典出南朝宋劉義慶《世說新語・黜免》：「桓公（溫）入蜀，至三峽中，部伍中有得猿子者，其母緣岸哀號，行百餘里不去，遂跳上船，至便即絕，破視其腹中，腸皆寸寸斷。公聞之，怒，令黜其人。」

【語譯】從祝融峰往南的道路，被重重雲霧遮蔽。見不到行走在霧嶺荒山中的你，更無緣再聽你那清越的嘯聲。碧水蕩漾的湘江啊，切莫引著你通往那危險的箭道。別讓昔日的同伴，為你肝腸寸斷。

【研析】此詩當是詩人在湖、湘一帶偶見失群之猿的有感之作。古人詠猿，一般突出兩點：一是猿的叫聲清越淒絕；二是母猿失去其子後「腸皆寸寸斷」的典故。此詩亦不例外。只是寫猿聲則云「無因更一聞」，突出失群之猿的孤淒境遇。寫「腸斷」則云「不教」，以昔日同群的口吻出之，進一步突出失群之猿處境危險，孤獨無助。因為詩歌以飽含同情和憂慮的筆調描寫失群之猿，故有論者認為「失猿寓失援之意」。聯繫大中二年（西元八四八年）二月，鄭亞從桂林被貶循州（今廣東龍川），本在鄭亞桂林幕府任職的李商隱只得離桂北歸等事件來看，以為此詩表達了李商隱的失意情緒，亦不無道理。（姚蓉）

五月六日夜憶往歲秋與澈師❶同宿

紫閣❷相逢處，丹巖❸議宿時。墮蟬翻敗葉，棲鳥定寒枝。萬里飄流遠，三
年問訊❹遲。炎方憶初地❺，頻夢碧琉璃❻。

【注釋】❶澈師　朱鶴齡箋注《李義山詩集》作「徹師」，並認為「徹師乃知玄法師弟子僧徹」。❷紫閣　終南山四皓祠之西有紫閣峰。借指仙人或隱士所居。唐張籍〈寄紫閣隱者〉：「紫閣氣沉沉，先生住處深。」❸丹巖　即指紫閣。❹問訊　佛家常用語，指僧尼等向人合掌致敬。《景德傳燈錄・迦毗摩羅》：「尊者將至石窟，復有一老人素服而出，合掌問訊。」❺初

地　佛教用語，謂修行過程十個階位中的第一階位。又用以指佛教寺院。此處可理解為初次相逢的寺院。❻琉璃　一種有色半透明的玉石，為佛家七寶之一。此處借指以琉璃裝飾的佛像和佛寺。

【語　譯】紫閣，是我們的相逢之地，那夜，我就住宿在您的寺裡。飛墮的蟬兒隨著落葉翻舞，舞動著淒寒的秋意。在這樣深秋的夜裡，您給了我安定的住處，我就如倦飛的鳥兒終於有了寒枝棲息。可如今，我又飄流在萬里之外，三年無法問訊您的消息。雖然我在遙遠而又炎熱的南方，但從來沒有忘記我們初次相遇的佛寺。那處處閃耀光明聖潔的琉璃，頻頻出現在我的夢裡。

【研　析】從詩中提到的「萬里」、「炎方」等詞可以測知，此詩應是大中元年（西元八四七年）五月李商隱抵達桂林之後為想念方外友人澈師而作。詩歌從與澈師相遇之初寫起，再講到與澈師相隔萬里的現狀，最後以與澈師夢中相遇作結，講述了與澈師交誼的發生發展過程，表達了對澈師的真摯掛念，內容豐富。在敘述手法上，詩人將回憶、現實、夢境融入短短的四十個字當中，富於時空、虛實變化，使得詩意曲折騰挪，平中見奇。在以敘事為主的詩句中，頷聯的景物刻劃顯得格外醒目。這兩句既實寫夜宿禪寺的室外風景，又富含言外之意。清代姚培謙就曾評論說：「墮蟬敗葉，悟身世之無常；棲鳥寒枝，幸皈依之有所。」以隨落葉飄飛的墮蟬比喻個人飄零的際遇，以寒枝與棲鳥的關係比喻澈師對自己的庇護，可謂借景抒情，準確恰切。從全詩的情感基調來看，李商隱對這位澈師是相當尊敬的，充滿感激之意，嚮往之情。這種情感，就體現在詩句的用詞中，如「初地」、「琉璃」等美好的佛家語，不僅凸顯了澈師的佛徒身分，也流露出詩人的讚美敬愛之情。（姚蓉）

267 桂林❶

城窄山將壓，江寬❷地共浮。東南通絕域❸，西北有高樓❹。神護青楓岸❺，龍移白石湫❻。殊鄉竟何禱？簫鼓不曾休❼。

【注　釋】❶桂林　歷來是南嶺以南的交通要衝和軍事重鎮。秦始皇立桂林郡，是「桂林」名稱的最早起源。唐代置桂州，治所在臨桂（今桂林市）。❷江寬　此指灕江水寬。❸絕域　極遠之地。此指中國南方的瓊崖一帶。❹西北句　化用古詩十九首中「西北有高樓，上與浮雲齊」之成句。《桂林虞衡志》記載桂州「北城舊有樓曰雪觀，所以誇南州也。」❺神護句　古代南人認為，楓樹有神靈。《南方草木狀》：「五嶺之間多楓木，歲久則生瘤癭，一夕遇暴雷驟雨，其樹贅暗長三五尺，謂之楓人。越巫取之作法，有通神之驗。」❻龍移句　《明一統志》：「白石湫在桂林府城北七十里，俗名白石潭。」傳說潭中有蛟龍，故云。❼殊鄉二句　謂桂林一帶迷信鬼神，時有廟會，簫鼓不絕。殊鄉，異鄉；他鄉。

【語　譯】在平地而起的高山的擠壓下，桂林城是如此狹窄。在浩瀚寬闊的灕江水的流淌中，桂林城又彷彿是漂浮的宅第。城東南有道路延伸，通向遠方的絕域大海。城西北有樓宇聳立，高插雲霄，令人驚駭。江岸邊枝繁葉茂的青楓，一副若有神靈相護的姿態。白石湫的潭水泛著粼粼波紋，似乎可見蛟龍從水下游來。但這裡不是我的家鄉，許多事情我弄不明白。這裡的人們整日敲鑼打鼓，向神靈俯身下拜，他們到底祈求些什麼呢？還真是有點難猜。

【研　析】此詩應作於宣宗大中元年（西元八四七年）至大中二年（西元八四八年）李商隱在桂林期間。此前，李商隱久滯長安，事業無成，生活困厄，夾在牛李黨爭的縫隙之間艱難求存。宣宗即位，牛黨得勢，商隱隨著失勢的李黨中人鄭亞來到桂林，在鄭亞的幕府中任掌書記。在這樣的情勢下遠赴荒蠻之地，李商隱對新環境感到格格不入也就在所難免。歷來有「山水甲天下」之譽的桂林，從李商隱這個「異鄉人」的視角看來，竟然是景物奇詭而人情荒誕。

凡到過桂林旅遊的人，無不被其山清水秀的自然風光所吸引。李商隱也注意到了桂林的山是奇特的，但是「山將壓」三字，帶給人的是沉重的壓迫感。李商隱也寫到了灕江水的浩蕩，但「地共浮」三字，流露出的是淒涼的飄泊感。此外，桂林的道路，只通向絕域。桂林的樓臺，也可望而不可及。桂林的楓樹、桂林的潭水，因為傳說而蒙上一層神怪色彩。桂林好祀神鬼的民情風俗，更讓詩人覺得莫名其妙、難以接受。從詩歌內容不難看出，李商隱對桂林的感情是疏離的，他雖然待在那裡，但他不適應那個環境，也沒有融入當地人的生活中。因此，從詩歌對異鄉風物的表層描述中深入下去，讀者應該能體會到李商隱內心深深的孤獨感和思鄉之情。（姚蓉）

深樹見一顆櫻桃尚在

高桃❶留晚實❷，尋得小庭南。矮墮❸綠雲髻，欹危❹紅玉簪。惜堪充鳳食，
痛已被鶯含❺。越鳥❻誇香荔❼，齊名亦未甘。

【注釋】❶高桃　指高高的櫻桃樹。❷晚實　指成熟較遲的櫻桃果實。❸矮墮　或作「倭墮」，古代婦女的一種髮式，髮髻向額前俯偃。晉崔豹《古今注・雜注》：「墮馬髻，今無復作者。倭墮髻，一云墮馬之餘形也。」《樂府詩集・陌上桑》：「頭上倭墮髻，耳中明月珠。」❹欹危　傾斜欲墜貌。❺鶯含　《呂氏春秋・仲夏紀》「羞以含桃，先薦寢廟」句注云：「含桃，鶯桃也。鶯鳥所含食，故言含桃。」❻越鳥　指南方的鳥。古詩〈行行重行行〉：「胡馬依北風，越鳥巢南枝。」❼香荔　芳香的荔枝。

【語　譯】一棵高大的櫻桃樹，種在小小的庭院之南。一顆晚熟的櫻桃果，仍掛在那高高的樹間。綠色的枝葉垂疊，有如女子倭墮式的髮髻。紅紅的果實欹掛，就像斜插在髮髻上的紅玉簪。這是一顆珍貴的櫻桃，本當排列在鳳鳥的食筵。誰知貪吃的流鶯，搶先把它銜在了嘴邊。這是一顆失意的櫻桃，只能痛惜命運的慘澹。就算得到南方越鳥的重視，得以和芳香的荔枝齊名，這顆淪落的櫻桃啊，又怎會心甘。

【研　析】此詩應作於大中元年（西元八四七年）至宣宗大中二年（西元八四八年）李商隱在桂林期間。詩作

在字面上是詠一顆櫻桃，寫了櫻桃的難得、櫻桃的形色、櫻桃的際遇，實則以物喻人，表達了詩人自傷不遇之意。前二句言晚熟的櫻桃隱在深樹，就隱含著詩人自惜毛羽之意。三四句述櫻桃如女子頭髮上的紅玉簪，以其狀貌之可愛暗示詩人才華之不俗。五六句通過本是鳳食的櫻桃被鶯鳥所啄的遭際，進一步隱喻詩人淪落不偶的命運，可以想見詩人對自己遠離朝廷淪為幕僚的處境並不滿意。最後兩句更是直言櫻桃就算與南方眾人誇讚的荔枝齊名也不會甘心，實則比喻詩人不以勝過南蠻之地的同僚為榮，自負才高，自傷淪落之意見於言表。故詩作名為詠物，實際上處處緊扣詩人的處境和心境來展開，可謂別有深意。（姚蓉）

晚　晴

深居❶俯夾城❷，春去夏猶清。天意憐幽草，人間重❸晚晴。併添高閣迥❹，
微注❺小窗明。越鳥❻巢乾後，歸飛體更輕。

【注　釋】❶深居　幽居，詩人在桂林的寓所。❷夾城　莫休符《桂林風土記》謂桂林之夾城為光啟年間陳可環始建，或疑此前已有夾城。❸重　珍重；珍惜。❹迥　遠。❺微注　夕陽餘暉柔和清淡，斜照小窗，故說「微注」。❻越鳥　南方的鳥。古詩：「胡馬依北風，越鳥巢南枝。」桂林古為百越之地。「歸飛」切「晚」，「巢乾」、「體輕」切「晴」。

【語　譯】我幽深的寓所在桂林的夾城中，春天過後夏天依然清爽宜人。那幽閒的小草迎風輕擺，似乎老天也在憐愛它。人世間有晚晴可賞彌足珍貴。更別提憑高遠眺，夕陽的餘暉斜照著小窗，景色是多麼的美。巢兒乾燥的時刻，越鳥回家的翅膀會更加輕盈。

【研　析】雖然在作出赴桂的選擇時憂心忡忡，但初到桂林安頓下來後，一方面是西南邊徼的異鄉風物和桂林特有的奇美山水，給商隱帶來許多新鮮喜悅的感受；另一方面大概由於遠離京城政治是非之地，暫時寄身有

所，府主鄭亞又較為器重，商隱桂幕初期對自己的境遇還比較滿意。

詩中描繪雨後晚晴明淨清新的境界和生意盎然的景象，表達出詩人欣慰喜悅的感受和明朗樂觀的襟懷，典型反映了商隱桂幕初期的情緒心態。頷聯乃一篇之眼，雨後小草才經過水露的滋潤，現在又掛著笑盈盈的水珠沐浴著夕陽的餘暉，生新青翠，真是天亦有情啊。如斯美景，豈能不倍加珍惜，此際的命運生涯，也當同樣珍重對待。詩人於寫景中寓人生感慨，妙在情與境偕，渾融無跡。腹聯繪景精切工致，體現了商隱細密精工的藝術才能。和頷聯放在一起，一疏一密，一淡一濃，有張弛相間之美。尾聯於越鳥歸巢的輕盈中，寓含託身有所的輕鬆喜悅，同樣情景相浹。

整首詩景物與詩情、哲理融為一片，寄興深微而自然，清新秀朗中又有深沉凝重之處。旅桂初期還有一名篇〈高松〉，也反映了相似的心情。詩云：「高松出眾木，伴我向天涯。客散初晴後，僧來不語時。有風傳雅韻，無雪試幽姿。上藥終相待，他年訪伏龜。」

整體上依然體現了一種樂觀自信的人生態度。從高松凌越眾木的身姿和幽雅清高的風神中隱然可見詩人卓然特立、鄙棄凡近的風度氣韻。五六句於詠歎自賞中微露僻處荒遠，無雪以見歲寒不凋之幽姿的傷慨。說明商隱最初的新鮮興奮悄悄染上傷感的色彩。這種色彩隨著時間的推移，在思念親人、落寞無為之中會越來越濃。（李翰）

寓目❶

園桂懸心❷碧，池蓮飫❸眼紅。此生真遠客❹，幾別即衰翁。小幌❺風煙入，
高窗霧雨通。新知❻他日好，錦瑟❼傍朱櫳❽。

【注　釋】❶寓目　觀覽；過目。《左傳・僖公二十八年》：「子玉使鬥勃請戰，曰：『請與君之士戲，君馮軾而觀之，得臣與寓目焉。』」此謂觸景生感，客居思家也。❷懸心　驚心。❸飫　飽也；厭也。唐杜甫〈麗人行〉：「犀箸厭飫久未下，鸞刀縷切空紛綸。」❹遠客　古詩：「青青陵上柏，磊磊澗中石。人生天地間，忽如遠行客。」❺幌　窗簾；帷幔。唐杜甫〈月夜〉：「何時倚虛幌，雙照淚痕乾。」❻新知　屈原〈九歌・少司命〉：「悲莫悲兮生別離，樂莫樂兮新相知。」此指妻王氏。❼錦瑟　漆有織錦紋的瑟。唐杜甫〈曲江對雨〉：「何時詔此金錢會，暫醉佳人錦瑟傍。」仇兆鼇注引《周禮樂器圖》：「飾以寶玉者曰寶瑟，繪文如錦者曰錦瑟。」此借王氏所喜愛之樂器以代其人。❽朱櫳　朱紅色的窗櫺，亦代指窗子。

【語　譯】園中的桂樹綠得驚心，池中的蓮花紅得耀眼。人生世上猶如遠行之客，幾次離別就成了衰翁。風煙飄動著簾幌，霧雨漫進了高窗。日後才知道，新婚的她是如此美好。她倚窗撫瑟的情景，一直藏在我的心中。

【研　析】清代馮浩《玉谿生詩箋注》認為本篇是「客中思家之作」，作於大中元年（西元八四七年）或二年（西元八四八年）李商隱在桂林期間。詩歌從詩題「寓目」下筆，開篇即寫詩人在園中閒逛所見到的景象，那綠得令人心驚的碧桂和紅得令人眼醉的池蓮。但這紅綠相映的景色並沒有使詩人心曠神怡，反而徒添鄉思，故三四句接著就談到寓目所感，由眼前的客居之感，生發出「人生天地間，忽如遠行客」的浮生如寄之歎，又由奔波遠行想到人生的相聚別離，生發出歎老嗟卑之感。五六句又寫寓目所見，描繪詩人回到室內，見到雲煙、雨霧自小窗而入，滿室迷濛的景象。七八句則寫寓目所思，因眼前環境空闊冷清，詩人回想起在家時與妻子共處一室的溫馨情景。昔日新婚之喜，夫妻琴瑟和諧。嬌妻倚窗含情默視的情形，深刻地烙印在詩人的腦海中，令詩人倍感可貴。小詩以景觸情，寫景細緻深入，言情含蓄婉曲，頗有韻致。（姚蓉）

酬❶令狐郎中❷見寄

望郎❸臨古郡❹，佳句灑丹青❺。應自丘遲❻宅，仍過柳惲❼汀。封來江渺渺，信去雨冥冥❽。句曲聞仙訣，臨川得佛經❾。朝吟搘客枕，夜讀漱僧鉼❿。不見銜蘆雁，空流腐草螢⓫。土宜悲坎井，天怒識雷霆⓬。象卉分疆近，蛟涎浸岸腥⓭。補羸貪紫桂，負氣託青萍⓮。萬里懸離抱，危於訟閣鈴⓯。

【注釋】❶酬　用詩詞互相贈答唱和。❷令狐郎中　令狐綯。據《新唐書》記載，綯於開成中累遷左補闕、右司郎中，出為湖州刺史。綯在湖州時有詩寄義山，故以此詩答贈。❸望郎　郎中的古稱，郎中、侍郎位望清貴，故稱清郎、望郎。古人於官職重內輕外，故稱令狐綯為郎中。唐元稹〈贈韋審規父漸等制〉：「德積於身，慶儲於後，嘉乃令子，為吾望郎。」❹古郡　指湖州。秦屬會稽郡；東漢永建四年（西元一二九年），屬吳郡；隋仁壽二年（西元六〇二年）始置州治，名湖州，因地濱太湖而名。❺丹青　指史籍，古代丹冊紀勳，青史紀事。漢王充《論衡・書虛》：「俗語不實，成為丹青；丹青之文，賢聖惑焉。」❻丘遲　（西元四六三－五〇八年）字希範，吳興烏程（今浙江湖州）人，南朝梁文學家。初仕齊，官殿中郎。入梁，官司空（一作司徒）從事中郎。丘遲能詩，工駢文，辭采逸麗。鍾嶸《詩品》：「丘詩點綴映媚，似落花依草。」❼柳惲　（西元四六五－五一七年）南朝梁詩人，字文暢，河東解（今山西運城西南）人。在南齊官相國右司馬、太子洗馬，後入梁。好學。以詩名，善投壺、射箭、弈棋，投壺擅長「驍箭」。《南史・柳惲傳》：「齊竟陵王常宿晏，明旦將朝，見惲投壺梟不絕，停輿久之，進見遂晚。齊武帝遲之，王以實對。武帝復使為之，賜絹二十匹。」又云：「嘗與琅邪王瞻博射，嫌其皮闊，乃摘梅帖烏珠之上，發必命中，觀者驚駭。」曾兩次出任吳興（今浙江吳興）太守，為政清靜，人吏懷之。湖州城東南有汀洲，柳惲曾於此賦〈江南曲〉：「汀洲采白蘋，日暖江南春。洞庭有歸客，瀟湘逢故人。故人何不返？春花復應晚。不道新知樂，只言行路難。」❽封來二句　謂遠隔江河，風雨如晦，信使往來不易。❾句曲二句　謂得令狐綯奇詩，如得仙訣、佛經之珍重也。句曲，句曲山，在江蘇句容東南，周百五十里，南連天目諸山，黟山北脈之特起者也，據《梁書・陶弘景傳》記載，陶弘景好道術，梁時隱居句曲山第八洞天，訪求仙藥，自謂得神符祕訣，神丹可成。臨川，郡名，今江西撫州。臨川東連吳越，西接瀟湘，南控閩粵，北襟江湖，橫跨吳、越、楚三地，為古代通往閩粵沿海地區的要衝。且土地肥沃，氣候溫和，林奇谷秀，水繞川環。魏晉以來，名人輩出，文事昌盛。謝靈運曾做過臨川內史，於寺中翻譯《涅槃經》，名其臺曰翻經臺。⑩朝吟二句　二句謂晝夜誦讀，陶冶身心，須臾不捨也。拄，支撐之意。僧缾，僧人洗滌用的水罐。⑪不見二句　謂己未能如銜蘆雁之全身避害，卻如腐草化為流螢飄泊天涯。銜蘆雁，口含蘆草，雁用以自衛的一種本能。《尸子》卷下：「雁銜蘆而捍網，牛結陣以卻虎。」《淮南子・脩務訓》：「夫雁順風以愛氣力，銜蘆而翔，以備矰弋。」晉崔豹《古今注・鳥獸》：「雁自河北渡江南，瘦瘠，能高飛，不畏矰繳。江南沃饒，每至還河北，體肥，不能高飛，恐為虞人所獲，常銜蘆，長數寸，以防矰繳焉。」腐草螢，螢火蟲在夏季多就水草產卵，幼蟲入土化蛹，次年春變成蟲。古人誤以為螢火蟲是由腐草本身變化而成。晉崔豹《古今注》：「螢火，腐草為之。」⑫土宜二句　謂己如淺井之蛙，處卑凹之地以自適；聞雷霆方知天怒也。當是令狐綯所寄詩有怨恨義山追隨鄭亞之口吻，而以此答之，望令狐綯見諒。坎井，廢井；淺井。古人用坎井之蛙，比喻見識不多的人。《莊子・秋水》：「子獨不聞乎坎井之蛙乎？」《荀子・正論》：「淺不足與測深，愚不足與謀知，坎井之蛙，不可與語東海之樂。」雷霆，對帝王或尊者的暴怒的敬稱。《後漢書・彭脩傳》：「脩排閤直入，拜於庭，曰：『明府發雷霆於主簿，請聞其過。』」《南史・虞寄傳》：「願將軍少戢雷霆，賒其晷刻。」⑬象卉二句　謂桂管為險惡之境。象卉，象產交趾（五嶺以南），島人卉服，其地與桂林接界。蛟涎，蛟龍的口液。唐李賀〈昌谷〉詩：「潭鏡滑蛟涎，浮珠噞魚戲。」⑭補羸二句　謂藉紫桂以補羸，託青萍以見志。清程夢星《李義山詩集箋注》曰：「蓋謂其相從鄭亞，貧乏使然，不過貪其資給，如紫桂之補羸而已。而此心所向，終記舊恩，依然託之氣節，有如青萍之負氣者在也。」羸，瘦弱。《素問・奇病論》：「所謂所損不足者，身羸瘦，無用鑱石也。」紫桂，傳說中的仙藥，實大如棗，食之長生。青萍，古寶劍名。陳琳〈答東阿王箋〉：「君侯體高世之才，秉青萍、干將之器。」呂延濟注：「青萍、干將，皆劍名也。」晉葛洪《抱朴子・博喻》：「青萍、豪曹，剡鋒之精絕也。」⑮萬里二句　二句謂投荒萬里，心魂不定，如同搖搖欲墜之風鈴。訟閣，指衙門、官署。唐錢起〈送張中丞赴桂州〉詩：「夙仰敦詩禮，嘗聞偃甲兵。戍樓雲外靜，訟閣竹間清。」

【語　譯】郎中你蒞臨湖州古郡，寫下的美妙詩句足以載入史冊丹青。你的靈感，應來自丘遲的故宅，又或許是因經過柳惲曾賦詩的白蘋汀。你的贈詩，渡過渺渺大江才到達我的手中。我的酬詩，寄出時正是煙雨冥冥。得到你的大作，我就像梁代的陶弘景，在句曲山中得到仙訣，我就像宋代的謝靈運，在臨川得到珍貴的佛經。早晨我支著枕頭吟誦，夜晚我用僧缾漱口、淨手，虔誠拜讀你的作品。我在這僻遠的桂林，見不到銜著蘆草的飛雁，空中只飛舞著腐草變成的流螢。這裡土性特殊，只宜飲用淺井之水，這裡也許犯了天怒，時常聽到雷霆之聲。這裡接近邊疆荒島，可以看到象群叢林。這裡水中蛟龍吐涎，岸邊都能聞到膻腥。這裡盛產紫桂，可以滋補我羸弱的身體。但我的意氣如同青萍劍鋒，剛直得決不辜負你的恩情。與你的離別，讓我萬里懸心，我那不定的心魂，如同你官署中那搖搖欲墜的風鈴。

【研　析】會昌五年（西元八四五年）冬天，令狐綯出任湖州刺史。此前曾有書信寄李商隱，事見李商隱〈寄令狐郎中〉詩。大中元年（西元八四七年）春天，李商隱隨鄭亞入桂幕後，因鄭亞乃李黨中人，而令狐綯屬於牛黨，故令狐綯從湖州寄詩給商隱，可能對他追隨鄭亞之舉有怨怒之言，故商隱回寄本詩，意為解釋說明，取得對方諒解。詩歌前半部分主要誇讚令狐綯的贈詩，以及自己收到贈詩後珍重拜讀的虔誠態度，意在討好令狐，不乏媚詞。後半部分申明自己遠赴桂幕實屬生活所迫，萬里投荒，在異鄉生活諸多不適，其情堪憫，並無政治目的，自己也不會忘義辜恩，希望好友見諒。這部分主要是陳情訴苦，不乏哀詞。從詩中不難看出依違於牛李黨爭的李商隱，兩面為難的生存困境。（姚蓉）

奉寄安國大師❶兼簡子蒙❷

憶奉❸蓮花座❹，兼聞貝葉經❺。巖光分蠟屐❻，澗響入銅缾。日下徒推鶴❼，
天涯正對螢。魚山羨曹植❽，眷屬❾有文星❿。

【注　釋】❶安國大師　為安國寺高僧，其人未詳。安國寺為唐代名寺，寺址位於今陝西西安東。❷子蒙　當為安國大師俗家眷屬，具體事蹟不詳。❸奉　侍奉。❹蓮花座　據傳釋迦牟尼和觀世音菩薩頗愛蓮花，用蓮花為座，故寺院裡的佛像都是以蓮花為寶座，稱之為蓮花座。《華嚴經》：「一切諸佛世界悉，見如來坐蓮花。」唐王勃〈觀佛跡寺〉詩：「蓮座神容儼，松崖聖趾餘。」❺貝葉經　指佛經。古代印度人寫經於貝多羅樹葉上，故稱。唐錢起〈紫參歌〉：「貝葉經前無住色，蓮花

會裡暫留香。」❻蠟屐　以蠟塗木屐。語出南朝宋劉義慶《世說新語・雅量》：「或有詣阮（阮孚），見自吹火蠟屐，因歎曰：「未知一生當著幾兩屐！」神色閑暢。」唐劉禹錫〈送裴處士應制舉〉詩：「登山雨中試蠟屐，入洞夏裡披貂裘。」後因以「蠟屐」指悠閒、無所作為的生活。❼日下句　《晉書・陸雲傳》：「陸雲與荀隱素不相識，嘗會張華座，華曰：『今日相遇，可勿為常談。』雲因抗手曰：『雲間陸士龍。』隱曰：『日下荀鳴鶴。』鳴鶴，隱字也。」❽魚山句　《三國志・魏書・陳思王植傳》：「初，植登魚山，臨東阿，喟然有終焉之志，遂營為墓。」《法苑珠林》卷四九：「（陳思王曹植）嘗遊魚山，忽聞空中梵天之響，清雅哀婉，其聲動心，獨聽良久……乃摹其聲節，寫為梵唄，撰文製音，傳為後式。梵聲顯世始於此焉。」後遂用為詠佛教梵唄的典實。南朝梁慧皎《高僧傳・經師論》：「既通般若之瑞響，又感魚山之神製。」魚山，山名。在山東東阿西。❾眷屬　指子蒙。❿文星　即文昌星，又名文曲星。相傳文曲星主文才，後亦指有文才的人。唐元稹〈獻滎陽公〉詩：「詞海跳波湧，文星拂坐懸。」唐裴說〈懷素臺歌〉：「杜甫李白與懷素，文星酒星草書星。」

【語　譯】想過去我曾在蓮花座前侍奉您，並聽您宣講貝葉佛經。您是世外高人，崖上的陽光照耀著您登山的蠟屐，澗中的清泉注入您汲水的銅缾。昔日您在京師對我多有推許，如今我遠在天涯獨對流螢。羨慕您的俗家眷屬中，有子蒙這樣的文曲星，就像三國時登魚山的曹植，善於將梵唱轉化為動人的文字。

【研　析】因為詩歌第六句云「天涯正對螢」，故多以為此詩乃李商隱於大中元年（西元八四七年）在桂林期間所作。詩歌寄贈的對象是安國寺的一位高僧及其俗家親屬子蒙，故而帶有一定的宗教氣息。詩歌前六句讚揚這位安國大師的修為，感激他對自己的稱許。後兩句稱讚安國大師的親屬子蒙文才出眾。詩歌以回憶起筆，謂自己昔日有幸在安國寺大師座下親聞傳道講經，然後讚美大師蠟屐登山、銅缾取水，是何等的道行高深、悠閒清靜。接著感激往昔在京城，大師對自己的賞識和推重。然後筆調轉到如今，謂自己離開大師，為生計遠走天涯，孤身獨對流螢，充滿失意之感，曲折地反映了他內心深處的出世念頭。最後講大師之眷屬子蒙頗有文才，如同魚山誦經之曹植，真令人欣羨。詩歌用典恰切，對仗工整，但因是應酬之作，終乏意蘊。（姚蓉）

城上❶

有客虛投筆❷，無憀❸獨上城。沙禽❹失侶遠，江樹著陰輕。邊遽❺稽❻天討❼，軍須❽竭地征。賈生❾游刃❿極，作賦又論兵⓫。

【注釋】❶城上　此指桂州（桂林）城上。❷投筆　《後漢書・班超傳》：「永平五年，兄固被召詣校書郎，超與母隨至洛陽。家貧，常為官傭書以供養。久勞苦，嘗輟業投筆歎曰：『大丈夫無他志略，猶當效傅介子、張騫立功異域，以取封侯，安能久事筆硯間乎！』左右皆笑之。超曰：『小子安知壯士志哉？』」❸憀　同「聊」。依賴；寄託。❹沙禽　沙洲或沙灘上的水鳥。南朝陳陰鏗〈和傅郎歲暮還湘州〉詩：「戍人寒不望，沙禽迴未驚。」唐劉長卿〈卻歸睦州至七里灘下作〉詩：「江樹臨洲晚，沙禽對水寒。」❺邊遽　指邊境警報。遽，驛車。古時以邊地的驛車傳遞警報，故稱。《國語・吳語》：「吳晉爭長未成，邊遽乃至，以越亂告。」韋昭注：「遽，傳也。」❻稽　停留；遲延。❼天討　上天的懲治。《書經・皋陶謨》：「天討有罪，五刑五用哉。」後以王師征伐為「天討」，意謂稟承天意而行。《後漢書・光武帝紀贊》：「神旌乃顧，遞行天討。」唐楊炯〈青州刺史齊貞公宇文公神道碑〉：「魯伯禽始得征伐，周穆王遂行天討。」❽軍須　軍需。《北史・韓麒麟傳》：「麒麟上義租六十萬斛，並攻戰器械，於是軍須無乏。」唐杜牧〈感懷〉詩：「急征赴軍須，厚賦資兇器。」❾賈生　賈誼。西漢洛陽人，著名政治家、文學家。二十餘歲被文帝召為博士，不到一年被破格提為太中大夫。因遭群臣忌恨，被貶為長沙王的太傅。後被召回長安，為梁懷王太傅。梁懷王墜馬後，賈誼深自歉疚，憂傷而死。❿游刃　運刀自如。語本《莊子・養生主》：「彼節者有間，而刀刃者無厚，以無厚入有間，恢恢乎其於游刃必有餘地矣。」南朝梁沈約〈牲雅〉詩：「庖丁游刃，葛盧驗聲。」比喻做事從容自如，輕鬆俐落。⓫作賦句　賈誼辭賦以〈弔屈原賦〉、〈鵩鳥賦〉最著；散文如〈過秦論〉、〈論積貯疏〉、〈陳政事疏〉等都很有名，中有論兵之語。

【語譯】想效仿班超投筆從戎，終是一場虛空。不遠萬里前來做幕客的我，只能在百無聊賴中獨自登城。失去伴侶的沙鳥在遠處單飛，沿江的樹林籠罩著輕陰。邊境警報頻傳，王師正費時征討。各地為供軍需，竭力搜刮民脂民膏。漢代的賈誼理政是遊刃有餘，他既會寫賦又會談兵，但終究不為世用，只能鬱鬱而終。

【研　析】本詩寫於大中元年（西元八四七年），是李商隱獨登桂林城樓，憂國傷時並自傷不遇的作品。開篇二句，謂自己投筆入幕，本欲有所作為，但只是一個起草公文的小吏，抱負無從實現。故詩人起筆就表達了對幕府生活的鬱悶，一個「虛」字、一個「獨」字，既反映了人生追求的茫然虛空，又描繪了精神世界的孤寂落寞。三四句宕開一筆寫登樓所見之景，看到的只是失侶的沙鷗，為輕陰所遮的江樹，這樣的景色，無疑更是烘托出詩人獨在異鄉形單影隻的寂寞感。五六句筆鋒一轉，寫到時事，邊亂正緊，朝廷進軍征討，國家多災多難，軍需急迫，竭地而徵，可見詩人身居南方邊陲，心繫國家安危。最後二句卻又跳躍騰挪，說到漢代賈誼，感慨其雖有「作賦論兵」之才，而不為世用。不難看出詩人是在以賈生自比，慨歎報國無門，呼應首聯。此詩可謂二句一轉，內容豐富曲折，而主旨鮮明，堪稱佳作。（姚蓉）

高　松

高松出眾木，伴我向天涯。客散初晴後，僧來不語時。有風傳雅韻❶，無雪試幽姿❷。上藥❸終相待，他年訪伏龜❹。

【注　釋】❶雅韻　雅正的韻律。漢蔡邕〈琴賦〉：「指掌反覆，抑案藏摧，於是繁絃既抑，雅韻復揚。」此指松濤聲之清響。❷無雪句　此句謂南方無雪，故不能以霜雪試高松歲寒之姿。幽姿，幽雅的姿態。南朝宋謝靈運〈登池上樓〉詩：「潛虯媚幽姿，飛鴻響遠音。」唐白居易〈畫竹歌〉：「幽姿遠思少人別，與君相顧空長歎。」❸上藥　指仙藥。《神農本草經》卷三：「上藥令人身安命延，升天神仙，遨遊上下。」此指茯苓，馮浩注引《本草注》云：「茯苓通神靈，上品仙藥也。」

茯苓是一種寄生在松樹根上的菌類植物，形狀像甘薯，外皮黑褐色，裡面白色或粉紅色。中醫用以入藥，有利尿、鎮靜等作用。《淮南子．說山訓》：「千年之松，下有茯苓。」高誘注：「茯苓，千歲松脂也。」唐賈島〈贈牛山人〉詩：「二十年中餌茯苓，致書半是老君經。」❹伏龜　傳說中俯伏在松樹下的神龜，為松樹之精所化。《淮南子．說山訓》：「千年之松，下有茯苓，上有兔絲；上有叢著，下有伏龜。」朱鶴齡注引《嵩山記》：「嵩高山有大松樹，或百歲，或千歲，其精變為青牛、為伏龜，採食其實，得長年。」

【語譯】高大的古松是超凡脫俗的樹木，陪伴著我在這僻遠的天涯之地生活。賓客散去天氣初晴的日子，山僧前來無語相對的時候，有風傳送著松濤，可以聆聽清雅的聲韻。可惜嶺南無雪，無法展示那傲霜鬥雪的幽姿。期待千歲松脂成為上品仙藥，他年可以探訪松樹之精所化的伏龜。

【研析】此詩作於大中元年（西元八四七年）李商隱在桂林時。詩歌讚美高松，同時以高潔挺拔的松樹自喻。松秀於林，且生存能力極強，南北皆宜。作者遠走天涯，亦能見到自己喜歡的松樹，故充滿喜悅之情，謂松樹特意前來相伴。詩人時常在初晴之日，與文人雅士、佛道中人到松林漫步，靜聽松濤，感受其高雅的韻致。遺憾之處在於南方無雪，無法見到大雪壓青松、青松挺且直的老樹幽姿。結尾則期待高松成為養命的上藥，得到更多人的探訪。此詩的特點在於人、物合一，表面上是詠高松，實則內含對自己的期許與讚美。如謂高松為出眾之木，暗示自己為出眾之人；謂高松無雪試幽姿，暗示自己無機會一展長才；謂高松將成為伏龜上藥，亦是期待自己將來有更大發展。詠物詩達到如此人、物無間的地步，可謂高明。（姚蓉）

席上作❶

淡雲輕雨拂高唐❷，玉殿❸秋來夜正長。料得也應憐宋玉❹，一生唯事楚襄王。

【注釋】❶席上作　義山題下自注：「予為桂州從事，故府鄭公出家妓，令賦〈高唐〉詩。」稱故府，詩為追錄。鄭公，鄭亞。❷高唐　戰國時楚國臺觀名，在雲夢澤中。傳說楚襄王遊高唐，夢見巫山神女，幸之而去。戰國楚宋玉《高唐賦・序》：「昔者楚襄王與宋玉遊於雲夢之臺，望高唐之觀。」❸玉殿　宮殿的美稱。❹宋玉　又名子淵，戰國時鄢（今襄樊宜城）人，出身寒微，相傳為屈原弟子。曾事楚襄王，好辭賦，在仕途上頗不得志。

【語　譯】淡淡的雲霞微微的細雨，輕輕地拂過高唐觀，觀中的玉殿正是秋夜漫漫。殿中的人啊，想來也該憐惜宋玉，因為他和你一樣，將畢生的精力，用來侍奉楚襄王。

【研　析】此詩是大中元年（西元八四七年）秋天，李商隱在桂林府主鄭亞的酒筵之上即席而作。作詩的緣起是因為鄭亞讓家妓唱誦了宋玉的〈高唐賦〉。詩歌便是從〈高唐賦〉生發開來，以巫山神女喻家妓，以楚襄王喻鄭亞，而以宋玉自喻。詩歌謂神女多情，也應當遺愛宋玉，因為宋玉一生專事楚襄王，實則謂自己與家妓一樣，都是專心侍奉府主，只是家妓以色事人，而自己以文才事人。故義山此詩是託之於席上贈妓，以表對府主鄭亞的忠心，然「料得也應憐宋玉」之句，何其謙卑，讀來令人無限感傷。（姚蓉）

端居❶

遠書歸夢兩悠悠，只有空牀敵素秋❷。階下青苔與紅樹，雨中寥落月中愁。

【注　釋】❶端居　謂平常居處。唐孟浩然〈臨洞庭贈張丞相〉詩：「欲濟無舟楫，端居恥聖明。」❷素秋　秋季。古代五行之說，秋屬金，其色白，故稱素秋。漢劉楨〈魯都賦〉：「及其素秋二七，天漢指隅，民胥祓禊，國於水遊。」唐杜甫〈秋興八首〉之六：「瞿唐峽口曲江頭，萬里風煙接素秋。」

【語　譯】遠方的來信和歸鄉的美夢，離我是那麼的悠遠，只有獨自躺在空牀上，抵禦著清冷的秋天。臺階下的青苔與紅樹，陪伴著我在雨中落寞，在月夜愁緒萬千。

【研　析】此詩是大中元年（西元八四七年）至二年（西元八四八年）李商隱任職桂幕期間的閒居思家之作。客居異鄉，許久沒有收到家人的書信，自然是倍感空廓寂寥。於是想從歸夢中尋求慰藉，然而還鄉的好夢也許久不曾做過，唯以「悠悠」二字，形象地顯示出遠書、歸夢的希望兩皆落空時悵然若失的意態。無書無夢，憑什麼捱過這寂寞淒寒的清秋之夜呢，詩人無奈歎道：「只有空牀敵素秋。」清代馮浩《玉谿生詩箋注》引楊守智之說云：「『敵』字險而穩。」這「敵」字不僅表現出「空牀」與「素秋」默默相對的空寂冷清之狀，還傳達出空牀獨寢之人苦苦承受「素秋」之淒寒意境而生的內心悽愴，可謂意蘊豐富，用字精到。三四句筆觸轉向室外，階前青苔、園中紅樹，色調十分鮮豔明麗，但因為與雨中寥落、月中愁互文錯舉，呈現出一種觸目驚心的孤寂與哀愁，格外扣人心絃。此詩雖只有短短的二十八個字，但情景交融，虛實相生，對仗工整，色彩鮮明，很能體現李商隱詩風的獨特之處。（姚蓉）

到秋

扇風淅瀝❶簟流離❷，萬里南雲滯所思❸。守到清秋還寂寞，葉丹苔碧閉門時。

【注　釋】❶淅瀝　形容雪霰、風雨、落葉、機梭等的聲音。唐喬知之〈定情篇〉：「碧榮始芬敷，黃葉已淅瀝。」❷流離　一本作琉璃，寶石名。此形容竹簟的光潔。❸所思　閨人所思，謂詩人自己。

【語　譯】手中的團扇，搧出淅瀝的風聲。床上的竹席，閃動著琉璃的光彩。我思念的人兒啊，還在南方萬里之外。夏天過去深秋到來，我仍在寂寞地等待。紅葉飄零苔蘚凝碧，我只有閉門把時光苦捱。

【研　析】本篇是大中二年（西元八四八年）李商隱桂幕罷後但仍滯留南方時的思歸之作。雖然是詩人自己不適應南方到了秋天仍然炎熱的氣候，為滯留南荒之地煩悶不已，但此詩的特點卻是從對方落筆，通篇以閨人的口吻出之。首二句謂閨人搖著團扇睡著竹席，從夏天便開始盼望丈夫從南方歸來。後二句謂守到清秋仍不見良人北歸，楓葉已紅，蒼苔轉碧，看時光流逝，年華老去，唯有孤苦寂寥地閉門苦捱歲月。字面上言閨人思念遠遊在外的自己，實則反映了詩人對家鄉和親人魂牽夢縈，念念不忘。全詩語意曲折，造語清新雋永，是首精緻的好詩。（姚蓉）

夜意❶

簾垂幕半捲，枕冷被仍香。如何為相憶，魂夢過瀟湘❷？

【注釋】❶夜意　即夜思。馮浩注曰：「憶內之作，殊近古風。」❷瀟湘　湘江與瀟水的並稱。多借指湘江及今湖南地區。《山海經・中山經》：「帝之二女居之，是常遊於江淵，澧沅之風，交瀟湘之淵。」謝朓〈新亭渚別范零陵〉：「洞庭張樂池，瀟湘帝子遊。」李善注引王逸曰：「娥皇女英隨舜不返，死於湘水。」唐李白〈遠別離〉詩：「古有皇英之二女，乃在洞庭之南，瀟湘之浦。」唐杜甫〈去蜀〉：「五載客蜀郡，一年居梓州；如何關塞阻，轉作瀟湘遊？」

【語譯】簾幕低垂又半捲，半夜醒來枕邊無人，覺得有些涼。想念與你同床共眠的溫暖，彷彿被子裡仍餘留著你的體香。什麼？你也因為想念我，魂夢不遠萬里飄過了瀟湘？

【研析】本篇當是大中元年（西元八四七年）李商隱居桂幕時的憶內之作。前兩句寫自己，謂深夜夢醒，孤枕難眠，看周遭寂寞寧靜，簾垂幕捲，室內一片空寂之感。枕邊人不在身邊，故覺孤枕淒涼。伊人雖不在懷抱中，但思念過度，卻似乎能聞到她留在被窩中的餘香。後兩句寫妻子，謂愛妻也因為思念自己，靈魂竟迢迢萬里遠涉瀟湘，與我相會於夢中，以解我相思之苦、客居之愁。詩歌之妙處在於，不言自己思念妻子而夢到對方，反說對方體貼自己主動入夢，將夫妻倆心心相印、互敬互愛的真摯情感表現得淋漓盡致。（姚蓉）

訪秋

酒薄吹還醒，樓危望已窮。江皋❶當落日，帆席見歸風❷。煙帶龍潭❸白，霞分鳥道紅。殷勤報秋意，只是有丹楓。

【注釋】❶江皋　江邊高地。日將暮，惟地勢高之江皋尚值夕暉。❷歸風　舟帆北向而見風自南至北，北方乃故鄉方向，故云歸風。❸龍潭　又稱白石潭，在今靈川縣南三十餘里。

【語譯】酒喝得不多，風一吹就醒了，高樓遠望目極無限。落日正倚靠在江邊的小山，那鼓起舟帆的風兒，該是送我歸去的南風啊。暮煙籠罩著龍潭蒼白迷茫，晚霞映紅了山道蜿蜒如線。用什麼來酬答這美麗的秋景，算來只有那火紅的楓葉。

【研析】同樣還是桂林風景，但和前首比起來，感受已自不同。初來的新鮮感已經消失，客遊的孤獨與窮處邊鄙的落寞開始侵入心頭。於是本篇少了欣喜，多了憂傷。桂林之秋不可謂不美，而在詩人眼中，卻無一處不觸動濃濃鄉愁。

鄉愁的真正根源在於窮處邊鄙的落寞無為。商隱登桂林城曾有〈城上〉一詩，其中有云：「有客虛投筆，無憀獨上城。」是因其時朝廷征討党項，耗費民財民力卻延遲無功而發，「虛投筆」著一「虛」字，詩人投筆從戎的雄心與幕府筆硯生涯的現實形成強烈反差，表達了他報國無門的苦悶。〈席上作〉中，甚至將自己與家妓相比：「料得也應憐宋玉，一生惟事楚襄王。」對消耗年華與才情而又進身無望的幕府筆墨生涯，深致感慨。正是在這種遠幕邊徼，而又「虛投筆」，無法施展才能抱負的情況下，思家念遠，成為桂幕期間義山詩的重要主題。

題為〈訪秋〉，正是因思鄉所致。嶺南地暖，雖時令當秋卻了無秋意，想到家鄉該有濃濃的秋色了，遂出城尋訪，或許也能於此炎方覓到一絲秋意，聊慰鄉思。但很顯然，尋訪是失敗的。望斷高樓，只見落日孤帆，煙白霞紅，哪有一點故鄉秋色蕭瑟蒼涼的況味。所能表明現在已是秋天的，惟有那幾樹丹楓而已。寫嶺南秋景，於韶麗中透出異域之感，以見思鄉情殷卻無從慰藉，相反卻徒添愁緒。「酒薄吹還醒」是借酒不能澆愁，「樓危望已窮」是遠望不能當歸。商隱〈北樓〉詩有「此樓堪北望，輕命倚危欄」，為北望鄉關，命亦為輕，但思歸不得，又怎奈愁何。「帆席見歸風」可見詩人逐帆北去的歸思是多麼急切，從中也就可以想見他此時的鄉愁是多麼濃重。

商隱的桂幕思鄉詩大多情韻悠長，本篇即情寓景中，含而不顯。如他的〈端居〉：「遠書歸夢兩悠悠，只有空牀敵素秋。階下青苔與紅樹，雨中寥落月中愁。」〈到秋〉：「扇風淅瀝簟流離，萬里南雲滯所思。守到清秋還寂寞，葉丹苔碧閉門時。」通過營造、渲染淒迷寂寥的意境，傳達那種寥落的情味和無言的愁緒。惆悵緬邈，深情隱約，最具義山詩特有的美感韻味。(李翰)

海上謠

桂水❶寒於江❷，玉兔❸秋冷咽❹。海底覓仙人❺，香桃❻如瘦骨。紫鸞❼不肯舞，滿翅蓬山❽雪。借得龍堂❾寬，曉出揲❿雲髮。劉郎⓫舊香炷，立見茂陵⓬樹。雲孫⓭帖帖⓮臥秋煙，上元⓯細字如蠶眠⓰。

【注釋】❶桂水　桂海；南海。❷江　長江。❸玉兔　月中玉兔，指月亮。❹冷咽　因寒冷而哽咽。❺海底句　《史記・秦始皇本紀》：「齊人徐福等上書，言海中有三神山，名曰蓬萊、方丈、瀛洲，仙人居之。請得齋戒，與童男女求之。於是遺徐市發童男女數千人，入海求仙人。」《漢書・郊祀志》云：「此三神山者，其傳在渤海中，去人不遠，蓋曾有至者，諸仙人及不死之藥皆在焉。其物禽獸盡白，而黃金白銀為宮闕。未至，望之如雲；及至，三神山乃居水下；臨之，患且至，風輒引船而去，終莫能至云。世主莫不甘心焉。」❻香桃　指仙桃。《博物志・史補》：「漢武帝好仙道……王母乘紫雲車而至於殿西，南面東向……帝東面西向。王母索七桃……以五枚與帝，母食二枚，帝食桃，輒以核置膝前，母曰：『取此核將何為？』帝曰：『此桃甘美，欲種之。』笑曰：『此桃三千年一結實。』」❼紫鸞　傳說中的神鳥，喜則鳴舞。唐杜甫〈秋日夔府詠懷奉寄鄭監李賓客一百韻〉：「紫鸞無近遠，黃雀任翩翾。」❽蓬山　神話傳說中的海上仙山，即蓬萊仙島。❾龍堂　龍宮。屈原《楚辭・九歌・河伯》：「魚鱗屋兮龍堂，紫貝闕兮朱宮。」❿揲　按定數更迭數物，分成等分。古代多用於數蓍草占卦，以卜吉凶。《易經・繫辭》：「揲之以四，以象四時。」此謂梳理。⓫劉郎　指漢武帝劉徹。《漢武內傳》：「七月七日燔百和之香以待王母。」⓬茂陵　漢武帝劉徹的陵墓。在今陝西興平東北。《漢書・武帝紀》：「(後元二年)二月丁卯，帝崩于五柞宮，入殯於未央宮前殿。三月甲申，葬茂陵。」顏師古注引臣瓚曰：「自崩至葬凡十八日。茂陵在長安西北八十里也。」⓭雲孫　從本身算起的第九代孫。亦泛指遠孫。《爾雅・釋親》：「仍孫之子為雲孫。」郭璞注：「言輕遠如浮雲。」唐杜甫〈喜聞盜賊總退口號〉之五：「大曆三年調玉燭，玄元皇帝聖雲孫。」⓮帖帖　安穩；溫順。唐杜牧〈燕將錄〉：「唯燕未得一日之勞為子孫壽，後世豈能帖帖無事事乎？」唐韓愈〈施先生墓誌銘〉：「貴遊之子弟，時先生之說二經，來太學，帖帖坐諸生下，恐不卒得聞。」⓯上元　古代神話傳說中的仙女名，即「上元夫人」。唐王勃〈七夕賦〉：「上元錦書傳寶字，王母瓊箱薦金約。」唐李白〈古風〉之四三：「西海宴王母，北宮邀上元。」《漢武內傳》：「上元夫人即命女侍紀離容……出六甲、左右靈飛、致神之方十二事，當以授劉徹。」⓰細字如蠶眠　謂「靈飛、致神之方」等祕訣上的細字如僵眠的小蠶，無人能辨認。

【語　譯】桂海的水比江水還要清涼，明月倒映在水上，月中玉兔無奈地咽下這冷秋的淒涼。來到海底尋覓仙人的蹤跡，見到的仙桃瘦如枯骨，見到的紫鸞仙鳥也不肯獻舞，蓬萊仙山的冰雪壓滿了牠的翅膀。借宿在海底龍堂，早起梳頭，卻發現髮白如雪。剛見過漢武帝招待神仙的香灶，轉眼就見到他墳前的老樹。他的子子孫孫，也都帖服地躺在秋煙彌漫的荒塚之中。上元夫人留給武帝的細字金書，如同僵眠的小蠶，無人能懂。

【研　析】李商隱在廣西桂州幕府時，可能在深秋時節親臨北部灣海濱，見過桂海。因桂海天空海闊，進而聯想到古代帝王海上求仙的虛妄故事，便作〈海上謠〉以譏之。全篇充滿神話傳說和逸聞奇事，幾乎句句用典，話外有音。一二句以海水寒於江水，倒映在海水中的月宮玉兔苦咽著深秋的淒冷起興，將主題引入海底求仙之事，也給全詩奠定了蒼涼陰冷的氛圍，令人感到神仙之事縹緲荒誕，縱然真有神仙，也比陸上的世人更為清靜孤寂，不值得留戀。接下來的文字，全部都圍繞求仙為虛妄之事展開：三四句謂潛入海底覓仙人不得，只見到幾株瘦骨嶙峋的香桃，可見漢武帝以為食用西王母所贈仙桃就能長生不老，是癡心妄想。五六句謂縱使有紫鸞神鳥，也因困居水下蓬山，白浪如雪，難以舉翅起舞。七八句謂求仙者欲借龍宮投宿以求長生不老，誰知拂曉梳頭，發現頭髮全白，這對求仙者是多麼大的諷刺。九十句謂漢武帝求仙所燃之香只剩下香灶，他早已埋骨茂陵，墳墓上已長出參天樹木，可見追求長生是多麼虛妄。最後二句謂漢武帝的子子孫孫也紛紛埋骨在寒煙籠罩的郊野上，上元夫人給武帝的求仙祕訣上的文字已模糊不清，如僵死的幼蠶，誰也無從辨認。全詩句句道破求仙修道、追求長生之事的虛妄荒誕，發人深省。因為唐代自憲宗至武宗五代皇帝均好神仙，求不死之藥，深受其害。故本詩借譏諷漢武帝而諷諭本朝五代帝王之用意，十分明顯。（姚蓉）

念　遠

日月淹秦甸❶，江湖動越吟❷。蒼梧❸應露下，白閣❹自雲深。皎皎非鸞扇❺，
翹翹❻失鳳簪❼。牀空鄂君❽被，杵❾冷女嬃❿砧⓫。北思驚沙雁⓬，南情屬⓭海禽。
關山已搖落⓮，天地共登臨。

【注　釋】❶秦甸　即秦國京都地區，此指長安附近。甸，古時都城的郭外稱郊，郊外稱甸。《說文》：「甸，天子五百里地。」❷越吟　戰國時越人莊舄仕楚，爵至執珪，雖富貴，不忘故國，病中吟越歌以寄鄉思。事見《史記‧張儀列傳》。漢王

粲〈登樓賦〉：「鍾儀幽而楚奏兮，莊舄顯而越吟。」後因以喻思鄉憶國之情。唐郎士元〈宿杜判官江樓〉詩：「葉落覺鄉夢，鳥啼驚越吟。」❸蒼梧　漢置蒼梧郡，郡治今廣西蒼梧，此借指嶺南地區。❹白閣　山峰名，在陝西省。唐岑參〈因假歸白閣西草堂〉詩：「東望白閣雲，半入紫閣松。」唐杜甫〈渼陂西南臺〉詩：「錯磨終南翠，顛倒白閣影。」仇兆鰲注引《通志》：「紫閣、白閣、黃閣三峰，具在圭峰東。紫閣，旭日射之，爛然而紫。白閣陰森，積雪不融。黃閣不知所謂。三峰不甚遠。」❺鸞扇　羽扇的美稱。馮浩箋注：「按《古今注》：扇始於殷高宗雊雉之祥，服章多用翟羽，故有雉尾扇，後為羽扇。扇名甚多，『鸞扇』可通用矣。」❻翹翹　高聳貌。❼鳳簪　華美的簪，其上有鳳形雕飾，因稱。朱鶴齡注引《後漢書．輿服志》：「太皇太后，皇太后簪以玳瑁為擿，長一尺，端為華勝，上為鳳凰，以翡翠為毛羽。」❽鄂君　鄂君子晳，楚王母弟，官為令尹，爵為執珪。越人悅其美，因作〈越人歌〉而讚之：「今夕何夕兮，搴舟中流。今日何日兮，得與王子同舟。蒙羞被好兮，不訾詬恥。心幾煩而不絕兮，得知王子。山有木兮木有枝，心悅君兮知不知？」見漢劉向《說苑．善說》。後因以「鄂君」為美男的通稱，此以鄂君喻鄭亞。❾杵　舂米或搥衣的木棒。❿女嬃　相傳為屈原之姐。譬如〈離騷〉中有「女嬃之嬋媛兮，申申其詈予。」唐李白〈古風〉之五一：「虎口何婉孌，女嬃空嬋媛。」《水經注》：「秭歸縣北有屈原宅，宅東北六十里有女嬃廟，擣衣石猶存。」此以女嬃自喻。⓫砧　擣衣石。唐杜甫〈擣衣〉：「亦知戍不返，秋至拭清砧。」⓬沙雁　即雁。常棲息於江湖沙渚中，故稱。南朝齊謝朓〈高松賦〉：「星回窮紀，沙雁相飛。」⓭屬　囑託。⓮搖落　凋殘；零落。楚宋玉〈九辯〉：「悲哉秋之為氣也！蕭瑟兮草木搖落而變衰。」北周庾信〈枯樹賦〉：「沉淪窮巷，蕪沒荊扉，既傷搖落，彌嗟變衰。」唐杜甫〈謁先主廟〉詩：「如何對搖落，況乃久風塵。」

【語　譯】我淹留在長安已有一段日子，您流落在江湖徒然以越吟表達思鄉之情。您所在的嶺南地區應是下露時節，我所在的白閣峰頭自是陰雲深重。我常懷皎皎之心，但難如鸞扇那樣為天子所用。您具有翹翹之能，卻成為皇室丟棄的鳳簪飾品。您如鄂君遠去，華牀錦被形同虛設。我似女嬃欲有所作為，卻發現擣衣砧杵早已無法使用。您對北方局勢的思念，驚動了沙洲的落雁。我對南方老友的深情，只能託付給南飛的海禽。關山萬里一片凋落景象，天南地北我們一起登臨，兩處守望。

【研　析】此篇作於大中二年（西元八四八年）冬天，是李商隱自桂州歸長安後，為懷念鄭亞而作。詩歌除尾聯外，全是兩兩相對的對偶句，且以自己和對方相對成文，體現了高超的形式技巧。從內容上說，此詩也是意義豐厚，且富於變化。詩歌有對鄭亞的真誠思念，如「江湖動越吟」、「南情屬海禽」等句；有對鄭亞處境的隱隱擔憂，如蒼梧露下、白閣雲深一聯，似乎在說氣候變化，實際是說政局變化，鄭亞處境堪憂；有對鄭亞被朝廷貶謫的不平之鳴，如「翹翹失鳳簪」一句，即是對朝廷棄用鄭亞這樣的人才而深感不平；有自己無法改變鄭亞處境的無能為力之感，如「杵冷女嬃砧」一句，即言自己欲像女嬃勸告屈原那樣為鄭亞出力，然而最終無法有所作為……思念、歎惋、不平、憂慮，對鄭亞的種種情感融匯於此詩，使得詩歌所述之情厚重而沉痛，令人讀之百感交集。（姚蓉）

朱槿花❶二首

其一

蓮後紅何患，梅先白莫誇❷。纔飛建章❸火，又落赤城❹霞。不捲錦步障❺，未登油壁車❻。日西相對罷，休澣❼向天涯。

【注釋】❶朱槿花　又名赤槿、扶桑、佛桑，屬錦葵科，落葉灌木或小喬木，廣東、廣西、福建、雲南、臺灣等地栽培較多。葉互生，橢圓形，邊緣有鋸齒。花腋生，形大，花瓣卵形，有紅、粉紅、黃、白等色，基部深紅，五至十一月開花，根、葉、花可以藥用。古有「扶桑枝葉婆娑，花大如菊似葵」之說。晉嵇含《南方草木狀》：「其花如木槿而顏色深紅，稱之為朱槿。」唐李紳〈朱槿花〉詩：「瘴煙長暖無霜雪，槿豔繁花滿樹紅。繁歎芳菲四時厭，不知開落有春風。」❷蓮後二句　蓮紅、梅白指朱槿花開由白變紅，故詩人聯想到紅蓮和白梅。❸建章　建章宮是漢武帝劉徹於太初元年（西元前一〇四年）建造的宮苑。《三輔黃圖》：「周二十餘里，千門萬戶，在未央宮西、長安城外。」宮城內北部為太液池，築有三神山。《史記・孝武本紀》：「其北治大池，漸臺高二十餘丈，名曰太液池，中有蓬萊、方丈、瀛洲、壺梁象海中神山，龜魚之屬。」中軸線上有多重門、闕，正門曰閶闔，也叫璧門，高二十五丈。璧門之西有神明，臺高五十丈，為祭金人處，有銅仙人舒掌捧銅盤玉杯，承接雨露。這座宮殿於西漢末年毀於戰火，今存遺址。北周庾信〈枯樹賦〉：「建章三月火，黃河萬里槎。」❹赤城　山名，在浙江天台北，為天台山南門。多以稱土石色赤而狀如城堞的山。《文選》孫綽〈游天台山賦〉：「赤城霞起而建標，瀑布飛流以界道。」李善注引孔靈符《會稽記》：「赤城，山名，色皆赤，狀似雲霞。」唐李白〈夢遊天姥吟留別〉：「天姥連天向天橫，勢拔五嶽掩赤城。」❺錦步障　遮蔽風塵或視線的錦製帳幕。南朝宋劉義慶《世說新語・汰侈》記石崇（字季倫）與王愷（字君夫）鬥奢：「君夫作紫絲布步障碧綾裡四十里，石崇作錦步障五十里以敵之。」❻油壁車　古人乘坐的一種車子。因車壁用油塗飾，故名。《南齊書・鄱陽王鏘傳》：「制局監謝粲說鏘及隨王子隆曰：『殿下但乘油壁車入宮，出天子置朝堂。』」《西湖佳話・西泠韻跡》：「（蘇小小）遂叫人去製造一駕小小的香車來乘坐，四圍有幔幕垂垂，遂命名為油壁車。」《玉臺新詠・錢塘蘇小歌》：「妾乘油壁車，郎騎青驄馬。何處結同心？西陵松柏下。」❼休澣　即休浣，指官吏按例休假。南朝宋鮑照〈玩月城西門廨中〉詩：「休澣自公日，宴慰及私辰。」唐包何〈和程員外春日東郊即事〉詩：「郎宮休澣憐遲日，野老歡娛為有年。」

【語　譯】蓮花紅得耀眼有什麼可怕，梅花白在前頭也沒什麼可誇。朱槿花色由深紅轉為淡紅，才像建章宮熊熊燃燒的大火，又像赤城山淡淡飄過的落霞。可惜的是朱槿花雖然美麗，卻沒有人為它捲起錦步障，也沒有人帶它登上油壁車。只有我在休假的日子裡，和它兩兩相對，看斜日落向天涯。

【研　析】朱槿花是嶺南特有的植物，故此詩應作於大中元年（西元八四七年）李商隱在桂林幕府之時。朱槿花的特點是兼有紅白兩種顏色，初開是淡白色，接著變為微紅，然後轉為大紅，之後又轉為淡紅，變化多端，可謂得紅、白二色之精華。故詩人一起筆就以在朱槿花前後開放的白梅和紅蓮相比，認為蓮花和梅花雖然經常為人稱頌，但在鮮豔如火、嫣然似霞的朱槿花面前，根本就失去了炫耀自誇的資本，不足稱道。但這樣亮麗耀眼的朱槿花，其實生命是非常落寞的，因為它在南方十分常見，又不是富貴花，所以沒有人以錦步障來保護它，也沒有人以油壁車載著它招搖過市。詩歌結尾將不為人看重的朱槿花與孤寂無聊的自己聯繫起來，謂只有自己與朱槿花整日相對，一起送走落日，一起眺望天涯。至此可知，詩人實際上是以花自喻，借美麗而又寂寞的朱槿花以感懷身世，慨歎自己有才而遠走天涯的冷落命運。

其二

勇多侵露去，恨有礙燈還❶。嗅❷自微微白，看成沓沓❸殷❹。坐忘疑物外❺，歸去有簾間。君問傷春句，千辭不可刪。

【注釋】❶礙燈還　夜晚上燈時才歸來。❷嗅　聞；用鼻子辨別氣味。❸沓沓　同「遝遝」。多而雜；重重迭迭。《孟子・離婁上》：「《詩》曰：『天之方蹶，無然泄泄。』泄泄，猶遝遝也。」《詩經・大雅・蕩》「如蜩如螗，如沸如羹」漢鄭玄箋：「其笑語遝遝，又如湯之沸，羹之方熟。」唐張循之〈巫山高〉詩：「巫山高不極，遝遝狀奇新。」❹殷　黑紅色。❺坐忘　端坐而忘掉一切，不知何者為我，何者為物。這是道家所追求的物我兩忘，淡泊無求的精神境界。《莊子・大宗師》：「墮肢體，黜聰明，離形去知，同於大通，此謂坐忘。」

【語譯】鼓足勇氣，踏著清晨的露珠出去；帶著惆悵，直到夜晚上燈才回歸。聞到朱槿花初開時，微白色的清香，直看到朱槿花凋殘時，雜亂赤黑的模樣。坐對著朱槿花物我兩忘，歸去屋中只有簾幕低垂，再也見不到它的身影。若問我可有傷春的詩句，千言萬語湧上心間，一字一句也不能刪減。

【研析】此詩敘述詩人觀賞朱槿花的全過程。因為朱槿花朝開暮落的特性，所以詩人早起踏著露水前去賞花，直到夜晚掌燈時分才遲遲歸來。他嗅到了此花清晨初開花色微白時的清香，也見到了此花傍晚凋零時的衰紅之狀。一整天端坐賞花，他物我兩忘，渾然不覺時間的推移。夜晚歸去客館，簾幕隔斷了朱槿花的氣息，他倍感清冷孤寂。詩歌至此，已經將一個從早到晚忘我觀花的賞花人形象呈現在讀者面前，詩人對朱槿花的癡愛已令人動容。詩歌最後兩句，更是說花開花落引出詩人無限傷春的情緒，千言萬語說不盡心中的感觸，再

次點出詩人對朱槿花的鍾愛及由賞花引出的寂寞淒涼的身世之感。（姚蓉）

寄成都高苗二從事❶

紅蓮幕❷下紫梨❸新，命斷湘南❹病渴❺人。今日問君能寄否？二江❻風水接天津❼。

【注　釋】❶從事　漢以後三公及州郡長官皆自辟僚屬，如主簿、功曹等，多以從事稱。《漢書・丙吉傳》：「坐法失官，歸為州從事。」❷紅蓮幕　對幕府的美稱。《南史・庾杲之傳》：「累遷尚書左丞。王儉謂人曰：『昔袁公作衛軍，欲用我為長史，雖不獲就，要是意向如此。今亦應須如我輩人也。』乃用杲之為衛將軍長史。安陸侯蕭緬與儉書曰：『盛府元僚，實難其選。庾景行泛淥水，依芙蓉，何其麗也。』時人以入儉府為蓮花池，故緬書美之。」❸紫梨　語出左思〈蜀都賦〉：「紫梨津潤，樼栗罅發。」❹湘南　指廣西桂管地區，在湘江以南。❺病渴　患消渴症。消渴病是中國傳統醫學的病名，是指以多飲、多尿、多食及消瘦、疲乏、尿甜為主要特徵的綜合病證，即今之糖尿病。李商隱有此疾，其詩中常提及。❻二江　左思〈蜀都賦〉：「帶二江之雙流，抗峨眉之重阻。」二江指郫、檢二江，或稱外江、內江，為都江的兩個源頭。❼天津　銀河。屈原《楚辭・離騷》：「朝發軔於天津兮，夕餘至乎西極。」王逸注：「天津，東極箕斗之閑，漢津也。」唐李紳〈奉酬樂天立秋夕有懷見寄〉詩：「天津落星河，一葦安可航。」此指天下津梁。

【語　譯】你們所在的紅蓮幕府，有新熟的紫梨可以品嘗。可憐遠在湘南的我，幾乎被消渴症要去性命。今日特意以詩相詢，不知二位能否惠寄此果？流過成都的二江，風和水接通著天下津梁，定能很快將紫梨送到我的手上。

【研　析】此詩題下原有作者自注：「時二公從事商隱座主府。」學者們經過考證，認為此座主乃指李回。因為李回在大中元年（西元八四七年）八月以後至大中二年（西元八四八年）二月以前，任西川節度使，駐成都，故本詩之作，當在這段時間之內。商隱寫這首詩，只是為了跟高、苗二位從事索取一點蜀地的特產——紫梨。詩歌前兩句謂二人在幕府中頗受座主恩惠，有新鮮珍貴的紫梨可以品嘗，而自己遠在桂管，孤苦無依，又體弱多病，以此引發高、苗二人對自己的同情。後兩句謂高、苗二從事與幕府主人走得很近，可否委託二位代為美言，弄點紫梨寄給自己呢？有論者讀之，謂李商隱有望援之意。然而李商隱在桂幕，深受鄭亞重視，未必真就想託人找關係，另有圖謀。即便對高、苗二從事流露出一絲羨慕之意，也不過是講客套話，不必深究。如果非要尋求什麼意義的話，我們只能欽服古人為索取個梨子這樣的小事，都能寫首詩出來，活得真是風雅。（姚蓉）

懷求古翁❶

何時粉署❷仙，傲兀❸逐戎旃❹。關塞猶傳箭❺，江湖莫繫船。欲收碁子醉❻，
竟把釣車❼眠。謝朓❽真堪憶，多才不忌前。

【注釋】❶求古翁　指李遠，字求古，一作承古，夔州雲安（今四川雲陽）人，太和五年（西元八三一年）進士。唐文宗開成末，在建州建陽（今福建建陽）任過職，約為令、丞之屬，旋為福建觀察使幕賓。武宗會昌中除殿中侍御史。歷尚書司門員外郎、司勳員外郎。宣宗時，歷任忠、建、江、岳、杭州刺史。終官御史中丞。《唐才子傳》稱其「誇邁流俗，為詩多逸氣，五彩成文」。李遠的作品傳世不多。據《全唐詩》載，計有三十五首（其中二首重出於他人集中）及二句殘句。❷粉署　即粉省，尚書省的別稱，因其用胡粉塗壁畫賢人烈女，故稱。唐杜甫〈秋日夔府詠懷奉寄鄭監李賓客一百韻〉：「霧雨銀章澀，馨香粉署妍。」唐牛僧孺〈席上贈劉夢得〉詩：「粉署為郎四十春，今來名輩更無人。」❸傲兀　猶傲岸，高傲自負，不屑隨俗。晉葛洪《抱朴子・疾謬》：「以傲兀無檢者為大度，以惜護節操者為澀少。」唐韓愈〈寄崔二十六立之〉詩：「傲

兀坐試席，深叢見孤羆。」❹戎旃　軍旗，借指戰事、軍隊。謝朓〈拜中軍記室辭隋王箋〉：「契闊戎旃，從容燕語。」李周翰注：「戎，兵；旃，旌也。」南朝梁元帝〈將歸建業先遣軍東下詔〉：「頃戎旃既息，關柝無警。」《舊唐書・郭子儀傳》：「卿入居臺鉉，出統戎旃。」❺傳箭　傳遞令箭。古代北方少數民族起兵令眾，以傳箭為號。唐杜甫〈投贈哥舒開府翰〉詩：「青海無傳箭，天山早掛弓。」仇兆鼇注引趙汸之曰：「外寇起兵，則傳箭為號。」❻欲收碁子醉　馮浩注引張固〈幽閒鼓吹〉：「宣宗朝，令狐綯薦遠為杭州，帝曰：『我聞遠詩云「長日惟消一局棋」，豈可以臨郡哉？』對曰：『詩人之言，非有實也。』乃俞之。」❼釣車　即釣魚車，一種釣具，上有輪子纏絡釣絲，既可放遠，也可迅速收回。五代譚用之〈貽費道人〉詩：「碧玉蜉蝣迎客酒，黃金轂轆釣魚車。」唐韓愈〈獨釣〉詩之二：「坐厭親刑柄，偷來傍釣車。」❽謝朓　（西元四六四－四九九年）字玄暉，陳郡陽夏（今河南太康）人，南朝蕭齊文學家。出身世族，母為宋文帝第五女長城公主。謝朓好獎人才，不忌賢能勝於己者。《南史・謝朓傳》：「士子聲名未立，應共獎成，無惜齒牙餘論。」先後做過豫章王蕭嶷太尉行參軍、隨王蕭子隆的文學，竟陵王蕭子良八友之一。明帝時曾掌中書詔誥。建武二年（西元四九五年）任宣城太守，世稱「謝宣城」。後任尚書吏部郎。永元元年（西元四九九年）始安王蕭遙光謀取帝位，謝朓遭誣陷，下獄死。謝朓的山水詩與謝靈運齊名，世稱二謝；又因謝朓與謝靈運同宗，故又稱謝靈運為大謝，謝朓為小謝。梁武帝稱：「不讀謝詩三日覺口臭。」沈約稱：「二百年來無此詩也。」唐初，宣城人為懷念謝朓，建「謝朓樓」。

【語譯】是什麼時候，你這位尚書省的神仙中人，竟然傲岸地進入幕府從軍。邊關塞外仍有敵寇傳箭起兵，你還不能乘著小船退隱江湖。但你本性疏放，更願意帶醉收棋子，倦傍釣車安眠。你就是那值得人思憶的謝朓，具有多方面的才能，卻不妒忌別人位居己前。

【研析】詩中所懷的求古翁，名叫李遠。詩歌前四句，重點描述李遠在國家邊塞不寧的時候，毅然放棄地位清貴的尚書省郎官之職，投筆從戎，出為幕職，表現出傲岸不群的性格。詩歌後四句，則謂李遠本性疏放，志不在功名，仰慕魏晉先賢，放逸自適，平生喜好喝酒下棋，把著釣竿入眠，逍遙得有如神仙中人。更可貴的是，他與南朝謝朓相似，自己多才，又不妒忌有才之人。通過對李遠邊塞建功及江湖自適兩方面截然不同的人生的描寫，詩歌將一位充滿膽氣豪情又灑脫有才的文士形象呈現在讀者面前，生動逼真。此詩一說作於

會昌二、三年間（西元八四二—八四三年）回鶻入犯之時，一說作於大中初年（西元八四七—八五一年）党項寇邊之時。（姚蓉）

桂林道中作

地暖無秋色，江晴有暮暉❶。空餘蟬嘒嘒❷，猶向客依依❸。邨小犬相護，沙平僧獨歸。欲成西北望，又見鷓鴣飛❹。

【注釋】❶暮暉　落日的餘暉。唐儲光羲〈臨江亭〉詩：「城頭落暮暉，城外擣秋衣。」❷嘒嘒　蟬鳴聲。《詩經・小雅・小弁》：「菀彼柳斯，鳴蜩嘒嘒。」晉陸機〈擬明月皎夜光〉詩：「翩翩歸雁集，嘒嘒寒蟬鳴。」❸依依　依戀不捨的樣子。〈孔雀東南飛〉：「舉手長勞勞，二情同依依。」唐劉商〈胡笳十八拍〉詩：「淚痕滿面對殘陽，終日依依向南北。」❹鷓鴣飛　朱鶴齡注引《禽經》：「子規啼必北向，鷓鴣飛必南翔。」結句謂滯留桂管，不得北歸也。鷓鴣聲似曰「不如歸去」。

【語譯】這裡地氣溫暖，到了秋天也見不到萬物凋殘的景色。江上一片晴空，江水倒映著落日的餘暉。只剩下嘒嘒蟬鳴，仍在對我這遠方的來客低吟，傳達出說不盡的依依之情。小小的村莊有狗兒相護，平坦的沙洲上有僧人獨自歸來。想要向著西北方向遠望家鄉，卻只能見到鷓鴣在空中飛翔。

【研析】本篇作於大中元年（西元八四七年），是李商隱來到桂林後的閒遊之作。筆調輕快，在義山詩作中實屬難得。首聯寫秋天已到，但桂林因氣候溫暖，並無秋天的肅殺景象，落日餘暉，江清水照，仍是景物宜人。頷聯謂蟬聲陣陣，好像呼喚遊客，充滿依依不捨之情。頸聯描畫出村落僧歸的情景，村落雖小，倒也聞雞犬之聲；沙路平整，見僧人獨歸，優遊自在。因為看到這樣寧靜美好的鄉村景象，勾起了詩人的思鄉之情，故尾聯謂自己正欲舉頭北望故鄉，卻見鷓鴣飛過，而「不如歸去」的鳥鳴聲，更撩亂了詩人的歸情。（姚蓉）

江村題壁

沙岸竹森森❶，維艄❷聽越禽❸。數家同老壽❹，一徑自陰深❺。喜客嘗留橘，應官❻說采金❼。傾壺❽真得地，愛日❾靜霜砧❿。

【注　釋】❶森森　樹木繁密貌。晉潘岳〈懷舊賦〉：「墳壘壘而接壟，柏森森以攢植。」唐常沂〈禁中青松〉：「映殿松偏好，森森列禁中。」❷維艄　繫舟。艄，船尾。❸越禽　南方的鳥。❹老壽　高壽。《左傳．昭公二十年》：「其所以蕃祉老壽者，為信君使也。」晉干寶《搜神記》卷一三：「臨汜縣有廖氏，世老壽。」❺陰深　昏暗幽深。唐韋應物〈黿頭山神女歌〉：「陰深靈氣靜凝美，的皪龍綃雜瓊佩。」唐朱灣〈題段上人院壁畫古松〉詩：「陰深方丈間，直趨幽且閑。」❻應官　應付官府的賦稅、徭役等。唐韓愈《順宗實錄．一》：「人窮至壞屋賣瓦木，貸麥苗以應官。」唐李涉〈竹枝詞〉：「渡頭少年應官去，月落西陵望不還。」❼采金　嶺南郡縣多貢碎金、沙金，人多採之。❽傾壺　以酒壺注酒，借指飲酒。晉陶潛〈詠貧士〉之二：「傾壺絕餘瀝，窺灶不見煙。」唐杜甫〈春歸〉：「倚杖看孤石，傾壺就淺沙。」❾愛日　《左傳．文公七年》：「酆舒問於賈季曰：『趙衰、趙盾孰賢？』對曰：『趙衰，冬日之日也；趙盾，夏日之日也。』」杜預注：「冬日可愛。」後因稱冬日為愛日。唐駱賓王〈在江南贈宋之問〉：「溫輝凌愛日，壯氣驚寒水。」❿霜砧　寒秋或冬日擣衣的砧聲。唐楊巨源〈長城聞笛〉：「孤城笛滿林，斷續共霜砧。」

【語　譯】沙洲兩岸是一片森森竹林，繫住船兒聽越鳥飛鳴。穿過一條幽深小徑，來到一座江邊小村，這裡家家都有老壽星。村民們十分好客，熱情地挽留客人品嘗柑橘。至於如何應付官家的徵派，他們說到了採金。這真是傾壺而醉的好地方，頭頂著冬日的暖陽，擣衣的砧杵也沉寂不響。

【研　析】此詩是大中元年（西元八四七年），李商隱在桂林鄭亞幕中為掌書記時，奉使江陵途中所作。詩歌記述了沿途的迷人景致與風土人情，由景及人，由人及俗，細膩雋永。首聯謂經過江村，見翠竹環繞，繁密茂盛，便停舟沙岸，細聽南越鳥語。頷聯謂由一條林蔭小路，曲徑通幽，進入江村，見家家都有長壽老人，處處安樂祥和。頸聯謂村民熱情好客，奉上新摘下來的柑橘給客人品嘗；村民們生活單純，不以斂財為意，遇到官府徵收賦稅，便到河中淘金以抵。尾聯謂冬日的陽光溫暖如春，擣衣之聲已歇，村中一片寂靜，正適合傾壺暢飲，其樂融融。全篇旨在突出鄉村生活的恬靜及村民們的直率，描繪出一幅活潑、質樸的田園生活圖景。（姚蓉）

自桂林奉使江陵途中感懷寄獻尚書❶

下客❷依蓮幕，明公❸念竹林❹。縱然膺❺使命，何以奉徽音❻？投刺❼雖傷晚，酬恩豈在今！迎來新瑣闥❽，從到碧瑤岑❾。水勢初知海❿，天文始識參⓫。固慚非賈誼，唯恐後陳琳⓬。前席⓭驚虛辱，華樽⓮許細斟。尚憐秦痔⓯苦，不遣楚醪⓰沉。

既載從戎筆⓱，仍披選勝襟⓲。瀧⓳通伏波⓴柱，簾對有虞琴㉑。宅與嚴城㉒接，門藏別岫㉓深。閣涼松冉冉㉔，堂靜桂森森㉕。社內容周續㉖，鄉中保展禽㉗。白衣居士㉘訪，烏帽逸人㉙尋。佞佛㉚將成縛，耽書㉛或類淫㉜。長懷五羖贖㉝，終著九州箴㉞。良訊㉟封鴛綺㊱，餘光㊲借玳簪㊳。張衡愁浩浩㊴，沈約瘦愔愔㊵。蘆白疑粘鬢，楓丹欲照心。歸期無雁報，旅抱㊶有猿侵。短日安能駐，低雲只有陰。

亂鴉衝曉網㊷，寒女簇㊸遙砧。東道㊹違寧㊺久，西園㊻望不禁。江生㊼魂黯黯，泉客㊽淚涔涔。

逸翰㊾應藏法，高辭㊿肯浪吟(51)？數(52)須傳庾翼(53)，莫獨與盧諶(54)。假寐(55)憑書簏(56)，哀吟叩劍鐔(57)。未嘗貪偃息(58)，那復議登臨(59)！彼美(60)迴清鏡(61)，其誰受曲鍼(62)？人皆向燕路(63)，無乃費黃金(64)！

【注釋】❶自桂林句　自桂林奉使江陵，大中元年（西元八四七年）冬十月，李商隱奉鄭亞之命赴南郡（治所在江陵）謁見荊南節度使鄭肅，途中作此詩寄鄭亞。鄭亞，字子佐，元和十五年（西元八二〇年）進士。李德裕高其才，出鎮浙西，辟為從事。會昌初始入朝，為監察御史，累遷刑部郎中。中丞李回奏知雜事，遷諫議大夫、給事中。德裕罷相，鄭亞出為桂州刺史、桂管觀察使，帶御史中丞銜。那時節度使例兼尚書銜，故云「寄獻尚書」。❷下客　北魏對降將的最低恩遇。亦指下等的賓客。《北史・房法壽傳》：「及歷城、梁鄒降，法壽、崇吉等與崔道固、劉休賓俱至京師，以法壽為上客，崇吉為次客，崔、劉為下客。」唐盧照鄰〈宴梓州南亭詩序〉：「下客悽惶，暫停歸轡；高人賞玩，豈輟斯文。」此處為義山自謂。❸明公　舊時對有名位者的尊稱。《東觀漢記・鄧禹傳》：「明公雖建蕃輔之功，猶恐無所成立。」唐元稹〈酬李十六〉詩：「明公將有問，林下是靈龜。」此指鄭亞。❹竹林　竹林七賢，有阮籍、嵇康、山濤、向秀、王戎、劉伶、阮咸等人，其中阮籍、阮咸是叔侄關係。會昌五年（西元八四五年），鄭肅以檢校尚書左僕射同中書門下平章事。宣宗即位，罷為荊南節度使。鄭肅與亞同宗，為叔侄關係。❺膺　接受；承當。❻徽音　令聞美譽。《詩經・大雅・思齊》：「大姒嗣徽音，則百斯男。」鄭玄箋：「徽，美也。」漢蔡邕〈太傅胡公夫人靈表〉：「至德修於幾微，徽音暢於神明。」南朝齊謝朓〈齊敬皇后哀策文〉：「爰定厥祥，徽音允穆。」亦作佳音、嘉訊。謝靈運〈登臨海嶠與從弟惠連〉：「儻遇浮丘公，長絕子徽音。」呂良注：「徽，美也。言我儻遇此仙公，長絕子美音信。」❼投刺　投遞名帖。北魏楊衒之《洛陽伽藍記・景寧寺》：「或有人慕其高義，投刺在門，元慎稱疾高臥。」唐孟郊〈送李觀韓愈別兼獻張徐州〉詩：「禰生投刺游，王粲吟詩謁。」古代在竹簡上刺上名字、爵裡，相當於今日的名片。❽瑣闥　鐫刻連瑣圖案的宮中小門，亦指代朝廷。《樂府詩集．郊廟歌辭十二．漢宗廟樂舞辭》：「霧集瑤階瑣闥，香生綺席華茵。」唐儲光羲〈奉和中書徐侍郎中書省玩白雲寄潁陽趙大〉：「泛灩鳷池曲，飄颻瑣闥前。」❾瑤岑　美麗的山丘。《群音類選．泰和記．桓元帥龍山會僚友》：「山淨雲收，徐步瑤岑，瀟颯風褰袖。」唐上官昭容〈游長寧公主流杯池〉詩之二十五：「餘雪依林成玉樹，殘霙點岫即瑤岑。」❿初知海　桂林郡濱海，故云。⓫始識參　參星為西方星宿，桂林地處西南，故云。⓬陳琳　字孔璋，廣陵射陽（今江蘇揚州寶應射陽湖）人。東漢末年著名文學家，「建安七子」之一。漢靈帝末年，任大將軍何進主簿。董卓肆虐洛陽，陳琳避難至冀州，入袁紹幕。袁紹使之典文章，軍中文書，多出其手。建安五年（西元二〇〇年），官渡之戰，袁紹大敗，陳琳為曹軍俘獲。曹操愛其才，署為司空軍師祭酒，使與阮瑀同管記室。後又徙為丞相門下督。⓭前席　《史記．商君列傳》：「衛鞅復見孝公。公與語，不自知厀之前於席也。」後以「前席」謂欲更接近而移坐向前。《漢書．賈誼傳》：「文帝思賈誼，徵之。至，入見，上方受釐，坐宣室，上因感鬼神事而問鬼神之本。誼具道所以然之故。至夜半，文帝前席。既罷，曰：『吾久不見賈生，自以為過之，今不及也。』」乃拜誼為梁懷王太傅。」⓮華樽　華麗的酒杯，此借指盛大的宴會。⓯秦痔　《莊子．列禦寇》：「秦王有病召醫，破癰潰痤者得車一乘，舐痔者得車五乘，所治愈下，得車愈多。」後因稱痔瘡病為「秦痔」。⓰楚醪　楚地產的濁酒。唐羅隱〈經耒陽杜工部墓〉詩：「紫菊馨香覆楚醪，奠君江畔雨蕭騷。」⓱既載句　載筆，攜帶文具以記錄王事。《禮記．曲禮上》：「史載筆，士載言。」鄭玄注：「筆，謂書具之屬。」孔穎達疏：「史，謂國史，書錄王事者。王若舉動，史必書之；王若行往，則史載書具而從之也。」南朝齊謝朓〈始出尚書省〉詩：「趨事辭宮闕，載筆陪旌棨。」後以載筆指史傳、制疏、表奏一類文字。《梁書．任昉傳》：「昉雅善屬文，尤長載筆。」《新唐書．褚遂良傳》：「對曰：『守道不如守官，臣職載筆，君舉必書。』」從戎，因節度使可以專制軍事，故唐人入幕多稱「從戎」。⓲仍披句　披襟，亦作「披衿」，謂推誠相與。《晉書．周顗傳》：「伯仁總角於東宮相遇，一面披襟，便許之三事，何圖不幸自貽王法。」《藝文類聚》卷五五引南朝梁王僧孺〈臨海伏府君集序〉：「與君道合神遇，投分披衿。」唐杜甫〈奉贈盧五丈參謀琚〉詩：「入幕知孫楚，披襟得鄭僑。」選勝，尋遊名勝之地。唐張籍〈和令狐尚書平泉東莊近居李僕射有寄十韻〉：「探幽皆一絕，選勝又雙全。」⓳瀧　水名，今武水，又名武溪，源出湖南臨武境，流入廣東省，經樂昌縣至韶關市，與湞水合為北江，又至三水，與西江相通。此指瀧江。⓴伏波　漢將軍名號。西漢路博多、東漢馬援都受封為伏波將軍。見《漢書．武帝紀》、《後漢書．馬援傳》。南朝宋鮑照〈代苦熱行〉：「戈船榮既薄，伏波賞亦微。」唐劉長卿〈送張司直赴嶺南謁張尚書〉詩：「盛府依橫海，荒祠拜伏波。」馮注引《桂海虞衡志》說伏波岩下有洞，洞前有懸石如柱，插入灘江。㉑有虞琴　有虞即有虞氏，古部落名，傳說其首領舜受堯禪，都蒲阪。《禮記・樂記》：「昔者舜作五絃之琴，以歌〈南風〉。夔駛制樂，以賞諸侯。故天子之為樂也，以賞諸侯有德者也。」馮注引《寰宇記》：「桂州舜廟在虞山之下。」㉒嚴城　戒備森嚴的城池。南朝梁何遜〈臨行公車〉詩：「禁門儼猶閉，嚴城方警夜。」唐皇甫冉〈與張諲宿劉八城東莊〉詩：「寒蕪連古渡，雲樹近嚴城。」㉓別岫　山脈的別支。岫，山。㉔冉冉　迷離貌。㉕森森　繁密貌。㉖周續　即周續之（西元三七七—四二三年），字道祖，雁門廣武人，居豫章建昌縣。太守范甯於郡立學，續之年十二，詣甯受業。尋通五經、五緯，號曰十經，名冠同門。既而閒居讀《老》、《易》，事沙門慧遠，與劉鱗之、陶潛俱不應徵，謂之「潯陽三隱」。宋武帝（劉裕）北討，世子居守，迎續之館於安樂寺，延入講禮。月餘，復還山。卒於家。周續以為身不可遣，餘累宜絕，終身不娶妻，布衣蔬食。宋陳舜俞《廬山記》記述慧遠在廬山的活動及白蓮社傳說如下：「昔謝靈運恃才傲物，少所推重，一見遠公，肅然心服，乃即寺翻《涅槃經》。因鑿池為臺，植白蓮池中，名其臺曰翻經臺，今白蓮池即其故地。遠公與慧永、慧持、曇順、曇恆、竺道生、慧睿、道敬、道炳、道詵，白衣張也、宗炳、劉遺民、張詮、周續之、雷次宗、梵僧佛陀耶舍、佛陀跋陀羅十八人，同修淨土之法，因號『白蓮社』。」㉗展禽　即柳下惠，展氏，名獲，字禽，春秋時期魯國人，是魯孝公的兒子公子展的後裔。「柳下」是他的食邑，「惠」則是他的諡號，所以後人稱他「柳下惠」。他做過魯國大夫，後來隱遁，成為「逸民」。柳下惠「坐懷不亂」的故事中國歷代廣為傳頌。㉘白衣居士　沒有功名的隱士。㉙烏帽逸人　隋唐貴者多服烏紗服，其後成為閒居常服。此指隱逸之士。㉚佞佛　諂媚佛；討好於佛。後以為迷信佛教之稱。《晉書・何充傳》：「郗愔及弟曇奉天師道，而充與弟准崇信釋氏，謝萬譏之云：『二郗諂於道，二何佞於佛。』」縛，束縛，謂佞佛自縛。㉛耽書　酷嗜書籍。唐皇甫冉〈送韋山人歸所居鐘山〉：「服藥顏雖駐，耽書癖已成。」唐秦韜玉〈採茶歌〉：「耽書病酒兩多情，坐對閩甌睡先足。」㉜淫　書淫，舊時稱嗜書成癖，好學不倦的人。《北堂書鈔》卷九七引晉皇甫謐《玄晏春秋》：「余學或兼夜不寐，或臨食忘餐，或不覺日夕，方之好色，號余曰書淫。」《漢書・劉峻傳》：「峻好學，家貧，寄人廡下，自課讀書，常燎麻炬，從夕達旦……清河崔慰祖謂之書淫。」㉝五羖贖　《史記・秦本紀》：「晉獻公滅虞、虢，虜虞君與其大夫百里奚，以璧馬賂於虞故也。既虜百里奚，以為秦繆公夫人媵於秦。百里奚亡秦走宛，楚鄙人執之。繆公聞百里奚賢，欲重贖之，恐楚人不與，乃使人謂楚曰：『吾媵臣百里奚在焉，請以五羖羊皮贖之』。楚人遂許與之。當是時，百里奚年已七十餘。繆公釋其囚，與語國事。謝曰：『臣亡國之臣，何足問！』繆公曰：『虞君不用子，故亡，非子罪也。』固問，語三日，繆公大說，授之國政，號曰五羖大夫。」㉞九州箴　《左傳・襄公四年》：「昔周辛甲之為大史也，命百官，官箴王闕。

於〈虞人之箴〉曰：『芒芒禹跡，畫為九州，經啟九道，民有寢廟，獸有茂草，各有攸處，德用不擾。在帝夷羿，冒於原獸，忘其國恤，而思其麀牡。武不可重，用不恢於夏家。獸臣司原，敢告僕夫。』」漢代揚雄仿〈虞箴〉作《州箴》。《漢書・揚雄傳》：「實好古而樂道，其意欲求文章成名於後世，以為經莫大於《易》，故作《太玄》；傳莫大於《論語》，作《法言》；史篇莫善於《倉頡》，作《訓纂》；箴莫善於〈虞箴〉，作《州箴》；賦莫深於〈離騷〉，反而廣之；辭莫麗於相如，作四賦；皆斟酌其本，相與放依而馳騁云。」㉟良訊　美好的問候。晉陸機〈贈馮文羆〉：「愧無雜佩贈，良訊代兼金。」此指奉使江陵所攜信件。㊱鴛綺　繡有鴛紋的絲織品。《藝文類聚》卷七〇引南朝梁劉孝威〈謝賚錦被啟〉：「雖復帝賜鶴綾，客贈鴛綺，高懸麗藻，遠謝鮮明。」此指信函封以鴛鴦紋之錦繡。㊲餘光　多餘之光。《史記・樗里子甘茂列傳》：「臣聞貧人女與富人女會績，貧人女曰：『我無以買燭，而子之燭光幸有餘，子可分我餘光，無損子明而得一斯便焉。』今臣困而君方使秦而當路矣。茂之妻子在焉，願君以餘光振之。」後遂用為美稱他人給予的恩惠福澤。《北齊書・魏收傳》：「會司馬子如奉使霸朝，收假其餘光。」㊳玳簪　即玳瑁簪，玳瑁製的髮簪。唐溫庭筠〈寄河南杜少尹〉詩：「十載歸來鬢未凋，玳簪珠履見常僚。」借指幕僚。唐李嶠〈劉侍讀見和山邸十篇重申此贈〉詩：「顧己慚鉛鍔，叨名齒玳簪。」㊴張衡句　張衡（西元前七六—前三九年），字平子，南陽西鄂人（今河南南陽北）人。東漢安帝時為太史令，順帝朝遷侍中，出為河間王相，後徵拜尚書。是當時著名的科學家和文學家，曾發明渾天儀和候風地動儀，作品有〈二京賦〉、〈怨篇〉、〈同聲歌〉、〈四愁詩〉。〈四愁詩〉是張衡做河間王相時所作，因鬱鬱不得志，所以效屈原以美人為君子，以珍寶為仁義，以水深雪雰為小人。詩中有云：「我所思兮在桂林，欲往從之湘水深。」㊵沈約句　沈約與徐勉書，言體弱多病，逐月消瘦，意欲歸老。見《梁書・沈約傳》。愔愔，柔弱貌。《晉書・石弘載記》：「大雅愔愔，殊不似將家子。」㊶旅抱　猶旅懷，羈旅者的情懷。唐祖詠〈過鄭曲〉：「旅懷勞自慰，淅淅有涼風。」唐張繼〈九日巴丘楊公臺上宴集〉：「江漢路長身不定，菊花三笑旅懷開。」㊷曒網　晾曬的魚網。曒，俗曬字。㊸簇　叢集；聚集。唐查慎行〈舟夜書所見〉：「微微風簇浪，散作滿河星。」㊹東道　主人的代稱，此指桂幕。㊺寧　豈；難道。《詩・鄭風・子衿》：「縱我不往，子寧不來。」《史記・陳涉世家》：「王侯將相寧有種乎？」㊻西園　園林名。在河南臨漳鄴縣舊治北，傳為曹操所建。三國魏曹植〈公宴詩〉：「清夜遊西園，飛蓋相追隨。」唐張說〈鄴都引〉：「城郭為墟人代改，但見西園明月在。」此借指平日在桂幕參加的遊宴。㊼江生　江淹（西元四四四—五〇五年），字文通，濟陽考城（今河南蘭考）人。少孤貧，後任中書侍郎，天監元年為散騎常侍左衛將軍，封臨沮縣伯，遷金紫光祿大夫，封醴陵侯，歷仕宋、齊、梁三代。少年時以文章著名，鍾嶸在《詩品》中稱其「詩體總雜，善於摹擬」。嘗作〈別賦〉

云：「黯然銷魂者，唯別而已矣。」故曰魂黯黯。㊽泉客　即鮫人。南朝梁任昉《述異記》卷上：「鮫人，即泉先也，又名泉客。」〈吳都賦〉注：「鮫人從水出，寓人家，積日賣絹。將去，從主人索一器，泣而成珠滿盤，以與主人。」㊾逸翰　高超的書法。唐陳子昂〈祭率府孫錄事文〉：「元常既沒，墨妙不傳，君之逸翰，曠代同仙。」《漢書・陳遵傳》：「性善書，與人尺牘，主皆藏去以為榮。」㊿高辭　亦作高詞。高妙的詩作。唐韓愈〈醉贈張祕書〉詩：「險語破鬼膽，高詞媲皇墳。」(51)浪吟　隨便吟唱。(52)數　屢次。(53)庾翼　（西元三〇五—三四五年）字稚恭，潁川鄢陵（今河南鄢陵西北）人，庾亮弟，東晉書法家。初為陶侃太尉府參軍，累遷南蠻校尉，領南郡太守。咸康六年（西元三四〇年），亮死後，代鎮武昌，任都督江、荊、司、雍、梁、益六州諸軍事、荊州刺史。書法初與王羲之齊名。王僧虔稱：「庾征西翼書，少時與右軍齊名，右軍後進，庾猶不平，在荊州與都下書云：『小兒輩乃賤家雞，皆學逸少書，須吾還，當比之。』」後，其兄庾亮得王羲之書，翼見後乃大服。」(54)盧諶　（西元二八四—三五〇年）字子諒，范陽涿（今河北涿州）人，盧志長子。清敏有思理，好《老》《莊》，善屬文。選尚武帝女滎陽公主，拜駙馬都尉，未成禮而公主卒。後州舉秀才，辟太尉掾。洛陽沒，隨志北依劉琨。在劉琨手下擔任司空從事中郎。深受劉琨重用，與劉琨有詩歌贈答。建興末，隨琨投段匹磾。劉琨為段匹僤所拘，為五言詩贈盧諶，諶以常詞酬和，殊乖琨心，故重以詩贈之。逮西破，為石虎所得，被任命為中書侍郎國子祭酒。冉閔建立魏國後，又任命盧諶為中書監。(55)假寐　謂和衣打盹。《詩・小雅・小弁》：「假寐永歎，維憂用老。」鄭玄箋：「不脫冠衣而寐曰假寐。」高亨注：「假寐，不脫衣帽打盹。」漢應瑒〈正情賦〉：「還幽室以假寐，固輾轉而不安。」(56)書簏　藏書用的竹箱子。唐皮日休〈醉中即席贈潤卿博士〉：「茅山頂上攜書簏，笠澤心中漾酒船。」(57)劍鐔　即劍首，又稱劍鼻，劍柄與劍身連接處。(58)偃息　停止；歇息。唐杜甫〈初冬〉：「干戈未偃息，出處遂何心。」(59)登臨　登山臨水，也指遊覽。語本《楚辭・九辯》：「憭慄兮若在遠行，登山臨水兮送將歸。」《史記・衛將軍驃騎列傳》：「禪於姑衍，登臨翰海。」唐孟浩然〈與諸子登峴山〉：「江山留勝跡，我輩復登臨。」(60)彼美　《詩經・邶風・簡兮》：「彼美人兮，西方之人兮。」(61)清鏡　明鏡。南朝齊謝朓〈冬緒羈懷示蕭咨議虞田曹劉江二常侍〉：「寒燈耿宵夢，清鏡悲曉發。」唐杜甫〈蘇大侍御訪江浦賦八韻記異〉：「今晨清鏡中，白閑生黑絲。」(62)其誰句　《三國志・吳書・虞翻傳》注：「翻少好學，有高氣。年十二，客有候其兄者，不過翻，翻追與書曰：『僕聞虎魄不取腐芥，磁石不受曲針，過而不存，不亦宜乎！』客得書奇之，由是見稱。」(63)燕路　特指通往燕昭王招賢臺的道路，亦借指招賢之地。燕昭王登位之初，決心要令燕國強大起來，故四處尋找治國的良才。因禮待老臣郭隗，築宮而敬以為師，結果各國群賢聚集燕國。孔融〈論盛孝章書〉：「向使郭隗倒懸而王不解，臨難而王不拯，則士亦將高翔遠引，莫有北首燕路者矣。」❻❹黃金 相傳燕昭王在沂水之濱，修築了一座高臺，置千金於臺上，以延天下賢士。這座高臺史稱「黃金臺」，故址在今河北易縣。南朝宋鮑照〈代放歌行〉：「豈伊白璧賜，將起黃金臺。」唐陳子昂〈燕昭王〉：「南登碣石館，遙望黃金臺。丘陵盡喬木，昭王安在哉？」唐李白〈古風〉之十五：「燕昭延郭隗，遂築黃金臺。」

【語　譯】我只是您幕府中的一個下客，因您顧念與江陵相國的叔侄關係，我有幸承擔了這個探訪的使命，我真不知該如何領受德音，順利完成這次重任？當初投刺和您相見，令我相逢恨晚，酬報您的恩德豈非就在如今！我得到朝廷新的任命，跟隨您來到這碧綠的山城。看到這裡水浪的氣勢，才知道這是濱海的城市，看到西方的星空，才認識了天文上所說的參星。我很慚愧自己沒有賈誼的才華，也唯恐比不上陳琳。您常移近前席與我晤談，令我受寵若驚生怕辱沒了您，可您還讓我在華宴之上細斟慢飲。而且您憐惜我苦於痔瘡，不讓我喝到醉意朦朧。

我既已載筆出任您的幕僚，仍有機會和您一起尋幽訪勝，放開彼此的懷抱。這兒的流水，通往伏波洞前的石柱；這兒的簾幕，對著虞山舜廟中的素琴。這兒的宅第，與戒備森嚴的城池相接，這兒的門庭，彷彿內藏山脈的別峰。青松覆蓋殿閣生涼，桂樹成蔭堂前寂靜。社友之中有周續那樣的隱士，鄉黨之內有展禽那樣的賢人。有白衣居士來拜訪，有烏帽逸人來問詢。虔誠奉佛將要自成束縛，耽於書史幾乎類似書淫。您卻如秦王重用百里奚一樣，將我看重，我永難忘懷您的知遇之恩。我要像揚雄作九州箴一樣，為您效命。把問候的書信，封在鴛鴦的錦繡之中，借助著您所賜玳瑁簪上的餘光，我登上這出使的路程。像張衡一樣滿懷愁情，像沈約一樣瘦瘦悄悄。看到白色的蘆花，懷疑是我兩鬢的白髮；看到紅色的楓葉，感覺那就是我的一片丹心。沒有鴻雁傳報何時可歸的消息，只有野猿侵擾本已孤寂的旅懷。白日短暫怎能留得住，雲幕低垂到處陰沉沉。亂鴉衝向晾曬的魚網，寒女簇擁在遠處的擣衣砧旁。離開府主您並不是很久，但常情不自禁地想起，呆在您身邊西園侍宴的場景。與您分別之後，我像江淹一樣黯然銷魂，也像鮫人一樣珠淚漣漣。

您高超的書法，我當珍重收藏；您高妙的詩作，我豈能隨便吟唱？您就像是庾翼都歎服的王羲之，您就像以詩篇打動盧諶的劉琨。我不敢耽誤您的差事，常憑著書箱假寐，常叩著劍首哀吟。從來沒有貪圖休息，更不敢登臨勝景！承蒙您明鏡高懸，對我如此信任，我就像磁石怎能妄受曲針？人人都奔向燕路，燕昭王設置招賢臺，豈不是白白浪費黃金！

【研　析】大中元年（西元八四七年），李商隱奉幕主鄭亞之命出使江陵，去鄭亞的同族叔叔、荊南節度使鄭肅處傳遞書信，途中作此詩寄贈鄭亞，感人之恩，述己之志。詩歌開篇就講鄭亞對自己的知遇之恩，且有投奔恨晚之歎。接著說跟隨鄭亞到桂州府，見到了風景如畫的桂林山水，感歎造物主的鬼斧神工。出門在外，上司的提攜和垂青十分重要。所以作者以眾多的歷史典故作比，暗示自己對隨鄭到桂州及所受的種種優待銘記於心，並希望這種友善互惠的主賓關係能夠長時間維持。詩中將受鄭亞殊遇比喻為文帝親近賈生，曹操之款待文士，足見義山之受寵若驚。更重要的是，義山認為自己與鄭亞不僅是府主與幕僚的關係，而且二人意趣相投，披襟共賞，有一種平等相待的朋友情誼。因此，義山談到自己在桂林的生活，是在工作和文學創作之餘，還結社學佛，謹慎自愛，結交者多是沒有功名之人或隱逸之士，鄭亞對此都予以寬容和支持。另外，義山極富詩人的敏感氣質，多愁善感，體弱多病，生活上更是受到幕主鄭亞的體貼照顧。種種相敬相惜，令義山在出使途中感慨良多，屢屢回望，故作詩以明心跡，決定不管面臨多大的政治風浪，都會跟隨鄭亞，不負知遇之恩。宣宗大中初年，正是牛黨得勢，政局對李德裕、鄭亞極為不利的時候，義山敢於在此時作詩明志，決意跟隨鄭亞，由此可見其政治氣節。此詩雖是贈獻之作，但全詩旁徵博引，意境恢宏，構思精巧，細賦工整，融歷史與現實、景物與情感於一體，自有其獨到之處。（姚蓉）

洞庭魚

洞庭魚可拾，不假更垂罾❶。鬧若雨前蟻，多於秋後蠅。豈思鱗作簟❷，仍計腹為燈❸？浩蕩天池❹路，翱翔欲化鵬❺。

【注釋】❶罾　古代一種用木棍或竹桿做支架的方形魚網。❷簟　竹席。❸腹為燈　魚腹內的魚脂可以煉油點燈，用作宴飲、烹調時照明。五代王仁裕《開元天寶遺事．饞魚燈》：「南中有魚，肉少而脂多。彼中人取魚脂煉為油……或使照筵宴，造飲食，則分外光明。時人號為饞魚燈。」❹天池　海。《莊子．逍遙遊》：「南冥者，天池也。」南朝宋王韶之〈殿前登歌〉：「沔彼流水，朝宗天池。」唐韓愈〈應科目時與人書〉：「天池之濱，大江之濆，曰有怪物焉。」❺鵬　傳說中最大的鳥。《莊子．逍遙遊》：「鵬之徙於南冥也，水擊三千里，摶扶搖而上者九萬里」。

【語　譯】洞庭湖的魚啊，多到隨手可拾，根本無需用網捕撈。牠們成群結隊游到水面，鬧騰有如大雨前亂竄的螞蟻，擁擠有如秋後亂飛的蒼蠅。這些魚兒真是有恃無恐，就算不怕身上的魚鱗被剝下作涼席，也該想到腹中的油脂會被用來點燈。這些魚兒真是見識淺陋，竟以為洞庭湖通往浩蕩的天池，竟妄想牠們會展翅翱翔，化作萬里高飛的大鵬。

【研　析】大中元年（西元八四七年）五月，李商隱到桂林為鄭亞幕僚。大中二年（西元八四八年）二月，鄭亞再貶循州，李商隱只得北歸。這年夏天，李商隱途經洞庭湖，大約是在此間寫下這首詩。詩歌題為〈洞庭魚〉，但從遣詞造句不難發現，詩人是借詠魚來指斥牛黨中的倚勢作惡之徒。前四句極言洞庭魚之數量之多、氣勢之盛，其實正是喻指朝中牛黨得勢，蠅集蟻附，人數眾多，氣焰囂張。後四句嘲笑洞庭魚全然不計潛在的危險，妄想化為大鵬，其實也正是諷刺牛黨幸進者眼前權勢顯赫，便飛揚跋扈，全不懂居安思危，做事不計後果。甚至自高自大，飄飄然忘乎所以，可謂狂妄至極。全詩借詠洞庭魚刻劃出得勢小人的奸險嘴臉，入木三分。也許是詩人正憤慨於幕主鄭亞被貶，所以此詩措辭犀利，情感激烈，在藝術表現上也就顯得過於質直，意境欠深。（姚蓉）

宋　玉

何事荊臺❶百萬家，唯教宋玉擅才華？楚辭已不饒唐勒，風賦何曾讓景差❷！
落日渚宮❸供觀閣，開年❹雲夢送煙花。可憐庾信尋荒徑，猶得三朝託後車❺。

【注釋】❶荊臺　本楚國臺館名，這裡指荊州（即江陵）。❷楚辭二句　唐勒、景差，與宋玉同時的辭賦家。饒，讓，比……差。❸渚宮　春秋楚成王所建別宮，故址在今湖北江陵城內。❹開年　一年之始，猶初春。雲夢，即雲夢澤。❺可憐二句　庾信，南朝梁文學家，歷仕梁武帝、簡文帝、元帝三朝。後入北。詩謂「三朝託後車」，指在梁仕歷。後車，侍從者所乘，此指信為梁帝文學侍臣。尋荒徑，唐余知古《渚宮舊事》：「庾信因侯景之亂，自建康遁歸江陵，居宋玉故宅。」《北史・庾信傳》亦載侯景作亂，庾信奔於江陵事。

【語譯】為什麼荊州的人成千上萬，只有宋玉的才華最高？辭賦超過了唐勒、景差！原來渚宮有供他觀賞落日的高閣，雲夢澤開春美景使他筆底生花。庾信高才受到三朝帝王寵愛，大概也是因為曾寄寓此地，沾溉了宋玉的才華。

【研析】大中元年十月，商隱奉鄭亞派遣出使江陵。江陵乃楚故地，有不少楚國宮觀遺存，宋玉故宅亦在此處。商隱的氣質個性、落拓際遇與宋玉有很多相似之處，他屢屢以這位戰國末期的詞人自比，抒發其異代之同悲。商隱的感傷詩風，也是宋玉以來貧士失職、悲秋傷春主題的承接發揚。宋玉以辭賦事襄王，雖終不見察，羈泊淒涼，但多少還有過一段風光生涯。商隱筆墨遊幕的經歷與之近似，都是以文字求生活。然而，由於政局昏暗與黨爭的牽累，詩人輾轉幕府，羈泊窮年，其不幸似更甚於宋玉。這次身臨久已傾心的前輩所生活過的故地，自然引起這種才同遇異的感慨。

前兩聯極讚宋玉才華，言外隱含自己的才華不亞宋玉之意。腹聯謂其故宅風景優美，渚宮觀閣、雲夢煙花，都足以助其才思文藻，承首聯「何事」、「擅才華」而言。尾聯深含感慨，暗寓一篇主旨。宋玉以辭賦而為文學侍從之臣，托於楚王之後車，其遇合固不必說，即使後代尋荒徑、居故宅的庾信，也沾其餘溉，而歷仕三朝。言外自己才華不讓宋玉，卻三朝（文、武、宣三朝）淪落，寄跡幕府，遇合迴異，不免深為悲悵。

才同遇異的感慨是本篇的主旨，但表現得非常蘊藉。何焯說：「落句淡淡收住，自有無限感慨。」這種感慨深長而又蘊蓄不露，正見商隱詩風的隱約。比較溫庭筠類似主旨的詩作，〈蔡中郎墳〉有云：「今日愛才非昔日，莫拋心力作詞人。」〈過陳琳墓〉有云：「詞客有靈應識我，霸才無主始憐君。」商隱的蘊蓄深婉似乎更加耐人回味。（李翰）

楚宮❶

複壁❷交青鎖❸，重簾掛紫繩。如何一柱觀❹，不礙九枝燈❺。扇薄常規月❻，
釵斜只鏤冰❼。歌成猶未唱，秦火入夷陵❽。

【注釋】❶楚宮　楚國宮殿。杜甫〈詠懷古跡五首〉之一：「最是楚宮俱泯滅，舟人指點到今疑。」❷複壁　夾牆，兩重而中空，可藏物或匿人。《後漢書・趙岐傳》：「（孫嵩）遊市見岐，察非常人，停車呼與共載……藏岐複壁中數年。」《舊唐書・王涯傳》：「前代法書名畫，人所保惜者，以厚貨致之；不受貨者，即以官爵致之，厚為垣，竅而藏之複壁。」❸青鎖　亦作青瑣，裝飾皇宮門窗的青色連環花紋。《漢書・元后傳》：「曲陽侯根驕奢僭上，赤墀青瑣。」《後漢書・梁冀傳》：「冀大起第宅……窗牖皆有綺疏青鎖。」❹一柱觀　古蹟名。在湖北松滋東丘家湖中。南朝宋臨川王劉義慶在鎮，於羅公洲立觀，宏大而惟一柱，故名。南朝梁劉孝綽〈江津寄劉之遴〉詩：「經過一柱觀，出入三休臺。」唐張說〈一柱觀〉詩：「奈何任一柱，斯焉容眾材？」❺九枝燈　謂一杆九枝的燭燈，亦泛指一杆多枝的燈。南朝梁沈約〈傷美人賦〉：「拂螭雲之高帳，陳九枝之華燭。」唐盧照鄰〈十五夜觀燈〉詩：「別有千金笑，來映九枝前。」❻規月　以月為樣式。❼鏤冰　雕刻冰塊，常以喻徒勞無功。漢桓寬《鹽鐵論・殊路》：「故內無其質而外學其文，雖有賢師良友，若畫脂鏤冰，費日損功。」唐劉知幾《史通・載文》：「夫鏤冰為壁，不可得而用也。」此處形容鏤刻著紋樣的玉釵。❽夷陵　春秋楚國先王的墳墓，在今湖

北宜昌東。楚頃襄王二十一年，白起大敗楚軍，燒夷陵。《史記・平原君虞卿列傳》毛遂對楚王說：「白起，小豎子耳，率數萬之眾，興師以與楚戰，一戰而舉鄢、郢，再戰而燒夷陵，三戰而辱王之先人。」

【語　譯】楚宮的複壁交錯縱橫，門窗上裝飾著青色的連環花紋。重重華美的簾幕上，掛著紫色的拉繩。宏大的一柱觀真是令人吃驚，大柱一點也不妨礙人們觀看，殿堂內的九枝燈大放光明。佳麗們手中薄薄的團扇，有如天上朗朗的明月。斜插在髮髻上的玉釵，猶如一根根鏤花的寒冰。新歌寫成了，還沒來得及讓她們演唱，秦人的戰火就已燒到了夷陵。

【研　析】此詩是懷古之作，約是李商隱大中元年（西元八四七年）冬天奉使江陵或大中二年（西元八四八年）自桂返京途中路過江陵所作。詩歌前六句極力渲染楚宮建築的富麗及宮中服飾的精美，以此暗斥驕奢淫逸的統治者。首聯細膩刻劃了楚宮複壁上縱橫交錯的青色連環花紋，及門窗簾幕上懸掛著的紫色拉繩，以小見大，楚宮當年的富麗繁華可以想見。頷聯謂一柱觀設計精巧，僅用一柱支撐起宏大的殿堂，且能不妨礙九枝燈光照耀廳堂。此聯以典型景物，再次突出楚宮當年的輝煌熱鬧。頸聯轉寫後宮佳麗，集中刻劃其手中如圓月一般的團扇及頭上如鏤冰一般的玉釵，突出楚宮當年服飾用具的精美珍貴。而對楚宮建築、裝飾、服飾等鋪張揚厲的敘述，潛臺詞皆是指斥楚國君王喜奢侈、好歌舞，只顧個人享樂。故尾聯筆鋒一轉，寫到了這樣的驕奢所導致的嚴重後果，即宮中所譜的新歌還來不及演唱，秦兵已燒掉了楚王的祖墳，以此點明奢淫必致亡國的主旨。詩作前六句熱情鋪陳，最後兩句冷筆收結，於強烈的對比轉折之中總結歷史教訓，達到發人深省的藝術效果。（姚蓉）

人日❶即事

文王❷喻復今朝是，子晉❸吹笙此日同。舜格有苗❹旬太遠，周稱流火❺月難窮。鏤金❻作勝傳荊俗，翦綵為人❼起晉風。獨想道衡❽詩思苦，離家恨得二年中。

【注　釋】❶人日　農曆正月初七日。《北史·魏收傳》：「魏帝宴百寮，問何故名人日，皆莫能知。收曰：晉議郎董勳〈答問禮俗〉：『正月一日為雞，二日為狗，三日為豬，四日為羊，五日為牛，六日為馬，七日為人。』」❷文王　周文王姬昌。文王演《易》之六十四卦，坤卦表示陰，復卦有一陽，表示陽氣由剝盡而已復生，表示失而復得，有所往則吉利。❸子晉　神話人物王子喬的字，相傳為周靈王太子，喜吹笙作鳳凰鳴，被浮丘公引往嵩山修煉，三十餘年後見桓良曰：「告我家七月七日待我於緱氏山頭。」後升仙。晉葛洪《抱朴子·釋滯》：「昔子晉舍視膳之役，棄儲貳之重，而靈王不責之以不孝。」唐盧眉娘〈和卓英英理笙〉：「他日丹霄驂白鳳，何愁子晉不聞聲。」❹舜格有苗　《尚書·大禹謨》記載：虞舜對苗族用兵，三旬，苗民不服。虞舜還師，不以武力威脅，而以文德感化苗民，用音樂舞蹈歡迎苗民，七旬，苗民來歸順虞舜。此由七日聯想到七十日，謂舜格有苗雖然有功，可是時日太久。❺周稱流火　《詩經·豳風·七月》：「七月流火，九月授衣。」火，星名，夏曆五月黃昏，出現在正南方，六月以後，偏西而行，所以說「流火」。夏曆七月，收穫的季節。此由七日聯想到七月，日子漫漫，一時難盡。❻鏤金　雕鏤物體，中間嵌金。晉王嘉《拾遺記·魏》：「帝以文車十乘迎之，車皆鏤金為輪輞。」❼翦綵為人　南朝梁宗懍《荊楚歲時記》記載：「正月七日為人日。以七種菜為羹；翦綵為人，或鏤金箔為人，以貼屏風，亦戴之頭鬢；又造華勝以相遺。登高賦詩。」用彩帛或金箔做成的人形裝飾，稱為人勝；簪於頭頂的花形紋裝飾，稱為華勝或花勝。❽道衡　薛道衡（西元五四〇～六〇九年），隋代詩人。字玄卿。河東汾陰（今山西萬榮）人。歷仕北齊、北周。隋朝建立後，任內史侍郎，加開府儀同三司。煬帝時，出為番州刺史，改任司隸大夫。後為煬帝所殺。他和盧思道齊名，在隋代詩人中藝術成就較高。有〈人日思歸〉詩：「入春才七日，離家已二年。人歸落雁後，思發在花前。」

【語　譯】周文王演《周易》喻示「七日來復」，說的就是今天。仙人子晉吹笙的那天，也正和今日相同。虞舜招撫有苗花了七十天，跟七日相比太為長遠。周代說「七月流火」，七個月的日子更難窮盡。荊楚的風俗，人日要鏤金為花勝戴在髮間。晉地的傳統，這天也要翦綵為人貼上屏風。獨獨想到了薛道衡的〈人日思歸〉，離家二年當然離恨無窮。

【研　析】此詩大約作於大中二年（西元八四七年），敘述詩人在異鄉過人日的感觸。人日是指農曆的正月初七日。詩歌首聯以兩個與人日相關的典故點題：一是周文王演《易》之六十四卦，解釋〈復卦〉說：「反復其道，七日來復，利有攸往。」謂陽氣剝盡，第七日又開始恢復，而人日是初七日，二者相同；二是喜好吹笙的仙人王子喬也說，他將在七日歸來，這也與人日相同。頷聯又用了兩個與「七」相關的典故：一是謂虞舜安撫苗民，使之歸順花了七旬時間，跟七日比已是太久；二是用周代詩歌〈豳風・七月〉中的「七月流火」之說，謂七個月與七旬、七日相比，更加難以窮盡。頸聯寫人日的習俗，古人在此日有剪綵為人，或貼於屏風，或戴於髮間，還登高賦詩。尾聯用薛道衡〈人日思歸〉之典，歸結到自己離家不止七日、七旬或七月，而是已經二年。故人皆以人日為樂，而自己獨感思家之苦，道出了思鄉的主題。此詩立意與薛道衡〈人日思歸〉詩相同，但堆砌典故，與語淺情真的薛詩相差甚遠。（姚蓉）

贈劉司戶蕡❶

江風揚浪動雲根❷，重碇❸危檣❹白日昏。已斷燕鴻❺初起勢，更驚騷客❻後歸魂。漢廷急詔❼誰先入？楚路高歌❽自欲翻。萬里相逢歡復泣，鳳巢❾西隔九重門。

【注　釋】❶劉司戶蕡　劉蕡，字去華，唐昌平（今北京市昌平縣）人。敬宗寶曆二年（西元八二六年）進士及第，文宗大和二年（西元八二八年），應賢良對策，極言宦官禍國，要求「揭國柄以歸於相，持兵柄以歸於將」，指出「天下將傾，海內將亂」，考官畏懼宦官，不敢錄取他。同考的李郃說：「劉蕡不第，我輩登科，實厚顏矣！」令狐楚、牛僧孺上書推薦蕡為幕府，授祕書郎。因宦官誣陷，後貶柳州司戶參軍。❷雲根　深山雲起之處，指山腳土石。❸碇　繫船的石墩。❹危檣　高的桅杆。南朝陳陰鏗〈渡青草湖〉詩：「行舟逗遠樹，度鳥息危檣。」❺燕鴻 昌平縣屬幽燕，劉蕡是燕人，故將他比做燕鴻。❻騷客 原指屈原，此借指劉蕡。屈原因讒被放而作〈離騷〉，人稱「騷客」。以劉蕡時在楚地，故以騷客目之。❼漢廷急詔 漢文帝急於召回遠貶長沙的賈誼。❽楚路高歌 《論語．微子》：「楚狂接輿歌而過孔子曰：『鳳兮鳳兮，何得之衰。』」此處將劉蕡比做楚狂接輿。❾鳳巢 《藝文類聚》卷九九引《尚書中候》：「堯即政七十載，鳳皇止庭，巢阿閣讙樹。」後因以「鳳巢」指中書省。

【語　譯】江風揚起巨浪，沖擊著山腳石根。將船兒繫上石墩，船上的桅杆仍然搖晃不停，白日裡烏雲壓頂，到處是一片昏沉。北來燕鴻才張開翅膀，就被這場驚天風浪，打斷了初起的飛翔。貶謫南方的騷客，更被這場驚天風浪，嚇得歸魂未定、膽顫心涼。你如漢代的賈誼，膽識見識無人能及，誰能比你先入朝廷的招賢榜裡？你雖然在楚地高歌，但始終未曾喪失當年的意氣。我們在萬里之外相逢，既滿心歡喜，又忍不住相對而泣。因為我們與君王之間，尚隔著九重門的阻力。

【研　析】此詩一說作於會昌元年（西元八四一年），一說作於大中元年（西元八四七年），當以前說為是。劉蕡，敬宗寶曆二年（西元八二六年）進士，博學能文，性耿直，嫉惡如仇，文宗大和二年（西元八二八年）應賢良對策，極言宦官禍國，指出「天下將傾，海內將亂」，慷慨有澄清天下之志。李商隱辭去弘農尉職後南遊江鄉，在湖南長沙一帶與被貶去柳州的劉蕡相遇，李商隱敬重劉蕡的為人，寫下此詩相贈。

詩的開頭兩句寫景，勾勒出一幅日暗天昏、風急浪猛、船搖檣危的驚險景象，使詩作開篇就具有雄渾沉鬱的氣勢。這兩句表面上是寫湘江驚濤駭浪的實景，實際上正是晚唐動盪政局、險惡政治環境的寫照。乃是運用傳統的比興手法，勾畫出劉蕡一生悲劇的社會背景。頷聯以充滿同情的筆調吟詠劉蕡的坎坷遭際。「已斷」句用比喻的手法，謂劉蕡如正欲展翅飛翔的燕鴻（劉是燕人），剛要騰空而起就被狂風吹斷，既緊承首聯「江風吹浪」之景，又隱括劉蕡最初應試賢良方正科時，因在對策中切論宦官專橫誤國，應予誅滅，而遭宦官忌恨，未被錄取之不平遭遇。「更驚」句則是為此番劉蕡再遭宦官誣陷，貶為柳州司戶參軍鳴不平，將劉蕡比作受讒被逐的屈原，認為其遠貶南荒、難歸鄉土的命運及其憂國憂民的一片忠魂，堪與屈子並論。此聯集中筆力講述了劉蕡生平中與宦官作鬥爭的兩件大事，既褒揚了劉蕡的忠肝義膽，又對宦官秉政予以沉痛斥責，筆調憤慨激昂，令人扼腕。頸聯連用兩個典故，進一步抒寫對劉蕡的敬仰和同情。「漢廷急詔」用賈誼遭貶三年後又被漢文帝召回長安，拜為梁懷王太傅的故事，稱讚劉蕡具有賈誼的抱負和才華，理應得到重用。「楚路高歌」用楚國狂人接輿高歌世道衰微的故事，形容劉蕡身貶楚地，仍滿懷慷慨憂憤。字裡行間，流露出詩人的欽佩與同情。尾聯上句寫兩人深摯的友誼，在萬里之外的異鄉不期而遇，二人由衷地興奮和喜悅，但同病相憐的坎坷命運及危如累卵的國家局勢，又使得他們一齊落淚。這種歡而復泣的情緒，自是沉痛而又複雜。最後「君門九重」作結，深化了「泣」的內涵，將個人的失意和國家的憂患綰結在一起，充滿憂憤，收得簡淨而又包含不盡。全詩筆調蒼涼，情緒激昂，於題贈友人的抒寫個人遭遇之作中融入深沉的哀時憂國之情，是一首氣勢闊大、意蘊深沉的佳作。（姚蓉）

鳳

萬里峰巒歸路迷，未判❶容彩借山雞❷。新春定有將雛❸樂，阿閣❹華池❺兩處棲。

【注釋】❶未判　未分。判，張相《詩詞曲語詞匯釋》卷五：「判，割捨之辭，亦甘願之辭。」❷山雞　鳥名，形似雉。雄者羽毛紅黃色，有黑斑，尾長；雌者黑色，微赤，尾短。古稱鸐雉，今名錦雞。傳說自愛其羽毛，常照水而舞。《尹文子》：「楚人擔山雉者，路人問：『何鳥也？』擔雉者欺之曰：『鳳凰也。』路人曰：『我聞有鳳凰，今直見之，汝販之乎？』曰：『然。』請十金，弗與；請加倍，乃與之。將欲獻楚王，國人傳之，咸以為真鳳凰，皆願以獻之，遂聞。楚王感其欲獻於己，召而厚賜之，過於買鳥之金十倍。」❸將雛　攜著幼兒。雛，幼鳥。❹阿閣　四面都有簷溜的樓閣。《尸子》卷下：「泰山之中有神房阿閣帝王錄。」傳說鳳凰巢於阿閣。唐楊炯〈少室山少姨廟碑〉：「豈直鳳巢阿閣，入軒後之圖書；魚躍中舟，稱武王之事業。」❺華池　神話傳說中的池名，在崑崙山上。漢王充《論衡・談天》：「昆侖之高，玉泉、華池，世所共聞，張騫親行無其實。」亦指景色佳麗的池沼。東方朔〈七諫・謬諫〉：「雞鶩滿堂壇兮，鼃黽游乎華池。」南朝梁何遜〈九日侍宴〉詩：「禁外終宴晚，華池物色曛。」

【語譯】萬里峰巒重重疊疊，讓我迷失了歸路。即便如此，我仍是貨真價實的鳳凰，豈甘與山雞為伍。明年春天回到舊巢，我將會看到可愛的幼雛，一家子團聚，享受生活的樂趣。我們或居住在樓閣，或翱翔在池沼，不管走到何處，我們都會雙宿雙飛，絕不再孤獨。

【研析】有人以為此詩乃是會昌五年（西元八四五年）十月，李商隱自永樂赴京時所作，但大部分論者把此詩看作大中元年（西元八四七年）李商隱在桂林的「思家之作」或「寄婦之詩」。首句謂離家萬里，峰巒重疊，自迷歸路。次句以鳳凰自喻，謂自己是貨真價實的鳳凰，不須借助於山雞的容彩去欺騙世人，反映了詩人對自己才華的自負。第三句謂接到妻子王氏傳來的喜訊，為明年春天可以享受鳳將雛之樂而充滿憧憬。第四句則是對未來的生活進行規劃，「阿閣」代指京師，「華池」借指洛陽，其岳父王茂元在長安、洛陽均有住宅，謂可以和妻子攜兒帶女在洛陽和長安兩處走動。此詩大約是寫給家人的緣故，娓娓道來，如同在與妻子閒聊，反映了李商隱生活化的一面。（姚蓉）

題鵝

眠沙臥水自成群，曲岸殘陽極浦❶雲。那解將心憐孔翠❷，羈雌❸長共故雄❹分。

【注釋】❶浦　水邊或河流入海的地區。❷孔翠　孔雀。漢王粲〈迷迭賦〉：「色光潤而采發兮，似孔翠之揚精。」左思

〈蜀都賦〉：「孔翠群翔，犀象競馳。」❸羈雌　失偶的雌鳥。謝靈運〈晚出西射堂〉：「羈雌戀舊侶，迷鳥懷故林。」唐韋應物〈經武功舊宅〉詩：「門臨川流駛，樹有羈雌宿。」❹故雄　昔日雌雀的伴侶。

【語譯】睡在沙上臥在水邊，那群鵝兒多麼悠閒。彎曲的河岸夕陽斜，遠浦的晚雲仍在流連。鵝兒的生活這樣寧靜美滿，哪裡還會想到那可憐的孔雀。已經被人類抓住的雌孔雀喲，從此被迫與舊日的伴侶兩相分離，永遠無緣再見。

【研析】此詩詠鵝，前兩句就描畫出一幅優美的鵝群棲息圖景。夕陽斜照，晚雲流連，彎曲岸邊，鵝兒眠沙臥水，自在悠閒，展現出一種寧靜自然的生命狀態。後兩句筆鋒陡然一轉，謂生活安寧的鵝群不會知道孔雀被人捕捉、雌雄分離的痛苦。將自由的鵝兒與不自由的孔雀兩相對比，引人深思：孔雀以其文采鮮麗、毛羽珍貴、惹人喜愛而被人網羅，而鵝群因為文采、價值等各方面都遠遜於孔雀，反得以眠沙臥水，自由閒適地生活。當年莊子曾思考生命的「無用之用」，在〈逍遙遊〉中提到「其大本臃腫而不中繩墨，其小枝捲曲而不中規矩」的大樗樹，因為無用，「匠者不顧」，反能夠「不夭斤斧，物無害者」，由此歎息「無所可用，安所困苦哉」。李商隱此詩中的鵝群，與莊子筆下的大樗樹，皆因無用而得以全生，可謂有異曲同工之妙。而李商隱此詩，在簡短的二十八個字中，通過對鵝與孔雀的對比，對生命狀態進行了深入的思考，頗具哲理意味。（姚蓉）

即日

桂林聞舊說❶，曾不異炎方❷。山響匡牀❸語，花飄度臘❹香。幾時逢雁足❺，

著處❻斷猿腸❼。獨撫青青桂，臨城憶雪霜。

【注　釋】❶舊說　此句下注云：「宋考功有『小長安』之句。」故舊說應是指以桂林為小長安的說法。❷炎方　泛指南方炎熱地區。《藝文類聚》卷九一引三國魏鍾會〈孔雀賦〉：「有炎方之偉鳥，感靈和而來儀。」唐李白〈古風〉之三四：「怯卒非戰士，炎方難遠行。」❸匡牀　安適的牀。一說方正的牀。《商君書・畫策》：「人主處匡牀之上，聽絲竹之聲，而天下治。」漢桓寬《鹽鐵論・取下》：「匡牀旃席，侍御滿側者，不知負輅挽船，登高絕流之難也。」❹度臘　度過臘月至於新春。❺雁足　指書信。《漢書・蘇武傳》：「後漢使復至匈奴。常惠請其守者與俱，得夜見漢使，具自陳道。教使者謂單于言：『天子射上林中，得雁足有係帛書，言武等在某澤中。』使者大喜，如惠語以讓單于。」南朝梁王僧孺〈詠擣衣〉：「尺素在魚腸，寸心憑雁足。」唐李紳〈逾嶺嶠止荒陬抵高要〉詩：「魚腸雁足望緘封，地遠三江嶺萬重。」❻著處　處處；到處。❼斷猿腸　即斷腸猿，後世用作因思念愛子而極度悲傷。

【語　譯】舊日人們都說，桂林就是小長安，其實這話並不妥當。桂林這地方氣候炎熱，風物與長安完全兩樣。到處是洞穴山峰，坐在方牀上說話，都能聽到回聲。花兒經冬不敗，一年四季散發著芳香。看不到從北方飛來的鴻雁，只有處處猿啼令人斷腸。撫摸著常青的桂樹，獨自登樓的我，更加思念故鄉的雪霜。

【研　析】此詩是大中二年（西元八四八年）李商隱在桂林時所作。被讚為「山水甲天下」的桂林，冬無嚴寒，夏無酷暑，氣候宜人，江山秀美，一年四季，樹木常青，花開不敗，實在是適合人們居住的好地方。但對於習慣了北方生活的作者來說，卻處處感到不適應。所以開篇就說雖然歷來桂林有「小長安」之稱，但自己卻覺得它與一般的炎熱之地無異。三四句具體描寫桂林作為「炎方」的特色：夜晚山居乘涼，匡牀對語，山中竟傳出回聲；四季鮮花似錦，就是北方百花凋零的臘月，也能聞到陣陣花香。頸聯以雙關筆法，上句謂難逢雁足，實寫桂林看不到大雁。相傳北雁南飛，至湖南衡陽回雁峰而止，桂林尚在湖南之南，是北雁都飛不到的地方。同時以「鴻雁傳書」的典故，喻指桂林偏遠，收不到家人的書信。下句寫處處猿聲，既實寫桂林風物，又以「猿啼斷腸」的典故，抒發思家念子之情。尾聯寫登城散心，手撫桂樹，卻憶「雪霜」，面對氣候溫暖的桂林，作者還是更愛故鄉的寒冷，含蓄而又深情地強化了思鄉主題。東晉末王粲〈登樓賦〉有云：「雖信美而非吾土兮，曾何足以少留」，李商隱此詩也正是此語的注腳。大約思家戀鄉之情，人皆有之吧。（姚蓉）

北樓❶

春物豈相干❷，人生只強歡。花猶曾斂夕❸，酒竟不知寒。異域東風溼，中華❹上象❺寬。此樓堪北望，輕命倚危欄。

【注釋】❶北樓　當為桂林之北樓。❷相干　相關涉。❸斂夕　花兒白天開放，至夜間收合。❹中華　指中原。❺上象　指天宇。

【語譯】春天的風物本不與我相干，我登樓賞景，只是勉強尋歡。但花兒早上開晚上就凋謝，薄酒也不用抵禦春寒。異鄉的東風吹來一片潮溼，終比不上中原乾坤朗朗，天地闊大無邊。只有這樓啊，還可以供我登高北望。因此我顧不得危險，拚命靠上這最高層的欄杆。

【研析】此詩是大中二年（西元八四八年）李商隱在桂林時所作。大中元年（西元八四七年），李商隱應桂管觀察使鄭亞之邀，來到桂林任其幕府掌書記。二年二月，鄭亞被貶循州（今廣東惠州東），李商隱留在桂林己無前途可言。在這樣的背景下，他寫下了這首情緒低沉的登臨感懷之作。詩歌首二句點明節候與心境，謂自己踏春登臨，不是為欣賞美好的春光，只是為排遣心中的鬱悶。第三句寫朝開暮萎的木槿花，既寫出了桂林風物的特色，又以此暗示人事易變。第四句謂酒不知寒，既寫出了桂林氣候溫暖，無需以酒禦寒的特點，又以此點出自己意趣闌珊的心境。五六句用對比的手法，一言桂林溼潤的東風令人不適，一言闊大的中原令人心情開朗、感覺天地頓寬，對照之下，不難看出詩人以作中原人為傲，認為哪兒也比不上自己的家鄉好。七八句更是直接點明這種戀鄉情緒，為了北望自己的家鄉，寧願不顧自身的安危，濃烈的思鄉之情中，透著幾分沉痛悲涼，折射出詩人在桂林的艱難處境。所以不久之後，義山便整裝北歸了。（姚蓉）

思歸

固有樓堪倚，能無酒可傾？嶺雲春沮洳❶，江月夜晴明。魚亂書何託❷？猿哀夢易驚。舊居連上苑❸，時節正遷鶯❹。

【注　釋】❶沮洳　潮溼。《毛詩・魏風・汾沮洳》：「彼汾沮洳，言采其莫。」孔穎達疏：「沮洳，潤澤之處。」❷魚亂句　古有魚雁傳書之說。《樂府詩集・飲馬長城窟行》：「客從遠方來，遺我雙鯉魚。呼兒烹鯉魚，中有尺素書。」❸上苑　上林苑。秦舊苑，漢武帝擴建，周圍三百里，其地在今陝西長安、周至、郡縣界。開成五年，義山移家關中。❹遷鶯　語出《詩經・小雅・伐木》：「伐木丁丁，鳥鳴嚶嚶，出自幽谷，遷于喬木。」常借指遷居或仕途遷轉。

【語　譯】既然有樓可以登臨，怎能無酒讓我解悶？嶺上的春雲如此溼潤，江天夜晚的月色卻一片晴明。水中的魚兒亂竄，如何為我傳遞家信？嶺上的猿聲淒厲，輕易將我的思鄉夢驚醒。我的舊居緊連著上苑，在這鳥鳴嚶嚶的遷鶯時節，我也指望著再次遷行。

【研　析】此篇與上一首〈北樓〉的寫作背景大致相同，也是大中二年（西元八四八年）李商隱在桂林時的思鄉之作，連寫作手法也與〈北樓〉相近。一二句寫登樓飲酒以遣懷的舉動，以引起思歸之情。三四句寫景，以嶺雲潤澤，夜月晴明突出桂林風物的特點，似與思歸無關，實則宕開一筆，為後文蓄勢。五六句既繼續寫景，又暗含典故，暗蘊思鄉之情。「魚亂」、「猿哀」都可謂桂林實有之景，然又與鯉魚傳書、猿啼斷腸等故實相連，表達出詩人歸書難託、歸夢易驚，思歸而不得的慘澹心情。七八句講到舊居，講到遷鶯，仍是緊扣思歸之意，因思歸才念念不忘舊居，因舊居而想到當年移家長安的喬遷之喜，由遷居又引出仕途遷轉之望，希望由遷擢而最終達成北歸的心願，語淺意長，終不離「思歸」二字。（姚蓉）

異俗二首

其一

鬼瘧❶朝朝避，春寒❷夜夜添。未驚雷破柱❸，不報水齊檐。虎箭❹侵膚毒，魚鉤刺骨銛❺。鳥言❻成諜訴❼，多是恨彤幨❽。

【注釋】❶鬼瘧　瘧疾。古時迷信以為此病是瘧鬼作祟所致，故稱。晉干寶《搜神記》卷一六：「昔顓頊氏有三子，死而為疫鬼：一居江水，為瘧鬼；一居若水，為魍魎鬼；一居人宮室，善驚人小兒，為小鬼。」唐韓愈〈譴瘧鬼〉詩：「如何不肖子，尚奮瘧鬼威。」❷春寒　《廣西通志》：「三春連暝而多寒。」廣西春天陰雨連綿，故多寒。❸未驚句　典出《世說新語・雅量》：「夏侯太初嘗倚柱作書，時大雨，霹靂破所倚柱，衣服焦然，神色無變，書亦如故。」❹虎箭　射虎的毒箭。蠻俗以蛇毒濡箭鋒，中者立斃。❺銛　鋒利。❻鳥言　說話似鳥鳴，比喻難以聽懂的話，古指四夷外國之言。唐韓愈〈送區冊序〉：「小吏十餘家，皆鳥言夷面。」❼諜訴　訴訟文書。❽彤幨　亦作「彤襜」，赤色車帷。唐皇甫冉〈送崔使君赴壽州〉詩：「列郡專城分國憂，彤幨皂蓋古諸侯。」

【語譯】瘧疾天天發生，讓他們躲避不及。春雨夜夜不斷，只覺更添寒意。雷電擊毀了屋柱，他們也不會驚懼。洪水漫上了屋簷，他們也不會奔走報官。他們用來射虎的箭，塗滿了劇毒。他們用來釣魚的鉤，鋒利得足以刺骨。他們說的話如同鳥語，雖然難懂，他們卻經常控訴，官吏們仗勢將人欺辱。

【研析】〈異俗二首〉題下原注云：「時從事嶺南。」清代徐逢源說：「此詩載《平樂縣誌》，原注下尚有『偶客昭州』四字。」據此兩條材料，可以斷定這兩首詩是李商隱在嶺南桂林幕府時所作。大中二年（西元八四八年）正月，昭平太守缺人，鄭亞命李商隱暫時攝守郡事，因非出於朝命，且隨著鄭亞二月被貶，李商隱用事時間大約不到一個月，故云「偶客」。這兩首詩，就是描寫昭平一帶特殊的民情風俗，對後人了解廣西地區的民俗史很有價值。

此一首前四句談到嶺南地區環境氣候之惡劣：瘧疾流行，春寒難熬。時有雷雨發生，以致雷電擊毀民居、積水沒至屋簷，百姓們都習以為常，不驚亦不報。五六句主要寫當地民眾的漁獵生活習性：他們善於製造毒箭，這箭入膚即能令人中毒而死；他們善於製造釣鉤，這鉤鋒利得足以刺骨。第七句又說到當地的語言特點，當地方言極其難懂，在李商隱這個外鄉人聽來，不啻「鳥語」。結尾一句反映了百姓們的生活狀況：因為官吏們的壓榨，老百姓生活很苦，經常到地方長官那裡去告狀申訴。如此，此詩不僅具有鮮明的地方情調，還反映了真實的社會生活，表明李商隱雖然是暫時攝守郡事，卻是很用心地去了解和關心治下百姓。

其二

戶盡懸秦網❶，家多事越巫❷。未曾容獺祭❸，只是縱豬都❹。點對連鼇❺餌，搜求縛虎符❻。賈生兼事鬼，不信有洪鑪❼。

【注　釋】❶秦網　桂林郡，本秦置。網罟之利開於秦，故曰秦網。❷越巫　越地舊俗好巫術，「越巫」遂為巫者的代稱。漢張衡〈西京賦〉：「柏梁既災，越巫陳方。」❸獺祭　水獺捕得魚陳列水邊，如同祭祀，稱為獺祭魚。《禮記・月令》：「魚上水，獺祭魚。」後也用來比喻作文羅列典故或堆砌成文。❹豬都　即山豬，豪豬，身有棘刺，能振發以射人。二三百為群，以害禾稼。❺連鼇　亦作連鰲，比喻善釣。《列子・湯問》：「而龍伯之國有大人，舉足不盈數步而暨五山之所，一釣而連六鼇，合負而趣歸其國，灼其骨以數焉。」❻縛虎符　《抱朴子》：「道士趙昞能禁虎，虎伏地，低頭閉目，便可執縛。」《真誥》：「道家有制虎豹符，南中多虎，故求符禁之。」❼洪鑪　大火爐。賈誼〈鵩鳥賦〉：「且夫天地為爐兮，造化為工；陰陽為炭兮，萬物為銅。」

【語譯】這兒家家懸掛著漁網，這兒戶戶都信奉神巫。這兒的水獺無法從容捕食，是因為太多人下河捕魚。這兒的山豬到處都是，是因為人們對之充滿敬懼。這兒的人們經常檢點釣鼇的藥餌，還到處搜求縛虎的神符。這兒的書生也跟著敬神拜鬼，對天地造化並不信服。

【研析】此詩第一、三、五句詳說捕魚：先說家家戶戶懸著漁網；又說家家戶戶都去捕魚，不容獺祭；再說家家戶戶有特殊的捕魚方法，即檢點藥餌以釣巨鼇。通過這樣的描述，突出了桂地百姓以捕魚為業的特點。第二、四、六句則著重敘述桂地風俗的另一個特點，那就是迷信神巫。第二句直接點出「家多事越巫」的習俗，第四、六句各以實例說明：第四句言豬都為害，當地人卻以為其有神靈，縱容不管。第六句謂猛虎為害，此地人謀求符法，想靠神符來縛虎。這些風俗確實與中原迥異不同，故李商隱以「異俗」目之。最後兩句，說此地的文士亦多事鬼神，不信天地造化，既突出其巫風之盛，又隱含著詩人對當局的指斥，他認為蠻夷地區百姓迷信落後，乃是朝廷教化不至的結果。故而這〈異俗二首〉並非單純的描述奇風異俗的民俗詩，而有著鮮明的現實意義。（姚蓉）

昭州❶

桂水❷春猶早，昭川❸日正西。虎當官路❹鬬，猿上驛樓❺啼。繩爛金沙井❻，
松乾❼乳洞❽梯。鄉音吁可駭，仍有醉如泥。

【注釋】❶昭州　即今桂林平樂，唐屬嶺南道，《舊唐書‧地理志》：「昭州，隋始安郡之平樂縣。武德四年，平蕭銑，置樂州，領平樂、永豐、恭城、沙亭四縣，貞觀七年，省沙亭縣。八年，改為昭州，以昭岡潭為名。天寶元年，改為平樂郡。乾元元年，復為昭州也。……西至桂州二百二十里。」❷桂水　即桂江，為西江支流，源於興安縣貓兒山，上游源頭與湘江

上源均在興安城北。桂江上游稱灕江，流經桂林、陽朔、昭平等市縣，沿途納荔浦河、恭城河、思懃水到梧州入西江。屈原《楚辭·九懷》：「桂水兮潺湲，揚流兮洋洋。」❸昭川　即平樂水。❹官路　官修的大路。❺驛樓　驛館；旅舍。唐張說〈深渡驛〉詩：「猿響寒岩樹，螢飛古驛樓。」❻金沙井　《方輿勝覽》：「金沙井在平樂府治東。」❼松乾　謂洞中木梯已枯朽。❽乳洞　石鐘乳洞。《方輿勝覽》：「乳洞在興安縣西南，洞有三：上曰飛霞，中曰駐雲，下曰噴雷。下洞泉流石壁間，田壟溝塍如鑿。中洞有三石柱及石室、石床。左盤至上洞行八十步，得平地，有五色石橫亙其上。」

【語　譯】沿著桂江南下，滿眼早春氣象。來到昭州地界，正是落日時候。老虎真是大膽，竟在官路相鬥。猿猴也不怕人，站在驛樓長啼。只見金沙井邊，井繩早已爛斷。而那鐘乳洞前，松梯也已枯乾。此地鄉音怪異，聽來令人驚奇。鄉民狂喝濫飲，以致爛醉如泥。

【研　析】此詩與〈異俗二首〉寫作時間大致相同，是李商隱在大中二年（西元八四八年）暫攝昭平郡事時所作。作為一個北方人，李商隱頗不適應南方的氣候、環境及風俗。對於有「小長安」之稱的桂林，李商隱在詩歌中描述它時都很少有讚賞喜愛之詞。更何況昭州又在桂林之南，在李商隱眼中，無非是更為偏遠荒涼的蠻夷之地。此詩正是寫出了他初到昭州的觀感。首聯點出來到昭州的季節、時間和路徑。頷聯、頸聯即著重描繪昭州的荒僻景象：老虎鬥於官道，猿猴啼於驛樓，井繩因長期無人使用而爛斷，木梯因長期無人行走而枯裂。尾聯談到鄉民酗酒爛醉的情況，更加重了詩人對昭州的落後不開化的印象。此詩是李商隱以一個外來人的視角看昭州，更像一首單純的記遊詩。但其中也透露出他與所處環境的格格不入，及他對代理昭平郡守一職並不熱衷。（姚蓉）

射魚❶曲

思牢❷弩箭磨青石，繡額❸蠻渠❹三虎力❺。尋潮背日伺泅鱗❻，貝闕❼夜移鯨失色。纖纖粉簳❽馨香餌，綠鴨迴塘養龍水❾。含冰漢語遠於天，何繇迴作金盤死❿？

【注釋】❶射魚　語出《史記‧秦始皇本紀》：「方士徐市等入海求神藥，數歲不得，費多，恐譴，乃詐曰：『蓬萊藥可得，然常為大鮫魚所苦，故不得至，原請善射與俱，見則以連弩射之。』始皇夢與海神戰，如人狀。問占夢，博士曰：『水神不可見，以大魚蛟龍為候。今上禱祠備謹，而有此惡神，當除去，而善神可致。』乃令入海者齎捕巨魚具，而自以連弩候大魚出射之。自琅邪北至榮成山，弗見。至之罘，見巨魚，射殺一魚。遂並海西。」❷思牢　竹名，又作「篤簩」。《嶺表錄異》：「篤簩竹，皮薄而空多，大者徑不踰二寸，皮上粗澀，可為鎖子鎧甲，利勝於鐵。」❸繡額　即雕題，於額上雕刻花紋。古代南方少數民族的一種風俗。❹蠻渠　南蠻之魁首。❺三虎力　有力如虎；有三虎之力。❻尋潮句　此句寫捕魚的方法。尋找潮頭是因為河魚迎潮而上，容易被發現。背日是為了避開日光迎面照射，以便觀察水中情形。伺，等待。泅鱗，指魚浮出水面。❼貝闕　以紫貝為飾的宮闕。本指河伯所居的龍宮水府，後用以形容壯麗的宮室。語出《楚辭‧九歌‧河伯》：「魚鱗屋兮龍堂，紫貝闕兮朱宮。」南朝齊謝朓〈祀敬亭山廟〉詩：「貝闕視阿宮，薜帷陰網戶。」此句寫魚懼為所射，驚慌逃竄，藏匿水府。❽粉簳　小竹竿。❾養龍水　養魚池。❿含冰二句　意思是桂江之魚經冷藏運抵長安，遠死他鄉，成為盤中餐。含冰，藏於冰窖。漢語，長安一帶的語言，與蠻語相對。金盤，金屬製成的盤，指餐具。漢辛延年〈羽林郎〉：「就我求珍肴，金盤膾鯉魚。」

【語譯】額頭紋著花紋的南蠻酋長，比三隻老虎更有力量。思牢竹製成的弓箭，在青石上磨得鋒快，就佩帶在他的身上。他整日追尋著潮頭，伏在暗處窺視，等待大魚浮出水面的時機。水中的大鯨一見他，驚慌失色趕緊逃離；水底的貝闕龍宮，也跟著連夜轉移。如此大費周折卻失去大魚的蹤跡，不如拿根竹竿垂釣綠鴨泛水的河池，香噴噴的魚餌充滿誘惑，池塘裡的大魚一定無法抗拒。上鉤的魚兒被冷凍起來，遠遠送到漢人的京師。因為一時的貪吃，而成為人們金盤中的美食？

【研　析】此詩應是大中二年（西元八四八年）在桂林一帶看到當地人特別的捕魚方式，有感而作。詩歌以兩種捕魚方式相對比，先說蠻酋以強弩利箭射殺江中弄潮之魚，費盡力氣卻難以成功；後說垂釣者以香餌誘捕池塘中的魚，輕易得手而使魚成為餐桌上的美食。這兩種手法不同、結果不同的捕魚方式，蘊含的寓意頗引人深思。從捕魚者的手法來說，利誘比威逼更容易達到目的，提醒人們警惕「糖衣炮彈」。從成為獵物的魚的角度來說，江河中的魚天高海闊，水深流急容易潛藏遠禍，而池塘中的魚囿於方寸之地，覓食機會有限，故不免吞餌被捉，由此表露出「魚困淺水、虎落平陽」之歎。正因為此詩頗具言外之意，歷來論者詮釋不一，清代姚培謙認為「此歎禍機之不可測也」，最為有理。（姚蓉）

木　蘭❶

二月二十二，木蘭開坼❷初。初當新病酒❸，復自❹久離居。愁絕更傾國，驚新聞遠書❺。紫絲何日障❻？油壁幾時車❼？弄粉知傷重，調紅或有餘❽。波痕空映襪❾，煙態不勝裾❿。桂嶺含芳遠，蓮塘屬意疏。瑤姬⓫與神女，長短定何如？

【注　釋】❶木蘭　一種落葉喬木，葉子互生，倒卵形或卵形。早春開花，花大，外面紫色，裡面白色，花蕾可入藥，稱辛夷。果實為彎曲的長圓形。❷開坼　開裂；綻開。唐韓愈孟郊〈城南聯句〉：「脫實自開坼，牽柔誰繞縈。」❸病酒　飲酒沉醉。《晏子春秋．諫上三》：「景公飲酒，酲，三日而後發。晏子見曰：『君病酒乎？』公曰：『然。』」《世說新語．任誕》：「劉伶病酒，渴甚，從婦求酒。婦捐酒毀器，涕泣諫曰：『君飲太過，非攝生之道，必宜斷之』。」❹自　已；已經。❺遠書　遠方送來的書信，指家書。南朝梁江淹〈傷友人賦〉：「永遠書於江澨，結深痛於爾魂。」唐杜牧〈秋岸〉：「曾入相思夢，因憑附遠書。」❻紫絲句　紫絲障，《晉書．石崇傳》：「石崇與貴戚王愷、羊琇之徒，以奢靡相尚。……愷作紫絲步障，四十里，崇作錦步障五十里以敵之。」❼油壁句　油壁車，古人乘坐的一種車子。因車壁用油塗飾，故名。《南齊書．鄱陽王鏘傳》：「制局監謝粲說鏘及隨王子隆曰：『殿下但乘油壁車入宮，出天子置朝堂。』」❽弄粉二句　此藉以形容木蘭花。弄粉、調紅，指女性面部化妝時搽粉、抹胭脂。❾波痕句　形容體態輕盈，緩緩行走，如同浮動於水波之上。化用曹植〈洛神賦〉：「體迅飛鳧，飄忽若神，凌波微步，羅襪生塵。動無常則，若危若安。進止難期，若往若還。」❿裾　衣服的前後襟。《淮南子・齊俗訓》：「楚莊王裾衣博袍。」⓫瑤姬　又名姚姬，相傳為天帝的小女，即巫山神女。北魏酈道元《水經注・江水二》：「郭景純曰：丹山在丹陽，屬巴。丹山西即巫山者也。又帝女居焉。宋玉所謂天帝之季女，名曰瑤姬，未行而亡，封於巫山之陽，精魂為草，實為靈芝。所謂巫山之女，高唐之阻。」唐李賀〈巫山高〉：「瑤姬一去一千年，丁香筇竹啼老猿。」後因以「瑤姬」為花草之神。亦用指色白如玉的花。

【語　譯】二月二十二那天，木蘭花初次綻開。我正沉醉酒中，想排遣久離家鄉的愁懷。花兒也含愁帶淚，更添傾國之態。我正驚歎花兒初放豔麗新奇，遠方的家書恰巧到來。何時能將花兒藏進紫絲步障？將花兒載入油壁車一同回歸？花兒白色的內裡，如美人受重傷後蒼白的臉色。花兒紫紅的外部，如美人臉上胭脂抹得有點多。花兒隨風搖曳，如同洛神宓妃邁著凌波微步。花兒含煙帶露，如同趙飛燕輕盈的身體不勝裙裾。花兒在南方桂嶺早已芳名遠播，但在往北有蓮塘的地方，留意它的人卻很稀疏。其實木蘭與蓮花，就如瑤姬與神女，怎麼能分出高下輸贏？

【研　析】此詩亦作於大中二年（西元八四八年）李商隱在桂林時，具體日期是二月二十二日那一天。詩人因看到木蘭花初開，寫下了這首詠物詩。詩歌首二句點明花開的時日，接著從各個角度具體描述木蘭花。「初當」以下四句寫看到花開後自己的情緒變化：詩人離家日久，正借酒澆愁以解鄉思，誰知木蘭花開之時正好接到了遠方寄來的家書，故驚歎於這新豔的花朵帶來的好運，越發覺得此花有傾國之姿。「紫絲」二句表達了詩人對木蘭花的愛惜之情。「弄粉」二句形容花色，「波痕」二句以典故喻指花態。「桂嶺」至結尾四句謂人們常讚美蓮花，殊不知木蘭花與之相較，亦難分短長。論者以為李商隱的詠物詩，一般都別有寓意。關於此詩，有人說是政治隱喻詩，以木蘭託喻令狐綯；有人說是豔情詩，以木蘭代稱詩人所愛戀的女子。其實此詩通過詠木蘭已表達了詩人的思鄉、相思、自賞等多種情感，不必再另為附會。（姚蓉）

燈

皎潔❶終無倦，煎熬亦自求❷。花時隨酒遠，雨後背窗休。冷暗黃茅❸驛，暄明❹紫桂樓。錦囊❺名畫揜，玉局❻敗碁收。何處無佳夢，誰人不隱憂。影隨簾押❼轉，光信簟文❽流。客自勝潘岳❾，儂今定莫愁❿。固應留半焰，迴照下幃⓫羞。

【注釋】❶皎潔　明亮潔白，多形容月光，這裡指燈光。❷煎熬句　《莊子・人間世》：「山木自寇也，膏火自煎也。桂可食，故伐之；漆可用，故割之。人皆知有用之用，而莫知無用之用也。」❸黃茅　黃茅草。嶺南多瘴，春為青草瘴，秋為黃茅瘴。❹暄明　暖和而明亮。❺錦囊　用錦製成的袋子。古人多用以藏詩稿或機密文件。《南史・徐湛之傳》：「以錦囊盛武帝納衣，擲地以示上。」《新唐書・文藝傳下・李賀》：「每旦日出，騎弱馬，從小奚奴，背古錦囊，遇所得，書投囊中。」❻玉局　棋盤的美稱。❼簾押　亦作「簾柙」。裝在簾上作鎮押之用的物件。❽簟文　亦作「簟紋」，席紋。南朝梁簡文帝〈詠內人晝眠〉：「簟文生玉腕，香汗浸紅紗。」唐章碣〈夏日湖上即事寄晉陵蕭明府〉詩：「行來賓客奇茶味，睡起兒童帶簟紋。」❾潘岳　即潘安，西晉文學家兼美男子，河南滎陽中牟人氏，表字安仁，小字檀奴。《晉書・潘岳傳》：「岳美姿儀，辭藻絕麗，尤善為哀誄之文。少時常挾彈出洛陽道，婦人遇之者，皆聯手縈繞，投之以果，遂滿車而歸。」岳才名冠世，為眾所疾，負其才而鬱鬱不得志。然性輕躁，趨世利。以善寫哀誄文字著稱，所作詩賦辭藻華豔，後人輯有《潘黃門集》。❿莫愁　古樂府中提到的女子。一說乃郢州石城人（今湖北鍾祥），《鍾祥縣誌・古跡》：「莫愁村，在漢西二里，古漢水經城址，其西為村，為莫愁所居地，城北有湖，與村毗連，稱莫愁湖。」《舊唐書・音樂志》：「〈莫愁樂〉出於〈石城樂〉。石城有女子名莫愁，善歌舞。故歌云：『莫愁在何處？莫愁石城西。艇子打兩槳，催送莫愁來。』」一說為金陵人，相傳今南京水西門外的莫愁湖即因此而得名。曾三異《同話錄》指出「金陵石頭城非莫愁所在」，「莫愁名見古樂府，意者是神，漢江之西安岸，至今有莫愁村，故謂艇子往來是也。」可見金陵之莫愁乃是因金陵又名石頭城，和湖北之石城名近，故而訛傳。還有一說莫愁乃洛陽人，南朝梁武帝蕭衍〈河中之水歌〉：「河中之水向東流，洛陽女兒名莫愁。莫愁十三能織綺，十四采桑南陌頭，十五嫁為盧家婦，十六生子字阿侯。」⑪下幃　同「下帷」。放下室內懸掛的帷幕。

【語　譯】你在夜晚不知疲倦，光亮皎潔地照耀人間。受盡火焰的熬煎，那是你自己追求的信念。晴朗的夜裡你跋涉遠出，為攜酒賞花者照亮道路。風雨的晚上你站在背窗處，照明直到油盡燈枯。在黃茅覆頂的驛站裡，你的光芒淒冷而暗淡。在紫桂飄香的樓閣上，你的光芒暖和又明亮。你曾照見錦囊名畫掩卷，你曾照見殘局敗棋收結。你曾照見無數人的美夢，你曾照見許多人的隱憂。你的身影隨著簾幕轉動，你的清光隨著席紋流走。你照見的客中遊子，風儀才華勝過潘岳。你照見的閨中女子，溫柔美貌定是莫愁。你還應該留下半明半滅的火焰，照著床帷中的她啊，含羞帶怯把羅衣輕解。

【研　析】此詩詠燈。首四句總寫燈光明亮皎潔，不知疲倦地燃燒自我照耀他人。接下來各句則分寫燈光照人的具體情態：晴時照人夜晚賞花飲酒，雨夜為人留下一室光明；驛站中暗淡光芒伴人清冷，樓閣上暄明光亮溫暖人心；或照掩卷之錦囊名畫，或照將收之敗棋殘局；或照人美夢，或照人隱憂；或照垂簾之押石，或照簟席之波紋。末尾四句以燈帶出男女情事：燈光照耀著俊男美女，照耀著閨房中風情旖旎的一幕。以羅衣半解的女子與僅存半焰的燈相互映襯，語意在半吞半吐之間，收結得餘味無窮。尋味此詩之寓意，頗有詩人的身世之感在內，大約隱喻了詩人沉淪幕府，如同婦人屈身事人的失意之悲。故應是大中二年（西元八四八年）李商隱在桂林幕府中的寫懷之作。（姚蓉）

寄令狐學士❶

祕殿❷崔嵬❸拂彩霓，曹司❹今在殿東西。賡歌❺太液❻翻黃鵠❼，從獵陳倉❽

獲碧雞。曉飲豈知金掌❾迥，夜吟應訝玉繩❿低。鈞天⓫雖許人間聽，閶闔⓬門多夢自迷。

【注　釋】❶令狐學士　指令狐綯（西元七九五—八七二年），字子直，令狐楚之子，京兆華原（今陝西耀縣東南）人。性儒，精文學。文宗李昂大和間進士；武宗時任湖州（今浙江湖州）刺史；宣宗時，累官至宰相；懿宗時，歷任河中、宣武、淮南等節度使。後召入知制誥，輔政十年，拜司空、檢校司徒，封涼國公。僖宗時召入任為鳳翔（今陝西鳳翔）節度使，後又召為太子太保，徙封趙。卒於封地。❷祕殿　指尚書省。❸崔嵬　高大；高聳。屈原《楚辭．涉江》：「帶長鋏之陸離兮，冠切雲之崔嵬。」❹曹司　官署。諸曹郎中職司所在。唐白居易〈喜張十八博士除水部員外郎〉詩：「無復篇章傳道路，空留風月在曹司。」❺賡歌　酬唱和詩。唐李白〈明堂賦〉：「千里鼓舞，百寮賡歌。」❻太液　唐代古池名，在大明宮中含涼殿後，中有太液亭。唐李白〈宮中行樂詞〉之八：「鶯歌聞太液，鳳吹遶瀛洲。」❼黃鵠　鳥名。《商君書．畫策》：「黃鵠之飛，一舉千里。」唐杜甫〈秋興八首〉之六：「珠簾繡柱圍黃鵠，錦纜牙檣起白鷗。」也用來比喻高才賢士。屈原〈卜居〉：「寧與黃鵠比翼乎？將與雞鶩爭食乎？」唐韓愈〈南山有高樹行贈李宗閔〉：「黃鵠據其高，眾鳥接其卑。」❽陳倉　古地名。即今陝西寶雞。秦置縣，漢、魏、晉皆因之。劉邦用韓信計，明修棧道，暗渡陳倉，即此。《晉太康地志》：「秦文公時，陳倉人獵，得獸如彘，不知名，牽以獻之。逢二童子，童子曰：『此名為媦，常在地中，食死人腦。』即欲殺之，拍捶其首。媦亦語曰：『二童名陳寶，得雄者王，得雌者霸。』陳倉人乃逐之，化為雌雉，上陳倉北阪為石。秦祀之。」❾金掌　銅製的仙人手掌。為漢武帝作承露盤擎盤之用。唐岑參〈尹相公京兆府中棠樹降甘露〉：「魏宮銅盤貯，漢帝金掌持。」比喻帝王提拔。唐杜甫〈暮春江陵送馬大卿公恩命追赴闕下〉：「卿月升金掌，王春度玉墀。」❿玉繩　星名。常泛指群星。漢張衡〈西京賦〉：「上飛闥而仰眺，正睹瑤光與玉繩。」唐陸龜蒙〈新秋月夕作吳體以贈〉詩之二：「清談白紵思悄悄，玉繩銀漢光離離。」⓫鈞天　「鈞天廣樂」的略語。指天上的音樂。南朝梁劉勰《文心雕龍．樂府》：「鈞天九奏，既其上帝。」⓬閶闔　傳說中的天門。屈原《楚辭．離騷》：「吾令帝閽開關兮，倚閶闔而望予。」司馬相如〈大人賦〉：「排閶闔而入帝宮兮，載玉女而與之歸。」

【語　譯】朝廷的宮殿高高聳立，上面拂動著多彩的雲霓。各司的郎署，分居於內殿的東西。你陪皇帝在太液池唱和作詩，如同黃鵠翻飛，直上青雲。你隨皇帝到陳倉打獵，獲得碧雞，幸運無比。你早上所飲的水，來自金銅仙人掌心的承露盤裡。你夜晚與皇帝吟詩時，應該察覺玉繩星已經斜落，而皇帝還沒有倦意。那來自天庭的鈞天廣樂啊，雖然也准許我這樣的凡人聞聽，但那一道道的天門，讓我如墜夢中，迷失了路徑。

【研　析】宣宗大中二年（西元八四八年）二月，令狐綯拜考功郎中，尋知制誥，充翰林學士。而此時李商隱的府主鄭亞被貶循州，四五月間，商隱離桂北歸，應是在途中獲知令狐綯充翰林學士的消息，寄上此詩表示祝賀。詩歌首聯即點出令狐綯高升之事，以祕殿之高起興，突出令狐綯親近禁庭，地位崇高。中間四句以典故極稱令狐綯聖眷之隆，太液和詩，陳倉從獵，飲仙掌之露，與皇帝夜吟而驚玉繩之低垂等，都是敘述皇帝對令狐綯的榮寵。尾聯轉寫自身，謂天上的仙樂雖然許人聽聞，但重重天門不知由何而入，令人迷惘，暗含渴望援引之意。故此詩的寫作，一為賀令狐綯之貴顯，二則希冀得到他的薦拔。（姚蓉）

亂石

虎踞龍蹲❶縱復橫，星光漸減雨痕生。不須併礙東西路，哭殺廚頭阮步兵❷。

【注　釋】❶虎踞龍蹲　如龍虎之蹲踞，比喻地形雄壯險要。《太平御覽》卷一五六引晉張勃《吳錄》：「劉備曾使諸葛亮至京，因觀秣陵山阜，乃歎曰：『鍾山龍蟠，石頭虎踞，帝王之宅也。』」唐李白〈金陵歌送別范宣〉：「石頭巉岩如虎踞，淩波欲過滄江去。」❷阮步兵　指阮籍，曾為步兵校尉。《晉書・阮籍傳》：「籍聞步兵尉營人善釀，有貯酒三百斛，乃求為步兵校尉。遺落世事，雖去佐職，恆遊府內，朝宴必與焉。」又云：「時率意獨駕，不由徑路，車跡所窮，輒慟哭而反。嘗登廣武，觀楚、漢戰處，歎曰：『時無英雄，使豎子成名！』」

【語　譯】縱橫交錯的亂石，像龍虎一樣蹲踞道中。長時間的日曬雨淋，減去了星星般的光彩，留下了風吹雨打的印痕。頑固的亂石啊，你不應該阻塞東西道路，使得晉代的阮籍面對窮途，失聲痛哭。

【研　析】此詩名為題詠「亂石」，實是以此刺得勢小人及黑暗官場。因結黨營私之徒不止一人，故以「亂石」目之。首句謂亂石縱橫蹲踞，比喻小人們身居要位，氣焰囂張。二句謂亂石減卻星光，刻上雨痕，比喻小人們漸失本性，心機陰狠。三句謂亂石阻礙東西道路，比喻小人們遮蔽賢路，排擠人才。四句以阮籍窮途之哭的典故，突出亂石擋路的嚴重後果，比喻賢才們在小人得勢的社會中走投無路的坎坷命運。故此詩可謂句句都是意有所指，是李商隱屢遭牛李黨爭，被排擠打壓後憤激心情的流露。故有論者以為此詩是大中二年（西元八四八年）李商隱在鄭亞被貶、自己罷幕時的感懷之作，然義山一生遭際坎坷，經常遇到詩中所說的亂石當路的局面，故此詩未必單指某時某地之事，不必局限於大中二年。（姚蓉）

潭　州

潭州❶官舍暮樓空，今古無端❷入望中。湘淚❸淺深滋竹色，楚歌重疊怨蘭叢❹。陶公❺戰艦空灘雨，賈傅❻承塵❼破廟風。目斷故園人不至，松醪❽一醉與誰同？

【注　釋】❶潭州　唐時為湖南觀察使治所，今湖南長沙。❷無端　無由；情不自禁。❸湘淚　《述異記》：「昔舜南巡而殂，葬於蒼梧之野。堯之二女娥皇女英追之不及，相與慟哭，淚下沾竹，竹上文為之斑斑然。」又《通鑑》會昌六年載，武宗崩，王才人自縊相殉。此句有念悼武宗之意。❹楚歌句　屈原〈離騷〉有「蘭芷變而不芳兮，荃蕙化而為茅。何昔日之芳草兮，今直為此蕭艾也」等句，舊解相承以為「蘭」係影射令尹子蘭。這裡用「蘭叢」寓指其時當政者。❺陶公　東晉名將陶侃。曾以運船為戰艦，打敗叛將陳恢。❻賈傳　即賈誼。❼承塵　承接塵土的天花板。❽松醪　用松葉、松節或松膠製成的名酒。唐代潭州名產，屢見於唐人詩文。

【語　譯】傍晚時分，潭州的客館空空蕩蕩。登樓遠望，無邊懷古思今之情襲上心頭，湘妃竹斑紋深淺不一，似乎還沾染著湘妃的淚滴。遠處傳來楚歌，似乎還在詠歎著屈原的不平。陶侃的戰艦早已消失，冷雨敲打著空空灘塗。賈誼故宅布滿灰塵，只有穿堂風來回穿梭。在這些古蹟中徘徊良久，望眼欲穿也難再見這樣的古人，美酒芳香究竟誰能和我舉杯同醉啊？

【研　析】桂管不過年餘，鄭亞被貶為循州刺史，這是繼大中元年十二月貶李德裕為潮州司馬後，宣宗、白敏中對李德裕政治集團實施的又一次重大打擊。商隱被迫北歸，大約在大中二年五月抵潭州，作此詩。

詩人薄暮登樓，目接湘竹叢蘭，耳聞楚歌重迭，俯仰今古，觸緒生慨。陸崑曾說：「言之所及在古，心之所傷在今，故曰『今古無端』」（《李義山詩解》），這種懷古與傷今相結合，個人遭遇與昏暗政局相迭映，既曲折地表達了自己的政治傾向，又寓含著濃烈的身世之慨，是本詩較為顯著的特點。

字面上「湘淚」、「楚歌」、「陶公戰艦」、「賈傳破廟」都是古，沒有今。但首聯明提「今古」，可見借古喻今之意。「湘淚」句傷念武宗之歿，「楚歌」句怨恨當政之昏，而「雨中壞艦，風中破廟，令人不堪回首」（何焯《義門讀書記》），正是會昌武將文臣貶斥零落的寫照。程夢星稱李德裕「立功於東川回鶻者，不啻陶侃長沙之功；立言於《丹扆六箴》者，無異賈誼〈治安〉之策也」（《李義山詩集箋注》），聯繫其後〈舊將軍〉、〈李衛公〉等同情懷念會昌將相之作，句中確實含有對現實政局翻覆、打擊勳舊的不滿。雖然「傷今」沒有明文，但細細尋繹，「今古」是和下面的「淺深」、「重疊」相對應的。周振甫先生說：「或者淚痕有今古，所以分淺深；怨恨有今古，所以稱重疊。寓意又在『無端中透露。』」（《李商隱選集》）其實頷、腹兩聯用典既切潭州之地，又融合當時情景，本即兼綰古今。尾聯收轉自身，謂遙望故園，而路途險阻；期待友人，而友人不至。鄉思羈愁及傷時感世之情竟無可排遣，無人共與一醉。

時世之傷與身世之傷相結合，往往是商隱懷古詠史詩、政治詩或詠懷寄慨詩共有的一大特點。傷時世自然想到身世，傷身世同樣不免念及時世，根本原因即在於詩人自身正處於時世的風口浪尖。即如這次，相對穩定的桂幕生涯如此短暫就告結束，新知遭貶，舊好遷怒疏遠，詩人再次陷入飄泊困窘的境地。而這種個人遭際，正是受朝廷重大政治鬥爭的殃及，所以詩人是以最感性的方式體會著時世，以自己的身世印證著時世，正是所謂「悲涼之霧」的「呼吸領會」者。他的感傷也就因此擁有尤為豐厚的多重蘊涵。（李翰）

楚宮❶

湘波如淚色漻漻❷，楚厲❸迷魂逐恨遙。楓樹夜猿愁自斷，女蘿山鬼語相邀❹。
空歸腐敗猶難復，更困腥臊豈易招❺。但使故鄉三戶在，彩絲誰惜懼長蛟❻！

【注釋】❶楚宮　本篇為有感於屈原五月五日沉湘事而作。大中二年五月，作者在潭州。詩有「湘波」字，或即寫於此時。詩題〈楚宮〉與內容無涉，何焯、程夢星疑當作「楚厲」。❷漻漻　水清而深。❸楚厲　指屈原無歸的冤魂。厲，古代迷信說法，鬼無依則為厲。❹楓樹二句　〈招魂〉：「湛湛江水兮上有楓，目極千里兮傷春心。」〈九歌・山鬼〉：「雷填填兮雨冥冥，猨啾啾兮狖夜鳴。」本句化用其意。女蘿句，〈九歌・山鬼〉：「若有人兮山之阿，被薜荔兮帶女蘿。既含睇兮又宜笑，子慕餘兮善窈窕。」句用其意。❺空歸二句　指屈原投江自沉，葬身魚腹。歸腐敗，指人死歸葬地下，屍體腐敗。復，招魂。困腥臊，為腥臊的水族所困。招，招魂。❻但使二句　據《續齊諧記》載，楚人每年五月初五用竹筒貯米投入江中祭屈原。為防止蛟龍竊食，用楝樹葉塞其上，外纏彩絲。傳說這兩種東西都是蛟龍所畏懼的。三戶，極言存留人家之少。《史記・項羽本紀》：「楚雖三戶，亡秦必楚。」

【語譯】湘水清澈幽深如一泓眼淚，楚王無後，他的魂魄孤零飄泊有多少遺恨。夜晚的猿猴在楓樹叢中哀鳴，當年山鬼女蘿相邀的情景宛然如在。腐敗之軀歸於塵土再難恢復，葬身魚腹那魂魄豈能輕易招還。但只要楚鄉人類不絕，總會有長索綁住蛟龍的一天！

【研　析】商隱抵潭州後，在李回使府頗逗留了一段時間，流露出依幕李回的願望。他實在不想回到長安，那裡除了橫暴的黨人，除了令狐綯滿面的冰霜，是什麼希望也不會給他留下的。可李回作為李德裕政治集團的重要骨幹，其時正經受著牛黨蓄謀的步步打擊，自身尚且難保，又有什麼能力再為商隱提供蔽身之所呢？潭州乃沅湘故地，是屈原曾經遊吟寄跡之所。時值五月，適逢當地民間舉行紀念屈原的活動，詩人有感而發，遂成本篇。詩題〈楚宮〉，而正如何焯所言當為〈楚厲〉，「厲」者，無依之孤魂也，這也就是一篇招魂。

詩由眼前湘波起興，引出弔古情懷，「淚」、「恨」二字，雙綰憑弔者與被弔者，不但寫出屈原的沉哀遺恨，也透出詩人自己的傷痛。頷、腹二聯，承次句進一步渲染弔傷氣氛，詩人目睹江上青楓，耳聞山間猿啼，恍見披女蘿之山鬼殷勤相邀，而屈子迷魂已杳然不可招尋。尾聯複借彩絲懼蛟的民俗，表現後世對屈原忠魂的崇敬追思，哀憤中富含讚頌屈原精神不朽的意蘊。詩在情思、文采上明顯受到屈原〈九歌〉及〈招魂〉等作品的影響。「楓樹」一聯，化用屈賦弔屈，自然貼切，表現出屈子沉江故地淒迷幽冥的環境氣氛，頗具「幽憶怨斷」的悲劇美。

清代以來不少注家認為此詩另有寄託。或以為悲悼甘露事變時被殺的王涯等人（何焯、陸崑曾、馮浩）；或以為影指大和五年宋申錫竄死開州事件（程夢星）；或以為同情慰藉李黨失意者（張采田）。這些說法或失之穿鑿，或過於指實，不一定可信。詩人在弔屈的同時可能融匯了對現實政治的某些感受，但又不一定是具體針對某人某事。忠直有才而迭遭貶斥，是歷史的普遍現象，古今一例。拿商隱所處的時代來說，劉蕡、李德裕、李回、鄭亞等人都是典型的例證。在哭弔劉蕡的詩中，商隱就有「已為秦逐客，復作楚冤魂」，「只有安仁能作誄，何曾宋玉解招魂」，可見詩人的弔古總是關聯著傷今，儘管寫本詩時劉蕡還沒有成為「楚冤魂」。就商隱自身來說，又何嘗不是才而不用，沉淪飄零。潭州弔屈，正其無幕可依、無枝可棲之時，臨湘流而興歎，其中所寓可以想知。所以，這是一種「悵望千秋一灑淚，蕭條異代不同時」（杜甫〈詠懷古跡〉其二），商隱為屈原招魂，也是為古今一切沉淪貶斥的才人志士招魂。誠如〈潭州〉詩云「今古無端入望中」，這是商隱詩中每每湧出的一種渾淪無端之情，因此不必也不可執其一端以蔽其餘。（李翰）

木蘭花

洞庭波冷曉侵雲，日日征帆❶送遠人。幾度木蘭舟❷上望，不知元❸是此花身。

【注　釋】❶征帆　遠行的船。南朝梁何遜〈贈諸舊遊〉：「無由下征帆，獨與暮潮歸。」❷木蘭舟　用木蘭樹造的船。南朝梁任昉《述異記》卷下：「木蘭洲在潯陽江中，多木蘭樹。昔吳王闔閭植木蘭於此，用構宮殿也。七里洲中，有魯班刻木蘭為舟，舟至今在洲中。詩家云木蘭舟，出於此。」後常用為船的美稱，並非實指木蘭木所製。唐羅隱〈秋曉寄友人〉：「更見南來釣翁說，醉吟還上木蘭舟。」❸元　原來。

【語　譯】洞庭煙波冷森森，水面無垠接曉雲。每日船兒頻來往，揚帆送走遠行人。我今站上木蘭舟，幾次眺望在船頭。木蘭舟與木蘭花，本來同根是一家。花兒零落木作舟，同我飄泊到天涯。

【研　析】此詩當是李商隱大中二年（西元八四八年）離開桂林北歸時，途經洞庭湖所作。此詩題為〈木蘭花〉，可全詩並沒有具體描繪木蘭花的形狀、色澤、姿態，甚至四句詩中前三句都與花無關。詩歌一二句寫洞庭湖煙波浩渺，上接雲天，每日間行船來來往往。第三句寫自己幾度站在船頭遠眺，看盡這天涯飄泊的景象。而結句「不知元是此花身」則謂所乘木蘭舟與木蘭花原本同為一體，由此點出木蘭花。詩人在桂林時曾寫有〈木蘭〉一詩，吟詠木蘭花之美麗及自己的思鄉之情。如今木已成舟，花兒定然已經枯萎零落。花兒的飄零，使詩人想到自己如同花兒一般飄蕩的命運，而乘坐的木蘭舟，更是陪伴自己天涯飄泊。於是「飄泊」二字，便將木蘭花、木蘭舟及詩人三者巧妙的綰合在一起，展現了本詩的主旨。全詩前三句從容蓄勢，最後一句順勢

點題，構思巧妙。（姚蓉）

離思

氣盡〈前溪〉❶舞，心酸〈子夜歌〉❷。峽雲❸尋不得，溝水❹欲如何。朔雁❺傳書絕，湘篁❻染淚多。無由見顏色，還自託微波❼。

【注　釋】❶前溪　即〈前溪曲〉，古樂府吳聲舞曲，吳聲十曲之一。《宋書．樂志一》：「〈前溪歌〉者，晉車騎將軍沈充所制。」歌曰：「憂思出門倚，逢郎前溪渡。莫作流水心，引新都舍故。」❷子夜歌　樂府吳聲歌曲名。《舊唐書．音樂志》：「〈子夜〉，晉曲也，晉有女子夜造此聲，聲過哀苦，晉日嘗有鬼歌之。」南朝樂府又有〈子夜四時歌〉，為據〈子夜歌〉變化而成。亦省作〈子夜〉。❸峽雲　三峽的雲。唐杜甫〈送段功曹歸廣州〉詩：「峽雲籠樹小，湖日蕩船明。」也借指傳說中的巫山神女。戰國楚宋玉〈高唐賦〉謂巫山神女「旦為朝雲，暮為行雨」，楚懷王曾於夢中與之歡會。後因以代稱情人。❹溝水　古樂府〈白頭吟〉：「蹀躞御溝上，溝水東西流。」❺朔雁　指北地南飛之雁。南朝宋謝靈運〈撰征賦〉：「眷轉蓬之辭根，悼朔雁之赴越。」唐劉滄〈與僧話舊〉詩：「此時相見又相別，即是關河朔雁飛。」❻湘篁　湘妃竹；斑竹。亦稱「淚竹」，竿部生黑色斑點，生長在湖南九嶷山中。晉張華《博物志》：「舜二妃曰湘夫人，舜崩，二妃以涕揮竹，竹盡斑。」唐李賀〈李憑箜篌引〉：「湘娥啼竹素女愁，李憑中國彈箜篌。」❼微波　曹植〈洛神賦〉：「余情悅其淑美兮，心振盪而不怡。無良媒以接歡兮，託微波而通辭。」

【語　譯】費盡力氣跳〈前溪〉之舞，飽含心酸唱〈子夜歌〉。但心愛的姑娘，卻似朝雲飄渺難以把握。我和她就像那溝中的水，東西分流無可奈何。北方的飛雁沒帶來她的書信，南方的我因相思而淚染湘竹。沒有辦法得見她的容顏，我只能託微波傳遞柔情萬千。

【研　析】詩歌的內容是表達對一位佳人深切的相思之情。首聯巧妙嵌入樂府歌曲〈前溪曲〉、〈子夜歌〉之名，這兩首歌曲都是吳聲曲中淒婉纏綿的情歌，詩人正是用〈前溪曲〉中「莫作流水心，引新都舍故」之意，指出自己在愛情上被對方遺棄，心情淒苦。頷聯、頸聯著重敘述詩人失戀後對佳人念念不忘的相思心理。佳人已無處可覓，兩人如流水各奔東西，甚至連書信都已斷絕，自己只有黯然神傷，為相思淚流不已。尾聯謂雖無緣與佳人相見，仍願「託微波而通辭」，表露出對佳人難以割捨的一腔癡情。因為李商隱說自己的作品常「為芳草以怨王孫，借美人以喻君子」，故此詩的男女情事亦或另有寄託，有一種觀點即認為此詩是李商隱有感於令狐綯的決絕而託以陳情的作品，是作於大中二年（西元八四八年）李商隱離開桂幕後飄泊荊、巴之時。（姚蓉）

深宮

金殿❶銷香閉綺櫳❷，玉壺❸傳點咽銅龍❹。狂飇不惜蘿陰薄，清露偏知桂葉濃。斑竹嶺邊無限淚，景陽宮❺裏及時鐘。豈知為雨為雲處，只有高唐❻十二峰❼。

【注釋】❶金殿　金飾的殿堂，指帝王的宮殿。❷綺櫳　雕繪美麗的窗戶。張協〈七命〉：「蘭宮祕宇，雕堂綺櫳。」❸玉壺　計時器，即宮漏。❹銅龍　漏器鑄銅為龍首，使自龍口吐水，故稱銅龍。❺景陽宮　南朝宮名。齊武帝置鐘於樓上，宮人聞鐘，早起妝飾。唐許渾〈金陵懷古〉：「玉樹歌殘王氣終，景陽兵合戍樓空。」唐溫庭筠〈照影曲〉：「景陽妝罷瓊窗暖，欲照澄明香步懶。」❻高唐　高唐觀。宋玉〈高唐賦〉：昔者楚襄王與宋玉遊於雲夢之臺，望高唐之觀。其上獨有雲氣崪兮，直上忽兮，改容須臾之間，變化無窮。王問玉曰：「此何氣也？」玉對曰：「所謂朝雲者也。」王曰：「何謂朝雲？」玉曰：「昔者先王嘗游高唐，怠而晝寢，夢見一婦人曰：『妾，巫山之女也。為高唐之客。聞君游高唐，願薦枕席。』王因幸之。去而辭曰：『妾在巫山之陽，高丘之阻，旦為朝雲，暮為行雨。朝朝暮暮，陽臺之下。』旦朝視之，如言。故為立廟，號曰朝雲。」❼十二峰　即巫山十二峰，巫峽當中最著名的景點，分別為：登龍峰、聖宗泉、朝雲峰、神女峰、松巒峰、集仙峰、淨壇峰、起雲峰、飛鳳峰、上升峰、翠屏峰和聚鶴峰。十二峰中最為美麗動人的是神女峰。

【語　譯】金色的宮殿門窗緊鎖，鎮日繚繞著縷縷香煙。宮漏上的銅龍滴水點點，計算著宮人的寂寞華年。屋外的藤蘿綠蔭稀薄，狂風吹打著它毫不惜憐。桂樹的枝葉重重疊疊，清露偏偏只滋潤它的葉面。因得不到寵幸而流的眼淚，就像嶺上的斑竹斑斑點點。而景陽宮裡君王的新寵，每天聞鐘早起妝飾著美麗容顏。滿懷希望的宮人啊，哪裡知道君王的雨露深恩，只灑在高唐神女的身邊。

【研　析】此詩借宮怨以寄寓失意之情。首聯寫金殿緊閉，玉漏空滴的冷寂環境，傳達出深宮女子寂寞等待，望幸不來的冷落處境，比喻詩人淪落不偶，前途暗淡。頷聯、頸聯通過失寵、得寵兩兩對照，突出詩人的失意之悲。頷聯謂蘿陰本薄，偏遇狂風摧殘；桂葉本濃，特加清露滋潤。以草木之榮枯不均言君王之雨露不均，喻指勢孤之人常遭排擠打壓，勢旺之人多受關注扶植，道出了弱勢者的悲哀。頸聯謂深宮失寵者整日以淚洗面，得寵者整日神采奕奕，喻指自己失意遠行，流落江湘，不如得意之人乘勢而起，在京任職，對比之下更顯淪落飄泊。尾聯通過巫山神女的典故，以宮人怨君王厚薄失均作結，喻指朝廷重用得勢黨人，令人大失所望。（姚蓉）

岳陽樓

漢水方城❶帶百蠻❷，四鄰誰道亂周班❸？如何一夢高唐雨，自此無心入武關❹？

【注　釋】❶方城　方城縣位於河南省西南部，南陽盆地東北隅，伏牛山東麓，唐白河上游。春秋戰國屬楚。《左傳・僖公四年》：「君若以德綏諸侯，誰敢不服？君若以力，楚國方城以為城，漢水以為池；雖眾無所用之。」秦置陽城縣，屬地陽郡；西漢為堵陽縣，屬荊州南陽郡；北魏置方城縣，屬襄陽郡；隋唐宋仍為方城縣，屬唐州。❷百蠻　古代南方少數民族的總稱。後也泛稱其他少數民族。《詩・大雅・韓奕》：「以先祖受命，因時百蠻。」《漢書・外戚傳下・孝成許皇后》：「方外內鄉，百蠻賓服，殊俗慕義，八州懷德。」《舊唐書・辛替否傳》：「千里萬里，貢賦於郊；九夷百蠻，歸款於闕。」❸周班　周室封爵的等級。《左傳・桓公十年》：「魯以周班後鄭，鄭人怒，請師於齊。」❹武關　地名。在陝西商南西北。楚懷王三十年，秦昭襄王遺書誘楚王，約會於此，執以入秦。西元前二〇七年劉邦由此入秦。漢揚雄〈劇秦美新〉：「會漢祖龍騰豐沛，奮迅宛葉自武關與項羽戮力咸陽。」唐杜牧〈題武關〉：「碧溪留我武關東，一笑懷王跡自窮。」

【語譯】戰國時的楚國，以漢水為內池，以方城為城牆，掌控著南方的眾多蠻族。當時四方的鄰國，誰敢指責楚國擾亂了周朝的規矩。為何楚襄王一旦沉溺於男歡女愛的迷夢中，從此再無雄心出兵武關？

【研析】此詩與另一首〈岳陽樓〉（欲為平生一散愁）皆作於大中元年（西元八四七年），但二詩題目相同主旨各異。如果說〈岳陽樓〉（欲為平生一散愁）是詠懷之作，此詩則為詠史題材。因為岳陽樓所在之地，在戰國時代屬於楚國，所以義山登斯樓而發思古之幽情，開篇即說楚國自恃土地遼闊，民族眾多，以方城為城，以漢水為池，意欲問鼎中原，四鄰諸侯畏懼不已，對之莫可奈何。然而，統治者的軟弱和不作為，使得強大的楚國最終為秦所滅。詩歌後兩句便是批評楚懷王被秦王誘入武關，身死秦國，而楚襄王不思為父報仇，反而迎娶秦女，沉迷於男歡女愛，兵挫地削，貽笑天下的行為。從用意看，此詩有借古諷今的特色，隱刺沉溺聲色而無大志的當代統治者，頗有現實意義。（姚蓉）

同崔八❶詣藥山❷訪融禪師❸

共受征南❹不次❺恩，報恩唯是有忘言❻。巖花澗草西林❼路，未見高僧且見猿❽。

【注　釋】❶崔八　即桂管巡官之崔兵曹，與義山同為鄭亞幕僚。《樊南文集補編》有〈為滎陽公桂州補崔兵曹攝觀察巡官牒〉：「兵曹出於華胄，早履宦途。」❷藥山　在澧州縣（今湖南澧縣）。❸融禪師　事蹟不詳。道源注引《稽古錄》：「藥山在澧州，惟儼禪師為初祖，太和六年入寂，融禪師或其後也。」❹征南　征南將軍。杜佑《通典》：「征南將軍，漢光武建武二年置。」三國時魏國曹仁曾被封為征南將軍。此指鄭亞。❺不次　不依尋常次序。猶言超擢，破格重用。《漢書・東方朔傳》：「武帝初即位，征天下舉方正賢良文學材力之士，待以不次之位。」顏師古注：「不拘常次，言超擢也。」《舊唐書・忠義傳下・許遠》：「祿山之亂，不次拔將帥。」❻忘言　謂心中領會其意，不知以何等語言表達，或不須用言語來說明。語本《莊子・外物》：「言者所以在意，得意而忘言。」三國魏曹植〈苦思行〉：「中有耆年一隱士，鬚髮皆皓然，策杖從我遊，教我要忘言。」❼西林　寺名。在江西星縣廬山麓，與東林寺相對，晉太原中僧慧永建。後因以泛指寺院，此指融禪師修行之所。唐許渾〈題蘇州虎丘寺僧院〉詩：「世間誰似西林客？一臥煙霞四十春。」許渾〈寄契盈上人〉詩：「何處是西林？疏鐘復遠砧。」❽未見句　此句意為尋而不遇。高僧，指融禪師。

【語　譯】共同蒙受征南將軍的重用之恩，無言以報惟有祈求佛祖庇蔭。溪邊岩畔的花草，布滿通往寺院的道路。沒有見到寺中的高僧，只見到猿兒出沒林中。

【研　析】崔八是李商隱在桂林鄭亞幕府中的同僚，此詩大約作於大中二年（西元八四八年），鄭亞被貶循州，李商隱可能與崔八同舟北歸，途經藥山，同到藥山探訪融禪師。但詩歌雖敘訪融禪師之事，卻並不從拜訪下筆。而是遠遠追述在桂幕的情況，再拉近到眼前之事，可謂筆力綿長。首句言自己與崔八同在桂幕，一起蒙受鄭亞的不次殊恩。李商隱在鄭亞幕中，初任掌書記，繼而任支使，後又攝昭平郡事，頗受倚重，故「不次恩」三字可謂不虛。第二句言自己與崔八對鄭亞常懷圖報之心卻難以言表，故特地到藥山參禪拜佛，祈求佛祖護祐貶謫中的鄭亞。結二句卻謂不見高僧融禪師，惟見林花澗草中的啼猿，惆悵之情溢於言表。詩歌語短情長，一句一轉，用筆深曲有致，讀來餘味滿紙。（姚蓉）

搖落

搖落傷年日，羈留念遠心。水亭吟斷續，月幌夢飛沉❶。古木含風久，疏螢怯露深。人間始遙夜，地迥更清砧。結愛❷曾傷晚，端憂復至今。未諳滄海路，何處玉山岑❸？灘激黃牛暮，雲屯白帝陰❹。遙知霑灑❺意，不減欲分襟❻。

【注釋】❶水亭二句　此寄內詩。王氏所居洛陽崇讓宅有東亭、西亭，或即所謂水亭；又王氏能詩，故云「吟斷續」。月幌，幌即帷幔。月幌當指月光灑照的小屋。❷結愛　結縭；成婚。❸未諳二句　謂帝京宮闕，如蓬萊、玉山仙境，欲尋無路、欲上無梯。滄海路，以入海求仙比入朝。玉山，《穆天子傳》：「天子北征東還，至於群玉之山。」此指清職美差。商隱〈玉山〉詩曾以玉山喻祕省。❹灘激二句　夔峽即景，點明羈留之地。黃牛灘，三峽著名險灘。白帝，即白帝城，在今重慶奉節。❺霑灑　指流淚。❻分襟　分袂；離別。

【語譯】落葉飄零正是一年將盡傷懷之日，我羈留遠方思念著家裡的親人。水亭唱和吟詠之聲猶在耳，月夜裡幾番魂夢追逐來相會。古樹在風中久久搖擺，流螢漸漸稀疏，不堪夜晚的露水越來越冷。思人不眠長夜漫漫，地處偏僻，那搗衣的砧聲敲斷人腸。自結婚以來歡情濃恰相聚常恨少，可那以後兩地分居傷懷孤獨直到今。回京城猶如登山入海求神仙，不知路在何方？眼前黃牛灘激流洶湧，白帝城陰雲密布。遙想此際你正思念我淚落衣裳，哀傷當不減我們分別時光。

【研析】大中二年三四月商隱離桂，由灕水，經湘江，入長江，達江陵，但沒有立即順陸路北返長安，而是溯江而上，有一段夔州之旅。本詩即詩人羈留夔州時悲秋懷遠之作。從詩中詞語看，所懷之人當為其妻王氏。

首句從仲秋草木搖落興感，勾起飄零念遠之心。大中元年秋商隱有〈念遠〉詩，為憶內之作，尾聯云：

「關山正搖落，天地共登臨。」景殘歲暮，身世飄零，正是心靈需要溫暖與慰藉的時刻，故此情此景最能誘發詩人對遠方愛人的思念。三四句從對方入手，承「念遠心」，遙想對方也因懷念遠人而水亭吟詩、月幌尋夢情景。再回到自身，「古木」等四句渲染了冷落、清寂的現場氛圍，以孤獨瑟縮之情境加重思念之殷。「結愛」等四句則直抒感慨，將伉儷深情與坎壈生涯結合在一起。「結愛傷晚」，可見感情之深厚，按理更應珍惜這終相廝守的時光，不分不散，可仕途偃蹇，長安居難，詩人不得不拋妻別子，天涯遊幕。輾轉至今，帝京宮闕，仍如海上蓬萊、崑崙玉山，欲尋無路，欲上無梯，怎麼不讓人憂恨相催。「端憂」既有遠別相思之憂，更有身世飄零之憂。接下的「灘激」、「雲陰」，是峽江秋景，又何嘗不是詩人憤激而憂傷的心情。詩再將筆觸轉到對方作結，遙想妻子此時因傷離懷遠而灑淚沾巾，其哀傷當不減去年臨別之際，進一步點明念遠思內之意。寫對方也即是寫自己，寫自己的傷感、思念與孤淒。

紀昀評此詩云：「語極濃至，佳在不靡。」（《李義山詩輯評》）隨著命運的無情撥弄，商隱詩歌的感傷色彩越來越濃，然而卻不顯靡頓。大概這種悲劇性生命體驗的情真意摯，展示出的是一顆憂傷但美麗的心靈，當這顆心靈在乖舛的世間飄泊，吟唱著滿含熱淚的悲歌，一切聽者卻因此感知到高貴與純潔的生命律動。（李翰）

過楚宮

巫峽❶迢迢舊楚宮❷，至今雲雨暗丹楓❸。微生❹盡戀人間樂，只有襄王憶夢❺中。

【注釋】❶巫峽　在重慶巫山和湖北巴東兩縣境內，西起重慶市巫山縣城東面的大寧河口，東迄湖北巴東官渡口，綿延四十公里餘。巫峽以幽深秀麗著稱，整個峽區迂迴曲折，奇峰嵯峨連綿，煙雲氤氳繚繞，景色清幽之極，是三峽中最可觀的一段。❷楚宮　《寰宇記》：「楚宮，在巫山縣西二百步陽臺古城內，即襄王所遊之地。陽雲臺高一百二十丈，南枕長江」。唐杜甫〈詠懷古跡〉其二：「最是楚宮俱泯滅，舟人指點到今疑。」❸丹楓　經霜泛紅的楓葉。李商隱〈訪秋〉詩：「殷勤報秋意，只是有丹楓。」❹微生　常人；眾生。❺襄王憶夢　用宋玉〈高唐賦〉中楚襄王遊雲夢之臺，夢巫山神女故事。

【語　譯】曲折連綿的巫峽之中，仍留存著舊日的楚宮。直到今天那兒仍是雲騰雨罩，暗淡了秋後經霜的丹楓。眾生都貪圖眼前現實的享樂，只有當年的楚襄王，一直追憶著與神女相會的美夢。

【研　析】此詩或作於大中元年（西元八四七年）李商隱在桂管幕中奉使江陵時期。一二句寫過楚宮所見眼前實景，以迢迢巫峽、楚宮故址、雲雨丹楓勾勒出一幅色調暗淡、泛著古氣的圖畫，把人帶入相關的千年往事中。三四句寫過楚宮時的感懷，從楚宮故址聯想到楚襄王的雲雨之夢，再聯繫現實中貪圖享受的芸芸眾生，將「襄王憶夢」與「人間樂」對照，傳達出微妙的人生哲理及情感體驗。但由於這兩句詩表意含蓄精微，故論者歷來解說不一。有的說「此詩譏襄王之愚」，有的說「人間之樂與雲雨之夢，似代表現實與理想兩種不同境界」，以姚培謙《李義山詩集箋注》之釋義最為發人深思：「反喚妙絕。微生哪一個不在夢中，卻要笑襄王憶夢耶？請思『只有』二字，還是喚醒襄王？還是喚醒眾生？」義山只怕正是徘徊於夢幻與現實之間，而發出人生如夢、夢如人生的輕歎吧。（姚蓉）

楚宮二首

其一

十二峰❶前落照微，高唐宮暗坐迷歸。朝雲暮雨❷長相接，猶自君王恨見稀。

【注　釋】❶十二峰　即巫山十二峰。❷朝雲暮雨　比喻男女歡會。典出戰國楚宋玉〈高唐賦・序〉：「妾在巫山之陽，高丘之阻，旦為朝雲，暮為行雨，朝朝暮暮，陽臺之下。」

【語　譯】十二峰前落日微茫，高唐宮裡光線暗淡。君王猶自流連忘返，已是與美人朝夕相守，君王仍然遺憾相見不夠。

【研　析】此詩與前一首〈過楚宮〉的寫作時間與背景大致相同，內容亦有相關之處，皆是從楚宮故址聯想到楚襄王的雲雨之歡。只是與〈過楚宮〉對楚王夢境那近乎哲思的解讀不同，這首詩的批判意味要濃得多。詩歌開篇就謂楚王在高唐宮坐對巫山十二峰，遙望巫山雲雨，自旦至暮，神情癡迷，竟然忘歸。接著以〈高唐賦〉中楚王與巫山神女朝雲暮雨之典，諷刺楚王沉迷聲色，與美人朝夕相見，如膠似漆，意猶未足。詩歌以此刻劃了楚王日復一日的縱欲享樂的荒淫昏暗，道出了楚國最終滅亡的歷史根由。以史為鏡，可以知興亡，故義山此詩，只怕還有以古鑑今的現實諷諭意義在，是想給當代統治者提個醒吧。

其二

月姊❶曾逢下彩蟾❷，傾城❸消息隔重簾。已聞珮響❹知腰細，更辨弦聲覺指纖。暮雨自歸山峭峭，秋河❺不動夜厭厭❻。王昌❼且在牆東住，未必金堂❽得免嫌。

【注　釋】❶月姊　傳說中的月中仙子、月宮嫦娥。《春秋・感精符》：「人君父天、母地、姊月。」❷彩蟾　傳說月中有蟾蜍，因用以借指月宮。❸傾城　全城；滿城。晉孫楚〈征西官屬送於陟陽候作〉詩：「傾城遠追送，餞我千里道。」唐杜甫〈高都護驄馬行〉：「長安壯兒不敢騎，走過掣電傾城知。」❹珮響　環佩的響聲。《禮記・經解》：「行步則有環佩之聲，升車則有鸞和之音。」鄭玄注：「環佩，佩環、佩玉也。」《史記・孔子世家》：「夫人自帷中再拜，環佩玉聲璆然。」❺秋

河　即銀河。南朝齊謝朓〈暫使下都夜發新林至京邑贈西府同僚〉詩：「秋河曙耿耿，寒渚夜蒼蒼。」南朝梁簡文帝〈七勵〉：「秋河曉碧，落蕙山黃。」唐韓翃〈宿石邑山中〉詩：「曉月暫飛高樹裡，秋河隔在數峰西。」❻厭厭　安靜；靜寂。《詩·秦風·小戎》：「厭厭良人，秩秩德音。」❼王昌　魏晉時人，風神俊美，為時人所賞。魚玄機的〈贈鄰女〉（亦作〈寄李億員外〉）詩：「羞日遮羅袖，愁春懶起妝。易求無價寶，難得有心郎。枕上潛垂淚，花間暗斷腸；自能窺宋玉，何必恨王昌。」此處詩人以王昌自比。❽金堂　即鬱金堂。《玉臺新詠》卷九引南朝梁武帝〈河中之水歌〉有「盧家蘭室桂為梁，中有鬱金蘇合香」之句，描繪盧家婦莫愁的居室，後因以「鬱金堂」或「鬱金屋」美稱女子芳香高雅的居室。北周庾信〈奉和示內人〉：「然香鬱金屋，吹管鳳凰臺。」唐沈佺期〈古意〉詩：「盧家少婦鬱金堂，海燕雙棲玳瑁梁。」

【語　譯】月中仙子曾經下凡，這個消息滿城傾動，但想見她卻隔著重重珠簾。已經從她的佩環聲響，推知她的腰肢是多麼窈窕；更是從她彈奏的絃聲中，感覺到她的手指是多麼纖巧。暮雨消散群山寂靜，天河不動長夜悄悄。王昌就住在牆東，月姊即使幽居鬱金堂，也未必能免於嫌猜。

【研　析】此詩又名〈水天閒話舊事〉，想是李商隱早年修道之時曾逢某位貴族女子出遊，鄰近他的居所，雖不是為與他相會而來，卻已引得他想入非非。此詩便是對這一段充滿想像與虛幻的感情的記載。首句以月中嫦娥為喻，將貴族女子悄然出遊比作嫦娥自月宮降臨人間。第二句筆鋒一轉，謂仙女下凡的消息很是轟動，但要見到她卻有重重阻隔。三四句緊接「隔」字而來，因為無法見面，所以詩人只有展開想像，謂似乎聽見仙子環佩清脆的撞擊聲，及手指撥動琴絃的輕柔聲，彷彿想見仙子的柳腰細細，十指纖纖。五六句寫景，謂暮雨消散，天河寧靜，暗喻嫦娥飄然自去，一切歸於寧靜。最後兩句謂城東住著相思的男子，即使女子不來相會，也難免他人議論紛紛。以戲謔的口吻，精神勝利的方式，圓了自己想與貴族女子扯上點關係的白日夢。然就是這樣一場什麼故事都不曾發生的白日夢，被論者以「香草美人」之法，釋為乃義山望與令狐綯遇合之作，未免太過牽強。（姚蓉）

風

迴拂❶來鴻急，斜催❷別燕高。已寒休慘淡❸，更遠尚呼號❹。楚色分西塞❺，夷音❻接下牢❼。歸舟天外有，一為戒❽波濤。

【注　釋】❶迴拂　形容風勢回轉拂掠。❷斜催　亦指風勢斜掃。❸慘淡　董仲舒《春秋繁露．治水．五行》：「金用事，其氣慘淡而白。」秋屬金，秋風曰金風。❹呼號　形容風呼嘯而過。❺西塞　《水經注》：「荊門在南……虎牙在北……此二山楚之西塞也。」❻夷音　少數民族語言。❼下牢　下牢溪，發源於宜昌牛坪埡，全長二六點七公里，於三游洞與白馬洞之間處，直入長江。兩岸峰巒相峙，上合下開，河床由下而上逐漸變窄，素以得勢險峻之奇，兼綠水蜿蜒之幽，享譽「萬里長江第一溪」的美稱。杜甫、陸游、歐陽修等歷代名家均為之留下千古絕唱。❽戒　警惕。

【語　譯】風勢迴旋拂掠，遠來的鴻雁只有頂風急飛。風勢橫斜掃蕩，將要遠別的燕子被風高高托起。天地已是一片清寒，風啊你不要吹得人間更為慘淡。我飄泊離鄉已經很遙遠，但就算如此還能聽到你無情的呼號。你讓楚地的西塞布滿秋色，你把蠻夷的語音吹到不遠處的下牢。那些天外的歸舟啊，要警惕乘風而起的波濤。

【研　析】此詩應是大中二年（西元八四八年）李商隱離桂北歸時留滯荊、湘時所作。詩歌詠風，首聯寫迴旋肆虐的風勢，頷聯寫寒風到處蕭瑟的環境，頸聯寫舟行寒風中所見之兩岸景象，尾聯祈禱天際歸舟一定要警惕風浪。詩人筆下的風，不僅僅是自然界的惡風，更是指政治上的風暴。「迴拂」、「斜催」的風勢，借指政治得勢之牛黨的張狂氣焰。寒風中「慘淡」、「呼號」的情境，借指李德裕、鄭亞等人的遠謫。末二句對天外歸舟的祝禱，既有對貶謫友人的提醒，也有對掌權者的勸告，希望對方不要興風作浪，對失勢者再加傾害。故紀昀評此詩說：「純是寓意，字字沉著，卻字字唱歎，絕無沾滯之痕。」（姚蓉）

江上

萬里風來地，清江❶北望樓。雲通梁苑❷路，月帶楚城秋。刺字❸從漫滅，歸途尚阻修❹。前程更煙水❺，吾道❻豈淹留？

【注釋】❶清江　長江支流，古名夷水，因河水清澈而得名。《水經注》云：「夷水，即佷山清江也，水色清照十丈，分沙石。蜀人見其澄清，因名清江也。」位於長江南岸，是長江中游在湖北省境內僅次於漢水的第二大支流。發源於利川與重慶市交界之齊嶽山龍洞溝，流經利川、恩施、宣恩、建始、巴東、長陽，在宜都市所在地之陸城注入長江。全長四二三公里，有「八百里清江美如畫，三百里長陽是畫廊」之說。❷梁苑　一名梁園，又稱兔園，係西漢初年漢文帝封其子劉武於大梁，在吹臺修築亭苑，名曰梁園，位於開封城東南。梁孝王劉武喜好招攬文人謀士，司馬相如、枚乘等都經常跟梁孝王一起吟詩作賦，吹彈歌舞。為了滿足這些文人墨客遊玩的喜愛，修建了梁園。園內殿廊亭樓，參差錯落，珍禽怪石，當時有「秀莫秀於梁園，奇莫奇於吹臺」之說。❸刺字　刺（名片）上的字。《後漢書．禰衡傳》：「(禰衡)避難荊州，來游許下。始達潁川，乃陰懷一刺，既而無所之適，至於刺字漫滅。」❹阻修　道阻且長。❺煙水　指前程渺茫，如煙霧迷離。❻道　指仕途。

【語譯】我登上清江邊的高樓，四面八方的風吹拂著大地。我凝神北望中原，天邊的雲彩應該通向家鄉故里。而我眼前的明月，仍帶著楚城的秋意。名刺上的字跡即將漫滅，歸鄉的路途，卻仍然艱難而又漫長。極目遠望我的前程，但前路是一片煙水迷茫。看不見歸途何在，難道我只能滯留他鄉？

【研析】此詩乃大中二年（西元八四八年）李商隱離開桂林北歸，留滯荊、湘，途中登江樓而作。首聯寫自己迎著秋風登樓遠眺。頷聯先承首聯「北望」，表達思鄉情感，次寫眼前月色，點出自己留滯楚地的當下處境。頸聯進一步敘述當下的困境：投靠無門，前途無望；歸路迢迢，道途多阻。尾聯承接頸聯之義更深進一層，發出前途茫茫，吾道淹留的感歎。而「吾道」一詞，既可以理解為歸鄉之路，也可以引申為仕宦之路、人生之路，故商隱此詩，也就別有深意，留有餘味。（姚蓉）

楚吟❶

山上離宮❷宮上樓，樓前宮畔暮江流。楚天長短❸黃昏雨，宋玉無愁亦自愁。

【注釋】❶楚吟　大中二年商隱自桂返京，沒有直接回長安，至江陵後曾溯江而上，秋在夔峽有作品。本詩大約是其夔峽之遊後順江而下，復到江陵所作。❷離宮　可能泛指江陵的宮觀臺殿，不必是楚宮。❸長短　反正；總是。

【語譯】山上蓋著離宮，離宮的上面有高樓。樓前宮旁，江水在暮色中奔流。黃昏時斷斷續續飄起了細雨，此刻即使沒有什麼愁煩的事，這樣的景物也令人哀愁。

【研析】從落拓飄零的境遇到憂鬱感傷的氣質，從筆墨事人的生涯到微詞託諷的詩吟，商隱和千年前的文人宋玉，都有著很多相似。〈席上作〉、〈宋玉〉、〈過鄭廣文舊居〉、〈有感〉（非關宋玉）等詩中，商隱多次以富於才華、多愁善感的宋玉自況。現在身處楚地離宮、黃昏暮雨，自然會想到宋玉，想到宋玉此時此刻的心情，那也正是詩人自己的心情。雖然「異代不同時」，但「千秋一灑淚」將這兩位相隔千載的詩人聯繫在一起。在這裡，宋玉就是詩人，詩人就是宋玉。

詩觸景興感，黯然神傷，純從虛處傳神。詩人身世沉淪，仕途坎坷，東西路塞，茫茫無之。值此楚天暮雨，江流緲緲，不覺觸緒紛來，悲愁無限，故說「宋玉無愁亦自愁」。薄暮的朦朧迷茫，江流的浩浩淼淼，黃昏的如絲細雨，本身就是「愁」緒的象徵或觸媒。這種愁緒，在詩中回環相續的疊字中纏綿往復，低迴不已。詩意也因此形成一種回環流動之美。

馮浩說：「吐詞含珠，妙臻神境，令人知其意而不敢指其事以實之。」說明這裡的「愁」，是一種超越了具體情事的渾淪虛括的愁，身世時世，古往今來，交雜難分，欲辨難明。這種「無愁之愁」也就是「今古無端入望中」（〈潭州〉）、「錦瑟無端五十絃」（〈錦瑟〉）中的那個「無端」。不過，如果不理會它的這種含義，膠柱鼓瑟地緊扣字面反問一下，宋玉無愁也愁，那麼他要是有愁，又該如何呢？這樣，也自能逼出一層深意。

（李翰）

聽鼓

城頭疊鼓聲，城下暮江清。欲問〈漁陽摻〉❶，時無禰正平❷。

【注釋】❶漁陽摻　鼓曲名，即〈漁陽摻撾〉。南朝宋劉義慶《世說新語・言語》：「禰衡被魏武謫為鼓吏，正月半試鼓，衡揚枹為〈漁陽摻撾〉，淵淵有金石聲，四座為之改容。」北周庾信〈夜聽擣衣〉詩：「聲煩〈廣陵散〉，杵急〈漁陽摻〉。」唐李頎〈聽安萬善吹觱篥歌〉：「忽然更作〈漁陽摻〉，黃雲蕭條白日暗。」摻，通「參」。❷禰正平　禰衡（西元一七三—一九八元），字正平，平原般縣（今山東臨邑）人，東漢末年名士，文學家，與孔融等人親善。《後漢書・文苑列傳》：「（禰衡）少有才辯，而尚氣剛傲，好矯時慢物……操欲見之，而衡素相輕疾，自稱狂病，不肯往，而數有恣言。操懷忿，而以其才名，不欲殺之。聞衡善擊鼓，乃召為鼓史，因大會賓客，閱試音節。諸史過者，皆令脫其故衣，更著岑牟（鼓角士所戴帽名）、單絞（蒼黃色）之服。次至衡，衡方為〈漁陽參撾〉，蹀躞而前，容態有異，聲節悲壯，聽者莫不慷慨。衡進至操前而止，吏呵之曰：『鼓史何不改裝，而輕敢進乎？』衡曰：『諾。』於是先解衵衣（近身衣），次釋餘服，裸身而立，徐取岑牟、單絞而著之，畢，復參撾而去，顏色不怍。操笑曰：『本欲辱衡，衡反辱孤。』」後曹操欲借人手殺之，因遣送與荊州牧劉表。仍不合，又被劉表轉送與江夏太守黃祖。後因冒犯黃祖，終被殺。

【語　譯】城頭響著繁急的鼓聲，城下的江水在暮色分外澄清。聽到鼓聲想起了悲壯的鼓曲〈漁陽摻〉，可惜現在再也沒有了不畏權勢的禰正平。

【研析】這是詩人在江邊聽到城頭鼓聲有感而作。詩人由鼓聲自然聯想到東漢末善於擊鼓的名士禰衡。禰衡是一位才高命短的悲劇人物，死時年僅二十六歲。他少有才辯，「文無加點，辭采甚麗」，卻始終不得其用。而他剛直不屈、笑傲王侯的性格，更使得他為權貴所不容，就連喜歡籠絡人才的曹操，也以大宴賓客時命其為鼓史的方式折辱他。但禰衡不卑不亢，裸身而立，慷慨激昂地擊出聲節悲壯的〈漁陽參撾〉之曲，令聽者動容，令曹操自討沒趣，以致最終借江夏太守黃祖之刀而殺之。但禰衡擊鼓辱曹，已成為蔑視權貴的典範，千載以下猶令人盪氣迴腸。而詩人一生才高自許，不為世用，與禰衡極為相似。只是為謀生計而屈身幕府，缺乏禰衡那種蔑視王侯的豪氣。故詩的結尾痛苦歎息「時無禰正平」，正表達了詩人孤憤莫名而又無可奈何的複雜心境。禰衡的一生大部分時間在荊州度過，詩人聽鼓而想到禰衡，應是大中二年（西元八四八年）北歸盤桓荊楚時所作。（姚蓉）

楚澤

夕陽歸路後，霜野物聲乾❶。集鳥翻漁艇，殘虹拂馬鞍。劉楨❷元抱病，虞寄❸數辭官。白袷❹經年卷，西來及早寒。

【注釋】❶物聲乾　四野寂寥無聲。乾，空；盡。❷劉楨　（西元一八六—二一七年）字公幹，東漢末東平（山東東平）人，著名文學家，建安七子之一。劉楨常與曹操、曹植吟詩作賦，對酒歡歌，深得曹氏父子喜愛，十九歲時任丞相掾屬。他以詩歌見長，其五言詩頗負盛名，後人將他與曹植並稱「曹劉」。其〈贈五官中郎將〉詩：「余嬰沉痼疾，竄身清漳濱。自夏涉玄冬，彌曠十餘旬。」❸虞寄　《南史・虞寄傳》：「寄字次安，少聰敏。年數歲，客有造其父，遇寄於門，嘲曰：『郎子姓虞，必當無智。』寄應聲曰：『文字不辨，豈得非愚！』」「前後所居官，未嘗至秩滿，裁期月，便自求解退。常曰：『知足不辱，吾知足矣。』」❹白袷　白色夾衣；春秋之服。

【語　譯】在夕陽中踏上歸途，經霜的原野草木枯乾。聚集的鳥群在漁舟上空飛翔，雨後的殘虹光芒拂過馬鞍。像劉楨一樣經常患病，如虞寄一般屢次辭官。在南方，白色的夾衣經常捲而不用，西歸的途中正好遇上了早寒。

【研　析】大中二年（西元八四八年），李商隱離桂北返，在荊、湘滯留一段時間後，秋初自江陵出發，冬初返回長安，這首詩即是他往北陸行途經湖濱澤畔之作。詩歌前四句寫景。在日暮的歸途中，斜陽返照，殘虹低垂，陸上原野經霜，草木脆硬，澤中漁舟唱晚，飛鳥翔集，描繪出一幅靈動、疏朗的秋景圖畫。詩歌後四句抒懷。五六句以劉楨、虞寄為喻，感慨自己人生多艱。七八兩句謂在桂林時天氣炎熱，夾衣捲而不用，現在北歸途中遭遇早寒，用得上夾衣了。詩歌以天寒加衣作結，看似閒筆，實則表達了詩人飄泊南方，歷盡苦辛，終於北歸，對北方風物倍感親切的喜悅心情。（姚蓉）

漢南書事❶

西師❷萬眾幾時迴？哀痛天書❸近已裁❹。文吏何曾重刀筆❺，將軍猶自舞輪臺❻。幾時拓土❼成王道❽？從古窮兵是禍胎❾。陛下好生❿千萬壽，玉樓長御白雲杯⓫。

【注　釋】❶漢南書事　漢南，唐時稱山南東道節度使治所襄州（今湖北襄樊）為漢南。義山於大中二年由桂林返長安，途經襄州。書事，感時事而作，朝廷發兵攻討党項，連年無功。本篇堅決反對拓土窮兵，望其勿生事四夷。❷西師　指西討党項的大軍。党項，西羌的一支，居今青海、甘肅、四川一帶邊地。❸天書　古代帝王的詔書。❹裁　制定。❺刀筆　刀、筆都是書寫工具。古代記事，最早是用刀刻在甲骨或竹木簡上，有筆以後，用筆書於簡帛上，故刀筆合稱。後來指主辦文案的官吏。《史記・蕭相國世家》：「蕭相國何，於秦時為刀筆吏。」❻輪臺　古西域地名，在現在新疆維吾爾自治區輪臺縣，此處泛指邊關。❼拓土　開拓疆土。晉左思〈吳都賦〉：「拓土畫疆，卓犖兼併。」❽王道　以德統一天下曰王道，以力征服天下曰霸道。❾禍胎　禍亂之原。漢枚乘〈奏吳王書〉：「福生有基，禍生有胎。納其基，絕其胎，禍何自來？」❿好生　謂皇上有好生厭殺之德。《尚書・大禹謨》：「好生之德，洽於民心。」⓫白雲杯　指瑤池宴飲。《穆天子傳》：「吉日甲子，天子賓於西王母。……乙丑，天子觴西王母於瑤池之上，西王母為天子，曰：『白雲在天，山陵自出。』」此處代指宴飲。

【語　譯】西征軍隊的數萬人馬，何時才能班師回來？聽說皇帝哀憐百姓的詔書，最近已有裁定安排。舞弄刀筆的文官，何曾得到朝廷的重視？到今天仍然是在邊疆生事的武將們威風八面。什麼時候，開疆拓土成了以德服人的王道？從古至今，窮兵黷武都是國家禍亂的根源。皇帝只要有好生之德，就能享有國統千秋萬載。長久地居住在仙境般的宮闕裡，宴飲作樂，自由自在。

【研　析】大中元年（西元八四七年）李商隱自長安赴桂林，及大中二年（西元八四八年）自桂林北返，均須路經漢南，故此詩大約是他其中某次途經漢南時，有感於邊事而作。武宗會昌六年（西元八四六年），朝廷出師西征討伐党項部族的叛亂，一直到宣宗大中五年（西元八五一年）才宣告結束。此詩便是對這次邊境用兵發表看法。首聯謂朝廷雖有哀憫生民之意，但西征戰事尚未停止。頷聯謂朝廷不採納李德裕等人的安撫之策，縱容將帥玩兵不已。頸聯謂以戰爭開邊拓土不是王者之道，而是禍亂之源。尾聯謂皇帝有好生之德，則可千秋萬歲永享太平。由詩意不難看出詩人鮮明的反戰思想。而這種同情百姓、熱愛和平的政治態度，正可見李商隱政治識見的進步性。（姚蓉）

贈田叟

荷蓧❶衰翁似有情，相逢攜手遶村行。燒畬❷曉映遠山色，伐樹暝❸傳深谷聲。鷗鳥忘機❹翻浹洽❺，交親得路昧平生。撫躬❻道直誠感激，在野無賢❼心自驚。

【注　釋】❶荷蓧　《論語・微子》：「子路從而後，遇丈人，以杖荷蓧。」蓧，古代一種竹編農具。❷燒畬　燒荒種田。❸暝　日落；黃昏。唐盧照鄰〈葭川獨泛〉：「倚棹春江上，橫舟石岸前。山暝行人斷，迢迢獨泛仙。」❹忘機　忘卻計較，無巧詐之心。❺浹洽　和諧；融洽。南朝梁丘遲〈為王博士謝表〉：「疏達謝於谷杜，浹洽乖夫劉楊。」唐權載之〈宣州響山新亭新營記〉：「威惠交修，上下浹洽。」❻撫躬　撫躬自問。❼在野無賢　《尚書・大禹謨》：「野無遺賢，萬邦咸寧。」

【語　譯】挑著農具的老翁十分熱情，一相逢就牽著我繞村而行。勤勞的他一大早就放火燒荒，火光與遠山紅綠相映。直到日落他都在深山伐樹，幽谷中迴盪著丁丁的聲音。他像那自由飛翔的鷗鳥，與我相處時十分融洽，毫無心機。我們雖然素昧平生，路中偶遇卻結下深厚交情。他的赤誠和直率，令我深深感動。朝廷竟還宣稱野無遺賢，真叫人感到心驚。

【研　析】馮浩曰：「此似桂管歸造作。」那麼此詩或作於大中二年（西元八四八年）李商隱離桂北歸途中。詩歌最突出的特色，是以細膩的筆法刻劃了一位勤勞、質樸、待人親切誠懇的田間老叟。首聯說詩人與田叟並不相識，只是道中偶遇，田叟就十分熱情接待了詩人，與之攜手繞村而行，一開篇就點出了田叟熱情好客的性格特徵，反映了鄉下人的質樸真誠。頷聯則寫田叟的日常勞作，晨起就放火燒荒，至暮還在深山伐樹，在讀者面前樹立了一位勤勞肯幹的農人形象。頸聯寫田叟的生活態度，說他有如閒適忘機的鷗鳥，與人相交自然融洽，故和詩人雖是偶逢，但卻相處得有如親人。尾聯則說鄉間有這樣品德直誠的田叟，而當政者竟宣稱「野無遺賢」，真是叫人為之心驚。這兩句詩，一方面讚揚田叟的賢達，一方面又慨歎田叟不為人知的寂寞命運，更寄寓了自身淪落不偶的悲傷，可謂含意豐厚，耐人尋味。（姚蓉）

歸墅❶

行李❷踰南極❸，旬時到舊鄉。楚芝應徧紫，鄧橘未全黃❹。渠濁❺村舂❻急，旗高社酒❼香。故山歸夢喜，先入讀書堂。

【注釋】❶墅　鄉間故宅。❷行李　指行旅之人。❸南極　南方之地。❹楚芝二句　指李商隱在歸途中遙想故鄉之情景。楚芝，楚山的紫芝。商洛山在商州東南九十里，亦名楚山。《高士傳》：「四皓避秦人商洛山，作歌曰：『曄曄紫芝，可以療饑。』」鄧橘，鄧州之橘。鄧州屬南陽郡。❺渠濁　溝渠因下雨水漲而混濁。❻村舂　指鄉村中舂米的碓聲。唐杜甫〈村夜〉：「村舂雨外急，鄰火夜深明。」❼社酒　舊時於春秋社日祭祀土神，飲酒慶賀，稱所備之酒為社酒。

【語譯】我的足跡，曾遠涉偏僻的南方。如今終於踏上了歸途，再過十天半月就能回到故鄉。楚山的芝草應已一片紫色，鄧州的柑橘還沒全部變黃。村裡的溝渠因漲水而混濁，舂米的水碓也轉得特別急速。村中的酒旗高高飄揚，傳送著社日的陣陣酒香。在夢中我已回到了家鄉，而且首先步入了昔日的讀書堂。

【研析】此詩是大中二年（西元八四八年）所作。當時李商隱已到鄧州，離家只有十日左右的行程。眼看就要回到思念已久的家鄉，李商隱心情振奮，飽含喜悅地寫下了這首詩。詩歌首聯說自己曾離家萬里，遠至嶺南，現在歸至鄧州，與家近在旬日。在空間距離的遠近對比之中，突出離家的艱苦與歸家的不易，從而真實地傳達出詩人即將到家的興奮與喜悅。頷聯、頸聯寫景，描寫了紫芝、鄧橘、村舂、社酒等充滿家鄉鄉土氣息的風物，表達了詩人近鄉之時的親切感、熟悉感。尾聯寫身未歸而夢先到，夢中已回到自己的書房，更突

出了詩人回家的急切、興奮的心情。此詩情緒歡快昂揚，情感外露，是多隱痛憂患之詞的李商隱詩歌中的異數。（姚蓉）

九月於東❶逢雪

舉家忻❷共報❸，秋雪墮前峰。嶺外❹他年憶，於東此日逢。粒輕還自亂❺，花薄未成重。豈是驚離鬢❻，應來洗病容❼？

【注釋】❶於東　商於之東。❷忻　同「欣」。❸共報　謂家人及歸途中的詩人自己均為降秋雪而喜。❹嶺外　嶺南。嶺南無雪，故在桂林時常憶昔年之雪。❺粒輕句　雪粒輕微，迎風亂舞。❻離鬢　離鄉已久，已是兩鬢斑白之人。❼病容　因旅途勞頓而面帶倦容。

【語譯】全家人一起歡欣跳躍，喜看秋雪降落在前面的山峰。在嶺南的日子，經常思憶多年以前的這雪景。如今歸途中來到於東，沒想到就和秋雪重逢。輕盈的雪珠在空中淩亂飛舞，單薄的雪花還未凝固成形。秋雪啊，你為何早早降臨，莫非是驚異於我斑白的雙鬢，想要替我洗去面黃肌瘦的病容？

【研析】大中二年（西元八四八年），李商隱離桂北歸，九月行至商於之東遭逢早雪，看到了久違了的北方風物，想到歸家在即，心情激動，寫下了此詩。詩歌首先描寫當年和家人一起欣賞秋雪的歡樂場景，這一幕，詩人在嶺南時常思憶不已，其〈即日〉詩就有「獨撫青青桂，臨城憶雪霜」之句。想不到如今即將到家時在路上就下起了雪，詩人覺得與秋雪久別重逢，一解在桂林時的苦苦相思，心中充滿喜悅。雪粒兒輕輕沙沙地下，雪花兒薄薄淡淡地飛，從詩人描繪秋雪形態時的輕靈筆觸來看，也不難體會他對這場早雪的喜愛和珍視。至於尾聯，更是以擬人筆法，將秋雪當成多情的朋友，說秋雪為自己久別歸來而驚歎，同情自己如今兩鬢斑白，特為自己洗刷病容，進一步抒發了見到秋雪的喜悅之情、親切之感。但同時，又突出自己兩鬢風霜、病容憔悴的行旅之人的形象，暗含物是人非的喟歎。（姚蓉）

陸發荊南❶始至商洛❷

昔去真無素❸，今還豈自知。青辭木奴橘❹，紫見地仙芝❺。四海秋風闊，千巖暮景遲。向來憂際會❻，猶有五湖期❼。

【注　釋】❶荊南　即荊州，治江陵，唐後期於此設荊南節度使府。❷商洛　唐縣名，今陝西商縣。❸無素　指自己與鄭亞並非舊交。素，舊交。❹木奴橘　三國時吳太守李衡在龍陽洲種甘橘千株，臨終對兒子說：「吾有木奴千頭。」後甘橘成，每年得絹數千匹。❺地仙芝　指商山四皓。《高士傳》說四皓曾作紫芝之歌，故稱「地仙芝」。❻際會　君臣際會，指政治遇合。❼五湖期　傳說范蠡輔佐句踐滅吳後，攜西施隱於五湖。

【語　譯】過去我入幕桂林真不是因為和幕主有私交，現在回來原來也沒有料到。桔子青青的時候離開荊南，到商洛則已是地芝發紫的時節。秋風襲來登覺四海空闊，暮色漸濃千山逐漸隱藏。從來君臣際會事後恩威總難料，好在還有五湖煙景，供我功成把身退。

【研　析】夔州之行後，商隱順江又至江陵，然後取陸路北返，至商洛作此詩。回想這番桂幕生涯，真是感慨多端。商隱與鄭亞本非素交，遊幕桂管皆因感懷知遇，孰料如此草草便罷幕北歸。首聯即於言外含世事難料、遭遇不偶之慨。次聯點行程，謂離荊南時桔尚青，至商洛則芝已紫，正是自仲秋至深秋的物候變化。同時，句中兩個典故又暗寓謀身不善之慨。腹聯寫秋景，境界闊大而情調蕭瑟，滲透著時世衰頹、身世落拓之情。環視這秋風暮景，沉思「昔去」「今還」的遭際，詩人再一次發出對理想抱負、行藏出處等問題的思考追問。

「向來憂際會，猶有五湖期。」君臣際會，是功成身退、實現「五湖遊」的先決條件。自己向來憂心際會之難，一再蹭蹬，范蠡式的「五湖遊」自然難望實現，但即便如此，至今還是懷抱功成身退之夙願。一個「猶」字，透出這份用世之心的倔強和執著。

從詩中可見商隱雖身處逆境，但早年「永憶江湖歸白髮，欲迴天地入扁舟」(〈安定城樓〉)的志願仍未改變，也可以看出，他對即將抵達的帝京，對那裡的人與事，仍抱有半期半疑的期盼。不過，由於屢遭挫折，詩人在抒發心聲的時候，調子顯得沉鬱悲涼了。

其實，終其一生，商隱功成身退的「五湖遊」抱負都不曾放棄。惟其如此，現實蹭蹬對其思想的折磨才更顯激烈，其內心痛苦才更為沉重，其悲劇也才更為深刻。(李翰)

商於

商於❶朝雨霽❷，歸路有秋光。背塢❸猿收果，投巖麝退香❹。建瓴真得勢，
橫戟豈能當❺？割地張儀❻詐，謀身綺季❼長。清渠州❽外月，黃葉廟❾前霜。今
日看雲意，依依入帝鄉❿。

【注釋】❶商於 即新、舊《唐書》所稱之商州上洛地區，在今陝西商南、河南淅川、內鄉一帶。❷霽 雨停天晴。❸塢 四面高中間凹下的谷地。❹投巖麝退香 楊億《談苑》：「商汝山中多麝，遺糞常在一處不移，人以是獲之。其性絕愛其臍，為人逐急，即投巖，舉爪剔裂其香，就縶而死，猶拱四足保其臍。」❺建瓴二句 二句專寫秦得地勢，一夫當關，萬夫莫開。建瓴，語本《史記・高祖本紀》：「譬猶居高屋之上建瓴水也。」建瓴，即「建瓴水」之省，謂傾倒瓶中之水，形容居高臨下、難以阻擋的形勢。《周書・韋孝寬傳》：「竊以大周土宇，跨據關河，蓄席捲之威，持建瓴之勢。」唐陸贄〈誥普王荊襄

江西道兵馬都元帥制〉：「江漢上游，建瓴制寇。」橫戟，《戰國策・齊策》：「齊王建入朝於秦，雍門司馬橫戟當馬前，曰：『王何以去社稷而入秦？』王不聽，遂入秦。」❻張儀　魏國大梁（今河南開封）人，是戰國時期著名的政治家、外交家和謀略家。任秦國之相，採用連橫術瓦解諸侯聯盟，使秦國勢日益強盛。卒於秦武王二年（西元前三〇九年）。戰國時期，商於之地原屬於秦國，張儀為了破壞齊楚聯盟曾說楚王，如果楚王不跟齊國聯盟，就將商於六百里肥沃的土地割讓給楚國，楚王信其言，同齊國解盟，後向張儀索要土地，張儀翻臉不認，詐稱六里。楚王大怒，發兵攻打秦國，結果大敗而歸。後人有吟：「六國商於恨最多，良弓休綰劍休磨。君王不剪如簧舌，再得張儀欲奈何。」❼綺季　綺里季，著名隱士，「商山四皓」之一。「商山四皓」是指東園公唐秉、甪里先生周術、綺里季吳實和夏黃公崔廣四人，避秦焚書坑儒而長期隱居商山，過著採食商芝，棲身洞穴的清貧生活，皆品行高潔，銀鬚皓首。曾作〈紫芝歌〉以明志向。漢高祖劉邦久聞四皓大名，嘗召之為官，不至。❽州　此指商州。❾廟　此指四皓廟。現有商山四皓碑林園，位於丹鳳縣城西商鎮新街西段，園內巨塚羅列、古柏環繞、碑石林立。四皓碑林園內埋葬著「商山四皓」。唐詩有李白〈過四皓墓〉、白居易〈謁四皓廟〉等名篇。❿帝鄉　傳說中天帝住的地方，這裡借指長安。《莊子・天地》：「天下有道，則與物皆易；天下無道，則修德就閑。千歲厭世，去而上仙，乘彼白雲，至於帝鄉。」晉陶淵明〈歸去來兮辭〉：「富貴非吾願，帝鄉不可期。」

【語　譯】來到商於朝雨已停，歸途之上秋光明朗。背塢的地方，猿猴正攀摘著野果。高高的岩上，有麝正舉爪剔出其香。這裡的地勢如高屋建瓴，橫戟的勇士又豈能阻擋？當年張儀以割商於之地來欺詐楚王，綺里季以隱居商山善於保全自身見長。如今一切已成往事，只有明月仍舊照著商州城外的清渠，黃葉在四皓廟前隨著秋霜飛舞。抬眼眺望天上的浮雲，正悠悠飄向遠方的帝都。

【研　析】此詩是大中二年（西元八四八年）李商隱離桂歸洛，途經商於所作。一二句實寫歸至商於時的氣候節令，流露出對雨過天晴、秋陽爽朗的北方節候的喜愛之情。三四句所言「猿收果」、「麝退香」未必是實見之景，只是用以點明商山風物的特徵。五六句描寫商山地勢，謂此處自古為兵家必爭之地。七八句連用兩個與商於有關的典故：一是張儀先以割讓商於之地六百里的條件引誘楚懷王與齊國斷絕聯盟，而後抵賴說只是割地六里的故事；二是綺里季等商山四皓隱居商山，以保其身的故事。既寫出了商於悠久深厚的歷史底蘊，又寄寓了人情多詐，退隱全生的感慨。九十句將筆觸從歷史拉回到現實，寫商州城外月照清渠，四皓廟前落葉飄黃，再次點明節候的清冷蕭爽，留下物是人非的懷古惆悵。最後兩句謂仰看浮雲飄向長安，既有懷鄉之思，又暗含重入帝都欲有所作為的期待。詩歌筆調清淡，用筆含蓄，將實景、虛景、歷史、現實、詠史、懷古、感今及自抒懷抱融為一體，可謂內容充實豐厚。（姚蓉）

夢令狐❶學士

山驛❷荒涼白竹扉❸，殘燈向曉夢清暉。右銀臺❹路雪三尺，鳳詔❺裁成當直歸❻。

【注　釋】❶令狐　指令狐綯。❷山驛　山村旅店。❸白竹扉　竹製門扉經久變成白色。❹右銀臺　唐朝翰林院在大明宮右銀臺門內。李肇《翰林志》：「學士每下值出門相謔，謂之小三昧（解脫束縛，獲得小自由），出銀臺門乘馬，謂之大三昧。」❺鳳詔　即詔書。晉陸翽《鄴中記》：「石季龍與皇后在觀上，為詔書五色紙，著鳳口中，鳳既銜詔，侍人放數百丈緋繩，轆轤回轉，鳳凰飛下，謂之鳳詔。鳳凰以木作之，五色漆畫，腳皆用金。」❻直歸　下值。謂詔書擬就，下班回家。

【語　譯】荒涼的山村旅店，白色的竹製門扉。殘燈暗淡的光芒，一直搖曳到天色轉亮。我就在清冷的晨光中，夢到了你的模樣。你正在右銀臺門外，腳下踏著厚厚的積雪。你是在擬好皇帝的詔書之後，走在下班回家的路上。

【研　析】此詩與〈寄令狐學士〉一樣，是大中二年（西元八四八年）李商隱在北歸途中寫給令狐綯的作品。詩歌前兩句寫自己，身處荒涼破敗的山村旅店，冷清寂寞中只有殘燈相伴，境況淒涼。後兩句寫令狐綯，夜裡在翰林院值班，為皇帝擬定詔書，拂曉時踏著積雪，從右銀臺路上歸來。前兩句是實寫眼前情景，後兩句是懸想令狐綯的情狀，虛實之間，通過一個「夢」字綰結在一起，既緊密相連又形成鮮明對照。在對比中更突出令狐綯的青雲得志，以及自己的失意潦倒，由此也更容易引發令狐綯的同情，以得到其援引關照。程夢星：「此望綯薦引之作，先寫自己身世之蒼涼，後寫令狐臺閣之華膴，情最動人，語最微婉。」此論可謂恰切。（姚蓉）

腸

有懷非惜恨，不奈寸腸❶何！即席迴彌久❷，前時斷固多。熱因翻急燒，冷欲徹空波。隔樹澌澌雨，通池點點荷。倦程山向背❸，望國❹闕❺嵯峨❻。故念飛書❼及，新懽借夢過。染筠❽休伴淚，繞〈雪〉❾莫追歌。擬問陽臺❿事，年深楚語⓫訛。

【注釋】❶寸腸　泛指胸臆，心間，心事。唐韓偓〈感舊〉：「省趨弘閣侍貂璫，指座恩深刻寸腸。」❷彌久　長久；愈久。《淮南子．主術訓》：「上操約省之分，下效易為之功，是以君臣彌久而不相猒。」《後漢書．董卓傳》：「掌戎十年，士卒大小相狎彌久，戀臣畜養之恩，為臣奮一旦之命。」❸山向背　《湘中記》：「遙望衡山如陣雲，九向九背，乃不復見。」此指路途迢迢，關山重重。❹國　指京城。❺闕　宮殿。❻嵯峨　高聳貌。《晉書．惠帝紀》引〈洛中謠〉：「南風烈烈吹黃沙，遙望魯國鬱嵯峨。」❼飛書　用箭繫書射送。漢王充《論衡．超奇》：「是故魯連飛書，燕將自殺。」《三國志．魏書．趙儼傳》：「諸將皆喜，便作地道，箭飛書與仁，消息數通。」這裡指書信。❽染筠　指湘妃以淚染竹的故事。筠，竹子的別稱。❾繞雪　戰國楚宋玉〈對楚王問〉：「客有歌於郢中者，其始曰：〈下里〉、〈巴人〉，國中屬而和者數千人。……其為〈陽春〉、〈白雪〉，國中屬而和者不過數十人。」後以〈陽春〉、〈白雪〉比喻高深的、不通俗的音樂。唐杜甫〈題柏大兄弟山居屋壁二首〉：「哀絃繞〈白雪〉，未與俗人操。」❿陽臺　用宋玉〈高唐賦〉中巫山神女故事，神女自云「旦為朝雲，暮為行雨。朝朝暮暮，陽臺之下。」⓫楚語　楚地方言。

【語　譯】人生有情便不能無恨，寸寸柔腸除了禁受又能奈何！當此離筵已是千迴百轉，在這以前也曾摧斷許多。熱烈時如急火焚燒，灰冷時似寒冰凍徹水波。隔著樹木傳來的淅淅雨聲，打在池塘潤濕的點點雨荷，都能令腸內愁情翻扯。厭倦了跋山涉水的飄泊，遠望京城宮闕還是那麼巍峨。盼望親朋故舊的來信令人著急，只能在夢中與新知相聚真是難過。不想再時時經受這樣的折磨，湘妃的眼淚請不要沾溼青青翠竹，〈陽春〉、〈白雪〉之歌也不要感傷無人唱和。如果要追詢巫山神女的故事，早已年深日久，只怕也是楚地人在以訛傳訛。

【研　析】此詩以「腸」命題，所繪景物、所敘事物皆與愁腸、斷腸相關。首二句開宗明義，謂人生愁恨，皆由寸寸柔腸承受。三四句謂離愁縈損柔腸。五六句謂愁情激烈則腸內似火，愁情灰冷則腸內如冰。七八句謂隔樹聽雨、通池觀荷皆能觸動愁腸。九十句謂人在旅途、仕進無由之愁腸。十一十二句謂與新知故交音信隔絕之愁腸。最後四句從反面下筆，謂不欲斷腸，則無需淚灑斑竹、無需追歌〈白雪〉、無需追問巫山神女之事。就內容而言，此詩羅列各種意象，突出「腸一日而九迴」的愁思和悲傷，令人讀之黯然。就藝術手法而言，此詩的意象表面看來雜亂無章，跳躍極大，但實際上僅僅綰結在一個「愁」字之下，很能體現義山詩風朦朧隱晦的特點。（姚蓉）

鈞　天

上帝鈞天❶會眾靈❷，昔人因夢到青冥❸。伶倫❹吹裂孤生竹，卻為❺知音不得聽。

【注　釋】❶鈞天　天之中央。❷眾靈　百神。❸昔人句　《史記．趙世家》載：趙簡子病中夢至天帝所居的地方，與百神遊於鈞天，聽奏廣樂（天上的音樂）。「因夢」言其平步青雲之幸運得意。青冥，青天。❹伶倫　傳說黃帝時樂官，精音律。❺為　因。

【語　譯】上帝在天庭招會中眾神，古人也曾經夢中在青天與神相見。可憐伶倫吹裂了樂管，只因沒有知音聆聽那美妙的音樂。

【研　析】不通音律的趙簡子平步青雲，得聽鈞天廣樂，而音樂家伶倫反因其精通音律不得與聞，詩將兩種現象擺在一起，形成鮮明的對比，顯示出其中的荒唐乖謬。然而，這種荒唐卻正是現實中的常態：庸才者每躋身貴仕，而有才者正因其才而遭摒棄。據裴庭裕《東觀奏記》載，宣宗一日問有關令狐楚家情況，「敏中曰：『……次子綯見任湖州刺史，有臺輔之器。』上曰：『追來。』翌日，授考功郎中、知制誥。到闕，詔充翰林學士。間歲遂立為相。」由於皇帝的心血來潮、愛屋及烏和宰相白敏中的一言推薦，令狐綯遂被不次擢拔，身居要職，正是「因夢到青冥」的典型。從中也可看出此詩因何而作。

在啟程回京前，聞知令狐綯自考功郎中知制誥充翰林學士，商隱曾有〈寄令狐學士〉尾聯：「鈞天雖許人間聽，閶闔門多夢自迷。」也用到「鈞天」一典，但委婉流露出希圖汲引之意，用意有所不同。回京後發現令狐綯忌恨之深，已不可能對自己有任何眷顧，〈野菊〉詩：「紫雲新苑移花處，不取霜栽近御筵」，便流露出對令狐綯的怨望之情。幾經周折，謀得個京兆掾職位，依然是困窘的文字生涯。長期的困頓落拓，也使得商隱開始回顧反思自己踏入社會以來的經歷，特別是與令狐父子的關係。〈漫成五章〉其一有云：「當時自謂宗師妙，今日唯觀對屬能。」聯繫〈謝書〉中「自蒙半夜傳衣後，不羨王祥得佩刀」之語，昔日躊躇滿志，以為駢文章奏足致青雲，而今日潦倒落拓，僅以之為糊口之資，言外實寓無限隱痛。而且，與令狐楚的這層關係，反而授令狐綯責其「忘家恩，放利偷合」以口實，成為日後沉淪斥棄的根由。一方面是黨派私怨阻塞賢路，另一方面是黨派私利導致褊狹平庸之輩當政攬權。隨著與令狐綯恩恩怨怨的交往，商隱對其人品才能認識得越來越清楚，將自己的遭遇與之一對比，不由人不生出對賢愚倒置的社會現實的憤慨。因而，這首詩實在蓄積了商隱自身深重的塊壘憂憤。

將商隱回長安作京兆掾同期其他詩歌，特別是肯定讚頌李德裕的一系列詩參讀，可進一步理解本詩。〈舊將軍〉：「雲臺高議正紛紛，誰定當時蕩寇勳？日暮灞陵原上獵，李將軍是舊將軍。」以漢將李廣投閒置散事，為會昌功臣被斥棄鳴不平。〈李衛公〉直接悲慨李德裕的遠貶崖州。〈漫成五章〉其四其五更進一步通過讚頌德裕政績，對當權者的誣枉進行辯駁。商隱對李德裕的肯定與其對令狐綯等的不滿是一致的。大中政局翻覆，牛黨得勢，而真正有經綸之才的李德裕等會昌將相迭貶，就是「昔人因夢到青冥」與「伶倫吹裂孤生竹」這種不合理現象更廣泛的現實呈現。

不過，詩中蓄憤深曲，姚培謙與屈復都將「伶倫吹裂孤生竹」理解成希圖知音之意。也許這種「作者不必然」、「讀者何必不然」正是商隱所欲達到的一種閱讀效果，即對令狐綯有不滿與看法，但表面上卻不得不與之應酬，甚至有所干求。可想而知，詩人內心的矛盾苦悶該多麼深重。

現實的力量還在於，有時它會迫使你不得不低下高傲的頭顱，扭曲自己的心靈，做出違背意願的言行。同在長安京兆掾任上，商隱還有〈令狐舍人說昨夜西掖翫月因戲贈〉等赴趨幫閒之作，露骨地提出「幾時〈緜竹頌〉，擬薦〈子虛〉名」的汲引懇求。對於這種人格的分裂，除了深深的歎息，設身處地，我們又怎忍心苛評當時的詩人呢？商隱人生中這樣的一層悲劇意義，也許更值得人們深思。（李翰）

舊將軍❶

雲臺❷高議正紛紛，誰定當時蕩寇勳❸？日暮灞陵❹原上獵，李將軍是舊將軍。

【注　釋】❶舊將軍　指漢將李廣。《史記．李將軍列傳》：「屏野居藍田南山中射獵，嘗夜從一騎出，從人田間飲，還至霸陵亭，霸陵尉醉，呵止廣。廣騎曰：『故李將軍。』尉曰：『今將軍尚不得夜行，何乃故也。』止廣宿亭下。」❷雲臺　漢宮中臺閣名。漢明帝時因追念前世功臣，圖畫鄧禹等二十八將於南宮雲臺。漢光武帝時，用作召集群臣議事之所，後用以借指朝廷。南朝梁沈約〈為武帝與謝朏敕〉：「今方復引領雲臺，虛己宣室。」唐高適〈宋中遇劉書記有別〉：「白身謁明主，待詔登雲臺。」唐杜牧〈少年行〉：「捷報雲臺賀，公卿拜壽巵。」❸勳　特殊功勞。❹灞陵　古地名，本作霸陵。故址在今陝西西安東。漢文帝葬於此，故稱。北周庾信〈哀江南賦〉：「豈知灞陵夜獵，猶是故時將軍。」唐李白〈憶秦娥〉：「秦樓月，年年柳色，灞陵傷別。」

【語　譯】漢宮的雲臺上，朝臣們正各發高見，議論紛紛。只是誰又能評定，這蕩平敵寇的功勳究屬何人？日暮時分在灞陵原上射獵的李將軍，竟被小小的灞陵尉呵斥，只因功勳卓著的他，是已經被免職的前任將軍。

【研　析】此詩借漢寫唐，以西漢將軍李廣借指當朝功臣李德裕。大中二年（西元八四八年）七月，宣宗效仿唐太宗圖功臣於凌煙閣的作法，續畫了一批功臣圖像置於凌煙閣，但會昌年間有平定寇亂之卓越功勳的李德裕卻被排斥在外。不僅如此，宣宗即位不到一月，李德裕就被罷相，大中元年（西元八四七年），被貶為潮州司馬，二年再貶為崖州司戶，最終死在崖州。李商隱此詩應是大中二年有感於李德裕被貶及朝廷續圖凌煙閣之事而作。

詩歌前兩句寫漢明帝時因追念前世功臣，圖畫鄧禹等二十八將於南宮雲臺的故事，不難看出實是喻指當時朝廷正在進行的續圖功臣於凌煙閣的舉動，而且語帶譏諷，態度鮮明地表示朝廷此舉有失公允。後兩句詠李廣被廢為庶人後射獵灞陵，遭遇灞陵尉呵斥的故事，為李廣有功而不得其用的遭遇鳴不平，更是以李廣喻指李德裕，為李德裕的被貶鳴冤叫屈。李廣一生「與匈奴前後七十餘戰」，是令匈奴聞風喪膽的「飛將軍」，卻落得個刎頸自盡的下場，令人同情。而李德裕在任相期間，於會昌年間擊潰回鶻烏介可汗之入侵，並平定澤、潞等五州的藩鎮叛亂，其功勳與李廣相似，其有功而遭貶的人生經歷更與李廣相似，故詩人「李將軍是舊將軍」的感慨，遠是歎息李廣，近則同情李德裕也。而在當時李黨失勢的情況下，李商隱敢於發出這樣的議論，也是頗具政治勇氣的。（姚蓉）

韓碑❶

元和天子神武姿，彼何人哉軒❷與羲❸。誓將上雪列聖恥❹，坐法宮❺中朝四夷。淮西有賊五十載❻，封狼生貙貙生羆❼。不據山河據平地，長戈利矛日可麾❽。帝得聖相相曰度❾，賊斫❿不死神扶持⓫。腰懸相印作都統⓬，陰風慘澹⓭天王旗⓮。愬武古通⓯作牙爪，儀曹外郎⓰載筆隨。行軍司馬⓱智且勇，十四萬眾猶虎貔⓲。入蔡⓳縛賊獻太廟，功無與讓⓴恩不訾㉑。

帝曰：「汝度功第一，汝從事愈宜為辭㉒。」愈拜稽首㉓蹈且舞：「金石刻畫㉔臣能為。」古者世稱大手筆，此事不繫于職司㉕。當仁自古有不讓，言訖屢頷天子頤㉖。

公退齋戒㉗坐小閣，濡染大筆何淋漓。點竄〈堯典〉〈舜典〉字，塗改〈清廟〉〈生民〉㉘詩。文成破體㉙書在紙，清晨再拜鋪丹墀㉚。表㉛曰：「臣愈昧死㉜上」，詠神聖功書之碑。碑高三丈字如斗，負以靈鼇㉝蟠㉞以螭㉟。

句奇語重喻者少㊱，讒㊲之天子言其私。長繩百尺拽碑倒，麤砂大石相磨治。

公之斯文若元氣㊳，先時已入人肝脾。湯盤孔鼎有述作，今無其器存其辭㊴。

嗚呼聖皇及聖相，相與烜赫㊵流淳熙㊶。公之斯文不示後，曷與三五㊷相攀追？願書萬本誦萬過㊸，口角流沫右手胝㊹。傳之七十有三代，以為封禪㊺玉檢㊻明堂㊼基。

【注釋】❶韓碑　唐憲宗元和十二年（西元八一七年）十月，裴度率軍討平淮西藩鎮吳元濟。十二月，詔命韓愈撰〈平淮西碑〉，即此詩所詠「韓碑」。❷軒　軒轅氏，即黃帝。❸羲　伏羲氏。❹列聖恥　指玄、肅、代、德、順等歷朝皇帝所蒙受的藩鎮叛亂之恥。❺法宮　正殿；皇帝治事之所。❻淮西句　韓愈〈平淮西碑〉：「蔡帥之不庭授，於今五十年。」淮西節度使駐蔡（今河南汝南、上蔡、新蔡等縣境內），故稱蔡帥。廣德元年（西元七六三年）至元和十二年（西元八一七年）朝廷討蔡，淮西藩鎮先後為李忠臣、李希烈、陳仙奇、吳少誠、吳少陽、吳元濟等人所據，共五十餘年。❼封狼句　此以封狼、貙、羆比喻遞相叛亂割據的藩鎮。封狼，大狼。貙，一種紋如狸、大如狗的野獸。羆，棕熊，熊的一種，毛棕褐色，能爬樹游水。❽日可麾　《淮南子・覽冥訓》：「魯陽公與韓構難，戰酣，日暮，援戈而揮之，日為之反三舍。」這裡比喻膽敢反叛作亂。麾，通「揮」。❾度　裴度（西元七六五—八三九年），字中立，河東聞喜（今山西聞喜）人，唐代後期傑出的政治家。裴度在憲宗、穆宗、敬宗、文宗四朝歷任顯職。輔佐憲宗平定淮西叛亂，是裴度一生中最輝煌的一項業績。唐朝以後的許多史學家、思想家、政治家，如司馬光、歐陽修、李贄等人，都稱讚裴度「以身繫國家輕重如郭子儀者二十餘年」。❿斫　砍。⓫神扶持　據《新唐書・裴度傳》載，元和十年六月，李師道派刺客暗殺了主戰宰相武元衡，御史中丞裴度背部、頭部受傷，墜溝，刺客以為裴度已死，即逃走。帝曰：「度得全，天也。」裴度病癒後，拜中書侍郎、同中書門下平章事（宰相）。⑫都統　唐後期為討伐藩鎮與鎮壓農民起義，乾元元年（西元七五八年）置都統，或總管五道，或總管三道兵馬，上元末年（西元七六一年）省。大中年間（西元八四七—八五九年）又置。嗣因所置過多，中和二年（西元八八二年），又置諸道行營都都統，統率各都統。裴度以宰相身分前往督師，故曰「作都統」。⑬陰風慘澹　形容裴度出征時，陣容嚴肅之氣氛。⑭天王旗　皇帝的旗幟。⑮愬武古通　即李愬、韓公武、李道古、李文通四員戰將。⑯儀曹外郎　即禮部員外郎。裴度出征，以禮部員外郎李宗閔等掌書記。⑰行軍司馬　指韓愈。裴度出征時，奏請韓愈兼御史中丞、充行軍司馬。⑱虎貔　比喻勇猛的軍隊。《尚書・牧誓》：「勗哉夫子，尚桓桓，如虎如貔，如熊如羆于商郊。」貔，似虎的猛獸。⑲入蔡　元和十二年十月十五日，李愬雪夜襲蔡州，十七日擒吳元濟。送至長安，獻於太廟。⑳無與讓　即無人可及。㉑恩不訾　恩遇隆重，不可計量。訾，估量；計算。㉒汝從句　意為將軍（指裴度）的從事中郎（參謀）韓愈應該撰碑文記功。㉓稽首　叩頭。㉔金石刻畫　本指在鐘鼎、碑碣上刻畫文字，此指歌功頌德的碑文。㉕古者二句　古來凡是記述朝廷大事的文章，不交給有關部門的文學侍從之臣撰寫，而另覓高手。大手筆，指大著作。㉖天子頤　天子點頭稱善。㉗公退齋戒　公，指韓愈。齋戒，不飲酒，不吃葷，不與妻同寢，整潔心身，以示虔誠。㉘點竄二句　意謂韓愈力求追摹經典，將碑文寫得古典高雅。堯典舜典，為《尚書》篇名。清廟生民，為《詩經》篇名。㉙文成破體　謂文章寫就。破，終了意。㉚丹墀　宮殿前的紅色臺階及臺階上的空地。㉛表　韓愈〈進碑文表〉。㉜昧死　冒昧地觸犯死罪。秦漢以來，章奏首尾多有此語。㉝靈鼇　神龜，此指負碑之基石。㉞蟠　屈曲；環繞；盤伏。㉟螭　螭龍，傳說中無角的龍。《後漢書・張衡傳》：「伏靈龜以負坻兮，亙螭龍之飛梁。」三國魏曹操〈精列〉詩：「願螭龍之駕，思想昆侖居。」㊱句奇句　意謂文筆奇特，語言莊重，少有明白理解者。㊲讒　在別人面前說陷害某人的壞話。《舊唐書・韓愈傳》：「碑辭多敘裴度事。時先入蔡州擒吳元濟，李愬功第一。愬不平之。愬妻，唐安公主女也，出入禁中，因訴碑辭不實。詔令磨去愈文，命翰林學士段文昌重撰文勒石。」㊳元氣　指天地之大氣。㊴湯盤二句　謂湯盤、孔鼎今已不存，但銘文仍流傳至今。借此言韓碑雖毀，但碑文不朽。商湯的浴盤，刻有銘文。孔鼎，孔子先祖正考父的鼎，也刻有銘文。㊵烜赫　昭著；顯赫。漢荀悅《漢紀・成帝紀三》：「以言事為罪，無烜赫之惡。」唐顏真卿〈贈裴將軍〉詩：「將軍臨八荒，烜赫耀英材。」㊶淳熙　淳正；光明。㊷三五　三皇五帝，泛指遠古時代的帝王。意思是謂韓愈的碑文如果不傳於後世，憲宗的偉業怎能與三皇五帝相承媲美。㊸過　次；遍。㊹胝　胼胝，手腳皮膚上的老繭。㊺封禪　古代帝王祭祀天地，宣揚功業的大典。在泰山上築土為壇，報天之功，稱封；在泰山下的梁父山闢場祭地，報地之德，稱禪。㊻玉檢　玉製的牒書封篋。㊼明堂　古代帝王宣明政教、舉行大典的地方。凡朝會、祭祀、慶賞、選士、養老、教學等大典，都在此舉行。《孟子・梁惠王下》：「夫明堂者，王者之堂也。」《玉臺新詠・木蘭辭》：「歸來見天子，天子坐明堂。」唐杜甫〈石鼓歌〉：「大開明堂受朝賀，諸侯佩劍鳴相磨。」

【語　譯】元和天子憲宗皇帝英明神武，功業可追軒轅與伏羲。立誓一雪列代祖宗的奇恥大辱，端坐正宮接見前來朝拜的四夷。淮西地區藩鎮賊子割據了五十多年，猶如狼生貙、貙生羆，叛亂代代相繼。哪怕只是占據平地上堅固的城池，就依仗精良武器以戈揮日肆意妄為。

皇帝有幸得到一位賢明的宰相叫裴度，匪徒們暗殺他不死如有神靈相助。他腰懸相印兼任軍隊的統帥，陰風慘澹中打著天王大旗率部出征。李愬、韓公武、李道古、李文通都是他的得力戰將，為他掌管文書的是禮部員外郎李宗閔。行軍司馬是智勇雙全的韓愈，十四萬大軍如虎貔威風凜凜。攻入蔡州捕獲叛賊獻於太廟，裴度的功勞無人可比，朝廷的封賞也多得不可估計。

皇帝說：「裴度你的功勞數第一，你的從事韓愈應當寫篇記功的文辭。」韓愈連忙手舞足蹈叩頭拜謝道：「記述功德刻於金石的文章我能作好。」古來被稱為大手筆的鴻篇巨製，責任重大不能交給一般職司草擬。當仁不讓古代已有先例，我決不推諉辜負聖上美意。一番話說得皇帝頻點頭，不斷稱許表示滿意。

韓公回家虔誠齋戒坐進小閣，揮動大筆寫起文章痛快淋漓。效仿〈堯典〉、〈舜典〉記載明君賢臣，模擬〈清廟〉、〈生民〉歌頌這次豐功偉績。文章寫成又抄在紙上，清晨就到宮殿的紅階前拜呈君王。奏表寫著：「臣子韓愈冒死進言」，這篇歌詠神聖功德的文章應當刻在石碑上。石碑高有三丈字大如斗，下有巨鼇背負上面還盤繞著螭龍。

文句奇特語辭莊重實在難懂，因而有人在皇帝面前詆毀他為文不公。於是百尺長繩把石碑拽倒，又用粗砂磨掉了大石上的碑文。但韓公的這篇文章如同天地元氣，早已深入人心沁人肝脾。就像銘刻著古人著述的湯盤孔鼎，鼎盤雖已不存在，上面的銘文卻流傳至今。

啊！憲宗這樣的聖皇與裴度這樣的聖相，如此淳正融洽的君臣遇合定當光照後世。韓公的碑文如果不傳示後代，誰又明白憲宗的事業可與三皇五帝並提。我願把這篇文章抄寫一萬本誦讀一萬遍，即使口角流沫右手生繭也不放棄。將此篇碑文流傳千秋及萬代，用作封禪的玉檢，明堂的基石。

【研　析】李商隱〈韓碑〉一詩，敘韓愈撰寫〈平淮西碑〉的始末，對研究韓文的流傳和影響具有很高的史料價值。全詩可分為三個部分。從開頭到「功無與讓恩不訾」為第一部分，是寫韓碑的由來，極力突出憲宗削平藩鎮的決心和裴度率軍平蔡的功績。淮西藩鎮（駐蔡）擁兵自重，不受朝廷轄制已達五十餘年。尤其是元和九年（西元八一四年）淮西節度使吳少陽死後，其子吳元濟匿不發喪，自領軍務，進行公開的武裝叛亂。於是憲宗以裴度為宰相並行元帥事，專討淮西。元和十二年（西元八一七年）十月，吳元濟被擒，諸州歸附，亂平。此舉維護了國家的安定統一，功在社稷，值得立碑紀念，故而有了韓愈寫作碑文之事。從「帝曰汝度功第一」到「麓砂大石相磨治」為第二部分，記錄韓愈〈平淮西碑〉的撰文、刻石及被毀情況。元和十二年十二月，憲宗詔命韓愈撰〈平淮西碑〉，記述此次平叛事件。韓愈欣然受命，鄭重其事，寫下碑文千八百字，如行雲流水，如大江出峽，汪洋恣肆，氣勢恢弘。但因韓愈以為淮西之役是以裴度為統帥，在碑文中稍側重於稱讚裴度的功績，故引起了在戰鬥中率先攻入蔡州擒住吳元濟的唐鄧節度使李愬的不滿。李愬之妻又係憲宗姑母唐安公主之女，經常出入宮中，便向憲宗詆毀韓碑不實。於是憲宗下令磨去韓碑，命翰林學士段文昌另寫。從「公之斯文若元氣」到結尾為第三部分，讚頌憲宗、裴度的功績和韓碑的不朽價值。謂韓碑如同湯盤孔鼎，縱然器物不存，而文辭不滅。憲宗、裴度的政治業績更是因了韓愈碑文，才流傳千古，為後人熟知。以此足見韓碑的文采與價值。清代沈德潛在《唐詩別裁》中認為段文昌文「較之韓碑，不啻蟲吟草間矣。」亦可見李商隱對韓碑的評價並非虛誇之詞。

有論者認為李商隱記述早已過去多年的「韓碑」事件，實是為李德裕鳴不平。李德裕平澤、潞諸鎮，與裴度平淮西之功業相似。而宣宗即位初就被貶謫，其功績得不到公允的評價，亦和韓碑被毀相似。故此詩可能作於宣宗大中三年（西元八四九年），有借古諷今之意。（姚蓉）

戊辰會靜中出貽同志二十韻[1]

大道[2]諒無外[3]，會越[4]自登真[5]。丹元[6]子何索？在己莫問鄰。蒨璨[7]玉琳華[8]，翱翔九真君[9]。戲擲萬里火[10]，聊召六甲旬[11]。瑤簡[12]被靈誥[13]，持符[14]開七門[15]。金鈴[16]攝群魔，絳節[17]何兟兟[18]。吟弄東海若[19]，笑倚扶桑[20]春。三山[21]誠迥視，九州揚一塵[22]。我本玄元[23]胤[24]，禀華[25]由上津[26]。中迷鬼道[27]樂，沉為下土民。託質屬太陰，鍊形復為人。誓將覆宮澤[28]，安此真與神。龜山[29]有慰薦[30]，南真[31]為彌綸[32]。玉管[33]會玄圃[34]，火棗[35]承天姻[36]。科車[37]遏故氣[38]，侍香[39]傳靈芬[40]。飄飖被青霓[41]，婀娜佩紫紋[42]。林洞何其微，下仙[43]不與群。丹泥[44]因未控，萬劫[45]猶逡巡。荊蕪[46]既以薙[47]，舟壑[48]永無湮[49]。相期[50]保妙命，騰景[51]侍帝宸[52]。

【注　釋】[1]戊辰句　會靜，道教徒集會，入靜修煉。《雲笈七籤》：「正月七日、七月七日、十月五日為三會日，三官考核功過，宜受符籙，齋戒上章，並須入靜朝禮。若其日值戊辰、戊戌、戊寅，即不須朝真，道家忌此日辰。」貽，贈。同志，指道友。[2]大道　至極之理；理想境界。[3]無外　無限大。《莊子・天下》：「至大無外，謂之大一；至小無內，謂之小一。」[4]會越　能超越。[5]登真　升天成仙。[6]丹元　道教語，心神。《黃庭內景經・心神》：「心神丹元字守靈。」梁丘子注：「心為藏府之元，南方火色，棲神之宅，故言守靈也。」[7]蒨璨　鮮明貌。[8]琳華　仙境中的花。[9]九真君　九天真王。晉葛洪《神仙傳》：「世之升天之仙，凡有九品：第一上仙，號九天真王；第二次仙，號三天真皇；第三號太上真人；第四號飛天真人；第五號靈仙；第六號真人；第七號靈人；第八號飛仙；第九號仙人。」⑩戲擲句　擲火，道教法術。「擲火萬里，流金八沖。」擲火流鈴者，流金火鈴也。擲之有聲，聞乎太極，光振千里，故徹萬里以交煥，達八方以衝擊，則真人常持之以制禦魔精。⑪六甲旬　即以六甲循環推數，預知吉凶。六甲，五行方術之一。旬，十日為一旬。六甲以天干地支依次相配可得六十甲子。⑫瑤簡　道教所用的玉簡。⑬靈誥　道書的美稱。⑭持符　手執道教用於驅邪的神符。⑮七門　七竅。⑯金鈴　道士所佩銅鈴。⑰絳節　傳說中上帝或仙君的一種儀仗。唐杜甫〈玉臺觀〉詩之一：「中天積翠玉臺遙，上帝高居絳節朝。」⑱甡甡　眾多貌。唐盧照鄰〈釋疾文・命曰〉：「野有鹿兮，其角甡甡；林有烏兮，其羽習習。」⑲海若　海神名。傳說中的海神。《楚辭・遠遊》：「使湘靈鼓瑟兮，令海若舞馮夷。」南朝宋鮑照〈望水〉詩：「河伯自矜大，海若沉渺莽。」⑳扶桑　神話中的樹木名。《山海經・海外東經》：「湯谷上有扶桑。」後用來稱東方極遠處或太陽出來的地方。左思〈吳都賦〉：「行乎東極之外，經扶桑之中林。」㉑三山　相傳渤海中有三神山，曰蓬萊、方丈、瀛洲。㉒九州句　晉葛洪《神仙傳・麻姑》：「麻姑自說云：『接侍以來，已見東海三為桑田，向到蓬萊，水又淺於往者，會時略半也，豈將復還為陵乎？』方平笑曰：『聖人皆言，海中復揚塵也。』」後用為世事變遷之典。㉓玄元　太上老君。李唐王朝因李氏出自老君，故崇尚道教。唐高宗追號老君為太上玄元皇帝。㉔胤　後代。李商隱與老子同姓，故云。㉕稟華　稟性華美。㉖上津　上天的津氣。《藝文類聚》引〈神仙傳序〉云：「老子姓李名耳，字伯陽，楚國苦縣賴鄉人也。其母感大星而有娠，雖受氣於天，然生於李家。猶以李為姓。又云，其母懷之八十一歲乃生。生時剖其母左腋出，出而白首，故謂之老子。」㉗鬼道　佛教六道之一，餓鬼道的簡稱。佛教六道為天道、人道、阿修羅道、畜生道、餓鬼道和地獄道。㉘覆宮澤　還精補腦。覆，還。宮澤，道教謂腦宮的精髓。㉙龜山　《集仙傳》：「西王母者，九靈太妙龜山金母也。天上天下，三界十方女子之登仙者咸隸焉。所居宮闕在龜山春山西那之都。」㉚慰薦　猶慰藉。㉛南真　《南嶽魏夫人傳》：「太微帝君授夫人上真司命南嶽夫人。」「南真」即指這位南嶽魏夫人。㉜彌綸　統攝；籠蓋。《易・繫辭上》：「《易》與天地準，故能彌綸天地之道。」㉝玉管　泛指管樂器。北周庾信〈賦得鸞臺〉詩：「九成吹玉管，百尺上瑤臺。」㉞玄圃　傳說中崑崙山頂的神仙居處，中有奇花異石。張衡〈東京賦〉：「左瞰暘谷，右睨玄圃。」北魏酈道元《水經注・河水一》：「崑崙之山三級：下曰樊桐，一名板松；二曰玄圃，一名閬風；三曰層城，一名天庭。是為太帝之居。」㉟火棗　傳說中的仙果，食之能羽化飛行。南朝梁陶弘景《真誥・運象二》：「玉醴金漿，交梨火棗，此則騰飛之藥，不比于金丹也。」唐陸龜蒙〈襲美以春橘見惠因次韻復酬謝〉：「堪居漢苑霜梨上，合在仙家火棗前。」㊱天姻　與仙人所結之姻親。㊲科車　裸露無蓋飾的車。《宋書・禮志五》：「車無蓋者曰科車。」《北史・崔浩傳》：「蠕蠕大檀先被疾，不知所為，乃焚穹廬，科車自載，將百人入山南走。」㊳故氣　穢氣。捨故氣乃可得仙，有吐故納新之意。㊴侍香　侍香之童，如金童玉女。㊵靈芬　潔淨吉祥之氣。㊶青霓　此指道士所服之衣。㊷紫紋　紫色綬帶。㊸下仙　道書有上仙、中仙、下仙。上仙居上清，中仙處中道，下仙居三元之末。㊹丹泥　用真丹製成的泥丸。㊺萬劫　佛經稱世界從生成到毀滅的過程為一劫，萬劫猶萬世，形容時間極長。南朝梁沈約〈內典序〉：「俱處三界，獨與神遊，包括四天，卷舒萬劫。」㊻荊蕪　指心中荊棘。㊼薙　除草。㊽舟壑　《莊子・大宗師》：「夫藏舟于壑，藏山於澤，謂之固矣！然而夜半有力者負之而走，昧者不知也。藏小大有宜，猶有所遁。」㊾湮　淤塞；堵塞。㊿相期　待；相約。唐李白〈贈郭季鷹〉詩：「一擊九千仞，相期凌紫氛。」(51)騰景　騰影；騰身。(52)帝宸　帝王的宮殿，指上帝。

【語　譯】大道誠然沒有邊際，只要能自我超越便可得道成仙。到哪裡去索求那修道的丹元？誠摯的心神在你自己身上，不要去詢問你的芳鄰。燦爛晶瑩的仙花世界中，翱翔著升仙的九天真王。他擲出流金火鈴能達萬里之外，他能以六甲循環推測吉凶。他用玉簡寫下仙靈的教諭，他手執驅邪的神符將七竅開通。他的金鈴能攝服群魔，出行時旗幟紛紛揚揚。他對著東海向海神吟誦，他倚著扶桑笑看紅日初升。海上的三座仙山看起來那麼迥遠，九州大地就如一顆浮塵。我本來是太上老君的後代，出眾的稟賦來自上天的賜與。因為沉迷於世間的逸樂，沉淪到了凡塵下土。依託太陰的形質，經過歷練又成就了人的形體。發誓以還精補腦的方式，安頓自己的本真與心神。西王母廣開升仙之門，南真夫人更有長生之道。在他們的幫助下得道成仙，就可以去到凡人羡慕的天界。天帝所居的玄圃仙樂飄搖，吃著仙果火棗和神女結親。登上仙車排除了穢濁，侍奉一旁的仙女香氣怡人。青霓之裳披在身上迎風飄動，紫色的綬帶繫在腰間婀娜多姿。在林間洞裡修煉的下仙，還不能與天上的仙人為伍。升仙的丹藥尚未製成，萬世的劫難還未結束。不過只要心中的雜念已經剔除，駛往彼岸的仙舟將永無礙阻。但願同志們保住美好的生命，終有一天飛騰升仙侍奉天帝。

【研　析】這是一首遊仙之作，通篇充滿神道氣味，應當是李商隱早年「學仙玉陽東」時期的作品。詩歌前四句點題，謂大道無邊，修行在己。「蒨璨玉琳華」以下十二句極力渲染仙人的逍遙生活，如衣飾華麗，翱翔太空，法術高明，預知吉凶，持符誦咒，降妖除魔，對著大海吟唱，倚著扶桑微笑，將三山盡收眼底，把九州視為塵埃，這是何等灑脫又充滿豪氣的神仙日子。「我本玄元胤」以下十六句言自己學道的過程，說自己本太上老君之後裔，稟性華美，因迷戀世間逸樂，結果成為凡夫俗子。後來潛心學道，才得以存真安神。希望得到西王母、南真夫人的幫助，去到美好的仙界，位列仙班。「林洞何其微」直到結尾，謂修煉還未結束，願同志們和自己努力去除汙穢，保存真神，將來同登仙籍。詩歌引用了大量的道教術語與道家典故，顯示了詩人對求仙學道的熱衷和已經達到的修為。詩歌想像豐富，意象繁密通讀之後，確實可以產生「飄飄有淩雲之氣，似游天地之間意」。（姚蓉）

和孫朴❶韋蟾❷孔雀詠

此去三梁遠，今來萬里攜❸。西施因網得❹，秦客❺被花迷。可在青鸚鵡，非關碧野雞❻。約眉憐翠羽，刮膜想金篦❼。瘴氣❽籠飛遠，蠻花❾向坐低。輕於趙皇后❿，貴極楚懸黎⓫。都護⓬矜羅幕，佳人炫繡袿⓭。屏風臨燭釦⓮，捍撥⓯倚香臍。舊思牽雲葉⓰，新愁待雪泥。愛堪通夢寐，畫得不端倪⓱。地錦排蒼雁，簾釘鏤白犀⓲。曙霞星斗外，涼月露盤⓳西。妒好休誇舞，經寒且少啼⓴。紅樓㉑三十級，穩穩上丹梯㉒。

【注釋】❶孫朴　生平事蹟不詳。趙明誠《金石錄》：「唐崇聖寺佛牙碑，孫朴撰，大中時立。」❷韋蟾　字隱桂，下杜人，大中七年（西元八五三年）進士，為徐商掌書記。咸通末，官尚書左丞。❸此去二句　謂孔雀之行蹤，由桂至京，也是詩人自己的行蹤。三梁，地名，在桂林。❹西施句　春秋時期，越敗於吳，進美女西施於吳王夫差，吳王許和。後越王句踐滅吳，關於西施的下落，一說她跟范蠡泛舟五湖，遠走他鄉；一說吳亡後西施沉江而死。此處藉以說明孔雀乃遭圍捕網來。❺秦客　蕭史。漢劉向《列仙傳．蕭史》云：蕭史善吹簫，作鳳鳴。秦穆公以女弄玉妻之，作鳳臺，教弄玉吹簫，感鳳來集，弄玉乘鳳、蕭史乘龍，夫婦同仙去。❻可在二句　謂孔雀之美，非鸚鵡、野雞之流可比。可在，哪在乎。與下文「非關」意近。❼約眉二句　謂孔雀的翠羽如佳人之修眉；睹其金碧之羽毛，若見刮膜之金篦。金篦，亦作金錍，古代治眼病的工具，形如箭頭，用來刮眼膜，據說可使盲者復明。《周書．張元傳》：「其夜，夢見一老公，以金鎞治其祖目。」唐杜甫〈秋日夔府詠懷奉寄鄭監李賓客一百韻〉：「金篦空刮眼，鏡象未離銓。」❽瘴氣　指南部、西南部地區山林間溼熱蒸發能致病之氣。《後漢書．南蠻傳》：「南州水土溫暑，加有瘴氣，致死者十必四五。」南朝宋鮑照〈苦熱行〉：「瘴氣晝熏體，菵露夜沾衣。」❾蠻花　指孔雀。❿趙皇后　指漢成帝的皇后趙飛燕。身輕，據稱掌上可舞。⓫懸黎　亦作懸璃。美玉名。《戰國策．秦策三》：「臣聞周有砥厄，宋有結綠，梁有懸黎，楚有和璞。」晉葛洪《抱朴子．博喻》：「懸黎結綠，不假觀於瓊瑶。」泛指美玉。唐錢起〈送李四擢第歸覲省〉：「懸黎寶中出，高價世難掩。」此謂孔雀極為珍貴。⓬都護　古代官名，設在邊疆地區的最高行政長官。唐岑參〈白雪歌送武判官歸京〉：「將軍角弓不得控，都護鐵衣冷難著。」唐王維〈隴西行〉：「都護軍書至，匈奴圍酒泉。」⓭袿　古代婦女所穿的華麗的上衣。⓮燭釦　指金邊的燭臺。⓯捍撥　彈奏琵琶用的撥子。因其質地堅實，故稱。唐元稹〈琵琶歌〉：「淚垂捍撥朱弦溼，冰泉嗚咽流鶯澀。」《新唐書．禮樂志十一》：「象牙為捍撥。」⓰雲葉　猶雲片，雲朵。南朝陳張正見〈初春賦得池應教〉：「春光落雲葉，花影發晴枝。」唐杜甫〈夏夜李尚書筵送宇文石首赴縣聯句〉：「雨稀雲葉斷，夜久燭花偏。」⓱愛堪二句　謂孔雀令人喜愛，白日看不厭，甚至晚上夢中亦見之；欲圖寫其形貌，恐難得惟妙惟肖。端倪，頭緒；邊際。《莊子．大宗師》：「反復終始，不知端倪。」⓲地錦二句　謂孔雀居於華麗宮宅，供人玩賞，地毯上繡著雁陣圖案，簾箔之釘以犀角雕鏤而成。⓳曙霞二句　謂晨星未滅、朝霞升起的早晨，露盤之西，冷月初斜，孔雀寂寞無聊。⓴妒好二句　謂孔雀休妒人之好，誇其善舞；北地多寒，戒之以少啼。孔雀自喜其尾而甚妒。《太平廣記．禽鳥二》引《紀聞》：「凡欲山棲，必先擇有置尾之地，然後止焉。南人生捕者，候甚雨，往擒之，尾沾而重，不能高翔，人雖至，且愛其尾，恐人所傷，不復騫翔也。雖馴養頗久，見美婦人好衣裳與童子絲服者，必逐而啄之。芳時媚景，聞管絃笙歌，必舒張翅尾，盼睇而舞，若有意焉。」㉑紅樓　紅色的樓，泛指華美的宮殿。唐段成式《酉陽雜俎續集．寺塔記上》：「長樂坊安國寺紅樓，睿宗在藩時舞榭。」唐李白〈侍從宜春苑奉詔賦龍池柳色初青聽新鶯百囀歌〉：「東風已綠瀛洲草，紫殿紅樓覺春好。池南柳色半青青，縈煙嫋娜拂綺城。」㉒穩穩句　祝孔雀穩步攀登，自然身置高層。丹梯，紅色的臺階，亦喻仕進之路。南朝宋謝靈運〈擬魏太子鄴中集詩・阮瑀〉：「躧步陵丹梯，並坐侍君子。」唐許渾〈送上元王明府赴任〉：「官滿定知歸未得，九重霄漢有丹梯。」

【語　譯】這裡離三梁地區很遠，孔雀就是這樣從萬里之外被帶來。像西施般的美麗，因而被人以羅網捕得。牠那身色彩如花的毛羽，讓秦地的貴客們看得入迷。青鸚鵡怎能跟牠相比，碧野雞更無法與牠並提。牠的翠羽像女子的蛾眉一樣可愛，牠金光閃閃如同刮膜用的金篦。牠來自遙遠的南方瘴癘之地，作為蠻地名花令舉座的賓客自慚不已。牠姿態輕盈超過趙皇后的掌中之舞，牠身分名貴甚於梁國的寶玉懸黎。將軍們矜誇牠留在羅幕上的身影，美女們炫耀牠映在衣裙上的風姿。畫在屏風上的牠，正對著鑲金的燭臺。安放在琵琶下方的捍撥，也雕刻成牠的樣子。牠仰望天邊浮雲，思念南方故山。牠無奈滯留北方，憂愁毛羽為雪泥汙染。牠是如此惹人喜愛，睡裡夢裡都無法忘懷。但如果想把牠描摹下來，卻又難以畫出端倪。牠如今居住在華麗的宅院，地毯上織著成行的蒼雁，窗簾上釘著白犀牛的角片。清晨的霞光閃耀星斗之外，如水的月光懸掛在承露盤的西邊。不要因為妒忌別人而誇耀自己善舞，歷經了寒夜也不要急著啼鳴以示意。紅樓雖然高至三十級，但只要穩步上升，就能攀上最高的階梯。

【研　析】李商隱〈樊南乙集序〉：「余為桂林從事日，嘗使南郡，舟中序所為四六作二十編。明年正月自南郡歸，二月府貶，選為盩厔（今陝西周至）尉，與班縣令武公（功）劉官人同見尹，尹即留假參軍事，專章奏……時同僚有京兆韋觀文、河南房魯、樂安孫朴、京兆韋嶠、天水趙璜、長樂馮顓、彭城劉允章，是數輩者，皆能文字。」據此可知，此是李商隱於大中三年（西元八四九年）在京兆府暫為屬吏主管章奏時，酬和京兆府同僚孫朴、韋蟾詠孔雀的詩篇。詩歌首四句點明孔雀之來處，「可在」四句謂孔雀毛羽之美，「瘴氣」四句謂孔雀品類之貴，「都護」四句謂賞愛孔雀者之眾，「舊思」四句謂孔雀之愁思神韻難以捉摸，「地錦」四句謂孔雀所處環境華美卻暗伏危機，「妒好」四句告誡孔雀不要炫才，以期穩上丹梯。綜觀全詩，乃以孔雀為喻，通過孔雀的絕豔孤傲，卓爾不群，表現出對於孫朴、韋蟾及作者本人才華超群的愛惜心情，並暗示同僚注意韜光養晦，靜待良機，而不必太過急於表現文采。總有一天，人生會顯達起來，到時才美外現不遲。由此可見，此詩是借詠孔雀勉勵孫朴、韋蟾，同時自勉。（姚蓉）

寄懷韋蟾

謝家❶離別正淒涼，少傅❷臨岐❸賭佩囊❹。却憶短亭❺迴首處，夜來煙雨滿池塘。

【注　釋】❶謝家　謝安、謝玄之家，六朝時望族，與王氏並稱，居住在烏衣巷，人稱其子弟為「烏衣郎」。《南史・侯景傳》：「請娶於王謝，帝曰：『王謝門高非偶，可于朱張以下訪之。』」唐劉禹錫〈烏衣巷〉詩：「舊時王謝堂前燕，飛入尋常百姓家。」後以「王謝」為高門世族的代稱，此借指韋蟾之家。❷少傅　指謝安（西元三二〇—三八五年），字安石，號東山，東晉政治家、軍事家，祖籍陳郡陽夏（今河南太康）。歷任吳興太守、侍中兼吏部尚書兼中護軍、尚書僕射兼領吏部加後將軍、揚州刺史兼中書監兼錄尚書事、都督五州、幽州之燕國諸軍事兼假節、太保兼都督十五州軍事兼衛將軍等職，死後追封太傅兼廬陵郡公。世稱謝太傅、謝安石、謝相、謝公。❸臨岐　本為面臨岐路，後亦用為贈別之辭。鮑照〈舞鶴賦〉：「指會規翔，臨岐矩步。」唐杜甫〈送李校書〉詩：「臨岐意頗切，對酒不能吃。」❹賭佩囊　《晉書・謝玄傳》：「玄少好佩紫羅香囊，安患之，而不欲傷其意，因戲賭取，即焚之，於此遂止。」❺短亭　舊時城外大道旁，五里設短亭，十里設長亭，為行人休憩或送行餞別之所。北周庾信〈哀江南賦〉：「十里五里，長亭短亭。」唐李白〈菩薩蠻〉詞：「何處是歸程，長亭更短亭。」

【語　譯】那年你正要離家遠走，滿懷與心上人離別的憂愁。長輩告誡你不要為情所困，就像謝安設賭局把謝玄的香囊截留。因此你在多年以後，還常常記起在短亭的那次回首，不見鴛鴦啊，只見夜來的煙雨漲滿池塘，漲上心頭。

【研析】韋蟾是曾任中書舍人、戶部侍郎的韋表微的兒子，故詩作一開篇即以「謝家」相喻，以謝安、謝玄叔侄比喻韋氏父子。韋蟾作為年輕的世家公子，難免有些風月情事。離家之時，其父擔心他在外不懂自我約束，故婉言勸止，詩歌以「賭佩囊」之典喻示。因為長輩不許，韋蟾只得與心上人在短亭黯然離別，悽惶上路，在夜雨淒迷中感受失意的情傷。從筆調上看，此詩是友人間的戲弄文墨之作，故雖然寫離別，情調並不淒怨，而有幾分俏皮。(姚蓉)

驕兒①詩

袞師我驕兒，美秀乃無匹。文葆②未周晬③，固已知六七④。四歲知姓名，眼不視梨栗⑤。交朋頗窺覷，謂是丹穴物⑥。前朝⑦尚氣貌，流品方第一。不然神仙姿，不爾燕鶴骨⑧。安得此相謂，欲慰衰朽質⑨。

青春妍和月，朋戲渾甥姪⑩。繞堂復穿林，沸若金鼎溢。門有長者來，造次⑪請先出⑫。客前問所須，含意不吐實。歸來學客面，闒敗秉爺笏⑬。或謔⑭張飛胡⑮，或笑鄧艾吃⑯。豪鷹毛崱屴⑰，猛馬氣佶傈⑱。截得青篔簹⑲，騎走恣唐突⑳。忽復學參軍㉑，按聲㉒喚蒼鶻。又復紗燈旁，稽首㉓禮夜佛。仰鞭㉔罥㉕蛛網，俯首飲花蜜。欲爭蛺蝶輕，未謝㉖柳絮疾。階前逢阿姊，六甲頗輸失㉗。凝走㉘弄香奩㉙，拔脫金屈戌㉚。抱持多反倒㉛，威怒不可律㉜。曲躬㉝牽窗網，衉唾㉞拭琴漆。有時看臨書㉟，挺立不動膝。古錦請裁衣㊱，玉軸㊲亦欲乞。請爺書春勝㊳，春勝宜春日。芭蕉斜卷牋，辛夷低過筆㊴。

爺昔好讀書，懇苦自著述。顦顇欲四十，無肉畏蚤蝨㊵。兒慎勿學爺，讀書求甲乙㊶。穰苴《司馬法》，張良黃石術㊷。便為帝王師，不假㊸更纖悉㊹。況今西與北，羌戎正狂悖㊺。誅赦兩未成，將養㊻如痼疾㊼。兒當速成大，探雛入虎窟㊽。當為萬戶侯㊾，勿守一經帙㊿。

【注釋】❶驕兒　此指詩人幼子袞師。❷文葆　繡花的嬰兒包被。葆，同「褓」。❸周晬　周歲。❹知六七　指孩子在繈褓中便已能數到六七了。❺四歲二句　陶潛〈責子詩〉：「雍端年十三，不識六與七。通子垂九齡，但覓梨與栗。」此處反其意而用之。❻丹穴物　指鳳凰，喻不平凡的人物。❼前朝　這裡指魏晉南北朝，士林崇尚評品人物。❽燕鶴骨　燕頷鶴步，被認為是貴人骨相。❾安得二句　兩句是說，哪能這樣說他呢？不過是想安慰我這個衰朽無用的人罷了。❿朋戲句　指袞師和甥侄輩混在一起玩耍。渾，雜。⓫造次　倉卒；急急忙忙地。⓬請先出　搶出迎客。⓭歸來二句　兩句說，送客回來，袞師拿著父親的手版，模仿著客人的神態，從外面破門而入。闥，開門。敗，毀壞；破門而入。笏，古代官員上朝時拿著的手版，用以記事。⓮謔　嘲笑。⓯胡　多鬚；大鬍子。⓰鄧艾吃　鄧艾，三國時魏將，有口吃的毛病。⓱崱屴　山峰高聳的樣子，這裡形容豪鷹羽翅開張聳立的形狀。⓲佶傈　壯健的樣子。⓳篔簹　大竹。⓴唐突　衝撞。㉑參軍　指參軍戲（一種以滑稽的對話和動作引人發笑的表演形式）的角色之一。㉒按聲　模仿參軍的調門。或解為壓低聲音，亦通。㉓稽首　叩頭。二句寫模仿大人在紗燈旁拜佛。㉔仰鞭　舉鞭。㉕罥　掛取。㉖未謝　不讓。㉗六甲句　本句是指與阿姐比賽書寫或背誦干支，輸於阿姐。六甲，指六十甲子中六個逢「甲」的日子。古代兒童入學教數和書寫干支。㉘凝走　硬要跑去。㉙香奩　梳妝盒。㉚金屈戌　梳妝盒上的金屬環扣、鉸鏈。㉛反倒　賴倒在地撒嬌。㉜律　約束。㉝曲躬　彎著身子。㉞衉唾　吐唾沫。㉟臨書　臨摹碑帖。㊱衣　指書衣，包書的布帛。㊲玉軸　唐代寫本多裝裱為卷軸，每一卷書有一根木製的軸，兩端或鑲嵌玉石，露出卷外。㊳春勝　此處指祝春好之吉語。㊴芭蕉二句　意謂斜捲之箋如芭蕉，低遞之筆如辛夷。辛夷，即木筆，花含苞時形狀像筆。過，手傳。孩子身矮，故說「低過筆」。㊵畏蚤蝨　喻畏懼小人們的攻訐。㊶甲乙　唐代科考制度規定：經、策全通為甲等，策通四、貼通四以上為乙等。㊷穰苴二句　穰苴，春秋時期景公將領。《史記・司馬穰苴列傳》：「齊威王使大夫追論古者司馬兵法，而附穰苴於其中，因號《司馬穰苴兵法》。」張良，漢高祖劉邦謀士。傳說曾遇黃石公授其《太公兵法》。㊸假　憑藉；依靠。㊹更纖悉　更為瑣細的知識。㊺況今二句　句謂無論討伐還是安撫都無成效。羌戎，這裡指當時少數民族如吐蕃、党項、回鶻等。悖，逆；叛亂。㊻將養　指姑息放縱。㊼痼疾　經久難治之病。㊽兒當二句　雛，此指雛虎。暗用班超「不入虎穴，焉得虎子」的話。㊾萬戶侯　食邑萬戶的侯。㊿經帙　經書。帙，包書的套子。

【語　譯】袞師我那嬌慣的寶貝，聰明靈秀無人比。繈褓中還不滿周歲，能辨認簡單數字。四歲時知名識姓，也不像其他小孩貪吃好玩。朋友們見了個個誇耀，說雛鳳兒終將高翔。魏晉人品評人物，袞師的才貌當為第一。正是這神仙般的姿容，清峻瀟灑的骨相，使我這衰朽的老夫，得到無限的安慰。

春意和融的時節，堂兄弟們打鬧嬉戲。堂前屋後竹木叢中，沸騰著快樂的喧笑。家裡來了長輩客人，匆匆忙忙先跑開。客人向前問他話，忸怩不願說實情。客人走之後又活躍，扮客人模樣鬧不休。把爺爺的朝笏當作道具，有時學那張飛多魯莽，有時又學鄧艾裝口吃。學雄鷹展翅欲飛，學駿馬揚鬃奮蹄。騎竹馬左衝右突，一會兒學著參軍的語調喊部下，一會兒又跑到紗燈下，裝模作樣拜佛祖；一會兒拿著鞭子撈蛛網，一會兒湊著鼻子聞花香，追著蝴蝶滿園飛，迎著柳絮滿地跑，一天到晚鬧不停。每每與阿姐比賽誦甲子，比輸之後卻耍賴。硬是搶過姐姐的梳妝盒，拔掉上面的金鈕環。大人欲抱他便滿地打滾，怎麼訓斥也沒有用。一會兒又爬起來，彎著身子拉拽窗網上的繡花。唾口沫擦拭古琴的烤漆。有時看人家寫字，能一站半天不動步。要用錦緞書紙裁衣裳，書畫卷軸也要拿。要爺爺提寫「春」字在旗旛，爺爺說「春」字應該春天寫。斜捲紙牋如芭蕉未展，低垂之筆如含苞之花。

爺爺過去好讀書，辛辛苦苦著文章。憔悴操勞快四十，一身瘦削跳蚤蝨子也不咬。你不要再向爺爺學，通過讀書求出頭。你要學司馬穰苴和張良，學那帝王之術無他求。當今西北國勢危，羌戎屢屢犯邊疆。討伐招安都不成，養癰遺患成頑疾。爺爺盼你長大成人，親赴邊疆察敵情。你要去求那萬戶侯，不要守著這些無用的經籍。

【研　析】商隱從桂幕回長安後，雖謀得個京兆府掾曹的職位，實際上過的還是筆墨事人的生活，境遇非常淒涼。他在〈上尚書范陽公啟〉中對自己的境遇有真切的描繪：「成名踰於一紀，旅宦過於十年，恩舊凋零，路歧淒愴。……去年遠從桂海，來返玉京，無文通半頃之田，乏元亮數間之屋。……勉調天官，獲升甸壤（調補為周至尉），歸唯卻掃，出則卑趨。」這種生活遭遇使他面對聰明靈秀、天真爛漫的驕兒時，總是帶著一種飽經憂患、憔悴潦倒者的眼光與心境，以這種眼光和心境來觀察、感受一切。首段自讚驕兒和轉述朋友的誇讚，彷彿興會淋漓，但「欲慰衰朽質」一句捩轉，便隱隱透出一個潦倒大半生的父親衰朽的身姿面影。第二段彷彿全寫驕兒，但在驕兒一切活動的背後，卻是詩人那雙始終跟隨、注視著的充滿愛憐的眼睛。驕兒的聰慧靈秀、天真活潑，正與自己的憔悴衰老的狀況形成鮮明對照，更加深了對自身遭際的感慨；而自己的境遇又使他對驕兒將來的命運更加關注和擔憂。驕兒的現在透露出自己過去的面影，而自己的現在則可能預示著驕兒的將來。末段的感慨和期望，正是由此產生的。這裡既有「文章憎命達」式的牢騷不平，也有「請君試上凌煙閣，若個書生萬戶侯」式的深沉感慨，更有徒守經帙，於國無益，於己無補的痛苦體驗與反省。這是全篇發展的自然結穴。感情的出發點和歸宿的不同，使這首汲取左思〈嬌女詩〉筆意的詩作自具獨特面目，不落前人窠臼。

詩選取兒童日常生活細節，純用白描，筆端充滿感情。中間一段描摹孩子的種種嬉戲、活動，生動體現出其聰慧靈巧、興趣廣泛、精力充沛，有時還不免在活潑天真中帶點滑稽和惡作劇成分，透出男孩子特有的氣質。寫袞師的恃寵仗幼、耍賴撒潑的情狀，更充分體現出題目中的「驕」字——既明寫袞師的驕縱，又暗透做父親的驕寵。令人在欣賞這場鬧劇的同時發出會心的微笑。輕憐愛惜之中時露幽默的風趣，而在它背後又飽含著詩人沉淪不遇的人生感慨。全詩風格，或可用含淚的微笑概括。

當這個驕縱的驕兒在大中三年春初和煦的陽光下盡情嬉戲的時候，他並不知道親愛的母親兩年後就離他而去，而那個寵縱著他的父親從此遠幕天涯，留下他和同樣年幼的姐姐寄人籬下。對照梓幕期間〈楊本勝說於長安見小男阿袞〉中那個袞師的形象，孩子與父親在人間輾轉沉淪、愈益淒慘的境遇令人唏噓。(李翰)

杜司勳❶

高樓風雨❷感斯文❸，短翼差池❹不及羣。刻意❺傷春復傷別❻，人間惟有杜司勳。

【注釋】❶杜司勳　即杜牧，字牧之，宰相杜佑孫。曾於大中二年（西元八四八年）三月入朝為司勳員外郎、史館修撰。❷高樓風雨　《詩·鄭風·風雨》：「風雨如晦，雞鳴不已。」此處以風雨迷茫之景，象徵時局之昏暗。❸斯文　這個人的文章。❹短翼差池　《詩·邶風·燕燕》：「燕燕于飛，差池其羽。」此處用以感歎杜牧才高運舛，不能與眾鳥群飛比翼，直上青雲。❺刻意　有意為之，用盡心思，此指別有寄託。南朝梁劉勰《文心雕龍·通變》：「才穎之士，刻意學文。」❻傷別　因離別而悲傷。唐李白〈憶秦娥〉：「秦樓月，年年柳色，灞陵傷別。」

【語譯】高樓之上煙雨迷茫，滿懷感觸讀著他的文章。他才高志大，羽翼卻短小不齊，難以像眾鳥一樣展翅高翔。即便如此，仍用盡心力，寫出這傷春又傷別的詩句，這世上只有一個人能做到，那便是杜司勳。

【研析】大中三年（西元八四九年）春，李商隱從桂林鄭亞幕府歸京，暫為京兆府掾曹。而杜牧此時亦在京任司勳員外郎、史館修撰，這兩位在文學史上才名相當，以「小李杜」並稱的傑出詩人，至此得以見面結交，李商隱為此寫下〈杜司勳〉及〈贈司勳杜十三員外〉二詩。此詩首句謂風雨飄搖之日，登樓感懷杜牧的詩文。次句謂杜牧與其同時進士及第的人相比，仕途多舛，壯志不遂，不及同群。三四句謂以詩文如此刻意傷別、傷春，寄託深遠，在當時只有杜牧一人。杜牧素有文才武略，常懷「平生五色線，願補舜衣裳」（〈郡齋獨酌〉）之志。然值此衰世，杜牧亦和李商隱一樣，沉浮於牛李黨爭的漩渦中，以致仕途偃蹇，抱負不遂，只能將一腔憂國傷時之慨、困頓失意之感，寄寓在傷春傷別的深情綿邈之作。義山讀杜牧的詩文，正是讀出了杜牧心中複雜的傷時傷世及自傷之情，將杜牧視為知音同調，故詩歌中對杜牧才有如此中肯的評價與讚賞。而此詩通篇說的雖是杜牧，同時又是在說詩人自己。（姚蓉）

贈司勳杜十三❶員外

杜牧司勳字牧之，清秋一首杜秋詩❷。前身應是梁江總❸，名總還曾字總持。
心鐵❹已從干鏌❺利，鬢絲休歎雪霜垂。漢江❻遠弔西江❼水，羊祜❽韋丹❾盡有碑。

【注釋】❶杜十三　杜牧排行第十三，故稱。❷杜秋詩　杜牧〈杜秋娘詩并序〉：「杜秋，金陵女也。年十五為李錡妾。後錡叛滅，籍之入宮，有寵於景陵。穆宗即位，命秋為皇子傅姆，皇子壯，封漳王。鄭注用事，誣丞相欲去己者，指王為根，王被罪廢削，秋因賜歸故鄉。予過金陵，感其窮且老，為之賦詩。」❸江總　（西元五一九－五九四年）字總持，南朝陳詩人，祖籍濟陽考城（今河南蘭考）。仕梁、陳、隋三朝，因得名於梁，故稱「梁江總」。出身高門，早年即以文學才能被梁武帝賞識，官至太常卿。侯景之亂後，他避難會稽，又轉到廣州，至陳文帝天嘉四年（西元五六三年）才被徵召回建康，任中書侍郎。陳後主時，官至尚書令，「總當權宰，不持政務，但日與後主遊宴後庭」（《陳書・江總傳》）。隋文帝開皇九年（西元五八九年）滅陳，江總入隋為上開府，後放回江南，去世於江都（今江蘇揚州）。❹心鐵　堅硬如鐵之心。❺干鏌　亦作「干莫」，古代名劍「干將」、「莫邪」的並稱，亦泛指利劍。《吳越春秋・闔閭內傳》：「莫邪，干將之妻也。干將作劍，采五山之鐵精，六合之金英。候天伺地，陰陽同光，百神臨觀，天氣下降，而金鐵之精不銷淪流。……於是干將妻乃斷髮剪爪，投於爐中。使童女童男三百人鼓橐裝，金鐵乃濡，遂以成劍。陽曰干將，陰曰莫邪。」唐張九齡〈故太僕卿上柱國華容縣男王府君墓誌〉：「揮干鏌之鋒，截無不斷。」❻漢江　亦稱漢水，長江的最大支流。發源於陝西省西南部寧強縣北的米倉山，東南流經陝西南部、湖北西部和中部，在武漢市入長江。此代指杜預，進而轉指其後人杜牧。《晉書．杜預傳》記載，杜預咸寧四年繼羊祜為鎮南大將軍都督荊州事，期間興修水利，智取江陵，安撫民心，荊土肅然。「吳之州郡皆望風歸命，奉送印綬，預仗節稱詔而綏撫之」，為滅吳立下大功。❼西江　唐人多稱長江中下游為西江。唐李白〈夜泊牛渚懷古〉：「牛渚西江夜，青天無片雲。」唐元稹〈相憶淚〉：「西江流水到江州，聞道分成九道流。」此代指江西觀察使韋丹，因杜牧撰〈唐故江西觀察使武陽公韋公遺愛碑〉，故云「漢江遠弔西江水」。❽羊祜　（西元二二一—二七八年）《晉書．羊祜列傳》：「羊祜，泰山南城人也。世吏二千石，並以清德聞。（晉武）帝有滅吳之志，以祜為都督荊州諸軍事。祜率營兵出鎮南夏，開設庠序，綏懷遠近，甚得江漢之心。」「祜寢疾，求入朝。及侍坐，面陳伐吳之計。疾漸篤，乃舉杜預自代。祜卒二年而吳平，群臣上壽，帝執爵流涕曰：『此羊太傅之功也。』」羊祜仁德流芳後世，襄陽百姓為紀念他，在羊祜生前喜歡遊憩的峴山上刻下石碑，建立廟宇，按時祭祀。由於人們一看見石碑就會忍不住傷心落淚，杜預因此稱之為「墮淚碑」。唐孟浩然〈與諸子登峴山〉：「人事有代謝，往來成古今。江山留勝跡，我輩復登臨。水落魚梁淺，天寒夢澤深。羊公碑尚在，讀罷淚沾襟。」❾韋丹　《新唐書．韋丹傳》：「韋丹字文明，京兆萬年人。早孤，從外祖顏真卿學。順宗為太子，以殿中侍御史召為舍人。」韋丹曾任江西觀察使，多有惠政，功德被於八州。韋丹死後，裴誼觀察江西，上言為丹立祠堂，刻石紀功，不報。後來宣宗讀《元和實錄》，見丹政事卓然，乃詔觀察使上丹功狀，命刻功於碑。杜牧於大中三年正月奉詔撰成〈唐故江西觀察使武陽公韋公遺愛碑〉：「大中聖人，元和是師。圖贊功勞，武陽豈遺。乃命史臣，刻序碑辭。寵假武陽，為人慰思。訓勸守吏，勉於為治。」

【語　譯】司勳員外郎杜牧字牧之，清秋的時候寫下了一首吟詠杜秋娘的詩。他的前身應該就是梁代的江總，因為江總名總字總持，與杜牧的名與字十分相似。他胸藏甲兵如干將莫邪一樣鋒利，無須歎息雪霜垂在鬢角的髮絲。他奉命為韋丹撰寫的遺愛碑，如同杜預當年為羊祜命名墮淚碑一樣，都會名垂青史。

【研　析】此詩表達了李商隱對杜牧的欽仰之情。詩歌前四句稱讚杜牧的文才，從兩個方面下筆，一是以杜牧字牧之與南朝梁時江總字總持，二者在取名取字的方式上近似，順勢把杜牧比作江總，讚揚他與江總一樣多才多情；二是單取一首〈杜秋娘詩〉，總括杜牧的詩歌才華與成就，進一步突出他的多才多情。杜牧不僅詩文寫得好，而且議政論兵，有雄才大略。他曾作〈罪言〉，提出削平河北藩鎮，陳述用兵方略，並向李德裕上書，得到採納。因此詩歌五六句即是讚美杜牧的軍事才能，說他胸有謀略，乃是國之利器。縱使才高誤人，時運不濟，也不必因鬢髮斑白而哀歎老之將至。最後兩句是寫當時杜牧奉詔撰寫韋碑之事，將從前襄陽太守杜預命名墮淚碑憑弔羊祜，與今日杜牧撰寫遺愛碑憑弔韋丹相比，既稱揚杜牧文章名垂青史，又顯出作者構思的巧妙。此詩在遣詞造句方面不避重複，就如金聖歎所說：「寫二『牧』字，二『杜』字，二『秋』字，三『總』字，二『字』字，此亦沈龍池、崔黃鶴所濫觴，而今愈益出奇無窮也。……看他又寫二「江」字，與前戲應，妙，妙！」（《金聖歎選批唐詩》）如此用字風格，使得此詩清新直白，易於記誦，有幾分俏皮味道。故紀昀評價道：「自成別調，不可無一，不可有二。」（姚蓉）

李衛公❶

絳紗❷弟子音塵絕，鸞鏡佳人❸舊會稀。今日致身歌舞地❹，木棉❺花暖❻鷓鴣❼飛。

【注　釋】❶李衛公　即李德裕（西元七八七—八五〇年），字文饒，真定贊皇（今河北贊皇）人，幼有壯志，苦心力學，尤精《漢書》、《左氏春秋》。穆宗即位之初，禁中書詔典冊，多出其手。歷任翰林學士、浙西觀察使、西川節度使、兵部尚書、左僕射，並在唐代文宗大和七年（西元八三三年）和武宗開成五年（西元八四〇年）兩度為相。主政期間，重視邊防，力主削弱藩鎮，鞏固中央集權，使晚唐內憂外患的局面得到暫時的安定。西元八四四年，輔佐武宗討伐擅襲澤潞節度使位的劉稹，平定澤、潞等五州。功成，加太尉賜封衛國公。宣宗即位，嫉文饒威名，初貶荊南，次貶潮州，再貶崖州。逝後被封太尉，贈衛國公。❷絳紗　猶絳帳，對師門、講席之敬稱。典出《後漢書．馬融傳》：「（融）嘗坐高堂，施絳紗帳，前授生徒，後列女樂。」❸鸞鏡佳人　原指妻妾，此指所蓄家妓。❹歌舞地　指嶺南地方。南越王趙佗曾歌舞於廣州越秀山之歌舞岡。趙佗是秦朝著名將領，西元前二一九年，隨主帥任囂率領五十萬大軍征戰嶺南。西元前二〇四年，創立南越國，自號「南越武王」。西元前一九六年，漢高祖劉邦派遣大夫陸賈出使南越，勸趙佗歸漢。在陸賈勸說下，趙佗接受了漢高祖賜給的南越王印綬，臣服漢朝，使南越國成為漢朝的一個藩屬國。❺木棉　落葉大喬木，樹幹直，皮灰色；花大，紅色，聚生近枝端，春天先葉開放；其果大，橢圓形，木質，外被絨毛，成熟時開裂，內壁有白色長棉毛。木棉廣泛分布於北起四川西南攀枝花金沙江、安寧河、雅礱江河谷、雲南金沙江河谷、雲南南部、貴州南部，直至兩廣、福建南部、海南、臺灣。❻花暖　花盛開。❼鷓鴣　鳥名，形似雌雉，頭如鶉，胸前有白圓點，如珍珠，背毛有紫赤浪紋，足黃褐色，以穀粒、豆類和其他植物種子為主食，兼食昆蟲。為中國南方留鳥。古人諧其鳴聲為「行不得也哥哥」，詩文中常用以表示思念故鄉。左思〈吳都賦〉：「鷓鴣南翥而中留，孔雀綷羽以翱翔。」

【語　譯】當年投在您門下的弟子故吏，早已斷絕了音信。當年在您府中對鏡妝扮的美貌佳人，也早已不見了蹤影。如今您被遠貶嶺南，那兒曾經是歌舞之地，現在卻只有木棉花盛開著暖意，以及鷓鴣鳥淒涼地飛鳴。

【研　析】此詩感傷李德裕之貶謫，作於大中三年（西元八四九年）。據《唐摭言・好放孤寒》記載：「李太尉德裕頗為寒畯開路。及謫官南去，或有詩曰：『八百孤寒齊下淚，一時南望李崖州。』」李商隱仕途不順，對李德裕這樣為國選賢、提攜寒門的忠良之士自然十分崇敬，故作此篇。首二句從側面下筆，謂不僅昔日門下子弟與故吏與之音信斷絕，舊日家中所蓄紅粉佳人也作鳥獸散，恐怕再也難以聚首，以此襯托李德裕遠貶崖州（海南島）的淒涼處境。後二句謂李德裕身處天涯海角，在嶺南的歌舞之地也見不到昔日家妓歌姬們的表演了，只能看見木棉花開，鷓鴣鳥飛，內心必定寂寞悽楚，無限悲傷。因為李商隱在南方停留日久，對李德裕的流放生活頗能感同身受，對李德裕處境的同情也顯得格外真切。最值一提的是，在黨爭激烈，一般人避禍猶恐不及的政治背景下，李商隱敢於以一個失勢的政治人物為題，寫下飽含同情和敬佩的詩句，無疑需要極大的勇氣和政治良心，由此不難看出李商隱高尚的人格和正義感。（姚蓉）

子直❶晉昌❷李花

吳館❸何時熨？秦臺❹幾夜熏？綃輕誰解卷❺？香異自先聞。月裏誰無姊❻，雲中亦有君❼。尊❽前見飄蕩，愁極客襟分❾。

【注　釋】❶子直　令狐綯字子直。❷晉昌　長安晉昌里有令狐綯宅第。❸吳館　指春秋吳王夫差所築的館娃宮，遺址在今江蘇吳縣靈岩山。❹秦臺　春秋時秦穆公築鳳臺，又稱秦臺。❺卷　翻捲。❻月裏句　月姊，指嫦娥。傳說中后羿的妻子，後從人間飛升到月亮。晉干寶《搜神記》：「羿請不死之藥於西王母，嫦娥竊之以奔月。」也指神話中的月中女神。南朝宋顏延之〈為織女贈牽牛〉：「婺女儷經星，嫦娥棲飛月。」❼雲中句　雲神。❽尊　古代盛酒的器具。❾襟分　即分襟。分別；別離。

【語　譯】李花啊李花，你是何時被吳宮的熨斗熨過，平整得有如西施的羅裙？你是哪夜被秦臺的香料熏過，芬芳得醉人心魂？輕盈的花瓣如同薄綃，誰懂得將你溫柔捲起捧在掌心？你那異樣的芳香，自然最先飄入賞花人的鼻中。月裡的嫦娥就是你的姐妹，雲中的神仙如同你的親人。看到你在酒筵間飄蕩，客人們滿懷愁緒，為即將到來的離別而悲傷。

【研　析】此詩題下本有「得分字」字樣，可知是李商隱在朋友雅聚之宴中唱和賦詩之作。題中還直呼令狐綯的字「子直」，大約作於令狐綯出任高官之前，應是李商隱早期的作品。詩歌吟詠李花，展開多方想像，凸顯李花的輕盈、潔白及芬芳。李花開放，潔白平整似吳館內熨開西施的羅裙。花瓣微捲，如略帶皺褶的輕紗薄絹。李花飄香，似秦臺內夜間散發的熏香。其香殊異，最易沁人心脾。李花風姿綽約，好似月中仙子雲中君，彷彿神仙中人。最後二句，則感慨李花的飄落，而抒發無邊的離愁。雖有論者謂此詩借李花以自喻，有望令狐綯援引之意，但從詩意來看，此詩全是形容李花的花色、花香、花姿，應是一首純粹的詠物詩。（姚蓉）

即日

小鼎煎茶面曲池❶，白鬚道士竹間棋。何人書破❷蒲葵扇❸？記着❹南塘移樹❺時。

【注釋】❶曲池　即曲江池，在今陝西西安東南。秦為宜春苑，漢為樂遊原，有河水水流曲折，故稱。隋文帝以曲名不正，更名芙蓉園。唐復名曲江。開元中更加疏鑿，為都人中和、上巳等盛節遊賞勝地。❷書破　書寫在；畫在。❸蒲葵扇　用蒲葵葉製成的扇，俗稱蒲扇。《晉書・謝安傳》：「鄉人有罷中宿縣者，還詣安。安問其歸資，答曰：『有蒲葵扇五萬。』」唐李嘉祐〈寄王舍人竹樓〉：「南風不用蒲葵扇，紗帽閒眠對水鷗。」❹記着　（蒲葵扇上的字畫）記載著。❺移樹　栽樹；植樹。

【語譯】支起小鼎，面向曲池烹茶。坐在竹間，與白鬚道士下盤棋吧。蒲葵扇上，是誰題的字呢？正記載著南塘植樹的事呀。

【研析】曲池南岸的「南塘」本是長安的遊賞勝地，李商隱某一日在此遊玩，將經歷過的種種瑣事記載下來，便成了這首小詩。姚培謙《李義山詩集箋注》：「煎茶，著棋，書扇，是南塘移樹時一日事，故題曰即日。」解得很是。詩歌短小精練，充滿閒情逸趣，是義山詩歌中難得的閒適之作。（姚蓉）

流鶯

流鶯❶飄蕩復參差❷，渡陌臨流不自持❸。巧囀豈能無本意，良辰未必有佳期。

風朝露夜陰晴裏，萬戶千門開閉時。曾苦傷春不忍聽，鳳城❹何處有花枝？

【注 釋】❶流鶯 鳴聲圓轉流美之鶯鳥。❷參差 本指鳥兒飛翔時翅膀張斂振落的樣子，此處作動詞用，猶張翅飛翔。❸不自持 不能自主。❹鳳城 古稱秦都咸陽為丹鳳城，這裡借指唐都長安。

【語 譯】流鶯三三兩兩在天空飄蕩，穿過小路飛過渡口。把握不了自己未來的方向，牠鳴聲婉轉有幾多幽思，只為那良辰美景分飛苦。和風煦煦的早晨，白露如霜的深夜，千家萬戶的堂前屋後，孤獨飄蕩無休時，那傷春之鳴不堪聽。鳳城裡何處有花枝，安頓這飄零的弱羽？

【研 析】從詩中「飄蕩」、「鳳城」等情境、地點以及所寫時令推斷，本詩大致作於大中三年春在長安期間，是詩人對自己大半生飄零落拓生涯的失意寫照。可與稍後盧幕中所作另一篇〈蟬〉並讀：「本以高難飽，徒勞恨費聲。五更疏欲斷，一樹碧無情。薄宦梗猶泛，故園蕪已平。煩君最相警，我亦舉家清。」

兩篇均是託物寓懷、抒寫身世感慨之作，堪稱姐妹篇。只是內容各有側重，風格也有區別。二者都寫到「飄蕩」和「梗泛」，寫到「巧囀」和「費聲」。但〈蟬〉所突出的是「高」與「飽」的矛盾，「費聲」和「無情」的矛盾；而〈流鶯〉所突出的則是「巧囀」與「本意」不被理解的矛盾，希冀「佳期」與「飄蕩」無依的矛盾。〈蟬〉所塑造的形象具有更多清高的寒士氣質，〈流鶯〉所塑造的形象則明顯具有苦悶傷感的詩人特徵，這可能是蟬和鶯在人們心目中喚起的印象有所不同的緣故。風格上，〈蟬〉於淒斷悲苦中顯出激憤不平，〈流鶯〉則在清新流美中含有抑鬱苦悶。〈流鶯〉尚有對鶯鳥「飄蕩參差」，「渡陌臨流」等形象的傳神描繪，而〈蟬〉則完全落墨於物的感情、感受和心理。如果說〈流鶯〉能看出鮮明的「比」的痕跡，詩人是較為清醒的站在一旁，由鶯想到自身。「傷春不忍聽」說明了人與物的各自獨立，物、我還是分離的；那麼〈蟬〉則在將蟬擬人化的同時達到了人、物一體，渾然物、我，似乎「興」的成分更濃。

兩相比較，〈蟬〉的筆觸似乎要更為虛涵，以「興」渾融物、我而臻有神無跡之境。從中也顯示了義山詠

物詩從以形傳神到離形入神、傳神空際的藝術走向。(李翰)

柳

為有橋邊拂面香，何曾自敢占流光❶。後庭❷玉樹❸承恩澤❹，不信年華❺有斷腸。

【注　釋】❶流光　指如流水般逝去的時光，此指春光。唐鮑防〈人日陪宣州范中丞傳正與范侍御傳真宴東峰亭〉詩：「流光易去歡難得，莫厭頻頻上此臺。」❷後庭　宮廷或房室的後園。《漢書・郊祀志下》：「如祠世宗廟日，有白鶴集後庭。」也用來借指後宮。謝莊〈月賦〉：「引玄兔於帝臺，集素娥於後庭。」晉潘岳〈西征賦〉：「較面朝之煥炳，次後庭之猗靡。」唐韓愈《順宗實錄》：「良媛董氏，備位後庭，素稱淑慎，進升號位，禮亦宜之。」❸玉樹　槐樹的別稱。《三輔黃圖・漢宮》：「甘泉谷北岸有槐樹，今謂玉樹。」唐劉餗《隋唐嘉話》卷下：「雲陽縣界多漢離宮故地，有樹似槐而葉細，土人謂之玉樹。」南朝陳後主曾作〈玉樹後庭花〉曲，以玉樹比張貴妃、孔貴嬪。此亦有以玉樹比美人之意。有時也指白雪覆蓋的樹。唐李白〈對雪獻從兄虞城宰〉：「庭前看玉樹，腸斷憶連枝。」❹恩澤　君主恩賜惠及臣民，如雨澤潤物。三國魏曹植〈上責躬應詔詩表〉：「是以愚臣徘徊於恩澤，而不敢自棄者也。」❺年華　歲月；時光。此謂春光。唐張嗣初〈春色滿皇州〉：「何處年華好，皇州淑氣勻。韶陽潛應律，草木暗迎春。」唐唐彥謙〈曲江春望〉：「杏豔桃嬌奪晚霞，樂遊無廟有年華。」

【語　譯】生長在橋邊，輕拂著行人的臉面，為他們送去芳香的春天。我是隨處可見的垂柳，從來不敢自己占盡春光，露己爭先。後宮中的玉樹，倍受君恩的潤澤，居然不能相信，我這春日的柳樹，會有斷腸的離傷。

【研　析】因為古人有折柳送別的習俗，故而「柳」在古典詩詞中往往是一個承載著離別與悲傷的意象。這首詩也正是突出了柳樹的悲涼處境。常被栽於橋頭路旁的垂柳，隨著和風輕擺著枝條，帶給行人柳條拂面、輕柔香滑的觸感。可是，柳樹自己並未得到任何好處。宮中的玉樹生長環境優越，倍受寵愛與照料，過著志得意滿的日子，反不信春日楊柳會有斷腸之悲。詩歌以宮樹與路邊柳樹相對比，喻示得意者不能體會和同情失意者的痛苦。由此想到李商隱本人沉淪下僚的遭遇，不難看出就是吟詠常見的「柳」，其中也融入了詩人自己失意的身世之感。（姚蓉）

送鄭大台文南覲❶

黎辟灘聲五月寒❷，南風無處附❸平安。君懷一匹胡威絹❹，爭❺拭酬恩淚得乾？

【注　釋】❶送鄭大台文句　鄭台文，鄭亞之長子，名畋，字台文，年十八登進士第，大中元年（西元八四七年）為渭南縣尉，大中二年南行省父，義山贈此詩送行。覲，泛指諸侯朝見天子。《禮記・曲禮》：「天子當依而立，諸侯北面而見天子曰覲。」《說文》：「諸侯秋朝曰覲。勞王事。」此指鄭台文南行省親。大中二年二月，鄭亞貶循州，治所在今廣東龍川。台文南行至桂林，其父已貶循州。❷黎辟句　黎辟灘，又名犁壁灘。《太平寰宇記》：「昭州平樂江中有懸藤灘、犁壁灘。」「寒」字點明環境險惡。❸附　寄；捎帶。❹胡威絹　晉胡威少有志向，厲操清白。父質為荊州刺史，威往省。告歸，質賜絹一匹，威跪曰：「大人清白，不審於何得此絹？」質曰：「是俸祿之餘，故以為汝道路糧耳。」威始受之。事見《三國志・魏書・胡威傳》裴松之注及《晉書・胡威傳》。後以「胡威絹」為父子以清廉互勵的典實。❺爭　怎麼；如何。

【語　譯】黎辟灘頭波濤洶湧，已是五月仍然寒氣逼人。雖然有南風吹過，卻無法捎去我給貶謫南荒之府主的慰問。如今你要去看望我的府主，你的老父，你們就像晉代清廉的胡質胡威父子一樣，見面後你父親只能給你一匹微薄的紗絹，但這匹薄紗，如何能擦得乾你欲酬答父恩而流下的深情淚珠？

【研析】大中二年（西元八四八年）二月，鄭亞由桂林貶到更南的循州，其長子鄭畋南下探親到達桂州時，鄭亞已離桂赴循，接待鄭畋的是當時還逗留在桂林的李商隱。因為鄭畋接著要繼續南行，去循州探望老父，所以李商隱飽含深情寫下這首送行之作。詩歌前兩句實寫當下的情景，言鄭畋不遠萬里，來到這五月波濤猶有寒意的南方險惡之地，但仍然沒有見到父親，也無法託南風捎寄對父親鄭亞的問候。後兩句懸想鄭亞、鄭畋父子見面的情景，用晉代胡質、胡威父子清廉的故事，讚揚鄭亞兩袖清風，離開桂府，所攜甚微，又讚揚鄭畋至誠至孝，一匹胡威絹，揩不盡他流下的酬恩之淚。在刻劃鄭亞、鄭畋父子情深的場面時，詩人對鄭亞的感恩之心，也躍然紙上。（姚蓉）

令狐舍人❶說昨夜西掖❷翫月因戲贈

昨夜玉輪❸明，傳聞近太清❹。涼波❺衝碧瓦❻，曉暈❼落金莖❽。露索❾秦宮❿井，風絃⓫漢殿箏。幾時〈緜竹頌〉⓬，擬薦〈子虛〉⓭名？

【注釋】❶舍人　官名。《周禮・地官・舍人》：「舍人掌平宮中之政，分其財守，以灋掌其出入者也。」本宮內人之意，後世以為親近左右之官。秦漢有太子舍人，為太子屬官；魏晉以後有中書通事舍人，掌傳宣詔命；隋唐又置起居舍人，掌修記言之史，置通事舍人，掌朝見引納。令狐綯於大中三年（西元八四九年）拜中書舍人，襲封彭陽男。❷西掖　中書或中書省的別稱。漢應劭《漢官儀》卷上：「左右曹受尚書事，前世文士，以中書在右，因謂中書為右曹。又稱西掖。」唐張九齡〈酬周判官兼呈耿廣州〉：「既起南宮草，復掌西掖制。」❸玉輪　月亮的雅稱。唐元稹〈月三十韻〉：「絳河冰鑒朗，黃道玉輪巍。」❹太清　天空。《鶡冠子・度萬》：「唯聖人能正其音，調其聲，故其德上及太清，下及太寧，中及萬靈。」唐高適〈登積石軍多福七級浮圖〉：「七級淩太清，千崖列蒼翠。」道家以太清泛指仙境。道教謂太清乃元始天尊所化法身道德天尊所居之地，其境在玉清、上清之上，唯成仙方能入此。晉葛洪《抱朴子・雜應》：「上升四十里，名為太清，太清之中，其氣甚剛，能勝人也。」唐段成式《酉陽雜俎續集・貶誤》：「或藥成，相與期於太清也。」❺涼波　月光。❻碧瓦　青綠色琉璃瓦。❼曉暈　清晨月落時，月亮生暈，周圍有模糊的光圈。❽金莖　用以擎承露盤的銅柱。班固〈西都賦〉：「抗仙掌以承露，擢雙立之金莖。」唐杜甫〈秋興八首〉之五：「蓬萊高闕對南山，承露金莖霄漢間。」❾露索　井繩。❿秦宮　原指秦朝宮殿，與下句的漢殿相對，這裡用來借指唐代的宮殿。《陳書・高祖紀上》：「甯秦宮之可顧？豈魯殿之猶存？」⓫風絃　原指風吹物體發聲。此謂風箏（即風鈴）係懸掛於屋簷下，風起作聲。⓬緜竹頌　揚雄〈甘泉賦〉李周翰注：「揚雄家貧好學，每製作慕相如之文，嘗作〈緜竹頌〉。成帝時直宿郎楊莊誦此文，帝曰：『此似相如之文。』莊曰：『非也，此臣邑人揚子雲。』帝即召見，拜為黃門侍郎。」⓭子虛　即〈子虛賦〉。《史記・司馬相如列傳》記載，司馬相如作〈子虛賦〉，漢武帝讀後大加讚賞，曰：「朕獨不得與此人同時哉！」蜀人楊得意謂武帝曰：「臣邑人司馬相如自言為此。」於是武帝召相如，用為郎。

【語　譯】昨夜的月輪晶瑩如玉，一片澄明，聽說它已經靠近了太清天宮。它流淌的光芒，如水的涼波，滌淨了碧綠的琉璃瓦頂。它拂曉時發出的暈光，落在了承露盤高高的銅柱之上。月光下的清露，沾溼了秦宮的井索。月光下的輕風，撥響了漢殿的風鈴。揚雄的〈緜竹頌〉幾時才會傳到皇帝耳中，楊得意又到什麼時候，才會向皇帝推薦〈子虛賦〉作者的姓名？

【研　析】宣宗大中三年（西元八四九年）二月，令狐綯以翰林學士承旨改拜中書舍人，五月又遷御史中丞。此詩作於二月至五月期間，是李商隱聽聞令狐綯說昨夜西掖賞月事，次日便戲作此詩以贈。詩歌前六句詠月，從月升到月落，寫出了月色高潔清幽。同時，首二句便言月亮「近太清」，喻指令狐綯身居高位。至於月光下的景物，詩人特意點出「碧瓦」、「金莖」、「宮井」、「殿箏」等與宮殿緊密相關的物象，緊扣題中的「西掖」一詞，借月下宮殿之金碧輝煌，以顯示令狐綯地位的尊貴。詩歌最後兩句，則是用漢代揚雄和司馬相如的典故，謂自己何時能有幸像揚雄作頌、相如作賦那樣被薦舉入朝？表達出希望令狐綯代為援引之意。只是這兩句與詠月無關，突兀而發，未免有些露骨。（姚蓉）

街西❶池館

白閣❷他年別，朱門❸此夜過。疎簾留月魄，珍簟接煙波❹。太守三刀夢❺，將軍一箭歌❻。國租❼容客旅，香熟玉山禾❽。

【注釋】❶街西　《舊唐書·地理志》：「京師長安都內，南北十四街，東西十一街。街分一百八坊。坊之廣長，皆三百餘步。皇城之南大街曰朱雀之街，東五十四坊，萬年縣領之。街西五十四坊，長安縣領之。」《唐詩鼓吹》注：「長安領街西五十四坊及西市，多王侯貴戚之家。」❷白閣　指樓閣。❸朱門　古代王公貴族的住宅大門漆成紅色以示尊貴，借指豪富人家。晉葛洪《抱朴子·嘉遯》：「背朝華於朱門，保恬寂乎蓬戶。」唐杜甫〈自京赴奉先縣詠懷五百字〉：「朱門酒肉臭，路有凍死骨。」❹疎簾二句　此二句謂池館環境雅致，水月相映生輝。月魄，月初生或圓而始缺時不明亮的部分，亦泛指月亮、月光。珍簟，精美的竹席。南朝宋孝武帝〈傷宣貴妃擬漢武李夫人賦〉：「寶羅暍兮春幌垂，珍簟空兮夏幬扃。」煙波，指池水。❺太守句　三刀夢，高升的夢兆。《晉書·王濬傳》：「轉廣漢太守，垂惠布政，百姓賴之。濬夜夢懸三刀於臥屋樑上，須臾又益一刀，濬警覺，意甚惡之。主簿李毅再拜賀曰：『三刀為州字，又益一者，明府其臨益州乎？』賊張弘殺益州刺史皇甫晏，果遷濬為益州刺史。」唐李德裕〈題劍門〉詩：「想是三刀夢，森然在目前。」太守即指王濬，曾任巴郡太守、廣漢太守。❻將軍句　《冊府元龜·善射》：「王棲曜，貞元初為浙西都知兵馬使，……棲曜性謹厚，善騎射。始起兵，涉寇境太深，遇遊騎四合，百步內立表，俾之環視，發必破的，虜相顧恐懼，徐而解去。嘗獵會稽山，有白額獸卒起草中，應弦而斃。在蘇州嘗與諸文士遊虎丘寺，平野霽日，先一箭射空，再發貫之。江東文士自梁肅以下歌詠焉。」唐楊巨源〈贈盧洺州〉：「三刀夢益州，一箭取遼城。伊陟無聞祖，韋賢不到孫。」此二句借太守、將軍，指池館主人遠宦在外。❼國租　指官吏的職田所收租稅。《新唐書·食貨志》：「給祿之外，又有職田，國租之謂也。」清王鳴盛《蛾術編·街東街西》：「『國租』云云，似當時別有一種公項資糧，隸於官中，以供客者。似猶有古制『郊里之委積以待賓客，野鄙之委積以待羈旅』之遺意。」❽玉山禾　崑崙山的木禾（傳說中一種高大的穀類植物）。漢張衡〈思玄賦〉：「發昔夢於木禾兮，谷崑崙之高岡。」南朝宋鮑照〈代空城雀〉：「誠不及青鳥，遠食玉山禾。」唐李白〈天馬歌〉：「雖有玉山禾，不能療苦饑。」

【語譯】多年以前曾在樓閣中與主人離別，今夜又踏入了這扇朱門。月光照進稀疏的簾幕，席上映著池塘的波痕。主人在外做著太守、將軍，客人將池館當成旅店棲身。主人有職田租稅收入，客人的飲食如玉山禾般豐盛。

【研析】這首詩大約是李商隱從桂林回到長安，留宿一位昔日朋友的街西池館而作。池館主人大約遠宦在外，詩歌首二句便說曾與主人在此離別，如今自己又來到這裡過夜。三四句描寫池館的景色，波光月影，清幽典雅，美不勝收，暗示館主亦風雅之士、性情中人。五六句寫池館主人的身分，說他擔任著太守、將軍一類的職務。七八句寫池館主人的好客，說他有職田收入，縱然他不能在家親自待客，但池館給客人提供的伙食亦極佳，菜香飯軟，令人感到賓至如歸。（姚蓉）

過鄭廣文❶舊居❷

宋玉平生恨有餘❸，遠循❹三楚❺弔三閭❻。可憐留著臨江宅❼，異代應教庾信❽居。

【注釋】❶鄭廣文　即鄭虔（西元六八五—七六四年），字若齊（一字弱齊、若齋），河南滎陽滎澤人，盛唐文學家、詩人、書畫家，精通天文、地理、博物、兵法、醫藥，近乎百科全書式的一代通儒，《新唐書》有傳。杜甫稱讚他「滎陽冠眾儒」、「文傳天下口」。少時即聰穎好學，資質超眾，弱冠時，舉進士不第，困居長安慈恩寺學書。開元始，初仕通直郎行率更寺主簿，專掌簿書事務，後仕左監門錄事參軍。開元中，任協律郎，「調和律呂，監試樂人典課」，為宮廷文藝總管，公務之餘集綴當朝異聞，遭人誣告「私撰國史」，外貶十年。天寶五年（西元七四六年），唐玄宗李隆基愛其才，召還京師。九年，虔自作山水畫一幅，並自題詩獻上，玄宗大加讚賞，御署「鄭虔三絕」，特置廣文館，詔授首任博士，從此揚名天下，時號鄭廣文。天寶十三年（西元七五四年），遷著作郎，掌撰朝廷碑誌、祝文、祭文等。安史之亂後，以三等罪流貶台州司戶參軍。到台州後，感於地處荒僻，文風未開，遂大闡文教，並親自設帳授徒。今浙江台州有鄭廣文紀念館，台州城東白石村金雞山有鄭虔墓。❷舊居　《長安志》：「韓莊在韋曲之東，退之與東野賦詩，又送其子讀書處。鄭莊又在其東南，鄭十八虔之居也。」張采田曰：「鄭莊近曲江，疑是年義山攜家入京，暫居於此，故結以庾信臨江宅為喻。起云遠循三楚弔三閭，是新從湘楚歸也。」❸宋玉句　宋玉〈九辯〉：「坎廩兮，貧士失職而志不平。」恨有餘，謂愁恨極多。❹循　同「巡」。巡行。❺三楚　戰國楚地疆域廣闊，秦漢時分為西楚、東楚、南楚，合稱三楚。《史記・貨殖列傳》以淮北、沛、陳、汝南、南郡為西楚；彭城以東，東海、吳、廣陵為東楚；衡山、九江、江南、豫章、長沙為南楚。如項羽曾自立為西楚霸王。後來泛指湘、鄂一帶為三楚。❻三閭　指三閭大夫屈原。屈原被貶後任三閭之職，掌王族三姓，曰昭、屈、景。「原序其譜屬，率其賢良，以厲國士。」❼臨江宅　宋玉故宅名。李商隱〈高花〉：「宋玉臨江宅，牆低不礙窺。」❽庾信　（西元五一三—五八一年）字子山，南陽新野（今屬河南）人。自幼隨父庾肩吾出入於蕭綱宮廷，後與徐陵一起任蕭綱東宮學士，成為宮體文學的代表作家。侯景叛亂時，庾信自建康逃往江陵，居宋玉故宅，輔佐梁元帝。曾作〈哀江南賦〉：「誅茅宋玉之宅，穿徑臨江之府。」後奉命出使西魏，在此期間，梁為西魏所滅，庾信被迫留在北方，官至車騎大將軍、開府儀同三司。北周代魏後，更遷為驃騎大將軍、開府儀同三司，封侯。時陳朝與北周通好，流寓人士，並許歸還故國，惟有庾信與王褒不得回南方。

【語　譯】宋玉平生才高而不得志，故而愁恨極多，遠遠跑到三楚地區，去憑弔命運多蹇的屈原大夫。可憐宋玉悲涼地死去，只在江陵留下一所臨江的住宅，幾朝幾代之後，同樣有才而命舛的庾信，就曾在這宅中定居。

【研　析】此詩題為〈過鄭廣文舊居〉，詩中卻無一語道及曾任廣文博士的鄭虔。首二句說的是宋玉憑弔屈原，後二句說庾信居住宋玉故宅，似乎與鄭虔故居毫不相干。但清人屈復曰：「宋玉之弔三閭，猶己之弔廣文。廣文之宅，應為己今日之居。廣文一生不達，異代同心之悲也。」此語可謂一語道破詩人用心，義山之視鄭虔，如庾信之視宋玉、宋玉之視屈原，異代相接，千載同心，都是才高命舛的典型。義山婉轉含蓄地借歷史

典故表情達意，用短短的四句詩，將千載而下眾多懷才不遇者串連一起，給人一種深刻的悲劇感，也增添了詩歌的悲劇氣氛。（姚蓉）

韓翃❶舍人即事

萱草❷含丹粉❸，荷花抱綠房❹。鳥應悲蜀帝❺，蟬是怨齊王❻。通內❼藏珠府❽，應官❾解玉坊❿。橋南荀令⓫過，十里送衣香。

【注釋】❶韓翃　字君平，南陽人，生卒年不詳。唐代詩人，「大曆十才子」之一。天寶年間考中進士，寶應年間在淄青節度使侯希逸幕府中任從事，後隨侯希逸回朝，閒居長安十年。建中年間，因作〈寒食〉詩被唐德宗所賞識，因而被提拔為中書舍人。韓翃詩筆法輕巧，寫景別致，在當時傳誦很廣。❷萱草　俗稱金針菜、黃花菜，多年生宿根草本，其根肥大。葉叢生，狹長，背面有棱脊。花漏斗狀，橘黃色或桔紅色，無香氣，可作蔬菜，或供觀賞。根可入藥。古人以為種植此草，可以使人忘憂，因稱忘憂草。漢蔡琰〈胡笳十八拍〉：「對萱草兮憂不忘，彈鳴琴兮情何傷。」唐萬楚〈五日觀妓〉：「眉黛奪將萱草色，紅裙妒殺石榴花。」❸丹粉　萱草開的桔紅色的花。❹綠房　蓮蓬。❺蜀帝　傳說古蜀王杜宇，號曰望帝，死後化為子規（即杜鵑鳥）。每年春季，杜鵑鳥飛來喚著「不如歸去！不如歸去！」嘴流血而啼不止。唐李白〈宣城見杜鵑花〉：「蜀國曾聞子規鳥，宣城又見杜鵑花。一叫一回腸一斷，三春三月憶三巴。」❻蟬是怨齊王　晉崔豹《古今注・問答釋義》：「牛亨問曰：『蟬名齊女者何？』答曰：『齊王后忿而死，尸變為蟬，登庭樹嘒唳而鳴。王悔恨。故世名蟬曰齊女也。』」❼通內　出入內室。❽藏珠府　京都府藏，名曰「大內」，國家寶藏也。❾應官　猶云當官，是唐人口語。❿解玉坊　解玉的作坊。唐貞元元年（西元七八五年），西川節度使韋皋在成都開鑿了從西往東流的解玉溪，給城市運輸、市民飲水、工農業用水都帶來了很大的便利。而水中的沙質細膩，可用於解玉，也促進了成都玉石業的發展。⓫荀令　即荀彧（西元一六三—二一二年），字文若，穎川穎陰（今河南許昌）人。東漢末年曹操部下謀臣，官至漢侍中，守尚書令，謚曰敬侯。因其任尚書令，居中持重達數十年，時人尊稱他為「荀令君」或「荀令」。史載荀彧為人偉美有儀容，好熏香，久而久之身帶香氣。《襄陽記》：「荀令君至人家，坐處三日香」。「留香荀令」與「擲果潘郎」一樣，成為古代美男子的代名詞。此處以荀彧比喻韓翃。

【語　譯】忘憂的萱草開著紅色的花朵，玉立的荷花懷抱綠色的蓮蓬，韓翃和柳氏，就是紅綠相映的一對璧人。杜鵑鳥啼叫著蜀帝的悲鳴，蟬唱聲抒發著齊后的怨恨，韓翃和柳氏，幾經人生風雨的折騰。一朝得到皇帝稱賞，進入大內藏珠府，提拔為中書舍人，韓翃就如留香荀令，打馬踏上十里春風。韓翃和柳氏，終究擁有美滿的人生。

【研　析】唐代許堯佐著傳奇小說〈柳氏傳〉（又名〈章臺柳傳〉），寫「有詩名」的寒士韓翃與富而愛才的李生為友。李有美妾柳氏，愛慕韓翃，李知其意，便成全了他們。後值安史之亂，柳氏剪髮毀形，寄身佛寺。這時韓翃已入平盧淄青節度使侯希逸幕為書記。兩京收復後，韓翃使人潛尋柳氏，並寄以詩曰：「章臺柳，章臺柳，昔日青青今在否？縱使長條似舊垂，亦應攀折他人手。」柳氏感泣，答以詩，希望早日團聚。不久，柳為京中蕃將沙吒利劫去。一日，侯希逸諸將歡宴，有虞候許俊，見韓翃神色沮喪，問其故，韓以實情相告，許請韓寫一親筆信，即乘馬至沙吒利宅，救出柳氏，使之團圓。本篇即以韓翃和妻子柳氏的故事為題材，前兩句以萱草比韓，以荷花比柳，稱讚他們風流美豔，鸞鳳和鳴。三四句謂人有悲歡離合，韓柳幾經離散，各懷悲恨。後四句說韓翃終於得到皇帝賞識，在內廷做官，春風得意，路過橋南，香傳十里之外，可與荀令媲美。詩人對韓翃的際遇頗有幾分豔羨，希望自己在情場、官場亦能有韓翃的遇合。（姚蓉）

漫成五章

其一

沈宋裁辭❶矜變律❷，王楊❸落筆得良朋❹。當時自謂宗師❺妙，今日唯觀對屬❻能。

其二

李杜❼操持❽事略齊，三才❾萬象❿共端倪⓫。集仙殿⓬與金鑾殿⓭，可是蒼蠅惑曙雞⓮。

其三

生兒古有孫征虜⓯，嫁女今無王右軍⓰。借問琴書終一世⓱，何如旗蓋仰三分⓲？

其四

代北偏師銜使節，關東裨將建行臺⓳。不妨常日饒⓴輕薄㉑，且喜臨戎用草萊㉒。

其五

郭令素心非黷武㉓，韓公本意在和戎㉔。兩都耆舊偏垂淚，臨老中原見朔風㉕。

【注　釋】❶沈宋裁辭　初唐詩人沈佺期、宋之問。他們是律詩體裁的定型者。❷變律　指對詩歌聲律有所變化發展。❸王楊　初唐詩人王勃、楊炯，與盧照鄰、駱賓王齊名，號稱初唐「四傑」。❹良朋　這裡指詩中的「佳對」，即所謂「屬對精密」。❺宗師　此指文壇領袖。❻對屬　亦稱屬對，即對仗。❼李杜　李白、杜甫。❽操持　執筆為詩。❾三才　天地人合稱三才。❿萬象　宇宙間一切事物或現象。⓫端倪　《莊子・大宗師》：「反復始終，不知端倪。」端倪即頭緒。此處用作動詞，顯露頭緒。⓬集仙殿　即集賢殿。天寶十三載，杜甫向唐玄宗上〈三大禮賦〉，受到玄宗賞識，命待制集賢院，召試文章。⓭金鑾殿　天寶元年，李白被召至長安，唐玄宗於金鑾殿接見。⓮可是句　此處以蒼蠅喻皇帝左右讒諛之徒，以曙雞喻李杜。可是，卻是。蒼蠅惑曙雞，《詩・齊風・雞鳴》：「匪雞則鳴，蒼蠅之聲。」又《詩・小雅・青蠅》：「營營青蠅，止於樊。豈弟君子，無信讒言。」⓯孫征虜　指孫權。曹操曾表孫權為討虜將軍。《三國志》：「曹公……喟然歎曰：『生子當如孫仲謀，劉景升兒子若豚犬耳！』」⓰王右軍　王羲之，他曾為右軍將軍。《晉書》載郗鑒到王導家求婿，見羲之坦腹東床，於是選其為婿。⓱琴書終一世　意指政治上無所建樹，終身以琴書自娛。⓲旗蓋仰三分　指孫權建立鼎足三分的帝業。旗蓋，黃旗紫蓋。古代迷信認為天空出現黃旗紫蓋狀雲氣，是帝王之象。⓳代北二句　兩句敘述唐武宗時名將石雄破回鶻、平劉稹的功績。代北，代州（今山西北部代縣一帶）之北。唐時在此駐代北軍。偏師，全軍的一部分。在抗擊回鶻戰爭中，石雄曾率偏師建立功勳。關東，函谷關以東地區。裨將，地位較低的將佐，指石雄。銜使節、建行臺，石雄破回鶻後，因功升任豐州都防禦使；後又升任晉絳行營節度使。⓴饒　任；儘管。㉑輕薄　指受人菲薄。石雄出身寒微，又曾被誣而遭流放，因此為一些人所菲薄。㉒草萊　草野之人。㉓郭令句　郭令，指郭子儀。非黷武，並非好戰。郭子儀在西北的歷次作戰，都由吐蕃（或回鶻）貴族挑起。㉔韓公句　韓公，指張仁願，景龍二年封韓國公。神龍初年，他任朔方總管時，在黃河以北（今內蒙古境內）築三受降城以抵禦突厥，突厥不敢進犯，北部地區得以安定。㉕兩都二句　這兩句寫大中三年收復三州七關的消息傳來時，中原地區人民激動感慨的心情。兩都，西都長安與東都洛陽。耆舊，父老。見朔風，重見北方邊地的民情風俗，意即見到西北方邊地重歸唐王朝。

【語　譯】

其一

沈、宋以諳熟聲律而自喜，王、楊落筆就有精妙的偶對。當時推崇他們是傑出的文壇領袖，今天看來只不過善作對偶駢句而已。

其二

李、杜作詩旗鼓相當，天地萬物在筆端奔湧。只是那集賢殿與金鑾殿中，總是有蒼蠅飛舞，不許那金雞啼鳴。

其三

生為人子，古有孫仲謀那樣的英雄。擇婿嫁女，今天再難找王羲之這樣的人物。撫琴讀書一輩子，哪裡比得上建功立業打天下？

其四

代州偏師，關東副將，都曾因戰功而升遷。平日裡身分低微被人輕視，好在戰時起用能一戰成名。

其五

郭子儀並不喜窮兵黷武，韓國公的本意也只是要邊疆安寧。兩都的父老熱淚盈眶，只為在暮年盼來失地收復，中原百姓又見到北地的風俗民情。

【研　析】長期的困頓落拓，生活的窮乏困窘，令狐綯的褊狹冷漠，這些促成詩人開始回顧反思自己踏入社會以來的經歷，特別是與令狐父子的關係。而和令狐父子的種種恩怨又是和王茂元、李德裕等人分不開的，這種反思也就必然糾葛到這二十餘年來的政治人事上的是是非非。〈漫成五章〉便是這樣一組回顧反思之作。組詩表面上論文評詩詠史，實際上卻是借此寄寓身世遇合之慨和詩人對自己與令狐父子、王茂元關係的思考，對李德裕的評價。詩人不僅回顧了自己二十多年的政治生活遭遇，而且越出個人範圍對現實重大問題進行了評論。

首章借評論王楊沈宋的詩文寄託身世沉淪之慨。王楊沈宋均藉以自況，「得良朋」即〈樊南甲集序〉所謂「得好對切事」，以喻指駢文技巧之純熟。義山早年從令狐楚學駢文章奏，通今體。「自蒙半夜傳衣後，不羨王祥得佩刀。」(〈謝書〉)當時自以為藉此可致身通顯,殊不料這層關係不但沒有使自己青雲直上,反而成為日後令狐綯指責其「忘家恩,放利偷合」的口實。而早年以為是青雲階梯的章奏技巧,只不過用以在幕府中操筆事人,聊為糊口之資而已。「今日唯觀對屬能」,言下除「對屬能」外一無所能,一無所成。當時的躊躇滿志與今日的潦倒無成相對照,蘊含無限沉痛。

次章託寓明顯,以李、杜才高遭毀,不為世用,寄託自己受排擠讒毀的感慨。「蒼蠅惑曙雞」,既言賢愚淆亂不辨,也含有小人毀賢忌才之意。「蒼蠅」、「曙雞」,即〈鈞天〉中的「因夢到青冥」者和「知音不得聽」者。

三章一二句為互文對起。「古有孫征虜」亦即「今無孫征虜」;「今無王右軍」亦即「古有王右軍」。大意謂我為人子,既無孫仲謀之才略;為人婿,亦無王右軍之才藝。但次句實隱然以王右軍自比,唯用語謙婉而已。作者本意是自己固非英雄如孫仲謀之倫,但略長於藝文之事或有如王右軍。而今之世,但重武事而薄文才,文人如己者,不免仕途蹭蹬,沉淪不遇。三四句乃謂:試問「琴書終一世」者豈必讓於「旗蓋仰三分」者乎?這是空有文才不遇而發為憤激之言。「嫁女」句指己為王茂元婿。茂元將愛女嫁給商隱,固然是由於愛其才,但更對他的將來寄予厚望。商隱在〈重祭外舅司徒公文〉中說自己「不忮不求,道誠有在;自媒自炫,病或未能。雖呂範以久貧,幸冶長之無罪」,意可與此互參。整首不過說自己雖未能符合岳家的期望,建功立業,但在文藝方面也自有成就。

第四章讚美李德裕拔石雄於草萊,能夠任人唯賢。馮浩說:「雄受黨人排斥,義山受黨人之累,故特為之鳴不平,而致慨於衛國(李德裕)也。」頗能道出作者的用心。《唐摭言》載:李德裕「頗為寒畯開路」。大中時流傳有「八百孤寒齊下淚,一時南望李崖州」的詩句,可與此章後二句相印證。懷李德裕拔英雄於草萊,即隱含自己遭當權者排斥的幽憤。

末章借郭子儀、張仁愿事為李德裕對回鶻、吐蕃的正確政策辯誣。並借三州七關收復事,揭露宣宗君臣既受會昌朝武功的好處，又貶斥李德裕的不公正作法。這在當時是重大是非問題。作者敢於給李德裕辯護，固然說明他具有正義感和政治識見，但組詩由歷敘生平出發而涉及李德裕，當是由於作者意識到其沉淪的原因，與其在令狐楚死後轉依李德裕所信用的王茂元、鄭亞等人有關。因而對李德裕的評價問題，也就成了總結和認識自己經歷時所不能不加以思考的問題了。這是此章與前幾章的內在聯繫。

將五章聯繫起來，不難看出這組詩在「漫成」中自有思路與線索。一二章慨己之沉淪遭擯，涉及與令狐父子的關係；三章承次章才而見忌之意，深慨世之重武輕文，且由令狐綯之見忌聯及婚於王氏之事；四五二章則又由王茂元而聯及與之有較密切關係的李德裕，因己之才而見斥聯及德裕用人不廢寒微，唯才是舉，而所感已越出個人身世遭遇範圍，涉及政治上的是非，涉及對李德裕這樣一位在政壇上有重要地位和卓越建樹的人物的政治評價。綜觀整組詩，不難發現作者在回顧反思個人遭際的基礎上，其思想認識發展的線索。往日與令狐父子的關係，不料竟成為日後沉淪斥棄的根由；而昔日並無交往、與令狐綯等對立的李德裕，倒是政治上有建樹的人物。馮浩說這組詩是商隱「一生吃緊之篇章」，張采田進而稱其為「千載讀史者之公論」，都頗有見地。

這組詩全仿杜甫七絕連章議論之體，但由於其中滲透了詩人強烈的感情，蘊涵了深切的人生體驗，又著力於虛字的錘鍊、搭配，故雖連章議論卻能唱歎有致，充滿抒情氣氛。紀昀評論說：「較少陵諸絕仍多婉態。專取神情，絕句之正體也。參入論宗，絕句之變體也。論宗而以神情出之，則變而不失其正者也。」所論對於辨析體會商隱這類詩作和李白、王昌齡、杜甫等人絕句之間的異同流變是有幫助的。商隱繼承杜甫連章議論之體，也就不自覺地擴大了這種形式的詩歌的影響，其後元好問、王漁洋等大肆厥體，商隱居間之功亦不容抹殺。（李翰）

漫成三首

其一

不妨何范❶盡詩家，未解當年重物華❷。遠把龍山❸千里雪，將來擬並洛陽花❹。

其二

沈約❺憐何遜，延年❻毀謝莊❼。清新俱有得，名譽底❽相傷？

其三

霧夕詠芙蕖❾，何郎得意初。此時誰最賞？沈范兩尚書❿。

【注釋】❶何范　何遜、范雲。何遜，南朝梁詩人，字仲言，東海郯（今山東郯城）人。二十歲左右被舉為秀才，范雲見其試策，大加稱讚，就此結為「忘年之交」。沈約也很欣賞他的詩。何遜出身貧寒，仕途很不得志。梁武帝天監中，曾任建安王蕭偉的記室，並隨蕭偉去江州。後來回建康，又任安成王蕭秀的幕僚，還兼任過尚書水部郎。晚年在廬陵王蕭續幕下任職。范雲，南朝齊、梁間詩人，字彥龍，祖籍南鄉舞陽（今河南泌陽）人。六歲時隨姑父袁叔明讀《毛詩》，一日能誦數篇。早年在南齊竟陵王蕭子良幕中，為「竟陵八友」之一。齊武帝永明十年（西元四九二年），和蕭琛出使北魏，受到魏孝文帝的稱賞。從北魏還朝，遷零陵內史，又為始興內史、廣州刺史，皆有政績。蕭衍代齊建梁，任為侍中，遷散騎常侍、吏部尚書，再遷尚書右僕射，居官能直言勸諫。范雲是當時文壇領袖之一，與沈約、王融、謝朓等友善，和何遜也有交往。❷重物華　謂重才華。❸龍山　在雲中郡（今山西渾源西南）。❹將來句　何遜〈范廣州宅聯句〉：「洛陽城東西，卻作經年別。昔去雪如花，今來花似雪。濛濛夕煙起，奄奄殘暉滅。非君愛滿堂，寧我安車轍。」前四句為范雲所作，後四句為何遜所聯。❺沈約　（西元四四一－五一三年）字休文，吳興武康（今浙江德清）人，南朝史學家、文學家、政治家。少時篤志好學，博通群籍，擅長詩文。仕宋齊梁三朝。在宋仕記室參軍、尚書度支郎。在齊仕著作郎、尚書左丞、驃騎司馬將軍。齊梁之際，蕭衍重之，封建昌縣侯，官至尚書左僕射，後遷尚書令，領太子少傅，成為宰相。從二十餘歲時開始，歷時二十餘年，撰成《晉書》。西元四八七年，奉詔修《宋書》，一年完成。《南史・何遜傳》：「沈約嘗謂遜曰：『吾每讀卿詩，一日三復，猶不能已。』」❻延年　即顏延之（西元三八四－四五六年），南朝宋文學家。祖籍琅邪臨沂（今山東臨沂）。少孤貧，居陋室，好讀書，無所不覽，文章之美，冠絕當時，與謝靈運並稱「顏謝」。東晉末，官江州刺史劉柳後軍功曹，轉主簿，歷豫章公劉裕世子參軍。劉裕代晉建宋，官太子舍人。宋少帝時，以正員郎兼中書郎，出為始安太守。宋文帝時，徵為中書侍郎，轉太子中庶子，領步兵校尉。後為祕書監，光祿勳，太常。劉劭弒立，以之為光祿大夫。宋孝武帝即位，為金紫光祿大夫，領湘東王師，後世稱其「顏光祿」。延之性偏激，嗜酒，肆意直言，曾無回隱，世人呼之「顏彪」。❼謝莊　（西元四二一－四六六年）字希逸，南朝宋文學家，陳郡陽夏（今河南太康）人。二十歲左右入仕，在東宮任過洗馬、中舍人。稍後，在江州任廬陵王劉紹南中郎諮議參軍。元嘉二十六年（西元四四九年），又隨雍州刺史隨王劉誕去襄陽，領記室。曾任吏部尚書，明帝時官金紫光祿大夫。《南史・謝莊傳》：「莊有口辯，孝武嘗問顏延之曰：『謝希逸〈月賦〉何如？』答曰：『美則美矣；但莊始知「隔千里兮共明月」。』帝召莊以延之答語語之，莊應聲曰：『延之作〈秋胡詩〉，始知「生為久離別，沒為長不歸。」』帝撫掌竟日。」❽底　何；為何。❾霧夕句　指何遜〈看伏郎新婚〉詩：「霧夕蓮出水，霞朝日照梁。何如花燭夜，輕扇掩紅妝？」❿沈范句　沈約為吏部尚書兼右僕射；范雲為散騎常侍、吏部尚書。

【語　譯】

其一

何遜、范雲都是當年有名的詩人，人們都說文人相輕，真不明白，范雲為什麼這樣看重何遜的才華？范雲竟然把千里龍山之外的飛雪，比作洛陽城裡盛開的鮮花，寫下如此優美的詩句，並留下與何遜聯詩唱和的佳話。

其二

沈約愛惜何遜的才華，顏延年卻詆毀謝莊的詩作，清新脫俗的文章各有各的長處，信口雌黃怎能損害別人的名譽？

其三

寫出「霧夕蓮出水」那樣的詩句，年輕的何遜正意氣風發才華初露。那時的他最受誰的賞識呢？就是沈約和范雲那兩位老尚書。

【研析】

其一

此詩先從何遜、范雲都是詩人落筆，隨即說明范雲讚賞何遜，與之結為「忘年交」乃是因為重視對方的才華。三四句既提到何遜、范雲兩人聯句，以雪、花互比的奇思妙想，又以「千里雪」比喻名高位重的范雲，以「洛陽花」比喻後起之秀的何遜，將二人的結交再次歸結到「重物華」三字。詩歌雖是詠何范之事，但聯繫李商隱生平遭際，不難看出他是在以何遜自比，而以范雲比令狐楚，何遜弱冠受賞於范雲，正與李商隱十八九歲時受知於令狐楚相似，而李商隱本人一生都很感念令狐楚的知遇之恩，故此詩正是借何范故事，以追念、感激令狐楚早年對他的賞識。

其二

此詩從字面上看，與前詩一樣仍是談論南北朝時的文人關係。首二句謂沈約愛何遜之才，而延年譏謝莊之賦，兩人對待後進的態度截然不同。後二句謂詩文創作務求清新脫俗，各有所長，互相詆毀於名譽何傷？從中看出，作者肯定沈約的愛才之舉，而否定顏延年的作法。根據李商隱的人生經歷，此詩也應另有喻示。李商隱考博學宏辭之前，本有人為之延譽，然竟有「中書長者」詆毀他，說「此人不堪」，商隱故借何遜自比，以沈約比賞識愛惜自己的人，而以顏延年比詆毀他的人。而面對無端的指責，商隱只能以文章各有所得，毀譽何能相傷自我安慰，可見其內心的無奈吧。

其三

此詩說的是何遜看人新婚曾寫出「霧夕蓮出水」這樣出色的詩句，當時他正春風得意，才情初露，最得兩位前輩尚書沈約、范雲的稱賞。此詩李商隱亦以何遜自比，以沈約、范雲比令狐楚和崔戎。令狐楚曾兼吏部尚書，崔戎卒後贈禮部尚書，他們二人既是當時的章奏名手，又對李商隱有知遇之恩，故李商隱對他們感念不已。

這三首詩題曰〈漫成〉，實是作者因有感而發，追憶早年在令狐楚幕及崔戎幕所受賞譽和提攜，並感慨自兩尚書故去以後，再未有人如斯之憐才也。三首詩皆以何遜自比，前後關聯而各有側重，可謂章法井然。此三詩似是桂管歸來後，大中三年（西元八四九年）作於長安。（姚蓉）

九日❶

曾共山翁❷把酒時，霜天白菊繞階墀❸。十年❹泉下無消息，九日尊前有所思。

不學漢臣栽苜蓿❺，空教楚客❻詠江蘺❼。郎君❽官貴施行馬❾，東閣❿無因再得窺。

【注釋】❶九日　指農曆九月九日重陽節。❷山翁　即山簡（西元二五三—三一二年），字季倫，河內懷人，山濤第五子。性溫雅，有父風。濤初不知其才，簡歎道：「吾年幾三十，而不為家公所知！」與嵇紹、劉謨、楊淮齊名。初為太子舍人。光熙初，轉吏部尚書。永嘉中，累遷至尚書左僕射，領吏部，疏廣得才之路。尋出為鎮南將軍，鎮襄陽。每遊習家園，置酒池上輒醉，名之曰高陽池。山簡優遊卒歲，惟酒是耽，人稱山翁、山公。《世說新語·任誕》：「山季倫為荊州，時出酣暢。

人為之歌曰：「山公時一醉，逕造高陽池。日暮倒載歸，酩酊無所知。復能乘駿馬，倒著白接䍦。舉手問葛彊，何如并州兒？」高陽池在襄陽，彊是其愛將，并州人也。」此以山翁借指舊日府主令狐楚。❸階墀　臺階，亦指階面。北魏酈道元《水經注・瓠子河》：「堯陵東城西五十餘步，中山夫人祠，堯妃也，石壁階墀仍舊。」唐白居易〈敘德書情四十韻上宣歙崔中丞〉：「飭躬趨館舍，拜手挹階墀。」❹十年　令狐楚卒於開成二年（西元八三七年）冬，到李商隱寫此詩時的大中三年（西元八四九年），已有十二年。「十年」舉其約數。❺苜蓿　豆科植物，一年生或多年生，可供飼料或作肥料，亦可食用。原產西域各國，漢武帝時，張騫出使西域，始從大宛傳入，又稱懷風草、光風草、連枝草。花有黃紫兩色，最初傳入者為紫色。《史記・大宛列傳》：「俗嗜酒，馬嗜苜蓿。漢使取其實來，於是天子始種苜蓿、蒲陶肥饒地。及天馬多，外國使來眾，則離宮別觀旁盡種蒲萄、苜蓿極望。」唐薛令之〈自悼〉：「朝日上團團，照見先生盤。盤中何所有，苜蓿長闌干。」❻楚客　原指屈原，此藉以自喻。❼江蘺　亦作江離，香草名。屈原〈離騷〉：「扈江離與辟芷兮，紉秋蘭以為佩。」「覽椒蘭其若茲兮，又況揭車與江離。」晉張華《博物志》：「芎藭，苗曰江蘺，根曰芎藭。」唐賈島〈送鄭長史之嶺南〉詩：「蒼梧多蟋蟀，白露溼江蘺。」❽郎君　稱令狐綯，令狐楚之子。《唐摭言》：「義山師令狐文公，呼小趙公為郎君。」❾行馬　攔阻人馬通行的木架。一木橫中，兩木互穿以成四角，施之於官署前，以為路障。俗亦稱鹿角，古謂梐枑。《周禮・天官・掌舍》「掌舍掌王之會同之舍，設梐枑再重」漢鄭玄注：「梐枑謂行馬，行馬再重者，以周圍，有外內別。」❿東閣　東向的小門，古代稱宰相招致、款待賓客的地方。《漢書・公孫弘傳》：「弘自見為舉首，起徒步，數年至宰相封侯，於是起客館，開東閣以延賢人。」令狐綯於大中三年五月由中書舍人遷御史中丞，九月充翰林學士承旨。

【語　譯】當年和尊翁把酒共度重陽的時候，凝霜的天氣裡白菊花環繞著臺階盛開。一晃他老人家已經逝去十二年，天人永隔，無法再得到他的消息，每逢重陽只留下我獨對酒樽，咀嚼著對他的思念。你不學習漢代的張騫，如他引進苜蓿一樣引薦人才，使得我猶如流落江湘的屈原，只能空自吟詠關於江蘺的詩篇。郎君啊，你的官做大了，府門外也設置起阻人通行的木架。尊翁在府中留下的招賢東閣，我是無緣再進到裡面。

【研　析】據五代王定保的《唐摭言》記載，大中年間的一個重陽節，李商隱前去拜訪令狐綯，綯拒不接見，李商隱因此在屏風上題了這首〈九日〉詩，以表示自己的怨憤。這則軼事雖未必可信，但這首詩在內容確實是褒其父而貶其子，表達了義山對令狐楚、令狐綯父子不同的情感態度，流露出對令狐綯的深深不滿。詩歌首先回憶從前與令狐楚重陽高會，相得甚歡的情景，表明義山對令狐楚昔日恩情感念至深。接著敘述當前，謂今日又值重陽佳節，卻與令狐楚死生永隔，獨對酒樽徒然思念，情調至為沉痛。五六句則筆鋒一轉，謂自己願將對令狐楚的深情厚誼延續到令狐綯身上，然而令狐綯卻不類其父，毫無惜才之意、薦才之心，以致自己如屈原一般，空自歌詠芳草以自賞。詩歌最後更是明白表示，既然令狐綯擺出官架子，拒絕故友來訪，自己以後再也不會出入他的府中。據詩意考察，此詩作於大中三年（西元八四九年）的重陽節。李商隱大中二年（西元八四八年）自桂林歸後，一直希望得到令狐綯的援引，到大中三年重陽前後，令狐綯可能明確表示了拒施援手的態度，故有是作。此後不久，李商隱不得已應盧弘正之辟，進入其徐州幕府。（姚蓉）

野菊

苦竹園南椒塢邊，微香冉冉淚涓涓❶。已悲節物同寒雁，忍委芳心與❷暮蟬。

細路獨來當此夕，清尊相伴省他年❸。紫雲新苑移花處，不取霜栽近御筵❹？

【注釋】❶苦竹二句　指野菊託根在辛苦之地。竹為苦竹，而椒味辛辣，皆以喻愁恨。❷與　同。❸清尊句　指當年顧遇。❹紫雲二句　此指令狐綯移官內職，任中書舍人。末句以栽菊近御筵對令狐綯不加提攜表示怨望。紫雲，指中書省。開元元年曾改中書省為紫薇省，令曰紫薇令。

【語譯】苦竹園南邊的椒塢旁，你靜靜吐露細細的幽香。如寒雁悲歎時節的移易，不忍那芳香隨暮蟬而逝。蜿蜒的小徑，今夜我獨自徘徊。想當年顧遇，清樽美酒多歡洽。紫薇盛開在新美的園中，為什麼這芳香的野菊，就無人將它帶到御榻之前？

【研　析】商隱自桂幕歸京後，暫代京兆府某曹參軍。京兆府掾曹位卑職微，詩人此期生活相當困窘。〈偶成轉韻七十二句贈四同舍〉中說：「歸來寂寞靈臺下，著破藍衫出無馬。天官補吏府中趨，玉骨瘦來無一把」，可見他當時的處境。而令狐綯這期間正青雲得路，大中三年九月，又以御史中丞充翰林學士承旨，顯示出不日即將拜相的趨勢。然而，他心胸狹隘，對商隱積怨已深，根本無視詩人極度困窘的處境，也不理睬詩人屢次的陳情乞諒。商隱此詩在抒寫自己沉淪困境的同時，便流露出對令狐綯如此冷漠的怨望。

和本詩相應，也是差不多時間寫的還有一首〈九日〉：「曾共山翁把酒時，霜天白菊繞階墀。十年泉下無消息，九日尊前有所思。不學漢臣栽苜蓿，空教楚客詠江蘺。郎君官貴施行馬，東閣無因再得窺。」這是令狐綯充翰林學士承旨不久，重陽節這天詩人有感令狐兩代與自己的關係而作。詩中的「漢臣栽苜蓿」指張騫通西域時，帶回苜蓿種子，種植在離宮旁，這裡喻指令狐楚的栽培汲引人才，「不學」云云，暗指令狐綯不能繼承父風；「楚客」借屈原以自喻，屈原〈離騷〉有「覽椒蘭其若茲兮，又況揭車與江離」之句，對椒蘭、江蘺等香草的蕪穢變質表示痛心憤慨，這裡即以「江離」暗指令狐綯。「詠」者，「怨」也。由當年令狐楚的恩遇，對照今日令狐綯的冷遇，益增感慨怨望之情。本詩則因見野菊而興身世之慨，懷楚怨綯之意僅於自傷身世中及之，而不似〈九日〉筆筆不離令狐父子。詩之主旨在於自況，前四句詠菊，全是自傷。苦竹、椒塢，寫出自己辛苦的處境，微香冉冉不斷，浥雨則如淚涓涓，是意不自得也。因「淚」而生出下聯之「悲」。菊之敷榮在野，無異於寒雁羈棲；不言而芳，無由見知於世，又何異於暮蟬寂默。曰「忍委」，正見出詩人感時傷世中不甘沉淪之意。後四句方因菊而聯及令狐父子。「清尊相伴省他年」，所記省的內容即〈九日〉中的「曾共山翁把酒時，霜天白菊繞階墀」，當時的繞階白菊，而今已為託身辛苦之地的野菊了，在「此夕」與「他年」的對照中寓含了無限感慨。結尾流露出「不取」怨望，紀昀嫌其「露骨太甚」，其實由前之傷到後之怨，情感的綰結還是比較自然的。傷感、怨望、沉淪之不甘，糾纏為心中沉痛的固結，這個固結無法言表，也無從解脫，但一叢「微香冉冉淚涓涓」的野菊卻說出了一切。讀者閉上眼，在頭腦裡試著描繪這樣一幅含淚的、寂寞的野菊，也許是走進李商隱當時心靈世界的一種最好方式。（李翰）

白雲夫舊居

平生誤識❶白雲夫❷，再到仙簷❸憶酒壚❹。牆外萬株人絕跡，夕陽唯照欲棲烏。

【注釋】❶誤識 錯認；枉識。作者悔恨當初沒有聽從白雲夫的勸告，空相識一場。❷白雲夫 即白道者；白道士。❸仙簷 神仙住宅，指白雲夫道士舊居。❹酒壚 安置酒甕的砌臺。南朝宋劉義慶《世說新語・傷逝》：「王濬沖為尚書令，著公服，乘軺車，經黃公酒壚下過。顧謂後車客：『吾昔與嵇叔夜、阮嗣宗共酣飲於此壚。竹林之遊，亦預其末。自嵇生夭、阮公亡以來，便為時所羈紲。今日視此雖近，邈若山河。』」

【語譯】平生真是白白認識了白雲夫，沒有聽從他的勸告好好修道，我真是悔不當初。重到他的舊居，回憶起當年與他共飲酒壚。如今斯人跡杳，只留下牆外林木萬株。還有那欲落的夕陽，正照著回巢的棲烏。

【研析】開成元年（西元八三六年），李商隱奉母回濟源，在濟源玉陽山學道，結識了白道士、惠禪師、水道士等諸多道友。白雲夫即白道士，「白雲夫」應是其自定雅名，其人好酒。後義山居母喪曾回故鄉，經白道士舊居，發現其人已逝，其居荒蕪，不禁哀思連連，寫下此詩。一則表達對白道士的懷念思憶，二則表達自己多年來的人生失意，後悔當年沒有聽從白道士的勸告，放棄修道去獵取功名，結果仕途失意，人生飄泊。詩歌後兩句寫景，既如實描繪出舊居荒廢後的破落荒涼，又隱隱道出詩人失意心情的淒涼憂傷，可謂以景襯情的佳句。（姚蓉）

過伊僕射❶舊宅❷

朱邸❸方酬力戰功，華筵❹俄歎逝波❺窮。迴廊❻簷斷燕飛去❼，小閣塵凝❽人語空。幽淚欲乾殘菊露，餘香猶入敗荷風。何能更涉瀧江❾去，獨立寒流弔楚宮❿？

【注　釋】❶伊僕射　指伊慎（西元七四四—八一一年），兗州（今山東滋陽）人，善騎射。《舊唐書・伊慎傳》：「大曆八年，江西節度使路嗣恭討嶺南哥舒晃之亂，以慎為先鋒，直逼賊壘，疾戰破之，斬首三千級，由是復始興之地。未幾，與諸將追斬晃於泔溪，函首獻於闕下。嗣恭表慎功，授連州長史，知當州團練副使，三遷江州別駕。」「貞元十五年，以慎為安黃等州節度、管內支度營田觀察等使。……二十一年，於安黃置奉義軍額，以為奉義軍節度使、檢校右僕射。憲宗即位，入真拜右僕射。元和二年，轉檢校左僕射，兼右金吾衛大將軍。」❷舊宅　指伊慎京城光福坊舊邸。❸朱邸　漢諸侯王第宅，以朱紅漆門，故稱朱邸。後泛指貴官府第。謝朓〈拜中軍記室辭隋王箋〉：「惟待青江可望，候歸艎於春渚；朱邸方開，效蓬心於秋實。」李善注引《史記》：「諸侯朝天子，于天子之所立舍曰邸，諸侯朱戶，故曰朱邸。」❹華筵　豐盛的筵席。唐杜甫〈劉九法曹鄭瑕邱石門宴集〉：「能吏逢聯璧，華筵直一金。」❺逝波　逝水，借指時光流逝。❻迴廊　曲折迴環的走廊。唐杜甫〈涪城縣香積寺官閣〉詩：「小院迴廊春寂寂，浴鳧飛鷺晚悠悠。」❼燕飛去　化用劉禹錫〈烏衣巷〉：「舊時王謝堂前燕，飛入尋常百姓家」。指庭院敗落，連以前棲息的燕雀都棄之不顧。❽塵凝　猶塵封，閒置已久，落滿灰塵。❾瀧江　唐李紳〈逾嶺嶠止荒陬抵高要〉詩注：「南人謂水為瀧。自郴南至韶北，有八瀧，皆急險不可人。南中輕舟可入此水者，名曰瀧船。善游者為瀧夫。」此以瀧江泛指南方江河，伊慎之功業在嶺南及湖湘。❿楚宮　唐德宗貞元十五年，伊慎為安州（安陸）、黃州等州節度、管內、支度、營田、觀察等使。安、黃皆楚地。

【語　譯】朱門府邸，剛酬報過您力戰的功績，盛筵擺開，剛享受過您勝利的歡喜。誰知時光如水轉眼流逝，繁華如夢轉眼成空。回廊破損畫簷已斷，堂前的燕子也飛去無蹤。宅中的小閣凝滿了塵土，人去樓空再也沒了歡聲笑語。殘菊帶露，猶如掛著幾顆欲乾的淚珠；殘荷迎風，尚且送來餘香幾許。怎麼才能遠涉瀧江，在您戰鬥過的地方，獨立寒流面對楚宮，將您深切念想？

【研　析】大中三年（西元八四九年）秋天，李商隱在長安路過伊慎舊宅，引發對這位已故將軍的懷念，而寫下此詩。詩歌前兩句寫伊慎當年盛極一時的赫赫功名。為酬報其力戰之功，朝廷給予伊慎高官厚祿，美宅華筵，可謂繁盛至極。中間四句寫如今伊慎舊宅的荒涼破敗。謂伊慎謝世之後，其功名富貴也轉瞬即逝。今日過其舊居，但見宅院荒廢，回廊破損，簷斷樑傾，燕雀飛散。院內的亭臺樓閣早已人去樓空，積滿灰塵，高朋滿座、歡聲笑語的場景已無處可尋，只有殘菊帶露，枯荷餘香，令人心驚。這六句詩，以強烈的對比突出了今昔盛衰之感，傳達了一種繁華如夢，人事無常的人生幻滅感。最後兩句謂如何才能遠涉江河，到伊慎當年建立功業的地方去加以憑弔，表達了對這位已逝將軍的追思，以此點題。許多論者認為此詩是借伊慎感慨李德裕平定叛亂的功績及最終被貶崖州司戶至死的淒涼下場，想是詩歌表達的這種功業虛妄之感，也正好符合李德裕的人生經歷吧。（姚蓉）

哭劉蕡❶

上帝深宮閉九閽❷，巫咸❸不下問銜冤。黃陵❹別後春濤隔，湓浦❺書來秋雨翻。只有安仁❻能作誄，何曾宋玉❼解招魂？平生風義兼師友，不敢同君哭寢門❽。

【注　釋】❶劉蕡　字去華，唐幽州昌平（今北京市昌平縣）人。文宗大和二年（西元八二八年），應賢良方正直言極諫科考試，在對策中猛烈抨擊宦官亂政，在當時士人和朝官中引起強烈反響。因此遭宦官嫉恨，被黜不取。令狐楚任山南西道節度使時，表蕡幕府，授祕書郎。商隱得以與之結識。後遭宦官誣陷，貶柳州。大中三年（西元八四九年）卒於湓浦（潯陽）。

❷九閽　猶九門、九觀，傳說天帝所居有九門。此處「上帝」、「九閽」喻指皇帝和宮門。❸巫咸　傳說中的古代神巫，人神間的使者。❹黃陵　山名，在今湖南湘陰，當湘水入洞庭湖處。❺湓浦　指潯陽（今江西九江）。❻安仁　西晉文學家潘岳，擅作哀誄之文。❼宋玉　戰國楚文學家，王逸認為《楚辭》中的〈招魂〉是宋玉所作，以哀悼屈原而為之招魂。❽哭寢門　《禮記・檀弓》：「師吾哭諸寢，朋友吾哭諸寢門之外。」又《舊唐書・劉蕡傳》說令狐楚、牛僧孺待蕡如師友，故商隱說「風義兼師友」當屬自然。

【語譯】上帝端居在深宮，關閉了重重宮門，巫咸也不下凡過問人間的冤情。自黃陵別後春水茫茫音訊斷，收到你來自潯陽的書信，正是秋雨淋漓的季節。我的誄文能寫得哀如潘岳，可像宋玉一樣，哪裡能招來古人的魂魄？您的風範情誼宜師宜友，哪裡敢僅以朋友的身分，在寢門之外哀悼。

【研析】自開成二年冬在山南西道節度使令狐楚幕與劉蕡結識，商隱對劉蕡不畏權勢的品格，正直剛烈的個性就極為敬佩。桂幕期間奉使江陵的歸途中，商隱與劉蕡在湘陰相遇，寫下了著名的〈贈劉司戶蕡〉：「江風揚浪動雲根，重碇危檣白日昏。已斷燕鴻初起勢，更驚騷客後歸魂。漢廷急詔誰先入？楚路高歌自欲翻。萬里相逢歡復泣，鳳巢西隔九重門。」詩中風急浪高，日昏舟危的景象，滲透著對時代政治環境的感受，也是借自然之不平表示雙方深沉激憤的憂國之情。整首詩對朋友遭遇的同情，對國事的憂慮，對宦官黑暗勢力的憤恨，融為一體，感情豐富複雜，風格沉鬱悲壯。

孰料這次晤別竟成永訣，第二年便傳來劉蕡去世的噩耗。想到劉蕡一生沉淪，如今又銜冤含屈，身死異鄉，商隱悲憤交加。這首悼輓詩首聯直斥「上帝」，筆勢凌厲，感情憤鬱，如急風驟雨籠罩全篇。頷聯宕開，轉憶生離，回到死別，融敘事、抒情、寫景為一體。「春濤隔」，不僅形象地顯示出別後江湖阻隔的情景，而且賦予阻隔中的思念以浩淼無際的具象；「秋雨翻」，不僅自然地點明時令，而且將詩人當時激憤悲慟與淒涼哀傷交織的情懷化為具體可感的畫面形象。腹聯又轉為直接抒情，聲情拗峭而沉鬱。尾聯「師友」承宋玉師事屈原並為其招魂事，突出對劉蕡高風亮節的由衷欽仰，顯示出與其深厚情誼的政治基礎，使這首哭弔詩具有鮮明的政治內容。

劉蕡去世給商隱很大精神衝擊，消息傳來，商隱一連寫了四首詩加以哭弔，另外三首是五律。四首在藝術上都達到極高水平，今再舉一首〈哭劉司戶蕡〉：「路有論冤謫，言皆在中興。空聞遷賈誼，不待相孫弘。江闊惟迴首，天高但撫膺。去年相送地，春雪滿黃陵。」 腹聯直訴高天，感憤激烈，情感達到高潮，尾聯卻逆筆收轉去年黃陵雪中送別情景，將當時黯淡陰寒的環境氛圍、依依惜別的情懷和今日對故友黯然神傷的思悼融為一體，感情由激烈轉向深沉，風格也由傾洩轉為渟蓄，更增不盡之致。這也是整組詩共同的特點。詩人從劉蕡的遭遇中感受到一種陰沉逼仄的政治環境，心中滿蓄憤激而又欲訴無門，猶如陷入無從揮拳的「無物之陣」。所以組詩就出現這樣一種現象：一方面感情憤激，不吐不快，因而就有「江闊惟迴首，天高但撫膺」、「一叫千迴首，天高不為聞」（〈哭劉司戶二首〉其一）、「並將添恨淚，一灑問乾坤」（〈哭劉司戶二首〉其二）這樣呼天搶地、痛快淋漓的宣洩；另一方面由於感情的複雜深沉，積鬱深廣，詩中往往又有蓄積難宣的情愫。造成組詩風格既有噴湧而出、一氣鼓蕩的傾洩，又有曲折頓宕、沉鬱蘊蓄的抒情，顯得既痛快又沉著。

從劉蕡與商隱的交往看，除了在令狐楚幕的短暫共事外，就現存詩文看不出在黃陵晤別前兩人還有過別的交往。而劉的去世卻對商隱產生如此大的震動，以致他同一時間一而再、再而三寫詩哭弔，重迭致哀，顯然不是由於兩人關係的親密，而更多是出於政治義憤和精神上的契合。單純從人事關係看，劉蕡與牛黨重要首領人物如牛僧孺、令狐楚、楊嗣復都有幕主與賓客或座主與門生之誼，而李商隱大中年間無論政治傾向或人事關係都更接近李德裕政治集團。這說明商隱並不是秉著黨派之見待人處事，他有自己的處世原則和是非標準。李、劉的友誼建立在對唐王朝命運的強烈政治責任感和正義感之上，超越了黨派集團的私利和狹隘眼光。

劉蕡大和二年對策被黜，當時士林一片激憤不平之聲，「物論囂然稱屈」。但這次劉蕡客死異鄉，除了商隱的系列哭弔詩外，當時政壇與詩壇竟寂無反響，大中士風的衰頹與詩壇的冷落於此可見一斑。反過來這也越發顯出商隱哭蕡詩的可貴，顯出商隱正直血性的人品。

哭蕡諸篇固然是具有強烈政治針對性的組詩，然而從商隱表現出的強烈震撼和巨大的心靈傷痛看，劉蕡之死導致其內心積鬱的達到噴薄而出、欲罷不能的程度，恐怕與商隱自己同命相憐的人生體驗也有極大關係。長期的落拓不遇，京城中嚴酷的政治環境，令狐綯等的冷漠絕情，精神上的壓抑與生活中的困窘，其實已使商隱蓄積的悲苦憤激達到了一個臨界點，劉蕡之死好比一下子掘開自我封築的內心堤壩，心頭悲憤一湧而出。傷蕡也即是自傷，哭蕡也即是哭自己的沉淪身世，詩人自己的身世之慨也就同樣寓含在這沉痛與悲憤相交集的哭喊中。（李翰）

哭劉司戶蕡

路有論冤謫，言皆在中興。空聞遷賈誼，不待相孫弘❶。江闊惟迴首，天高但撫膺❷。去年相送地，春雪滿黃陵❸。

【注釋】❶不待句　以孫弘為故事，至丞相封，自弘始也。相，以之為丞相。孫弘，指公孫弘。《漢書·公孫弘傳》：「公孫弘，菑川薛人也。少時為獄吏，有罪，免。家貧，牧豕海上。年四十餘，乃學《春秋》雜說。武帝初即位，招賢良文學士，是時，弘年六十，以賢良徵為博士。使匈奴，還報，不合意，上怒，以為不能，弘乃移病免歸。元光五年，復徵賢良文學，菑川國復推上弘。弘謝曰：『前已嘗西，用不能罷，願更選。』國人固推弘，弘至太常。」「元朔中，代薛澤為丞相。先是，漢常以列侯為丞相，惟弘無爵，上於是下詔曰：『朕嘉先聖之道，開廣門路，宣招四方之士，蓋古者任賢而序位，量能以授官，勞大者厥祿厚，德盛者獲爵尊，故武功以顯重，而文德以行褒。其以高成之平津鄉戶六百五十封丞相弘為平津侯。』」❷撫膺　撫摩或捶拍胸口，表示惋惜、哀歎、悲憤等。《列子·說符》：「昔人言有知不死之道者，燕君使人受之，不捷，而言者死……有齊子亦欲學其道，聞言者之死，乃撫膺而恨。」晉潘岳〈哀永逝文〉：「嫂侄兮慞惶，慈姑兮垂矜，聞鳴雞兮戒期，咸驚號兮撫膺。」唐李白〈蜀道難〉：「捫參曆井仰脅息，以手撫膺坐長歎。」❸黃陵　地名，在湖南湘陰北，濱洞庭湖，傳說舜二妃墓在其上，有黃陵亭、黃陵廟。唐韓愈〈黃陵廟碑〉：「湘旁有廟曰黃陵，自前古以祠堯之二女舜二妃者。」大中二年春，義山與劉蕡在黃陵晤別。

【語　譯】路人都在談論，你的貶謫太過冤枉，因為你的那篇策論，字字都是為了大唐的中興。結果你卻像賈誼一樣南遷遠貶，至死也沒有等到像公孫弘那樣成為丞相。如今你冤死在遙遠的南方，我只能遠隔大江頻頻回首相望，仰望蒼天，捶胸頓足。沒想到去年我們的別離，就是永訣。那時天上飄著春雪，覆滿了洞庭湖畔的黃陵。

【研　析】唐文宗大和二年（西元八二八年），劉蕡應賢良方正直言極諫科考試，在策文中痛斥宦官專權。是年馮宿等為考策官，見劉蕡的對策為之歎服，以為漢之鼂（錯）董（仲舒）無以過，但懾於威勢，不敢錄取。河南府參軍李郃謂人曰：「劉蕡下第，我輩登科，實厚顏矣！」疏請以所授官讓蕡，不納。後來令狐楚、牛僧孺均曾表蕡幕府，授祕書郎，以師禮待之。而宦官深恨劉蕡，誣以罪，劉蕡因此被貶為柳州司戶，會昌二年（西元八四二年）卒。看到劉蕡貶謫而冤死，李商隱極為悲痛，寫下〈哭劉蕡〉、〈哭劉司戶二首〉及此詩加以哀悼。

詩歌前兩句謂劉蕡死後，連路人都議論紛紛，為之叫屈，認為他當年應試的對策中所發表的意見，完全是為了使唐朝出現中興的局面。開篇就借路人之口來評價劉蕡之死，有力地樹立了劉蕡的高直形象，並吐露出對劉蕡冤死的憤慨之情，也從側面反映了世人對宦官專權的痛恨，及對朝廷軟弱昏庸的譴責。三四句連用西漢賈誼因遭讒毀貶為長沙王太傅，及公孫弘一度免歸，後又受到重用官至丞相這兩個典故，歎息劉蕡亦如賈誼一樣被貶到南方，卻沒有公孫弘的幸運，一直沒有被朝廷召回，委以重任。五六句寫劉蕡之死給自己帶來的撕心裂肺的傷痛，這份痛楚，不僅出於對劉蕡深厚的友情，更來自對劉蕡冤死，而自己既不能親往悼念，又不能為洗沉冤的憤懣。最後兩句以回想起去年和劉蕡在黃陵離別的情景作結，情景交融，情感真摯，悲情綿邈，滿紙餘哀。（姚蓉）

哭劉司戶二首

其一

離居❶星歲❷易❸，失望❹死生分。酒甕❺凝餘桂，書籤❻冷舊芸❼。江風吹雁急，山木帶蟬曛❽。一叫❾千迴首，天高不為聞。

【注釋】❶離居　離別分居。古詩十九首：「同心而離居，憂傷以終老。」唐宋之問〈江南曲〉：「妾住越城南，離居不自堪。」❷星歲　歲月。中國古代很早就認識到木星約十二年運行一周天，就用木星所在星次來紀年。因此，木星被稱為歲星，這種紀年法被稱為歲星紀年法。歲星紀年法用久之後，就與實際天象不符。於是，東漢廢止了歲星紀年法，沿用干支紀年法。南朝宋鮑照〈謝永安令解禁止啟〉：「雖晢投纖生，昊天罔極，乞無犬馬，孤慚星歲。」唐喬知之〈和李侍郎古意〉：「調絲獨彈聲未移，感君行坐星歲遲。」❸易　改變。如世易時移。❹失望　不料；沒有預想到。❺酒甕　陶製酒器；盛酒的罈子。❻書籤　懸於卷軸一端或貼於封面的署有書名的竹、牙片，紙或絹條。唐杜甫〈題柏大兄弟山居屋壁〉詩其二：「筆架沾窗雨，書籤映隙曛。」此處指代書籍。❼芸　香草名，也叫「芸香」。葉互生，羽狀深裂或全裂，花黃色，香氣濃郁，可入藥。因芸香可驅蠹蟲，書卷中多置之，故古人以芸帙或芸編指書籍，以芸窗或芸館指書齋，芸臺指掌管圖書的官署（即祕書省）。❽曛　落日的餘光；黃昏。❾叫　謂為劉蕡喊冤。

【語譯】我們分離之後，轉眼已是一年。但是沒有料到，竟然從此生死永別。你的酒甕中，還凝結著剩餘的桂花佳釀。你的書籤上，還冷卻有舊日的芸香。江風吹送著雁兒的急鳴，山木上蟬兒正啼叫著斜陽。一聲聲的鳴叫啊，彷彿在訴說著你的冤屈。縱然我為此千次回首，高高的天門在上，你又怎能聽到我的衷腸。

【研析】這是詩人悼念亡友劉蕡時發出的沉痛哀號。首二句謂和劉蕡分別才一年，孰料竟成永訣。正因為劉蕡之死出人意料，詩人才覺得難以接受，倍感傷痛。三四句謂劉蕡所用酒器餘香猶在，所讀書籍芸香猶存，以強烈的物是人非之感，來表達與斯人生死相隔的苦痛。五六句宕開一筆，寫江上雁兒的急鳴與山中蟬兒的悲叫，既突出友人亡逝的淒涼之感，又暗示劉蕡冤死，連蟲兒鳥類都在為之鳴不平。最後兩句卻說哭號喊冤沒有用處，蒼天高遠，誰能聽到呢，語意一轉，倍顯沉痛、蒼涼。（姚蓉）

其二

有美❶扶❷皇運，無誰❸薦直言❹。已為秦逐客❺，復作楚冤魂❻。湓浦❼應分派，荊江❽有會源。併將添恨淚，一灑問乾坤。

【注　釋】❶有美　有美人。美人指有德有才之人。《詩經・鄭風・野有蔓草》：「野有蔓草，零露漙兮。有美一人，清揚婉兮。邂逅相遇，適我願兮。」三國魏曹植〈閨情詩〉：「有美一人，被服纖羅。妖姿豔麗，蓊若春華。」此指劉蕡。❷扶　通「輔」。輔佐。《說文》：「扶，佐也。」《戰國策・宋策》：「若扶梁伐趙，以害趙國，則寡人不忍也。」❸無誰　無人。❹直言　謂劉蕡的對策，直言極諫，毫無顧忌。❺秦逐客　秦始皇頒布的驅逐各國遊說之士的命令。《史記・秦始皇本紀》：「大索，逐客。李斯上書說，乃止逐客令。」唐杜牧〈杜秋娘詩〉：「秦因逐客令，柄歸丞相斯。」此借指劉蕡遭到貶謫，以致客死他鄉。❻楚冤魂　原指屈原，因投汨羅江，故曰楚冤魂。此亦借指劉蕡，因誣告被貶柳州司戶參軍，含憤而死。❼湓浦　潯陽，即今九江。《漢書・地理志》應劭注：「江自廬江潯陽分為九。」郭璞〈江賦〉：「流九派乎潯陽。」唐白居易〈東南行一百韻〉：「廬峰蓮刻削，湓浦帶縈紆。」❽荊江　長江自湖北枝江至湖南岳陽城陵磯段的別稱，全長三百六十公里。唐許渾〈思歸〉：「殷勤樓下水，幾日到荊江。」唐鄭谷〈寄南浦謫官〉：「望闕懷鄉淚，荊江水共流。」

【語　譯】你有絕美的才華，輔佐我們的國家。但無人敢出面，將你的直言推薦上達。你像秦國逐客一樣被貶謫，你像屈原一般成為楚地的冤魂。湓浦的水道分為九條，與荊江的水流匯成一源。讓這滔滔江水加上我悵恨的眼淚，一起灑向乾坤，向上天傳達你的冤情。

【研析】此詩和〈哭劉司戶蕡〉一樣，也是悼念劉蕡之作，但在表達上更直白，在情緒上也更激憤。詩歌前兩句誇讚劉蕡的才華堪輔國運，卻無人薦舉這位直言敢諫之士。三四句以「秦逐客」、「楚冤魂」之典，道出劉蕡被貶又客死他鄉的悲劇命運。前四句以劉蕡才高而命蹇的突出對比，造成詩歌強烈的悲劇效果，也流露出詩人對劉蕡冤死的悲憤之情。後四句謂湓浦、荊江之水，以及自己的憤恨之淚，一併灑向乾坤，訴說劉蕡的不盡冤屈，既點明劉蕡去世的地點是在江西，又表達了自己對劉蕡的同情、敬愛及無盡哀思與悲憤。感情噴薄一氣，於結尾處達到高潮，餘哀不絕。（姚蓉）

丹　丘❶

青女❷丁寧❸結夜霜，羲和❹辛苦送朝陽。丹丘萬里無消息，幾對梧桐❺憶鳳凰❻。

【注　釋】❶丹丘　亦作「丹邱」。傳說中神仙所居之地。屈原《楚辭・遠遊》：「仍羽人於丹丘兮，留不死之舊鄉。」王逸注：「丹丘晝夜常明也。」一說即丹穴之山。《山海經》：「丹穴之山，有鳥狀如雞，五彩而文，名曰鳳凰。」❷青女　傳說中掌管霜雪的女神。《淮南子・天文訓》：「至秋三月……青女乃出，以降霜雪。」高誘注：「青女，天神，青霄玉女，主霜雪也。」南朝梁蕭統〈銅博山香爐賦〉：「於時青女司寒，紅光翳景。」唐杜甫〈秋野〉詩之四：「飛霜任青女，賜被隔南宮。」❸丁寧　囑咐；告誡。《漢書・谷永傳》：「二者（日食、地震）同日俱發，以丁寧陛下，厥咎不遠，宜厚求諸身。」顏師古注：「丁寧，謂再三告示也。」❹羲和　古代神話傳說中的人物，駕御日車的神。《楚辭・離騷》：「吾令羲和弭節兮，望崦嵫而勿迫。」王逸注：「羲和，日御也。」《初學記》卷一引《淮南子・天文訓》：「爰止羲和，爰息六螭，是謂懸車。」原注：「日乘車，駕以六龍，羲和御之。」❺梧桐　古代以為是鳳凰棲止之木。《詩經・大雅・卷阿》：「鳳凰鳴矣，于彼高岡。梧桐生矣，于彼朝陽。」《莊子・秋水》：「夫鵷鶵發於南海，而飛於北海，非梧桐不止。」❻鳳凰　亦作「鳳皇」，古代傳說中的百鳥之王。雄的叫鳳，雌的叫凰。羽毛五色，聲如簫樂。常用來象徵瑞應。《詩經・大雅・卷阿》：「鳳凰鳴矣，于彼高岡。」唐韓愈〈與崔群書〉：「鳳皇、芝草，賢愚皆以為美瑞；青天、白日，奴隸亦知其清明。」

【語譯】夜晚，青女叮嚀部下要好好凝結冰霜。白天，羲和趕著神車，辛苦送來朝陽。時光就這樣匆匆流走，萬里之外的丹丘，卻全無消息，令人悵惘。望眼欲穿的人啊，只能空對著梧桐，思憶那久久不歸的鳳凰。

【研析】詩歌前兩句寫時光荏苒、日夜交替飛逝的悵惘，後兩句寫守著梧桐、不見鳳凰的感傷。看似好懂，其題旨卻頗費思量。有論者以為本篇是大中元年（西元八四七年）在桂林的思歸之作。以梧桐與鳳凰的關係，表達對家鄉、對妻子的思念。劉學鍇、余恕誠《李商隱詩歌集解》則以為「丹丘，或即朱崖；鳳凰，似指李德裕」，認為此詩是大中三年（西元八四九年）李商隱為感慨李德裕遠貶崖州而作。葉蔥奇《李商隱詩集疏注》則云：「通篇寫世無明主，身不逢時之慨。」眾多的闡釋，正表明李商隱詩歌意象具有複雜多維的指向性，讀者可以見仁見智地進行解讀。（姚蓉）

對雪二首

其一

寒氣先侵玉女❶扉，清光旋透省郎闈❷。梅華大庾嶺❸頭發，柳絮章臺街❹裏飛。欲舞定隨曹植馬❺，有情應濕謝莊衣❻。龍山❼萬里無多遠，留待行人二月歸。

其二

旋撲珠簾過粉牆，輕於柳絮重於霜。已隨江令❽誇瓊樹❾，又入盧家❿妒玉堂。

侵夜可能爭桂魄⑪，忍寒應欲試梅粧⑫。關河凍合東西路，腸斷班騅⑬送陸郎⑭。

【注釋】①玉女　神女，此處指閨閣中的少女。漢賈誼〈惜誓〉：「建日月從為蓋兮，載玉女於後車。」②省郎闈　李商隱曾為祕書省校書郎。闈，郎官的公署。南朝齊謝朓〈酬德賦〉：「爾腰戟於戎禁，我拂劍於郎闈。」③大庾嶺　又稱梅嶺，在今廣東南雄北，多種梅花。④章臺街　漢代長安有章臺街在章臺下，其地繁華，多種柳樹。《漢書》卷七六〈張敞傳〉：「敞無威儀，時罷朝會，過走馬章臺街，使御吏驅，自以便面拊馬。」⑤曹植馬　曹植有〈白馬篇〉，其〈洛神賦〉中亦有：「日既西傾，車殆馬煩。……飄颻兮若流風之回雪。」⑥謝莊衣　《宋書・符瑞志》：「大明五年正月戊午元日，花雪降殿庭。時右衛將軍謝莊下殿，雪集衣，還白，上以為瑞，於是公卿並作花雪詩。」⑦龍山　在古雲中郡（今山西省長城以外地區及內蒙古自治區東南部）。南朝宋鮑照〈學劉公幹體〉：「胡風吹朔雪，千里度龍山。」⑧江令　據《南史・江總傳》可知，江總官至尚書令。陳後主之世，江總當權而不持政務，日與後主遊宴後庭，共陳暄、孔範、王瑳等十餘人，當時謂之狎客。⑨誇瓊樹　《陳書》：「後主制新曲，有〈玉樹後庭花〉、〈臨江樂〉等，其略云：『璧月夜夜滿，瓊樹朝朝新。』」「璧月」二句，即江總詩。⑩盧家　南朝梁武帝蕭衍〈河中之水歌〉：「河中之水向東流，洛陽女兒名莫愁。莫愁十三能織綺，十四采桑南陌頭，十五嫁為盧家婦，十六生子字阿侯。盧家蘭室桂為梁，中有鬱金蘇合香。」唐沈佺期〈古意〉：「盧家少婦鬱金堂，海燕雙棲玳瑁梁。」⑪桂魄　指月光。傳說月中有桂樹，故云。⑫梅粧　即梅花妝，又稱壽陽妝。相傳南朝宋武帝女壽陽公主，正月初七仰臥於含章殿下，殿前飄下的一朵梅花，不偏不倚正落在公主額上，在她的額中留下五瓣梅花的形狀，而且擦洗不掉。宮中其他女子競相效仿，剪梅花貼於額間，自後有梅花妝。⑬班騅　蒼黑雜毛之馬。⑭陸郎　陸瑜，字幹玉，南朝陳吳郡人，陸琰之弟。少篤學，美詞藻。嘗受莊、老於周弘正，學成實論於僧滔法師，並通大旨。時皇太子欲博覽群書，以子集繁多，命瑜鈔撰，未就而卒。

【語譯】

其一

隆冬時節的寒氣咄咄逼人，少女的閨房瀰漫著颼颼冷意，公署的窗臺透進了清冷的雪光。片片飛雪，猶如大庾嶺上朵朵梅花綻放，猶如章臺街上紛紛柳絮迷離。雪兒飛舞，頑皮地追逐著曹植的馬蹄。雪兒多情，親昵地沾溼了謝莊的外衣。你來自萬里之外的龍山嗎，那麼你的家並沒有想像中遙遠。就請你在這兒停留到來年二月，等我從外地歸來再與你相聚。

其二

雪花輕快地飄過粉牆落在珠簾上，一片片輕柔似柳絮，潔白賽寒霜。當年江總誇耀的瓊樹，也不及你的潔亮。盧家引以為豪的玉堂，也要妒忌你的光芒。步入黑夜，你勝過天空的皎皎月光。忍著嚴寒，你美過壽陽公主的梅花妝。關河都已凍合，前路一片迷茫。是誰在風雪中上路，讓馬兒叫得斷腸。

【研　析】

其一

〈對雪二首〉題下有自注云：「時欲之東」，應是作於李商隱接受盧弘正邀請，由長安將赴徐州任節度判官之時，時間在大中三年（西元八四九年）冬天。此詩首先鋪陳雪前的寒冷氛圍，天欲下雪時寒氣逼人，無處不在，侵入閨人的內室，透進詩人的書房。接著描寫大雪紛紛揚揚灑向大地的情景，如梅花發於大庾嶺，柳絮飛於章臺街。作者離城欲往東行，途中沾衣溼馬，自所難免。以曹、謝自比，以飛雪擬閨人依戀之情態，既表明作者對雪景的愛惜，又道出閨人之多情。最後說從不毛之地龍山飄來之雪尚不嫌路遠，萬里相送，就請留待我二月歸來，亦可看作詩人對閨人的切切叮囑與約定。故馮浩說此詩「用意婉轉，是別閨人之作」，亦不無道理。

其二

此詩前六句主要描寫雪花，突出它的輕盈潔白，用「瓊樹」、「玉堂」等典故，形容大雪把光禿禿的樹枝裝扮成玉樹瓊花，將白玉堂照映得更加明亮。然後又說雪光晶瑩剔透，堪可映月；雪花狀如梅花，愛美的女性可忍寒用作梅妝。這些都是極力形容雪花的形、態、色之美。至於七八句，寫關河凍合，阻我東行。離別在即，驅車登程，送行場景令人柔腸寸斷。與其一同樣，歸結在離別之際。在淡淡的哀愁中略帶惆悵，表達出人生的無奈與感傷。（姚蓉）

東下❶三句苦於風土❷馬上戲作

路遶函關❸東復東，身騎征馬❹逐驚蓬❺。天池❻遼闊誰相待，日日虛乘九萬風❼。

【注釋】❶東下　作者自西向東，自長安經函谷關前往徐州。❷風土　北方風勁，風裡常夾雜塵土。❸函關　即函谷關，建於春秋戰國之際，在今河南靈寶境內。因在谷中，深險如函而得名。地勢險要，道路狹窄，號稱天險。❹征馬　長途跋涉的馬。❺驚蓬　大風揚起的蓬草。鮑照〈蕪城賦〉：「孤蓬自振，驚沙坐飛。」❻天池　天然大池。《莊子・逍遙遊》：「南冥者，天池也。」此處指大海，因為徐州臨海不遠。❼九萬風　《莊子・逍遙遊》：「鵬之徙於南冥也，水擊三千里，摶扶搖而上者九萬里。」

【語譯】繞過函谷關，道路往東再往東。騎著征馬長途跋涉，我就像在追逐驚起的飛蓬。是誰在遼闊的天池耐心等待，以致我日日冒著風沙前行，差點被九萬里長風颳到半空。

【研析】此詩是大中三年（西元八四九年）冬天作者赴徐州幕府途中的戲筆。前兩句寫路途的遙遠艱難。從長安出發前往徐州，路途迢迢，出函谷關後，還有一千餘里，所以說「東復東」。冬季北方多風沙，作者為了生計，遠行傍依幕府，故即目取景，以風沙中飄忽的飛蓬自喻。後兩句運用《莊子・逍遙遊》中的典故，以從北冥徙於南冥的大鵬，乘九萬里長風飛行的「大手筆」形容自己東下途中所遇風沙之大，語言幽默，頗有趣味。

詩題中雖云「戲作」，但詩人還是用雙關手法，表達了自己入徐州幕府的心情。「天池遼闊誰相待」一句，便著落在府主盧弘正身上。李商隱與盧弘正相識於大和八年（西元八三四年），兩人惺惺相惜，盧弘正對商隱甚是禮待。大中三年五月，徐州兵亂，盧弘正被任命為武寧軍節度使，他特意表奏朝廷，將李商隱辟聘入幕府任節度判官，李商隱自是滿懷感激，謂盧為自己提供了一片遼闊可以馳騁才華的天地，此句便是表達對盧虛心相待的感念之情。故李商隱以乘風而上的大鵬為喻，表明了他對入徐州幕的振奮與欣暢。因為對前途充滿希望，所以路途的風沙也變成可以讓自己扶搖直上的九萬里長風了。（姚蓉）

題漢祖廟❶

乘運❷應須宅八荒❸，男兒安在戀池隍❹？君王自起新豐❺後，項羽❻何曾在故鄉。

【注釋】❶漢祖廟　指江蘇沛縣東泗水亭的漢高祖劉邦的祀廟，劉邦當年在泗水為亭長。❷乘運　乘時而興，暗指劉邦揭竿起義。❸宅八荒　四海為家。賈誼〈過秦論〉：「有席捲天下、包舉宇內、囊括四海之意，併吞八荒之心。」❹池隍　城池。有水曰池，無水曰隍。❺新豐　在陝西臨潼東北。據《三輔舊事》載：「劉邦的父親在長安因思鄉心切，悽愴不樂，劉邦便將沛縣酤酒煮餅之人遷至新豐，以解其父的思鄉之情。」王維〈觀獵〉：「忽過新豐市，還歸細柳營。」❻項羽　《史記・項羽本紀》：「項籍者，下相（故城在今江蘇宿遷西）人也，字羽。」自立為西楚霸王，進入關中後，有人勸說他以此為根據地，成就霸業。但「項王見秦宮室皆以燒殘破，又心懷思欲東歸，曰：『富貴不歸故鄉，如衣繡夜行，誰知之者。』」

【語譯】好男兒乘運而起，就應該以四海為家。豈能因念念不忘家鄉的城池，而放棄創立千秋霸業的契機？胸懷大志的劉邦奪取了天下，在京城建造了和故鄉一模一樣的新豐，以慰藉老父親無時或忘的鄉思。那急於衣錦還鄉的項羽，終究一敗塗地。就連他的屍骸，也無法安葬在故里。

【研析】本篇是作者在徐州任節度判官時觀覽漢高祖廟所作。由漢高祖的祀廟，自然想到秦末天下英雄逐鹿中原的那段史事，自然想到劉項爭霸的烽火歲月。然而在宏大的歷史面前，作者僅從「戀家」這個小小的角度下筆，前二句謂男兒當乘時而起，以天下為家，建功立業，哪能留戀於故里，偏安於一隅？後二句謂志在四方者可以在他鄉建故地，如劉邦；留戀池隍者終不免兵敗身亡，亦不能葬於故鄉，如項羽。通過劉邦、項羽在「戀家」一事上的不同態度，對比鮮明地反映了作者認為好男兒志在四方的觀點。這裡面也有作者遠求幕職，自我鼓勵之意。(姚蓉)

戲題樞言❶草閣三十二韻

君家在河北，我家在山西。百歲本無業，陰陰仙李枝❷。尚書❸文與武，戰罷幕府開。君從渭南❹至，我自仙游❺來。平昔苦南北，動成雲雨乖❻。逮今兩攜手，對若牀下鞋。夜歸碣石館❼，朝上黃金臺❽。

我有苦寒調，君抱〈陽春〉才。年顏各少壯，髮綠齒尚齊。我雖不能飲，君時醉如泥。政靜❾籌畫簡，退食❿多相攜。掃掠走馬路，整頓射雉翳⓫。春風二三月，柳密鶯正啼。清河在門外，上與浮雲齊。欹冠⓬調玉琴，彈作〈松風〉⓭哀。又彈〈明君怨〉⓮，一去怨不迴。感激坐者泣，起視雁行低。翻憂龍山雪，卻雜胡沙飛。仲容⓯銅琵琶，項直⓰聲淒淒。上貼金捍撥⓱，畫為承露雞⓲。

君時臥棖觸⓳，勸客白玉杯。苦云年光疾，不飲將安歸？我賞此言是，因循未能諧。君言中聖人⑳，坐臥莫我違。榆莢㉑亂不整，楊花飛相隨。上有白日照，下有東風吹。青樓有美人，顏色如玫瑰。歌聲入青雲，所痛無良媒。少年苦不久，顧慕㉒良難哉！徒令真珠肶㉓，裛㉔入珊瑚腮。君今且少安，聽我苦吟詩。古詩何人作，老大猶傷悲㉕。

【注釋】❶樞言　草閣主人之字，與李商隱同姓，是李商隱在徐州幕府中的同僚。❷仙李枝　《神仙傳》：「老子生而能言，指李樹為姓。」唐皇室奉老子李耳為祖。李義山與李樞言亦未能免俗，自稱與李唐同宗室。❸尚書　指盧弘正。大中三年五月，徐州兵亂，盧弘正出為武寧軍節度使，治軍有方。李樞言、李商隱均在其幕府。❹渭南　陝西渭南。樞言入盧幕前在京兆府渭南縣任職。❺仙游　《長安志》：「盩厔縣有仙遊澤，復有仙遊宮。」李義山曾為盩厔縣尉。❻雲雨乖　雲消雨散，此謂朋友分隔異地。❼碣石館　即碣石宮。戰國燕昭王為鄒衍所築之館，在幽州薊縣西三十里寧臺之東。❽黃金臺　燕昭王所築，置千金於臺上招納賢士，又名招賢臺，故址在今河北易縣東南。❾政靜　幕府政事無多，清閒自在。❿退食　指官吏下班回家用膳。《詩經・召南・羔羊》：「退食自公。」⓫翳　隱蔽物。用帶葉的樹枝作偽裝，隱身獵雉，這種偽裝叫「翳」。⓬欹冠　斜著帽子，比喻優遊自得。⓭松風　指琴曲〈風入松〉。《樂府詩集》引《琴集》曰：「〈風入松〉，晉嵇康所作也。」⓮明君怨　即〈昭君怨〉，晉避司馬昭諱，改昭君為明君或明妃。《樂府詩集・琴曲》有〈昭君怨〉，相傳為王昭君在匈奴所作，怨漢元帝之不見遇。⓯仲容　阮咸字仲容，竹林七賢之一，善彈琵琶。⓰項直　琵琶有直項、曲項二種。晉時琵琶直項，唐時由西域傳入之琵琶為曲項。⓱捍撥　撥絃之工具。⓲承露雞　《江表傳》：「南郡獻長鳴承露雞。」此言琵琶上畫有承露雞形。⓳棖觸　觸動；感觸。⓴中聖人　漢末曹操主政，禁酒甚嚴，當時人諱說酒字，謂清酒為聖人，濁酒為賢人。尚書郎徐邈私飲沉醉，對人稱「中聖人」，猶言「中酒」。後來將喝醉酒叫「中聖人」。見〈魏書・徐邈傳〉。㉑榆莢　榆樹的果實。㉒顧慕　回望而羨慕。㉓真珠肶　淚眶。㉔裛　潤濕。㉕老大句　〈長歌行〉：「少壯不努力，老大徒傷悲。」此化用樂府詩成句。

【語 譯】你家住在河北，我家住在山西。我們都沒有恆產卻都貴為李唐宗室的旁支。文武全才的盧尚書，平定叛亂後廣開幕府招納賢才。你從渭南至，我從仙遊來。過去我們分隔南北，如雲雨散開。如今兩相攜手，如同牀下的鞋子並列而排。夜晚同歸館舍，清晨同去辦公，彷彿同入了燕昭王當年招賢納士的黃金臺。

我曾經寫過苦寒的詩歌，你也是〈陽春〉、〈白雪〉般的高才。我們的年紀正當少壯，我們的容顏還散發著青春的光彩。我雖然不善飲酒，你卻時時沉醉如泥。幕府的政事簡要不繁，下班後我們經常攜手共食。在開闊的道路上走馬，在隱蔽的樹林中射雉。春風吹拂的二三月，柳葉兒細密黃鶯兒啼，門外河水清清淌，草閣高與浮雲齊。我們一起來遊春，斜戴著帽子彈玉琴。一彈彈了曲〈風入松〉，聽得人們心感動。再彈一曲〈昭君怨〉，聽得人們掉眼淚。趕緊起身散散心，看見大雁低徘徊。萬里之外的龍山上，只怕仍是雪花夾雜胡沙飛。彈過玉琴彈琵琶，直項琵琶聲悲淒。上面的捍撥金光閃，上面的彩畫是承露雞。

臥聽樂聲你心感觸，趕緊舉杯勸客喝。直說時光過得快，不喝酒又能幹什麼？我認為你的話很對，但是我真的酒量淺，無法陪你快意將酒酌。你說酒啊酒啊真可愛，睡啊醒啊都離不開。榆莢雜亂飛，楊花緊相隨，天上豔陽照，地上東風吹。青樓有美女，嬌豔似玫瑰。歌兒唱得響，直到雲霄上。因為無人作良媒，至今還未嫁得好兒郎。美好的青春很短暫，要及時得到有情人的愛慕卻很難！可憐的美人兒，最後只落得以淚洗面、慘淡紅顏。朋友啊請你想一想，不要焦躁把心安一安。聽我吟一首淒苦的詩，雖不知是何人所作，但他在詩中說「老大猶傷悲」，這句話值得我們多回味。

【研 析】此詩作於大中四年或五年，李商隱在徐州盧弘正幕府時。李樞言是李義山在徐幕的同僚，草閣是樞言當時的住所，義山常來此與他談心飲酒，彼此情誼篤厚，故題詩以贈。詩名「戲題」，全詩也確實格調輕快，細膩自然，通暢明白，朗朗上口，為李商隱詩歌中不可多得的閒適之作。詩開篇交代了兩人的身世，接著將盧弘正吹捧一番，謂兩人遇合得人。二人同在盧幕，雖遠離妻室，久別故居，但有摯友相伴，日子倒也過得十分愜意。李商隱將二人相處的甜蜜時光細細道來，一同上班辦公、一同出遊射獵、一同彈琴奏樂，憂喜與共。讀者隨著詩句，分享友誼之樂，彷彿是在見證二人的親密無間。但在詩歌的後半部分也說到二人的不同，那就是樞言善飲而義山量淺。樞言自稱酒聖，醉後不拘細節，放浪形骸，打發大好春光。他將自己懷才不遇戲比喻為美人無媒，顧慕良難，悲傷無益，當飲酒取樂。結尾，李商隱安慰好友，正是人生苦短，才更應該及時進取，切勿因貪杯而一事無成。不過這勸慰之辭中，似乎也隱含著李商隱感慨自己功業不遂，老大傷悲的失意情緒。故「戲題」之下，仍舊有一股隱隱的傷感，令人讀過之後掩卷深思。（姚蓉）

汴❶上送李郢❷之蘇州

人高詩苦滯夷門❸，萬里梁王❹有舊園。煙幌❺自應憐白紵❻，月樓誰伴詠黃昏？露桃❼塗頰依苔井，風柳誇腰住水村。蘇小小❽墳今在否？紫蘭香逕與招魂。

【注　釋】❶汴　汴州，今河南開封。❷李郢　字楚望，長安人。大中十年（西元八五六年）進士，為侍御史。初居餘杭，有詩名，風格清麗。❸夷門　戰國時魏國都城大梁的東門，此處代指汴州城。《史記・魏公子列傳》：「魏有隱士曰侯嬴，年七十，家貧，為大梁夷門監者。」❹梁王　西漢梁孝王劉武，好宮室之樂，築兔園，園有雁池，池間有鶴洲鳧渚，司馬相如曾寄居梁園為門客。南朝宋謝惠連〈雪賦〉：「歲將暮，時既昏，寒風積，愁雲繁，梁王不悅，遊於兔園。乃置旨酒，命賓友，召鄒生，延枚叟，相如末至，居客之右。」❺煙幌　薄如煙霧的簾幕。❻白紵　指白紵舞，此處指跳舞的女子。《晉書・樂志》：「白紵舞，按舞有巾袍之言。紵本吳地所出，宜是吳舞也。」❼露桃　桃樹；桃花。語本《樂府詩集・相和歌辭三・雞鳴》：「桃生露井上，李樹生桃旁。」唐顧況〈瑤草春〉：「露桃穠李自成蹊，流水終天不向西。」❽蘇小小　南齊時錢塘名妓。《太平寰宇記》：「蘇小小墓在嘉興縣前。」唐代嘉興縣屬蘇州。

【語　譯】你人品清高詩情淒苦，長久滯留夷門處境堪虞。如今萬里遠赴姑蘇，那兒的園囿，如同昔日梁王兔園般美不勝收。薄如煙霧的簾幕輕拂，嬌媚的吳娃在跳著白紵舞。趁著黃昏的月色登上高樓，是誰伴你吟詠新詩一曲？帶露的桃花，開在長著青苔的井邊，鮮豔的花瓣，有如少女紅紅的臉腮。風中的楊柳，環繞在傍水的村莊，柔長的枝條，有如美女窈窕的細腰。一代名妓蘇小小的墳墓，是否還在吳門？你能否踏上長滿紫蘭的香徑，請代我為這薄命的佳人招魂。

【研　析】這是一首贈別友人之作。大中四年（西元八五〇年）李商隱在盧幕期間奉使入京，道經汴州，與李郢相逢，當時李郢正欲南下蘇州，兩人短暫相聚旋即離別，各自寫詩相贈，傾訴離情。李郢作〈送李商隱侍御奉使入關〉詩給義山，義山則作了此詩給李郢。

據辛文房《唐才子傳》記載，李郢「初居餘杭，出有山水之興，入有琴書之娛，疏於馳競」，又「工詩，理密辭閑，個個珠玉。其清麗極能寫景狀懷，每使人竟日不能釋卷」。《唐語林》還記載了李郢以詩才取勝，終得佳偶的故事。故詩作開篇即褒揚李郢高邁的品格及出眾的詩才。李郢雖然有才，但大中十年（西元八五六年）才得中進士，兩人汴州相逢時，李郢正從汴幕離職打算轉往吳幕，為謀生而東西流轉之時。故詩作緊接著感歎李郢滯留在大梁不能有所作為，如同古代的侯嬴，認為他離開大梁飛赴千里之外的蘇州，另投幕主是明智之舉。前兩句點明送別原因後，後六句皆是想像之詞，想像李郢將去之地蘇州的風貌，想像李郢在姑蘇的生活。三四句想像李郢在蘇州觀賞吳娃歌舞，吟風誦月，充滿旖旎風情。五六句想像吳地風光，井邊露桃如紅頰，水村風柳如纖腰，皆令人心醉，充滿賞愛之情。詩歌結尾以南齊蘇杭名妓蘇小小作結，想像李郢一定還會去憑弔蘇小小墓，真心期望他於紫蘭花徑中代自己為這位佳人招魂。佳人之淪落，才子之不遇，通過「招魂」二字，綰結在一起。這首贈別友人之作也因為「同是天涯淪落人」的深沉感觸而更為真摯動人。

（姚蓉）

板橋❶曉別

迴望高城②落曉河③，長亭窗戶壓④微波。水仙欲上鯉魚去⑤，一夜芙蓉⑥紅淚⑦多。

【注釋】①板橋　在唐汴州（今河南開封）西，又名板橋店，為汴州西方門戶。②高城　指汴州城。③落曉河　天已破曉，銀河西移垂地。④壓　形容亭閣窗戶緊貼水波。⑤水仙句　《列仙傳》：「琴高學修長生之術，遊於冀州、涿郡間。後入涿水中取龍子，與弟子約定明日返。至時，高果乘赤鯉來，留月餘，復入水去。」吳均〈登壽陽八公山〉：「是有琴高者，淩波去水仙。」詩化用神話傳說，以水仙乘鯉指男主人公乘舟遠別。⑥芙蓉　喻指送別之女子。⑦紅淚　據《拾遺記》載，魏文帝美人薛靈芸泣別父母，路上以玉唾壺承淚，至京師，壺中淚凝如血。

【語譯】回首汴州高高的城牆，銀河的星辰漸落。天已破曉，長亭的窗閣，緊貼著送別的水波。眼看著你就要揚帆而去，我一夜的眼淚也凝結如血。

【研析】商隱到徐幕不久，盧弘正即遷宣武軍節度使，治所在汴州，商隱隨之遷往。在汴州遇上詩人李郢，郢在汴已滯留相當時日，二人相遇不數日，李郢即南下蘇州，而商隱則奉使入關，分別之際，二人各有數首詩互贈。本篇即商隱贈郢之作。

據詩意推測，李郢在汴州似有一段情緣，詩即出以一個女子角度以言別。「迴望高城落曉河」，既點明離別的地點、時間，同時銀河漸落，期會已過，暗寓牛女鵲橋相會之意。「芙蓉」、「紅淚」等詞也顯示出送別者為女子。

從神話傳說中汲取素材，構成新奇浪漫的情調和奇幻瑰麗的色彩，商隱不少詩都有這樣的特點，如〈碧城〉、〈聖女祠〉等。本詩即將一系列神話傳說（牛女鵲橋、琴高乘鯉、靈芸泣血）融入詩中，使現實與幻想打成一片，遂呈現出絢麗的色彩和童話式意境。詩由「曉河」過渡到板橋下的「微波」，又由「微波」生出水仙乘鯉、芙蓉紅淚的想像，從現實境界導入幻境，新奇瑰麗但又自然真實。末句轉寫「一夜紅淚」，不但將詩意延伸到昨夜「蠟燭啼紅怨天曙」的情景，而且從夜來的傷離進一步襯出「曉別」的難堪。目睹面如芙蓉的情人的瑩瑩淚光，遠行人「執手相看淚眼，竟無語凝噎」（柳永〈雨霖鈴〉）的黯然銷魂之狀如在目前。或許這也是本詩意境開啟宋詞處所在，除了柳詞，周邦彥〈蝶戀花〉有句云：「喚起兩眸清炯炯，淚花落枕紅綿冷。執手霜風吹鬢影，去意徊徨，別語愁難聽。」兩眸清炯，淚落紅綿酷似「一夜芙蓉紅淚多」之境。只是詩約詞蕪，宋詞中的淋漓渲染，在李詩中惜墨如金。

詩乃所謂「傷春傷別」之作，但哀而豔，傷而不淒颯，與盧幕中商隱相對歡愉的心境有關。李郢〈送李商隱侍御奉使入關〉形容商隱「白雪詠歌人似玉，青雲頭角馬生風」，雖或有些誇張，但與其實際精神風貌不會差距太遠。可惜這種處境與心境卻保持不了多久。大中五年春，幕主盧弘正在汴州病逝，商隱罷幕。這時，一場重大的家庭變故正在迫近——他遠在長安的妻子王氏，已病入膏肓。等他罷幕歸來，已經再也見不到妻子的音容笑貌了。（李翰）

讀任彥昇❶碑

任昉當年有美名，可憐❷才調最縱橫。梁臺❸初建應惆悵，不得蕭公❹作騎兵。

【注釋】❶任彥昇　任昉，字彥昇，樂安博昌（今山東壽光）人，南朝梁文學家。梁武帝時，歷任御史中丞、祕書監，出為新安太守。以表、奏、書、啟等散文名世。❷可憐　可貴。❸梁臺　南朝梁的禁城。洪邁《容齋隨筆》：「晉宋後以朝廷禁省為臺，故稱禁城為臺城。」李商隱〈齊宮詞〉：「梁臺歌管三更罷，猶自風搖九子鈴。」❹蕭公　指梁武帝蕭衍。《梁書・任昉傳》：始高祖與昉遇竟陵王西邸，從容謂昉曰：「我登三府（指三公），當以卿為記室。」昉亦戲高祖曰：「我若登三事（亦指三公），當以卿為騎兵。」謂高祖善騎也。

【語譯】任昉當年美名赫赫，因為他才情奔放最為難得。只怕在梁朝剛剛建立的時候，他的心中有些惆悵。

為什麼是一介武夫蕭衍當了皇上，讓才調絕倫的他，無法任用蕭衍做騎兵。

【研　析】本篇借古寄慨，詠的是南朝任昉與蕭衍兩人的一個玩笑。蕭衍未建立梁朝時，任昉不甘屈其下，互以言語嬉戲。一次兩人相遇在竟陵王蕭子良的府邸，蕭衍對任昉戲言：「我若登上三公的位置，就讓你做我的記室。」任昉也不甘示弱地回答：「如果我做了三公，就讓你當我的騎兵。」而後來的事實是，善騎射的蕭衍登上了帝位，臺城初建，蕭公貴為天子，文才出眾的任昉只能為其僚臣，上下立分，連當初的戲言都有犯上之嫌。有感於政治鬥爭中武人易於建功立業、操持權柄，而文士多沉淪下僚、以文辭供役的歷史與現實狀況，李商隱此詩是借任昉故事以抒憤，感慨文人們「才命相防」的人生悲劇，與李賀〈南園〉詩中「不見年年遼海上，文章何處哭秋風」有異曲同工之妙。（姚蓉）

獻寄舊府開封公❶

幕府三年遠，《春秋》一字褒❷。書論秦〈逐客〉❸，賦續楚〈離騷〉❹。地里南溟❺闊，天文北極❻高。酬恩撫身世，未覺勝鴻毛❼。

【注　釋】❶開封公　指鄭亞，李商隱的舊主。唐宣宗大中元年（西元八四七年）二月，鄭亞被貶逐到桂州（今廣西桂林）當刺史和桂管防禦觀察使，邀請李商隱入其幕。大中二年（西元八四八年），鄭亞再度被貶為循州（今廣東惠州東）刺史，李商隱就此結束桂林生涯，取道潭州北上。鄭亞對李商隱很是賞識和信任，使詩人一直都很感激，三年後，作詩紀念。❷春秋句　晉杜預〈春秋經傳集解序〉：「《春秋》雖以一字為褒貶，然皆集數句以成言。」❸秦逐客　韓國人鄭國說秦開鑿水渠以消耗秦國國力，引發秦驅逐客卿。李斯即上〈諫逐客書〉，陳述秦國不該驅逐客卿的道理，文辭華美，氣勢宏放，頗具戰國縱橫家的論辯技巧和語言風格。❹楚離騷　戰國時楚王聽信讒言，放逐了忠臣屈原。屈原作〈離騷〉，以明其志。❺南溟　南海。

循州地接南海。❻北極　比喻朝廷君主高高在上。❼勝鴻毛　漢司馬遷〈報任安書〉：「人固有一死，死有重於泰山，或輕於鴻毛。」

【語　譯】桂幕一別已三年，常將我公放心間。您的作為人人讚，若用《春秋》一字褒，那就是個大大的「好」。您如李斯上書諫逐客，結果自己被遠謫。您如屈原忠心反遭謗，道德文章接續〈離騷〉萬古美名揚。您貶在那麼闊遠的南海，高高在上的君王怎能明白您的衷腸。我經常自撫身世，想要酬報您的大恩，可就算以死相報，這條賤命也輕於鴻毛。

【研　析】此詩作於大中四年（西元八五〇年），李商隱在徐州盧弘正幕，因感念昔日的幕主鄭亞，作詩寄贈被貶循州的他。詩歌前二句謂離別桂林鄭幕已經三年之久，但仍將鄭亞高尚的品格操守牢記心上。「《春秋》一字褒」一句如何理解，歷來有多種不同說法，論者多釋為鄭亞平生多否少可，卻對李商隱格外褒獎。如果真是此意，那李商隱未免把自己抬得太高。細揆詩意，應是李商隱稱讚鄭亞功在社稷，謂之將以賢臣的形象載入史冊。三四句仍是讚美之詞，既褒揚其文才更欽服其品行。此聯連用「秦〈逐客〉」、「楚〈離騷〉」兩個典故，說鄭亞的文章可與李斯的〈諫逐客書〉並論，詩賦可與屈原的〈離騷〉相繼。而李商隱的這種稱美，也是有事實依據的，《舊唐書・鄭畋傳》中就說鄭亞「穎悟絕倫，文章秀發」。此外，這兩個典故更深一層的用意在於，稱揚鄭亞如李斯諫秦逐客那樣有政治頭腦，敢於發表政見；讚美鄭亞如屈原那樣忠君愛國，品行高尚。同時，又以屈原忠而見謗、遭到放逐的經歷比擬鄭亞的被貶，有意為鄭亞叫屈。五六句表明詩人對鄭亞目前處境的擔憂。鄭亞遠謫在南海之濱，與朝廷相隔遙遠，不知何時還能回朝，真是天高難問。七八句則表達詩人對鄭亞的感恩之情。自己身世微賤，無力助人，對鄭亞的知遇之恩未有絲毫酬謝，問心有愧。其實鄭亞無故遭貶之後，李商隱不顧個人前程，屢屢上書為其辯冤，寫下給刑部侍郎馬植、大理卿盧言的〈為滎陽公上馬侍郎啟〉、〈為滎陽公與三司使大理盧卿啟〉等文，希望平息或解釋有關事件。以此可見，義山的「酬恩」之心，並非紙上空談。只是身世卑微，無補於事，只能哀歎自己的力量輕於鴻毛了。（姚蓉）

越燕❶二首

其一

上國❷社❸方見，此鄉秋不歸。為矜皇后舞❹，猶著羽人衣❺。拂水斜文亂，銜花片影微。盧家文杏❻好，試近莫愁❼飛。

其二

將❽泥紅蓼❾岸，得草綠楊村。命侶添新意，安巢復舊痕。去應逢阿母❿，來莫害王孫⓫。記取丹山鳳⓬，今為百鳥尊⓭。

【注　釋】❶越燕　燕的一種，又名紫燕、漢燕。體小而多聲，頷下紫，巢於門楣上。此處指南方的燕子。漢趙曄《吳越春秋・闔閭內傳》：「胡馬望北風而立，越燕向日而熙，誰不愛其所近、悲其所思乎！」南朝梁蕭統〈飲馬長城窟行〉：「胡馬愛北風，越燕見日喜。」唐李白〈擬古〉詩之十二：「越燕喜海日，燕鴻思朔雲。」❷上國　指京城長安。❸社　社日，古代招社神之日。立春後第五個戊日為春社，立秋後第五個戊日為秋社。燕以春社北來，秋社南去，謂之社燕。❹皇后舞　漢成帝宮人趙飛燕，身輕善舞，被立為皇后。❺羽人衣　仙人穿的羽衣。晉王嘉《拾遺記》：「(昭王）晝而假寐，忽夢白雲蓊蔚而起，有人衣服並皆毛羽，因名羽人，夢中與語，問以上仙之術。」❻文杏　杏樹的一種。司馬相如〈長門賦〉：「飾文杏以為梁。」❼莫愁　此處借指閨中女子。❽將　持取。❾紅蓼　水蓼，生長水濱，開紅花。❿阿母　西王母。原注：「〈樂府詩〉：『東飛伯勞西飛燕，黃姑阿母時相見。』」今本《古樂府》為「黃姑織女長相見」。⓫王孫　《漢書・五行志》：「成帝時童謠曰：『燕飛來，啄皇孫』。其後帝為微行出遊……見趙飛燕而幸之……後遂立為皇后，弟昭儀殘害後宮皇子，卒皆伏辜。」⑫丹山鳳 《山海經》：「丹穴之山，其上多金玉。丹水出焉，而南流注入渤海。有鳥焉，其狀如雞，五彩而文，名曰鳳凰。」⑬百鳥尊 指鳳凰為百鳥之王。《格物總論》：「鳳凰，神鳥也，雄曰鳳，雌曰凰……見則天下安寧，飛則百鳥隨之，故曰羽蟲三百六十，而鳳凰為之長。」

【語　譯】

其一

燕子啊燕子，在京城長安要春社那天才能見到你。在這偏遠的南方，你卻過了秋社也不飛離。為和趙飛燕皇后比賽誰的舞姿更美，你至今還穿著滿是毛羽的舞衣。你輕盈地拂過水面，水上泛起陣陣漣漪。你銜著花朵穿過樹叢，美麗的身影讓人著迷。你看見盧家的閨中有文杏木的大樑，就飛近盧家少婦莫愁的身旁，想築個巢兒在樑上棲息，和美麗的姑娘共享生活的愜意。

其二

燕子啊燕子，你在長滿紅蓼的岸邊銜泥，你從長滿綠楊的村邊銜草。你呼朋引伴，新添了意氣。你安頓巢穴，根據舊日的痕跡。你飛去的途中應該可以見到西方的王母，你回來之後切莫傷害國中的王孫。你要記著丹山的鳳凰，他才是鳥中的至尊。

【研　析】

其一

此詩詠南方越地的燕子，或作於大中元年（西元八四七年）詩人在桂林之際。首聯指出越燕與北方燕子不同的特性：因為南方溫暖，不需像北燕那樣南北遷徙。頷聯詠越燕輕盈的姿態，用趙后身輕如燕、仙人身著羽衣之典，貼切自然。頸聯說越燕拂水穿花、覓食銜泥的忙碌景象，筆調優美，清新如畫。尾聯謂越燕擇樑築巢在少婦閨房，語言幽默，富於情趣。全詩從形貌、習性等各個角度，刻劃出燕子的神韻。因最後二句有「盧家」字樣，故有論者認為此隱指大中三年（西元八四九年）作者在盧弘正幕府中事，謂作者以越燕自比，表達其為人輕巧，多才善思，卻只能委身為幕中文士，以託其身的懷才不遇之感。

其二

如果說前一首詩是從正面詠燕，筆下的燕子美好可愛，那麼這一首詩則是從反面落筆，寫的是充滿機心的燕子。首聯寫燕子得草銜泥，經營巢窩；頷聯謂燕子呼朋引伴，廣結黨羽；頸聯說燕子逢迎王母，殘害王孫，為所欲為；尾聯警告燕子百鳥朝鳳，應忠心奉主。不難看出，此詩中的燕子是另有所指的。有論者以為指的是李商隱那些撥弄是非的幕府同僚，有論者則以為李商隱是在暗喻重掌權柄後排除異己的牛黨中人。實則不必如此拘泥，可以說李商隱是借詠燕表達了對那些只顧個人權勢、中飽私囊、傾軋無辜，不顧國家與君主的勢利小人的不滿。（姚蓉）

蟬

本以高難飽❶，徒勞恨費聲。五更❷疏欲斷，一樹碧無情。薄宦❸梗猶泛❹，
故園蕪已平。煩君最相警❺，我亦舉家清。

【注釋】❶高難飽　古人認為蟬棲於高枝，餐風飲露，故云。《吳越春秋》：「蟬登高樹，飲清露，隨風撝撓，長吟悲鳴。」❷五更　舊時把一夜分為一二三四五更，五更即夜深將曉時分。〈孔雀東南飛〉：「中有雙鳥飛，自名為鴛鴦；仰頭相向鳴，夜夜達五更。」❸薄宦　小官。❹梗猶泛　意指自己人生飄浮不定，猶如江河湖海中的木頭。《戰國策・趙策》：「土偶曰：『吾西岸之土也，土則復西岸耳。今子，東國之桃梗也，刻削子以為人，降雨下，淄水至，流子而去，則子潦潦者將何如耳？』」後因以梗泛指飄泊無定之意。❺警　警醒；提醒。

【語 譯】孤單的蟬兒棲息在高高的樹枝上，餐風飲露卻永遠難求一飽。聲聲哀鳴悽楚感人，費盡氣力卻不過一場徒勞。已是更深露重，蟬聲漸漸停了，周遭寧靜寂寥。碧樹卻毫不留情，任蟬兒在風中飄搖。從政多年的我仍然官小祿微，奔波在外，猶如浮萍蕩蕩飄飄。故鄉的家園時常令我魂牽夢繞，此刻只怕早已覆滿了雜草。聲聲蟬鳴提醒了我，原來我就是一隻孤蟬，一生清苦，隨著命運沉浮。

【研 析】這首詠蟬詩，被朱彝尊譽為「詠物最上乘」。詩歌借物喻人，通過詠蟬寄予詩人自己的身世情懷。詩中的蟬，實是作者自己。蟬棲高樹，暗喻自己的清高；蟬在高樹吸風飲露，所以「難飽」，暗喻自己生活貧困、難以果腹。由蟬之「難飽」而引出蟬之「費聲」，但這樣的鳴聲是白費，是徒勞，徒惹遺恨，又暗示作者由於為人清高，所以生活清貧，雖幾經努力，終屬徒勞。蟬鳴叫直到五更，叫聲都稀疏欲斷了，可碧樹不為所動，顯得那樣冷酷無情，這也寄託作者獨自奮鬥掙扎，得不到外援的身世遭遇。接下來詩人更是拋開詠蟬，轉到自己身上。作者在各地當幕僚，是個小官，飄浮不定，經常在各地流轉。這種不安定的生活，使他懷念家鄉。想到家園雜草叢生可能已經荒蕪，作者更是產生回家也無處落腳的淒涼感。末聯「煩君最相警，我亦舉家清」，又回到詠蟬上來，親暱地呼蟬為「君」，把蟬當作知己好友傾訴衷腸。又「君」、「我」對舉，把詠物和抒情密切結合，呼應開頭，首尾圓合。故詩歌以蟬起，又以蟬結，章法嚴密，描摹物態與自述身世渾然交融，確是託物詠懷的名作。(姚蓉)

蜂

小苑華池❶爛熳❷通，後門前檻思無窮。宓妃❸腰細纔勝露，趙后❹身輕欲倚風。
紅壁寂寥崖蜜❺盡，碧簷迢遞霧巢空。青陵❻粉蝶休離恨，長定相逢二月中。

【注　釋】❶華池　傳說崑崙山上的仙池。漢王充《論衡．談天》：「昆侖之高，玉泉、華池，世所共聞，張騫親行無其實。」後借指景色佳麗的池沼。南朝梁何遜〈九日侍宴〉：「禁外終宴晚，華池物色曛。」❷爛熳　同「爛漫」。分布；散開。❸宓妃　傳說中的洛水女神。〈離騷〉：「吾令豐隆乘雲兮，求宓妃之所在。」司馬相如〈上林賦〉：「若夫青琴、宓妃之徒，絕殊離俗。」三國魏曹植〈洛神賦序〉：「黃初三年，余朝京師，還濟洛川。古人有言，斯水之神，名曰宓妃。」唐李白〈感興〉詩之二：「洛浦有宓妃，飄搖雪爭飛。」❹趙后　指漢成帝的皇后趙飛燕。《三輔黃圖》：「成帝嘗以秋日與趙飛燕戲於太液池，以沙棠木為舟……每輕風時至，飛燕殆欲隨風入水。帝以翠纓結飛燕之裾……今太液池尚有避風臺，即飛燕結裾之處。」❺崖蜜　野蜂所釀的蜜，色青，味小酸，又稱石蜜、岩蜜。程大昌《演繁露》卷二：「崖蜜者，蜂之釀蜜，即峻崖懸置其窠，使人不可攀取也。而人之用智者伺其窠蜜成熟，用長竿繫木桶，度可相及，則以竿刺窠，窠破蜜注桶中，是名崖蜜也。」唐杜甫〈發秦州〉詩：「充腸多薯蕷，崖蜜亦易求。」❻青陵　青陵臺。故址在河南封丘。戰國宋康王舍人韓憑妻何氏貌美，康王奪之，捕舍人築青陵之臺。何氏作〈烏鵲歌〉，遂自縊。韓憑夫婦死後，魂魄化為大蝶。馮注引《山堂肆考》：「俗傳大蝶必成雙，乃韓憑夫婦之魂。」

【語　譯】飛遍了樓苑和華池，遊歷過門前和屋後，你的身影惹出人們無限情思。你有洛神宓妃那樣纖細的腰肢，彷彿一滴露珠都難以支持。你有趙飛燕那樣輕盈的體態，彷彿一絲微風就能將你吹離。你細小的身軀，卻要忍受命運的打擊。你辛苦釀成的崖蜜，被貪心的人盜走，只留下紅色的崖壁，伴你滿身的孤寂。你辛苦壘成的蜂巢，也被狂徒掏空，只剩下青碧色的屋簷，伴你苦澀的相守。青陵臺的粉蝶啊，也被迫與你分離。但你相信希望總是存在的，你相信明年的二月，就是你與蝶兒重逢的佳期。

【研　析】本詩詠蜂，可謂曲盡物相，突出了蜂體形輕小、飛動輕快、善於築巢釀蜜等為人熟悉的特徵。首二句詠蜂之善飛，謂池閣樓臺、前門後院處處可通；三四句詠蜂之腰細體輕，以凌波微步、羅襪生塵的洛神宓妃及身輕如燕、倚風自舞的趙飛燕為喻；五六句詠蜂之善於築巢釀蜜，而人類盜取蜂蜜的行為常導致蜂兒蜜失巢空、流離失所；七八句則將希望寄託在未來，謂來年春暖花開之時，一定能和粉蝶重逢，重新採花釀蜜。

本詩突出的藝術手法，便是擬人，將蜂比擬為佳人。前兩句寫小苑華池，像是在寫佳人幽美的居住環境；三四句寫腰細體輕，更是像詠佳人的婀娜多姿；五六句寫簷下巢空，似言人去樓空、佳人已杳；七八句寫離恨與相逢，更是勸慰佳人不要抱離愁別恨，等待明年二月的重逢。細揆詩意，讀者從這首詠物詩中，品味到的卻是詩人對一位女子的愛戀相思之情。詩人是在詠蜂呢，還是在詠人，或者兼而有之？詩人之才筆，真是令人匪夷所思。（姚蓉）

房中曲❶

薔薇泣幽素❷，翠帶❸花錢❹小。嬌郎癡若雲，抱日西簾曉❺。枕是龍宮石❻，割得秋波色❼。玉簟失柔膚，但見蒙羅碧❽。憶得前年春，未語含悲辛❾。歸來已不見，錦瑟長於人❿。今日澗底松⓫，明日山頭蘗⓬。愁到天地翻，相看不相識⓭。

【注釋】❶房中曲　樂府曲名。《舊唐書・音樂志》：「平調、清調、瑟調，皆周〈房中曲〉之遺聲也。」❷泣幽素　花帶露水，自傷心人看來猶如哭泣。❸翠帶　薔薇細長柔弱的枝條。❹花錢　圓而小的花瓣。❺嬌郎二句　子幼不知失母之哀，日高猶抱枕晏眠。❻龍宮石　泛言寶石。❼秋波色　眼波明淨如秋水。❽羅碧　翠被。❾憶得二句　前年有悲辛語，彼時不在意，今事後追憶，原來早有讖言。❿歸來二句　王氏卒於商隱罷幕前。長，久，琴在人亡之意。⓫澗底松　語本左思〈詠史〉：「鬱鬱澗底松」，以松生澗底喻低賤沉淪。⓬蘗　黃蘗，味苦。古樂府：「黃蘗向春生，苦心隨日長。」⓭愁到二句　天地翻時或有相見日，但又恐見時已不識。

【語譯】薔薇隱約的幽香，輕輕吐露彷彿你默默飲泣。枝條纖長花瓣如粒，嬌小的孩子體會不到失去母親的痛苦。太陽老高還抱著枕頭酣夢沉沉。看著你曾用過的寶石枕頭，卻再也見不到你那明眸流轉的秋波。玉簟空空的鋪在床上，翠被的碧色也如舊時一樣。記得那是前年的春天，你語含悲音我隱約聽到了不祥。現在回來房間裡再也見不到你的影子，只有你彈過的錦瑟默默倚在牆角。歲月流轉，人生際遇沉浮不定。愁到天地翻覆或能等到相見的一天，又恐怕相見之時不相識。

【研　析】盧幕相對快意的生涯彷彿南柯一夢，隨著盧弘正的病逝，商隱又被拋入充滿陰霾的現實政治環境中。從來禍不單行，當商隱帶著對前途的忡忡憂心回返京城的時候，卻在途中接到王氏病危的消息。日夜兼程地趕回去，王氏已溘然長逝，夫妻最終還是沒能見上最後一面。

王氏之死是對商隱精神上致命的一擊。自開成三年成婚以來，商隱夫婦一直相濡以沫，共同承擔著生活的重壓與現實的磨難。王氏賢淑貌美，而且能詩能文，前面所選〈搖落〉：「水亭吟斷續，月幌夢飛沉」寫的便是王氏思夫吟詩情景。她不僅是商隱生活中的伴侶，也是他精神上的知音。商隱半生沉淪，但王氏無怨無悔和他一起守著這份清貧淡泊的生活，商隱遠幕依人之際，王氏一人在家撫養子女，操持家務。可以說在身心兩方面，王氏及其所默默支撐的家庭，都是商隱最溫暖的港灣，最堅實的後方。幕府依人之際，飄泊沉淪之時，是妻子溫柔的祝福和牽掛的明眸，給詩人輾轉飄泊的小船一次次扯起希望的風帆，是這個港灣給商隱以繼續遠航的力量。於今，妻子突然就這樣拋開他和年幼的孩子走了，商隱生命的大廈也坍塌了大半。這首悼亡詩寫出了詩人哀痛欲絕的心情，也寫出了詩人可歌可泣的愛情。

情以物興，人亡物在的情景處處誘發並加深著商隱的悲傷。玉簟、翠被，哪一件不讓人想起用過它們的女主人。特別是那張錦瑟，再也沒有一雙妙手彈撥出優美的旋律。「歸來已不見，錦瑟長於人」，輕輕兩句，多少悲傷，多少痛悔。〈王十二兄與畏之員外相訪見招小飲時余因悼亡日近不去因寄〉中的：「更無人處簾垂地，欲拂塵時簟竟床」所寫為同一情境、心境，可互參。

詩還以映襯與層遞等手法，掘進悲傷的深度，如「嬌郎癡若雲，抱日西簾曉」，以幼子不知失母之痛，反襯自己悼念亡妻的哀傷，且突出子幼，更添幼子失母與自己中年喪妻這特定情境下的悲劇強度。詩結尾兩句，錢良擇評論說「設必無之想，作必無之慮，哀悼之情，於此為極。」詩人是那樣的懷念亡妻，想像著天地翻覆之時，上天也許會安排一次會面的機會，這就像〈上邪〉中所唱的「天地合，乃敢與君絕」，實際上天地是永不會合的，「與君」也就永不分離。商隱的詩中，天地也是永不翻覆的，今生今世夫妻也就再不會相見，但詩中假設即使有天地翻覆而相見的一天，恐怕到時候也是「相看不相識」。不惟今生，便是來世，人間天上，均永無相逢相見之日。真是「天長地久有時盡，此恨綿綿無絕期」，詩人的沉痛該有多麼深重。

詩在修辭和句法上有彷彿六朝和李賀樂府詩之處，略帶古澀的韻致。但脈絡清晰，比李賀詩顯得融貫和平易。而用幽豔的語言寫深切的悲痛，筆調纖冷，感情沉摯深厚，又顯出作者本色。

王氏之死，使悼亡詩成為商隱創作的一個重要內容。從對妻子的哀悼懷念中，撫慰塵世中受到的創傷，寄託自己憂傷孤獨的心靈。悼亡成為商隱悲劇性心態與詩風最好的一種寄寓形式。（李翰）

相　思

相思樹❶上合歡枝❷，紫鳳青鸞❸並羽儀❹。腸斷秦臺吹管客❺，日西春盡到來遲。

【注　釋】❶相思樹　相傳為戰國宋康王的舍人韓憑和他的妻子何氏所化生。晉干寶《搜神記》卷十一：「宋康王舍人韓憑妻何氏貌美，康王奪之，並囚憑。憑自殺，何氏投臺而死，遺書願以屍骨賜憑合葬。王怒，弗聽，使里人埋之，兩墳相望。不久，二塚之端各生大梓木，屈體相就，根交於下，枝錯於上。又有鴛鴦雌雄各一，常棲樹上，交頸悲鳴。宋人哀之，遂號其木曰『相思樹』。」後因以象徵忠貞不渝的愛情。唐王建〈春詞〉：「庭中並種相思樹，夜夜還棲雙鳳凰。」❷合歡枝　枝葉繁互相交結。❸紫鳳青鸞　以神鳥出雙入對比喻佳偶。❹羽儀　猶翼翅。晉左思〈吳都賦〉：「湛淡羽儀，隨波參差。理翮整翰，容與自玩。」❺秦臺吹管客　指蕭史。此處為作者自指。

【語　譯】相思樹上枝葉相交，紫鳳青鸞雙雙齊張著羽翅。曾在秦臺吹簫的客人啊，你到來得太遲。日已西春已盡，佳人欲覓已無蹤跡。夕陽中，腸斷的你只有徒然相思。

【研　析】本篇為悼亡妻之作。前二句回憶從前與妻子王氏恩愛情深，如同相思樹上交抱的樹枝，又如比翼雙飛的鳳凰。後二句謂己長期飄泊在外，遲遲未歸，今回到京城舊居，眼看日西春盡，斯人已逝，僅能憂思百結，徒然腸斷。

另有一說，謂此為政治隱喻詩。前二句謂李德裕輔政，所用多忠信正直之人，故云「紫鳳青鸞共羽儀」。會昌五年（西元八四五年）十月詩人重入祕書省，六年（西元八四六年）四月即政局大變，李德裕罷相，詩人欲有所作為的希望即刻破滅，所以有「日西春盡到來遲」之歎。（姚蓉）

青陵臺

青陵臺畔日光斜，萬古貞魂倚暮霞。莫訝韓憑為蛺蝶❶，等閒❷飛上別枝花。

【注　釋】❶蛺蝶　蝴蝶的一種。傳說韓憑夫妻死後化為蝴蝶。❷等閒　輕易；隨便。唐白居易〈琵琶行并序〉：「今年歡笑復明年，秋月春風等閒度。」

【語　譯】夕陽斜照著青陵臺畔，也彷彿照見韓憑夫婦的身影，千年以前他們在此殉情，千年以後他們的魂魄仍在暮霞中相依相親。聽說韓憑化作了蝴蝶，竟然輕易飛進了別的花叢。人們啊，莫要感到吃驚，韓憑只是為了生計奔忙，並未背叛他們的愛情。

【研　析】本篇為詩人登臨興感之作，登青陵臺自然容易聯想到韓憑夫婦生死相守，萬古傳頌的愛情故事。三四句則把韓憑夫婦死後化蝶的傳說，與蝴蝶穿梭於花間的「花心」行為聯繫起來加以解釋，聲明化蝶的韓憑並未背叛愛情，只是為了生計不得不然耳。故論者多以為此詩是詩人依違於兩黨之間，自以為無關政治立場，只是為生活所迫，不得不輕受他人辟聘的自明之詞，或許有一定道理。詩人自比為隨時飛到別枝花上去覓食的蝴蝶，是何等悲哀。「莫訝」二字更表現出無可奈何的心理狀態，也是一種自嘲。(姚蓉)

代越公❶房妓嘲徐公主❷

笑啼俱不敢，幾欲是吞聲。遽遣離琴怨，都由半鏡❸明。應防啼與笑，微露淺深情。

【注釋】❶越公　楊素，隋大臣，字處道，陝西人。隋文帝滅陳時，他率水軍從三峽東下，因功封越國公。後官至司徒，封楚國公。❷徐公主　樂昌公主，南朝陳後主叔寶之妹，外貌端莊秀美，舉止高雅大方。成年後，下嫁江南才子徐德言（陳太子舍人）為妻，二人互敬互愛，琴瑟和諧。❸半鏡　隋滅陳，陳後主及皇族被虜北上，一同解往長安，樂昌公主也在被虜之列。德言謂妻曰：「以君子之才容，國亡必入豪家。儻情緣未斷，猶期再見。」於是破一面銅鏡，各執其半，約定以後每年正月十五日，在長安街市上叫賣。樂昌公主後被賜給丞相楊素作妾。德言到長安尋妻，見一老婦賣半鏡，索價不菲，便高引至旅邸，出半鏡以合之，題詩曰：「鏡與人俱去，鏡歸人未歸。無復嫦娥影，空留明月輝。」樂昌公主得其詩，悲泣不食。楊素知之，乃召德言至，還其妻。樂昌公主口占賦詩，曰：「今日何遷次，新官對舊官。笑啼俱不敢，方信作人難。」後世稱夫妻分離而復合為「破鏡重圓」，即出典於此。

【語譯】笑也不敢笑，哭也不敢哭，不論快樂還是悲傷，你都只能吞聲不吐。和前夫離散的幽怨，只能靠瑤琴傾訴。對前夫不變的心意，也只有破鏡清楚。雖然越公寬宏大度，讓你和前夫團圓相聚。可你還是要小心自處，以免啼笑之間稍微流露出，你對新人和舊人，感情有深淺不同的程度。

【研　析】此詩與下一首〈代貴公主〉，取材於樂昌公主與其夫徐德言破鏡重圓的故事。陳亡時，陳後主之妹樂昌公主與丈夫徐德言破一面銅鏡，各執其半，作為今後尋找對方的信物。樂昌公主被虜至隋，成為越國公楊素的寵妾。後徐德言到長安尋妻，以破鏡為表記，聯繫上了樂昌公主。楊素知道此事後，將徐德言召至府中，當場將樂昌公主賜還給他。前夫後夫相聚一堂，樂昌公主處境尷尬，口占賦詩，曰：「今日何遷次，新官對舊官。笑啼俱不敢，方信作人難。」此詩就是以越公房妓的口吻，把樂昌公主當時同對新舊丈夫，哭笑不是，左右為難的情境表現得淋漓盡致。樂昌公主雖夫妻團聚，但身分殊異，既不敢因破鏡重圓而笑，又不敢因辭別越公而泣。由於當時去留未決，要想新人舊人俱不得罪，只好吞聲無言，深情淺露。否則，有可能傷害到另一方，致使好事變壞事。正由於樂昌公主的機智聰慧，夫妻二人得以重續前緣。徐德言和樂昌公主離開長安後，返回江南，隱居於姑蘇城內。後來買了一艘船，在江南各地飄泊雲遊，以船為家。唐太宗貞觀十年，夫妻同年去世，合葬一墓，以破銅鏡陪葬。（姚蓉）

代貴公主❶

芳條❷得意紅，飄落忽西東。分逐春風❸去，風迴得故叢❹。明朝金井❺露，

始看憶春風。

【注　釋】❶貴公主　即樂昌公主。❷芳條　代樂昌公主自喻。❸春風　指因戰亂而有幸遭遇楊素。❹故叢　代指原配夫君徐德言。❺金井　井欄上有雕飾的井。一般用以指宮庭園林裡的井。南朝梁費昶〈行路難〉詩之一：「唯聞啞啞城上烏，玉欄金井牽轆轤。」唐李賀〈河南府試十二月樂詞·九月〉：「雞人罷唱曉瓏璁，鴉啼金井下疏桐。」

【語　譯】芳枝上的並蒂花兒開得正紅，忽然不由自主飄落各奔西東。我這一朵好在是隨著春風飛去，故而能

被春風送回昔日的芳叢。每早看到金井旁晶瑩的晨露，我都會想到那陣恩深義重的春風。

【研　析】本篇是代樂昌公主擬的對越公房妓的答辭。開篇交代身世，正值桃紅柳綠的花樣年華，與丈夫正過著幸福美滿的婚姻生活。不料橫遭戰禍，陳朝滅亡，勞燕分飛，流離顛沛。不得已與夫君分手後，幸而得到越公的寵愛。不曾料到有朝一日峰迴路轉，就好像在春風中轉一個圈，越公將自己交還故夫。夫妻重圓，回歸故土，早上至金井汲水，看見春草上的露珠，就會聯想到越公對自己夫婦的成全之恩。樂昌公主的答辭，既表現了她與前夫的情深意重，又表達了她對後夫的感恩戴德，能恰當地安放新人與舊人在她心中的位置，並使人感到她是一位重情重義的不凡女性。程夢星評論這兩首以破鏡重圓故事為題材的詩時，說：「此正為牛、李黨人嗤謫無行而作，以越公妓比黨人，以徐公主自比。」李商隱在當時與牛、李兩黨皆有交往，在黨爭的夾縫中艱難求存，確實與樂昌公主夾在新人舊人之間難以做人有幾分相似。故樂昌公主的作法，也許就是李商隱對待二黨態度的喻示吧。不過，也有論者認為這兩首詩不過是借古事來寫幕主後房的豔事趣聞，並無微言大義。（姚蓉）

詠懷寄祕閣❶舊僚❷二十六韻❸

年鬢❹日堪悲，衡茅❺益自嗤❻。攻文枯若木❼，處世鈍如鎚❽。敢忘垂堂❾誡，寧將暗室❿欺？懸頭⓫曾苦學，折臂反成醫⓬。僕御嫌夫懦⓭，孩童笑叔癡⓮。小男方嗜栗⓯，幼女漫憂葵⓰。遇炙⓱誰先啖，逢齏⓲即更吹。官銜同畫餅⓳，面貌乏凝脂⓴。典籍將蠡測㉑，文章若管窺㉒。圖形翻類狗㉓，入夢肯非羆㉔。自哂成書簏㉕，終當呪酒巵㉖。懶霑襟上血，羞鑷㉗鏡中絲。橐籥㉘言方喻，樗蒲㉙齒詎知。事神徒惕慮㉚，佞佛㉛愧虛辭。曲藝㉜垂麟角㉝，浮名狀虎皮。乘軒㉞寧見寵，巢幕㉟更逢危。禮俗拘嵇喜㊱，侯王欣戴逵㊲。途窮方結舌㊳，靜勝但搘頤㊴。糲食空彈劍㊵，亨衢㊶詎置錐。柏臺㊷成口號㊸，芸閣㊹暫肩隨㊺。悔逐遷鶯㊻伴，誰觀擇虱㊼時。甕間眠太率㊽，牀下隱何卑。奮跡登弘閣㊾，摧心㊿對董帷(51)。校讐(52)如有暇，松竹一相思。

【注　釋】❶祕閣　古代宮中收藏珍貴圖書之處，也稱祕館、祕府。自晉、南朝宋至隋、唐，均曾設祕閣藏書。晉陸機〈弔魏武帝文〉：「機始以臺郎出補著作，遊乎祕閣。」開成四年（西元八三九年）春，義山入京通過吏部試，釋褐為祕書省校書郎，不久調為弘農縣尉。❷舊僚　謂從前在祕閣之同僚。❸二十六韻　實只二十四韻，「六」當是「四」之誤。❹年鬢　年齡與鬢髮。南朝梁蕭子範〈到臨賀王府牋〉：「老少異時，盛衰殊日，雖佩恩寵，還羞年鬢。」北周庾信〈擬詠懷詩〉之三：「自憐才智盡，空傷年鬢秋。」❺衡茅　茅草鋪蓋的小屋，泛指簡陋的居室。晉陶潛〈辛丑歲七月赴假還江陵夜行塗口〉詩：「養真衡茅下，庶以善自名。」❻自嗤　自嘲；自己都看不上眼。❼枯若木　此處形容文思不暢。陸機〈文賦〉：「兀若枯木，豁如涸流。」❽鈍如鎚　此處形容處世魯鈍。《晉書．祖納傳》：「納謂梅陶、鍾雅曰：『君汝潁之士，利如錐；我幽冀之士，鈍如槌。持我鈍槌，捶君利錐，皆當摧矣。』」❾垂堂　靠近堂屋簷下。因簷瓦墜落可能傷人，故以喻危險的境地。《漢書．爰盎傳》：「千金之子不垂堂，百金之子不騎衡。」顏師古注：「垂堂，謂坐堂外邊，恐墜墮也。」❿暗室　別人看不見的地方，多指獨處。《南史．梁紀下．簡文帝》：「自序云：『有梁正士蘭陵蕭世贊，立身行道，終始如一，風雨如晦，雞鳴不已。弗欺暗室，豈況三光？』」古人以不欺暗室指為人處世光明磊落，雖在別人看不見的地方，也不做虧心事。唐駱賓王〈螢火賦〉：「類君子之有道，入暗室而不欺。」⓫懸頭　將頭髮拴在屋樑上，以防瞌睡，形容苦學。語出《太平御覽》卷六一一引晉張方《楚國先賢傳》：「孫敬好學，時欲寤寐，懸頭至屋樑以自課。」⓬折臂句　多次折斷胳膊，經過反覆治療而熟知醫理，義同久病成醫。此處比喻閱歷多，經驗豐富。屈原〈惜誦〉：「九折臂而成醫兮，吾至今而知其信然。」⓭僕御句　此處謂僕人隨從嗤笑李商隱懦弱。《韓詩外傳》卷一：「楚白公之難，有莊之善者，辭其母，將死君……比至朝，三廢車中。其僕曰：『子懼，何不反也？』曰：『懼，吾私也；死君，吾公也。吾聞君子不以私害公。』遂往死之。」⓮孩童句　此處指孩子們嗤笑李商隱乃癡人。《晉書・王湛傳》：「初有隱德，人莫能知，兄弟宗族皆以為癡，其父昶獨異焉。遭父喪，居於墓次。服闋，闔門守靜，不交當世，沖素簡淡，器量隤然，有公輔之望。兄子濟輕之，所食方丈盈前，不以及湛。湛命取菜蔬，對而食之。濟嘗詣湛，見床頭有《周易》，問曰：『叔父何用此為？』湛曰：『體中不佳時，脫復看耳。』濟請言之。湛因剖析玄理，微妙有奇趣，皆濟所未聞也。濟才氣抗邁，於湛略無子侄之敬。既聞其言，不覺栗然，心形俱肅。遂流連彌日累夜，自視缺然，乃歎曰：『家有名士，三十年而不知，濟之罪也。』既而辭去，湛送至門。……武帝亦以湛為癡，每見濟，輒調之曰：『卿家癡叔死未？』濟常無以答。及是，帝又問如初，濟曰：『臣叔殊不癡。』因稱其美。帝曰：『誰比？』濟曰：『山濤以下，魏舒以上。』時人謂湛上方山濤不足，下比魏舒有餘。」⓯栗　板栗。化用陶淵明〈責子詩〉：「通子垂九齡，但覓梨與栗。」⓰憂葵　相傳春秋時魯國漆室有女子倚柱而嘯，鄰婦問她是否想嫁人。漆室女說：我是擔心國君年老而太子幼小。鄰婦說：這用得著你擔憂嗎？漆室女說：從前有客人來我家，把馬扣在園子裡，馬跑了，踏壞園裡的葵，害得我們終年嘗不到葵味。今後魯國有難，我們即使是女子，難道能避免嗎？事見漢劉向《列女傳・魯漆室女》。後以「憂葵」喻指擔憂國事，這裡乃指衣食之憂。⓱炙　牛心炙，即烤牛心。《晉書・王羲之傳》：「年十三，謁周顗。時重牛心炙，顗先割啖羲之，於是始知名。」⓲齏　冷食，搗碎的薑、蒜、韭菜等。屈原〈惜誦〉：「懲於羹而吹齏兮，何不變此志也？」意思是有人被熱湯燙過，存了戒心，吃齏的時候也要用嘴吹一下，比喻遇事過分小心謹慎。⓳官銜句　謂官銜虛職，俸祿太少，猶如畫餅。《三國志・魏書・桓二陳徐衛盧傳》：「(明帝詔曰) 選舉莫取有名，名士如畫地作餅，不可啖也。」⓴凝脂　凝凍了的油脂，比喻光潔白潤的皮膚。㉑蠡測　「以蠡測海」的略語，以瓠瓢測量海水，比喻見識短淺，量度狹小。這裡有自謙之意。㉒管窺　管中窺物，比喻見聞不廣。《後漢書・章帝紀》：「區區管窺，豈能照一隅哉！」㉓圖形句　義同畫虎不成反類犬，比喻模仿不到家，反而不倫不類。㉔非羆　《史記・齊太公世家》：「西伯將出獵，卜之，曰：『非龍非彲，非虎非羆，所獲霸王之輔。』於是周西伯獵，果遇太公於渭之陽。」羆，哺乳動物，體大，肩部隆起，能爬樹、游水。掌和肉可食，皮可做褥子，膽可入藥。亦稱「棕熊」。㉕書簏　藏書用的竹箱子，譏諷讀書多而不解書義或不善運用的人。南朝梁沈約《俗說》：「劉柳為僕射，傅迪為左丞。傅好讀書而不解其義……劉道傳云：『讀書雖多而無所解，可謂書簏。』」㉖呪酒卮

《晉書・劉伶列傳》：「(伶)嘗渴甚，求酒於其妻。妻捐酒毀器，涕泣諫曰：『君酒太過，非攝生之道，必宜斷之。』伶曰：『善！吾不能自禁，惟當祝鬼神自誓耳。便可具酒肉。』妻從之。伶跪祝曰：『天生劉伶，以酒為名。一飲一斛，五鬥解酲。婦人之言，慎不可聽。』」呪，同「祝」。酒卮，亦作「酒巵」，盛酒的器皿。北周庾信〈北園新齋成應趙王教〉詩：「玉節調笙管，金船代酒卮。」㉗鑷　用鑷子夾取毛髮、細刺及其他細小東西。㉘槖籥　亦作「槖爚」，古代冶煉時用以鼓風吹火的裝置，猶今之風箱。《老子》：「天地之間，其猶槖籥乎？虛而不屈，動而愈出。」喻指造化，大自然。晉陸機〈文賦〉：「同槖籥之罔窮，與天地乎並育。」㉙樗蒲　古代一種博戲，後世亦以指賭博。漢馬融〈樗蒲賦〉：「昔玄通先生游於京都，道德既備，好此樗蒲。」《晉書・葛洪傳》：「洪少好學，家貧，躬自伐薪以貿紙筆，夜輒寫書誦習，遂以儒學知名。性寡欲，無所愛玩，不知棋局幾道，摴蒱齒名。為人木訥，不好榮利，閉門卻掃，未嘗交遊。」㉚惕慮　敬畏憂慮。㉛佞佛　諂媚、討好於佛。《晉書・何充傳》：「郗愔及弟曇奉天師道，而充與弟准崇信釋氏，謝萬譏之云：『二郗諂於道，二何佞於佛。』」後以為迷信佛教之稱。㉜曲藝　小技。古多指醫卜以至書畫之類的技能。《禮記・文王世子》：「曲藝皆誓之。」孔穎達疏：「曲藝謂小小技術，若醫卜之屬也。」㉝麟角　比喻稀罕而又可貴的人才或事物。晉葛洪《抱朴子・極言》：「若夫睹財色而心不戰，聞俗言而志不沮者，萬夫之中有一人為多矣。故為者如牛毛，獲者如麟角也。」㉞乘軒　乘坐大夫的車子。《左傳・閔公二年》：「衛懿公好鶴，鶴有乘軒者。」杜預注：「軒，大夫車。」後用以指做官。漢劉向《說苑・善說》：「前雖有乘軒之賞，未為之動也。」南朝宋鮑照〈擬古〉詩之六：「不謂乘軒意，伏櫪還至今。」㉟巢幕　築巢於帷幕之上，喻處境危險。帷幕隨時可撤，燕巢於其上，至為危險。《左傳・襄公二十九年》：「夫子（孫文子）之在此也，猶燕之巢於幕上。」晉潘岳〈西征賦〉：「危素卵之累殼，甚玄燕之巢幕。」㊱禮俗句　《晉書・阮籍傳》：「能為青白眼，見禮俗之士，以白眼對之。祕喜來弔，籍作白眼，喜不懌而退。喜弟康賫酒挾琴造焉，籍大悅，乃見青眼。由是禮法之士疾之若仇。」㊲侯王句　《晉書・戴逵傳》：「戴逵，字安道，譙國人也。少博學，好談論，善屬文，能鼓琴，工書畫，其餘巧藝靡不畢綜。……太宰、武陵王晞聞其善鼓琴，使人召之，逵對使者破琴曰：『戴安道不為王門伶人！』晞怒，乃更引其兄述。述聞命欣然，擁琴而往。」㊳結舌　不敢說話或想說而說不出話。㊴搘頤　以手托下巴。唐白居易〈除夜〉詩：「薄晚支頤坐，中宵枕臂眠。」㊵糲食句　《史記・孟嘗君列傳》：「馮諼聞孟嘗君好客，躡蹻而見之。孟嘗君曰：『先生遠辱，何以教文也？』馮諼曰：『聞君好士，以貧身歸於君。』孟嘗君置傳舍。十日，孟嘗君問傳舍長曰：『客何所為？』答曰：『馮先生甚貧，猶有一劍耳，又蒯緱（用草繩纏結劍柄）。彈其劍而歌曰「長鋏歸來乎，食無魚」。』孟嘗君遷之幸舍，食有魚矣。五日，又問傳舍長。答曰：『客復彈劍而歌曰「長鋏歸來乎，出無輿。」』孟嘗君遷之代舍，出入乘輿車矣。」此處化用馮諼彈劍的典故，意為粗茶淡飯，彈劍亦無益。㊶亨衢　四通八達的大道。《易・大畜》：「何天之衢，亨。」孔穎達疏：「乃天之衢亨，無所不通也。」常以喻美好的前程。㊷栢臺　即柏梁臺。《三輔黃圖》記載：武帝元鼎二年春起，此臺在長安城中北闕。《三輔舊事》云：「以香柏為梁也，帝嘗置酒其詔群臣和濟，能七言詩者乃得上。」又，《漢書・朱博傳》：御史「府中列柏樹，常有野鳥數千棲宿其上，晨去暮來，號曰『朝夕烏』。」後因以柏臺稱御史臺。唐宋之問〈和姚給事寓直之作〉：「柏臺遷鳥茂，蘭署得人芳。」㊸口號　隨口吟成，與口占相同。㊹芸閣　即芸香閣，祕書省的別稱。因祕書省司典圖籍，故亦以指省中藏書、校書處。唐盧照鄰〈雙槿樹賦〉：「蓬萊山上，即對神仙；芸香閣前，仍觀祕寶。」唐孟浩然〈寄趙正字〉詩：「正字芸香閣，幽人竹素園。」㊺肩隨　古時年幼者事年長者之禮，並行時斜出其左右而稍後。《禮記・曲禮上》：「年長以倍，則父事之；十年以長，則兄事之；五年以長，則肩隨之。」唐李白〈感時留別從兄徐王延年從弟延陵〉詩：「小子謝麟閣，雁行忝肩隨。」也表示猶追隨。《梁書・張率傳》：「紛高冠以連衽，鏘鳴玉而肩隨。」㊻遷鶯　以黃鶯飛升移居高樹比喻登第或升官。《詩經・小雅・伐木》：「伐木丁丁，鳥鳴嚶嚶，出自幽谷，遷于喬木。」唐韋絢《劉賓客嘉話錄》：「今謂進士登第為遷鶯者久矣，蓋自《詩經・小雅・伐木》篇。」㊼擇虱　《晉書・顧和傳》：「王導為揚州，辟從事。月旦當朝，未入，停車門外。周顗遇之，和方擇虱，夷然不動。顗既過，顧指和心曰：『此中何所有？』和徐應曰：『此中最是難測地。』顗入，謂導曰：『卿州吏中有一令僕才。』導亦以為然。」此處比喻懷才不遇，處境不佳。㊽甕間句　此句意指行為狂放，酒醉即作甕下眠。㊾弘閣　《漢書・公孫弘傳》：「公孫弘起客館，開東閣，以延賢人。」此指舊僚。㊿摧心　憂心欲墜；極度傷心。晉潘岳〈寡婦賦〉：「少伶俜而偏孤兮，痛忉怛而摧心。」(51)董帷　《漢書・董仲舒傳》：「少治《春秋》，孝景時為博士。下帷講誦，弟子傳以久次相授業，或莫見其面。蓋三年不窺園，其精如此。進退容止，非禮不行，學士皆師尊之。董仲舒為博士，下帷講誦。弟子傳以久次相授業，或莫見其面，蓋三年不窺園。」此自謂也。(52)校讐　一人獨校為校，二人對校為讎。謂考訂書籍，糾正訛誤。漢劉向〈管子序〉：「所校讎中《管子》書三百八十九篇。」《太平御覽》引劉向《別錄》：「校讎：一人讀書，校其上下，得謬誤為校；一人持本，一人讀書，若怨家相對，故曰讎也。」

【語　譯】衰老的年齒與斑白的鬢髮，讓我感到日子一天比一天可悲。面對簡陋的小屋，我也只能加倍嘲笑自己的卑微。提筆作文，早已思如枯木。處世做人，一直鈍如鐵鎚。始終奉守著垂堂之誡，不敢做出有欺暗室的行為。也曾頭懸梁用心苦讀，猶如折臂成醫終於有了收穫。但仍舊是僕人們見了都嫌我懦弱，孩子們紛紛笑我癡愚。家中的幼子整日懵懂地嗜栗覓梨，天真的小女還不知道憂心家事。我從來謹慎遇到炙肉不敢爭先搶食，到手的冷齏也要吹吹才敢張口去吃。到頭來頂著一個形同畫餅的官職，只弄得自己面有菜色難看之至。雖然我學問不深如同以蠡測海，文章不精好似管中窺物，仿效前賢常常畫虎類犬，但我曾有志為帝王之輔。如今卻成了自己都嗤之以鼻的書簏，終日對著酒杯把光陰虛度。懶得再為堅持理想泣血沾襟，也羞於拿著鑷子拔去白髮故作年輕。生活就像拉風箱一樣奔忙不息，博戲之事從來無暇顧及。敬神是徒然嚇唬自己，佞佛也只是空談而已。雖然我才藝過人可謂鳳毛麟角，但這名聲如同披著的虎皮虛有其表。被人賞識未必就得到寵信重用，鳥築巢於飛幕反而易遭傾危。嵇喜為禮俗所拘，戴逵為侯王所讚，窮途末路者只能結舌不言，支著下巴靜默等待。窮苦之人有才也乏人問津，何必學馮諼彈劍來引人注意。就算眼前是通衢大道，也沒有我的立錐之地。當年也曾在皇帝跟前隨口賦詩，也曾與祕書省同僚比肩相隨。後悔曾追逐著新貴們的足跡，以致無人深知我的心事。酒醉即眠於甕間的日子多麼率性，低伏人家床下苦苦相求的行為多麼謙卑。舊僚們奮跡已登高位，我這裡傷心獨對講帷。舊日的友僚們啊，祕閣校讎之餘，漫步松竹之時，可否送我一份相思。

【研　析】此詩的寫作時間，有的論者以為是開成五年（西元八四〇年）李商隱辭去弘農尉閒居家中時所作，有的論者認為是大中五年（西元八五一年）李商隱在國子博士任上所作。細揆詩意，當以後說為是。

此詩可以說是義山一腔憤激之情的集中流露。而他的憤激，主要體現在「懷才不遇」四個字上。圍繞這個主旨，李商隱反覆申述，具體談了以下幾層意思：一、因為不遇，自己生活困苦，到處受人冷眼。詩歌開篇就說他年紀老大仍然居於衡茅之屋，接著又談到家中兒女幼小，自己官俸低微，無力養家糊口，以致遭到「僕御」、「孩童」的嗤笑，滿腹心酸溢於言表。二、不遇的原因，並非是自己德才有虧。義山說自己的德行，「敢忘垂堂誡，寧將暗室欺」，可謂光明磊落；自己的才華，「懸頭曾苦學，折臂反成醫」，「曲藝垂麟角」，可謂學有所成、文采出眾。正因為有德有才卻見棄於時，憤激之意噴薄而出。三、不遇的原因，是自己守拙不爭，不懂結黨攀附。義山說自己「處世鈍如鎚」，不懂靈活變通；又「面貌之凝脂」，難以以貌驚人；拘於禮俗，不會故作驚人之態；追逐新貴，也難入他們的眼。凡此種種，似乎是自我檢討之詞，實則流露出對社會不公、人才遺棄的深沉憤慨，尤其對自己入祕閣不久便被排擠出來的往事深感憤鬱。四、不遇的後果，是自己身陷窮途，處境與昔日祕閣同僚有天壤之別。因為有才而不遇，滿懷壯志成空，只能途窮結舌，支頤靜默，做著畫餅一般的國子博士，對著講席摧心抑志，其沉痛鬱悶可想而知。尤其是與昔日同僚紛紛高升的現狀一相比較，其中的失落不言而明。

故李商隱此詩，可以說是他自己對一生成敗的總結性描述，將自己懷才不遇、窮愁潦倒的前因後果擺在了讀者面前，是後人研究李商隱思想和性格的重要資料。（姚蓉）

辛未❶七夕❷

恐是仙家好別離，故教迢遞❸作佳期。由來碧落❹銀河畔，可要金風玉露❺時？清漏❻漸移相望久，微雲未接過來遲。豈能無意酬烏鵲❼，唯與蜘蛛乞巧❽絲？

【注釋】❶辛未　辛未年，即大中五年（西元八五一年）。❷七夕　傳說中牛郎織女一年一度在天上相會的日子，後為傳統的乞巧節。梁宗懍《荊楚歲時記》：「天河之東有織女，天帝之子也，年年織機杼勞役，織成雲錦天衣。天帝憐其獨處，許嫁河西牽牛郎，嫁後遂廢織紝。天帝怒，責令歸河東，惟每年七月七日夜，渡河一會。」❸迢遞　遙遠；時間長久。三國魏嵇康〈琴賦〉：「指蒼梧之迢遞，臨迴江之威夷。」唐韋應物〈春宵燕萬年吉少府南館〉詩：「河漢上縱橫，春城夜迢遞。」❹碧落　天空。唐白居易〈長恨歌〉：「上窮碧落下黃泉，兩處茫茫皆不見。」❺金風玉露　秋風和白露，亦借指秋天。西方為秋而主金，故秋風曰金風。❻清漏　清晰的滴漏聲，借指時間。漏，古代以漏壺計時，銅製有孔，可以滴水或漏沙，有刻度標誌以計時間，簡稱「漏」。南朝宋鮑照〈望孤石〉詩：「嘯歌清漏畢，徘徊朝景終。」唐王昌齡〈長信秋詞〉之一：「熏籠玉枕無顏色，臥聽南宮清漏長。」❼烏鵲　古代民間傳說天上的織女七夕（每年農曆七月初七晚上）渡銀河與牛郎相會，喜鵲來搭引渡橋，叫做鵲橋。❽乞巧　乞求智慧和手巧。梁宗懍《荊楚歲時記》：「七夕，人家婦女結彩縷，穿七孔針，陳瓜果於庭中以乞巧。有蟢子網於瓜上者則以為得巧。」五代王仁裕《開元天寶遺事》：「七夕，宮中以錦結成樓殿，高百尺，上可以勝數十人，陳以瓜果酒炙，設坐具，以祀牛女二星，妃嬪各以九孔針五色線向月穿之，過者為得巧之候。動清商之曲，宴樂達旦。士民之家皆效之。」又云：「七月七日，各捉蜘蛛於小盒中，至曉開；視蛛網稀密以為得巧之候。密者言巧多，稀者言巧少。民間亦效之。」

【語　譯】恐怕是天上的神仙喜好別離，故而定下每年七月七日的夜晚，作為牛郎織女會面的佳期。否則的話，碧海青天銀河兩岸，兩人多有見面的時機，何必一定要等到金風玉露的七夕？清亮的更漏聲敲打在心頭，訴說著兩人隔河相望的長久。天上的微雲還未連接成橋，只怕會遲阻了織女的歸期。好在熱心的烏鵲拔下羽翅，搭建成一座跨越銀河的長橋，讓織女牛郎終於共享相聚的甜蜜。為此怎能不酬謝勞苦功高的烏鵲，只忙著滿足乞巧蜘蛛的心思？

【研　析】「七夕」是中國傳統節日之一，起源於漢代。其由來與牛郎織女一年一度七夕相會的傳說有關。因為織女手巧善織，人間女子常於此夜陳瓜果於庭中，向織女乞巧，比賽穿針引線的手藝，並以所捉蜘蛛結網之稀密作為得巧之候，故而「七夕節」又被稱為「女兒節」、「乞巧節」。李商隱此詩正是將七夕傳說與七夕風俗結合起來思考，由此對習俗只注重以各種形式向織女乞巧而忽視七夕本為有情人團圓相聚的美好時光頗為不解，故而發出「豈能無意酬烏鵲，惟與蜘蛛乞巧絲」的疑問，表明詩人對七夕節的內涵有著不同於流俗的見解。因此詩歌從「恐是仙家好別離」的疑問入手，前四句指出牛女原可隨時相聚，卻定下如此迢遞之佳期，是因「好別離」之故也；五六句則言好不容易到了七夕相會之日，牛女猶且相見遲遲，亦是「好別離」之故也；七八句指出牛女相見後不酬謝填河之烏鵲，反忙著予蜘蛛以巧絲，更是不重相聚「好別離」之故也。而詩人說「仙家好別離」，實是感慨人間七夕之風俗不重戀人夫妻團聚之真情惟重穿針引線之巧技等細枝末節耳。李商隱之所以有此感歎，想是他本人一生驅馳南北，與妻子聚少離多，懂得「金風玉露一相逢」之可貴，不願人間男女漠視這個節日所蘊含的美好團圓之意吧。（姚蓉）

七月二十八日夜與王鄭二秀才聽雨後夢作

初夢龍宮寶焰然❶，瑞霞明麗滿晴天。旋成醉倚蓬萊樹❷，有箇仙人拍我肩❸。
少頃遠聞吹細管❹，聞聲不見隔飛煙。逡巡❺又過瀟湘雨，雨打湘靈❻五十絃。瞥見馮夷❼殊悵望，鮫綃休賣海為田❽。亦逢毛女❾無憀❿極，龍伯⓫擎將華岳蓮⓬。恍惚無倪⓭明又暗，低迷⓮不已斷還連。覺來正是平階雨⓯，獨背寒燈枕手眠。

【注釋】❶寶焰然　珍寶射出的光輝，如火焰燃燒。然，同「燃」。北周庾信〈奉和趙王隱士詩〉：「山花焰火然。」❷蓬萊樹　神木。蓬萊，傳說中的海上仙山。❸有個句　化用郭璞〈遊仙詩〉：「左挹浮丘袖。右拍洪崖肩。借問蜉蝣輩，寧知龜鶴年。」浮丘、洪崖，皆仙人名。❹細管　細而長的管樂器，如笛簫之屬。北周庾信〈奉和趙王春日詩〉：「細管調歌曲，長衫教舞兒。」❺逡巡　頃刻；一會兒。❻湘靈　古代傳說中的湘水之神。屈原《楚辭・遠遊》：「使湘靈鼓瑟兮，令海若舞馮夷。」《後漢書・馬融傳》：「湘靈下，漢女遊。」❼馮夷　傳說中的黃河之神，即河伯。泛指水神。《莊子・大宗師》：「馮夷得之，以遊大川。」三國魏曹植〈洛神賦〉：「於是屏翳收風，川後靜波，馮夷鳴鼓，女媧清歌。」❽鮫綃句　此句謂鮫綃還沒來得及出售，滄海已經變為桑田。鮫綃，亦作「鮫鮹」，傳說中鮫人所織的綃，亦借指薄絹、輕紗。南朝梁任昉《述異記》卷上：「南海出鮫綃紗，泉室潛織，一名龍紗。其價百餘金，以為服，入水不濡。」唐溫庭筠〈張靜婉採蓮曲〉：「掌中無力舞衣輕，剪斷鮫鮹破春碧。」❾毛女　傳說中得道於華山的仙女。漢劉向《列仙傳・毛女》：「毛女者，字玉姜，在華陰山中，獵師世世見之，形體生毛，自言秦始皇宮人也，秦壞，流亡入山避難，遇道士谷春，教食松葉，遂不饑寒，身輕如飛，百七十餘年，所止巖中有鼓琴聲云。」❿無憀　空閒而煩悶的心情，閒而鬱悶。李商隱〈雜曲歌辭・楊柳枝〉：「暫憑樽酒送無憀，莫損愁眉與細腰。」⓫龍伯　古代神話中巨人之國（龍伯國）的人，此處借指龍宮裡的魚龍。⓬華岳蓮　西嶽華山，山有蓮花峰，峰頂有千葉蓮。⓭無倪　沒有邊際。唐李白〈古風〉之四十一：「飄飄入無倪，稽首祈上皇。」⓮低迷　迷離；迷濛。唐元稹〈紅芍藥〉詩：「受露色低迷，向人嬌婀娜。」⓯平階雨　雨很大，積水平階。

【語　譯】初一入夢，我便來到了龍宮。宮中的珍寶燦如火焰，瑞麗的霞光布滿晴天。突然我又醉倚在蓬萊的仙樹間，有個仙人關心地拍著我的肩。不一會兒遠處傳來悠揚的笙簫，卻只聞其聲不見其人，因為眼前隔著瀰漫的飛煙。轉眼我又來到了雨中的瀟湘，湘水女神鼓瑟相迎，任雨水打溼了她的五十琴絃。瞥見河伯對我不理不睬，我心因此惆悵難安。世事就是那麼多變，鮫綃尚未賣出，滄海已成桑田。已得道成仙的毛女，心情也會悶煩。擁有龍宮珍寶的龍伯，還要攀摘華嶽之巔的千葉蓮。夢境是這般恍恍惚惚，無邊無際，明明暗暗，斷斷連連。一覺醒來，雨漫了臺階，背對著寒燈，我正枕手而眠。

【研　析】此詩記錄了一個惝怳迷離的夢境。詩人以奇幻的筆法，展開奇麗的想像，驅策各種神話傳說於筆端，將讀者帶入奇妙瑰麗、變化多端的非現實世界，與詩人共同經歷上天入地、登山入海的神幻之旅，可謂引人入勝。

根據現代心理學的觀點，夢是人心中被壓抑的欲望及困擾的曲折表達，因此歷來論者謂此詩暗喻李商隱身世的升沉變化，亦非無據，故此處亦略為說明。首二句「龍宮寶焰」、「瑞霞明麗」，自是指商隱躊躇滿志、謂前程似錦的少年意氣。「旋成」二句則謂商隱登進士第，任職祕書省，受重臣賞識。「少頃」二句寫與仙人遠隔煙霧，暗示自己前程有了阻隔。「逡巡」二句謂雨打湘靈，不乏失意貶竄之傷。「瞥見」二句謂時事變遷，自己失去外援。「亦逢」二句謂毛女、龍伯等仙人亦有欲求和煩惱，意謂浮世愁多，不得解脫。「恍惚」二句言夢境低迷冷落，含有人生如夢之幻滅感。結尾「覺來」二句寫夢醒之後的冷雨孤燈，更有無限淒涼。由此不難看出，此詩通過組合各種鮮明形象的神話傳說，揭示了詩人內心微妙的情緒變化，將一生的盛衰悲苦濃縮其中，充滿現代派的象徵意味，頗耐人尋味。

另外，就詩歌章法而言，此詩雖為古風，但通篇諧律，讀來琅琅上口，而無古拗之弊，可謂極有創造性。

（姚蓉）

七月二十九日崇讓宅❶讌作

露如微霰❷下前池，風過迴塘❸萬竹悲。浮世❹本來多聚散，紅蕖❺何事亦離披❻？悠揚歸夢唯燈見，濩落❼生涯獨酒知。豈到白頭長只爾❽？嵩陽❾松雪有心期。

【注釋】❶崇讓宅　李商隱的岳父王茂元在東都洛陽崇讓坊的宅邸，李商隱和妻子王氏曾在此居住。❷霰　小冰粒。❸迴塘　曲折的池塘。❹浮世　人間；人世。舊時認為人世間是浮沉聚散不定的，故稱。三國魏阮籍〈大人先生傳〉：「逍遙浮世，與道俱成。」❺紅蕖　紅荷花。蕖，芙蕖。南朝梁簡文帝〈蒙華林園戒詩〉：「紅蕖間青瑣，紫露濕丹楹。」唐李白〈越中秋懷〉詩：「一為滄波客，十見紅蕖秋。」❻離披　分散下垂，凋敝衰殘。屈原《楚辭・九辯》：「白露既下百草兮，奄離披此梧楸。」南朝梁蕭子暉〈冬草賦〉：「有閒居之蔓草，獨幽隱而羅生；對離披之苦節，反葳蕤而有情。」❼濩落　淪落失意。唐韓愈〈贈族侄〉詩：「蕭條資用盡，濩落門巷空。」唐王昌齡〈贈宇文中丞〉詩：「僕本濩落人，辱當州郡使。」❽豈到句　難道直到頭白身老，我都只是這樣過下去嗎。❾嵩陽　嵩山之南。唐李白〈送楊山人歸嵩山〉詩：「我有萬古宅，嵩陽玉女峰。」

【語譯】降落庭前池塘的露珠，有如銀白的小雪粒。吹過曲折池塘的秋風，傳送著千萬碧竹的悲泣。若說聚散別離皆因浮華的人世，池中的荷葉又為什麼會凋謝流離？那場忽忽悠悠的歸夢，只有床前的殘燈才看到。

多麼寂寞潦倒的生涯，也只有手中的酒杯才知曉。難道人生就這樣因循終了？不，我的心兒早已飛向嵩陽，願和那裡高潔的松雪相伴到老。

【研析】多數人認為這是一首悼亡詩，但詩中所表達的情感複雜厚重，不能以一般的思念亡妻之作視之。此詩大約寫於大中十年（西元八五六年），李商隱再到岳父王茂元在洛陽崇讓坊的宅邸，而此時岳丈已過世十三年，愛妻也已去世五年，詩人自己又經歷了一段飄泊無依的幕府生涯，深感前途無望，人世淒涼，故地重遊，難免百感交集，留下了這曲悲傷的吟唱。

詩歌首聯寫景，寒露如霰，萬竹悲響，一開篇就營造出濃重的悲涼氣氛。頷聯前句歎人生的變幻無常、聚少離多，後句歎紅荷的零落凋殘，使得有情的人世間與無情的物質世界全都籠罩在失意悲傷的情緒下，讓人倍感沉痛。頸聯則直述詩人自己的心境與處境，上句言「歸夢唯燈見」，飽含妻子去世、親朋凋零的淒苦，下句道「濩落生涯」，充滿時運不濟、一事無成的辛酸。尾聯則自為寬解，謂有意與嵩山的青松和白雪相伴終老，將人生的歸宿指向隱居。然聯繫前文，就可知道詩人的這種歸隱心情只是傷心失意之下的逃避之舉罷了，不由令人更生悲慨。總之，此詩短短的五十六個字裡，融入了詩人的親人離喪之悲、身世淪落之感、世事無常之歎、前途莫測之傷，可謂情牽萬緒，內含萬種悲涼，讀之令人動容。難怪朱彝尊評曰：「情深於言，義山所獨。」（姚蓉）

昨夜

不辭鶗鴂❶妬年芳，但惜流塵暗燭房。昨夜西池涼露滿，桂花❷吹斷月中香。

【注釋】❶鶗鴂　鳥名，即子規、杜鵑，至三月鳴，晝夜不止，夏末乃止。張衡〈思玄賦〉：「恃己知而華予兮，鶗鴂鳴而不芳。」❷桂花　樹名，即木犀，也指其所開的花。唐許渾〈送宋處士歸山〉：「賣藥修琴歸去遲，山風吹盡桂花枝。」有時也用桂花借代月亮。北周庾信〈舟中望月〉：「天漢看珠蚌，星橋視桂花。」

【語　譯】不怕滿懷嫉妒的鶗鴂，用啼聲帶走青春美妙的芳年。只可惜流動的塵埃，將空房裡的燭光暗掩。昨夜的涼露布滿西池，昨夜的桂花從月中凋落，那桂子的清香從此隨風飄遠。

【研　析】此詩乃悼亡之作。李商隱和妻子王氏共同生活了十餘年，伉儷情深，感情甚篤。然王氏在大中五年（西元八五一年）夏秋之交不幸病故，李商隱沉浸在失去愛侶的悲痛之中。在一個孤枕難眠的月夜，李商隱寫下了這首飽含傷痛卻又蘊藉纏綿的悼念亡妻之作。前兩句一寫屋外鶗鴂之鳴，一寫屋內積滿灰塵、燭光暗淡，似是寫景，實則言情。鶗鴂的鳴叫令人感慨芳年已逝，人生已老，但衰老雖然可悲，詩人頗「不辭」而坦然接受。那麼令人難以忍受的是什麼呢？「但惜」筆鋒一轉，表明獨守空房，獨自面對物是人非的情傷，才是詩人心中難以承受的痛楚。三四句又將視線轉向屋外，詠西池涼露，詠月光隱沒，全是景語，但詩人之深情可見：因為難以入眠，故而到西池賞月；因為站在屋外的時間太長，所以感到風寒露重；因為心情悲傷，所以美好的月夜在他眼中是月沉香斷的淒涼。結句「桂花吹斷月中香」意蘊深厚，至少有三重內涵：一可謂眼前庭院中桂花飄落的實景，二是以月中有桂樹之傳說，用「桂花吹斷」借指月光西沉，三是以花喻人，借桂花香斷暗指妻子香消玉殞。正是這些含而不露的景物描寫，使得全詩雖無一語「悼亡」、「傷逝」字樣，但詩人痛失愛侶後的孤獨淒涼、傷痛彷徨，已躍然紙上。王國維云「一切景語皆情語」，可謂一語中的地道出了此詩的特色。（姚蓉）

西　亭❶

此夜西亭月正圓，疎簾相伴宿風烟。梧桐❷莫更翻清露，孤鶴❸從來不得眠。

【注釋】❶西亭　李商隱岳父王茂元在洛陽的崇讓宅舊居中有東亭、西亭。❷梧桐　一種落葉喬木，長柄葉呈掌狀分裂，開黃綠色單性花。木材質輕而堅韌，可製樂器等。種子可食，亦可榨油。〈孔雀東南飛〉：「東西植松柏，左右種梧桐，枝枝相覆蓋，葉葉相交通。」❸孤鶴　孤單的鶴。《風土記》：「鶴性警，八月白露降，流於草上，滴滴有聲，即高鳴相警，移徙所宿處，慮有害也。」此處為詩人自喻。隋煬帝〈舍舟登陸示慧日道場玉清玄壇德眾〉詩：「孤鶴近追群，啼鶯遠相喚。」

【語譯】今夜的西亭，花正好，月正圓。屋內的人卻形單影隻，只能看疏簾輕動，送來夜晚的風煙。梧桐樹啊，切莫掀翻葉片上的滴滴清露吧，要知道失去伴侶的孤鶴，從來就不得安眠。

【研析】此詩與〈昨夜〉一樣，亦是悼亡之作。喪妻之後，李商隱重到洛陽，住在岳父的舊宅中。面對曾留下夫妻美好生活回憶的西亭，李商隱不禁悲從中來，以此詩吐露出喪妻後深沉的哀痛。紀昀《玉谿生詩說》曾認為此詩「病於直而淺」，確實，此詩不如〈昨夜〉詩含蓄蘊藉，但這恰恰可視作李商隱傷痛至極的真情流露。他以孤鶴自喻，直言自己獨宿時孤獨淒涼的處境，因傷悼妻子而徹夜難眠的情景，可謂不事雕琢，直抒胸臆，對妻子的一往情深由此汩汩流出。更重要的是，李商隱對王氏的深情並非停留在筆頭紙上，還體現在行動當中。李商隱在梓州幕府時，府主同情他喪妻鰥居，要把色藝雙絕的年輕樂伎張懿仙賜配給他，但商隱因心中只有亡妻而婉言謝絕，獨居至死。在男子有權娶三妻四妾的古代社會，像李商隱這樣的癡情丈夫可不多見呢。（姚蓉）

宿晉昌亭聞驚禽

羈緒❶鰥鰥❷夜景侵，高窗不掩見驚禽。飛來曲渚❸煙方合，過盡南塘❹樹更深。胡馬嘶和榆塞❺笛，楚猿吟雜橘村砧。失群❻掛木❼知何限，遠隔天涯共此心。

【注釋】❶羈緒　旅居他鄉的愁緒。❷鰥鰥　眼睛不閉。鰥字從魚，而魚目永遠不合。❸曲渚　曲江池，在京都長安。❹南塘　為長安慈恩寺南池。❺榆塞　以所種的榆樹為防禦敵人的關塞。《漢書·韓安國傳》：匈奴來請和親，帝與眾臣議。韓安國以為可允其求，王恢則主張以兵擊之，曰：「蒙恬為秦侵胡，辟數千里，以河為境，累石為城，樹榆為塞，匈奴不敢飲馬於河……。夫匈奴獨可以威服，不可以仁畜也。」❻失群　孤獨的馬。傳為蘇武詩句：「胡馬失其群，思心其依依。」❼掛木　指生活在樹林間的猿。

【語　譯】飄泊他鄉的愁緒，讓我在夜晚也無法合上眼睛。透過高大的窗戶，看到了一隻驚恐的飛禽。鳥兒飛到曲江池上，灰濛濛的煙雲正在聚合。到了慈恩寺的南池，蓊鬱的樹林在夜色中墨黑一片。這一景象讓我浮想聯翩，孤寂淒冷的感受遍地皆是。北方馬兒的嘶鳴，伴隨著征人怨恨的笛聲。楚地猿猴的哀叫，夾雜在橘樹村思婦陣陣的擣衣聲中。落寞愁苦之心何止於旅人、驚鳥，那失群的馬、孤獨的猿，雖遠隔天涯，卻同有此心。

【研　析】此詩寫於大中五年（西元八五一年），詩人這一年是三十九歲，從事幕遊和創作活動已達二十餘年。儘管他在詩歌創作上取得了很大的成績，在詩壇上占據著顯要的位置，各地的讀者熱情地傳誦著他優美而淒豔的愛情詩。然而，仕途蹇阻，在政治上幾乎沒有任何進展，毫無建樹可言。生活上更是困頓潦倒，為衣食發愁。而目下他的生存環境比起過去，更加惡化。能夠伸出援手讓他在仕途上晉階的權勢人物如王茂元、李德裕、李回、鄭亞、盧弘正等幾乎凋零殆盡。即使活著的，也多數正遭貶謫，自顧尚不能夠，哪裡還有餘力施澤於他。而勢焰熏天的舊時朋友如令狐綯等人，出於黨爭之心，誣他「詭薄無行」，處處掣肘，堵塞其生路。困難的處境、坎坷的生活，讓他發出了「新知遭薄俗，舊好隔良緣」的無奈感慨。

給他更大打擊的是不久之前愛妻的病死。這年的春末，詩人帶著妻子兒女，再度來到了長安，借寓於晉昌坊。誰知到了秋天，與他共同生活了十四年的妻子竟撒手人寰。由他的詩歌，我們知道他們夫妻非常恩愛，雖然李商隱常常遊幕外地，離多聚少，但並不妨礙他們之間的感情。妻子是個極美的女子，詩人曾這樣寫道：「枕是龍宮石，割得秋波色。玉簟失柔膚，但見蒙羅碧。」她有著水汪汪的眼睛，羊脂玉般的肌膚。特別是那首膾炙人口的〈夜雨寄北〉，更表現了詩人對妻子的一往深情：「君問歸期未有期，巴山夜雨漲秋池。何當共剪西窗燭，卻話巴山夜雨時。」這樣情深意篤的夫妻，生死分離，豈不令人悲痛至極。

就是在這樣灰暗的心境下，詩人在孤獨的夜晚，透過未掩的窗櫺，看到了一隻失巢的鳥兒在空中急急地飛去。牠飛過的曲江池與慈恩寺的南池，煙雲籠罩，林深幽暗，沒有一點兒亮色。匆匆飛去的鳥兒自然地使詩人聯想到過著萍蹤飄泊、席不暇暖生活的自己；而由愈來愈濃的夜色則更使詩人感到前途渺茫。於是，愁緒糾結，鰥鰥難眠。但他沒有僅限於哀歎自身不幸的命運，而是推己及人，想到了邊塞的征夫與獨居鄉村的思婦。其意象一出，高遠之思想境界，立時呈現。

本詩藝術上的突出之處在於巧妙地表現了詩人跨越時空的思維：夜靜無聊，心思百出，由近處所見的驚鳥而憶及遐方。北則胡馬悲鳴，引發征夫之怨笛；南則楚猿哀嘯，伴隨思婦之擣衣。（朱恒夫）

晉昌晚歸馬上贈❶

西北朝天路❷，登臨思上才。城閑煙草遍，村暗雨雲迴。人豈無端❸別？猿應有意哀。征南❹予更遠，吟斷望鄉臺❺。

【注　釋】❶晉昌句　此詩原列在〈朱槿花〉目下之第二首，姜本、戊籤、席本改作此題。❷西北句　晉昌有令狐綯的居所，位於大慈恩寺之東，在長安都城內之東南。令狐綯上朝須往西北方向走。朝天，朝見天子。❸無端　沒有任何原因。❹征南　向南旅行，指作者將到梓州做幕賓。❺望鄉臺　《寰宇記》卷七二：「《益州記》云：『升仙亭夾路有二臺，一名望鄉臺，在縣北九里。』」

【語　譯】你在走向西北朝見天子的路上，一定思考著如何為國家招徠棟樑之材。靜靜的城市，似乎長滿了雜草，沒有一點兒生氣，好像雲雨覆蓋下的村落。朋友之間怎麼會無端分別？就是猿猴也懂得離別的痛苦。無奈的我啊，將奔向南方而離你更遠，只能在望鄉臺上一遍遍吟詠著懷人的詩歌。

【研　析】關於此詩的意蘊，可謂眾說紛紜，莫衷一是。有的說是作者處於外地，而「天涯北望而思京華得意之侶也」；有的說是另一友人入覲長安，也得不到令狐綯的賞識，作者與他同病相憐，故作此詩慰藉此友人；還有的說「城閑」、「村暗」與帝京之繁華景象不合，「猿應有意哀」也不是京城能見到的情狀。可能題目為後人所加，與詩意不合。這些猜謎式的解析，都未中肯綮，實是作者因仕途蹇滯而懷憂抒憤之作，含蓄地表達了請求令狐綯援手相助的願望。

此詩當作於自令狐綯處晚歸之時，前兩句說令狐綯每日在上朝的路上，一定會經常想著如何為國家選拔棟樑之材，以使國家富強，百姓安康。表面上是誇獎令狐綯時時刻刻地為國家著想，內裡卻在提醒他，我這個散落在外的人才，何時才能得到你的舉薦啊。繁華的京都，對於位居高官的人來說，是愜意的地方。可對於我這個落魄的人來說，就好像煙草遍地、寂寥荒涼的廢城，也像雲卷雨注、煙靄沉沉的村落。古人說得好啊，「黯然傷魂者，離別而已。」我哪裡想離開你這樣的好朋友啊？就是猿猴也有戀戀不捨之情呢！我實在沒有辦法，為生活所迫，只能顛沛流離，寄人籬下，充當幕賓。這一次我要到梓州，離你更遠了，我只能在那裡的望鄉臺上，吟遍思念你的詩歌。語淡意濃，酸楚入骨。設想作者此時求人的心境，一定是淒涼至極的。舊時的文人，若進不了仕途，沒有一定的經濟來源，其生活的壓力，會讓他們的精神極為痛苦。（朱恒夫）

留贈畏之❶（其一）

清時無事奏明光❷，不遣當關❸報早霜。中禁❹詞臣❺尋引領❻，左川❼歸客自迴腸。郎君下筆驚鸚鵡，侍女吹笙弄鳳凰❽。空記大羅天❾上事，眾仙同日詠（霓裳〉。

【注釋】❶畏之　韓瞻字。與李商隱為連襟。❷明光　漢朝的一座宮殿。《漢官儀》：「尚書郎值宿建禮門，奏事明光殿。」《三秦記》：「未央宮漸臺西有桂宮，中有明光殿，珠璣為簾箔，金壁玉階，晝夜光明。」❸當關　把守門戶的人。❹中禁　即禁中，帝王的住處。❺詞臣　一般指翰林學士、知制誥、同平章事等職。❻尋引領　翹首眺望，意為韓畏之有晉升的希望。❼左川　地名，東川。為李商隱將去做幕賓的地方。❽郎君二句　形容韓瞻兒子才華非凡，生活環境優沃。郎君，指韓畏之的兒子韓偓，小名冬郎。驚鸚鵡事用《後漢書・禰衡傳》：「射（人名，江夏太守黃祖之子）時大會賓客，人有獻鸚鵡者，射舉卮於衡曰：『願先生賦之，以娛嘉賓』。衡攬筆而作，文不加點，辭采甚麗。」侍女吹笙事用《漢武帝內傳》：「又命侍女董雙成吹雲和之笙。」弄鳳凰，典出《後漢書・矯慎傳》，云：「騎龍弄鳳，翔嬉雲間。」❾大羅天　佛教概念，指最高的一層天。《雲笈七籤》：「最上一天名曰大羅，在京都玉京之上。」又《藝林伐山》：「世傳大羅天發榜於蕊珠宮，故稱蕊榜。」

【語譯】河清海晏的時代，明光殿上的臣工無事奏聞。大家在清晨享受著夢鄉的甜蜜，不讓守門的人報告時間。你是宮中受到重用的大臣，再晉升一級指日可望。而我馬上要到東川赴任，想想亡妻幼子痛斷肝腸。你的兒子也才華橫溢，十歲就能超越作過〈鸚鵡賦〉的禰衡。你家侍女的彈奏水平很高，能引來遠處的鳳凰。記得我們是一榜上的進士，當年同歌〈霓裳羽衣曲〉。而今日我們的命運，卻有著仙凡的差別。

【研析】〈留贈畏之〉共有三首，此為第一首。此詩有作者的自注，曰：「時將赴職梓潼，遇韓朝回。」就是說在他遠遊梓州之前，遇到了同年與連襟韓畏之，於是寫下了這首感慨萬千的詩歌。一言以蔽之，即羨慕他人的命運，而哀歎自己的不幸。韓畏之與李商隱有很多的可比性，年齡相似，同年進士及第，又同為王茂元的女婿。可是人家現在是朝中詞臣，騰達有望。孩子又聰慧不凡，十歲的詩才就脫穎而出。至於生活條件，就更不用說了。人家退朝回家，侍女環繞，調絲弄絃。而自己四海飄零，中年喪妻，孩子也沒有人家的聰慧。更讓他痛苦不堪的是前途茫茫，不知何處才是自己最終棲身的地方。本詩的最後兩句隱含著「苟富貴，勿相忘」的意思，希望對方在仕途一帆風順的時候，不要忘記了同年又是至親的自己。這一對往事的回憶，詞語

上沒有一點點的哀傷，但細嚼之後，能感受到作者絞心的痛苦。（朱恒夫）

西南行卻寄相送者❶

百里陰雲覆雪泥，行人只在雪雲西。明朝驚破還鄉夢，定是陳倉❷碧野雞❸。

【注　釋】❶西南行句　此詩寫於詩人赴梓州柳仲郢幕府的途中。❷陳倉　《舊唐書・地理志》：「寶雞，隋陳倉縣。至德（唐肅宗年號）二年二月十五日，改為鳳翔縣。其月十八日，改為寶雞。」❸碧野雞　《漢書・郊祀志》：「宣帝即位，……或言益州有金馬碧雞之神，可醮祭而至，於是遣諫議大夫王褒持節而求之。」

【語　譯】陰沉的天空大雪飛揚，通往梓州的道路泥濘難行。離開京都已有一百多里，我已經到了雪住雲靜的西方。希望今夜夢到自己的家鄉，和親友一起共度美好的時光。誰能驚破我這樣的美夢，只能是陳倉碧雞的鳴聲嘹亮。

【研　析】這首詩寫於大中五年（西元八五一年）的冬天，這時的詩人剛料理完妻子王氏的喪事，又將年幼的子女安排在長安的親友家中。他為生活所迫，踏上了往東川的道路。這年的冬天冷得特別早，大雪彌漫，寒風砭骨，喪妻的悲痛與對幼子的牽掛，使得詩人的心情特別的悲涼。這從詩的前兩句就可以直觀地感受到：百里的天空，烏雲密布，風雪交加，本來就很難走的通往蜀地的道路，泥深路滑。而此時詩人煢煢孑立，形影相弔，沒有親人關懷的溫暖，沒有與友人共飲的歡樂，其內心更加酸楚。但這首詩是寫給那些送別自己的親友的，詩人不想把過重的傷感之情帶給他們，只是表現了自己對他們的思念而已。有的論者認為此詩當寫於他第一次往西南漢中之時，即開成二年（西元八三七年）的秋冬之交，奉病重的令狐楚之命，為他代草遺表。其理由是，大中五年的詩人所應有的遲暮之悲、羈孤之痛，在此詩中找不到。此說不能令人信服。如上

所說，那種情感通過景色的描寫已經傳導出來了。（朱恒夫）

悼傷❶後赴東蜀辟❷至散關❸遇雪

劍外❹從軍遠，無家與❺寄衣。散關三尺雪，迴夢舊鴛機❻。

【注釋】❶悼傷　即悼亡。❷赴東蜀辟　即指大中五年冬應柳仲郢辟任東川節度書記。❸散關　又稱大散關，在今陝西寶雞西南。❹劍外　劍閣之外（在今四川劍閣北，即大、小劍山間的一條棧道），此指梓州。❺與　給。❻鴛機　織錦機。

【語譯】從軍在遙遠的劍閣之外，沒有人寄來寒衣。散關的大雪深達數尺，我一步一回頭，似乎還能聽到那只在夢裡響起的，你織錦的機聲。

【研析】商隱這次赴梓幕，走得比以往任何一次都淒涼。以往有妻子的依依相送，哪怕走得再遠，也能感受得到千里外有妻子的牽掛，回首的方向就有溫暖的家。可是，這次遠幕，妻子已永遠瞑目九泉了，路再遠，天再冷，雪再深，也不會有千里外送來的寒衣了。詩人隻身一人，迎著飄零的雪花，在大散關的刺骨寒風中，踽踽走向前方淒涼的巴山蜀水。

詩緊扣著悼傷來寫：妻子就這樣走了，突然在生活中那麼熟悉、那麼親切的面容就這樣離去了，叫人怎麼相信，叫人怎麼能當真。這不，旅次的夢中，妻子正坐在窗前給遠幕的丈夫趕製寒衣呢。那架舊紡機，嗡嗡嗡嗡叫得是多麼溫馨啊！可一覺醒來，只是漫天的風雪，只有從窗棱裡透進來的陣陣寒風。「散關三尺雪，迴夢舊鴛機」，鴛機夢迴處，也只是散關三尺雪啊。陳陶〈隴西行〉：「可憐無定河邊骨，猶是春閨夢裡人」，本詩恰恰相反，無定河邊征人的夢裡，哪知道那舊鴛機旁的人兒已是黃土隴中的白骨了呢？

詩看似單純平常，而含蘊非常豐富。詩人處境的孤孑，遠行的辛苦，身世的飄零，以及對亡妻的懷念均自然流露筆端。紀昀說：「『迴夢舊鴛機』，猶作有家想也」，看去只是淡淡收住，實則韻味渾成而又曲折有致，包含著無限的傷懷淒涼。（李翰）

利州江潭作❶

神劍❷飛來不易銷，碧潭❸珍重駐蘭橈❹。自攜明月移燈疾，欲就行雲散錦遙❺。河伯❻軒窗通貝闕❼，水宮帷箔卷冰綃❽。他時❾燕脯❿無人寄，雨滿空城蕙葉彫。

【注　釋】❶利州句　義山自注：「感孕金輪作。」金輪，指武則天。武后如意二年，加金輪聖神皇帝號。利州，在今四川廣元。縣南有黑龍潭，相傳武后母親於此和神龍交感而生武后。❷神劍　古代有神龍化劍的傳說，這裡借「神劍」指江潭中的神龍。❸碧潭　即利州江潭。❹蘭橈　對舟船的美稱。❺自攜二句　想像神龍與後母交感情景。明月，明月珠的省稱。行雲，用高唐神女朝為行雲，暮為行雨事。這裡隱喻武后母。錦，即龍身上的錦鱗。❻河伯　黃河之神，又叫馮夷。❼貝闕　紫貝裝飾的宮闕。❽冰綃　即鮫綃。傳說海底有鮫人，能織綃。❾他時　異日，這裡實指今日（站在過去的角度說是異日）。❿燕脯　乾燕肉。《南部新書》說：「龍嗜燒燕肉。」

【語　譯】神龍飛來居住在江潭，年輕的武后也曾於此泊舟。神龍口含明月珠急急趕來相會，一時恩愛錦鱗飛舞。河神的小窗通向紫貝裝飾的宮殿，龍宮的帷帳捲起了絞綃。今日準備了燕脯肉無處可寄，只見冷雨飄零，空空的城池裡蘭蕙凋落。

【研　析】商隱過散關，沿嘉陵江南行，通過險峻的棧道，來到利州。武則天的父親曾在這裡任過都督，傳說武則天便是其母在利州江潭與神龍交合而孕的。商隱路過此地，順便去江潭一遊，寫下本詩。

詩人著眼點不在武后，而在於對這個神奇的傳說的濃烈興趣。他由這個傳說敷演開去馳騁浪漫奇麗的想像，將龍人交合的場景寫得新奇浪漫，極富美感。舊日有注家附會武后「盜帝位，誅唐宗師」、「孌張六郎兄弟」等事，未免錯會。從詩之起句「神劍飛來不易銷」，見武后之君臨天下，實承天命；到尾句「雨滿空城蕙葉彫」，在蕙葉彫衰、雨打空城之中透露出詩人對一代女主的追懷。從中能夠看出，唐人對武后的看法相當通達，注家的諷諭武后篡權、養男寵之說，就不免臆斷了。

雖然詩關注的重點在神話傳說，但既與武后相關，恐怕也不能不湧起一點對這個人物的感觸，詩中所描繪的雨打蕙葉其實已顯露詩人的幽微心緒。何焯說：「武后見駱賓王檄文，猶以為斯人淪落，宰相之過。義山為令狐綯所擯，白首使府，天子曾不知其姓名，有不與后同時之恨。」（《義門讀書記》）這種情感，作為一種潛在的創作動機，也許不能完全排斥。

選錄這首詩是還想提請讀者注意，在藝術上，商隱是如何將李賀式的奇麗奔越的想像和自己流走唱歎的聲情風韻糅合在一起的。如果仔細咀嚼一下，會發現中間四句是李賀式的，但商隱悄悄注入了圓轉的聲韻。首尾四句是商隱式的。而特別最後一聯，是典型的商隱式的。將這些邊邊角角的細微處拿來吟味推敲，也許會對商隱詩歌藝術的發展承變更多一些感悟式的體會。（李翰）

望喜驛別嘉陵江水二絕

其一

嘉陵江❶水此東流，望喜樓❷中憶閬州❸。若到閬州還赴海，閬州應更有高樓。

其二

千里嘉陵江水色，含煙帶月碧於藍。今朝相送東流後，猶自驅車更向南。

【注釋】❶嘉陵江 《寰宇記》：嘉陵水一名西漢水，又名閬中水。《周地圖》云：「水源出秦州嘉陵，因名嘉陵江。」全長一千一百餘公里，兩岸皆為高山峽谷，山多石，故水至清。❷望喜樓 《廣元縣誌》：「南去有望喜驛，今廢。」望喜驛在嘉陵江邊。❸閬州 《通典》卷一七五〈州郡．古梁州〉：「閬中，隋煬帝初置巴西郡，大唐先天（唐玄宗年號之一）中改為閬州。」

【語譯】

其一

滔滔不絕的嘉陵江水向東奔流，我佇立在望喜驛站的樓上，想像著江水要經過閬州。到了閬州你一定還要奔向大海，那裡應該有一座高樓，讓人們登樓眺望你到底流向何方。

其二

悠悠千里嘉陵江，月照江面籠輕煙。兩岸蔥綠水彎彎，清清潔潔無他色。今晨在此處送你，你向東流我向南。依依惜別道珍重，我改乘車你仍流。

【研析】作者在赴梓州幕賓任時，乘舟在嘉陵江上航行。到了聞喜驛站時，作者改走陸路，乘車前行。與嘉陵江水一路相伴，臨別時，頓生依依惜別之情，於是，作詩二首，以抒其情。

其一表現出作者對嘉陵江水未來命運的關心。可愛的嘉陵江水啊，你不停地向東流淌，經過閬州，還要流向大海，何處是你的歸宿啊？你不停地走啊走，有沒有一個停止的時候。我要是跟著你到閬州，而那裡若是有一座高樓，我一定會登上高樓，目光隨著你的身影，一直看著你行走。其二前兩句讚美嘉陵江的美麗：千里蜿蜒，奔流不息，月色映襯，江水含煙。那水啊，清澈碧透，比草還藍。後兩句直接點題，並透露出依依惜別之情。

作者為何對嘉陵江水生出如此濃厚的感情？因為他由江水聯想到了自己，江水的命運和他的命運極為相似：一樣地不停奔走，一樣地前途未卜。惺惺相惜，同病相憐。於是，將嘉陵江水不再看作是物，而是又一個「天涯淪落人」。更讓他認同的是，嘉陵江水清潔碧藍，和他一樣品質高尚啊！

這兩首絕句在作法上亦有特色。將兩首詩當作一個整體來看，有三個詞是重複的，即「嘉陵江水」、「東流」、「更」，而第一首詩中又重複用詞，「樓」用了兩次，「閬州」用了三次。用絕句作法的一般規則來衡量，是犯忌的，但是李商隱不避忌諱，用得恰到好處，不僅強化了節奏，還突出了空間位置，加濃了作者對嘉陵江水的感情。（朱恒夫）

張惡子廟❶

下馬捧椒漿，迎神白玉堂。如何鐵如意，獨自與姚萇❷？

【注　釋】❶張惡子廟　即梓潼廟，在梓潼縣北八里七曲山。所祀神姓張，諱亞子，其先越巂人，因報母仇，徙居七曲山。❷如何二句　傳說張惡子轉生七十二次時，為晉潛帝時的西河人謝艾，他和關中的姚萇是好朋友。艾以一柄鐵如意相贈，並告之：「魔之可致兵。」萇頗疑之，艾便將鐵如意一揮，面前的平坡上立即出現一萬多兵馬。後姚萇事苻堅，不久又弒苻堅而自立。

【語　譯】我恭敬地從馬上下來，捧著香椒做成的漿湯。在白玉堂上，虔誠地祭奠著神靈。不過，我想問您：「為什麼將那能招徠戰士的鐵如意，給那沒有信義的姚萇？」

【研　析】這一首五言絕句，語言平直，就像隨口說出的話語，但是他表現了詩人對時局的看法和對最高統治者的不滿。晚唐時期，由於統治者昏庸無能，對於那些尾大不掉、野心勃發的藩王一再地退讓，造成了這樣的局面：他們擁兵自重，輕視中央政府的權威，或軍閥之間為了擴張自己的勢力而大動干戈，或向朝廷提出無理的要求而以武力相要脅。整個社會局勢動盪，民不聊生，烽火動輒燃起，朝廷疲於應付，哪裡還談得上民生與國家建設。關心國家命運的詩人對此極為擔憂：若長此以往，一定會重蹈姚萇弒苻堅而自立、使國家走向滅亡的覆轍。果不其然，詩人的預感應驗了，大唐帝國就是在軍閥的混戰中結束了三百多年的歷史。

此詩雖短，但卻展示了詩人對廟神的心理變化。作為途經此處的旅人，看到眾人拜祭、香火旺盛的場景，不由得生起幾分敬意，於是從馬上下來，捧著椒漿來祭奠。然而當了解到此神的事蹟之後，便對他賢愚不分的行徑非常不滿。雖然詢問的態度依然是恭敬的，但含著一種責備的口氣。(朱恒夫)

迎寄韓魯州瞻同年❶

積雨晚騷騷❷，相思正鬱陶❸。不知人萬里，時有燕雙高。寇盜纏三輔❹，莓苔滑百牢❺。聖朝推衛索❻，歸日動仙曹❼。

【注　釋】❶迎寄句　韓瞻，與李商隱同年及第，且為連襟。兩人關係比較密切，數次詩歌唱和。有人以為「魯州」是「果州」之誤，因為韓瞻從未做過魯州刺史。❷騷騷　形容風雨驟急之聲。❸鬱陶　狀憂思難解的情緒。❹三輔　可能是「三川」之誤。因原文在此句下注云：「時興元賊起，三川兵出。」三川指東川、西川及山南西道。《通鑑》卷二四九：「宣宗大中五年十月，蓬、果群盜，依阻雞山，寇掠三川。」❺百牢　地名。在興元府西縣西南，自京師到劍南與淮左，皆要經過此地。❻衛索　指晉朝的衛瓘與索靖二人。《晉書·衛瓘傳》：「咸寧（晉武帝年號之一）中，徵拜中書令，加侍中……。瓘學問深博，明悉文藝，與尚書郎敦煌索靖，俱喜草書，時人號為一臺二妙。」❼仙曹　在唐代，尚書省屬下各部曹郎官稱為仙郎，故曰「仙曹」。

【語　譯】地面已積滿了雨水，到晚上仍然是風狂雨驟。就在這樣的時候，我對你的思念更加深重。燕子們經常成雙成對，在天空中快樂地飛翔，而我們這樣的好朋友，卻常常相隔萬里之遙。這一次三川地方出現了盜寇，聖明的皇帝重用像衛、索這樣的能臣，讓你來到了莓苔滑滑的百牢，我便有機會用小詩迎接你這位至親同年。平亂之功指日可建，待你們返京之時，卓越的功勳一定會使朝廷大臣們心動。

【研　析】這首詩主要表現了自己對親友韓瞻的思念與預祝他這一次出征的成功。前兩句點明了作詩的時間與自己此時的心境。風雨如晦，往往會使人心情沉重，尤其會讓客居他鄉的遊子生出百無聊賴的落寞情緒。於是，很自然地思念起自己的親朋好友來。然而，思念不會寬解自己的寂寞，只會使寂寞愈來愈深，愈來愈重。當然，對韓瞻的思念不是始於今晚，也不是僅僅在颳風下雨的時候，而是不時地出現。當天空中飛翔著一對燕子時，詩人便想起了對方，腦海中便出現了一起遊玩的情景。「不知人萬里，時有燕雙高」，這兩句特別動人，說明詩人一直將好朋友放在心上。可以猜想，韓瞻看到這首詩時，一定是極為溫暖的。

第五六句寫韓瞻從京城來三川的緣由，即寇盜生亂，邊地不寧。第七八句緊承五六句，邏輯關係非常緊密。詩人以一種友人至親的口吻告訴對方，千萬不要在意邊地生活——路窄苔滑，寇盜兇殘——的艱辛與危險，而要看作是朝廷對自己的信任與倚重，如果你沒有衛瓘與索靖的才能，聖明的皇帝才不會將此副重任交付給你呢。這也是一個建功立業的機會。在你的參與運籌下，大捷是肯定的，到那返京之時，你就等著京城百官們的慶賀吧。此詩流淌看只有親友之間才會有的濃濃的感情，是如此的真摯，如此的親切。也可以從另一個角度來看，任何與李商隱相知的人，一定會得到詩人真誠的關心。（朱恒夫）

武侯廟古柏❶

蜀相❷階前柏，龍蛇捧閟宮❸。陰成外江❹畔，老向惠陵❺東。大樹思馮異❻，甘棠憶召公⑦。葉凋湘燕雨⑧，枝拆海鵬風⑨。玉壘經綸遠⑩，金刀歷數終⑪。誰將〈出師表〉⑫，一為問昭融⑬？

【注　釋】❶武侯廟句　武侯廟，即今之武侯祠。諸葛亮死後，謚忠武侯。廟前兩株大柏樹，傳為諸葛亮親手植栽。❷蜀相　諸葛亮曾任蜀國丞相。❸龍蛇句　龍蛇代指先主劉備與諸葛亮。因武侯祠附在先主廟中，君臣二人合廟。閟宮，深閉靜謐的祠堂。❹外江　指岷江。❺惠陵　劉備的陵墓。❻大樹句　漢將軍馮異不居功自誇。《後漢書・馮異傳》：「每所止舍，諸將並坐論功，異常獨屏樹下，軍中號『大樹將軍』。」❼甘棠句　典出《詩・召南・甘棠》：「蔽芾甘棠，勿剪勿伐，召伯所茇。」周厲王時，民眾暴動，召穆公虎曾藏匿太子靖於其家，後扶靖即位，為宣王。召伯曾巡行南國，宣揚文王之政，在甘棠樹下休息時，還在斷案。後人念其勤政愛民，賦上述〈甘棠〉詩以頌之。詩的意思為：枝葉繁茂的甘棠樹，不要剪它砍它，因為召伯曾在這樹下休息過。❽葉凋句　《湘中記》說，零陵山上有石燕，遇風雨則飛舞如燕，雨止仍化為石。此句意為古柏的葉子凋零時像雨中的飛燕。❾枝拆句　古柏的樹枝受到狂風的摧殘。海鵬風，典出《莊子・逍遙遊》：「鵬之徙於南冥也。」❿玉壘句　意為蜀國在諸葛亮的治理下，連邊遠地區也受到教化。玉壘，山名，在今四川阿壩藏族自治州汶川縣境。⓫金刀句　劉氏王朝的氣數已盡。金刀，指劉漢王朝，劉字係卯金刀三字合成。歷數，帝王相繼的次第。古人認為，帝位相承與天象運行的次序相應，故稱帝位繼承的次第為歷數。⓬誰將句　諸葛亮在蜀後主劉禪建興五年（西元二二七年）出師北伐前上了表疏，以示為完成統一大業，鞠躬盡瘁，死而後已的決心。⓭昭融　指天。祝融為太陽神，放射光明。《詩經》謂「昭明有融」。

【語　譯】武侯祠前的古柏，傳說為諸葛亮親手栽種。靜謐肅穆的祠堂，為先主丞相這兩位君臣的合廟。柏樹的茂葉蔭及岷江的江畔，虯勁的枝條伸到了先主陵墓的東邊。由柏樹我想到了不居功自傲的馮異，也想到了勤政為民的召公。數百年來的柏樹啊！也曾在驟雨的打擊下凋零，也曾在狂風的摧殘下折斷，但它依然地堅強挺拔。想當年諸葛亮治理有方，連邊遠地也受到了教化。然而鞠躬盡瘁的努力，也挽救不了劉漢王朝滅亡的命數。面對著展示耿耿忠心的〈出師表〉，誰都會問一聲老天，為什麼讓這樣一位才智出眾的忠臣，出師未捷身先死？

【研　析】成都的武侯祠，留下了多少文人墨客的喟歎，然而能與杜甫的〈蜀相〉媲美的，當是李商隱的這首詩了。本詩由樹及人，熱誠地歌頌了諸葛亮深謀遠慮、盡忠報國、兢兢業業、有功不傲的品質，同時對他未能實現宏偉的理想，成為歷史的悲劇性人物，表達了深深的同情。任何詩歌，都是作者心聲的外化，是作者靈魂的展示。本詩也不例外。由此詩，我們可以看出作者對國家命運的擔憂。晚唐時代，政治昏暗，危機日重，大部分把握權柄者，或謀算著個人與小集團的利益，或借機打擊異己，攪起黨派的紛爭，哪裡會全心全意地為國家的根本利益去著想，為民族未來的命運去謀劃呢？即使有一兩個才略之士，卻也因種種力量的掣肘而不能有所作為。大唐帝國的頹勢越來越明顯了，卻無人像諸葛亮那樣去力挽狂瀾。由此詩，我們還可以看出作者對自己命運的哀歎。李商隱一生想在政治上有所作為，只要有機會，他都會努力展示自己的政治才華，於是，他得到了牛、李兩黨權勢人物的肯定。可是，即使到了寫此詩的大中五年的冬天，仍然是一無所獲。面對著武侯祠，他能不由衷地發出這樣的感歎嗎：連諸葛亮這樣的傑出人才，都不能實現自己的理想，何況一般的人呢？這是天數，而無關人事。

這首詩用典太多，有的還算貼切，有的實無必要，如「葉凋湘燕雨，枝折海鵬風」，強拉硬扯，除了造成閱讀的困難外，不能給詩歌增加半點的亮色。（朱恒夫）

杜工部蜀中離席❶

人生何處不離群❷？世路干戈惜暫分。
雪嶺❸未歸天外使，松州❹猶駐殿前軍❺。
座中醉客延❻醒客，江上晴雲雜雨雲。
美酒成都堪送老，當壚❼仍是卓文君。

【注　釋】❶杜工部句　大中六年春初，商隱奉命前往成都推獄（協助審理案件），事畢回梓前，於餞別宴席上作此詩。因風格仿效杜甫，故於題中加「杜工部」三字。❷離群　分離。❸雪嶺　四川松潘一帶雪山。❹松州　唐州名，今四川松潘。❺殿前軍　本指神策軍（皇帝禁衛軍），唐中葉以來，各地將領為得到優厚給養，往往奏請遙屬神策軍，稱神策行營，詩所指即此類軍隊。❻延　請；勸。❼當壚　《史記·司馬相如列傳》：「買一酒舍酤酒，而令文君當壚。」壚為放置酒缸的土臺。

【語　譯】人生哪裡沒有分手和別離？干戈紛擾中分離尤為珍惜。朝廷和蕃的使者尚未歸來，松州還駐紮著御前的神策軍。酒席上的醉客再三舉杯邀酒，江面上白雲追趕著陰雲翻滾。成都有如此美酒真是個養老的好處所，那當壚的佳人個個美似文君。

【研　析】七律這種詩體在杜甫手中達到一個思想與藝術的高峰，但這以後直到李商隱之前，卻再也沒有重大突破與發展，是商隱的出現打破了這種長期以來相對停滯的局面。

清錢良擇《唐音審體·七言律詩總論》：「義山繼起，入少陵之室，而運之以穠麗，盡態極妍，故昔人謂七言律詩莫工於晚唐。」商隱以自己的典麗精工與深情綿邈，使七律又攀上一個新的高峰。事實上，商隱承繼杜甫對七律所作出的貢獻體現在兩方面，其一即如上所言，是「瓣香於杜而易其面目」（舒位《瓶水齋詩話》），承而變的一面。所選〈七月二十九日崇讓宅宴作〉即屬此類。其二則是承而發展、深化的一面，即乍看風貌似杜，而細味則能發現詩人沿著杜的方向繼續開掘的痕跡。如所選〈曲江〉，既有杜的沉鬱頓挫，又以聯想發揮而思深意遠。本篇亦屬此類。詩題明標學杜，詩即仿效工部體並懸擬其在蜀中離席所見所感，但又並非單純肖貌，而是兼具杜詩神情，並在藝術上將杜甫的開拓繼承並鞏固規範下來。

杜甫七律在內容方面最大的拓新，是把重大的時代政治主題引入這樣一個傳統上以奉和應制酬贈為主要功能的詩體中。商隱對杜詩精神的繼承，就在於他恢復並發展了杜甫七律關注國運、感傷時事的傳統。本詩懸擬杜甫蜀中離席，更是以己之心懸揣杜甫那份憂國傷時之情。首聯以「離群」引出「世路干戈」，也引出艱難苦恨中遊幕四方的詩人形象。「雪嶺」一聯，境界闊大，感慨深沉，將杜甫當日蜀中干戈不斷、戰亂未已的局勢描繪得既形象又概括，言外自有無限傷時憂國之意。王安石深賞此聯，以為老杜無以過。腹聯「醉客延醒客」，突出戰亂中相聚之難得，友情之可貴。而「美酒送老」，似有杜甫「潦倒新亭濁酒杯」的暗寓，有時世身世交傷之感，看似規勸寬解，實寓無限沉痛。此詩表面上模擬杜甫口吻，代杜甫抒寫當時情事，而其體情之入骨，用情之深摯，卻不自覺的寫出了商隱自己的情懷感慨，是借杜甫的酒杯來澆自己心中的塊壘。

何焯評本詩云：「起用反喝，使曲折頓挫，杜詩筆勢也。『暫』字反呼『堪送』，杜詩脈絡也。」（《李義山詩集輯評》）又說：「此等詩須合全體觀之，不可以一字一句求其工拙。」（《義門讀書記》）即謂從詩法與總體精神上都可追攀杜甫。

值得注意的還有腹聯頓挫有致的當句對，錢鍾書先生在《談藝錄》裡指出該體創於杜甫，而定名於商隱。這便是對杜甫藝術創造的繼承、鞏固與發展。杜甫〈聞官軍收河南河北〉：「即從巴峽穿巫峽，便下襄陽向洛陽」，〈曲江對酒〉：「桃花細逐楊花落，黃鳥時兼白鳥飛」，商隱吸收了這種句法，除了本詩，〈春日寄懷〉：「縱使有花兼有月，可堪無酒又無人」，〈當句有對〉：「池光不定花光亂，日氣初涵露氣乾」，都是相同的手法。從〈當句有對〉的詩題還可以看出，商隱是將這種手法定型為一種修辭方式，明確提出一種詩歌體式，這似應具有一定的詩學史意義。（李翰）

井絡

井絡❶天彭❷一掌中，漫誇天設劍為峰❸。陣圖東聚煙江石❹，邊柝西懸雪嶺松❺。

堪歎故君成杜宇❻，可能先主❼是真龍。將來為報奸雄輩，莫向金牛❽訪舊蹤。

【注　釋】❶井絡　即井宿所照及的範圍，就是其在地面上所對應的區域。蜀地是井宿星的分野。井，井宿星，又稱東井或天井，在現代天文學的理論中，屬雙子座。絡，網絡、籠罩的意思。❷天彭　山名，在今四川灌縣。《水經注》曰：「天彭山，兩峰相對，其形如闕，謂之天彭門，亦曰天彭闕。」❸劍為峰　險峰如劍，此處指大小劍山，劍門山長達七十餘公里，主峰大劍山在劍閣縣北。❹陣圖句　傳說諸葛亮曾在魚腹縣（今重慶奉節）江邊平沙上聚石布成八卦陣。《荊州圖記》：「永安宮南一里渚下平磧上，有孔明八陣圖，聚細石為之。各高五丈，廣十圍，歷然碁布，縱橫相當，中間相去九尺，正中間南北巷悉方廣五尺，凡六十四聚。或為人散亂，及為夏水所沒，冬時水退，依然如故。」❺邊柝句　川西雪嶺一帶，地處蕃、漢交界，報警的木梆高高懸起。雪嶺，即雪山。《元和郡縣志》：「雪山在松州嘉城縣東八十里，春夏常有積雪，故名。」❻杜宇　傳說為古蜀國之君主，號望帝，後失國身死，魂魄化為杜鵑鳥。❼先主　三國時蜀國君主劉備。❽金牛　指金牛道。自今陝西沔縣西南行，越七盤嶺入今四川境，經朝天驛往大劍關，古稱金牛道。為由秦入蜀的重要通道。傳說秦惠王欲伐蜀，為開闢道路，刻石牛五頭，置金於牛尾下，詐稱此石牛能生金。蜀人信以為真，遣五壯士開通道路，搬運石牛。

【語　譯】天井星照耀的地方，正對著地勢險要的蜀地。雖然有許多天彭山與劍門山的屏障，然而在四海之內，不過像人體的一個指掌而已。諸葛亮的八卦陣早已沉沒江中，邊境報警的木棒也被掛到了雪嶺的松上。遙想蜀國的君主，變成哀啼的杜鵑。即使有孔明輔佐的劉備，也沒有坐穩蜀地的江山。我要警告那些企圖割據稱王的奸雄們，不要循著金牛形勝之地，再走徹底覆亡的道路。

【研　析】此詩的作意在於告誡有割據稱王野心的奸雄輩：倒行逆施、分裂祖國的行徑都是徒勞的。清程夢星《李義山詩集箋注》評曰：「杜子美詩：『西蜀地形天下險，安危須仗出群材。』蓋留心經濟之言也。按唐末孟氏卒以竊據，義山親履其形勢，蚤已憂之，故作詩以誡警奸雄也。起句言其蜀地形勢險隘，次句言其勿恃險隘，三句言用兵如孔明者能有幾人，四句言鄰封如吐蕃者亦可助順，五句言秦時之割據者亦終為其臣所篡，六句言漢時之割據者畢竟是其宗支。然則地形雖險，莫蒙異志，故七八句結之云云。先事預防，亦深遠矣。」此評論雖然並不完全貼近詩意，但有一定的參考價值。唐代自安史亂後，蜀地常發生割據叛亂。憲宗初年，劉辟據蜀反叛，被朝廷蕩平。因此，作者的擔憂並非是無緣由的。此詩的結構有點似議論文，先假設一論點：蜀地天險不足憑依。由「一掌」、「漫誇」二詞即可看出作者對地理形勢的態度。然後用歷史上古蜀國、三國鼎立時期的蜀國等事例來證明，從而證實自己的觀點。（朱恒夫）

西溪

悵望西溪❶水，潺湲奈爾何！不驚春物少，只覺夕陽多。色染妖韶❷柳，光含窈窕蘿❸。人間從到海，天上莫為河❹。鳳女彈瑤瑟，龍孫撼玉珂❺。京華他夜夢，好好寄雲波❻。

【注釋】❶西溪　水名。《四川通志》：「西溪在潼川府（即梓州）西門外。」李商隱〈謝河東公和詩啟〉：「某前因假日，出次西溪，既惜斜陽，聊裁短什，蓋以徘徊勝境，顧慕佳辰，為芳草以怨王孫，借美人以喻君子。思將玳瑁，為逸少裝書；願把珊瑚，與徐陵架筆。斐然而作，曾無足觀，不知誰何，仰達尊重，果煩屬和，彌複兢惶。」河東公即是柳仲郢，可見此詩曾得到他的上司柳仲郢的酬和。❷妖韶　嬌美。❸光含窈窕蘿　溪水的反光照耀著柔弱可愛的菟絲松蘿。❹河　指銀河。傳說此河阻隔了牛郎織女的相會。❺鳳女二句　意為詩人想像著寄居於長安的兒女的生活情景，女兒彈瑟，兒子則做騎馬一類的遊戲。鳳女龍孫，指作者的兒女，作者在〈哭遂州蕭侍郎〉詩中自述「我系本王孫。」瑤瑟，用玉裝飾的琴。玉珂，馬籠頭，用貝一類物品作裝飾，顏色如玉，振動的時候能發出聲音。❻寄雲波　借助流水將情意傳達給對方。典出曹植〈洛神賦〉：「託微波而通辭。」

【語譯】面對著西溪的流水，我的心中充滿了惆悵。它晝夜不停地向前流淌，讓我生出時間匆匆的無奈感慨！我並不驚訝在春天裡萌生的東西太少，只感到夕陽出現的次數似乎太多。碧綠的溪水將柳條映襯得更加妖嬈，明亮的水光將菟絲松蘿照得越發美麗。西溪的水啊，你就任性地在人間流淌到大海吧，可千萬不要變成天上的銀河，因為銀河會無情地將親人阻隔在兩岸。由銀河我想到了寄居京城的兒女，他們可能一個在彈瑟，另一個在玩騎馬的遊戲。我希望在未來的日子裡，在夢中來到他們的身旁。然後再把夢中的情景，請水波傳遞給我那一雙可愛的兒女。

【研　析】此詩屬感物興懷類，由物及人，抒發了自己的老大遲暮、悼亡之痛，和對兒女的思念之情。春天本是美好的季節，讓人能生出無限的快意。和煦的東風，溫暖的陽光，碧綠的田野，鮮豔的花朵，婀娜的楊柳，和眼前那蜿蜒向前、清澈見底的溪水。然而，這一切的景色在心情壓抑、憂傷鬱悶的詩人眼中，卻都失去了應有的魅力。不但不能讓他高興，反而使他生出許多惆悵來。他佇立於溪邊，便有了「逝者如斯夫」的感喟；他見到西溪處的夕陽，又自然地想到了人生的短促；面對著西溪河，他沒有靜靜地去感受它的生氣，它的美麗，而是想到了阻隔有情人相會的天河，進而又想到了遠離自己而寄人籬下的那一雙孤苦伶仃的小兒女。所有這一切，都緣自於詩人失意的人生，人到中年，政治上幾無成就可言，能不生出遲暮之感？愛妻病故，天人相隔，能沒有銀河阻隔之恨？兒女寄養異鄉，自己形單影隻，又怎麼能不生出思念之情？由此詩，我們能觸摸到詩人那悲苦的心境。(朱恒夫)

北禽❶

為戀巴江❷暖，無辭瘴霧蒸。縱能朝杜宇，可得值蒼鷹❸？石小虛填海❹，蘆
銛未破矰❺。知來有乾鵲，何不向雕陵❻。

【注　釋】❶北禽　來自北方的鳥，為商隱自況。商隱自北方來，任東川梓州柳仲郢幕賓，故有是比。❷巴江　泛指巴山蜀水。❸縱能二句　意為我雖然能夠得到上司的賞識，卻難以抵擋同僚的傷害。杜宇，古蜀國的君王，號曰望帝。死後化作杜

鶤鳥，竟夕哀啼。朝杜宇，比附作者隨柳仲郢來東川。蒼鷹，喻指兇狠的同僚。《戰國策》：「要離之刺慶忌，蒼鷹擊於殿上。」❹石小句　意為理想難以實現。典出《山海經．北山經》：「發鳩之山，有鳥如烏，文首，白喙，赤足，名曰精衛。其鳴自詨，是炎帝之少女，名曰女娃，游於東海，溺而不返，故為精衛。常銜西山之木石，以堙於東海。」❺蘆銛句　意為很難逃脫別人有意的陷害。典出《淮南子．脩務訓》：「夫雁銜蘆而翔，以備矰弋。」大雁銜蘆而飛，乃以禦矰繳，令不得截其翼也。蘆，指蘆葉。銛，鋒利。矰，尾端繫有絲繩的短矢。❻知來二句　意為乾鵲只知未來，而不知往事，何不去雕陵那個地方欣賞一下螳螂捕蟬，黃雀在後的景象呢。《淮南子．氾論訓》：「乾鵲知來而不知往。」又《莊子．山木》：「莊周遊雕陵之樊，睹一異鵲自南來，翼廣七尺，目大運寸，感周之顙（意為觸及莊周的額頭）而集於栗林。莊周執彈而留之，睹一蟬得美蔭而忘其身，螳螂執翳（猶言舉臂）而搏之，見得而忘其形，異鵲從而利之，見利而忘其真。莊周怵然曰：『物固相累，二類相召也。』捐彈而反走。」

【語譯】北方的鳥兒啊，為貪戀巴江的溫暖，竟不顧這裡瘴癘毒霧的煎蒸。即使能夠見到蜀中的杜宇，哪裡能抵擋得住蒼鷹兇猛的襲擊？你像那隻傳說中的精衛鳥，銜著一顆顆小石子，要填那深廣的大海，所作的努力只能是一種徒勞。大雁銜著蘆葉飛行，企圖防備獵人的繒繳，然而最終仍逃脫不了被人害死的命運。即使是能料知未來的乾鵲，我仍不免勸牠到雕陵那個地方，看一看螳螂捕蟬、黃雀在後的景象。

【研析】作者將自己比作一隻北方來的禽鳥，處於一種瘴癘瀰漫、蒼鷹撲擊的環境之中，流露出他的恐懼與失望的心境。古今的政治角逐場上，競爭是十分殘酷的，尤其是同僚之間，明爭暗鬥，更是一種普遍的現象。李商隱比起一般的人，又多了一層麻煩，他處在「牛李黨爭」的夾縫中，被摧殘得傷鱗折羽，一生沉淪。此次入幕東川，雖然得到幕主柳仲郢的賞識，但同僚並沒有待以熱情的態度。他將自己比作「北禽」，可見跟他作對的當是本地的官僚。如果都是外來的「禽鳥」，就沒有必要作這樣地域的強調了。他處處小心，每事都盡量考慮周詳，但仍然防不勝防，終不免被人傷害。於是，他懷疑起自己做幕賓的意義：幫人做官的差事，猶如精衛用小石子來填充大海，怎麼能實現自己宏偉的政治理想呢？這種懷疑當不始於其時，可是對於李商隱來說，環境能允許他有別的選擇嗎？除了做幕賓，他還有其他途徑獲得一官半職嗎？還能從事其他行業以養

家糊口嗎？冷酷的現實啊，它能迫使一個有德有才有理想的人，只能走生活指定的道路。（朱恒夫）

壬申七夕❶

已駕七香車❷，心心待曉霞。風輕唯響珮，日薄不嫣花❸。桂嫩傳香遠，榆高送影斜❹。成都過卜肆，曾妒識靈槎❺。

【注釋】❶壬申七夕　指大中六年（西元八五二年）七月七日，此日為「乞巧節」，是牛郎織女相會的日子。❷七香車　魏武帝〈與楊彪書〉：「今賜足下畫輪通幰七香車二乘。」車以香木做成。❸日薄句　溫和的陽光不會讓花成發枯的樣子。❹榆高句　高大的榆樹，在日光的映照下，在地上投射出長長的影子。此處指天上的榆樹。古樂府〈隴西行〉：「天上何所有，歷歷種白榆。」❺靈槎　典出晉張華《博物志》卷三：「舊說云，天河與海通。近世有人居海渚者，年年八月，有浮槎去來不失期。人有奇志，立飛閣於槎上，多齎糧乘槎而去。十餘日中，猶觀星月日辰，自後忙忙忽忽，亦不覺晝夜。去十餘日，奄至一處，有城舍狀，屋舍甚嚴。遙望宮中，多織婦，見一丈夫牽牛渚次飲之。牽牛人乃驚問曰：『何由至此？』此人具說來意，並問此是何處，答曰：『君還至蜀郡，訪嚴君平，則知之。』竟不上岸，因還，如期。後至蜀，問君平，曰：『某年月日，有客星犯牽牛宿。』計年月，正是此人到天河時也。」槎，船。

【語譯】我料想著織女，早已準備好了七香車。整夜難眠，一心在盼望著七夕的朝霞。因為今天，是她和牛郎一年一度相會的日子呀！風，輕輕地吹，衣裙的環佩發出了美妙的響聲。陽光，溫和地照耀著，那絢爛多姿的花兒更加嬌豔。月宮裡的桂花把香味傳得很遠，天上高大的榆樹把長長的影子落到地上。我經過成都算命的地方，問巫師我能否見到自己的愛人。可惜我沒有通靈浮槎，只能嫉妒織女的幸福。

【研析】此詩表面上寫織女七夕相會事，實際上是借此表達了對亡妻的思念之情。李商隱與妻子王氏情深意篤，妻子雖然出身名門權貴之家，但她在婚後卻能安於和商隱過貧賤的生活。尤其是她經常給仕途坎坷的丈夫以親情的安慰，商隱從心底裡將她視為平生知己。可惜在作此詩的去年，王氏病故於長安。時間雖然過去了大半年，但商隱對王氏的思念，與日俱增。七夕到來之時，他自然地由牛女相會想到了他們夫妻的分離。詩的前兩句寫織女對七夕之日的盼望，由此可見她對牛郎的深情。三至六句以風和日麗、花香樹高的景象，映襯二人感情的美好。最後兩句，點出題意，以妒牛女相會來曲寫自己對亡妻的思念。

許多論者將此詩牽扯到商隱與令狐綯的關係，說此時的商隱與綯疏離，再無親密之期。此說純屬臆測。

（朱恒夫）

二月二日❶

二月二日江上行，東風日暖聞吹笙。花鬚❷柳眼❸各無賴，紫蝶黃蜂俱有情。

萬里憶歸元亮井❹，三年從事亞夫營❺。新灘莫悟遊人意，更作風簷夜雨聲。

【注　釋】❶二月二日　《全蜀藝文志》：「成都以二月二日為踏青節」。梓州與成都相距不遠，風俗當也如此。❷花鬚　花的雄蕊細長如鬚，故云。❸柳眼　柳葉初生，細小如眼。❹元亮井　東晉詩人陶潛字元亮，其〈歸園田居〉有「井灶有遺處，桑竹殘朽株」之句。❺亞夫營　漢文帝時，大將周亞夫屯兵細柳，軍紀嚴明，後世稱「柳營」、「亞夫營」，此處指所事柳仲郢幕府。

【語　譯】二月二日在江邊踏青，春風和融，遠遠傳來笙簫之聲。花蕊如鬚柳芽似眼是那麼可愛，紫蝶翩翩黃蜂飛舞花叢中那麼多情。幕遊三年離家萬里，心中一直想著故園風物。初春的江灘，哪裡知道遊子的心意，江濤陣陣如簷間風雨，不絕於耳。

【研　析】梓幕期間，商隱詩中一個突出主題，便是思念家鄉和親友。這是因為經歷喪妻之痛後，詩人整個精神世界受到最沉重的打擊，心靈似乎一下子變得蒼老而脆弱了。遠幕天涯，遠離子女，那種飄泊無依的孤寂感比以往任何時候都來得強烈。這時他心目中的家鄉，已經不是通常意義上的狹義的故里，而是與劍外天涯相對的整個中原，甚至可以說，是一個虛化了的精神家園，一個能安頓這孤寂、飄泊的靈魂的地方。正是在這種情感的支配下，他創作了一大批思念家鄉、親友的詩篇，成為梓幕期間寫得最出色的一類詩。

商隱悲慨身世之作，多以深沉凝重的筆調、綺麗精工的語言來營構、渲染迷濛悲淒的氣氛，而本詩卻一反這種寫法。它以樂境寫哀思，以美好的春色反襯淒苦的處境，以輕快流走的筆調抒寫抑鬱不舒的情懷，以清空如話的語言表現深婉濃至的情思，收到相反相成的藝術效果。江上踏青，本為遊賞遣興，但花柳蜂蝶，滿眼春光，反而處處觸動欲歸不得的羈愁，甚至連歡暢的新灘流水之聲，在懷抱深重羈愁的人聽來，也是一片風簷夜雨的淒楚之聲。詩中的「元亮井」，只是一個虛泛的家園的符號，不能實指，也不必實指。

如果說商隱的七律以其典麗精工為人們所熟知的話，則此詩所體現出的清空流美的一面卻為人們所忽略，實際上這也是商隱七律中一種很重要的風格類型。如所選〈七月二十九日崇讓宅讌作〉，全篇沒有一個典故，純用白描，以輕快流利中含頓宕曲折的筆調寫身世之悲與悼亡之痛，清詞麗句，情深於言。而本詩除了「元亮井」、「亞夫營」兩個熟典和「紫」、「黃」兩個色彩詞外，可說是清空流走，輕盈神行。但由於感情的真摯和體驗的深邃，詩歌流走而不輕薄，清空而又濃至。前人總結商隱詩云「典麗精工，深情綿邈」，前四字著重於外在風貌，如上所述固然不免以偏概全；但後四字著重於詩歌內在精神，則義山七律無論典麗精工抑或清空流走，其感人也深，均在於內在的「深情綿邈」。（李翰）

初　起❶

想像咸池❷日欲光，五更鐘後更迴腸。三年苦霧巴江水，不為離人照屋梁❸。

【注釋】❶初起　詩題〈初起〉，寫晨起觸感。❷咸池　神話中地名。太陽升起時在咸池洗浴。《淮南子・天文訓》：「日出於暘谷，浴於咸池。」❸照屋梁　即指陽光普照。宋玉〈神女賦〉：「耀乎如白日初出照屋梁。」

【語譯】想像那遙遠的咸池，太陽沐浴起身的地方該多麼燦爛。五更之後迴腸百結鄉思難消，巴江水長三年苦霧何曾消散。你吝嗇的太陽啊，從來也不曾為我這飄零的遊子，灑灑你那燦爛的光芒。

【研析】梓州多霧，但也不至於三年都沒有放晴的時候，則所謂「三年苦霧」便是詩人的心中之霧，是心中不散的愁霧。詩寫的是晨起面對濃霧而發的感慨，但妙在於寫實中微寓比興象徵，既見詩人傷離思鄉感情的深切，亦透出詩人心緒的苦悶無聊，心境的壓抑窒息。五更鐘後，本該是日出雲端，普照大地的晨光了，可連一點兒陽光的影子都見不到，怎能不「迴腸」呢？詩人想像著太陽在咸池中沐浴，整個咸池應該是通體光明，可是為什麼就不肯給詩人分享，哪怕是一絲陽光呢？在苦霧籠罩之中，詩人企盼霧開日出、復見光明的心情也溢於言表。然而，瀰漫不開的苦霧，正像是無法擺脫、無法衝破的一張陰暗的網羅，太陽的光明是照不到這裡的。苦霧縈繞、濃愁不散，本詩所表現的意境情調，也就成為商隱梓幕心態的一個象徵。（李翰）

夜飲

卜夜❶容衰鬢，開筵屬異方❷。燭分歌扇❸淚，雨送酒船香。江海三年客❹，乾坤百戰場❺。誰能辭酩酊❻？淹❼臥劇清漳❽。

【注釋】❶卜夜　《左傳・莊公二十二年》：「陳公子完奔齊，齊侯……使為工正（掌百工之長），飲桓公酒，樂，公曰：

「以火繼之」。辭曰：『臣卜其晝，未卜其夜，不敢。』」後因稱晝夜相繼的宴飲為卜晝卜夜。❷異方　指梓州。因梓州遠離長安，風氣閉塞，故稱「異方」。❸歌扇　代指宴會中侑酒的歌伎。❹江海句　李商隱作此詩時為大中七年，距初來梓州已經三年。❺乾坤句　從大中五年到大中七年的三年間，天下發生了許多戰事。據《資治通鑑》記載，大中五年春正月，「時吐蕃大亂」，「党項不勝憤怨，故反。」「上以南山、平夏、党項久未平，頗厭用兵」。冬十月，「蓬、果群盜，依阻雞山，寇掠三川。」大中六年二月，「山南西道節度使封敖奏巴南妖賊言辭悖慢，上怒甚。」六月，「河東節度使李業縱吏民侵掠雜虜，又妄殺降者，由是北邊騷動。」八月，「獠寇昌、資二州。」這些不完全的記述，足可以作「乾坤百戰場」的注腳。❻酩酊　大醉貌。❼淹　久。❽清漳　詞出劉楨〈贈五官中郎將四首〉之二：「余嬰沉痼疾，竄身清漳濱。」

【語　譯】在這夜以繼日的宴會上，我這兩鬢染霜的人，榮幸地參與其中。雖然是遠離京城的梓州，但宴會一樣地盛大豪華。燃燒的紅燭彷彿分流了歌伎激動的淚水，輕微的風雨有意散發著船上的酒香。在三年梓州的任上，一直享受著和平的時光。可在海內的其他地方，到處是拚殺的戰場。在這香醇美人陪伴的夜晚，有誰還不放懷痛飲？即便是久病臥床超過劉楨的我，也會強撐著身體一醉方休。

【研　析】此詩是對幕府舉辦的一場盛大宴會的描述與參加宴會的感想。李商隱入梓幕之後，由於心情鬱悶，經常生病，有時竟因病而不能赴幕中遊宴。〈病中聞河東公樂營置酒口占寄上〉：「刻燭當時忝，傳杯此夕賒。可憐漳浦臥，愁緒獨如麻。」這一次雖然也在生病，但卻抱病參加，暢懷痛飲，心情似乎也不錯。可能此詩作於宴中，為了讓幕主柳仲郢高興，有意無意地歌頌了他的業績。

首二句寫宴會的時間與地點，三四句側面描寫了宴會的規模，有歌伎舞扇的表演，有專船用來送酒，由此可見，這場宴會決不是三五詩友同僚間的小飲。以下四句，突然盪開，寫到了入幕三年以來，天下紛爭的狀況，似乎與宴會無關，其實大有關係。含義為：我們之所以還能在這裡舉行宴會，開懷痛飲，是因為梓州在柳公的治理下，社會和諧，百姓富康。所以，在最後兩句，很自然地說出：「誰能辭酩酊？淹臥劇清漳。」

（朱恒夫）

寫意❶

燕雁❷迢迢隔上林❸，高秋望斷正長吟。人間路有潼江❹險，天外❺山唯玉壘❻深。日向花間留返照，雲從城上結層陰❼。三年已制❽思鄉淚，更入新年恐不禁。

【注釋】❶寫意　猶言抒情。❷燕雁　燕地的鴻雁，猶言北雁。❸上林　上林苑，漢武帝時名苑。《漢書・蘇武傳》載漢使詐言天子（昭帝）於上林苑射雁，得雁足蘇武所繫帛書，迫使匈奴放還蘇武。詩用此事寓思歸京國而不得的心情，上林借指長安。❹潼江　即梓潼江，自北向南在射洪附近注入涪江。❺天外　此指蜀中（從長安角度而言）。❻玉壘　指玉壘山，在四川灌縣西北。❼日向二句　謂太陽匆匆而下，只在花間留下一抹殘照，雲卻凝滯不去，在城上結成重陰。❽制　制止；控制。

【語譯】北雁迢迢，與上林苑隔山隔水千萬里，秋日登高一望空闊長吟抒懷。人間路險尤如那潼江穿山越嶺，天外山高，看那玉壘山與雲相接。落日匆匆，僅在花間留一抹殘照。雲腳遲遲，在城頭凝聚成雲，一層一層，久久不去。三年來習慣了克制思鄉的眼淚，怕只怕來年的思鄉情再難抑制。

【研析】紀昀《玉谿生詩說》評本詩：「潼江玉壘，豈必獨險獨深，意中覺其如是耳。」題云〈寫意〉，便是寫這種意中之感。之所以言潼江獨險，玉壘獨深，是地之僻遠與人之久寓不歸，窮邊羈泊，年復一年，人皆登高得路，我獨天涯飄零。不是潼江獨險，玉壘獨深，而是玉壘何以獨阻我之歸路，潼江何以獨寓我之離愁。腹聯返照之稍縱即逝，秋雲之城上常陰，寫蜀中陰霾的氣候特徵，也即〈初起〉：「三年苦霧巴江水，不為離人照屋梁」，同樣也是在寫詩人缺少陽光、只有陰雲的心緒。思歸不得，只能隔著險山苦水，對著長安的方向望眼欲穿。這種思鄉之苦在心頭已苦苦積鬱折磨了三年，眼看新的一年又要到了，可這種羈泊天涯的日子好像還遠遠沒有到頭，這又一年的思鄉之苦，恐怕這顆心再也不堪重負了。尾聯的「恐不禁」，見出鄉思已達到一個極點，詩人心中的愁苦已達到飽和的極限。何焯說：「一路逼出此二句。」（《義門讀書記》）但接下來沒有說到的意思是，「恐不禁」又能怎樣呢？不天涯飄泊、寄跡幕府又何以為生呢？「恐不禁」來也要禁啊！令人淒涼正在此處。

起結均以思鄉，其實思鄉僅僅是感傷之情的一個歸結點。全篇蘊含的內容遠不止此，諸如羈滯遲暮之痛，世路崎嶇之慨，時世陰霾之悲，均一寓言外。

值得注意的是，詩表現的雖是詩人黯然神傷的精神狀態，但取景闊大，聲調瀏亮，使得整首詩的情緒雖抑鬱卻不萎靡，悲涼中寓沉鬱之厚重。這與本詩中流露出的杜詩的某些格調情味的影響痕跡，恐怕也是分不開的。商隱到梓州後，大約因流寓境遇的相似，對晚年飄泊蜀中的杜甫生出異代同時之感，杜律抑揚頓挫的聲韻也適宜於傳達沉重抑鬱心緒，因此出現了一個學杜的高峰。〈武侯廟古柏〉、〈井絡〉、〈夜飲〉等，都能見出杜的一些味道在，更不用說〈杜工部蜀中離席〉的直接標明了。不過，商隱七律此時自我風格早已成熟，深婉流轉中雖每見其胎息少陵的痕跡，但畢竟已另屬一家了。便如此詩，層層推進，逼到最後一句，不留餘地，與杜甫的深而能迴，進而能轉又各有特色。

大概是這種鄉思實在過於強烈，商隱終於在新年前，也就是大中七年的冬天回了一趟長安，稍微舒解了一點思鄉之情。當然，這和京城來的僚友帶來的他那兩個失去慈母、寄人籬下的幼兒弱女的淒涼情狀，讓詩人擔心牽掛，也有很大的關係。（李翰）

楊本勝❶說於長安見小男阿衮❷

聞君來日下❸，見我最嬌兒。漸大啼應數❹，長貧學恐遲❺。寄人龍種瘦，失母鳳雛癡❻。語罷休邊角❼，青燈兩鬢絲。

【注　釋】❶楊本勝　名籌，字本勝。商隱梓幕同僚。❷阿究　即詩人小兒子袞師。❸日下　指京都。舊時以帝王比日，故以皇帝所在之地為日下。❹漸大句　漸大知道思父遠遊，傷母早背，故「啼應數」。數，頻繁。❺長貧句　長期貧困而失學。❻寄人二句　龍種、鳳雛，均指袞師。作者與唐皇室同宗，所以對其子這樣稱謂。❼休邊角　指邊城的晚角已停。唐時軍隊在外，夜間要分幾次鳴鼓吹角。

【語　譯】聽說您從長安過來，見到過我那最小的孩子。現在他慢慢懂事，思父遠遊，哀母永別，悲啼的次數該更頻繁。家中貧困，上學讀書也恐怕要比別人晚。您長歎一聲垂淚告訴我詳情，那孩子寄人籬下，身體一天天消瘦。失去慈母，原本聰明的小孩竟有幾分癡呆。聽您絮絮叨叨說完，邊城的晚角已經吹過。青燈照我鬢邊，又新生幾莖白髮。

【研　析】赴東川前，商隱因遠幕邊徼不宜攜帶子女，只得將一對幼男弱女留在長安。兩個年幼的孩子剛失去母親，接著父親又要與他們遠隔千里，心下慘然，寫下了「嵇氏幼男猶可憫，左家嬌女豈能忘。愁霖腹疾俱難遣，萬里西風夜正長」（〈王十二兄與畏之員外相訪見招小飲時余因悼亡日近不去因寄〉）的詩句。當他隻身流寓梓幕之時，心頭自然時時掛念著這一對失去母親、寄養在親友家的孩子。這次楊本勝自京城來，商隱定然要迫不及待地詢問孩子情狀，而楊敘及的情景是那樣淒涼。其實這本在意料之中，商隱從幕本來職微俸薄，而一個「淪賤艱虞」的家庭，「九族無可倚之親」（〈祭裴氏姐文〉），親友也不會有什麼富貴人家，寄人籬下的孩子的境遇可想而知了。

在〈驕兒詩〉中，詩人看到的驕兒是：「繞堂復穿林，沸若金鼎溢。門有長者來，造次請先出。客前問所須，含意不吐實。」在父母憐愛的繈褓裡打鬧嬉戲，歡樂活潑。然而，同一袞師，現在卻是「漸大啼應數，長貧學恐遲。寄人龍種瘦，失母鳳雛癡。」「漸大」句是詩人推想，孩子漸大懂事了，開始知道思父遠遊，傷母早背，懂得體味家世的悲涼，悲劇陰影過早地籠罩了孩子幼小的心靈。已是上學的年紀，可由於家貧而不能及時延師施教。「寄人」兩句大約是聽到楊本勝說及所見到的衮師情況，言外能見出詩人在楊的敘述中，其心理活動、聯想的痕跡：昔日紅撲撲的小臉蛋，現在變得又黑又瘦；那個「文葆未周晬，固已知六七。四歲知姓名，眼不視梨栗」（〈驕兒詩〉），聰慧異常的孩子，現在已變得有些癡癡呆呆，兒童應有的活潑天真在他的身上已找不到一絲蹤跡了。可以想像，當楊本勝說起這些時，詩人的心頭是怎樣的一種滋味。從孩子的這種變化中，顯示了商隱景況在大中年間的進一步惡化。

詩沒有贅述談話詳細內容，僅點出詩人最為繫念的幾個方面，手法經濟。末聯在「語罷休邊角」所造成的黯然無言、曠寂悲涼的氣氛中，由冷冷青燈照出詩人「兩鬢絲」的面影，從時間、空間、聽覺、視覺、以及心理感受等幾個方面，同時烘托表現當時的境象，暗示出深沉的思想感情。詩人的種種不幸無須細說，而淒涼之意自然溢於言外。（李翰）

夜雨寄北❶

君問歸期未有期，巴山❷夜雨漲秋池。何當❸共剪西窗燭，卻話❹巴山夜雨時？

【注　釋】❶寄北　寄贈在長安的友人。❷巴山　泛指東川一帶的山，與「巴江」、「巴江水」、「巴雷」用法相同。❸何當　何時。盼望之詞。❹卻話　回過頭來談說。

【語　譯】您問我何時回家我也不知會是哪一天，巴山日夜不停地下著雨，雨水注滿了河水與池塘，無法踏上回家的旅程。何時能西窗相對剪燭長談，說一說我在這裡的生活？

【研　析】彷彿是將大半生的鄉思羈愁都歸攏到這一階段，梓幕期間是商隱思家念友之情的集中流露。商隱詩歌有個值得注意的現象，即這種同類題材作品的集中出現，如甘露之變前後的政治詩創作高潮，桂幕往返的行役詩，京兆做掾期間與令狐綯相關的詩歌，等等，這顯然與其特定時期的境遇、心緒有關。梓幕思家念友詩的大量出現，便是我們上首詩的評析中所提到的屢經挫折後，疲憊的心靈對這樣一個能安頓依偎的精神家園的渴望。

在本篇中，精神的家園就是能有一間蝸寧的小屋，於風雨夜燃著溫暖的蠟燭，三兩友人娓娓回首一生的淒涼，體味那種滄桑過後秋涼的淡泊。其實三四句所遙想的，便是如此一幅情景。「巴山夜雨」也便是遊幕天涯、一生飄零的風雨。詩只寫到剪燭話秋雨，其實不妨想像當其與友人共話秋雨之時，窗外也正飄灑著瀝瀝秋雨，然而沒有關係，有溫暖的蠟燭，有安寧的小屋，有知心的友人，這種情景下越發會有一種溫馨安全的感覺。然而，這一切都只是遙想而已，期盼而已，此時此刻卻正是「巴山夜雨漲秋池」，沒有溫暖的蠟燭，沒有安寧的小屋，沒有知心的友人，有的只是巴山苦雨，有的只是幕府秋風，多少淒涼多少恨啊！通宵苦雨漲破了秋池，詩人比巴雨更苦比秋風更愁的一顆羈泊之心，難道還能不淒斷欲絕嗎？人們往往在回憶之中，會給往昔的淒苦蒙上一層詩意的外罩，這裡面有時間、境遇、心境對苦難的消解，商隱卻是在風雨中遙想風雨後，秋風裡揣想秋涼時，他心中對溫暖、友情以及一份安寧的生活的渴盼該有多麼強烈，而這愈發顯出他此時的境遇、心情又是多麼的淒涼。

正因現實境遇的淒涼，商隱才用自己的詩筆描繪這樣一個溫馨安寧的世界，詩的背面固然淒涼，而詩的字面卻令人感到溫暖。商隱是用一顆對生活充滿熱愛的心去融解現實冷酷的寒冰，從而奉獻給我們一個美好的精神家園。

語淺情深，含蘊無窮。本詩因此而膾炙人口，童蒙熟誦。一代一代，人們口耳相傳，已娓娓讀了一千年，然而每一次讀起，依然還會在心頭溢滿感動，哪怕再過一千年。（李翰）

李夫人❶三首

其一

一帶不結心，兩股方安髻❷。慚愧白茅人❸，月沒教星替。

其二

剩結茱萸枝❹，多擘秋蓮的❺。獨自有波光，綵囊盛不得。

其三

蠻絲繫條脫❻，妍眼和香屑❼。壽宮不惜鑄南人❽，柔腸早被秋波割。清澄有餘幽素香，鰥魚❾渴鳳真珠房❿。不知瘦骨類冰井⓫，更許夜簾通曉霜。土花⓬漠碧雲茫茫，黃河欲盡天蒼蒼。

【注釋】❶李夫人　《漢書・外戚傳》：「孝武（帝）李夫人本以倡進。及夫人卒，上思念李夫人不已。方士齊人少翁，言能致其神，乃夜張燈燭，設帳帷，陳酒肉，而令上居他帳遙望見好女如李夫人之貌。」❷一帶二句　意謂一根帶子打不成同心結，兩股方可；一股金釵不能固定髮髻，兩股才行。❸白茅人　代指東川節度使柳仲郢。古代封諸侯，用白茅墊著封地的土，以作社土。節度使是封疆大吏，相當於古代的諸侯。❹剩結句　吳均《續齊諧記》：「汝南桓景，隨費長房遊學累年，長房謂曰：『九月九日，汝家中當有災，宜急去。令家人各作絳囊，盛茱萸以繫臂，登高飲菊花酒，此禍可除。』」❺蓮的蓮子。❻條脫　臂釧；手鐲。❼香屑　碾碎的香料。❽壽宮句　《三輔黃圖》：「北宮有神仙宮、壽宮，張羽旗、設供具以禮神君。」鑄南人，許多論者都疑為「鑄南金」，意謂用南方的金子來鑄神人像。❾鰥魚　無妻曰鰥。鰥從魚，魚目則永遠不閉合。❿真珠房　嵌有真珠的房子。⓫冰井　盛放冰塊的井。晉陸劌《鄴中記》：「銅爵、金鳳、冰井三臺，皆在鄴城北城西北隅……金虎（即金鳳臺）冰井，皆建安十八年建也。……冰井臺有屋一百四十間，上有冰室，室有冰井，井深十五丈……石季龍於冰井臺藏冰，三伏之月，以冰賜大臣。」⓬土花　無名的小花。

【語　譯】

其一

一根帶子打不上同心結，兩股金釵才能插住髮髻。感謝恩公柳仲郢，德薄才淺卻被他賞識。我本潦倒一寒儒，倒做了代替月亮的星星。

其二

我折了許多根茱萸樹的枝條，又從蓮蓬中剝出了許多蓮子。這些都是送給你的呀，讓你防禦邪祟的搗亂。枝條與蓮子上，都印上我深情無量的目光，可惜這只彩袋卻無法將目光裝進。

其三

鑾絲纏著臂釧，使玉臂更加美麗。香粉搽在眼皮上，那雙聰慧的眼睛更加動人。我不惜用黃金，鑄成了你的形象。你含情脈脈的秋波，似乎要把我的柔腸割斷。周圍的空氣是那樣的清潔，散發著一股股淡淡的幽香。我想念你啊，整夜失眠就像一條眼睛不閉的魚兒。多麼希望在珍珠的房子裡，相親相愛。相思已使我骨瘦嶙峋，就像那沒有生氣的冰井。露水在夜裡已經打溼了窗簾，更那堪又遭到早晨濃霜的襲擊。我漫無目的地向遠處望去，只見雜色水花鋪就的曠野，伸向那雲天相接的地方；彎彎曲曲流向遠方的黃河，與蒼茫的天空融為一色。

【研　析】這首詩表面上以漢武帝的視角，表現了他對李夫人的深切思念，實際上寫的是詩人對妻子王氏的悼念之情。

第一首詩的內容為，詩人向亡妻訴說了自己現在的心境與生活狀況：儘管我的才德不高，但節度使柳大人很賞識重用。然而，因為沒有你在我的身邊，總是有一種飄零不定的感覺。「一帶」與「兩股」，表現了王氏之於李商隱，是何等的重要！

第一首是詩人寫自己陽世間的生活，第二首則寫詩人對陰間妻子的深切關懷：那裡一定充滿了魑魅魍魎、邪魔妖怪，為了讓你不受傷害，我用彩囊裝了許多能避邪的茱萸與蓮子。可惜的是彩囊帶不走我關注你的深情的目光。這裡詩人將愛付注於行動中。

第三首在思情上又加深了一層，尤其是最後兩句「土花漠碧雲茫茫，黃河欲盡天蒼蒼」，意象蒼涼，情深意濃，比起李白「孤帆遠影碧山盡，惟見長江天際流」與岑參「山迴路轉不見君，雪上空留馬行處」更為感人，讀者讀到此處，直欲與商隱同哭一場。

有人說，〈李夫人〉緣起於節度使柳仲郢因他喪妻，欲把樂籍的歌女張懿仙配給他，他上書力辭。詩中的「慚愧白茅人，月沒教星替」，即指此事。這樣的解釋恐怕不妥，如果是這樣，豈不是對上司有指責之意。（朱恒夫）

病中聞河東公❶樂營置酒口占寄上

聞駐行春旆❷，中途賞物華。緣憂武昌柳❸，遂憶洛陽花❹。稽鶴元無對，荀龍不在誇❺。只將滄海月❻，長壓赤城霞❼。興欲傾燕館❽，歡於到習家❾。風長應側帽❿，路隘豈容車？樓迥波窺錦⓫，窗虛日弄紗⓬。鎖門金了鳥⓭，展障玉鴉叉⑭。舞妙從兼楚⑮，歌能莫雜〈巴〉⑯。必投潘岳果⑰，誰參禰衡撾⑱？刻燭當時忝⑲，傳杯此夕賒。可憐漳浦臥⑳，愁緒獨如麻。

【注釋】❶河東公　指柳仲郢。❷行春旆　高級官員在春季出巡時，以旗幟為先導。《後漢書．許荊傳》：「荊……遷桂陽太守……嘗行春到耒陽。」行春，地方長官在春季巡視轄地，考察吏治民情。❸緣憂句　擔憂官吏貪汙。《晉書．陶侃傳》：「侃性縝密，好問。……鎮武昌，會課諸營種柳，都尉夏施盜官柳，植之於己門。侃後見，駐車問曰：『此是武昌西門前柳，何因盜來？』施惶懼謝罪。」❹洛陽花　以洛陽花喻樂營歌伎之美。《群芳譜》：「唐、宋時，洛陽牡丹之花為天下冠，故竟名洛陽花。」❺嵇鶴二句　意在誇讚柳仲郢是一位無人可比的傑出人才，其僚屬也是個個優秀。《晉書．忠義．嵇紹》：「紹始人洛，或謂王戎曰：『昨於稠人中見嵇紹，昂昂然如野鶴之在雞群。』」《後漢書．荀淑傳》：「荀淑……有子八人，……並有才名。時人謂之八龍。」❻滄海月　以月喻柳仲郢。❼赤城霞　《文選》孫興公〈天台賦〉：「赤城霞起而建標。」注：「孔靈符《會稽記》曰：『赤城，山名，色皆赤，狀似雲霞。』」❽燕館　即碣石宮。《史記．孟子荀卿列傳》：「(騶衍)如燕，昭王……請列弟子之禮而受業，築碣石宮。」❾習家　《晉書．山簡傳》：「簡鎮襄陽……唯酒是耽。諸習氏，荊土豪傑，有佳園池。簡每出遊嬉，多之池上，置酒輒醉，名之曰高陽池。」❿側帽　《北史．獨孤信傳》：「信美容儀，善騎射……信在秦州，嘗因獵日暮，馳馬入城，其帽微側。詰旦而吏民有戴帽者咸慕信而側帽焉。」⓫樓迥句　意為錦繡的帳幕看上去像一層層的波浪。⓬窗虛句　窗戶洞開，日影暗移，彷彿在戲弄著窗紗。⓭了鳥　即屈戌，門窗上的環鈕、搭扣。⓮鴉叉　丫叉，當是樂營室外作屏障的林木。⓯兼楚　楚地舞蹈的風格。《史記．留侯世家》：「上曰：『為我楚舞，吾為汝楚歌。』」⓰雜巴　〈下里〉、〈巴人〉，土俗的民歌。宋玉〈對楚王問〉：「客有歌於郢中者，其始曰〈下里〉、〈巴人〉，國中屬而和者數千人。……其為〈陽春〉、〈白雪〉，國中屬而和者不過數十人。……是其曲彌高，其和彌寡。」⓱必投句　《晉書．潘岳傳》：「岳美姿儀……少時嘗挾彈出洛陽道，婦人遇之者，皆聯手縈繞，投之以果。遂滿載而歸。」⓲禰衡撾　《後漢書．禰衡傳》：「禰衡字正平，東漢末人。少有才辯，而尚氣剛傲……曹操欲見之，而衡素輕操，……不肯往，……操以其名大，不欲殺人，聞衡善擊鼓，乃召為鼓史。大會賓客，欲試禰衡。諸史過者，皆令脫其故衣，改著岑牟單絞之服。次至衡，衡方為〈漁陽參撾〉。……音節悲壯，聽者莫不慷慨。」⓳刻燭句　《南史．王僧孺傳》：「竟陵王子良嘗夜集學士，刻燭為詩，四韻者則刻一寸。(蕭)文琰曰:『頓燒一寸燭而成詩,何難之有?』乃與(邱)令楷、江洪共打銅鉢立韻,響滅詩成,皆可觀覽。」⑳漳浦臥 意為久病臥床。魏劉楨〈贈五官中郎將〉四首之二:「余嬰沉痼疾,竄身清漳濱。自夏涉玄冬,彌曠十餘旬。」

【語 譯】聽說您在巡視的途中停了下來,觀賞著春天美麗的景物。您辛勞地出外視察,是怕下屬官員偏私貪汙。在公暇之餘,不妨讓歌伎表演,放鬆一下身心。您是立於雞群的仙鶴,風標獨異,才華傑出。您的屬下也是個個優秀,用不著言語的誇耀。您就像蒼天中的一輪明月,映襯著如紫霞般的赤城山。樂營的酒宴,喧笑歡騰,館舍彷彿搖搖欲墜。長官與僚屬,快樂的情景像晉代的習家。微微的風吹歪了美男的帽子,狹窄的道路哪裡容得下圍觀的車輛?樓內錦繡的簾幕,像湧動的一層層波浪。敞開的窗子,透進來的陽光在戲弄著綠紗。門上雕刻著鳥獸圖案的金鈕,發出耀眼的光輝。樂營外林木組成的屏障,如同珊瑚的枝杈一樣。曼妙的舞蹈有著楚地的風味,悅耳的歌聲都是〈白雪〉、〈陽春〉。參加宴會的人中肯定有如同潘岳的美男,因玉樹臨風而得到投果之歡。但是有誰能像禰衡那樣,一通鼓打得所有人都慷慨悲壯?我也曾參加過這樣的宴會,像我昔日那樣當場作詩的,一定大有人在。然而豪飲不醉的,可能就不多見了。可憐我久病不癒,只能想像著這宴會的盛況。心中不斷湧起的愁緒,如同理不清的團團亂麻。

【研 析】詩中的河東公柳仲郢此時為劍南東川節度使,是一位本身廉潔而又敢於肅貪的官員。《舊唐書・柳仲郢傳》:「仲郢有父風,動修禮法。……大中初,轉梓州刺史、劍南東川節度使。孔目吏邊章簡者,以貨交近幸,前後廉使無如之何。仲郢因事決殺,部內肅然,不俟行法而自理。」《新唐書・柳仲郢傳》:「北司吏入粟違約,仲郢殺而尸之,自是人無敢犯,政號嚴明。」柳仲郢這一次出巡,主要目的是「緣憂武昌柳」,整治吏風。

但這位封疆大吏,並不總是板著面孔,擺出一副凜然不可接近的樣子,而是也有平易近人的一面,他經常舉行盛大的宴會,邀請僚屬與自己一起痛飲觀樂。此詩所寫的就是巡行途中宴飲的盛況。由於柳仲郢具有傑出的才華和高尚的人格,許多有志之士都願意追隨其後,所以,幕中眾賓雲集,人才濟濟,又由於柳仲郢勤政愛民，於是深得老百姓的擁戴，「風長應側帽，路隘豈容車」就是官民相親的真實寫照。

此篇詩歌雖然是歌功頌德之作，沒有多少思想內涵，但由於作者是出於內心的歌頌，那酒宴的場面還是能打動人的。（朱恒夫）

即日❶

一歲林花即日休，江間亭下悵淹留。重吟細把❷真無奈，已落猶開未放愁❸。

山色正來銜❹小苑，春陰❺只欲傍高樓❻。金鞍❼忽散銀壺❽漏，更醉誰家白玉鉤❾？

【注釋】❶即日　猶言以當日感受為詩。❷把　把玩；賞玩。❸放愁　破愁；解愁。❹銜　指山色映入苑中，宛如被小苑所「銜」。❺春陰　春日的暮靄。❻傍高樓　暮靄在樓邊漸次增長、彌漫，愈積愈濃。❼金鞍　此指乘金鞍之人。❽銀壺　即漏壺，古代計時儀器。❾白玉鉤　酒席上的一種遊戲。

【語譯】一年花開即將凋落，江畔的小亭間，惆悵徘徊。把玩吟唱留不住時光遠逝，那些凋落以及還未開放的花朵，怎能消我愁懷。遠山投影於小苑，暮色漸濃把樓臺浸潤。酒筵散去人歸後，欲消愁時，何人與我同醉？

【研析】商隱在〈杜司勳〉中說：「刻意傷春復傷別，人間惟有杜司勳」，其實，不是傷心人哪解斷腸心，杜牧的傷春傷別而商隱獨會，正緣傷心人心原相通。只是商隱的傷春傷別，乃情不能堪而發之於外，是哀痛慘怛而不得已於鳴者也。

梓幕飄零，正值春暮花落，詩人在江間亭下淹留徘徊，見枝頭殘花，雲間暮日，樓上春陰，岸邊流水，怎能無動於衷呢？本詩便是抒發了這種傷心人在天涯，又值傷心時節的心情。但詩人不是空泛地寫情，而是以心取景，寓情於事，以景、事來寫心抒情。「即日」即寫即日所見所感，詩極富層遞性的選取影響心境的幾種情事：先是睹春暮而覺一年花事將休，繼之睹日暮而覺一日好景亦難駐，復加以銀壺漏盡，客散獨歸。正是春暮還兼日暮，花落又值人散，一層一層，將難堪之情推到極致。既然如此愁緒難堪，詩人不禁想到那壺中的忘憂物。雖說是借酒消愁愁更愁，但能有片刻的醉鄉夢也是一種慰藉。可是，「金鞍忽散銀壺漏，更醉誰家白玉鉤」，金鞍忽散，遊人忽歸，要借酒消愁也無從可借，只好終宵看那寂寞更漏，滴滴噠噠，消盡時光，熬乾憂愁。這更進一步將愁情推到上天無路，入地無門，無以復加的境地。不惟作者之傷心不堪，就是讀者讀來，又情何以堪。

詩人的愁悶，表面上是由花殘日暮而發，事實上是緣此觸動了身世之悲。傷春而兼傷別，傷別只於次句以「悵淹留」三字點發。詩人意在表現無可奈何的情緒，不在詳述自身的不幸。略去許多事不說，自然便於從總體上烘托渲染情緒，以情取勝。商隱詩歌略事取情，本質上的抒情性也便在此。

詩筆筆唱歎，且又層層轉進，如「即日休」、「悵淹留」、「真無奈」、「未放愁」等都出以感歎之筆，讓人吟後蕩氣迴腸。而悲情的一氣貫注，節節推進，又使本詩在聲調悠揚，筆致流轉中，達到歌哭與俱的效果。

這種傷春傷別之情隨著淪落之久，羈愁之深，越發鬱積盤旋在商隱心頭，成為其思想氣質的一個組成部分，以致其展紙濡墨，未成曲調先有情，愁情恨意便已籠罩毫端。至〈天涯〉那種愁牽恨繞而又不名一端，觸目皆愁而又無從說起，只好望斷天涯，倩鶯流淚，便是其愁恨的浸潤加深、瀰漫擴散，已將整付心腸浸泡其中，深廣到無從提起的地步。這其實也就是商隱詠物詩、抒情詩的虛化、泛化過程，這個過程是和其悲劇性體驗的加深加劇相一致的。（李翰）

寓興

薄宦❶仍多病，從知❷竟遠遊。談諧叨客禮❸，休澣❹接冥搜❺。樹好頻移榻，雲奇不下樓。豈關無景物，自是有鄉愁。

【注　釋】❶薄宦　擔任位卑薪少的小官。❷從知　追隨知交，指跟著幕主柳仲郢。❸叨客禮　受到主人待客的禮遇。❹休澣　休假。《初學記》卷二〇〈假〉：「休假亦曰休沐。漢律吏五日得一下沐，言休息以洗沐也。……書記所稱曰歸休，亦曰休急、休澣。」澣，通「浣」。❺冥搜　構思詩稿。

【語　譯】擔任這樣位卑薪水少的小官，卻還連連地生病。我主要是酬謝知己啊，不怕山水迢迢。賓主間談笑風生，我得到了賓客的禮遇。每當到了休息的日子，我就搜腸刮肚地苦吟詩章。看到嘉樹構成的美景，我便移榻坐在那裡欣賞。天上雲起雲飛，我則在樓上眺望，這麼好的景物，卻仍然難以沖淡我的鄉愁。

【研　析】開首「薄宦」二字，說明詩人對現實狀況的極為不滿。宦薄已經夠煩心的了，病魔又纏上身來，趕也趕不走，可以料想，此時作者的心情是多麼的糟糕了。但作者並沒有怨艾他人，而是找出寬慰自己的理由：柳仲郢對我有知遇之恩，我是追隨著知己才到這邊陲之地的。俗語說，士為知己者死，這一點犧牲又算得了什麼呢？他以賓客之禮待我，兩人之間關係密切，這種良好的人際環境是很不容易得到的呀。再說，這裡的風景也不錯，嘉樹修竹，雲起雲飛，公休之日，還可以隨意地吟詩作賦。讀者看到這裡，以為作者安於現狀了，然而，最後一句話「自是有鄉愁」，將前面寬慰的理由全部拋開，我們跟著他又跌入痛苦的深淵之中。從藝術上說，這種突然逆轉的作法，不僅避免了平鋪直敘之病，還使我們更深刻地感受到作者那無法去掉的精神之痛。（朱恒夫）

巴江❶柳

巴江可惜柳，柳色綠侵江。好向金鑾殿❷，移陰入綺窗❸。

【注釋】❶巴江　《水經注》：「巴水出晉昌郡宣漢縣巴嶺山，南流歷巴中，逕巴郡入江。」❷金鑾殿　俗指帝臣朝會的地方。《兩京記》：「大明宮紫宸殿北曰蓬萊殿，(其)西龍首山支隴起平地，上有地名金鑾殿，殿旁坡名金鑾坡。」《五代會要》：「殿因金鑾坡以為名，與翰林院相對。」❸移陰句　典出《南史．張緒傳》：「(張緒)少有清望，吐納風流，……每朝見，武帝目送之。……劉悛之為益州，獻蜀柳數株，枝條甚長，狀若絲縷，……武帝以植於太昌靈和殿前，嘗賞玩咨嗟，曰：『此柳風流可愛，似張緒當年時。』其見賞愛如此。」

【語譯】生長在巴江畔的柳樹，是多麼地讓人憐惜呀！柔弱的枝條迎風飄蕩，翠碧的顏色染綠了江水。這可愛的柳樹，應該移到金鑾殿上，讓它濃密的樹蔭，遮擋著殿上綠色的紗窗。

【研析】李商隱自幼「懸頭苦學」，努力以科舉進身，為國家做出一番事業，為家族爭得榮譽。但一直到了作此詩的大中六年，年滿四十，仍處在下級僚佐的位置上，擔任小小的東川節度使書記。而此時百病纏身，小兒女又寄人籬下，於是，整日間鬱鬱寡歡，在酸楚的心境下度著時光。他由巴江美麗的柳樹曾被移栽皇宮，浮想到自己永遠不能入朝當官的不幸命運。由普通的植物便產生這樣的聯想，若不是心思整天糾結在自己政治前途上的人，是不可能有如此的心理活動的。(朱恒夫)

柳

曾逐東風拂舞筵，樂遊❶春苑斷腸❷天。如何肯到清秋日，已帶斜陽又帶蟬。

【注　釋】❶樂遊　樂遊苑，漢宣帝建，在今西安市郊。亦稱樂遊原。唐時為著名遊樂勝地。❷斷腸　銷魂。

【語　譯】曾追逐著春風吹拂到歌舞席上，樂遊苑又到了斷腸銷魂的三月天。到了那清秋時節，你那柔弱的枝條，挽不住斜陽的西沉，只傳來秋蟬的哀鳴。

【研　析】這首詩寄慨於物，有限的畫面包容了極闊遠的時間和空間。從時間上，柳的從春到秋，象徵著人的從少壯到衰老；空間上，由眼前斜陽秋蟬中的秋柳聯想到長安的樂遊苑，可謂視通萬里。而這個樂遊苑又非此刻同樣也處於秋風中的樂遊苑，而是昔日的樂遊苑，春天的樂遊苑，得意時的樂遊苑，時間空間相交織著跨過極大的距離。這極大的距離便是由春到秋的人生，由京城到邊幕的身世，由繁華到蕭瑟的心境。

詩人雖一生坎坷困頓，但前期進士及第、兩入祕省，在當時一般文士的心目中，仍算是春風得意。尤其是處於晚年落魄的境地回看前期，更有似天壤之別。詩寫柳的從春到秋，從長安之柳到眼前之柳，便寄寓著這種先榮後悴、昔榮今悴的無限感慨。

從詩意看，本篇顯然為後期作品，大致作於梓幕。可與時、地相對明晰的另一篇〈柳〉參看：「柳映江潭底有情，望中頻遣客心驚。巴雷隱隱千山外，更作章臺走馬聲。」

該詩中「頻遣客心驚」，似乎即說出本詩見到「已帶斜陽又帶蟬」的秋柳後的心情；「章臺走馬」乃往昔得意生涯，聞巴雷而思往日也正如見斜陽秋柳而思樂遊苑的春柳，「章臺走馬」也即「樂遊春苑斷腸天」之意。兩詩互訓，可以彼此發明。

本詩闊遠的時空虛涵以及寄慨於物的強烈主觀色彩，都顯示出了商隱本色。這種本色還突出表現在妙用虛字，「曾」、「如何」、「已」、「又」等字，曲折頓挫，將今昔之感以唱歎出之，而不是變景物情態以就我。蘅齋說：「只用三四虛字轉折，冷呼熱喚，悠然有弦外之音，不必更著一語也。」（紀昀《玉谿生詩說》引）由

於這些虛字對情感不著痕跡的牽引、推進，使本詩臻於「有神無跡」之境。（李翰）

憶梅

定定❶住天涯❷，依依向物華❸。寒梅最堪恨❹，長作去年花❺。

【注　釋】❶定定　唐時俗語，猶同「牢牢」、「不動」。❷天涯　指梓州。❸物華　自然美景。❹恨　悵恨。❺去年花　梅花有的在十月就開放，等不到第二年的春天。

【語　譯】長期紮根在梓州，這遠離京都的天涯。在桃紅梨白的春天，我深情地凝視著它們。看到枝條空空的梅樹，不禁悵恨滿胸，為什麼不與百花競豔，悄悄地只在去年開放。

【研　析】梅花在古往今來的文人心目中，是極為美好的意象，它傲雪迎霜，不畏艱難、不怕壓迫，總是凜然挺立，在大自然的花草樹木中，和青松一樣，具有硬骨頭的精神。然而，它在李商隱的眼中，性格卻不那麼美好。它孤獨，總是不合潮流，得不到同類的照應；它膽怯，不敢將自己置身於芳菲的春天，與百花爭奇鬥豔，因此，也享受不到半點的春光。

與其說李商隱「恨」梅花，倒不如說他恨自己。因為李商隱與梅花的品性極為相像。他雖然才華橫溢，卻得不到時人的讚譽，夾在牛李的黨爭之中，兩派政治權勢人物對他都持輕視的態度，沒有幾個志同道合、坦誠相待的朋友；他待人總是小心翼翼，謙恭有禮，從不與人去爭個短長。因此，他總是得不到應該屬於他的東西。（朱恒夫）

天涯

春日在天涯，天涯日又斜。鶯啼如有淚，為濕最高花❶。

【注釋】❶為濕句　將淚水打濕最高枝上的花朵。

【語譯】春天遠在天涯，天涯的夕陽正緩緩墜落。如果流鶯傷心落淚，她的淚也將濺溼那最高枝頭的花。

【研析】傷春與時世、身世之傷相交織，愁牽恨繞而又不名一端，這是詩人潦倒天涯，艱難苦恨中難以驅遣的情懷。詩人重繭亂絲般的感觸無從細細直陳，便以這種虛涵渾括的意境來表達其難言的心緒。馮浩箋引楊守智評：「意極悲，語極豔，不可多得。」商隱深曲綺麗而又感傷的詩風在這裡達到一個極點。

詩起首二句寫春日良辰而人卻置身天涯，置身天涯又逢日斜。天涯淪落情已不堪，更何況淪落人正對著黯淡的殘陽！幾經轉折，感慨已深。後二句欲以鶯啼之淚染溼最高花，更是深情奇想。最高花通常早秀，最為芳美和引人注目，但如今卻在天涯寂寞地自開自落，豈能不為之一哭？「最高花」亦花亦人，正有著「為誰成早秀，不待作年芳」（〈十一月中旬至扶風界見梅花〉）、早慧而命蹇的詩人自身的影子。而倩鶯灑淚又似暗示傷春之人淚水早已流乾，有著「欠淚的，淚已盡」那樣一層更深的傷感。表面上看，詩人所寫是傷春的老主題，但將傷春植入天涯淪落的背景，含蘊就深厚得多了。詩人其實是通過攝取典型的自然情景，以特定鏡頭傳達其傷時之感、遲暮之悲、沉淪飄泊之痛等種種複雜難言的感慨。梓幕中另有一首〈憶梅〉：「定定住天涯，依依向物華。寒梅最堪恨，長作去年花。」用思深曲含蓄，渾融自然，以及意味情境都非常相近，同樣是虛處傳神之作。

修辭上本詩有兩處值得注意，其一是曲喻，其二是頂真。錢鍾書在《談藝錄》中說：「至詩人修辭，奇情幻想，則雪山比象，不妨生出尾牙，滿月同面，盡可妝成眉目。……如〈天涯〉曰：『鶯啼如有淚，為濕最高花。』認真『啼』字，雙關出淚濕也。」曲喻有助於在有限篇幅中容納更多內涵，詩意的奇曲深至與此也不無關係。頂真對詩意有迴環推進的作用，且增唱歎之意味。商隱〈閒遊〉中「強下西樓去，西樓倚暮霞」，與之出自同一機杼。商隱純熟應用這些修辭，增加了詩歌藝術手法的豐富性。

看一個詩人在詩史上的地位，他開拓了什麼、填補了什麼、發展了什麼，其獨立於他人、自立於詩壇的特色又是什麼，這幾點應該是非常重要的判定標準。而這首小詩在這幾方面都堪作例證，有力地說明商隱在詩歌史上無可取代的獨特地位和價值。(李翰)

無題

萬里風波一葉舟，憶歸初罷更夷猶❶。碧江地沒元相引，黃鶴沙邊亦少留❷。
益德❸冤魂終報主❹，阿童高義❺鎮橫秋。人生豈得長無謂，懷古思鄉共白頭。

【注釋】❶夷猶　猶豫徘徊。❷碧江二句　指江水流動牽動離愁。沙邊，水上沙洲。❸益德　又作「翼德」，即張飛，三國時蜀中大將。❹冤魂終報主　未詳出典。陳寅恪認為指李德裕死後因「西邊兵食制置事」而有功於朝廷（詳見其〈李德裕貶死年月及歸葬傳說辨證〉一文，收《金明館叢稿二編》），似可從。❺阿童高義　指王濬全活巴人之德政，參《晉書・王濬傳》。阿童，西晉大將王濬小字。

【語譯】風波萬里一葉小舟在水中飄搖，思鄉之情稍息又起。無邊的猶豫徘徊，江水淹沒陸地之所牽引著我的愁思，黃鶴洲邊不忍駐足。張翼德化為冤魂也要報答他的主公，王濬的德政巴人銘刻千秋。人生哪裡能夠永久這樣蹉跎，懷古思鄉中，鬢邊又生白髮。

【研 析】這又是一篇梓幕傷春傷別之作，主旨便是尾句的「懷古思鄉共白頭」懷古思鄉並提，重在懷古，而懷古又是與傷今緊密聯繫在一起的，並且這種傷今與詩人身世相聯繫，又遠遠越過個人身世，是將個人放在一個大時空中所生出的感慨悲傷。

詩的前幅抒「憶歸」之情，首句「萬里風波一葉舟」，既是寫江上所見，同時風波中的小舟也隱寓著詩人身世的飄零。「憶歸」之情便是從風波飄泊之景中生出。「初罷更夷猶」，謂思歸之情暫歇而復猶豫彷徨，不能自已，所謂「剪不斷，理還亂，是離愁」，便是這裡的「夷猶」。三四句承「更夷猶」，極寫思鄉情切，其實「夷猶」關合了前面整個四句。姚培謙說：「萬里風波，豈能傳翼飛去，憶歸之心愈欲撇開，愈加縈繫。觀碧江之東下，既若有相引之情；羨黃鶴之自由，亦若有留待之意，所謂『夷猶』也。」（《李義山詩集箋注》）詩人心逐江水流向故鄉，目隨黃鶴翱翔碧霄，然而回過神來，一身仍羈留異鄉，這些都不免牽動鄉思，益增留滯之感。五六句轉因留滯沉淪之處境而思及蜀中英雄豪傑，由江山而及人事。翼德冤魂報主雖不詳出典，然其意在讚揚死猶報主之忠，則很明顯；阿童高義則讚頌其生而惠及人民之義。一死一生，一忠一義，或報君，或惠民，均有不朽之事功而令人緬懷欽仰。於是懷古之餘，不禁益增身世沉淪之悲。商隱年少時聽說「學道必有古，為文必有師法」，便很不以為然：「蓋愚與周、孔俱身之耳。」（〈上崔華州書〉）同樣，翼德、阿童，人也；我，人也，何以獨我淪落如此？故末聯深有慨於己之碌碌終生，無所作為。「豈得」二字，寫出不甘沉淪飄泊而又無法擺脫此種困境的憤鬱。

然而，詩中的「懷古」，又似非僅僅緬懷蜀中古代豪傑的忠義。〈潭州〉詩：「今古無端入望中」，歷史不過是凝固的現實。陳寅恪已指出「翼德」句喻指李德裕死後因「西邊兵食制置事」而有功於朝廷，實則「阿童」句亦喻指德裕任西川節度使時之德政。《新唐書・李德裕傳》：「徙劍南西川……蜀人多鬻女為人妾。德裕為著科約，凡十三以上，執三年勞，下者，五歲，及期則歸之父母。毀屬下浮屠私廬數千，以地予農。」其事和《晉書・王濬傳》所載全活巴人之事很相似。由蜀中古之豪傑想到當代曾在蜀中德政惠民的人物，聯想也極為自然。然則，無論古人今人，由人及己，都不由詩人不生「人生豈得長無謂」之慨。

詩首二字即標一「萬里」，展開空間極為蒼茫，連及蜀中人物，時間跨度也極為久遠，詩人是將思鄉植入懷古的景深，又將懷古拉到萬里江山的大背景，其「懷古思鄉」的蘊涵就極其深廣了。從本詩的格調氣勢可見，雖然長期淪落使商隱的情緒極為悲涼，心中充滿了傷春傷別之感，但其情懷志向並沒有被現實壓垮，其高情遠志依然如那沙邊黃鶴盤旋雲霄。沉淪而不委瑣，悲涼而不墮落，「豈得長無謂」的感慨中透露出不甘「長無謂」的心聲。緣此，商隱對政治的關注思考也一直不曾停止，本詩寄寓的對李德裕的讚頌，即說明商隱政治上的立場原則，並不因個人沉淪的處境而改變，哪怕這種沉淪的處境正是因此政治立場而致。（李翰）

聞著明❶凶問哭寄飛卿❷

昔歎讒銷骨❸，今傷淚滿膺。空餘雙玉劍❹，無復一壺冰❺。江勢翻銀漢，天文露玉繩❻。何因攜庾信❼，同去哭徐陵❽？

【注釋】❶著明　即武宗時進士盧獻卿。孟棨《本事詩・徵咎第六》：「范陽盧獻卿，大中中舉進士，作〈愍征賦〉數千言，時人以為〈哀江南〉之亞。」〈哀江南〉為南朝庾信之作。❷飛卿　即溫飛卿，名庭筠。太原人。唐宣宗大中初試進士，因品行無檢，累舉不第。曾為方城（在今河南方城附近）尉。徐商執政，入為國子助教。世人因稱「溫方城」、「溫助教」。其詩詞並工，而詞的成就尤高。在詩的創作上，與李商隱齊名，時號「溫李」。❸昔歎句　意為往日歎惜他為讒言而傷身。盧著明作有〈湣征賦〉，司空圖為之注：「盧君以讒擯，致憤於累千百言。」❹雙玉劍　劍為古代男子常攜之物，而劍分雌雄，總有兩把。此指盧著明的遺物。❺壺冰　喻人品之高潔。鮑照〈代白頭吟〉：「清如玉壺冰。」❻玉繩　天上的星宿，它的出現多在深夜。杜甫〈月夜〉三首之二：「不違銀漢落，亦伴玉繩橫。」❼庾信　《北史・庾信傳》：「父肩吾，為梁太子中庶子掌管記。東海徐攡為右衛率，子陵及信並為抄選學士，文並綺豔，世號徐庾體。」❽徐陵　《南史・徐陵傳》：「徐陵字孝穆，博涉史籍。自梁入陳，累官至左僕射、太子少傅。國家大手筆，必命草之。其文緝裁巧密，多有新意。」

【語　譯】生前遭受讒言的打擊而形銷骨立，我過去對此而深深的歎息。今日聽到他不幸去世的消息，傷心的淚水淌滿了衣襟。雌雄玉劍從此無人佩帶，世上再沒有那一顆純潔而高貴的心。江河為他悲傷，波濤翻滾如同天上的銀河。蒼天為他默哀，玉繩星憂傷地注視著大地。我們什麼時候，才能攜手到他墓前，哭奠著他才比徐、庾的英靈？

【研　析】惺惺相惜，才子尊重著才子，這是人性之常態，更何況，他們都有著遭讒受誣而一生坎坷的命運。所以，李商隱聽到了盧著明的凶信後，老淚橫流，極為悲傷。和著淚水寫下了這首悼亡詩。

「昔歎」句說明作者一直深切地關注著對方的生活，彼此之間早就有了深厚的友情。「銷骨」說明讒言打擊之沉重，也說明作者早已料知到盧著明不能永年的命運，然而當噩耗傳來時，作者雖然早就有了心理準備，但還是傷心不已，淚落滿膺。玉劍，代指死者留給人間的優秀詩文，壺冰，是死者帶走的那顆純潔高貴的心。這兩句實是對盧著明一生的評價，說他品質高尚，詩文創作的成就突出。五六兩句說天地為之悲哀，由此也可以看出，盧著明在社會上的影響，與人們對他的評價。最後兩句，用了庾信、徐陵二人作比，徐陵是「哭」的對象，實指死者盧著明，這沒有異議。只是有的論者認為庾信指溫飛卿，似乎不妥。庾信與溫飛卿沒有什麼可比性，倒是盧著明的〈溍征賦〉被人們看作是「〈哀江南〉之亞」，因此，庾信代指的是盧著明。（朱恒夫）

江上憶嚴五廣休❶

征南幕下帶長刀❷，夢筆深藏五色毫❸。逢著澄江不敢詠❹，鎮西留與謝功曹❺。

【注　釋】❶嚴五廣休　嚴廣休，排行第五，生平不詳。❷征南句　意為嚴廣休在鄭亞的桂管防禦觀察使幕下任武職。❸夢

筆句　謂嚴廣休的文章，就像江淹懷中的彩筆，絢爛奪目。《南史·江淹傳》：「（江淹）嘗宿於冶亭，夢一丈夫，自稱郭璞，謂淹曰：『吾有筆在卿處多年，可以見還。』淹乃探懷中，得五色筆一，以授之。爾後為詩，絕無美句，時人謂之才盡。」

❹逢著句　意為已經有了謝朓的「餘霞散成綺，澄江靜如練」（〈晚登三山還望京邑〉）的名句，不敢再吟詠這方面的詩歌了。

❺功曹　為謝朓曾任的官職。《南齊書·謝朓傳》：「朓字玄暉……文章清麗，……遷隨王鎮西功曹。」這裡代指嚴廣休。

【語　譯】在征討南方的統帥的幕中，你佩帶長刀，威武雄壯。然而你並非僅僅是一介武夫，而是像得了彩筆的江淹那樣，下筆千言而文采飛揚。現在我面對著澄清的蜀江，卻不敢胡亂地塗鴉，因為你像南齊的謝朓，寫過描寫此景的佳句。算了吧，還是等著你來揮毫。

【研　析】作者大概是在蜀江之上，面對著眼前的美麗景色，不禁思念起了好朋友嚴廣休。在作者的筆下，嚴廣休是一位文武全能之人。他佩帶的是長刀，而不是防身的匕首，說明他是個能上陣殺敵的軍官。而他的文才也非同小可，詩人將他比作懷揣五色筆的江淹，就知道他的詩文素養了。為了讓讀者進一步了解其人，詩人又拿嚴廣休與自己做了比較。我們都知道，李商隱對自己的詩才還是比較自負的，可是在嚴廣休的詩前，惶恐得都不敢再下筆了，那麼，嚴廣休的才能就用不著更多的語言來評論了。

短短的二十八個字，將嚴廣休的外形與內質作了精要的介紹，讓他的形象生靈活現地站在我們的面前。

（朱恒夫）

酬崔八❶早梅有贈兼示之作

知訪寒梅過野塘，久留金勒❷為迴腸。謝郎衣袖初翻雪❸，荀令熏爐更換香❹。
何處拂胸資蝶粉？幾時塗額藉蜂黃❺。維摩❻一室雖多病，亦要天花❼作道場。

【注　釋】❶崔八　當是李商隱交遊的一個朋友，商隱有另詩〈同崔八詣藥山禪師〉亦提及此人。❷金勒　用黃金製成的馬絡頭，代指駿馬。❸謝郎句　典出《宋書・符瑞志》：「大明（宋孝武帝年號之一）五年，正月元日，花雪降殿庭，時右衛將軍謝莊下殿，雪集衣，還白，上以為瑞，於是，公卿並作花雪詩。」這裡的雪，指盛開的梅花。❹荀令句　典出習鑿齒《襄陽記》：「劉季和性愛香，謂張坦曰：『荀令公至人家，坐幕三日香氣不歇。』」荀令，荀彧，字文若，為漢侍中守尚書令。這裡的香氣亦指梅香。❺何處二句　蝶粉蜂黃本是唐代婦女的化妝品，這裡用作喻梅花之顏色。陸崑曾在《李義山詩解》中說：「蝶粉言花之片，蜂黃言花之鬚。不資藉於蝶粉蜂黃，見早梅自有其色，直與天花無異也。」❻維摩　維摩詰之簡稱。相傳為金粟如來的化身，自妙喜國化生於此世上，以居士身分來輔助釋迦教化眾生。❼天花　用天女散花的故事，《維摩詰經》〈文殊師利問疾品第五〉至〈眾生品第七〉：「爾時佛告文殊師利，汝行詣維摩詰問疾……於是文殊師利與諸菩薩及大弟子及諸天人恭敬圍繞。……時維摩室有一天女，見諸天人聞所說法，便現其身，即以天花散諸菩薩大弟子上，花至諸菩薩，即皆墮落；至大弟子，便著不墮。一切弟子神力去花，不能令去。」

【語　譯】得知你為了看到早開的冬梅，經過了許多山野池塘。讓馬兒久久地佇立，是因為雪海般的梅花，讓你盪氣迴腸。飄揚的梅花落到你的身上，如同大雪蓋滿衣服的謝莊。濃郁的梅花香氣，如同荀彧身上的奇香。那愈久愈新的味兒，又像熏爐不斷散發的異香。那花片白白的樣子，哪裡還要借助於宮妝的蝶粉？那花鬚淺淺的黃色，比得過女子塗額的蜂黃。這樣的花兒，這樣的地方，即使是因病而不出門的維摩詰，也會把這裡當作說法的道場。將梅花當作天花，灑在諸菩薩的身上。

【研　析】梅花是高潔的象徵，一般人都會將它當作美好的事物來看待。李商隱除了有時心情不好，而責怪梅花不與百花爭豔，多數時候還是持讚美的態度的。第一二句概述崔八訪梅賞梅的過程。「過野塘」，說明崔八是一位十分愛梅的梅癡，否則不可能在寒冬中跑到野外去尋梅。「為迴腸」，是說崔八眼前的梅花十分的美麗，也十分的壯觀，否則不可能讓觀者有盪氣迴腸的審美感受。三四兩句寫花之多、味之香，五六兩句則寫色之鮮豔。最令人欣賞的是末兩句，即使是得了正果的維摩詰也會選擇這個地方做講法的道場，將梅花當作天花，試驗諸菩薩的六根有沒有清淨。由此可以想像，世俗之人有誰還會拒絕這裡梅花之美的魅力啊！

不足的是三、四、五、六句，用典太多，用意過深，不具備深厚文化修養的人，無法領會詩人對梅花的描述。（朱恒夫）

題白石蓮花❶寄楚公❷

白石蓮花誰所共？六時❸長捧佛前燈。空庭苔蘚饒霜露，時夢西山老病僧。

大海龍宮無限地❹，諸天❺雁塔❻幾多層。謾誇鶖子❼真羅漢，不會牛車是上乘❽。

【注　釋】❶白石蓮花　用白石雕成的蓮花座，用以捧燈供佛。《佛升忉利天為母說法經》：「摩耶夫人兩乳血出，猶白蓮花而入如來口中。」用蓮花燈座來供佛，大概就是這樣來的。❷楚公　其人生平不詳。❸六時　佛教將一晝夜分為六時，晝為三時，即晨朝、日中、日沒；夜為三時，為初夜、中夜與後夜。❹大海句　《妙法蓮花經・提婆達多品第十二》：「爾時文殊師利，坐千葉蓮花，大如車輪……從於大海娑竭羅龍宮，自然湧出，住虛空中，詣靈鷲山，從蓮葉下，至於佛所。」❺諸天　佛教將天分為三界二十八天。❻雁塔　《西城記》：「昔有比丘，見群雁飛翔，思曰：『若得此雁，可充飲食。』忽有一雁退飛，投下自殞。佛謂比丘曰：『此雁王也，不可食之。』乃瘞而立塔。」❼鶖子　《法華經》卷一〈序品・音釋〉：「舍利弗，此名鶖子。舍利，母名。費，即子也。連母為名。」❽上乘　即大乘，乘車運載的意思。《釋迦成道記注》：「羊車，喻聲聞乘；鹿車，喻緣覺乘；牛車，喻菩薩乘。俱以運載為義。前二乘，方便施設，惟大白牛車是實引重致遠，不遺一物。」

【語　譯】白玉石製成的蓮花座，究竟是哪一個人所供？白天黑夜六個時辰，時時刻刻在佛前捧著六盞明燈。寺廟空寂的庭院，遍地都是苔蘚。春夏的夜晚灑滿了露水，秋冬的早晨結著厚厚的白霜。荒涼的西山裡住著一位既老又病的高僧，經常讓我魂牽夢縈。他道行高深，能從大海的龍宮直達如來佛的住所。德高望重，如同諸天好多層的雁塔。請不要誇耀舍利弗是個真羅漢，哪裡比得上楚公啊，他就是那引重致遠的牛車。

【研　析】楚公是寺廟的僧人，為李商隱所敬仰，大概應楚公的要求，詩人為廟裡的白石蓮花座題寫了此詩。前兩句看似一種客觀的描述，實際上亦是對楚公的歌頌。該寺當處於冷僻的地方，拜佛的人極少，寺裡的僧人亦寥寥無幾，否則不可能庭院空寂，又長滿了苔蘚。可就是這座近乎荒廢的小寺，主持寺務的人還是位生病的老人，卻能做到在佛前晝夜六時地燃燈供奉，如若不是對所信仰的佛教特別的虔誠，是難以做到的。後面四句誇讚楚公對佛教的修養很深，其德行亦為人們所景仰。不過，將他與舍利弗相比較，給人一種不對稱的感覺，讓人覺得詩人有虛美之嫌。（朱恒夫）

詠三學山❶

五色玻璃白晝寒，當年佛腳❷印旃檀。萬絲織出三衣❸妙，貝葉經傳一偈難❹。
夜看聖燈紅菡萏❺，曉驚飛石碧琅玕。更無鸜鵒因緣塔❻，八十山僧試說看。

【注　釋】❶三學山　位於四川金堂。《四川通志》卷三八〈寺觀〉：「金堂縣，三學寺在縣東南三十里三學山之上，一名棲賢寺。」❷佛腳　《法苑珠林》：「漢州三學山寺，唐開皇十二年，寺東壁有佛跡見，長尺八寸，闊七寸。」《明一統志》：「三學山有佛跡，石理溫潤，非世間追琢所能」。❸三衣　《大方等陀羅尼經》：「佛告阿難，衣有三種：一出家衣，作於三世諸佛法式；二俗服，弟子趣道場時當著一服，常隨逐身，尺寸不離；第三服者，具於俗服，將至道場，常用坐起。其名如是，修諸淨行，具於三衣。」❹貝葉句　《傳法正宗記》：「釋迦命迦葉曰：『吾以清淨法眼突相無相妙法，今付與汝。』說偈曰：『法本法無法，無法法亦法。今付無法時，法法何曾法。』」又「二祖阿難曰：『昔如來以正法眼藏付大迦葉，迦葉入定而付與我，用傳汝等。汝受吾教，當聽偈言。』」❺菡萏　意為神燈像無數朵紅色的荷花一樣。《法苑珠林》：「三學山寺有神燈，自空而現。每夕常爾，齋時則多。初出一燈，流散四空，千有餘現，大風起吹小燈滅，已，大燈還出，小燈流散四空，迄至天明。」❻更無句　《文苑英華》所載〈鸜鵒舍利塔記〉：「前歲有獻鸜鵒鳥者，有河東裴氏，以此鳥名載梵經，智殊常例，始告以六齋之禁。比及辰後非時之食，或教以持齋名號者，其後即唱言阿彌陀佛，穆如笙竽，念念相續。今年七月，悴而不懌，馴養者乃鳴磬告曰：『將西歸乎？為爾擊磬。』每一擊一稱彌陀佛，洎十念成，奄然而絕。命火焚餘，果舍利十餘粒。時高僧慧觀常詣三學山巡禮聖跡，請以舍利於靈山建塔。貞元十九年八月韋皋記。」

【語　譯】肅穆莊嚴的廟宇在陽光下熠熠生輝，五色玻璃在白天裡反射出冷冷的光芒。當年如來佛曾來到這裡，至今仍在旃檀上留有足跡。千絲萬線織出的三衣，無人不誇讚其手藝的奇妙。廟裡珍藏著貝葉真經，釋迦傳給迦葉的偈語仍在空中回蕩。夜空中升起無數神燈，就像那紅豔豔的荷花正在開放。清晨時光有石鸞飛，它現在像美玉一樣安處一隅。更有那得道的鸚鵡，火化後的舍利子因緣建塔。年已八十的老僧，說起這些往事如數家珍。

【研　析】三學山是佛教聖地，高僧大德、文人墨客遊觀之後，多作詩留念，著名者就有隋僧智炫的〈遊三學山詩〉、唐王勃〈遊梵宇三學寺詩〉、薛能〈自廣漢遊三學山詩〉等，然而，李商隱所作的這首詩卻有它的獨特之處，在短短的五十六個字中，概括了該寺的佛腳、三衣、貝葉經、聖燈、飛石、鸚鵡等幾乎所有的聖跡，給人「一覽眾山小」的感覺。但這樣寫，也帶來了平鋪直敘、缺少主觀評價的毛病。（朱恒夫）

題僧壁

捨生求道❶有前蹤，乞腦剜身❷結願重。大去便應欺粟顆❸，小來兼可隱針鋒❹。蚌胎未滿思新桂❺，琥珀初成憶舊松❻。若信貝多真實語❼，三生❽同聽一樓鐘。

【注　釋】❶捨生求道　《妙法蓮花經》卷四：「我不受身命，但惜無上道。」又卷五：「一心欲見佛，不自惜身命。」❷乞腦剜身《報恩經》：「轉輪聖王向一婆羅門白言：『大師解佛法耶？為我解說。』婆羅門言：『若能就王身上剜作千瘡，灌滿膏油，安施燈炷，燃以供養者，吾當為汝解說。』爾時大王作事已，婆羅門即為王而說半偈，王聞法已，心生物喜。」《因果經》：「菩薩昔以頭目腦髓以施於人，為求無上真正之道。」❸粟顆　呂巖（洞賓）〈七言〉詩一四四首之一〇五首：「一粒粟中藏世界，二升鐺內煮山川。」❹針鋒　樹葉之末端。《維摩經・不思議品第六》：「維摩詰言：『諸佛菩薩有解脫，名不可思議。若菩薩住是解脫者，以須彌之高貴，納芥子中，無所增減……是名不可思議法門。……十方世界所有諸風，菩薩悉能吸著口中，而身無損。外諸樹木，亦不摧折。……又于下方過恆河沙等諸佛世界，取一佛土舉著上方，過恆河沙等無數世界，如持針鋒舉一棗葉而無所撓』。」❺蚌胎句　《呂氏春秋・季秋紀・精通》：「月也者，群陰之本也。月望則蚌蛤實，群陰盈；月晦，則蚌蛤虛，群陰虧。」蚌胎，指蚌中之明珠。珠在蛤中，若婦人懷妊，故謂之胎。新桂，代指月亮。傳說月中長有桂樹。❻琥珀句　《神仙傳》：「松脂，脂入地千年化為茯苓，茯苓化為琥珀。」意為要想到前世。❼貝多真實語　指寫在貝葉上的佛經。《酉陽雜俎》卷一八〈木篇〉：「貝多，出摩伽陀國，長六七丈，經冬不凋。……貝多是梵語，漢翻為『葉』。……西域經書，用此……皮葉，若得保護，亦得五六百年。」❽三生　指過去、現在與未來。

【語　譯】不惜以自己的生命，來求取佛教的真諦，那些施捨腦髓，在身上挖孔灌油以供佛祖的作法，前人早就有之。神奇的佛法呀，能大能小。一粒粟米，能裝下三千大千的世界；那草葉的尖末，等同於高廣的須彌山。明珠在蚌中孕育之時，能想到未來在月亮照耀之下的光彩。經過千年演化的琥珀，應該記住松樹是自己的根本。如果你篤信佛教，覺得貝葉經上所說的都是真理，那麼，你的過去，未來與現在之生，就會同時聽到鐘樓上能讓你覺悟的鐘聲。

【研　析】李商隱一生深受佛教的影響，尤其是在入東川幕府之後，忽忽已到中年，卻一事無成。仕途上沒有半步的進展，而家室幾乎處於破敗的狀態。於是，他便將精神寄託於釋氏。在常平山慧義精舍經義院釛石壁五間，刻勒《妙法蓮花經》七卷。他真希望自己做一個敲鐘掃地、不問紅塵的僧人。此詩即是講自己對佛教的認識與體會。

本詩的前四句有嚴密的邏輯關係，一二句是果，三四句是因。句旨為：前人之所以能捐腦剜身以求佛道，是因為佛法確實是廣大的，具有不可抗拒的吸引力。它無所不包，無所不在，世間的萬事萬物，都在佛家的大道之中，它能夠以小見大，從微小中窺見到三千大千的世界，也能夠由大瞭解到微小細末事物的發展規律。雖然每一物都是一個世界，但它們的本質卻是一樣的。五六句是說事物之間有著密切的聯繫，「新」是從「舊」中蛻化而來，「現在」就是「未來」發展的基礎，切不可將事物看成是一個孤立的現象，那樣會使你無法弄清楚事物的本來面目。最後兩句是對自己也是對他人的一種勸告，一定要相信佛經所講的是真理，它能讓你感悟到生命的意義，領略到人生無欲無己的境界，從而減輕或擺脫塵世帶給你的煩惱與痛苦。(朱恒夫)

春深脫衣

睥睨❶江鴉集，堂皇❷海燕過。減衣憐蕙若❸，展障❹動煙波。日烈憂花甚，
風長奈柳何！陳遵❺容易學，身世醉時多。

【注釋】❶睥睨　亦作「埤堄」、「埤倪」。城上設有窺視孔之矮牆，亦曰女牆。❷堂皇　大堂。《漢書・胡建傳》：「監御史與護軍諸校列坐堂皇上，建以走卒趨至堂皇下拜謁。」顏師古注：「室無四壁曰皇。」❸蕙若　香草名。若又稱杜衡。〈離騷〉：「自前世之嫉賢兮，謂蕙若其不可佩。」❹展障　一作「展帳」，展開帷帳意。❺陳遵　《漢書・陳遵傳》：「遵嗜酒，每大飲，賓客滿堂，輒關門，取客車轄投井中，雖有急，終不得去。……遵大率常醉，然事亦不廢。」

【語譯】江鴉群集於女牆之上，海燕飛過舉行宴會的大堂。醇酒讓人們渾身發熱，脫去外衣更顯美麗的是那年輕的女郎。風吹著展開的帷帳，飄動起來如同煙波一樣。火辣辣的太陽照射著鮮花，讓愛花的人痛斷肝腸。風兒呼呼地吹著柳枝，不停地東飄西揚。常常醉酒的陳遵，也許能輕易地效仿，但現實生活中的事情，我怎麼能超然相忘。

【研　析】此詩描寫了一次宴會的景狀，並流露出俗事纏心、無可奈何的感慨。前兩句寫宴會廳前的外景，江鴉雲集，海燕過堂，寓含著對鳥兒自由自在生活的歆羡，相比之下，自己被名韁利鎖，失去了自由的天性。程夢星在《李義山詩集箋注》中說：「雅集燕過，非謂禽鳥」，而是和第三句中的蕙若一樣，喻指參加宴會的歌伎舞娘。這樣的解釋，也未嘗不可。五、六兩句，是對歲月蹉跎、命運不可控制的感慨。鮮豔的花兒在暴日下，漸漸地枯萎了；柔嫩的柳枝在急風中，不由自主地飄蕩，作者由此想到了自己的人生，我不就是像這眼前的花麼？於是，自然而然地就想到了漢代那位以醉酒的方式來擺脫俗事纏心的陳遵。然而，冷靜下來後，覺得自己塵心太重，家庭的責任與個人的政治目標都不允許他做那種不問世事、終日處於沉醉狀態中的人。

（朱恒夫）

妓席暗記❶送同年獨孤雲❷之武昌

疊嶂千重叫恨猿，長江萬里洗離魂。武昌若有山頭石❸，為拂蒼苔檢淚痕。

【注　釋】❶暗記　指此詩並非席上公開之作。❷獨孤雲　字公遠，吏部侍郎，與商隱為同科進士。❸武昌若有山頭石　劉義慶《幽明錄》：「武昌陽新縣北山，上有望夫石，若人立者。傳云：『昔有貞女，其夫從役，走赴國難。攜弱子餞送此山，立望而死，形化為石。』」

【語　譯】重重疊疊的千萬座高山，屏護著奔流向前的大江。料想你乘舟遠行，滿耳聽到的當是那哀傷的猿啼。我的靈魂會離開身體，時時刻刻陪伴著你。萬里之長途，數月之旅程，我將用滔滔的江水沐浴自己沾上塵土的靈魂。武昌新添一座石人，那定是你的化身。拂去面上的蒼苔，當會露出你一天天添加的淚痕。

【研　析】這首七絕，雖然只有寥寥四句，卻寫得情深意濃，讓我們感受到了作者與獨孤雲之間不同尋常的友誼。一二句是寫自己不忍心友人離去，竟然靈魂出竅，隨友行旅。關於離魂的傳說，唐及之前，流傳甚廣。著名者有陶潛《搜神後記》卷四與劉敬叔《異苑》卷八中的李仲文與馮孝將兒女事。「疊嶂千重」寫空間之距離、路途之艱難，意為分別之後，不易見也，故此次的分別讓人特別的痛苦。「叫恨猿」，連猿亦受感染，哀啼不止，人則何以堪？「洗離魂」說明路途之遙，時間之長，連魂靈都滿是風塵，需要洗浴。三四句則從獨孤雲的角度來寫他們之間友情之深厚，將獨孤雲比擬為望夫而幻化成石頭的婦人，是猜想他到了武昌之後，一定是非常想念自己，其思情之濃烈、之綿長，一如妻子對於遠遊而久久不歸的丈夫。此詩構思奇妙，出語清新，用典不落俗套，使它能夠躋身於有唐好詩的前列。（朱恒夫）

飲席❶戲贈同舍

洞中屐響省分攜❷，不是花❸迷客自迷。珠樹重行憐翡翠，玉樓雙舞羨鵾雞❹。

蘭迴舊蕊❺緣屏綠，椒綴新香和壁泥❻。唱盡〈陽關〉❼無限疊，半杯松葉凍頗黎❽。

【注釋】❶飲席　可能是「餞席」之誤。❷洞中句　意為詩人聞洞內聲音雜遝，猜想大概是同舍之人與所歡之女子作分手前之嬉戲吧。省，這裡作「猜測」用。分攜，分手。❸花　代指妓女。❹珠樹二句　意為歌伎舞娘們珠光寶氣，站立成行，就像一排排玉樹一樣，連美麗的翡翠鳥也不勝憐愛；而在這裝飾華貴的高樓之上，男士與舞娘成雙作對，翩翩起舞，連鵾雞也羨慕不已。珠樹，葉皆為珠之樹。《山海經・海外南經第六》：「三珠樹在厭火國，生赤水上，其為樹如柏，葉皆為珠。」翡翠，為紅色羽毛和青色羽毛的兩種鳥雀。鵾雞，似鶴，黃白色，總是雌雄雙飛。❺蘭迴舊蕊　蘭花恢復了往日鮮豔的姿容。❻椒綴句　意為所在的環境特別華貴。《世說新語・汰侈》：「石（崇）以椒為泥，王（愷）以赤石脂泥壁。」應劭《漢官儀》：「皇后室稱椒房，取其蕃實之義也。外以椒塗室，亦取溫暖除惡氣也。」❼陽關　指根據王維〈送元二使安西〉譜曲的〈陽關三疊〉，唐人多在餞別之時歌此曲。❽頗黎　古時多指瑪瑙、水晶之類。

【語　譯】聽到宴會廳中雜亂的聲響，我猜想那大概是同舍之人與所歡女子分離前的嬉戲。不是妖嬈的女子迷住了客人，而是客人沉溺於歡情之中。成隊的歌伎舞娘們，打扮得像一行行閃光的珠樹。就是那本身美麗的翡翠鳥兒，也對女郎產生了愛戀之情。在這裝飾華美的樓內，一對對男女翩翩起舞，連雙棲雙飛的鶤雞也露出了羨慕的神色。在屏風映襯下顯得翠綠的蘭花，回復了往日嬌豔的姿容。那和著椒粉塗抹的牆壁，散發著醉人的芳香。在這美好的時光，客人們流連忘返。他們舉起頗黎杯中的半盞松葉酒，一遍遍深情地唱著〈陽關三疊〉。

【研　析】這首詩主要敘寫同舍之人在宴席上對歌伎的迷戀情狀，字眼是一「迷」字。第三句寫歌伎們之美貌，第四句寫同舍之人與歌伎翩翩起舞的快樂。這兩句主要寫所迷之人。五、六兩句則寫所迷之環境。蘭發舊蕊，壁散椒香，一個充滿了溫情與有著濃郁的藝術氛圍的處所。人美，居所美，還能與美人共舞，怎能不讓同舍之人深深地留戀。〈陽關三疊〉本是離別之歌，然「唱盡」也沒有分離；香醇美酒是為客人壯行之物，但為了拖延時間，遲遲不肯一口飲盡。此詩聲調流美，音節明快，用直接與間接的敘述手法，將所迷之人、環境完整地表現了出來。（朱恒夫）

蜀　桐

玉壘❶高桐拂玉繩❷，上含霏霧下含冰❸。枉教紫鳳無棲處，斲作秋琴彈〈壞陵〉❹。

【注　釋】❶玉壘　山名。在成都西北導江縣西北二十九里處。❷玉繩　星宿名。玉衡星北兩星為玉繩。❸上含句　喻桐樹高大根深。漢代枚乘〈七發〉：「龍門之桐，高百尺而無枝；中鬱結之輪菌，根扶疏以分離。上有千仞之峰，下臨百丈之溪……其根半死半生。冬則烈風漂霰飛雪之所激也，夏則雷霆霹靂之所感也……於是背秋涉冬，使琴摯斫斬以為琴。」❹杠教二句　嘉樹竟斫而為琴，而使鳳凰失去棲身之所。即使所彈的是伯牙譜製的名曲，也不是物盡其用。宋代陳翥《桐譜》：「或者謂鳳凰非梧桐而不棲，且眾木森森，胡有不可止者，豈獨梧桐乎？答曰：『夫鳳凰，仁瑞之獸也。不止強惡之木。梧桐，葉軟之木也！皮理細膩而脆，枝幹扶疏而軟，故鳳凰非梧桐而不棲也。』」〈壞陵〉，古曲名，傳伯牙所作。

【語　譯】玉壘山上的梧桐，高聳參天觸到玉繩星宿。它的樹冠隱含在雲霧之中，它的根鬚深入地下的冰層。人們卻僅將它製成琴器，用來彈奏伯牙譜製的〈壞陵〉。而讓只棲息於梧桐樹的鳳凰，失去了安身的處所。

【研　析】此詩以蜀桐喻才能傑出者，以紫鳳喻當權者。蜀桐本是棟梁之材，高聳齊雲，下入九泉，撐天柱地，挺立於宇宙之中。然而，無人能識得其材質，只把它當成製作琴器的材料。作者慨歎道：即使用它彈奏著名樂師伯牙譜製的〈壞陵〉這樣的名曲，又能有什麼意義呢？因為這樣做的結果是讓鳳凰失去了棲身之所。很明顯，李商隱是以此意象來抒發英雄無用武之地的牢騷。

在人治社會中，人才沒有「海闊憑魚躍，天高任鳥飛」的環境，能否發揮自己的才能，實現自己的理想，在很大程度上決定於有沒有權勢者的賞識。否則，凌雲壯志，只能付之東流；一生碌碌，屈身於平庸之輩。其怨恨而導致的痛苦，是十分折磨人精神的。李商隱自然是有感而發，但有此遭遇的人，古今何止千萬，因此，這首詩能得到廣泛的共鳴。（朱恒夫）

因書

絕徼❶南通棧❷，孤城❸北枕江。猿聲連月檻❹，鳥影落天窗❺。海石分碁子❻，
郫筒❼當酒缸。生歸話辛苦，別夜對銀釭❽。

【注　釋】❶絕徼　險絕的邊塞之地。《漢書・鄧通傳》顏師古注：「徼，猶塞也。東北謂之塞，西南謂之徼。」❷棧　棧道。通常是在絕壁上鑿洞鋪木構成。昔時由秦入川，多經棧道。成語有「明修棧道，暗渡陳倉。」❸孤城　由詩中的「南通棧」、「北枕江」的地理位置來看，當是利州，今廣元市。❹月檻　賞月的亭榭。❺天窗　在屋頂上設窗，利於透光。❻海石句　指江邊可以作棋子用的錦石。❼郫筒　郫縣特產的長竹筒。《華陽風俗錄》：「郫縣有郫筒池，池旁有大竹，蜀人刳其節，傾春釀於筒，苞以藕絲，蔽以蕉葉，信宿香聞於林外，然後斷之以獻，俗號郫筒酒。」❽銀釭　銀製的燈。釭，燈也。

【語　譯】孤零零的小城，由棧道通向南邊的邊塞，而北方流來的江水，經過小城的身旁。淒厲的猿啼聲，夜晚傳到賞月的亭榭。天空中飛過的孤鳥，其影子掠過朝天開的窗戶。這裡的人們，過著悠閒而快樂的生活，常用江邊多彩的小石頭，當作對弈的棋子。喜歡用郫縣生產的長竹筒，裝滿酒來豪飲。這一次旅行，雖然欣賞到了異地的風光，但跋山涉水的艱辛，我還是嘗到了不少。回去以後一一地向你道來，可今晚我只能一個人，面對著孤燈，承受著難忍的寂寞。

【研　析】此詩為商隱梓幕罷歸後，回京途經利州時寄予夫人之作，詩意與〈夜雨寄北〉相同。利州即今廣元市，唐時靠近邊塞，為不發達之地。孤城絕徼，棧道冷水，寒夜猿啼，隻鳥天窗，都是寫其荒涼也。而失意的文士來到此環境中，心中之悲涼，又會增加之一分。由此我們可以體會到詩人彼時情緒的失落。但詩人住了幾日後，就發現這裡的民情卻是別樣的，雖然環境艱苦，但人們的生活態度是樂觀的、開朗的，他們以江石為棋，自娛自樂；以郫筒盛酒，歡聚豪飲。這樣的風土人情自然地會影響詩人的心境，然而，它的影響是極短暫的、淺層的，無法改變詩人憂愁苦悶的心理。當夜幕降臨時，他便在旅館中一個人又咀嚼起無邊的寂寞、深濃的思念和對未來的擔憂。

全篇結構清晰，意象豐富。在對孤城獨特的風土人情的描寫中，融入了詩人落寞的情感。（朱恒夫）

籌筆驛❶

猿鳥猶疑畏簡書❷，風雲常為護儲胥❸。徒令上將❹揮神筆，終見降王走傳車❺。管樂有才真不忝❻，關張無命❼欲何如？他年❽錦里❾經祠廟，〈梁父〉❿吟成恨有餘。

【注 釋】❶籌筆驛 在今四川廣元北，為川陝交通要站。相傳諸葛亮出師伐魏，曾駐此籌劃軍事。❷猿鳥句 喻諸葛亮的軍令森嚴。簡書，古代以竹簡寫字，這裡特指軍中文書命令。❸儲胥 保護軍營的藩籬木柵。❹上將 主將，指諸葛亮。❺終見句 指蜀後主劉禪終降於魏。傳車，驛站中準備的車。《通鑑》魏元帝景元四年，「鄧艾至成都城北，漢主面縛輿櫬詣軍門。」後被送至洛陽。❻管樂句 諸葛亮青年時每自比於管仲、樂毅。管樂，管仲、樂毅，春秋及戰國時著名軍事家、政治家，曾分別為齊桓公、燕昭王建立霸業。❼關張無命 指關羽鎮荊州，為孫權遣將偷襲，兵敗被殺，以及張飛領兵伐吳時被部將所殺事。❽他年 往年。❾錦里 在成都南，有武侯祠。❿梁父 〈梁父吟〉，古樂曲名，傳為諸葛亮作，其躬耕南畝時常以之抒發政治抱負。這裡轉指自己所寫的借詠史以抒情的詩篇。

【語 譯】猿猴和飛鳥似乎還在畏懼軍營的氣氛，風雲翻滾，似乎在保護著那些藩籬柵欄。可憐將軍運籌帷幄多妙策，終究還是國破主降一場空。管仲樂毅般的才華誰人能及，只可惜關、張等人命途不濟。即使有諸葛亮的才能又能怎麼樣呢？往年在成都經過武侯廟，吟罷〈梁父吟〉，心中的悵恨久久不息。

【研 析】大中九年十一月，柳仲郢結束東川節度使任，被徵為吏部侍郎。是年底或次年初，商隱隨之從梓州啟程回京。本篇即商隱經過諸葛亮屯兵故地，有感武侯壯志未申、雄圖未竟的詠史歎之作。

詩意和作者梓幕期間去成都推獄時，遊武侯祠所作的〈武侯廟古柏〉相近，不過該詩在感歎武侯功高不伐卻遭逢末世、志業不成中，較為顯明地寄寓著詩人的現實感慨，「陰成外江畔，老向惠陵東」、「玉壘經綸遠，金刀歷數終」等句顯為李德裕而發，而本詩現實寄寓則隱曲得多。

紀昀評本詩云：「起手抬得甚高，三四忽然駁倒，四句之中幾於自相矛盾，蓋由意中先有五六一解，故敢下此離奇之筆，見是橫絕，其實穩絕。」（《玉谿生詩說》）所謂意中先有之解，即詩人著意表現諸葛亮才智與命運的悲劇性矛盾。遇到劉禪這樣的庸主，又失去關、張這樣的輔翼，諸葛亮才比管、樂又能如何呢？「上將揮神筆」與「降王走傳車」是一層對比，這是事實層面具有反諷意味的對比；「管樂有才」與「關張無命」又是一層對比，是交織著感歎與無奈的原因層面的對比。對比呈現出矛盾的深度，對諸葛亮才略事功的讚頌也就成為其悲劇命運的有力反襯。自然逼出末句的「恨」字點醒全篇。

在藝術構思上，本詩和杜甫〈蜀相〉一脈相承，但內容上更接近杜甫的〈詠懷古跡〉其五。只是杜詩在「運移漢祚終難復」的深沉感慨中仍強調諸葛亮「志決身殲軍務勞」的主觀精神質量，商隱則深慨才人志士的無能為力，突出諸葛亮遭遇的客觀條件。因此，本詩中也就蘊含著「大廈將傾，一木難支」的宿命悲涼，蘊含著濃重的末世情懷。

除了悲劇意味這種鮮明的個性特色外，以詠歎貫穿始終的本質上的抒情性，也使本詩一看而必知其為義山詩。從字面上，本詩抒情、議論、敘事、寫景幾種表現手法都有，並且議論成分似乎更為突出。但就在句中，作者往往以個別虛詞點綴其間，以見言外不盡之意。如頷聯「徒令」、「終見」，一「徒」一「終」，多少感慨；「真不忝」的極度推崇與「欲何如」的蒼涼追問，同樣也蘊含著詩人惋惜、激憤與無奈相交織的情感。這些虛字的承接起轉，將抑揚頓挫的唱歎與大開大合的議論融為一體，筆力雄健，感慨深沉。尾聯追憶往年行蹤，以「恨有餘」作結，昔之恨，今之慨，均在不言之中。詩味醇厚，如聞悠悠悲歎之聲歷久不散。

商隱七律胎息杜甫而一直努力開拓著自我的新路，本篇沉鬱中出以迴環唱歎，縈繞著綿邈悲涼，以其特有的風貌將七律在晚唐提升到足以與杜甫相頡頏的高度，即使獨以七律而言，商隱於詩國其功亦大矣。（李翰）

重過聖女祠❶

白石巖扉碧蘚滋，上清❷淪謫得歸遲。一春夢雨❸常飄瓦，盡日靈風不滿旗。

萼綠華來無定所，杜蘭香去未移時❹。玉郎❺會此通❻仙籍，憶向天階問紫芝❼。

【注　釋】❶聖女祠　在陳倉（今陝西寶雞東）、大散關間，懸崖旁有神像，狀似婦人，稱為聖女神。❷上清　神仙所居的仙境。❸夢雨　迷濛飄忽的細雨。暗用巫山神女故事而融入愛情遇合方面的內容。❹萼綠華二句　藉聖女來去無所喻己遭貶謫之情。萼綠華、杜蘭香，女仙名。未移時，不多時。❺玉郎　道教典籍中掌管學仙簿錄的仙官。❻通　載入。❼紫芝　道教所說的一種神草，仙人所服。

【語　譯】碧綠的苔蘚漫布在白石與柴扉上，你是貶謫的仙子遲遲沒有赦歸。一春的細雨飄灑，如煙似夢；微風輕拂，無力的捲起一角旗邊。萼綠華來無定所，杜蘭香剛剛離去。玉郎在這裡加入道籍，還記得服食尋仙的往事。

【研　析】如果要描述商隱詩歌給人的主要感官印象，本詩中「一春夢雨常飄瓦，盡日靈風不滿旗」，倒能貼切地寫出那種綿邈隱約、幽微悵惘的閱讀感受。這也是詩人在飄泊沉淪中透出的幽怨與遙望前路時迷濛中又流露出隱約期待，這樣一種糾葛在感傷與執著之間的心緒的詩意表達。

詩是商隱隨柳仲郢歸朝途次重過聖女祠所作，明賦聖女，實寓自己淪謫之慨。首聯謂聖女自上清仙境淪謫下界，至今猶遲遲未歸天上，意與「淪謫千年別帝宸，至今猶謝蕊珠人」（〈贈華陽宋真人兼寄清都劉先生〉）相仿。次聯以絕美之意境為全篇增色，遂成名句。如夢似幻的細雨輕輕飄灑在屋瓦上，境界既帶著朦朧的希望，又透出虛無飄渺的氣息，令人想見聖女的期待、追求和遇合正像這飄忽迷濛、若有若無的夢雨，而輕柔得吹不滿神旗的靈風又暗透著好風不來的遺憾。腹聯以女仙萼綠華、杜蘭香的「來無定所」、「去未移時」，反襯「淪謫歸遲」的聖女寂寥落寞、無所依託的境遇，隱喻著詩人自己政治上遇合如夢、無所憑依的感慨。面對細雨靈風中飄渺如夢般的聖女祠，詩人在浮想聯翩中不知不覺化身為聖女，體驗那份淪落寂寥的感受。故尾聯自然地以聖女身分口吻抒情，謂處此淪落之境，惟望執掌仙官簿錄的玉郎能與己相會，以便實現重回天界、在天階問取紫芝的願望。憶，思也，想望之意。其時幕主柳仲郢內徵為吏部侍郎，職掌官吏銓選。「玉郎」或即喻指仲郢，望其能幫助自己重登朝籍。

詩詠「聖女」淪謫遭遇，不從正面著筆，而用白石碧蘚、夢雨靈風的環境氣氛進行烘托，以杜蘭香、萼綠華來去飄忽的行蹤作反襯，全詩意境縹緲朦朧，極富象外之致。「夢雨」一聯尤為出色，歷來被譽為「有不盡之意」的名句。

淪謫如果能被重新起用，雖然經歷了長期的磨難坎坷，但終究命運有了轉機與改變，「得歸遲」的感慨儘管蒼涼，還總算能落到實處。假如歸來命運並沒有多大起色呢？柳仲郢一入朝，旋被改為兵部侍郎，充諸道鹽鐵轉運使。商隱最後一次重登朝籍的希望也因柳的改官而落空。（李翰）

韓冬郎❶即席為詩相送一座盡驚他日余方追吟連宵侍坐徘徊久之句有老成❷之風因成二絕寄酬兼呈畏之員外

其一

十歲裁詩走馬❸成，冷灰殘燭❹動離情。桐花萬里丹山路❺，雛鳳清於老鳳聲。

其二

劍棧風檣各苦辛❻，別時冬雪到時春。為憑何遜休聯句，瘦盡東陽姓沈人❼。

【注釋】❶韓冬郎　即韓偓，冬郎是他的乳名。其父韓畏之是商隱的同年，又是他的連襟。❷老成　作詩的功力深厚。❸走馬　跑馬，喻寫詩的速度很快。❹冷灰殘燭　夜深之景，燭已燃盡，香灰已冷。此處以景寫情。❺桐花句　《山海經・南山經》：「丹穴之山，其上多金玉，丹水出焉。……有鳥焉，其狀如雞，五采而文，名曰鳳凰。」又《詩經・大雅・卷阿》：「鳳凰鳴矣，于彼高崗；梧桐生矣，于彼朝陽。」鄭玄箋曰：「鳳凰之性，非梧桐不棲，非竹實不食。」❻劍棧句　劍棧指劍閣的棧道。商隱於大中五年秋末赴梓州幕時，走的是劍閣棧道，而不久韓畏之出刺果州走的是水路，故稱「風檣」。❼為憑二句　意為自己年老體衰，才華枯滅，不能再酬和聯句了。何遜，字仲言，南朝宋天監中，為建安王偉水曹參軍，十六年，除廬陵王記室。喜與人作聯句詩。聯句作法為，一幫詩友，共詠某事，假若事先規定每人兩句，則由一人先詠兩句，他人逐一隨詠兩句，所用之韻同於第一人。東陽姓沈人，指南朝沈約。《南史・沈約傳》：「沈約，字休文。……久處端揆，有志臺司，……而帝終不用。乃求外出，又不見許。與徐勉素善，遂以書陳情於勉，言已老病，『百日數旬，革帶常應移孔；以手握臂，率計月小半分。』」此處，以何遜比冬郎，而以沈約自比。

【語譯】

其一

聰明的冬郎，十歲時作詩如跑馬一樣的迅捷。記得在那燭殘灰冷的深夜，冬郎作詩相送，詩歌牽動了席上每一個人的離別之情。當我踏上布滿桐花的征途時，聽到了雛鳳的鳴聲。那清亮的啼聲呀，比老鳳更為動聽。

其二

我到梓州走的是劍閣的棧道，畏之出刺果州借助於風帆遠行。不論是陸路還是水道，萬里迢迢是一樣的辛苦。離別之時雪如花，到了梓州花如雪。少年詩人呀，你就是那天才何遜。請你不要再和我聯句了，我的才華耗盡，我的詩情索然，如若再讓我寫詩，只怕會像沈約一樣，一天天地枯瘦下去。

【研　析】此詩雖為一般的應酬之作，但由於有了「雛鳳清於老鳳聲」而廣為人知。冬郎的相送之詩，因未收入韓偓的詩集中，我們已不得而知，但從其中的一句「連宵侍坐徘徊久」來看，也屬平常之作。商隱竭盡頌揚之能事，並不惜將對方比作何遜，而將自己比作沈約，以表達自己的傾倒之情，就不能僅僅視作對小孩子的聰明才智的誇讚了。由此詩「兼呈畏之員外」來看，作此詩的目的主要還是讓韓畏之高興，可能商隱在此時有求於畏之，寫這首詩的目的是精神賄賂吧。紀曉嵐在《玉谿生詩說》中評曰：「風調自佳，但無深味耳。」意為此詩雖然有著清詞麗句，也有一種可人的韻味，但沒有多少深刻的思想，極其正確。（朱恒夫）

鄠杜❶馬上念漢書

世上蒼龍種❷，人間武帝孫❸。小來惟射獵，興罷得乾坤❹。渭水天開苑❺，
咸陽地獻原❻。英靈殊未已，丁傅漸華軒❼。

【注　釋】❶鄠杜　地名。鄠，今陝西鄠縣。杜，在今陝西西安境內。❷蒼龍種　指帝王之後代。《史記・外戚世家》：「薄姬曰：『昨暮夜妾夢蒼龍據吾腹。』高帝（劉邦）曰：『此貴征也，吾為汝遂成之。』一幸生男，是為代王。」所生之子後為漢文帝。❸武帝孫　指武帝劉徹之曾孫宣帝劉詢。❹小來二句　寫宣帝之事蹟。宣帝為戾太子孫。性好遊俠，鬥雞走馬，上下諸陵，周遍三輔。幼時因戾太子犯罪，被收下獄，長期流落民間。漢昭帝無嗣，死後原已立昌邑王劉賀繼位，後輔政大臣霍光因昌邑王淫亂，奏稱皇后改立武帝曾孫即位為帝。「興罷得乾坤」有無意中得到帝位之意。❺天開苑　借助天意開闢新的皇家園林。《漢書・宣帝紀》：「宣帝神爵三年，起樂游苑。」❻地獻原　大地獻出寬廣而厚實的塬地為陵墓。原同於塬，指寬廣而厚實的土地，陝西有畢原、白鹿原、少陵原、高陽原、細柳原等。《漢書・宣帝紀》：「宣帝元康元年，以杜東原上為初陵，更名杜縣為杜陵。元帝初元元年，孝宣皇帝葬杜陵。」❼丁傅句　丁家與傅家逐漸發達，變成貴族。丁為哀帝母舅之家族，傅為哀帝父之母舅家族。哀帝時，舅丁明封陽安侯，皇后父傅晏封孔鄉侯。《漢書・外戚傳》：「丁、傅以一二年間

暴興尤盛。」華軒，裝飾華美的車子。

【語譯】他是天上蒼龍的後代，來到人間成為武帝的曾孫。他就是漢朝的一代君主，死後被人們稱為宣帝的人。他年輕時飛鷹走狗，惟以射獵打發青春的時光。遊玩的興致盡了，上天安排他統治著乾坤。借助天賦的權威，他在渭水之濱開闢了新的園林，又利用廣袤的平原，建造了雄偉的陵墓。他死後那英靈之氣還未散盡，丁、傅等外戚已勢焰熏天。那私欲膨脹的新貴們，怎麼會考慮天下的長治久安。

【研析】此詩的題目告訴我們，詩人騎馬經過鄠杜之地，由閱讀《漢書》，再看到這裡宣帝的陵墓，便自然地想到了此位帝王的生平事蹟，生發出歷史的感慨，於是寫下了此詩。其內容相當於今人之讀後感。

在商隱看來，宣帝雖然出身高貴，但由於年輕時，沒有遠大的政治抱負，缺少自覺地以提高素養為目的的訓練，整日以射獵為能事，離帝王素質要求相距甚遠。因陰差陽錯，才讓他成九五之尊。登極之後，他不思民間疾苦，不致力於四海治平，而是在渭水之濱，開闢樂遊之苑；於杜東之原，起造巍峨的陵墓。雖然在他生前，天下沒有大亂，但已埋下了禍根。至哀帝之時，外戚驟貴，縱恣顯威，天下從此不寧。追本溯源，其敗象肇始於宣帝矣。

許多注家認為此詩是借古而諷刺唐武宗，因武宗生平事蹟近似於宣帝。我以為不可古板泥執，商隱借古人之事，為今日之統治者提供歷史的教訓，非針對某一帝王也。

全詩只有四十字，卻提挈出宣帝一生的事蹟，讓我們認識到了這位帝王的真實面目，並知道作者對他的評價，可謂精煉至極矣。(朱恒夫)

贈宗魯❶笻竹杖

大夏❷資輕策❸，全溪❹贈所思。靜憐穿樹遠，滑想過苔遲。鶴怨朝還望❺，僧閒暮有期。風流真底事，常欲傍清羸❻。

【注釋】❶宗魯　人名，不知何人。清馮浩《玉谿生詩集箋注》：「疑其人名宗魯，字子初，或是兩人，未可定也。其年當長於義山。」❷大夏　漢代西域國名。《漢書・張騫傳》：「臣在大夏時，見筇竹杖、蜀布，問『安得此？』大夏國人曰：『吾賈人往市之身毒國。』」❸策　原為竹製之馬鞭，此處指竹杖。❹全溪　地名。由李商隱詩〈子初全溪作〉中「漢苑生春水，昆池話劫灰」句推測，全溪當近長安，為遊覽勝地。❺鶴怨句　用周顒之典故。孔稚珪〈北山移文〉：「蕙帳空兮夜鶴怨。」意為周顒為了博得功名而離開了隱居之地，惹得鶴鳥埋怨不已。❻清羸　人清瘦的形象，代指宗魯。古人以形象清瘦為高，腦滿腸肥者，則為人所輕。

【語　譯】這輕輕的竹杖，是從大夏國購得。我在美麗的全溪，將它贈送給我所思慕的宗魯。你憐愛地扶著它，穿越那寂靜而深遠的樹林。我還常想像著你依靠它遲緩地走過長著苔蘚的溼滑之路。你浪跡天涯，曾伴隨你的鶴鳥因盼望不得而生怨言。你四海飄泊，與你相知很深的老僧常在傍晚期待著你的歸來。風流瀟灑的你啊，能給人無比的快樂。就是我這樣的詩人，也渴望和你經常在一起。

【研　析】此詩主要寫自己對宗魯的仰慕。雖然沒有提及宗魯的品行能力，但由後四句側面的襯托描寫，可以猜想到宗魯的不凡。他若無吸引人的丰姿、傑出的才能和對他人的真誠態度，怎麼會有鶴望生怨，僧盼杖歸的情景？這種側面的烘托描寫與〈陌上桑〉用「行者見羅敷，下擔捋髭鬚。少年見羅敷，脫帽著帩頭。耕者忘其犁，鋤者忘其鋤」來寫羅敷的美貌，是完全一樣的。一些評家認為末兩句寫竹杖亦愛風流的宗魯，常欲與宗魯相伴，是泥執於題目的強解，不符合詩意。（朱恒夫）

過招國❶李家南園二首

其一

潘岳❷無妻客為愁，新人❸來坐舊妝樓。春風猶自疑聯句，雪絮相和飛不休❹。

其二

長亭歲盡雪如波，此去秦關路幾多？惟有夢中相近分，臥來無睡欲如何？

【注釋】❶招國　為「昭國里」，在京師。❷潘岳　西晉時人，以〈悼亡詩〉著名。❸新人　新娶之婦。傳說商隱喪妻之後，幕主柳仲郢將官妓張懿仙嫁給他，商隱力辭，可能沒有推掉，新人可能指張懿仙。❹春風二句　用謝安在寒雪天與兒女講文的故事。《世說新語・言語》：「謝太傅寒雪日內集，與兒女講論文義，俄而雪驟，公欣然曰：『白雪紛紛何所似？』兄子胡兒（謝朗）曰：『撒鹽空中差可擬。』兄女（謝道韞）曰：『未若柳絮因風起。』公大笑樂。」

【語譯】

其一

喪妻的潘岳喲，旅居他鄉滿腹愁。新娶的婦人喲，坐上了亡妻的舊妝樓。遙想當年春風裡，夫先吟句妻和後。柳絮喻雪佳句在，人雖亡故情意濃。

其二

十里的長亭喲，年關將至雪如波。勞碌的詩人喲，這次離開秦關的路途有多遙遠呢？我們陰陽相隔，只在夢中相愛情悠悠。長夜無眠不作夢，見不到你呀怎奈何？

【研　析】這首詩寫的是詩人對亡妻深切的懷念之情。商隱與故妻王氏，情深意篤，非一般的夫妻可比。這一次他又來到了昔日夫妻寓居過的昭國里李家南園，雖然是帶著新婦同來，但仍然抑制不住對故妻的緬懷之情。那往日夫唱婦和、聯詩作對、互相關懷的情景一幕幕地展現在眼前，而今物是人非，徒剩追想而已，更為痛苦的是，詩人顛沛流離，想要經常到妻子生活過的地方來憑弔，亦不可能。惟一讓他高興的是在夢中能與妻子相親相愛，但這樣甜蜜的夢境在常常失眠的夜晚是很難出現的。此詩明白如話，在整個商隱的詩中是不多見的。然語雖淺情卻深，刻劃出了一個極其重情的丈夫形象。（朱恒夫）

正月崇讓宅❶

密鎖重關掩綠苔，廊深閣迥此徘徊。先知風起月含暈❷，尚自露寒花未開。
蝙拂簾旌❸終展轉，鼠翻窗網❹小驚猜。背燈❺獨共餘香語，不覺猶歌〈起夜來〉❻。

【注　釋】❶崇讓宅　見〈七月二十九日崇讓宅宴作〉注。作者任鹽鐵推官前曾過洛陽居此。❷月含暈　暈為日月周圍光環。月暈為起風先兆。❸簾旌　以帛製成的簾子，因形狀似旌（旗），故稱。❹窗網　張掛於簷窗，以防鳥雀等入室的網。❺背燈　掩燈（就寢）。❻起夜來　樂府舊題。《樂府解題》：「〈起夜來〉其辭意猶念疇昔思君之來也。」

【語　譯】重門密鎖庭院深深，回廊樓閣間我徘徊躑躅。月色含暈冷風將起，夜露寒涼花兒尚未開放。蝙蝠在簾帷間穿梭，老鼠翻窗而入發出聲響嚇人一跳。熄燈就寢被褥間還殘留你的香味，聞著那殘香我喃喃自語彷彿你就在旁邊，不覺唱起〈起夜來〉企盼你魂兮歸來。

【研　析】柳仲郢在充諸道鹽鐵轉運使後，奏任商隱為鹽鐵推官。任前商隱曾赴東都洛陽，大中十一年正月，曾在王茂元舊宅崇讓宅住過。這裡也是亡妻長居之所，商隱在這裡和妻子度過許多幸福的時光。如今，卻人去樓空，一片荒涼。正月本是新年熱鬧時節，也是家人團圓時節，而詩人卻在這團圓歡慶時節獨對如此敗落寂寥景象，此時此地，此情此景，怎能不叫人淒然神傷。

詩前半直接寫室外荒涼景象，境界悄然淒愴。後半寫夜間在室內由蝙蝠、老鼠引起驚猜，一方面愈顯舊宅的破敗荒涼，另一方面寫出詩人當夜痛苦不安、迷惘不定的情懷。在傷悼亡妻的同時，隱約透露出與崇讓宅的繁華荒廢密切相關的更大範圍的人事變化和親故零落之痛，悼亡、感舊兼而有之。尾聯由思入幻，寫出恍惚迷幻的精神狀態，表現了詩人對亡妻生死不渝的真摯之情，將極端淒涼冷寂的境界與綺羅香澤的尋覓融合在一起，猶為出色。

悼亡中融有身世之感，故宅的荒涼中折射出時世之悲。商隱虛涵渾括的抒情每每如此，雖由一點發端，而綜合其他種種體驗感受，如「輾轉」「驚猜」中就有坎坷命運對詩人精神的折磨傷害，也有政治仕途風波險惡的投影；迴廊深閣間的徘徊，永夜的傷懷無寐，有懷舊、傷逝、對命運的反思自傷、對前途的焦灼……種種心境的波瀾起伏，又豈是短短四、五十字所能說盡。(李翰)

江東❶

驚魚撥剌❷燕翩翾❸，獨自江東上釣船。今日春光太漂蕩❹，謝家輕絮❺沈郎錢❻。

【注釋】❶江東　泛指今皖南、蘇南等地。❷撥剌　魚躍動的聲音。亦可寫作「潑刺刺」。❸翩翾　鳥兒輕飛之狀。❹漂蕩　狀陽光和煦的樣子。❺謝家輕絮　用謝道韞吟詩事。《世說新語・言語》：「謝太傅寒雪日內集，與兒女講論文義，俄而雪驟，公欣然曰：『白雪紛紛何所似？』兄子胡兒（謝朗）曰：『撒鹽空中差可擬。』兄女（謝道韞）曰：『未若柳絮因風起。』公大笑樂。」❻沈郎錢　指榆莢。《晉書・食貨志》：「吳興沈充又鑄小錢，謂之榆莢錢。」

【語譯】魚兒潑剌剌地躍出了水面，燕子在和風中輕盈地飛翔。我來到風景美麗的江東，獨自在一葉扁舟上垂釣。今日的春光很明媚，桃紅柳綠水如藍。如雪的柳絮，成串的榆錢，裝點得大地美如畫。

【研析】這首詩說明詩人到過江東，為那裡的春色所迷醉，於是寫下了這首讚美江東春天風景的詩篇。寫景的詩歌千千萬萬，但此詩卻有自己的特色，即寫出了景色的動態。魚之躍，燕之飛，春光之漂蕩，柳絮之飛揚，榆錢之結串，加之詩人之垂釣，構成了一幅活生生的春日風景畫。古代詩人寫景時，多注重靜態之美，給讀者悠閒淡遠之感，然往往過之，缺乏一種生氣，讓人提不起精神。（朱恒夫）

南朝

地險❶悠悠天險❷長，金陵❸王氣應瑤光❹。休誇此地分天下，只得徐妃❺半面妝。

【注釋】❶地險　山川丘陵等地面阻礙。《易經・坎卦》：「彖曰：天險，不可升也；地險，山川丘陵也。」❷悠悠天險　代指長江。❸金陵　南朝國都，今南京市。❹瑤光　北斗七星的第七星名。古代以為象徵祥瑞。《淮南子・本經》：「瑤光者，資糧萬物者也。」高誘注：「瑤光，謂北斗杓第七星也……一說，瑤光，和氣之見者也。」❺徐妃　梁元帝蕭繹之妻，名昭佩，東海郯縣人。天監十六年（西元五一七年）十二月拜為湘東王妃，與蕭繹生有一子一女。《梁書》、《南史》都不曾提起徐妃的生年。據傳由於兩人不睦，故雖為原配，但蕭繹登基後卻沒有封后。《南史・后妃傳》：「妃以帝眇一目，每知帝將至，必為半面妝以俟，帝見則大怒而出。」

【語　譯】一般的山川丘陵尚且難以征服啊，何況是長江！以為將龍脈繫在金陵這福地，便得享後世安康。呵，別得意於這裡有天塹做你的護國屏障，你啊，不過就是個被徐妃半妝嘲弄的梁王。

【研　析】此詩屬詠史類。詩人借古諷今，含蓄地對當世執政者提出警告。梁元帝將長江天塹作為敵人無法突破的天然屏障，便以為上蒼護佑，政權穩固，自己就可以高枕無憂，並讓子孫安享福祉。商隱以調侃的語調說，你不要自以為了不起，長江決不是天下南北的分水嶺，你的才能無法守住這份家業，因為你連自己的妃子都瞧不起你。

在中國歷史上，以長江做天然的軍事屏障而想保住政權的不在少數，從冷兵器時代到戰亂連年的二十世紀初，然而沒有一個朝代能夠憑藉長江而固守到底，不事進取偏安一方的小朝廷最終都逃脫不了覆亡的命運。李商隱作為一個有思想的知識分子，當然能夠從歷史的教訓中得出正確的歷史觀，即為，一個政權的存亡，不是取決於地理的險要與否，而是取決於民心的向背和是否順應歷史的潮流。

詩歌用對比詼諧的手法來品評歷史人物，使得全篇生動有趣。(朱恒夫)

景陽井❶

景陽宮井剩堪悲❷，不盡龍鸞❸誓死期。腸斷吳王宮外水❹，濁泥猶得葬西施。

【注　釋】❶景陽井　它曾經是南朝陳景陽殿之井。據《景定建康志》、《至正金陵新志》記載，胭脂井原名「景陽井」，在臺城內，後淹沒。故址在今南京市玄武湖側，即在江蘇南京北雞鳴寺裡。又名「辱井」。❷景陽句　本句有一段典故，禎明三年(西元五八九年)，隋兵南下過江，攻占臺城，陳後主聞兵至，與妃張麗華投此井。至夜，為隋兵所執，張麗華被隋軍攔腰斬斷，陳後主屈辱地苟且偷生，從此把整個江山送與他人。❸龍鸞　指帝后，這裡特指陳後主與他一見鍾情封為貴妃的張麗華，不為同時生，但誓同時死。❹腸斷句　《太平御覽》引東漢趙曄所撰《吳越春秋》中有關西施的記載說：「吳亡後，越浮西施於江，隨鴟夷以終。」這裡的「浮」字也是「沉」的意思。鴟夷，就是皮袋。即西施是沉水而亡的，李商隱如此寫詩，正是基於這層意思而來。

【語　譯】景陽宮裡那口老井在歲月的滌濯中，留存下了數不清的傷心往事。陳後主和他的愛妃在這井裡終難兌現至死不渝的諾言。而西施則是在吳宮外那河水裡，結束了她事事難從己願的一生。還是汙泥有情，才得以和這個絕代佳麗永遠相伴而眠。

【研　析】此詩屬詠史類，李商隱用四行短詩道盡了兩位古代美女的淒美一生。前兩句說的是陳後主愛妃張麗華的故事，後兩句則道出了西施進退兩難雖榮猶死的不幸結局。詩人借用這兩段典故，把個人與國家悲情鎖在了字裡行間。

年華似水，水無聲；歲月如傷，傷無痕。「自古紅顏多命薄」，但同樣是死，有人重若泰山，有人卻輕如鴻毛。一個是置國家命運於不顧，最後慘死於敵人的刀下；一個則是為國家付出了她可以付出的一切，卻被她深愛的國家推上了一條不歸路。相比所託非人的張麗華，作為越國功臣吳國罪人的西施，她的一生顯然更具有悲劇意味：豆蔻少女的稚嫩肩頭，何以要扛起一個國家的期望？她已經付出了所有，最後卻不得善終。李商隱用一個「猶」字，道出了對那濁泥尚且有情，世人卻多無義的悲情。於細微處，見真性情。（朱恒夫）

詠史

北湖南埭水漫漫❶，一片降旗百尺竿。三百年❷間同曉夢，鍾山何處有龍盤❸？

【注　釋】❶北湖句　北湖，即金陵（今南京）玄武湖，東晉元帝時修建北湖，宋文帝元嘉年間改名玄武湖。南埭，即雞鳴埭，在玄武湖邊。埭，水閘；土壩。「北湖南埭」統指玄武湖。❷三百年　指東吳、東晉、宋、齊、梁、陳六朝建國年代的約數，或謂指東晉至陳亡（共二百七十三年），亦通。「三百年」乃舉其成數。❸鍾山句　鍾山，金陵紫金山。傳說諸葛亮看到金陵形勝，曾說：「鍾山龍盤，石城虎踞，帝王之宅也。」

【語　譯】雞鳴埭上看玄武湖，白茫茫一片煙波浩淼。王朝更迭這裡埋葬過多少降旗。三百年如同一夢，誰能說鍾山是虎踞龍蟠的帝都？

【研　析】鹽鐵推官任上，商隱在江東一帶創作的詠史詩，如〈南朝〉二首、〈齊宮詞〉、〈吳宮〉等，主旨基本為諷刺君王耽於酒色佚樂，荒淫誤國。這些詩提煉典型史事，分詠各朝，而本篇則包容了對整個六朝興亡的感受，可以說是以上分詠各朝的一個總結。這個總結不再膠著於諷刺議論，而是從心中將這段歷史化為深沉歎息，出以無窮感慨。以情緒型、感慨型表達了一個詩人闔上史書後的心情。

詩的用筆極為虛涵渾括，「水漫漫」三字，一筆掃去幾百年繁華往事。次句過渡至想像中的歷史畫面，「一片降旗」，以高度的概括力籠括了六朝的興廢更迭。亡旗高舉，也正是六朝萎靡沒落的象徵。只一個想像中的情景，便略去種種具體史事，寫出了三百年悲亡相續。有前兩句的鋪墊蓄勢，「三百年間同曉夢」便字字有根，末尾的反問也才顯得力抵千鈞。

商隱詠史詩往往借助抒慨、設問、反問等方式，在篇末將全詩意蘊凝聚起來，以加強詠歎情調，也使整首詩顯得奇警遒勁而又韻味深長。前首〈隋宮〉如此，所選的〈馬嵬〉、〈夢澤〉等也是如此。紀昀說：「結句是晚唐別於盛唐處，若李、杜為之，當別有道理，此升降大關，不可不知。」（《玉谿生詩說》）以這種方式曲終奏雅，是晚唐律、絕體詠史詩的藝術創造，就中以商隱最為出色。

整首詩層層作勢，逼出末句，但由於氣脈遼闊，並不顯得藝術上刻意用力。結尾道破而不說盡，雄直中含頓挫之致。也因如此，詩之主旨雖在「興廢由人事，山川空地形」（劉禹錫〈金陵懷古〉），但總體以感慨詠歎出之，諷刺刻露之跡淡而悲慨歎惋之氣濃。（李翰）

覽古

莫恃金湯❶忽太平，草間霜露古今情。空糊赬壤❷真何益，欲舉黃旗竟不成❸。長樂瓦飛隨水逝❹，景陽鐘墮失天明❺。迴頭一弔箕山客❻，始信逃堯不為名。

【注釋】❶金湯　指險固的城池。《漢書・蒯通傳》：「邊城之地，必將嬰城固守，皆為金城湯池，不可攻地。」❷空糊赬壤　用紅土糊牆，純屬徒勞。鮑照〈蕪城賦〉：「制磁石以禦沖，糊赬壤以飛文。觀基扃之固護，將萬祀而一君。」意為用磁石為門來吸鐵，以防止刺客懷刀。以赤土糊牆，使牆壁文彩耀目。江山永固，萬世一統。❸欲舉黃旗句　黃旗雖在東南，孫權也不能成就統一大業。《三國志・吳書二・吳主傳第二》：「以尚書令陳化，……為郎中令使魏，魏文帝因酒酣，嘲問曰：『吳、魏峙立，誰將平一海內者乎？』化曰：『舊說紫蓋黃旗，運在東南。』」❹長樂句　意為王莽政權很快滅亡。《後漢書・光武帝紀第一上》：「莽兵大潰，會大雷風，屋瓦皆飛。」《三輔黃圖》：「長樂宮本秦興樂宮，高帝七年修飾徙居。」❺景陽鍾句　意為荒淫享樂的君主時運不長。《南史・武穆裴皇后傳》云：「上（齊武帝）數遊幸諸苑囿，載宮人以後車。宮內深隱，不聞端門鼓漏聲，置鐘於景陽樓上，應五鼓及三鼓。宮人聞鐘聲，早起妝飾。」❻箕山客　指許由。傳說堯欲讓天下於許由，許由不肯接受，逃往箕山。

【語譯】不要以為有固若金湯的城池，就可以保住自己的政權。也不要以為眼前的承平，就永遠不會發生變化。自古以來政權就像草間的霜露那樣，眨眼的功夫，就會消失得無影無蹤。竟陵王以紅土糊牆，讓自己能每天見到悅目的紋彩。然而謀反事敗，紅土牆便變成了一片焦土。黃旗雖然出現在東吳，但孫權並未能成就統一的大業。王莽篡漢有幾時，結果是長樂宮廢瓦片飛。齊武帝置鐘景陽樓。最後是人亡樓空鐘墮毀。回頭再來看看避隱箕山的許由，不得不佩服他的英明。他不接受堯帝的禪讓，是因為他知道維護一個政權，決不是一件容易的事情。

【研　析】作者站在歷史的制高點上，對數百年間的歷史作了這樣的總結：許多帝王以為自己是真命天子，會永遠得到上蒼的保佑，使江山永固，不移他姓，於是耽於安樂，不求進取，結果是身死國滅，留笑於後世。全詩雖然所舉的都是逸豫亡身的例子，但內含著憂勞才能興國的道理。此詩旨在告訴當代的統治者，鞏固政權的惟一途徑，是讓國家強盛，否則，再堅固的城牆，再寬深的城河，再好的命運，都是毫無意義的。這一詩旨對於晚唐的社會，是有積極意義的，不足的是末聯用許由作結，表現了作者逃避現實的態度。(朱恒夫)

吳　宮❶

龍檻沉沉水殿清❷，禁門❸深掩斷人聲。吳王❹宴罷滿宮醉，日暮水漂花出城。

【注　釋】❶吳宮　春秋時吳國國王夫差所建的宮殿。吳國的國都在今日之蘇州。❷龍檻句　建在水邊的軒亭沉寂清靜。龍檻，此指長龍狀的走廊建築，多建在水邊，供人賞景之用。❸禁門　宮門。❹吳王　夫差。曾打敗越國，俘虜了越王句踐，後來反被越國所滅。

【語　譯】水邊像龍形一樣的長廊，靜謐得沒有一點兒生氣。宮門緊緊地關閉，聽不到宮中任何的聲音。原來是在吳王的盛宴上，一朝的文武官員都爛醉如泥。暮色降臨的時候，只有幾瓣落花隨水漂出宮城。

【研　析】一個政權的衰敗，多是因為統治者荒於理政，貪圖享樂，不思進取而造成的。這樣的歷史觀是平常的，但只用寥寥二十八個字，用文學的手法形象地表現出來，沒有大手筆，則是難以做到的。該詩取材於吳國滅亡之前的一個片段景象：宮殿沉寂，禁門深閉，沒有人聲，了無生氣，君王臣子，盡皆昏醉。這樣的君臣還能讓民心傾附？這樣的國家豈有不敗之可能？過去許多詩人將吳國的滅亡歸功於西施，這實為「女人禍水論」的正面翻版。歷史上哪一個君王的身邊不是美女如雲，關鍵是看君王有沒有遠大的政治抱負與為百姓負責的精神。清屈復《玉谿生詩意》云：「寫其醉生夢死，荒淫亡國，借古慨今也。」詩的最後一句「日暮水漂花出城」，將無限的感慨蘊涵於淒涼的景象之中，給予讀者無窮的回味。（朱恒夫）

隋宮❶

乘興南遊不戒嚴❷，九重誰省諫書函❸？春風舉國裁宮錦❹，半作障泥❺半作帆。

【注釋】❶隋宮　指隋煬帝楊廣在江都（今江蘇揚州）所建的江都、顯福、臨江等豪華的行宮。❷乘興句　隋煬帝以為天下太平，所以南遊江都的路上不實行戒嚴。楊廣自大業元年（西元六〇五年）起，曾三次巡遊江都。❸九重句　皇帝對臣子的進諫一點都不重視。九重，既可以指皇帝所居的深宮，也可以借指皇帝。大業十二年（西元六一六年），楊廣第三次出遊江都，當時農民起義已成燎原之勢，奉信郎崔民象、王愛仁先後勸諫，均被廣所殺。❹宮錦　由皇家織造場織出的質量很高的錦緞。❺障泥　馬韉。墊在馬鞍下，垂於馬背兩旁以擋泥土。

【語譯】隋煬帝以為得到萬民的擁戴，乘著興致遊玩江都時從不戒嚴。此時的百姓多揭竿而起，有了昏憒的君王，誰會來重視大臣進諫的書函呢？春天正是農事繁忙的時候，他卻要一國的百姓裁製宮錦。這些華美的綢緞，一半製成馬韉，一半用作船帆。

【研析】「乘興」二字寫出隋煬帝南遊，決不是巡狩地方，考察民情，為了國計民生，而是為了滿足享樂的欲望。據史書記載，煬帝出遊江都時，除了建造高大的龍舟、翔螭舟（皇后所乘）、浮景（三重的水殿）外，從行的船隻有幾千艘，縴夫船工達到八萬餘人，船隻相接二百餘里，照耀川陸。騎兵在兩岸翊衛隨行，旌旗蔽野。所過州縣，五百里內皆令獻食。這樣的花費必然會加重百姓的負擔，激起民變。然而，「九重誰省諫書函？」他根本不理睬諫官的意見，恣意而為。更為過分的是，煬帝在春耕的時節，讓民眾輟止農事，來裁製宮錦，用千千萬萬農婦辛辛苦苦養蠶紡織而成的綢緞，用作障泥與船帆。煬帝之所以如此，是「家天下」的社會制度造成的。他把天下的男女、天下的物資都看作是自己的財產，何時消費、怎樣消費都是他自己的事，與他人無干。如若社會制度規定天下是大家的天下，財富是百姓的財富，掌權者只不過是百姓雇用的管理者而已，怎麼會出現隋煬帝胡作非為的行為？商隱處於晚唐時期，他受時代的局限，不可能作如是想，但我們處在今天這個時代，再不作這樣的思考，就缺少時代的精神了。（朱恒夫）

隋宮

紫泉❶宮殿鎖煙霞，欲取蕪城❷作帝家。玉璽不緣歸日角❸，錦帆❹應是到天涯。於今腐草無螢火❺，終古垂楊❻有暮鴉。地下若逢陳後主，豈宜重問〈後庭花〉❼？

【注釋】❶紫泉　即紫淵，此處避高祖李淵諱改稱紫泉，借指長安。❷蕪城　廣陵的別稱，即隋時江都。❸日角　額角突出，古人以為此乃帝王之相。此處指唐高祖李淵。❹錦帆　煬帝所乘的龍舟，其帆用華麗的宮錦製成。❺螢火　《隋書・煬帝紀》：「上於錦華宮徵求螢火，得數斛，夜出遊以放之，光遍巖谷。」❻垂楊　據《揚州府志・古跡》載，煬帝自板渚引河達於淮，河畔築御道，樹以柳，名曰隋堤，一千三百里。❼地下二句　陳後主，南朝陳末代皇帝陳叔寶，著名的荒淫亡國之君。後庭花，即〈玉樹後庭花〉，陳後主所創，歌詞綺豔，其音甚哀。兩句本《隋遺錄》：「（煬）帝昏湎滋深，往往為妖祟所惑。嘗遊吳公宅雞臺，恍惚間與陳後主相遇。後主舞女數十許，中一人迥美，帝屢目之，後主：『即麗華也。』因請麗華舞〈玉樹後庭花〉。麗華徐起，終一曲。」

【語　譯】長安城雲蒸霞繞多壯麗，可還想著把揚州做帝都。要不是朝代更迭，他那南遊的錦帆恐怕會駛到天涯。於今化為腐骨螢火蟲也不光顧，只有那烏鴉終日在垂楊間啼喊。要是在黃泉遇到陳後主，是否再請張麗華唱唱〈後庭花〉？

【研　析】大中十一年仲春左右，商隱抵揚州鹽鐵轉運使府赴任。江東一帶乃南朝故地，金陵為六朝古都，商隱往來揚州、金陵之間，足履王侯故宅，撫今追昔，集中創作了一大批詠史懷古詩。這些詩多詠南朝歷史，對荒淫誤國之昏君深致諷慨。本篇寫隋煬帝，雖非南朝君主，但其荒淫誤國的程度與前輩並無二致。

以律、絕詠史，要有史事以避免議論的空泛，並且需一定容量方能反映問題與規律，但體制的長度無疑是一個制約；同時以議論見史識，又要出以情韻以見詩味。情與理、多與少（有限的篇幅與豐富的史實內容）的矛盾，是律、絕詠史難點所在。商隱採取典型化、蒙太奇的剪輯拼合、餘韻曲包的意境營造、按而不斷或引而不發的對讀者閱讀積極性的激發、虛字的唱歎轉合等手法，做到以少勝多，情理俱佳，不僅較好的解決了這一矛盾，並且將律、絕體詠史詩提高到一個前所未有的藝術高度。如前所選〈夢澤〉以楚王好細腰這一典型事例，寫出楚王的荒淫與宮女身陷悲劇而不自知的悲慘命運，由於取材典型，故包孕極富，耐人尋味；〈北齊二首〉將時間相距甚遠的兩事剪輯連綴，突出事件的因果關係，以見作意。再如同時期所作〈齊宮詞〉，明言齊宮，實詠齊、梁，以同一歌臺相續兩曲悲亡，九子鈴聲依舊，而樓臺主人更迭，其間所寓恐怕又遠遠不止齊、梁；〈吳宮〉結尾：「吳王宴罷滿宮醉，日暮水漂花出城。」對吳王荒淫的諷刺、對歷史現象的感慨、面對歷史陳跡說不清的惆悵追懷以及今昔對比的思考，都是分析文字所難以窮盡的。

本詩妙在從虛擬落筆，頷、尾兩聯，在史實傳說的基礎上進行想像，謂若非國滅身死，如此荒淫遊逸正不知何時何處方為盡頭，從已然推想未然，從生前預擬死後，不僅拓展了詩歌的時空容量，而且更深刻地揭露了隋煬帝貪婪昏頑、至死不悟的本性。腹聯不平列直敘聚螢逸樂與開河植柳兩事，而是將它們和隋朝的盛衰興亡聯繫起來，讓讀者透過飽含歷史滄桑之感的物象與圖景去領會其內在的意蘊。「於今」、「終古」等詞又包含著今昔的對比，除了理性上的歷史思考，畫面展開一定時間長度，同樣是以虛筆涵括了極豐富的內容。

這種虛筆展拓就突破了篇幅的有限性，而「不緣」、「應是」等看似不動聲色的承轉，尾聯的反問抒慨，將深刻的諷刺與深沉的感慨融合無間，詠史而見詩情。何焯評此詩說：「前半展拓得開，後半發揮得足，真大手筆。」這樣的「大手筆」，使律、絕體不僅沒有成為詠史這一題材的限制，反而使詠史詩用足了其形式的長處，深警含蓄，情韻悠長，發人深思，耐人尋味。（李翰）

風雨

淒涼〈寶劍篇〉❶，羈泊❷欲窮年。黃葉仍風雨，青樓自管絃。新知遭薄俗，
舊好隔良緣❸。心斷❹新豐酒❺，消愁斗幾千❻。

【注釋】❶寶劍篇　唐前期大將郭震所作託物寓志之詩，又名〈古劍篇〉，以寶劍塵埋借喻才士漂零淪落的遭遇和鬱勃不平之氣。❷羈泊　羈旅飄泊。❸新知二句　新知，可能指鄭亞等。遭薄俗，遭受澆薄世俗的詆毀。舊好，可能指令狐。但也不妨理解為泛指。❹心斷　念念不忘。❺新豐酒　據《新唐書・馬周傳》，馬周西遊長安，宿新豐旅社，店主對他頗慢待，馬周遂命酒獨酌。後來得唐太宗賞識，授監察御史。新豐產美酒，王維〈少年行〉「新豐美酒斗十千」之句。❻斗幾千　極言美酒價高。

【語　譯】詠起〈寶劍篇〉幾多淒涼，羈泊飄零又是一年將盡。黃葉在風雨中飄搖，青樓的管絃咿呀消磨了多少歲月。新交遭到澆薄世俗的謗議，故人卻再無緣相守。新豐美酒一斗十千，澆不熄愁腸萬縷。

【研　析】詩題〈風雨〉，寫的其實是人生中的風雨。除了頷聯點出「風雨」二字，並無著墨於自然風雨之處，但透過新知遭毀、舊好情絕、窮年羈泊的沉淪詩人形象，透過他淒涼、孤孑、苦悶、憤鬱等心理感受的折光，

卻分明可感到全詩籠罩在一層冰冷的人間風雨帷幕中。

詩不僅僅在自傷淪落，更於這自傷中流露出鬱勃不平之氣。頷聯「黃葉」、「青樓」寫景中寓含比興，謂己之身世遭遇正如眼前黃葉，飄零中更遭風雨摧殘，而青樓豪貴之家，卻管絃歌吹，自顧享樂。上句觸景興感，賦中含比，與下句實寫形成一喧一寂的強烈對比。「仍」、「自」開合相應，見風雨之無情、不幸之重重以及苦者自苦、樂者自樂的世態人情，其中蓄憤自不待言。詩中用典也深見作意。古劍暗寓詩人的用世才志，它被棄的淒涼即詩人「有志不獲騁」的淒涼，末聯借新豐酒一消落魄之愁而恐不得，更見命運沉淪之甚。而與此兩個典故相關的人物，郭震與馬周，都壯志得酬，對比之下，自己沉淪之悲憤又深一層。用郭震〈寶劍篇〉典是明用，新豐酒典則是暗用，不知馬周故事也能見出詩人愁覓酒澆，只是不能再深入一層。不盡之意，見於言外，除了意境，通過用典也能做到。

經過一生的風雨坎坷，詩人並不因此而低頭認命。鬱憤不平乃因用世之心不泯，淒冷的風雨中處處能見到詩人用世與生活的熱情，兩個初唐典故即含有對盛世的嚮往和匡世濟時的渴望。環境的冷與內心的熱相交織，不僅是本詩的特點，恐怕也是商隱一生命運的寫照。崔珏〈哭李商隱〉其二：「虛負淩雲萬丈才，一生襟抱未曾開」，雖然「未曾開」，但「一生襟抱」卻始終沒有放下。商隱的痛苦、悲哀正在這裡，其悲劇性命運、性格的深刻之處也正在這裡。借用商隱自己的詩表達是：「深知身在情長在，悵望江頭江水聲。」（〈暮秋獨遊曲江〉）此處情、志統一。悲劇的意義與價值不在於讓人歎息，更在於讓人深思，商隱和他的詩歌也是這樣。（李翰）

寄在朝鄭曹獨孤李四❶同年

昔歲陪遊舊跡多，風光今日兩蹉跎。不因醉本〈蘭亭〉❷在，兼忘當年舊永和❸。

【注釋】❶鄭曹獨孤李四　此四人與商隱為同年進士。鄭，指鄭茂林，官至祕書監。為鄭余慶之孫、鄭潮之子。曹，指曹確，官至同平章事。獨孤，指獨孤雲，官至吏部侍郎。李四大概是李定言，官階不明。❷蘭亭　指王羲之所作的〈蘭亭集序〉，既是散文名篇，亦是王羲之書法的代表作品。因〈蘭亭集序〉所記羲之與孫綽、謝安等四十一人修禊事，故此處〈蘭亭〉代指〈登科錄〉。❸永和　東晉穆帝年號之一。該年暮春之初，王羲之與諸文友會於會稽山陰之蘭亭，作曲水流觴之雅事。

【語　譯】遙想當年登科的時候，陪伴諸位遊玩了許多地方。蹉跎的歲月改變了我們的命運，你們成了貴要，而我卻一事無成。若不是當年醉酒之時，在〈登科錄〉上各自寫下了名字，恐怕今日在朝掌權的你們，早已忘記了我也是同科中的進士。

【研　析】此詩表現了作者在窮途末路之時，希望同年朋友援手相助之意。題中以「在朝」二字，突出了自己是在野落魄之人。第一句提醒仕途得意的同年：我們在登第之初，同處在一條起跑線上的時候，也是聯繫密切、感情深厚的人，我不是因為你們現在顯貴了，當權了，才來攀援的。三、四兩句雖然口吻平常，但仍流露出作者的怨氣。若不是有那本同年姓名譜，你們可能早就忘記了當年發榜後和我一起曲江宴飲、雁塔題名的事了，含有「厚祿故人書斷絕」的責備。人窮極無聊之時，會怨張恨李，甚至嫉妒親友同學命運的順達，怪人家寡情薄義，不慷慨幫助，這是一種極不好的心態，會使自己進一步陷入孤立無援的窘境。要改變自己的命運，主要靠自己的努力，即使希望親友幫助，也不能以怨責的語氣來要求對方。(朱恒夫)

哀　箏❶

延頸全同鶴❷，柔腸素怯猿❸。湘波無限淚❹，蜀魄有餘冤❺。輕幰長無道❻，

哀箏不出門。何繇問香炷❼，翠幕自黃昏。

【注　釋】❶哀箏　清姚培謙《李義山詩集箋注》：「此客中有憶之詞，乃摘詩中『哀箏』二字為題，非賦哀箏地。鶴瘦猿啼，淚痕冤魄，客中愁悶極矣。此時歸駕無由，哀箏自遣，遙思翠幕熏香，黃昏獨坐之侶，可得近耶？」❷延頸句　寫盼望之態。《史記・樂書》：「師曠，……援瑟而鼓之，一奏之，有玄鶴二八集乎廊門；再奏之，延頸而鳴，舒翼而舞。」❸柔腸句　比喻等待結果時的膽怯心態。《搜神記》卷二〇：「臨川東興，有人入山，得猿子……竟擊殺之……猿母悲喚，自擲而死。此人破腸視之，寸寸斷裂。」❹湘波句　意為極度哀傷。《博物志》卷八：「堯之二女，舜之二妃，曰湘夫人。舜崩，二妃啼，以涕揮竹，竹盡斑。」❺蜀魄句　喻己被冤屈。蜀魄是指蜀帝杜宇之魂魄，因權位被人搶占，抱屈而死。❻輕幰句　意謂我想乘車踏上漫漫的人生道路，卻無路可走。輕幰，車廂前的帷幔，這裡代指車。❼香炷　焚香祈禱神靈，保佑自己順利。

【語　譯】我盼望著預期的結果，如同引頸而鳴的玄鶴。又怕理想化成幻影，此時的內心就像斷腸的哀猿。現實將我的期望打得粉碎，我的淚水比起娥皇、女英還要多得多。人們都說蜀帝杜宇冤得很，誰知道我比杜宇更不如。我欲駕輕車闖天下，剛出門口卻無路。只好獨自在家裡，彈箏抒發心中的哀苦情。從哪裡得到祈禱的香炷，讓神靈保佑我事業有成。夕陽西下暮色起，簾幕重重度黃昏。

【研　析】近人葉蔥奇在《李商隱詩疏注》中說：「這是考進士，連為賈餗、崔鄲所斥，懊悶之餘，用無題來寄慨。」其說比較符合詩意。人有才華，並想為世所用，卻不為他人賞識，這是極其痛苦的事情。商隱在得知自己的努力沒有成功的消息後，淚水滂沱，有如湘妃。其精神上的痛苦，同於斷腸的哀猿。他想為國家、社會服務，卻沒有人給他一條奔馳的道路。只能在黃昏翠帷中，用箏聲發洩自己哀怨的情緒而已。這種滋味，許多人只咀嚼一二次，而商隱卻咀嚼了一輩子，其內心的苦況，不是我們平常的人能夠體會得到的。（朱恒夫）

錦瑟❶

錦瑟無端❷五十絃❸，一絃一柱思華年。莊生曉夢迷蝴蝶❹，望帝❺春心❻託杜鵑。滄海月明珠有淚❼，藍田日暖玉生煙❽。此情可待❾成追憶，只是當時已惘然。

【注　釋】❶錦瑟　繪有錦繡般美麗花紋的瑟。瑟，古代的一種絃樂器。❷無端　沒來由；平白無故。❸五十絃　傳說古瑟本為五十絃，後改為二十五絃。❹莊生句　《莊子・齊物論》載莊周夢為蝴蝶之事。❺望帝　傳為古代蜀國君主，名杜宇，號望帝，後失國身死，魂魄化為杜鵑。❻春心　本指對愛情的嚮往，常用以喻指對理想的追求。這裡兼用《楚辭・招魂》「目極千里兮傷春心」，有傷時憂國，感傷身世之意。❼滄海句　古代認為海中蚌珠的圓缺和月的盈虧相應，所以將「月明」和「珠」聯繫起來；又有海底鮫人淚能變珠的傳說，所以又把「珠」和「淚」聯繫起來。又《新唐書・狄仁傑傳》：「黜陟使閻立本召訊，異其才，謝曰：『仲尼稱觀過知仁，君可謂滄海遺珠矣。』」本句糅合幾個典故，構成滄海遺珠意象。❽藍田句　藍田，又名玉山，在今陝西藍田，是著名產玉地。玉生煙，寶玉之瑩澤晶潤，若煙霧氤氳其上。司空圖〈與極浦書〉：「戴容州（叔倫）云：『詩家之景，如藍田日暖，良玉生煙，可望而不可置於眉睫之前也。』」❾可待　何待；豈待。

【語　譯】不知錦瑟為何是五十絃，絃絃柱柱都是在思念華年往事。莊周在夢中化身蝴蝶，蜀帝的冤魂綻放成啼血杜鵑。滄海月明蚌淚凝成珍珠，日暖藍田玉潤晶瑩。這份情感他年追憶如在眉睫，只是當時卻茫然無知。

【研　析】元好問〈論詩絕句〉其十二云：「望帝春心託杜鵑，佳人錦瑟怨華年。詩家總愛西崑好，獨恨無人作鄭箋。」商隱詩素稱難解，而〈錦瑟〉為甚。也因如此，更吸引了人們探求索解的興趣，故歷來解者不斷，歧說紛紛，然大要不出「悼亡」與「自傷」兩大類。錢鍾書先生別創「自序其詩」說，然所謂「華年已逝，篇什猶存，畢生心力，平生歡戚，清和適怨，開卷歷歷」（《馮注玉谿生詩集詮評》未刊稿，周振甫《詩詞例話》引），其實與自傷說是可以互融的。

這種情緒型詩歌，在不能確鑿考知本事的情況下，宜虛泛作解。比較而言，坐實悼亡遠不如自傷說更具涵蓋性，自傷中原可包含悼亡之哀。蘇軾以樂器及曲聲解之，謂「錦瑟之為器也，其絃五十，其柱如之，其聲也，適、怨、清、和」（《苕溪漁隱叢話》前集卷二二引《緗素雜記》），倒是立足文本，這是其他種種寄寓、引申、比喻等內涵意義的基礎，我們也試從這裡入手，因為字面上詩人寫的就是「錦瑟」。

首聯見五十絃之錦瑟而思身世，聞絃絃所發之哀音而動悲情。「無端」，沒來由的，詩人觸物興悲，本緣心中情感的鬱積，但卻反過來怪物的有意逗恨，無理中見出詩人驅愁而更愁的心態。「無端」作無來由、無緣故解，還可見出物之逗恨，恨不知所由起；心之鬱積，千頭萬緒，亦不知如何說、如何理。作者〈潭州〉詩亦云：「今古無端入望中」，渾淪蒼茫的感慨驟然襲入心頭，浮起或潛伏的感性情感遠遠超過思維、理性或邏輯短時間內的分辨能力，於是便呈現出一種重繭亂絲般剪不斷、理還亂的紛繁「無端」心緒，懷古傷今也罷，感時傷身也罷，蓄積久深而又聯想豐富、心理活動頻率極高的詩人，是最容易出現這種「無端」之感的。於是就有了「迷」，有了「惘然」。因錦瑟而思華年，固因其「五十絃」之數近乎詩人年歲而觸發華年已逝之悲，也因詩人如錦瑟一樣的身世，猶〈崇讓宅東亭醉後沔然有作〉中「聲名佳句在，身世玉琴張」，以不調而更張之玉琴喻坎坷困頓之身世。頷腹二聯承「思華年」寫華年往事，仍與題面「錦瑟」有關。「適、怨、清、和」四境雖未必完全切合實際，但四句確在一定程度上寫出了瑟聲所表現出的樂境與華年的處境遭際。「莊生」句如聞瑟聲之如夢如幻，令人迷惘。曰「曉夢」者，極言其幻滅之迅速；曰「迷」者，謂其變幻不居令人迷惘。用意處在「夢」、「迷」二字，恰似詩人抱負成虛、變幻如夢的不幸身世。「望帝」句寫瑟聲之淒迷哀怨，如啼鵑泣血，著意處在「春心」、「託」，謂己之壯心雄圖及傷時憂國、感傷身世之情均託之哀怨淒楚的詩歌，如望帝之化鵑以自攄哀怨。這裡的杜鵑，也就是作者的詩魂。「滄海」句寫瑟聲的清寥悲苦，與「望帝」句雖同屬哀怨悲苦之境，然一則近乎淒厲，一則近乎寂寥。滄海之珠本為稀世珍寶，今卻獨在明月映照之下，成盈盈「珠淚」。「珠有淚」彷彿無理，卻正見此人格化之珍珠內心的悲苦寂寞，顯見詩人有志不騁的託寓。「藍田」句似寫瑟聲之縹緲朦朧，如藍田日暖，良玉生煙，可望而不可置於眉睫之前。或以喻自己的嚮往追求，皆望之若有，近之則無，屬虛無縹緲之域。末聯以「此情」收住，「惘然」點明，總括了「思華年」的總體感受。

詩借瑟聲的迷幻、哀怨、清寥、縹緲以傳達詩人華年所歷之種種人生遭際、境界與感受。由於將自己的悲劇身世和悲劇心理幻化為一幅幅各自獨立而又含意朦朧的象徵性圖景，因此它既缺乏通常抒情方式所具有的明確性，又具有通常抒情方式所缺乏的豐富性與暗示性，能引起讀者多方面的聯想。歧解紛出的主要原因也正在此。但只要抓住「思華年」和「惘然」這條主線，結合詩人身世、創作，對頷、腹兩聯所展示的圖景從意象到文詞細加揣摩，則其中所寓的象外之意——身世遭逢如夢如幻、傷春憂世似杜鵑泣血、才而見棄如滄海遺珠、追求嚮往終歸縹緲虛幻——卻不難默會。這些象徵性圖景之間在時間、空間、事件、感情等方面儘管沒有固定次序，但卻都是詩人在其創作中一再重複的主題和反覆流露的心聲。

借助於工整的對仗、淒清的聲韻、迷離的氣氛等多種因素的映帶聯繫，這種心聲外化為難以言表的渾圇感受，心中有縈繞不去的憂傷淒涼，卻又不知具體從何而來。於是只好出以淒迷意境，無言而無所不言。不管多少歧解，詩中所傳達出的情緒、意境的基調和淒清迷離的整體感受，總是可以切實而明確把握的。詩人調動種種意象，營造種種境界，所要表現的就是結尾的那個「惘然」。從這個意義上說，對主題的探究可有可無，只要能把握「惘然」這一情感特徵，諸說不妨共存，也不妨一個都不要。略事取情為詩人著意所在，得魚忘筌也即我們會心之樂。梁啟超說：「義山的〈錦瑟〉、〈碧城〉、〈聖女祠〉等詩，講的是什麼事，我理會不著……但我覺得他美，讀起來令我精神上得一種新鮮的愉快。須知美是多方面的，美是含有神祕性的。」（〈中國韻文內所表現的情感〉）是啊，〈錦瑟〉有什麼好爭論的呢？你管它是追憶令狐綯家的青衣，是悼亡，是自序其詩還是自傷之詞，只要你能從它的音律中感受到音樂之美，從它的意象中感受到色彩、境界之美，從它的意境中感受到情感之美，只要你能感受到它所傳達出的那份朦朧、憂傷、綿邈、淒惘的情緒，你的心靈其實已經和詩人在同一個音階上唱響。

〈錦瑟〉因而也就成為一個象徵，成為商隱及其詩歌的一個符號或曰意象。宋本《李義山集》將其冠於卷首，就都是因為它最生動地表現了商隱及其詩歌的神情風貌。（李翰）

無題

照梁初有情，出水舊知名❶。裙衩芙蓉小，釵茸❷翡翠輕。錦長書鄭重❸，眉細❹恨分明。莫近彈棊局，中心最不平❺！

【注釋】❶照梁二句　寫女子容顏絕豔。照梁，宋玉〈神女賦〉：「其始來也，耀乎如白日初出照屋梁。」梁，通「樑」。出水，曹植〈洛神賦〉：「灼若芙蕖出綠波。」❷釵茸　宋玉〈諷賦〉：「以其翡翠之釵掛臣冠纓」，翡翠鳥羽裝飾的釵，有茸毛，故說「釵茸」。❸錦長句　《晉書》載前秦蘇蕙織錦為回文詩寄夫君竇滔，故此處錦書指婦人書信。❹眉細　《後漢書．五行志》：「桓帝元嘉中，京都婦女作愁眉，細而曲折。」此處即代指愁恨。❺莫近二句　《夢溪筆談》：「棊局方二尺，中心高如覆盂，其巔為小壺，四角隆起。」所以說「中心最不平」。

【語譯】你的容顏，炫如白日照屋樑，美如荷花出綠水。裙衩繡著精細的芙蓉，鬢角飾著翡翠鳥羽的金釵。自別後書信頻仍只道珍重，相思苦難展愁眉。不要靠近彈棊的棊枰，那中心隆起如人心不平！

【研析】現存唐詩中，在李商隱之前，以「無題」為題的詩，只有盧綸的一首七律，寫的是才士留滯賦閒的牢騷，辭意顯豁。因此，究竟是原題如此，還是因題目佚去後編錄者署以「無題」的，似難確定。與商隱大體同時而年輩稍早的李德裕也有一首五絕〈無題〉，但作年不詳，詩意為抒發懷舊傷感，可能是晚年作品，則此詩創作時間未必早於商隱所作的第一首〈無題〉。因此，在無題詩這一領域，商隱是前無古人、一空依傍的個人創闢。且不論其無題詩藝術上的傑出成就，僅就對詩體的創造開闢這一點而言，商隱對詩歌史的貢獻就不可估量。

「無題」之作詩題，就在於詩人情感的複雜與詩意的不確定，難以用確切標題統括。無題難解，常常在於詩中有無寄託不好確定，如有寄託，具體內容何指也易引起歧見。不過，這也不能一概而論，其十四首無題詩中（另有六首，雖也以「無題」名篇，但並不可靠），至少有兩首為明顯託寓之作。本篇為其一。

以香草美人自比懷瑾握瑜，是屈原所開創的比興寄託模式，漢魏六朝以來，已逐漸發展為一種類型化的寫作，並形成自己的象徵體系與寓託傳統。曹植、阮籍等魏晉詩人都有不少與本詩面目相近之作。詩前四句從容貌到服飾，寫女子的豔美無雙。五、六句則寫愛情的失意。良才美質卻無良媒佳偶，在《楚辭》中此類意象觸目皆是。顯然，詩人是以此寄寓才而不用的悵恨。而在結尾，更以「中心最不平」為全篇寄寓點睛。

另一首明顯寄寓之作，是早期一首五古〈無題〉：「八歲偷照鏡，長眉已能畫。十歲去踏青，芙蓉作裙衩。十二學彈箏，銀甲不曾卸。十四藏六親，懸知猶未嫁。十五泣春風，背面鞦韆下。」與本篇非常相似。這首詩以樂府手法排列年齡序次，作大跨度概述，使人物帶有明顯虛擬假託色彩。兩首以美女無媒難售寄寓才士不遇，都令人聯想到曹植的〈美女篇〉。這反映了商隱對傳統比興模式的承襲，當然這是詩人創造過程中的一個必經階段。（李翰）

無題

紫府❶仙人號寶燈，雲漿❷未飲結成冰。如何雪月交光夜，更在瑤臺❸十二層。

【注釋】❶紫府　道家稱仙人居所。《抱朴子・祛惑》：「及到天上，先過紫府，金床玉几，晃晃昱昱，真貴處也。」❷雲漿　雲霞幻成的仙酒。❸瑤臺　神話中神仙居所。《拾遺記》：「崑崙山……旁有瑤臺十二，各廣千步，皆五色玉為臺基。」

【語譯】想追逐那紫府仙子，升天的瓊漿未飲已凝結成冰。雪月交輝的清夜，你高居在瑤臺的十二層。

【研析】其實從字面上，這首詩並不難理解。不過寫想望中的仙姝身處高寒、杳遠難即，以及雖追求嚮往，又時感變幻莫測、難以追攀。但讀後又覺得詩中所言，並不僅僅限於這種愛情的虛幻杳渺，舉凡人生、仕途、交誼，那種可望而不可即，那種水中撈月式的理想追求，都近似於詩中所寫情境。

「雲漿未飲結成冰」，既與下文雪月冰寒相應，同時欲飲而終不得飲，又是一種即而又離、夢而成空的人生境遇。那隱約在十二層高的瑤臺中的，可能是「同時不同類」（〈柳枝五首〉其一）的某一女子，可能是對詩人終不見諒的令狐綯，也可能是詩人追求一生的理想……這些我們都不能確定，所能把握的，只是詩人曾經滄海後的感受：迷惘、幻滅、杳渺、可望而不可即。詩中有一種悲涼的對命運的不確定感，有一種渴望美、追求美但又對這種追求結果近乎絕望的憂懼，然而絕望中還是不屈地向美張開幻想的翅膀。本詩從一個方面折射了商隱悲劇性的命運和心態。（李翰）

無題二首

其一

鳳尾香羅❶薄幾重？碧文圓頂❷夜深縫。扇裁月魄❸羞難掩，車走雷聲❹語未通。曾是❺寂寥金燼❻暗，斷無消息石榴紅❼。班騅❽只繫垂楊岸，何處西南待好風❾？

其二

重帷深下莫愁❿堂，臥後清宵細細長⓫。神女⓬生涯原是夢，小姑居處本無郎⑬。風波不信菱枝弱，月露誰教桂葉香。直道⑭相思了⑮無益，未妨惆悵是清狂⑯。

【注釋】❶鳳尾香羅　一種織有鳳尾花紋的薄羅。❷碧文圓頂　有青碧花紋的圓頂羅帳。❸扇裁月魄　指裁製的扇形如圓月。班婕妤〈怨歌行〉：「裁為合歡扇，團團如明月。」❹車走雷聲　司馬相如〈長門賦〉：「雷殷殷而響起兮，聲象君之車音。」此處謂車馳之聲如雷聲隱隱。❺曾是　已是。❻金燼　指燭芯燃燒時形成的燈花。❼石榴紅　石榴花開，指青春時光流逝。❽班騅　毛色青白相間的馬。此處指所思念之人乘的馬。❾何處句　西南風，此句化用曹植〈七哀〉：「願為西南風，長逝入君懷。」的典故。❿莫愁　借指女主人公。⓫細細長　形容因憂愁而覺長夜漫漫，時間流逝極其緩慢。⓬神女　即巫山神女，傳說楚王曾在夢中與她相會。⓭小姑句　〈神弦歌‧青溪小姑曲〉：「小姑所居，獨處無郎。」小姑，詩中借指年輕未嫁的女子。⓮直道　即使說。⓯了　全然。⓰清狂　此處指癡情。

【語譯】

其一

織成鳳尾花紋的薄羅一重重，深深放下青碧花紋的圓頂羅帳。團扇半遮面掩不住羞怯容顏，車馳如雷來不及傾訴衷腸人已離去。已是燭花燃盡，熄滅在寂寥的黑暗。歲月流逝，青春的天空中見不到你的鴻雁。斑騅馬繫在垂柳岸邊，哪裡有西南風，將我吹到你的懷中？

其二

重簾深掩著的，是你居住的莫愁堂。一覺醒來，寂寥的長夜漫漫。神女生涯如夢似幻，小姑獨居心上人不知在何方。風狂波惡曾不管菱枝瘦弱，桂香何辜，卻遭那月下白露的寒涼。雖說相思全然無益，卻無奈癡情難改，一世惆悵。

【研析】兩首都採取深夜追思抒慨的心理獨白方式，寫少女的相思寂寥，因此都可以完全當作愛情詩讀。但前章近賦，後章近比，前章寫愛情似乎較為純粹，而後章則有較明顯的託寓痕跡。從表面上看，愛情是商隱無題詩的主要內容，但一般寫的多是對愛情深透細密的情感體驗，寫的是一種淒絕而纏綿的心緒。而此處第一首〈無題〉寫愛情，卻有較多敘述成分。首聯寫女子夜縫羅帳，暗示因思念而無眠。頷聯細緻描述雙方邂逅、未通言語的戲劇性場景，寫實意味較濃。末兩聯寫音信杳渺，深閨寂寥以及女子欲乘風而飛至郎邊的癡情奇想。雖然通過女主人公的回憶、想望，詩歌時空跨度較大，但承轉脈絡清晰，詩意較為明確。

後章則不注重具體情事的描繪刻劃，而以抒寫身世境遇為主，筆意空靈概括。頷聯慨歎生涯處境，隱見詩人遇合如夢、無所依託的遭遇。腹聯如單純寫女子遭際，則意蘊虛涵，不易捉摸；從比興寄託著眼，似乎更能探獲詩心。作者地位寒微，「內無強近，外乏因依」（〈祭徐氏姐文〉），屢遭朋黨勢力摧殘，而未遇有力援助，故借風波摧折菱枝，月露不滋桂葉來致慨。商隱〈深宮〉以「狂飆不惜蘿陰薄，清露偏知桂葉濃」分喻政治上的失意受摧抑者與得意蒙君寵者，上句與「風波」句意略同，下句與「月露」句意相反，而取譬則同。比較可知此聯確有寓託。尾聯說即使相思全然無益，也不妨抱癡情而悵恨終身。這是商隱在傷感、幻滅與絕望中屢屢透露出的堅韌執著，上一首詩中有，下面的無題詩中還會繼續看到，這種精神不能不讓人動容。本章雖有寄託，但並不妨礙讀者將其看作純粹的愛情詩，所謂「作者未必然，讀者何必不然」，商隱詩是具有多重闡釋潛能的。

正如第一首似乎純粹在寫愛情，但那種企盼佳期而不得的心情，相思期待的寂寥，青春易逝的悵惘，和作者的人生遭際、悲劇心理都有著潛在的聯繫。即使把它作為純粹的愛情詩欣賞，也並不排斥其中可能滲透了詩人的某種身世之感。（李翰）

無題

相見時難別亦難，東風無力百花殘。春蠶到死絲方盡，蠟炬成灰淚始乾。曉鏡但愁雲鬢改，夜吟應覺月光寒。蓬山❶此去無多路，青鳥❷殷勤為探看。

【注釋】❶蓬山　神話傳說中的海上仙山。這裡借指所思念的女子的住處。❷青鳥　傳說中作為西王母信使的鳥，又叫青雀。

【語譯】相見時難離別之情更令人不堪，尤其在這春風漸弱百花凋殘的暮春。春蠶吐絲直到生命的最後一刻，蠟燭成灰才停止一輩子的哭泣。不敢在凌晨照鏡梳妝，只因怕它照出我鬢邊的白髮。深夜無眠，躑躅獨吟，月光如許寒涼。此去蓬萊路途並不遙遠，青鳥多情幾番傳來消息。

【研析】詩的內容很明白，寫暮春時節與所愛女子別離的傷感和別後悠長執著的思念。寫的是愛情，但和上一首不同，其中就看不出具體的「事」了。

向來抒發傷別之情，都著意於會期杳渺，「別易會難」乃古人常語。如曹丕〈燕歌行〉：「別日何易會日難。」曹植〈當來日大難〉：「今日同堂，出門異鄉。別易會難，各盡懷觴。」本詩首句則翻過一層，謂相見固難，離別也令人難以為情。「相見」可指別後重會，也可理解為別前相見。無論哪一種，相見之難都使別情倍覺難堪，言外似見「執手相看淚眼」的斷腸揮手情景。這一句已翻得奇絕，而第二句似接非接，突然端出一幅春風無力、百花凋殘的暮春圖景。它既像是交代雙方別離時節正值暮春，是寫實；但同時又像是刻意為這場難堪的別離設置一個黯然銷魂的帶有象徵意味的背景和氛圍。它像是象徵青春、愛情的消逝，又像是象徵別離雙方既難堪又無奈的心緒；甚至不妨認為它象徵著一個春盡花殘的大時代環境。寫實中寓含如此豐富深永的象徵，難怪評家擊節歎賞，謂「第二句畢世接不出」（《義門讀書記》引馮舒評）。

如果說首聯已讓人擊節，頷聯反而讓人不知說什麼好了，因為我們已預支了自己的驚歎，沒想到一瞥間被更美的句子擊中了心扉。人們可能不知道李商隱是誰，可能不知道這是唐代的一首詩，但幾乎沒人不知道這句：「春蠶到死絲方盡，蠟炬成灰淚始乾。」到死、成灰、絲盡、淚幹，充滿了悲劇情調，甚至帶有悲觀絕望的色彩，但正是在這種彷彿絕望的悲哀痛苦中透露出感情的堅韌執著，既悲觀又堅定，既痛苦又纏綿。明知思念之徒勞與追求之無望，卻仍要作無窮無盡的無望追求；明知思念與追求只能使自己終生與痛苦為伴，但卻心甘情願背負終生的痛苦去作無望的追求。把殉情主義精神表現得如此深刻而富於悲劇美，在詩歌史上是不多見的。當然，此聯也可應用於殉道，舉凡為理想、事業鞠躬盡瘁，人們往往也不由想到這句詩。其實，商隱本人也是混合了多種人生感受，這裡面未始沒有其「欲回天地」的不懈追求。

腹聯轉從對面著筆，設想別後對方處境心情：晨起攬鏡而憂青春易逝，夜涼吟詩應感月光淒寒。不說自己如何思念對方，而是設身處地為對方著想，情尤深至。末聯在刻骨的思念與憂傷中故作寬解，謂離居不遠，尚能藉青鳥傳書致意，更見內心的悲痛和情之不能自已。

全篇寫別恨相思，純粹抒情，不涉敘事，而感情的發展脈絡清晰，轉接自然，續續相生，環環相扣。這種愛情詩，已經捨棄生活本身的大量雜質，提純、昇華為藝術的結晶。後代根據這類無題去考證作者的戀愛事蹟，猶執精以求粗，不知作者早已捨粗以取精了。（李翰）

無題四首（選二首）

其一

來是空言去絕蹤，月斜樓上五更鐘。夢為遠別啼難喚，書被催成墨未濃。蠟照半籠❶金翡翠❷，麝熏❸微度繡芙蓉❹。劉郎❺已恨蓬山遠，更隔蓬山一萬重❻！

其二

颯颯東南細雨來，芙蓉塘❼外有輕雷。金蟾❽齧鎖❾燒香入，玉虎❿牽絲⓫汲井迴。賈氏窺簾韓掾少，宓妃留枕魏王才⓬。春心莫共花爭發，一寸相思一寸灰。

【注釋】❶半籠　半罩。指燭光所照及的範圍。❷金翡翠　用金線繡成翡翠鳥圖案的幃帳。❸麝熏　古代豪貴人家用名貴香料放在香爐中熏被帳衣物，這裡指麝香的芬芳氣味。❹繡芙蓉　繡有芙蓉圖案的床褥。❺劉郎　漢武帝劉徹與傳說中同阮肇入天台山採藥遇仙女的劉晨，均可稱「劉郎」。漢武帝曾派人至蓬萊山求仙，此處用「蓬山」字面，似用漢武事，然全篇係詠愛情，與求仙無涉，故仍以用劉晨事較切。❻更隔句　喻情人之間空間距離之遼闊。❼芙蓉塘　即蓮塘。❽金蟾　一種蛤蟆形狀的香爐。❾鎖　香爐的鼻鈕，可以開閉，放入香料。❿玉虎　指用玉石裝飾的虎狀轆轤。⓫絲　井索。⓬賈氏二句　《世說新語・惑溺》：「韓壽美姿容，賈充辟以為掾（屬官），充每聚會，其女於青瑣（指門窗）中看，見壽，悅之。」宓妃句，曹植〈洛神賦〉：「余朝京師，還濟洛川。斯水之神，名曰宓妃。」李善注：「植將息洛水，忽見女來，自云：『我本託心君王，其心不遂。此枕是我在家時從嫁，……今與君王。』」

【語譯】

其一

相會的承諾總是成空，一去就蹤跡全無。我守在五更的樓頭，斜月朦朧鐘聲隱約。夢中你離我遠去怎麼也難挽留，匆忙草就的書信墨跡淋漓。燭光中金翡翠的羅帷投下半截影子，芙蓉帳散發著微微麝香。蓬山對我已是那麼遙遠，何況你還在那萬重山外！

其二

細雨颯颯從東南方飄來，芙蓉塘外雷聲隱隱。就像那細香從金蟾鎖眼裡穿過，我綿長曲折的思念。你用玉虎石裝飾的轆轤，從幽深的心井汲出。賈氏門前偷窺看上美貌的韓郎，宓妃殷勤留住魏王，只為愛慕他絕世的才華。春心不要和春花爭放，相思燃燒處，徒留寸寸白灰。

【研　析】商隱的十四首〈無題〉，除了都以愛情為題材，都以愛情間隔為總主題這一點是統一的以外，其他方面都是不統一的。不但從總體上看，有寄託、無寄託、寄託在疑似之間的性質不統一、體裁不統一，而且一組詩內部也存在性質、體裁不統一的情況。〈無題四首〉最為典型。四首中兩首七律，一首五律，一首七言短古；前三首寄託都不明顯，而第四首卻託意顯明。不僅如此，寫作方法上每首也各有特點，所選兩首，前一首基本出以白描，除了「劉郎」一句，沒用任何典故；而後一首則用典、比喻、諧音、象徵，採取多種藝術手法。似乎作者在創作無題詩的過程中，是有意識的進行一種藝術創作的試驗，嘗試其所創〈無題〉在體裁、內容、表現手法等方面的豐富包容性。

第一首以「夢為遠別」四字為全篇點睛。全詩圍繞「夢」來寫「遠別」之情，但沒有按照遠別——思念——入夢——夢醒的順序來寫，而是用逆挽法，先從夢醒時的情景寫起，然後再將夢中和夢後、實境和幻覺、夢境糅合一處，不但暗透遠別是入夢之由，夢的內容也不離短會久別，而且著意渲染夢醒時的迷離恍惚、真幻莫辨、孤寂淒清以及強烈思念，最後方點明已隔蓬山、更復遠別之恨，使傷別之情在迴環遞進中達到極致，從而具有震撼人心的藝術力量。全詩以夢醒時的長歎起，凌空而來，以幻覺消失後的悵恨結，迤邐而去，首尾照應，神理一片。

第二首用典較多，藝術手法豐富，字面上不能一眼明瞭。首聯謂從東南方向飄來颯颯細雨，芙蓉塘外傳來陣陣輕雷。「細雨」暗用巫山神女故事，「輕雷」則暗用〈長門賦〉：「雷殷殷而響起兮，聲象君之車音」，而且細雨輕雷，隱隱傳出生命萌動訊息，與末聯所暗示的「春心爭發」暗應。抒情主人公獨居有懷、思有所待的低迴悵惘之情與細雨輕雷的淒迷杳冥之景渾然一片，給予讀者以豐富的暗示聯想。頷聯賦而含比，由於綜合運用隱喻、諧音等手法，務求深隱，不免有些費解。「金蟾」句指香爐雖鎖，鎖不住嫋嫋爐香，「玉虎」句謂井水雖深，借轆轤仍可汲上清泉。「燒香」、「牽絲」之「香」、「絲」諧「相思」，而香爐、轆轤又常用以作男歡女愛的象徵或襯托，兩句暗喻相思的深長以及無孔不入。既借室內外香爐齧鎖、玉虎牽絲的物象襯托女主人公長日無聊、深鎖春光的惆悵，又暗示情之不能深藏久閉，見「燒香入」、「汲井迴」而不免牽動情思。腹聯兩個典故，賈氏窺簾，宓妃留枕，或愛少俊，或慕才華，皆情之發乎中而不可抑止者，誠所謂「春心正共花爭發」，反迭下聯「莫發春心」的告誡，與上一聯「牽絲」也有隱隱關聯。末聯陡轉反接，由香銷成灰生出聯想，將相思無望的抽象概念化為貼切深刻的形象，並在強烈的對照中顯示了對美好情愫被毀滅的鬱積悲憤。

兩首都寫阻隔難偕的悲劇愛情，寫由此而引起的帶有濃厚悲劇色彩的情緒、心理。前一首在重重間隔中發出沉重的歎息，後一首在屢次追求而終歸幻滅後發出憤激的呼聲，這些又似乎不僅僅是愛情生活中的體驗。事實上，由於涵容深廣的普泛性人生體驗鬱積於胸，即使在純粹抒寫愛情時也不由自主地觸類旁通，將廣泛的人生體驗滲透融合進去。況周頤在《蕙風詞話》中論詞貴寄託時說：「所貴者流露於不自知，觸發於弗克自己。身世之感，通於性靈，即性靈，即寄託，非二物相比附也。」當詩人胸中充滿了對人生的種種悲情體驗，以致成為其性靈的一部分時，特殊的情事往往就會通向久已蓄積的普泛感慨，或者說普泛感慨就自然融入特殊情事。正因為是一種不自覺的旁通和融入，詩人就不會有意識地透露寄託的意圖與痕跡，讀者也就無跡可尋；但也正因為是不自覺的自然流露，往往更深刻真實，更耐咀味。商隱無題詩大多具有這種特點，其招致詮釋之紛紜不一，原因也在此。

可貴的是，無題詩中的愛情雖多為悲劇，但詩中的主人公，無論男女（有時因讀者感受角度不同，對主人公性別可能有不同理解），其感情總是深摯癡頑，熾熱纏綿。即使因離別間阻引起的苦悶、悵惘、傷感、痛苦乃至幻滅中，也總有溫馨的追憶，深情的期待，堅韌的追求。「春心莫共花爭發，一寸相思一寸灰」，這裡有愛情幻滅的強烈悲憤，有屢經挫折後近乎絕望的歎息，但在幻滅與絕望中所透露的，卻是任何阻抑也無法泯滅的春心。「一寸相思一寸灰」的結果不是心如冷卻的死灰，而是導致新一輪的春心萌發和更強烈的追求；「春心莫共花爭發」的自我告誡所透露的正是「春心又共花爭發」的現實心境。

飛蛾撲火，一念之貞，抵死纏綿，這已超越了一切具體情事，而昇華為一種人生精神，悲涼而令人動容。商隱悲劇性心態和詩風的深刻意義也許正在這裡，它所折射的不是對人生的冷漠，而是對生命的深情與熱愛，那些寂寥綿邈的詩句中所包裹的，正是一顆滾燙的心。（李翰）

天津西望❶

虜馬❷崩騰忽一狂，翠華❸無日到東方。天津西望腸真斷，滿眼秋波❹出苑牆。

【注　釋】❶天津西望　天津橋在洛陽苑之東，上陽宮在它西面，故曰西望。天津，橋名。《元和郡縣志》卷六：「天津橋在縣北四里，隋大業元年初造，此橋……用大船維舟，皆以鐵鎖連之，南北夾路對起四樓。……唐貞觀十四年，更令石工壘方石為舟。」❷虜馬　此指叛軍安祿山的兵馬。❸翠華　本是指用翠羽裝飾旗桿頂上的旗，這裡代指皇帝出行的儀仗。❹秋波　谷水河的清波。洛陽上陽宮的西邊為谷水河。

【語　譯】安祿山的叛軍氣焰囂張，一時得勢挫傷了大唐。從那以後皇帝的車駕再也沒有來到過東面的洛陽。我佇立在天津橋上，憂傷地向西眺望，想起國家被人欺凌的往事，痛得我揪心斷腸。秋天的谷水波光蕩漾，我看見它靜靜地流出了宮牆。

【研　析】唐朝有東西兩都，西都長安，東都洛陽，在安史叛亂前，一樣的繁華，太宗三次幸洛陽，武后乾脆定都洛陽，到了玄宗時，在開元年間曾五次到洛陽。可是自安史叛亂之後，直到商隱寫此詩之日，幾代皇帝一個也沒有去過洛陽。去和不去，反映了國家的盛衰治亂。大唐帝國由盛而衰的轉捩點是安史之亂，根本的原因在於朝廷對藩鎮的策略有誤，養虎貽患。安史之亂被鎮壓之後，藩鎮的問題不但沒有解決，反而愈發嚴重。那些在平定安史之亂中起家的軍閥，擁兵自重，稱霸一方，或藐視朝廷，或與其他軍閥爭鬥。到了商隱生活的年代，已經成了有識之士普遍擔憂卻又無人能夠解決的嚴重的社會問題。商隱寫作此詩的目的，就是提醒人們，要吸取安史之亂的教訓，不能讓國家再遭受那樣的波折。（朱恒夫）

過華清內廄門❶

華清別館閉黃昏，碧草悠悠內廄門。自是明時不巡幸，至今青海有龍孫❷。

【注釋】❶過華清句　華清宮內養馬處。華清宮，在今西安臨潼，出溫泉。宋程大昌《雍錄》卷四「溫泉」：「溫泉在臨潼縣南一百五十步……咸亨（高宗年號之一）三年，名溫泉宮。天寶改為華清宮。於驪山上益治湯井為池，臺殿環列山谷。……明皇每歲十月幸，歲盡乃歸。」❷青海有龍孫　青海有龍馬的子孫。《隋書．西域傳》：「吐谷渾青海……中有小山，其俗至冬輒放牝馬於其上，言得龍種。……嘗得波斯草馬放入海，因生驄駒，日行千里，故時稱青海驄馬。」

【語譯】暮色降臨的黃昏時分，昔日熱鬧的華清宮緊閉宮門。碧綠的青草從宮外延伸到馬廄，卻無一匹馬兒立於其中。因為此時海內昇平，用不著帝王巡幸四方。日行千里的龍馬派不上用場，漸漸地在中原消失了蹤影。只有在青海的叢山之中，還有飛龍傳下的子孫。

【研析】此詩借華清宮的荒廢景象，抒發作者的盛衰之感。玄宗之時，經常帶楊氏姊妹來華清宮洗浴，杜甫在〈自京赴奉先縣詠懷五百字〉中描寫道：「……凌晨過驪山，御榻在嵽嵲。……瑤池氣鬱律，羽林相摩戛。君臣留歡娛，樂動殷膠葛。賜浴皆長纓，與宴非短褐。……中堂有神仙，煙霧蒙玉質。……」湯池熱氣騰騰，舞樂響徹雲霄。而今是黃昏日斜，別館緊閉，碧草連天，馬廄空寂，一片淒冷的景象。是什麼導致唐帝國由盛而衰的呢？作者雖然沒有說，但他決不會沒有對這個問題進行過思考。後兩句表面上是對馬廄無馬作議論，實際上內含著這樣的意思：今日政治昏暗，國家危機日深，主要原因是朝中缺乏龍馬的人才。人才不是沒有，而是流落到荒野邊鄙之處了。這些人才中自然包含著詩人自己。（朱恒夫）

華清宮

朝元閣❶迥羽衣❷新，首按昭陽第一人❸。當日不來高處舞，可能天下有胡塵❹？

【注　釋】❶朝元閣　宋程大昌《雍錄》卷四：「朝元閣在驪山。天寶七載，玄元皇帝見朝元閣，改名降聖閣。」❷羽衣　指〈霓裳羽衣曲〉。唐代宮廷樂舞。著名法曲。傳為唐開元中西涼節度使楊敬述所獻。初名〈婆羅門曲〉，後經玄宗潤色並製歌詞，改用此名。一說玄宗登三鄉驛，望女兒山作此曲前半，後吸收楊所獻的〈婆羅門曲〉續成全曲。其舞、樂和服飾都著力表現出縹緲的仙境和仙女形象。唐白居易有〈霓裳羽衣舞歌和微之〉詩。❸首按句　昭陽宮中的第一位美人首先按拍起舞。昭陽宮，漢宮殿，為成帝寵妃趙飛燕居住。李白〈宮中行樂詞八首〉之二：「宮中誰第一，飛燕在昭陽。」❹胡塵　指安史之亂。

【語　譯】驪山之上的朝元閣中，宮女們正在表演〈霓裳羽衣曲〉。是誰跳了第一支？為最受寵幸的美麗貴妃楊太真。如果貴妃不來舞，如果皇帝不迷戀，安祿山的兵馬，怎麼能夠在中原大地上揚起飛塵？

【研　析】舊時的人們總將國家的敗亡歸咎於受皇帝寵幸的美女，即「女人禍水論」。李商隱在這個問題上，亦沒有顯出什麼高明之處，他在另一首〈華清宮〉中表達了與本篇同樣的觀點，曰：「華清恩幸古無倫，猶恐蛾眉不勝人。未免被他褒女笑，只教天子暫蒙塵。」一國之君主，自登極之始，就應該意識到自己擔負著國家盛衰、民族興亡的重擔，宵衣旰食，勤於國事，而不能有半點的荒怠。若迷戀美女，縱欲享樂，把國家事務拋在腦後，就不是一個合格的君主，甚至不具有做君主的資格。把亡國的罪責推給一個弱女子，是在「君王永遠正確」的觀念支配下的愚忠表現，十分可笑。像晚年的玄宗，放鬆了對自己的要求，貪圖享受，即使沒有楊氏，也會愛上李氏、張氏。可以說，安史之亂興起，其責任都在玄宗一人身上。(朱恒夫)

驪山有感

驪岫飛泉泛暖香❶，九龍❷呵護玉蓮房❸。平明每幸長生殿，不從金輿唯壽王❹。

【注釋】❶暖香　指驪山溫泉。❷九龍　華清宮的一座殿名。❸玉蓮房　華清宮中專供貴妃使用的浴池為蓮花形。❹壽王　李瑁，武惠妃所生。楊玉環本壽王妃，因貌美被玄宗奪去，演出父占子妻的醜劇。

【語譯】驪山的溫泉芬芳馥郁，貴妃的浴池為蓮花的形狀。九條巨龍圍繞飛舞，平明時分君王巡幸長生殿。只有那壽王總有意躲開，不跟在皇帝的鑾駕之後。

【研析】在〈北齊二首〉中提到商隱詠史詩三種類型：以古鑑今、借題託諷和借古喻今，那麼這首詩諷刺玄宗的荒淫，應該寓有鑑今之意。這類諷刺歷代君主之作，揭露的多是君王沉迷聲色、荒淫享樂。當然，商隱也持有女色誤國的觀點。

「史」是崇實徵信的，「詩」卻最重想像虛構。要想讓詠史詩既有詩情，又保持其「詠史」的基本性質，則須加以一定的想像虛構，同時這虛構又要有一定範圍與量度，即不能脫離基本史實與主要情節。本詩所寫玄宗的父奪子妻以及遊樂於驪山行宮，都於史有徵，而壽王之不從鑾輿則出於詩人的想像了。但詩的用意深刻之處，卻往往正在這些虛構想像部分。詩人自己一句議論也沒有，卻譏刺入骨，揭出諷刺對像最醜陋之處，不留絲毫餘地。以集中提煉而成的最富包蘊的情節場景，表明自己的立場、態度與情感，正是一種對「史」的詩化，做到詩情史識兼具。

同一題材還有一首〈龍池〉：「龍池賜酒敞雲屏，羯鼓聲高眾樂停。夜半宴歸宮漏永，薛王沉醉壽王醒。」這一「醉」一「醒」的對照，包蘊極豐，壽王複雜的內心痛苦固可意會，詩人的鄙夷譴責亦隱見言外，無一語正面議論，而諷刺力透紙背。吳喬《圍爐詩話》中以此為例，強調詩「貴有含蓄不盡之意，尤以不著聲色故事議論者為上。」商隱不少諷刺型的詠史詩，正是這樣以典型場景說話，以形象代替自己的議論，因而詩意雋永。（李翰）

賈生❶

宣室❷求賢訪逐臣，賈生才調更無倫❸。可憐夜半虛前席，不問蒼生問鬼神❹。

【注釋】❶賈生　即賈誼，西漢初著名政論家、文學家。❷宣室　漢未央宮前殿正室。❸無倫　無人能比。❹可憐二句《史記・屈原賈生列傳》：「上因感鬼神事，而問鬼神之本。賈生因具道所以然之狀。至夜半，文帝前席。既罷，曰：『吾久不見賈生，自以為過之，今不及也。』」虛，空自；徒然。前席，古人席地跪坐，「前席」謂移坐向前。

【語譯】皇帝求取賢才找到放逐之臣，賈誼的才華格調無人能比。可惜半夜虛心求教，問的不是蒼生百姓的冷暖，而是玄虛的鬼怪玄談。

【研析】商隱的詠史詩一般有兩類指向，一類為歷代昏君庸主，一類為賢人志士。前者站在審視的角度，出以嚴冷的批判；後者則引為同調，抱以深刻的理解同情。前者多出以冷峻的譏刺，後者則多出以感慨歎惋。

所提到商隱詠史詩三種類型，其實多針對前者而言，後者是商隱與個人抒懷相結合的一種詠史詩，有「異代同時」的悲慨在其中。其中詠諸葛亮、宋玉、賈誼等人的詩便是如此。

不過本篇卻將兩類結合到一起，一方面揭示了封建君主表面上敬賢重賢，實際上不能識賢任賢，重鬼神而不問蒼生百姓的腐朽本質，另一方面也揭示了傑出才人在深受恩遇的表象下被視同巫祝、不能發揮治國安民才能的不遇實質。批判中有同情，同情中寓批判。詩託漢文以諷時主，慨賈生而憫自身，所揭露的問題不僅具有歷史的典型性，而且具有普遍的現實意義。詩中所透露的不斤斤於個人榮辱得失，而以是否有利於國家蒼生來衡量遇合窮通，更顯示了作者超卓的胸襟。

如果說在冷刺型的詩中，詩人多藏鋒不露地將議論融在典型圖景中，則這類寓有慨惋的詩中，議論則是與抒情相結合，並正是以抒情唱歎的方式貫串起來。本詩即將警策透闢的議論和深沉含蘊的諷慨融為一體，意味深長，耐人咀嚼。寫作方法上，詩人成功地運用了欲抑先揚的手法，由「求」而「訪」而「夜半前席」，層層鋪墊，最後因強烈對照和突然轉折所造成的貶抑便特別有力。千年後美國著名作家歐·亨利的小說，最後也往往以這種突轉筆法入勝，被稱為「歐·亨利」式結尾而享譽全球。不知此法在商隱詩中早成慣技。詩中「可憐」、「虛」兩個似輕實重的詞語，也加強了全詩的唱歎之致與諷慨之情。

注意一下會發現，商隱詠史詩中，以七絕最多。施補華《峴傭說詩》云：「義山七絕以議論驅駕書卷，而神韻不乏，卓然有以自立，此體於詠史最宜。」確實，七絕使商隱的詠史詩達到了詩與史、情與識的完美統一。(李翰)

王昭君❶

毛延壽畫欲通神，忍為黃金不為人❷。馬上琵琶行萬里，漢宮長有隔生春❸。

【注　釋】❶王昭君　名嬙。漢元帝時宮女，後嫁匈奴呼韓邪單于，號寧胡閼氏。❷毛延壽二句　《西京雜記》：「元帝後宮既多，乃使畫工圖形，案圖召幸。諸宮人皆賂畫工，獨王嬙不肯，遂不得見。匈奴求美人為閼氏，於是案圖，以昭君行。及去，召見，貌為後宮第一，而名籍已定，帝重信於外國，故不復更人。」傳說因索賄不成而以畫筆掩蓋昭君美貌者即毛延壽。❸隔生春　意頗晦澀。有以為用青塚（昭君墓）事，指昭君墓上苔草萌發生出春色，而昭君已為泉下人，是所謂「隔世生春」。此解則前面「漢宮」不好理解，頗疑此「春」即「畫圖省識春風面」之「春風面」，謂昭君遠赴絕域，埋骨青塚，長留漢宮中的唯生前畫圖上的春風面。

【語　譯】毛延壽的繪畫栩栩如生能通鬼神，卻為了黃金恣意糟蹋美人。馬上琵琶在胡天彈響，長留漢宮的，只是那圖畫上的春風容顏。

【研　析】唐人詠昭君的詩很多，但大多著眼於對昭君遠赴絕域、埋骨胡沙這一淒涼命運的同情歎惋，是拉開一定距離，將昭君作為一個素材、一個創作對象來處理的，包括杜甫著名的〈詠懷古跡〉其三也是這樣。而商隱本詩則分明將昭君的命運與自己的遭遇糅合在一起，他不是站在外面打量昭君，而是完全走進去和昭君一起幽怨悲恨。這是商隱感慨型詠史詩常有的特點。

毛延壽之顛倒妍媸，蔽賢欺君，恰如商隱所遭遇黨人之各私其黨、排斥異己、打壓賢能。「隔生春」一句無論理解為青塚上的草色，還是長留漢宮的「畫圖春風面」，關鍵在「隔生」一詞。昭君死後墳上方生春色，可指詩人才華當世無人賞識；若謂「春」乃「春風面」之意，那麼春風面在當時宮中無人賞識，必待人去魂消方受重視，兩者所指不同而所喻無異。這不僅是昭君的不幸，也是一切志士才人的悲劇。「聲名佳句在，身世玉琴張」（〈崇讓宅東亭醉後沔然有作〉），也許借昭君故事，商隱所發出的卻是自己這樣的感慨。

不過，將這樣的詠史詩完全看作商隱有意借古人酒杯澆自己的塊壘，不一定完全符合實際。商隱的創作往往有這樣的特點，創作伊始是站在一定距離外處理素材，但隨著創作中情感的投入，漸漸將自己融入對象，將自己的遭遇感受融入進去，所謂「身世之感，通於性靈」，是商隱創作中常常無法避免的主體投入現象。物我不分，不僅僅詠物詩如此，這類感慨型的詠史詩也常是這樣。從創作思維上，這是與商隱的以感興驅動筆

墨，以意識流貫穿整個運思寫作過程密不可分。而從根本上，還是詩人積鬱太深，身世之感太強烈。（李翰）

明神❶

明神司過豈能冤，暗室❷由來有禍門。莫為無人欺一物，他時須慮石能言❸。

【注釋】❶明神　即英明公正的神靈。《詩經・大雅》：「敬恭明神。」❷暗室　幽暗無人的地方，一般指壞人搞陰謀詭計之處。《梁書・簡文帝紀》：「弗欺暗室，豈況三光。」❸石能言　典出《左傳・昭公八年》：「石言於晉魏榆。晉侯問於師曠曰：『石何故言？』對曰：『石不能言，或憑焉。』」意為事實是不會被永遠掩蓋住的。

【語譯】英明公正的神靈，他不會冤屈一個好人。惡人雖然在暗室中獨自策劃，但上蒼也會知道一切。罪惡的行為應受到懲罰，任何壞人都不能逃出禍門。事實總歸掩蓋不了，即使是石頭也會道明真相。

【研析】關於此詩的寫作緣起，歷來有多種說法。明錢龍惕《玉谿生詩箋》：「此詩為甘露之變作也。當時事起倉促，王涯、賈餗等實不與聞，仇士良執而訊之，五毒俱備，涯等誣伏，遂族誅之。一時不以為冤，實以涯等執政時招權僭侈，結怨於民。故曰明神司過，決無冤濫，暗室禍門，自招之也。然涯等國之大臣，一旦以無辜之事駢首就戮，專殺者自謂舉世無人，一物可欺，抑知其取精多而用物弘，憑石而言，得無慮乎？」劉學鍇、余恕誠在《李商隱詩歌集解》中則認為：此詩「頗疑隱指大中初年牛黨白敏中等借所謂吳湘冤案打擊李德裕政治集團事。」該事的前後經過是這樣的：「（吳）湘為江都尉，部人訟湘受贓狼籍，身娶民顏悅女。（李）紳使觀察判官魏鉶鞫湘，罪明白，論報殺之。時，議者謂世與宰相有嫌，疑紳內顧望，織成其罪。諫官屢論列，詔遣御史崔元藻覆按。元藻言湘盜用程糧錢有狀，娶部人女不實。……德裕惡元藻持兩端，奏貶崖州司戶參軍。宣宗立，德裕在位，紳已卒。崔鉉等久不得志，導汝訥（吳湘兄）使為湘訟。……崔元藻銜德裕斥己，即翻其辭。是時德裕已失權，而宗閔故黨令狐綯、崔鉉、白敏中皆當路，因是逞憾，以利誘動元藻等，使三司結紳杖鉞作藩，虐殺良平。」（《新唐書．李紳傳》）商隱不滿牛黨借吳湘案件傾軋李黨，故寫下此詩。全篇言簡意明，感情激越。前兩句謂明神斷案，決無冤濫，而暗室欺心，自謂無人得知，然天理昭昭，終將因此而自招其禍。後二句用意與前二句同，只是加重了語氣，強調而已。世間做壞事之人，總以為瞞天蔽地，無人知曉，恣意而為，作惡多端，殊不知人做壞事時，心虛理虧，不可能事事周密，必有馬腳暴露之處，到了一定的時間，就會昭彰於世人面前，受到應有的懲處。（朱恒夫）

人欲

人欲天從竟不疑❶，莫言圓蓋便無私。秦中已久烏頭白❷，却是君王未備知？

【注釋】❶人欲句　從不懷疑天遂人願。《左傳．襄公三十一年》：「〈泰誓〉：『民之所欲，天必從之。』」❷烏頭白　烏鴉頭上的毛變白。《論衡》：「燕太子丹朝於秦，求歸。秦王執留之，與之誓曰：『使日再中，天雨粟，烏頭白，馬生角，廚門木象生肉足，乃得歸。』當此之時，天地佑之，果日再中，天雨粟，烏白頭，馬生角，廚門木象生肉足。秦王以為聖，乃歸之。」

【語譯】天遂人願的古語，竟然從來沒有人懷疑。請你千萬不要相信，「上蒼永遠地公正無私。」燕太子丹到秦國做人質，長久離家想回到自己的祖國。秦王說烏鴉的頭變白就放你回去，可是頭白已久，卻遲遲地不履行諾言。難道是君王不知道此事，還是忘記了自己說過的話？

【研析】關於此詩的作意，有論者說是詩人自己被羈於幕府，求歸不得也。也有論者說是為李德裕被貶嶺南，久久不得放還，而有責備朝廷之意。不管所指之事是什麼，都是與願望相違背的事。俗語說：「如人意事一二三，不如意事七八九。」人立世間，願望與客觀現實總是有著巨大的落差。有的是客觀環境造成的，有的是人為的因素導致的。如果事事如願，想到做到，倒不像生活在複雜的人世間的了。因此，我們應該對主客觀的關係有一個正確的認識，訂立目標之前，就做好不能實現願望的準備，只要主觀上盡了最大的努力，事敗之後，既不怨天，也不尤人，而是準備下一次的努力，這樣會少掉許多精神上的痛苦。(朱恒夫)

公子

一盞新羅❶酒，凌晨恐易銷。歸應衝鼓半❷，去不待笙調❸。歌好唯愁和，香濃豈惜飄。春場鋪艾帳❹，下馬雉媒嬌❺。

【注　釋】❶新羅　即今之朝鮮半島。❷歸應句　意為公子在妓家流連忘返，直到暮鼓敲了大半才遲遲回去。《新唐書·百官志》：「左右街使，掌分察六街徼巡。……日暮，鼓百聲而門閉。……五更二點，鼓自內發，諸街鼓承振，坊市門皆啟，鼓三千撾，辨色而止。」❸笙調　調校笙樂。❹艾帳　用割下的草偽裝成野地，以迷惑禽鳥。艾，同「刈」。割草意。❺雉媒嬌　用家養的野雉來吸引同類，以此捕獵野雉。《文選·射雉賦》注云：「媒者，少養雉子，長而狎人，能招引野雉，因名曰媒。」

【語　譯】暢飲著新羅產的美酒，沉醉在快樂之中。到了凌晨時分，酒勁兒方才消退。令城坊關閉的鼓聲響了大半，才緩緩地離開酒館。剛剛為他調校了笙樂，他還沒來得及聽就已離去。歌喉美妙的姑娘們，最怕他跟著一起唱歌。不是不想讓他分享快樂，而是他的聲音嘶啞難聽。獵場上安下誘鳥的機關，為的是讓鳥兒紛紛飛來。做誘餌的野雉歡快地呼喚著同類，引誘牠們進入設好的羅網。

【研　析】內容一如題目，所寫的對象就是紈綺公子，寫他們的放蕩與打獵的生活。他們不事生產，不做正事，整日渾渾噩噩，或者在秦樓楚館中消磨時光，喝的是新羅酒，彈的是笙箏樂，伴的是教坊女。鼓聲過半，方帶醉回家。或馴養「媒子」，飛鷹走狗，打獵野獸，網羅飛鳥。完全是散垮的一代。看一個社會的未來氣象，主要看這個社會青年的精神狀態。像這樣無所事事、萎靡不振的樣子，這個國家是沒有任何希望的。因此，這首詩有著歷史的認識意義，它透露了大唐帝國即將滅亡的信息。（朱恒夫）

牡丹

錦幃初卷衛夫人❶，繡被猶堆越鄂君❷。垂手亂翻雕玉佩，折腰爭舞鬱金裙❸。
石家蠟燭何曾剪❹，荀令香爐可待熏❺。我是夢中傳彩筆❻，欲書花葉寄朝雲❼。

【注　釋】❶錦幃句　字面意思是捲起織錦的幃簾後，見到了衛夫人，實際上是以衛夫人比喻豔麗華貴的牡丹。《典略》講述了孔子見衛靈公夫人南子的故事：孔子返衛，南子自幃中再拜，響起悅耳的環佩之聲。❷繡被句　綠葉襯托著牡丹花就像繡被擁裹著的鄂君。《說苑・善說》載：鄂君子皙泛舟河中，划槳的越人歌唱道：「今夕何夕兮，搴洲中流；今日何日兮，得與王子同舟？蒙羞被好兮，不訾詬恥。心幾煩而不絕兮，得知王子。山有木兮木有枝，心悅君兮君不知！」這時鄂君揚起長袖，行而擁之，舉繡被而覆之。❸垂手二句　意為舞者跳舞時垂手折腰、佩飾搖動、裙裾飛揚的樣子，好像牡丹花在春風中枝葉搖曳的情態。垂手、折腰，為跳舞的動作。鬱金裙，有鬱金花圖案的裙子。❹石家句　意為牡丹花顏色鮮豔得像正在燃燒的蠟燭。西晉石崇富而豪奢，將蠟燭當柴來燒。❺荀令句　以荀彧的體香喻牡丹花之香。荀彧，三國時魏人，曾任尚書令。據說他身體發出異香，到人家，其香氣三日不散。❻彩筆　典出南朝江淹事。《南史・江淹傳》：「嘗宿於冶亭，夢一丈夫自稱郭璞，謂淹曰：『吾有筆在卿處多年，可以見還。』淹乃探懷中得五色筆一以授之，爾後為詩，絕無美句。時人謂之才盡。」❼朝雲　指巫山神女。

【語　譯】那怒放的牡丹花喲，像那錦幃乍捲容顏初露的衛夫人。那綠葉簇擁花朵的形態，宛如繡被包裹著的鄂君。被春風搖動的枝葉，簡直就是舞女垂手折腰、裙裾飄揚的婀娜姿態。那鮮紅的色彩，分明是石崇家燃燒的蠟燭。那馨味四溢的香氣，超過荀彧那三日不散的體香。我要用五色的彩筆，描寫它的美麗與可愛。寫出讚美牡丹的詩篇，寄給我那神女般的心中的女郎。

【研析】此詩當作於詩人年輕之時。彼時他懷抱著遠大的理想，對未來充滿了信心，從豔麗的牡丹花上看到了自己的錦繡前程。對牡丹花的讚美，實際上是對生活的讚美，對自己的肯定，對朝廷的歌頌。第一句至第六句分別寫其花之容、花之葉、花之動、花之色、花之味，詩人並不是直接描述，而是用五種人事作比，分別為衛夫人、鄂君、舞伎、石家蠟燭、荀彧體香，雖然稍嫌堆砌，但能夠切合喻體，亦非易事。最後兩句綰結全篇，直抒自己對牡丹的傾慕之情，裹捲著讀者進入與自己一樣的對牡丹花無限憐愛的心境。（朱恒夫）

離亭賦得折楊柳二首❶

其一

暫憑樽酒送❷無憀❸，莫損愁眉與細腰。人世死前唯有別，春風爭❹擬❺惜長條。

其二

含煙惹霧每依依，萬緒千條拂落暉。為報行人休盡折，半留相送半迎歸。

【注釋】❶離亭句　本篇為離亭即景傷別之作。離亭，驛亭，送別之所。賦得，古人作詩擬題的慣用語，即為某事物而寫詩的意思。折楊柳，本樂府〈漢橫吹曲〉名，古辭已佚。後人擬作，收入《樂府詩集》，多傷春悲離之辭。另〈梁鼓角橫吹曲〉亦有〈折楊柳歌辭〉，源於北國。❷送　遣散。❸無憀　同「無聊」。❹爭　怎麼。❺擬　必定。

【語　譯】

其一

且滿飲一杯酒消遣無聊，莫愁損眉頭與細腰。人世死前只有離別最傷心，春風啊莫吝惜柳枝的長條，且讓我折下為他送行。

其二

煙籠霧繞中柳枝依依，斜暉中萬千枝條婆娑妖嬈。送行的人不要一次折盡，留一半還要迎接歸人。

【研　析】詩雖詠物，意在贈別。兩首詩前後呼應，既寫柳，也以柳寫人，以柳寫情。前首一二句寫人而寓柳。「愁眉」、「細腰」，雙關楊柳與送別之女子，柳葉如眉，柳條嫋嫋如女子細腰。「莫損」是詩人以第三者口吻表示勸慰，希望她不要因為傷別而憔悴瘦損。三四句設為楊柳對答。勸以「莫損」，答以「爭惜」，則為伊甘願憔悴的深情自見。人處世間，惟離別最堪斷腸，又何必愛惜春風中搖曳的柳枝而不讓傷別之人盡情攀折呢？不惜柳枝也即不惜瘦損「愁眉」「細腰」，其實面對這除死而外最傷心之事，想不損愁眉細腰又怎麼可能！

次首一二句畫出楊柳於暮靄斜日中依依惜別之狀，景、情、柳、人俱在其中。三四句是詩人對行人的叮囑，從依依惜別翻出依依迎歸的奇想。無論含煙惹霧還是拂浴夕熏，柳枝總是那樣依依不捨，纏綿多情。如此多情之柳枝，既可依依送別，當然也可脈脈迎歸。前一首不惜折盡以贈別，意極悲淒，何焯謂「人世」一句「驚心動魄」；後首悲極作解，謂別時當念存歸期。兩首一正一反，一悲一樂，搖曳生姿。

雖然以第三者的角度，詩人仍能做到情景交融，人物交融。人格化多情的楊柳與離別的行人映襯烘托，有時寫人而寓柳，有時寫柳而寓人。詩中楊柳依依多情的姿容情態，寫盡了離人的心緒與不捨分別的場景，也見出詩人對所寫之物的深情體貼。體物真切方能窮盡物態，而情感深摯方能為物點睛，詠物的落腳點還在

於寫心，因此深情體物是商隱詠物詩的基本特點。(朱恒夫)

李　花

李徑獨來數❶，愁情相與懸。自明無月夜，強笑欲風天。滅粉與園籜❷，分香沾渚蓮。徐妃❸久已嫁，猶自玉為鈿❹。

【注　釋】❶數　頻繁。❷籜　筍皮，此指新竹。新竹表面有白粉狀物，故說是李花滅其粉與之。❸徐妃　《南史》：「梁元帝徐妃與帝左右暨季江通，季江歎曰：『徐娘雖老，猶尚多情。』初妃嫁夕，車至西州，雪霰交下，幃簾皆白，帝以為不祥，後果不終婦道。」❹鈿　金片做成的花朵狀裝飾品。玉鈿，以玉作的花鈿。

【語　譯】李花小徑我獨自躑躅來來往往，憂愁的情懷和那花兒一樣掛在清冷的枝頭。在無月的暗夜依然明媚綻放，迎著無情的風吹強顏歡笑。新竹嫩白的筍衣似是濺落的花粉，池中蓮花也分享著李花的香味。猶如那徐妃出嫁雖久，可依然配飾玉鈿，風華不減。

【研　析】商隱詩中身世之感幾乎無處不在，詠物詩中，由於主體情感的投射介入，物總是被詩人感情的有色鏡折射成能與人對話的通靈。詩人詠物，常含有一定的寓託或象徵，他關注的不是物態，而是物中所體現的與人相類似的遭際命運。本首便是如此。

詩顯然是有所託寓的，精神貫注在末聯，但末聯又最不易解。馮浩以為用徐妃典取「猶尚多情」之意，指詩人雖至他人幕府，但仍屬意令狐綯，猶妝飾容貌以悅之，詩意「全以自傷」。此解疑點頗多。「猶自玉為鈿」，實指仍好其夙好，與「猶尚多情」有別。再說前六句無一語和令狐有關，末聯突然生出屬意令狐之喻，也過於突兀。商隱使事而不為事所使，就像在詠史詩中常常題面詠某事，而實際內容可能與該事完全無涉，這表現了詩人驅遣材料的通脫。此處用徐妃典，完全捨棄其淫逸之行，而將其作為美好之象徵，取徐妃昔好潔白，今猶以玉為鈿，愛美喜潔之心一仍如故，來象徵詩人高潔的情志始終如一。

詩借李花以自喻，不乏對自我身世的悲慨。如頷聯寫李花在沒有月光的夜晚開放，無人得見其美；在風搖不定的時刻吐香，只能隨風俯仰，寄寓了詩人生不逢時，才不見賞，而且要依人作幕，強笑混俗的自傷自慨。但又不全是自傷，「自明」中便含有自負之意。腹聯的「減粉」、「分香」，託寓才華足以沾溉他人，自負之意更明顯了。

細讀全詩，沒有一句具體描述李花的形態，然而李花高潔脫俗、孤芳自賞的神情全出，並且如影隨形的畫出詩人自身的精神面貌。體現了商隱詠物而不黏滯於物，傳神寫物的藝術才能。（李翰）

微雨

初隨林靄❶動，稍共夜涼分❷。窗迥侵燈冷❸，庭虛近水聞❹。

【注釋】❶林靄　籠罩在樹上的霧氣。❷稍共句　漸漸地才將微雨與夜間的涼氣區分開來。❸窗迥句　微雨從窗口飄進室內，雖然燈離窗戶較遠，燈光仍變得寒冷。❹庭虛句　在空寂的庭院中能夠聽到近處雨落河面的淅瀝聲。

【語譯】剛剛下起的微雨，隨著樹林上的霧氣緩緩地飄動。落在身上的冷溼的雨絲，好不容易才將它與夜裡的涼意區分開來。它飄進了窗戶，內室的燈光也有了寒意。我來到空寂的庭院，聽到了近處河面上雨水的淅瀝之聲。

【研析】寫雨的名篇很多，但是寫微雨並且將它的特徵形象地摹畫出來，還是不多見的。因為微雨細小如霧，不易見到，也不易聽到，很難通過文字斥諸於我們的感官。商隱不愧是一位文學高手，他能從視覺、觸覺、感覺、聽覺四個方面寫出了微雨的不可捉摸的形態。他見到的雨像霧氣一樣的飄忽不定，皮膚觸及到的是像深夜涼氣那樣的溼冷，心裡感覺到的是沒有一點暖意的冷光，聽到的則是近處河面上似有似無的淅瀝之聲。全詩雖然只有四句，時間卻在不停地移動。能看到林靄移動，一定是在天黑之前。而能聽到微雨落水的淅瀝聲，只能是在萬籟俱寂的深夜。由四種感覺來寫微雨，你不能不欽佩詩人觀察事物的細緻與敏銳。（朱恒夫）

細　雨

瀟灑❶傍迴汀，依微❷過短亭。氣涼先動竹，點細未開萍。稍促高高燕，微疏的的螢❸。故園煙草色，仍近五門❹青。

【注　釋】❶瀟灑　淒清狀。❷依微　隱約依稀。❸的的螢　螢火蟲一閃一閃明亮的樣子。❹五門　鄭玄《禮記注》：「天子五門：皋、雉、庫、應、路也。」此處代指京城長安。

【語　譯】淒清的飄過迂迴的水面，隱約依微灑落在小亭前。竹葉輕搖最先感受到涼意，雨點細碎連浮萍也沒有蕩開。燕子稍稍感覺到高飛的阻礙，流螢的明亮閃爍略為稀疏。故園朦朧的煙霧草色，依然縈繞著京城的巷陌樓臺。

【研　析】商隱很多詠物詩意在象徵或寄託，故常以物就我，將人的命運遭際與情感附加於物，但也有不少純粹詠物。如果說前者以物就我，妙在善於借物抒懷，則後者以我就物，猶重在工於體物上了。不過，商隱所體之物，大多具有優柔、纖弱、綿邈的自然特性，和詩人的心性趣尚相一致。如動物中的蟬、蜂、蝶、鶯、燕，植物中的柳、櫻桃和槿花、杏花、李花等弱質易凋之花，自然現象中的細雨、微雨，日常生活中的淚、腸、燈等。本篇寫雨，飄緲綿細到極點，正與商隱心中縈繞不去的鄉愁憂思相映發。

詩人取景由大到小，先寫大範圍環繞著整個短亭的水汀，籠罩在淒清的雨色中，好像雨是從這水汀遠處生發出來，迷迷濛濛湧到短亭。接著眼光轉到近處，雨細到連水面的浮萍都無力點開，但從微微顫動的竹枝竹葉中能感到淒寒的雨意。腹聯將眼光投向空中，燕子與螢火蟲仍在飛舞，雨細可知，而「稍促」、「微疏」中一「稍」一「微」，更是攝下了細雨的神魄。時間也從白日寫到黃昏或天黑，是一整天綿綿不盡的細雨。結尾微露鄉思羈愁，也見綿綿細雨那份令人惆悵的況味。

紀昀說：「前六句猶刻劃家數，一結若近若遠，不黏不脫，確是細雨中思鄉，作尋常思鄉不得。」（《玉谿生詩說》）就體物而寫，這種思鄉愁緒是能從側面增強細雨神韻的。紀昀說的「刻劃家數」，指出商隱本詩敢於正面體物，而不是避實就虛。工筆不同於寫意，就在於極易板滯，而本詩卻寫得非常靈動。其一得益於善用虛詞，如「瀟灑」、「依微」之摹狀，「稍促」、「微疏」之「稍」、「微」傳神；其二得益於觀察之細，善於從雨中之物寫雨，而且極富層次感，由遠到近，由低到高，由白日到夜晚，寫得透徹。所謂「不黏不脫」也不僅僅在結尾鄉思一結，描寫層次轉換得不露痕跡，從竹、萍、燕、螢等物中體現出的可感而不可見的雨的意緒，都使得詩人體物工細而又不乏靈動。

商隱還有一首〈微雨〉：「初隨林靄動，稍共夜涼分。窗迥侵燈冷，庭虛近水聞。」首聯兩句類似本詩「氣涼先動竹」，不過由於寫夜雨，多從感覺與觸覺入手，側筆相對多一些，但同樣能妙傳神韻。

另又有一首同題〈細雨〉：「幃飄白玉堂，簟卷碧牙床。楚女當時意，蕭蕭發彩涼。」則重在抒寫因細雨所引起的美好聯想與記憶，「細雨」含有一定的象徵意味，近乎所謂「夢雨」。但詩人體物，無論是首句亦賦亦比正面落筆，還是次句以「卷簟」側面寫雨灑天涼，仍然十分傳神。（李翰）

涼思

客去波平檻❶，蟬休露滿枝。永懷當此節❷，倚立自移時❸。北斗❹兼❺春遠，南陵❻寓使❼遲。天涯❽占夢❾數❿，疑誤有新知⓫。

【注釋】❶波平檻　江波幾乎與欄杆相齊。❷此節　這個清秋時節。❸移時　時間流逝，指倚立時間長。❹北斗　北斗星，處北，暗指家鄉方向。❺兼　與；同。❻南陵　唐宣州屬縣（今安徽南陵）。❼寓使　因出使而流寓異地。❽天涯　此處指遠方妻室。❾占夢　圓夢，根據夢中所見預測人事吉凶。❿數　頻。⓫新知　新相好。

【語譯】江水的波浪差不多與欄杆齊平，訪客小船早就遠去無蹤影。蟬鳴止息的時間，白露掛滿了枝頭。清秋時節思緒翻騰，悄然佇立不覺許久許久。因出使流寓南陵遲遲不歸，遙望家鄉的方向，如春天一樣遙遠。遠方的親人們屢次占夢盼歸而不得，幾番錯以為我在異地又有了新人。

【研析】這也是一首幕府思親念家之作。客中思鄉，最難耐的就是靜寂寥落之時，而客去、清秋、深夜，卻偏偏不給詩人消愁的機會，反而用這種客觀環境誘發、渲染、醞釀著他的旅思鄉愁。首聯所寫正是這種最令人難耐的情境，從彷彿意外發現江闊波平、蟬休露盈的視聽感受中顯出時間的流逝和涼夜的寂寞，暗逗「思」字。頷聯正寫思念的悠長，語淡情濃，筆意空靈。兩句似對非對，特具雋永的神味。腹聯分寫懷遠之情和留滯之感，對應中益見懷遠之情的深切，出句將空間的懸隔和時間的遠隔在意念中融為一體，用一「遠」字綰結，使時間之遠同時具有空間的視覺形象，似無理而真切新穎。末聯轉從對方著筆，從遙想對方的「疑誤」中進一步表現自己的深切思念和體貼。

詩的作年不能遽定。張采田繫於大中元年居桂幕時，無確據，他認為此詩乃贈別之作，與詩意也不符。

從詩的內容看，當是商隱婚於王氏後，任幕職時寓使南陵之作，至於為涇原幕或陳許幕、桂林幕則不易考。詩人從幕期間奉使南陵，卻羈遲未歸，導致妻子懷疑是否另有新知所絆，則商隱所依之幕當與妻子所在之地相同或相近，然則居涇幕時寓使南陵可能性較大。從詩中因愛生疑，乃小兒女情重還疑情，亦似新婚不久之作，然亦不能斷言。（李翰）

秋月

樓上與池邊，難忘復可憐❶。簾開最明夜❷，簟卷已涼天。流處水花急，吐時雲葉鮮。姮娥❸無粉黛，只是逞嬋娟❹。

【注釋】❶可憐　可愛。❷最明夜　三五月明之夜，即農曆十五。❸姮娥　嫦娥。此處指月。❹嬋娟　美好的樣子。

【語譯】你的光芒灑在樓上池邊，是那樣的可愛而教人難以忘懷。三五之夜打開簾櫳，看你最明亮的光輝。簟席捲起，天氣漸涼。如水的流光，有時從雲邊透出，那朵雲兒猶如新生的芽葉。嫦娥雖然不施粉黛，卻依然皎潔美好。

【研析】上一首寫細渺若無的細雨，不可見卻偏從正面寫其可見可感，而本首三五之夜的皎潔秋月，明如白晝，詩人又偏偏不從抬頭可見的正面落筆。詩人之才情與作詩之能事，真不可測也。

本詩結構完整、脈絡明晰，有作文之法，這在商隱多以意識流驅動筆墨的詩中尚不多見。首聯似全篇大綱，總寫月之可愛，令人難忘。「樓上」、「池邊」關合頷、腹兩聯，頷聯即寫樓上所望，開簾望月，正值三五最明之夜，「簟卷」點明時令；腹聯即承「池邊」寫水邊賞月，池水在月光映照下，水花晶瑩閃爍，由地上轉到空中，只見雲開月出，照映得旁邊的雲彩更加鮮豔皎潔。最後總收，呼應開頭。從這樣嚴整的結構序次看，顯然著意經營之作，但對詠物這一題材來說，是相對純粹的詠物詩。

本篇寫秋月雅潔，意在表現一種超凡脫俗之美。與內容相應，寫法上洗盡鉛華，純從側面虛點，以簾開夜明、池光閃爍、雲彩鮮潔作襯，使人透過這一切描寫想像月的空明皎潔。可見商隱詠物，無論實筆虛筆，均不惟窮盡物態，且能曲盡物情。（李翰）

霜　月

初聞征雁已無蟬❶，百尺樓南水接天❷。青女❸素娥❹俱耐❺冷，月中霜裡鬭嬋娟❻。

【注　釋】❶初聞句　征雁，南飛之雁。《禮記・月令》：「孟秋之月寒蟬鳴，仲秋之月鴻雁來，季秋之月霜始降。」初聞征雁，已無蟬聲，時令已到深秋。❷水接天　秋空明淨，霜華、月光似水一色。❸青女　主管霜雪的女神。《淮南子・天文訓》：「秋三月，青女乃出，以降霜雪。」高誘注：「青女，青腰玉女，主霜雪也。」❹素娥　即嫦娥。❺耐　宜；稱。❻嬋娟　美好的容態。

【語　譯】征雁初鳴蟬聲已經消歇，百尺樓臺的南邊天水相接。青女與素娥皆能耐冷，在月中的青霜中，競相妖嬈。

【研　析】本詩寫秋夜霜華月色，不停留在靜止的外在的描繪刻劃，而是將自己的獨特感受與個性注入客觀物象，著意表現霜月之夜內在的生命力和宜冷好潔的情操精神。詩的第二句虛寫霜月如水一色，已傳出詩人對空明澄潔境界的詩意感受，為下面的「耐冷」預作渲染。三四句進而將霜月交輝之景想像為青女素娥的競妍鬥美，以突出其宜冷性格，不但將靜景寫得極富生趣，而且使無生命的霜月成為某種在幽冷環境中愈富生意和風韻的精神美的象徵。作者在〈高松〉中曾發出「無雪試幽姿」的慨歎，宜乎此詩中詩人如此喜愛霜華月夜，喜愛月中與霜爭妍的青女素娥。

商隱詠物詩一般有三種類型，其一借物寄慨個人的身世遭遇，如〈李花〉中「自明無月夜，強笑欲風天」，寄寓自己的才華見棄；其二借物抒發某種人生感慨，如〈柳〉（曾逐東風拂舞筵）所寓含的「先榮者不堪後悴」這種廣泛的人生體驗與感慨；其三即借物寄寓某種深微的精神意緒，表現某種感情境界。如本詩將秋夜霜月交輝之景想像成霜、月之神在清冷而高遠的環境中「鬪嬋娟」，從而象徵性地表現了一種「耐冷」精神。這是一種與清冷高遠的環境相稱的超凡脫俗的風神意態之美，一種環境越清冷就越富有神采的精神之美。詩人雖身或未能至，而心嚮往之，表現了一種高遠的精神追求。

就像一石擊水漾起三個同心波紋一樣，以上所揭示的三種類型在內容方面儘管越來越虛化泛化，但都或隱或顯的與詩人特殊的身世境遇、獨特的人生體驗及精神意緒分不開，都是詩人「身世之感，通於性靈」的結果。（李翰）

城外

露寒風定不無情，臨水當山又隔城。未必明時勝蚌蛤，一生長共月虧盈❶。

【注釋】❶未必二句　《呂氏春秋》：「月望則蚌蛤實群陰盈，月晦則蚌蛤虛群陰缺。」古人以為蚌珠的圓缺與月的盈虧相應。

【語譯】白露寒涼風兒初歇，你越山隔城臨水照影，並非無情。若能圓缺相隨一生相伴，不必每一個月夜，都定要月圓如珠。

【研　析】詩題〈城外〉，其實是寫城外賞月情景，但又並非純粹詠月，而是借月抒發身世之慨。露寒風定的深夜，整個世界都睡熟過去的時候，詩人猶自未眠，此時陪伴他風露立中宵的，便是這同樣不眠的月。所以說「露寒風定不無情」，月之與人，是能解意通靈的。但月既有情，為何又臨水映山，隔城而照，又與人離得那麼遙遠呢？原來有情其實無情，隔著山水城郭，除了讓詩人平添憂愁之外，月兒並不能給他絲毫慰藉。

三四句進一步抒發感慨，謂蚌蛤一生與月虧盈，自己雖月明之時也不得圓滿，是連蚌蛤也比不上。蚌蛤畢竟尚有依託對象，而有盈滿之時，而自己則終無所託，永無盈期。以「共月虧盈」的蚌蛤作襯，愈顯出詩人身世沉淪之悲。因此本篇詠物，意在詠沉淪飄泊的身世，詠自己心中的悲慨。（李翰）

碧城三首（其一）

碧城十二曲闌干❶，犀辟❷塵埃玉辟寒❸。閬苑❹有書多附鶴，女床無樹不棲鸞❺。星沉海底❻當窗見，雨過河源隔座看❼。若是曉珠明又定❽，一生長對水精盤。

【注　釋】❶碧城句　意謂碧城仙居有曲曲闌干環繞著。碧城，仙人所居之城。十二曲闌干，〈西州曲〉：「闌干十二曲，垂手明如玉。」❷辟　辟除，傳說犀角可以辟塵。❸玉辟寒　傳說玉性溫潤，可以辟寒。❹閬苑　傳說中神仙住處。道源注〈錦帶〉：「仙家以鶴傳書，白雲傳信。」❺女床句　《山海經・西山經》：「女床之山，……有鳥焉，其狀如翟而五彩文，名曰鸞鳥。」女床即山名，此處含義雙關，「鸞」亦暗指男性。❻星沉海底　即星沒，指清晨。❼雨過句　碧城天上宮闕（暗喻道觀所處高峻），所以當窗隔座便可見星河。雨，取雲雨之意。❽若是句　清曉露珠，雖明而不（固）定，因此希望它既明且定。

【語　譯】碧城的欄杆曲曲折折十二重，裝飾著的犀角可以避塵暖玉避寒。仙鶴傳來閬苑的書信，女床山到處棲息著鸞鳳。窗外的星辰沉沒海底，隔座看到雲雨飄過河源。如果那晨露明亮而又堅固，一生可以把它當成水晶盤。

【研　析】女冠詩從某一方面來說，是和作為宗教信仰之一的道教密切相關，但商隱的女冠詩，就其本質而言卻是反宗教的。如果說，商隱一系列諷刺帝王求仙媚道的詩，其思想傾向是反對宗教迷信，斥神仙之事為虛妄，那麼，他的這些以女道士的生活與感情為表現對象的詩，其思想傾向就是對人的正常感情、慾望的肯定，對宗教清規桎梏人的正常感情、慾望的否定。兩類與道教有關的詩作都體現了商隱思想的民主性、進步性。

〈碧城〉總共三首，是一組歌詠女冠戀情的贊歌。綜合三章內容來看，並非專寫某一對鴛侶之事，也不像是寫自己的戀情，而是寫道觀中一種普遍存在的現象。本篇寫男女道士的祕約偷情。首聯畫出道觀的潔淨、溫煦，仙居每以高寒為言，此處說「玉辟寒」，即暗示其為歡愛溫暖之所。次聯便點明幽期祕約的歡愛，「女床」句巧合雙關，所謂「無樹不棲鸞」，即指出此乃普遍現象，也見出男女之情，聖人神仙之弗禁。前二聯不妨看作對這組詩中所寫的祕密愛情的整個環境的展示，腹聯從環境描寫轉到男女雙方。歡會既罷，又將別離，故當窗隔座，默然相對，見星沉海底，良時已過，不免悵然有觸。兩句寫情人曉離，有豐富暗示性，境界也很高遠開闊。和〈明日〉一詩寫幽歡既別情景很相似：「天上參旗過，人間燭焰銷。誰言整雙履，便是隔三橋。」末聯又由曉離不能長聚生出「一生長對」的幻想，比喻新穎精巧，畫出對方瑩潔的風韻，並與首聯「犀辟塵埃」相應。

全篇意脈似斷而連，有神無跡，意境既清且溫，不施濃豔，符合所詠的對象特點。詩人對這種幽情，不是把它看作一種淫逸之行加以揭露、諷刺和否定，而是懷著一種同情、欣賞乃至欣羨的感情，把這種戀情放在高潔溫煦的環境中加以展現，將基於人的正常欲望的男女情愛表現得熱烈而歡暢。特別是像「若是曉珠明又定，一生長對水精盤」這樣的詩句，表明詩人不但理解女冠的愛情生活，而且正面肯定她們對愛情理想的追求。

但是女冠的愛情畢竟不能如普通人那樣被社會接受，「星沉海底」之際便是情人分手之時，這種愛情也便如清曉的露珠一樣，美麗、晶瑩，然而卻見不得陽光。而更多的時候，是連這露珠一般的幽情也不可得，只能黃卷青燈，在孤子無偶、寂寥苦悶中度過一生。商隱的女冠詩，更多的是對這類女道士生活與命運的同情。

（李翰）

嫦娥

雲母❶屏風燭影深，長河❷漸落曉星沉。嫦娥❸應悔偷靈藥，碧海青天夜夜心。

【注釋】❶雲母　一種礦物，柔韌富於彈性，有珍珠光澤，其薄片可用作屏風、窗戶、車等裝飾。❷長河　即銀河。❸嫦娥　神話傳說中月中仙子。《淮南子・覽冥訓》高誘注：「姮娥，羿妻。羿請不死之藥於西王母，未及服之。姮娥盜食之，得仙，奔入月中，為月精。」姮娥，即嫦娥。

【語譯】雲母屏風，投下長長的燭影。銀河漸漸淡出，啟明星在天際沉沒。嫦娥大概會後悔偷吃靈藥，天上的日月如此的孤單清冷。

【研析】這首詩向來膾炙人口，是商隱詩中知名度頗高的一首。前兩句抒寫主人公清冷孤寂的處境和通宵不寐，為寂寞所煎熬的情景。後兩句由自身處境揣想獨處月宮的嫦娥，大概會因永恆的寂寞而後悔當初偷食靈藥而升天，從對面進一步抒寫自己的索寞苦悶。

雖然本詩字面上明白易曉，但自宋代以來的詮解卻極為紛紜。有以為是詠「嫦娥有長生之福，無夫妻之樂，豈不自悔」的（謝枋得《謝疊山先生評注四種合刻・疊山先生注解章泉澗泉二先生選唐詩》）；有以為商隱自悔之意的，如胡次焱說：「按商隱擢進士第，又中拔萃科，亦既得靈藥入宮矣。既而以忤旨罷，以牛李黨斥，令狐綯以忘恩謝不通，偃蹇蹭蹬，河落星沉，夜夜此心，寧無悔乎！此詩蓋自道也。」（《唐詩選脈會通評林》引）沈德潛說：「孤寂之慨，以『夜夜心』三字盡之。士有爭先得路而自悔者，亦作如是觀。」（《唐詩別裁》）不過沈不一定是指詩人的自悔；有以為是自傷不遇的，如何焯說：「自比有才調，翻致流落不遇也。」（《李義山詩集輯評》引）有以為是指所思之人的，如唐汝詢說：「此疑有桑中之思，借嫦娥以指其人。」（《唐詩解》）有以為是悼亡（紀昀）；有以為是刺女道士不耐孤孑（程夢星、馮浩）。諸種說法中，悼亡說最不可通，因為嫦娥竊藥，本求飛升，不料反因此孤處月宮，寂寞難堪，故云「應悔偷靈藥」，而亡妻棄世，誠非所願，如解作悼亡，則詩中關鍵語「應悔偷靈藥」便全無著落。嫦娥指詩人所思之人說，如所思者為一般女子，則「應悔偷靈藥」亦無著落；若所思者為女冠，則此說原可與詠女冠說相通。

餘下各種說法，實際上分別是對詩的表層、內層、深層意蘊的理解，是可以相通的。從表層看，確如謝枋得所言，寫嫦娥自悔「有長生之福，無夫妻之樂」。順著這個表層意蘊推求下去，其內層意蘊便呼之欲出。商隱〈和韓錄事送宮人入道〉以「月娥孀獨」喻女冠之孤孑無侶，〈月夜重寄宋華陽姊妹〉又以「竊藥」喻女冠修道，因此說本詩借嫦娥詠女冠慕仙學道生活之孤寂，當屬可信，不過其感情傾向不是諷刺譏誚，而是同情。但它又和〈月夕〉詩中以「兔寒蟾冷桂花白，此夜姮娥應斷腸」單純懷想某一女冠、同情其孤寂處境不同，因為它還有更深的意蘊。詩後二句設身處地推想嫦娥心理，實已暗透詩人自身的處境和心境。嫦娥竊藥奔月，遠離塵囂，高居瓊樓玉宇，雖極高潔清淨，但夜夜隨月歷青天而入碧海，清冷孤寂之情固難排遣，這與女冠的慕仙學道追求清真而難耐孤孑，與詩人之蔑棄庸俗、宅心高遠而又陷於身心孤寂之境均有相似之處，在創作過程中由此及彼、連類而及，原很自然。故嫦娥、女冠、詩人，實三位而一體，境類而心通。從最虛括的意義上說，這首詩是詠高天寂寞之心的。嫦娥的、女冠的、詩人的「寂寞心」都包含在這「應悔偷靈藥」的「碧海青天夜夜心」之中。

在這三層意蘊中，從表層到內層，是有意識的託寓，即用嫦娥喻女冠；而從內層到深層，則是在詠女冠寂寞心的同時自然觸發了自身的人生感受與體驗，從而在詩中融入或滲透了自己的寂寞心。故前者近比，後者近興。後者乃是一種未必有明確寄託意圖的自然而然的融合。義山優秀抒情詩的特點之一，便是在歌詠某一類特定題材時，每每連類而及，自然融入身世之感和人生體驗，故感情內容往往渾融虛括，似此似彼，亦此亦彼。解者往往就己之所感，各執一端，以致歧見雜出，實則許多歧解原可相通，不必執定一端而排斥其他諸解。（李翰）

銀河吹笙

悵望銀河吹玉笙，樓寒院冷接平明❶。重衾幽夢他年❷斷，別樹❸羈雌❹昨夜驚。月榭❺故香❻因雨發，風簾殘燭隔霜清。不須浪作緱山❼意，湘瑟秦簫❽自有情。

【注　釋】❶接平明　天色接近黎明。❷他年　昔年。❸別樹　別枝；斜出的旁枝。❹羈雌　孤棲的雌鳥。❺榭　建在高土臺上的敞屋。❻故香　已開過的殘花的餘香。❼緱山　又名緱氏山，在今河南偃師。據《列仙傳》：周靈王太子晉喜吹笙作鳳鳴，為浮丘公引往嵩山修煉。三十餘年後，在緱氏山頂升仙。❽湘瑟秦簫　這裡指人間夫婦之樂。湘瑟，《楚辭・遠遊》：「使湘靈鼓瑟兮。」湘靈，即湘夫人，傳為虞舜之妃。

【語　譯】惆悵的看著銀河吹起笙管，庭院清冷天色將明。昔年的重衾幽夢已斷，昨夜樹枝上驚飛孤棲的雌鳥。月榭旁的花兒因雨而綻放，還是舊時的香味。隔一層冷霜，殘燭在簾櫳後淒清搖擺。莫輕易想著飛天成仙，人間真情更覺珍重。

【研　析】本篇即寫一位女冠孤孑淒清的處境、心情，和對人間愛情不能自已的嚮往歆慕，反映出求仙學道、宗教清規和人的正常愛情生活的矛盾。「不須浪作緱山意」綰結全篇，也是詩人作意所在。

詩抓住中宵驚夢後的情景，集中抒寫女主人公的細微心理活動和對環境的微妙感受，達到人物心境與環境渾然一體的境界。馮浩說本詩「總因不肯直敘，易令人迷」，將前四句理解為一種倒敘，謂重衾幽夢之歡，早望斷於他年，而不復追尋，昨夜別樹羈雌，悲鳴驚夢，夢醒之後，更感到樓寒院冷、孤孑淒清，因而悵望銀河，吹笙寄情，直至天明。牛、女猶有年年一度的相聚，自己卻永世孤棲，所以說「悵望銀河」。「重衾」句即暗示入道以後，便注定了孤棲的命運，愛情的歡樂已不復尋，而「別樹」句則又暗示昨夜仍然入夢，一「斷」一「驚」之間，正顯示出宗教清規難以禁錮人的心靈。「月榭」一聯，寫景抒感，寄興在有無之間，「故香」因雨而發，「殘燭」隔霜而清的景象，含有比興象徵意味，能引發讀者對女主人公身世、處境、心境的廣泛聯想，卻又不必過於指實。首聯以吹笙起，暗寓道流，末聯以湘瑟秦簫結，暗喻人間夫婦，前後對應，愈見宗教對人的正常情愛需求的一種壓抑，也反映了詩人對女冠這種非常人生活的深刻的同情，顯示出一種人性關懷精神。（李翰）

日高

鍍鐶❶故錦縻輕拖❷，玉笢❸不動便門鎖。水精眠夢是何人❹？欄藥日高紅髲
䰄❺。飛香上雲春訴天❻，雲梯十二門九關❼。輕身滅影❽何可望，粉蛾帖死屏風
上❾。

【注釋】❶鍍鐶　鍍金的門鐶。❷故錦縻輕拖　以錦緞繫鐶，以便引曳。縻，繫。❸玉笢　即玉匙。笢，通「匙」。❹水精句　句指簾間未起之人。水精，水晶簾。❺欄藥句　此處形容欄內紅豔芍藥在春風中微微搖蕩。欄藥，即藥欄。髲䰄，當

作駊騀解。《說文》：「駊騀，馬搖頭貌。」韓偓有詩：「酒蕩襟懷微」，亦搖蕩之意。❻飛香句　承上句，謂芍藥香氣飛上雲天，而己不可遏止的春情亦欲隨之上天。❼雲梯句　謂天梯高不可援，天門閉不可入。〈招魂〉：「君無上天些，虎豹九關，啄害下人些。」〈離騷〉：「吾令帝閽開關兮，倚閶闔而望予。」❽輕身滅影　承「雲梯」句，天高欲上須輕身，門閉欲入須滅影。❾粉蛾句　狀門外竊窺之人。謂相思相望不過徒勞。

【語　譯】門鐶上繫著的錦緞輕輕拖在地上，邊門緊鎖靜悄悄無聲無息。水晶簾裡那猶自酣夢的人是誰？芍藥在陽光下迎風搖擺。香氣冉冉升起是告訴上天春的信息，但天梯高不可攀，天門緊閉不可入。除非身輕能飛影滅能度，否則將像那逐光的飛蛾，為那一束光貼死在屏風之上。

【研　析】商隱的愛情詩學習李賀，有一個從模仿到獨創的過程，比如〈河陽詩〉與〈燕臺詩〉，前者墨痕未化，其中還有不少生硬模仿長吉體語言風格的生澀詩句，意蘊也較晦澀費解，而後者則融化而能獨具一格。從前者到後者，由模仿走向獨創的痕跡很清楚。不過，這兩首詩都是長篇古體，本篇則是一首頗有融創特色的短篇七古。

詩寫一位貴家嬌豔女子，日高猶嬌臥未起，而水晶簾外竊窺之人，則徒懷想望而不能親近，所謂「偷看吳王苑內花」（〈無題二首〉其二）是也。這一類內容在豔情詩中本屬常見，很容易流於輕佻庸俗。但本詩卻寫得情感熾熱而執著，藝術表現又很富象徵暗示色彩。第三句設問，點出水晶簾內眠夢之人，接下第四句卻不作正面回答，而是宕開寫景，將鏡頭搖向簾外，推出花欄中的芍藥花在麗日春風中搖蕩呈豔的畫面，令人自然聯想到水晶簾內眠夢之人的情態姿容，象徵手法運用得不露痕跡，又給人以美感，比起直接描寫水晶簾眠夢之人的情態姿容要更富蘊涵和啟發。結尾二句，用「粉蛾帖死屏風上」象徵執著的追求和絕望的相思，象徵意義、手法都很有獨創性。如果借用李白〈清平調〉來概括，則前幅四句即所謂「一枝紅豔露凝香」，後幅四句即所謂「雲雨巫山枉斷腸」。整首詩的詞語、意象華豔穠麗，但卻不淫褻，關鍵在於有熾熱執著的情感作支撐。

詩中「飛香上雲春訴天，雲梯十二門九關」一聯，或許有一點身世之感的意味，但總體上看這是一首純情化的豔詩。舊時注家竟往政治上去附會，說是諷唐敬宗早朝晏起，大臣們長時間候朝站立而致僵仆（見程夢星《重訂李義山詩集箋注》、馮浩《玉谿生詩箋注》），穿鑿迂晦，匪夷所思，將一首極美的愛情詩扭曲得索然無味。（李翰）

昨日❶

昨日紫姑神❷去也，今朝青鳥使來賒。未容言語還分散，少得團圓足怨嗟。
二八❸月輪蟾影破❹，十三絃柱❺雁行斜❻。平明鐘後更何事？笑倚牆邊梅樹花。

【注釋】❶昨日　取首二字為題，並非專詠昨日情事。昨日，當是元夕。❷紫姑神　這裡借指所愛的女子。傳說她本為人妾，為大婦所嫉，於正月十五日死去。上帝命為廁神。民間舊俗元夕於廁邊或豬欄邊迎之以問禍福。❸二八　指陰曆十六日。❹蟾影破　月亮開始由圓到缺。❺十三絃柱　指箏的絃柱。箏有十三絃，每絃繫一柱。十三為單數，喻雙方的分離。❻雁行斜　形容箏柱斜列像雁飛時排成的斜行。

【語譯】紫姑昨日離去，青鳥今天才遲遲送來信息。來不及說話已經分別，難得團圓令人生怨。十六的月兒開始由圓轉缺，十三根箏絃如雁陣成斜行。天明之後你在做什麼呢？彷彿看到你倚牆淺笑，在一樹梅花之下。

【研析】商隱不少愛情詩刻意模仿李賀，體裁多為古體，如〈燕臺詩四首〉、〈河陽詩〉、〈河內詩〉、〈日高〉等，哀感頑豔，辭美而意每艱澀，而且大多縈繞著悲涼怨抑的情調。比較起來，本篇是作者愛情詩中不多有的清新明快的一格。

詩詠昨日遽別和今夕相思。首聯方別而嫌音書之遲，正見相思之殷。次聯追敘昨日匆匆晤別，雖然流露出些微惆悵遺憾，但卻沒有沉重的悲傷。腹聯即景興感，比中有賦。上六句一氣流注，末聯卻從今夕宕開，轉想明日對方笑倚梅花情景，悠然神往，益見相思之殷，而所愛者清麗的風神和若有所思的情態也隱見言外，淡淡收住，最富含蘊。

錢鍾書先生在《談藝錄》中論詩用虛字，謂「李義山〈昨日〉首句『昨日紫姑神去也』，搖曳之筆，尤為絕唱」。除了句意上的流走貫通，使本詩顯得格外流利清靈之外，首聯為流水對，意義連貫而下，特別是「也」字的妙用，變板滯為靈活，使得對仗極工而令人渾然不覺，也增強了詩歌的搖曳之美。腹聯的比喻通俗平暢，接近民間詩謠，也極易上口和記誦。這些共同促成了本詩清新明快的風格。

商隱還有一首〈明日〉，也是愛情詩：「天上參旗過，人間燭焰銷。誰言整雙履，便是隔三橋？知處黃金鎖，曾來碧綺寮。憑欄明日意，池闊雨蕭蕭。」

前幅追憶昨夜幽會後旋即離別，「隔三橋」猶言相隔河漢，五六句追敘昨夜對方從所居之碧窗鎖閣前來相會。「黃金鎖」、「碧綺寮」，色彩豔麗。尾聯想像明日憑欄對雨情景，不勝寂寥。兩首詩在寫法、構思上非常接近，尾聯宕出遠神的寫法尤為神似，而風格上一為清新明快，一為穠豔雅致，自有濃淡之別。（李翰）

春雨

悵臥新春白袷衣❶，白門❷寥落意多違。紅樓❸隔雨相望冷，珠箔❹飄燈獨自歸。

遠路應悲春晼晚❺，殘宵猶得夢依稀。玉璫緘劄❻何由達？萬里雲羅❼一雁飛。

【注　釋】❶白袷衣　白色的夾衣。白衫是當時人閒居的便服。❷白門　南朝民歌〈楊叛兒〉：「暫出白門前，楊柳可藏烏。歡作沉水香，儂作博山爐。」這裡可能借「白門」指過去與所愛女子相會之處，不一定實指金陵。《南史》：「建康宣陽門謂之白門。」❸紅樓　當是對方原先住處。❹珠箔　珠簾，這裡借指雨簾。❺晼晚　日暮黃昏的情景。宋玉〈九辯〉：「白日晼晚其將入兮。」❻玉璫緘劄　古時常以耳璫作為男女間定情致意的信物，並將耳璫附書信一起寄給對方，稱為侑箋。玉璫，玉做的耳墜。❼雲羅　烏雲密布如張羅網。

【語　譯】夾衣單衫的新春，惆悵地閒居家中。白門寥落，那是傷心之地。隔著一層雨霧的紅樓，冷豔如夢；提著珠箔燈籠，獨自而歸。想著遠方的你，在春天的寂寞的日暮。殘宵薄夢裡，總是你依稀的容顏。想送你一對耳璫作為信物，告訴你我深切的思念。可是我的書信，該寄往何方？只看見萬里晴空中飛過傳書的鴻雁。

【研　析】如果說，商隱〈燕臺詩〉、〈日高〉一類仿長吉體的古體愛情詩是以感情的熾熱、詞采的華豔、象徵色彩的濃郁為顯著特色，那麼他以近體律絕寫的愛情詩則以情韻的深長、語言的圓融清麗為主要特色，〈春雨〉即是其中的傑出代表。

詩寫一個春天的雨夜，詩人重訪所愛女子居住的舊地，卻沒有見到心上人，獨自歸來，和衣帳臥時寂寥、悵惘、迷茫的情思。首聯說過去雙方歡會之地（白門）現在已經顯得寂寥冷落，自己的意緒非常蕭索，在春雨瀟瀟的夜晚獨自和衣帳臥。頷聯是帳臥時回想重尋舊地情景：隔著迷濛的細雨，遙望對方住過的紅樓，因為人去樓空，只感到一片淒冷的氣氛；獨自歸來的路上，細雨飄灑在手提的燈籠周圍，照見絲絲雨線隨風搖曳，猶如珠簾在飄蕩。腹聯由自己轉到身處遠路的對方，在這春雨飄灑之夜，想必也會和自己一樣，產生青春易逝的悲感。然而相念卻無緣相見，也許只有在殘宵的迷夢中才能依稀見到對方的容顏。思念之殷故生出尾聯寄玉璫緘劄的願望，然而萬里雲天，一片迷濛，即使有鴻雁傳書，恐怕也難以衝破層層雲羅，將信送達對方手中。

全詩瀰漫著夢一般的氛圍，瀰漫著一種寂寥、悵惘、失落、迷惘之感。這種氛圍和感覺，跟迷濛的春雨有密切的關係。雖然全詩僅在第三句一句正面寫到雨，但通篇卻都籠罩著雨意。它在淒冷寂寞中帶有一點溫馨，在悵惘失落中又有對過去的甜美追憶。「紅樓」一聯，不用典故藻飾，純以白描，卻借助春雨創造出含蘊豐富、情景渾融的藝術境界。「紅樓」之「紅」，本屬熱烈歡快的色彩，可現在卻因為人去樓空、春雨飄灑而感覺到它的「冷」。色彩與感覺的反常對應中正透露出詩人心情的淒冷孤寂。下句形容雨絲在風中燈前搖曳有如珠簾飄蕩，這一聯想本身就透露了詩人潛在的意念活動，即由眼前的雨簾聯想到昔日紅樓中珠簾燈影、溫馨旖旎的生活。而這一切，現在都已成為過去，眼前和自己相伴的，只有淒冷的雨絲了。意象和境界極美，含蘊的情思則非常淒婉。全詩顯示出一種典型的淒豔感傷之美，情韻深長，語言珠圓玉潤，清麗流轉，與長吉體顯然有別，表現出商隱自家的風格。(李翰)

暮秋獨遊曲江❶

荷葉生時春恨生，荷葉枯時秋恨成。深知身在情長在，悵望江頭江水聲。

【注釋】❶曲江　唐時長安著名遊覽勝地。

【語譯】荷葉初生的春天，荷葉枯黃的秋日，不改的是驅不散的愁恨。只因此身有情難消除，那江頭奔湧的江水，在我聽來也是無邊的惆悵。

【研析】借用這首詩，給商隱的愛情詩作一個注腳，應該是非常恰當的。在商隱現存六百多首詩中，愛情詩共約百餘首，占總數的六分之一強，相當於政治詩與詠史詩的總和，可見這一題材在商隱詩中的重要性。

我們先從廣義的角度來討論情。感情感情，易感故多情，從這個意義上說，商隱一生為情所困，與他的性格、氣質等個人內在心理特點是分不開的。商隱雖然內向優柔，但決不是淡泊平靜之人，觀其永樂閒居期間所作詩文便知，所以對外他一直放不下「欲回天地」的抱負，〈風雨〉詩中筆者曾引此詩而引申之，即因廣義的情常常是可以與志相通的。本質上商隱是一個血性之人，性情中人，故人間的不平時常梗塞於其胸中而不得不發為歌吟。在他贈與〈哭劉蕡〉等詩以及甘露事變前後所賦的詩中，直言朝政是非，牛黨當政之際逆流站在李德裕一邊，種種行事都顯示了他胸中血性。這可以說是他「情」中相對剛性的一面。

不過商隱更多的「情」還是「柔」情，這是當他面對那些柔弱、美麗然而又有善良品性的事物的時候，自然界的鶯燕桃柳、細雨輕雲，而人間則是那些美麗柔弱的女子。這是一些特別能打動他，讓他投入真情的對象。這種感情不一定就是愛情，從一個方面看，這與其優柔的個性，與其對優柔之美的迷戀相一致；但由於是對人，這裡面又多了同情、理解、寬容，從商隱許多女冠詩中可以感受到其中滲透的這些精神。美與善相結合，是商隱情感指向之物以及其所指向的情感本身共同的特點。

私性情感的極端形式是愛情，由於商隱情感內具的同情、理解、寬容等質素，建立在其基礎上的愛情也就具有了尊重、平等的內涵。商隱的愛情詩大致有兩類，一類是一般愛情詩，涉及到其生活中某段情事；一類是寫給妻子的憶內詩與悼亡詩。無論哪一類，都建立在真摯而平等的感情基礎之上，這在男權社會中是不多見的。這兩類愛情詩也表現了商隱愛情的兩面性，一面是用情之專與用情之深，那些憶內、悼亡詩體現出的對妻子情感的深摯令人感動，中年喪妻後一直未娶，面對柳仲郢送上門的張懿仙也毫不動心。而另一面則是用情的廣和深，固然有一些愛情詩並非針對自身情事，但其自身畢竟留下了不少雪泥鴻爪的愛情記錄。婚前固可不論，婚後也不見得就沒有，當然在多妻社會這是不足以討論的。問題是對商隱來說，這與他對妻子的那種摯愛是否矛盾？如此多情，他用情真的成分又有多少？其實正如商隱自己所說的「深知身在情長在」，情之發於中就如花開草長，特別對商隱這種多情善感之人，面對美好事物，就人而言即那些溫柔美麗的女子，叫他不動情無異讓草不萌芽，柳不發青。而這種情與愛情之間是很容易似此似彼、即此即彼地混融在一起的。但只要這種情是真誠的、美善的，就值得為之詠頌。尤為重要的是，商隱多情並不濫情，他對妻子始終忠貞不渝。因此，商隱愛情這看似矛盾的兩面性，不僅不衝突，反而表現出一種至情至性之美。

想要理解商隱這種看似矛盾的愛情兩面性，也許應該從具體的事實層面、物質層面上升到精神層面來看，愛情對於商隱，更多的時候是一種美的理想、善的理想，是一種人生最詩意的境界。因之它和現實總顯出一點距離，於是阻隔之感，朦朧之意，也便成了商隱愛情詩中縈繞不去的主色調。詩人一生都在渴望、在追尋，但這種愛情卻總是在若即若離的遠方。這樣來理解本詩，也許能透過字面，把握得更多一些，其所指也就可以不僅僅限於愛情。（李翰）

代贈二首❶

其一

樓上黃昏欲望休，玉梯橫絕❷月如鉤。芭蕉不展丁香結❸，同向春風各自愁。

其二

東南日出照高樓，樓上離人唱〈石州〉❹。總把❺春山掃眉黛❻，不知供得幾多愁。

【注釋】❶代贈二首　二首主人公都是女性，作詩口吻則為男性（第二首較明顯）。當是代男子贈女子的惜別之作。❷橫絕　橫度。❸芭蕉句　指離愁未開。芭蕉不展，指芭蕉的裡層（蕉心）捲縮未展。丁香結，本指丁香的花蕾，因丁香花實叢生如結，故云。這裡「結」字用如動詞，緘結、固結之意。❹東南二句　漢樂府〈陌上桑〉：「日出東南隅，照我秦氏樓。秦氏有好女，自名為羅敷。」此句化用其詞意，暗示女主人公的美麗。石州，唐樂府曲名。《樂府詩集》卷七九有〈石州〉詞一首，為戍婦思夫之作。❺總把　縱將；即使將。❻春山掃眉黛　《西京雜記》：「文君姣好，眉色如望遠山，臉際常若芙蓉。」春山眉乃當時流行的一種眉妝。

【語譯】

其一

黃昏把暮色瀉進我的小樓，樓梯空懸沒有腳步踩踏的聲音。一彎新月掛在空中，芭蕉捲曲丁香含苞未放。一樣的心結不展，春風裡有各自的憂愁。

其二

太陽從東南方照在高樓，樓上離別的人兒正唱著〈石州〉歌曲。縱有春山妝修飾眉毛，也不堪這無盡的愁緒折損。

【研析】二首均寫離愁。前首寫別離前夕，梯橫樓閣，新月如鉤，不但無心憑欄望遠，而且連眼前的未展芭蕉和含苞丁香也都像含愁不解，更增彼此離緒。後首寫晨起分別情景：日照高樓，人唱離歌，春山眉黛，縱然細加描繪，也掩不住重重疊疊的離愁。

兩首都寫得風華流美，情致婉轉含蓄，紀昀說它是「豔體之不傷雅者」。尤其第一首的三四兩句，移情入景，融比興象徵為一體。「芭蕉不展丁香結」，是即景所見的賦述，但「同向春風各自愁」卻是思念情人的女子獨特的主觀感受，是懷著固結不展之愁緒的人以我觀物、移情於景的結果。由於詩人用特具情態的物象——不展的芭蕉、固結的丁香來比況抽象的愁緒，不但使抽象的愁緒得到形象的表現，而且使這種比況具有象徵意味。那不展的芭蕉與緘結的丁香，作為庭院中的客觀物象，是女主人公愁緒的一種觸發物；作為詩歌意象，則成了女主人公愁緒的載體與象徵。這兩句音情搖曳，意致流走，極富風調之美。上句句中自對而字數不等，顯得整齊中有錯落，下句「同向春風」與「各自愁」又形成鮮明對照。一「同」一「各」，將男女雙方異地同愁的意蘊也暗透出來了。

這兩句對後來一系列詩詞名作的構思、意境都產生了深遠的影響，如錢珝的〈未展芭蕉〉：「芳心猶卷怯春寒」之句，李璟的〈攤破浣溪沙〉：「丁香空結雨中愁」之句，乃至現代詩人戴望舒的〈雨巷〉，都從中汲取過靈感。商隱詩的魅力及其藝術生命力、影響力，於此也可見一斑。（李翰）

宮妓❶

珠箔輕明拂玉墀❷，披香新殿鬥腰支❸。不須看盡魚龍戲❹，終遣君王怒偃師❺。

【注釋】❶宮妓　宮廷教坊中的歌舞伎。崔令欽《教坊記》：「西京右教坊在光宅坊，左教坊在延政坊。右多善歌，左多工舞。妓女入宜春院謂之內人，亦曰前頭人，嘗在上前也。」《新唐書・百官志》云：「武德後，置內教坊於禁中。武后如意元年，改曰雲韶府，以中官為使。開元二年，又置內教坊於蓬萊宮側。……京都置左右教坊，掌俳優雜技。」這裡所描寫的宮妓，都是內教坊的藝人。而白居易〈琵琶行〉中「名列教坊第一部」的琵琶女，則是外教坊的藝人。❷珠箔句　輕巧明麗的珠簾輕輕地拂著白玉臺階。珠箔，珠簾。玉墀，宮殿的白石臺階。❸披香句　舞伎們在披香殿競相展現各自優美的舞姿。披香殿，漢代在未央宮內，是漢成帝寵妃趙飛燕歌舞過的地方。唐代在慶善宮中，也是歌舞的場所。白居易〈紅線毯〉：「披香殿廣十丈餘，……美人踏上歌舞來。」❹魚龍戲　古代百戲節目，常與「蔓延」合稱。大概是由人裝扮成珍異動物並進行表演。《漢書・西域傳贊》作「漫衍魚龍」。顏師古注云：「漫衍者，即張衡〈西京賦〉所云『巨獸百尋，是為漫延』者也。魚龍者，為舍利之獸，先戲於庭極，畢，乃入殿前激水，化成比目魚，跳躍漱水，作霧障日，畢，化成黃龍八丈，出水敖戲於庭，炫耀日光。」❺怒偃師　《列子・湯問》載周穆王西巡途中，名偃師者，獻上一能歌善舞的木偶「抑其頤則歌合律，捧其手則舞應節，千變萬化，唯意所適。」快結束時，偶人「瞬其目而招王之左右侍妾」，穆王大怒，要殺偃師。偃師剖開偶人，原來都是由革木膠漆、白黑丹青等材料拼合而成的。穆王不禁感歎道：「人之巧乃可與造化同功乎？」

【語譯】宮殿的門口掛著閃亮的珠簾，隨風擺動拂著白石的臺階。披香殿內正在進行著歌舞的演出，美麗的宮妓們正競相展現媚人的舞姿。藝人裝扮成動物先後表演，變化多端巧奪天工。還沒等魚龍戲一一演完，君王已大發雷霆，怒責偃師的弄奇逞巧。

【研析】這首詩雖題為〈宮妓〉，亦描寫宮妓優美的舞姿，然重點不在寫她們，而是寫偃師這類人物。他們自恃聰明，逞奇弄巧，結果是受到君王的怒責，心機用盡卻沒有得到好的下場。偃師類的人物，在晚唐的政治舞臺上，不乏其人。他們或獻媚邀寵，或玩弄權術。權力在他們手中，尤如任他們擺布的木偶，隨心所欲，恣意妄為。詩人對他們的行徑嗤之以鼻，向他們發出嚴正的警告：你們的好景是不會長久的，終會受到應得的懲罰。這裡，商隱把皇帝看成是不受蠱惑、英明睿智之人，並希望依賴於皇帝來整肅官場風氣，其認識顯然是受到了時代的局限。（朱恒夫）

宮辭

君恩如水向東流，得寵憂移失寵愁。莫向尊前奏〈花落〉❶，涼風❷只在殿西頭。

【注釋】❶花落　漢樂府〈橫吹曲〉有〈梅花落〉，本笛曲名。唐代〈大角曲〉有〈大梅花〉、〈小梅花〉曲。❷涼風　指秋風，暗喻君主的寵衰冷落。

【語譯】君恩就像那東流的水，一去就不回頭。得寵之時無比得意，失寵之時滿腔憂愁。今日尊前演奏〈花落〉曲，明日也許就被拋棄，打發到那西頭的冷宮。

【研析】這首宮詞，用筆的重點不在怨君主的寵衰愛移，而是諷得寵者的志得意滿、曲意逢迎，不知道失寵的厄運正近在咫尺。「君恩如水向東流」在詩中是背景、環境和事件的根源，而不是諷刺的主要對象。「莫向」、「只在」，以過來人的身分、口吻說話，冷嘲、警戒、憐憫之意兼而有之。奏〈花落〉既狀得寵者在君前妙舞輕歌，曲意逢迎；又似暗喻其志得意滿，幸災樂禍，以失寵者的不幸遭遇為樂。「花落」既雙關曲名與花落這一自然現象，又以自然界的花落暗喻人事的「花落」；而雙關設喻的「花落」又和「涼風」關合得非常巧妙。詩寫宮中歌女，言外之意又似不止於諷諭宮女。

晚唐朋黨傾軋，迭相消長進退，今日的得寵者不久後便變為失寵者。作者這首詩，很可能是有感而發。可與另外一首寓意大致的〈宮妓〉參看：「珠箔輕明拂玉墀，披香新殿鬥腰支。不須看盡魚龍戲，終遣君王怒偃師。」

「魚龍戲」是一種新奇變幻的魔術雜技表演。「怒偃師」出自《列子・湯問》，周穆王西巡途中，有個叫偃師的巧匠獻上一個假倡（類似木偶人），表演精彩的歌舞，穆王和妃嬪們一起觀看，還以為是真人歌舞。演出快結束時，假倡「瞬其目而招王之左右侍妾」，穆王大怒，要殺偃師。結果發現歌舞者不過是一個由革木膠漆白黑丹青等材料拼合的假人。詩由宮廷歌舞場面聯想到君王怒偃師的故事，結點不在於倡者招惹君王侍妾這一具體情節，而是故事中所包含的以奇巧媚君反遭怒得禍的內容，諷刺的矛頭指向弄奇鬥巧以取媚邀寵的偃師式人物。

此外還有〈槿花〉：「風露淒淒秋景繁，可憐榮落在朝昏。未央宮裡三千女，但保紅顏莫保恩。」可能都有借宮廷生活而寓諷政治的意味。當然，不把它們看成有寓託，僅作為對宮女命運的複雜感慨讀，同樣都是好詩。這裡面交織著非常豐富、複雜而又矛盾的感情，有同情、憐憫，也有嘲諷、責備，從某種意義上說有一種「哀其不幸，怒其不爭」的意味，因此蘊涵同樣極其深刻。

何焯評〈宮辭〉說：「用意最深，人人可解，故妙。」商隱的詩就是這樣，理解它的典故寓託，能披文攬勝；不理解同樣也能領略其詩的文辭意境之美。所謂「才高者菀其鴻裁，中巧者獵其豔辭，吟諷者銜其山川，童蒙者拾其香草」（劉勰《文心雕龍・辨騷》），劉勰講的是對〈離騷〉的學習承繼，而且是針對寫作而言，但用在對商隱詩的欣賞接受上，也是恰切的。它正如一座美的寶藏，讀者的知識背景、人生閱歷不同，理解的角度、深度不同，自然得到的認識也不同，但你都能從它的辭藻、韻律、意境中感受到一種詩的美，詩的韻味。（李翰）

訪隱者不遇成二絕

其一

秋水悠悠浸野扉，夢中來數覺來稀❶。玄蟬去盡葉黃落，一樹冬青人未歸。

其二

城郭休過識者稀，哀猿啼處有柴扉。滄江白石樵漁路，日暮歸來雨滿衣。

【注釋】❶夢中句　句謂夢中常造訪隱者，而實際上來得很少。來數，來頻。數，頻繁的意思。

【語譯】

其一

柴門野屋，門前悠悠一泓秋水。夢中常常造訪，醒來實際上去得很少。黃葉落盡蟬聲消歇，只有那一樹冬青，兀自碧綠，而我所拜訪的人卻沒有歸來。

其二

很少進過城市，也少有人認識。在那猿猴啼叫的地方，是你隱居的草屋。白石橫階滄江波湧，小徑人稀只有漁樵往來。傍晚時分等到你歸來，披蓑戴笠，抖一身雨水。

【研析】綿邈綺麗固是商隱詩歌的主要風格，但決不意味著是商隱詩歌的唯一風格。前面也選過不少清麗暢達之作，大作家向來都是多面手。這兩首絕句寫隱者生活，絕去故實，洗淨鉛華，風格極為散淡出神，正與所寫內容相應。

兩首為連章體，首章寫隱者未歸，次章想像隱者歸途。前首描繪隱居門前景物，閒靜清疏中饒有生意，「一樹冬青」正為「未歸」主人傳神寫照。後首以歸途滄江白石、細雨溼衣的清迴蕭散之境襯出隱者的精神風貌。景中見人，是兩章共同的特點，詩意不止於描寫如詩如畫的林泉美景，關鍵在於寫出了其中的林泉高致。

本詩沒有直接寫人，僅在想像中揣測隱者心理，勾勒了一個「歸來雨滿衣」的形象，如果說此乃直面寫人之處，這唯一一筆還是懸擬的虛筆。而在另一同題材的作品中，則連這樣的虛筆直面描繪都沒有，這是一首同樣情韻俱佳的上乘之作——〈憶匡一師〉：「無事經年別遠公，帝城鐘曉憶西峰。爐煙消盡寒燈晦，童子開門雪滿松。」

無一語正面寫主人公，但在清晨山寺的曉鐘聲中，在依稀的爐煙和黯淡的寒燈中，在「童子開門雪滿松」的畫面中，無處不閃動著匡一清迴絕俗的身影。田蘭芳說：「不近不遠，得意未可言盡」，紀昀說：「格韻俱高」，分別從表現手法和意境風格上指出了這首詩的特點。其實，二人的評論，對商隱此類題材風格的作品是普遍適用的。（李翰）

寄蜀客

君到臨邛問酒壚，近來還有長卿無❶？金徽❷卻是無情物，不許文君憶故夫。

【注釋】❶君到臨邛二句　用司馬相如琴挑卓文君的故事。《史記・司馬相如列傳》：「司馬相如者，蜀郡成都人也。字長卿，少時讀書，學擊劍……事孝景帝為武騎將軍。……會景帝不好辭賦……相如歸，而家貧無以自業。素與臨邛令王吉相善，……臨邛中多富人，而卓王孫家僮八百人。……是時，卓王孫有女文君，新寡，好音，故相如……以琴心挑之。……文君竊從戶窺之，心悅而好之。……既罷，相如乃使人重賜文君侍者通殷勤，文君夜亡，奔相如。相如乃與馳歸。家居徒四壁立。……相如與俱之臨邛，盡賣其車騎，買一酒舍酤酒，而令文君當壚。相如身著犢鼻褌……滌器於市中。」❷金徽　唐李肇《國史補》卷下：「蜀中雷氏斫琴，常自品第，第一者以玉徽，次者以琴瑟徽，又次者以金徽，又次者以螺蚌之徽。」徽，本指繫絃之繩，這裡指琴。

【語　譯】您到了臨邛，請打聽一下文君賣酒的酒壚。那發生風流故事的地方，有沒有再出現過司馬相如？挑逗起女子芳心的琴瑟，你是多麼的冷酷，竟然讓新寡的文君，完全忘記剛死去的丈夫。

【研　析】司馬相如與卓文君的故事，千百年來，一直膾炙人口。之所以能夠引發一代又一代人的興趣，是因為故事表現的是純真的愛情與大膽追求愛情的精神。說它所表現的愛情純真，是因為此時的司馬相如貧困潦倒，文君卻毫不在意；而文君結過婚又死去了丈夫的現狀，卻一點都沒有影響司馬相如的傾心追求。至於那為了追求幸福婚姻的勇敢精神，在那時的社會，真可謂驚世駭俗。文君拋棄了被社會奉為圭臬的貞節觀念，司馬相如則全然不顧周圍輿論的壓力。封建社會的人們雖然在禮教的束縛下，循規蹈矩，但其內心仍然有著對愛情、對幸福婚姻的強烈渴望。熱情傳承司馬相如與卓文君的故事本身，就說明人們的這種心理。李商隱本人就是一位懂得愛也敢於愛的人，在他的數十首愛情詩中，我們能夠感受到他愛的歡樂與由愛而產生的感傷與痛苦，因此，他以司馬相如與卓文君的戀愛故事為歌詠的題材，是極自然的事情。詩的最後兩句，表面上以調侃的語調，批評琴瑟無情，居然讓新寡的文君，剎那之間就忘記了不久才亡故的丈夫，其內涵卻是以此告知人們：純真的男女之情，一旦產生，便有一種強大的力量，使得傾心相愛的男女，不顧一切地追求自己的幸福。什麼禮教的規定，地位、名譽以及能夠爍金的人言，統統地見鬼去吧！如果男女雙方或有一方，還顧忌這些，那便說明這情還不至真至純。（朱恒夫）

樂遊原❶

向晚❷意不適，驅車登古原❸。夕陽無限好，只是近黃昏。

【注釋】❶樂遊原　在長安城東南，是漢宣帝時建設的遊覽勝地。地勢高曠可以俯瞰長安全城。每逢正月三十、三月三、九月九，長安仕女多到此遊覽。❷向晚　傍晚。❸古原　即樂遊原，在長安東南，地勢較高，四望寬敞，可眺望長安全城。原名秦宜春苑。漢宣帝神爵三年（西元前五九年）修樂遊廟，因以為名。又名樂遊苑。

【語譯】傍晚時分心緒最為落寞，駕車登上古老的樂遊原。夕陽是多麼的美麗啊，只可惜時近黃昏，這美景轉瞬即逝。

【研析】紀昀評這首詩說：「百感茫茫，一時交集，謂之怨身世可，謂之憂時事亦可。」（《玉谿生詩說》）這種渾融的感興，不名一端的幽怨，從運思寫作和情感色調兩個層面突出顯示了商隱詩歌的個性特徵：感興、感傷。感興融入感傷，則只覺一種傷心之意，卻不知由何而起，從何而覓；感傷融入感興，則春花秋月，朝露夕陽，觸目者無不淒然。

從字面上看，本詩不過一登臨之作，抒發好景不長之慨。詩人既激賞激讚晚景之美好，又因其「近黃昏」而無限低徊流連，悵惘惋惜。唯其「無限好」，悵惘惋惜之情也就愈濃，第三句的極讚正所以反襯末句的浩歎。商隱身處唐之季世，國運衰頹，身世沉淪，蹉跎歲月，志業無成，於好景不長的感受特深。這種感受，平時即鬱積於胸，首句的「意不適」就透露了這種鬱積。登原縱望，忽見夕陽沉西之景象，於是悵然有觸，發為「夕陽無限好，只是近黃昏」的感喟。詩人騁望之際，握筆之時，未必對此種感觸有明顯的意識與理智的分析，更未必有意以夕陽比喻象徵國運或身世，不過情與境合，渾淪抒感而已。然而，家國之憂、身世之感、時光流逝之恨能一併籠括其中，這便是感興妙在有意無意、不即不離之間，拓廣了詩歌的蘊涵。遂使短短二十字，含蘊的消息卻大過篇幅本身成百上千倍。

這首詩把商隱形象植入一個夕陽漸落的背景，試想一個孤子的身影，望著荒原緩緩沉落的夕陽，發出長長的歎息，是否能算對商隱的一幅傳神的寫真呢？當然，很多人可能更願以蕭蕭春雨、翦翦秋風來作商隱肖像的背景，但個人的身世命運、時世國勢、時光流逝等結合得最完整的，還以本篇為宜。

本書所選的感慨型作品，其感慨主要有兩方面指向，一針對時間，表現傷逝之悲，一針對空間，表現羈旅之恨，而本詩更是「遲暮之感，沉淪之痛，觸緒紛來，悲涼無限」（楊守智語，馮箋引）。無論是羈愁還是傷逝，商隱的詩都凸顯了一個春恨秋悲相續的感傷型詩人形象，唐帝國的夕陽已沉落到歷史的深處，而這個感傷詩人瘦長的背影卻在夕陽餘暉的映照下，顯得愈加風姿卓立。（李翰）

謁山❶

從來繫日乏長繩❷，水去❸雲迴❹恨不勝。欲就麻姑❺買滄海，一杯春露❻冷如冰。

【注釋】❶謁山　此為登高興感之作，題名〈謁山〉，可能指朝謁名山。❷從來句　繫日乏長繩，傅休奕〈九曲歌〉：「歲暮景邁群光絕，安得長繩繫白日？」李白〈惜餘春賦〉：「恨不得掛長繩於青天，繫此西飛之白日。」詩襲用此意，謂時光流逝難留。❸水去　《論語．子罕》：「子在川上曰：『逝者如斯夫，不舍晝夜！』」❹雲迴　雲歸，雲飄蕩而去，指煙靄籠罩的日暮景色。❺麻姑　神話中女仙。《神仙傳》：「麻姑自說云：接侍以來，已見東海三為桑田。」❻一杯春露　李賀〈夢天〉：「一泓海水杯中瀉。」詩可能點化此句，謂海水忽變成杯露，暗示買海不成，時光流逝終不可挽。

【語　譯】沒有繫於青天的長繩，挽住白日的西沉，時光如水流雲飛一去不回。想去麻姑那買來滄海，海水凝結成一杯冷露如冰。

【研　析】不少注家都將此詩比附令狐，其實不過一首登高傷逝之作。謁山，即登山而望景光流瀉之意。古人登高而望落日，每觸發時不我待之慨，如李白〈登高丘而望遠海〉：「扶桑半摧折，白日流光彩。」杜牧〈九日齊山登高〉：「不用登臨恨落暉。」商隱自己登上樂遊原也有「羲和自趁虞泉宿，不放斜陽更向東」（〈登樂遊原〉）的句子。陳貽焮先生謂本詩：「當是登山見日落、水流、雲生，因傷流逝、悲遲暮而生出的非非之想。」（《唐詩論叢》）所論極是。

詩的前二句感慨時光流逝如水去雲歸日落，不能留駐，意思比較明白。難解者在三四兩句。但無論理解為抒寫何種情感，恐怕都不能完全撇開其中寓含的時光流逝之恨，第三句「欲就」二字，上下承接痕跡明顯，故從詩意上三四是緊承一二而來的。詩人因時間流逝而生出「買滄海」之想，則「買滄海」亦必與解決時間流逝之恨有關。細推起來，「滄海」實從「水去」生出。水東流入海，逝者如斯夫，不舍晝夜，不可阻遏，欲遂長繩繫日之願，惟有使流逝不捨之時間無所歸宿，因而生出「買滄海」的奇想。詩人因麻姑三見滄桑之變而以為滄海屬麻姑，欲向其求購，大約就是為了不讓白日入海，從而阻止時間流逝。陳貽焮先生引李賀〈苦晝短〉：「吾將斬龍足，嚼龍肉，使之朝不得回，夜不得伏，自然老者不死，少者不哭」之句，說明「買滄海」的目的在於「永絕時光流逝的悲哀」，探出此二句詩思的來龍去脈，洵為勝解。

此詩前二句提出時間不能留駐之矛盾，第三句乃幻想（買滄海）解決矛盾，末句則幻想終歸破滅，因滄海之變杯露，而益發增添了對時間流逝的悲歎。詩的構思、想像與另一首〈贈勾芒神〉很相似：「佳期不定春期賒，春物夭閼（摧折）興咨嗟。願得勾芒（春神）索青女（霜神），不教容易損年華。」

但這首詩只講到主觀願望，而本詩則歸結到願望的幻滅，悲劇意味更濃。而且就想像的曲折新奇而言，本詩也似更勝一籌。（李翰）

滯雨

滯雨長安夜，殘燈獨客愁。故鄉雲水地❶，歸夢不宜秋。

【注釋】❶雲水地　因為淫雨，故鄉懷州此刻應該是雲罩霧鎖、雨水浸淫之地了吧。

【語譯】長安的夜雨，滯留了多少遊子。獨對殘燈無邊客愁，思念故鄉的山水雲樹。那夜夜的歸鄉夢啊，在這淒涼的秋天醒來成空，情又何堪。

【研析】這首詩的感慨落腳於空間，是流寓之悲。淪落飄零對商隱來說是生命的常態，因此客恨羈愁也就是其詩歌中的不絕吟歎。這首小詩一目了然，但其中蕩漾的羈緒愁情卻不絕如縷，讓人吟味不盡。李賀也有一首內容相近之作，可以拿來比較一下，以見商隱獨特風格之所在。李賀詩是〈崇義里滯雨〉：「落寞誰家子，來感長安秋。壯年抱羈恨，夢泣生白頭。瘦馬秣敗草，雨沫飄寒溝。南宮古簾暗，濕景傳籤籌。家山遠千里，雲腳天東頭。憂眠枕劍匣，客帳夢封侯。」

賀詩寫得很透很實，將羈旅者鄉思與夢想以及為這種夢想辛苦留滯之恨一併寫出，商隱詩中羈旅者的留滯也許同樣因為那份夢想的挫折，羈愁與鄉思中正寄寓著身世的淪落。但本詩寫來則渾融含蓄，不施刻劃，而客中孤寂之景如在目前，宦遊失意之感自寓言外。詩由滯雨長安而生獨對殘燈的客愁，由思歸不得而轉生夢歸故鄉的想望，但又轉想值此秋霖苦雨之際，故鄉恐也為層雲疊霧、淒風苦雨所籠罩，故有「歸夢不宜秋」的感慨。紀昀說：「運思甚曲，而出以自然，故為高調。」確實，本詩有一種「看似尋常卻奇崛」之處，運意深曲而令人渾然不覺。

商隱往往著力於詩的最後結句，前面看來平平，卻在結末陡然提起，令人叫絕。如本詩前兩句，不過很一般的敘述，但後兩句寫得出人意料。姚培謙評論說：「大抵說愁雨，皆在不寐時，此偏愁到夢裡去。」因愁而夢，可苦雨淒風入歸夢，又怎免夢中亦愁。這真是一種眉間心上，夢裡夢外都無可避免、無計消除的濃愁深恨了。這種結末陡提的寫法在商隱詩中比比皆是。如〈淚〉，假如沒有最後一聯「朝來灞水橋邊問，未抵青袍送玉珂」，前面六句都是無謂的堆砌了。再如前面的「人間桑海朝朝變，莫遣佳期更後期」（〈一片〉）、「春心莫共花爭發，一寸相思一寸灰」（〈無題四首〉其二）、「此情可待成追憶，只是當時已惘然」（〈錦瑟〉）等都不同程度的採取這種寫法，對振起全篇起到了很大的作用。（李翰）

一片

一片非煙❶隔九枝❷，蓬巒仙仗儼❸雲旗❹。天泉❺水暖龍吟❻細，露畹❼春多鳳舞遲❽。榆莢散來星斗轉❾，桂華❿尋去月輪移。人間桑海朝朝變，莫遣佳期更後期。

【注釋】❶非煙　《史記・天官書》：「若煙非煙，若雲非雲。鬱鬱紛紛，蕭索輪囷，是謂卿雲。卿雲見，喜氣也。」❷九枝　指九枝燈，一幹九枝之花燈。❸儼　嚴整的樣子。❹雲旗　仙家儀仗之一。〈離騷〉：「載雲旗之委蛇。」❺天泉　此處以仙家喻人間，天泉指朝堂華貴之所。《晉書・禮志》：「三月三日，會天泉池賦詩。」天泉池在河南洛陽東。又《史記・天官書》：「以十一月與氐、房、心晨出，曰天泉。」指星宿。❻龍吟　絲竹之音。❼露畹　與「天泉」相應，均華貴處所。畹，十二畝為一畹。❽舞遲　即所謂曼舞，與「龍吟細」相對。❾榆莢句　謂斗轉星移。《春秋運斗樞》：「玉衡星散為榆。」天上群星羅列，如榆樹林立，謂之星榆。❿桂華　謂月中桂樹。宋之問〈靈隱寺〉：「桂子月中落，天香雲外飄」。

【語譯】九枝燈外飄卷的慶雲，似煙非煙。仙家儀仗整齊，雲旗旖旎。天泉水暖，細細的絲竹聲聲入耳。露畹春好，仙女們曼舞輕歌。星移斗轉，月輪幾度起落圓缺。人間每日都有滄海桑田的變化，不要再將佳期無盡的延期。

【研　析】上首詩所發的感慨，用本首中的一句來說就是「人間桑海朝朝變」，所以當及時勉力。本詩自然生出在逝者如斯，滄海難買之情景下，作為歷史流程中之一過客的人應作的抉擇：「莫遣佳期更後期」。這裡的「佳期」，也就是〈流鶯〉中「良辰未必有佳期」的「佳期」，在商隱詩中常用以專指政治遇合的良機。

詩是借天上宮闕的良辰美景來比況人間。前四句描寫「佳期」之盛況：一片祥雲瑞氣，繚繞九枝華燈，蓬萊仙境，雲旗仙仗，儼然整肅；天泉水暖，龍吟細細；露畹春濃，鳳舞緩緩。四句中「非煙」、「蓬巒」、「仙仗」、「天泉」等語，均切天上仙境，以暗寓人間宮廷華貴繁盛景象。參較賈至等人〈大明宮〉詩，寫帝王宮闕景象與此非常相似。「龍吟」、「鳳舞」，既寫仙境之管絃歌吹、輕歌曼舞盛況，也似有朝廷人才濟濟之喻。前四句乃詩人對特定時期相對清明的政治環境的理想化描繪，後四句即在此環境下個人的遇合企望。「榆莢」二句寫斗轉星移，時光迅速，自然導出尾聯時不我待，抓住良機，參與其盛，實現理想的心聲。

從詩中所寓短暫的繁盛局面看，似乎在會昌國勢稍振之時。晚唐政局更迭頻繁，佳期難遇亦復難以久駐，從詩人渴盼佳期而又懼佳期之易逝的急切心理中，不只能看到商隱人生的焦灼，也能看到晚唐偶現曇花般的繁榮的脆薄。尾聯是傳誦不衰的名句，其含義不限於僅指抓住政治機遇，而要虛涵籠括得多，可作為珍重時光的名言廣泛使用。（李翰）

征步郎❶

塞外虜塵飛，頻年度磧西❷。死生隨玉劍，辛苦向金微❸。

【注　釋】❶征步郎　曲子的名稱，相當於詞牌名。❷磧西　沙漠的西部。❸金微　山名，即今阿爾泰山。《後漢書・耿夔傳》：「永元三年，(竇憲)復出河西，以夔為大將軍左校尉。將精騎八百，出居延塞，直奔北單于庭，於金微山斬閼氏、名王以下五千餘級，單于與數騎脫亡。」

【語　譯】邊塞之外的敵人氣焰囂張，騎兵奔跑時塵土飛揚。多少年無數次走過沙漠，他們都是能夠為國家獻出一切的兒郎。手持殺敵的寶劍，哪管自己的存亡。只要能將敵酋斬首於金微，辛苦能換來國家的富強。

【研　析】這首詩最早見於《永樂大典》卷七三二九「郎」字韻，注明引自《李義山集》。近人童養年《全唐詩補遺》據以輯出。然而，劉學鍇、余恕誠《李商隱詩歌集解》卻認為此詩單純明朗，與作者的樂府諸作曲折含蓄的風格不相同，故疑為他人之作。此種說法頗為牽強，缺乏說服力。

該詩歌頌了守邊戰士為了祖國不畏艱苦、不怕犧牲、精忠報國的精神。北方少數民族因其生存的艱難，經常發動對漢民族的擄略性的戰爭，為了使邊境安寧，讓內地的人民安居樂業，千百年來，無數兒郎背井離鄉、拋妻別子，長年駐守在邊關，將自己的青春甚至生命獻給了祖國。

此詩前兩句寫敵人氣焰十分囂張，在戰士們的視野之內，竟挑釁性地揚鞭馳騁，弄得塵土飛揚。邊陲之地是荒野大漠，亂石叢生。然而，敵人之凶狠，處所之荒涼，並沒有讓戰士們產生畏懼與思鄉的情緒，相反，倒激發了他們為國犧牲的決心：今生今世，我都要仗劍守關。雖然比起平常的生活要辛苦得多，但我們是在做保家衛國的工作，雖苦猶榮。這就是我們的戰士！中華民族儘管歷盡苦難，多次遭受到外民族的侵略，但總能取得最後的勝利，就是因為我們的民族每一代都有著這樣無數忠誠、勇敢、無私的戰士。(朱恒夫)

古籍今注新譯叢書

哲學類

新譯四書讀本　謝冰瑩等編譯
新譯學庸讀本　王澤應注譯
新譯論語新編解義　胡楚生編著
新譯孝經讀本　賴炎元等注譯
新譯易經讀本　郭建勳注譯
新譯周易六十四卦經傳通釋　黃慶萱注譯
新譯乾坤經傳通釋　黃慶萱注譯
新譯易經繫辭傳解義　吳　怡著
新譯禮記讀本　姜義華注譯
新譯儀禮讀本　顧寶田等注譯
新譯孔子家語　羊春秋注譯
新譯老子讀本　余培林注譯
新譯帛書老子　趙　鋒注譯
新譯老子解義　吳　怡著
新譯莊子讀本　黃錦鋐注譯
新譯莊子讀本　張松輝注譯
新譯莊子本義　水渭松注譯
新譯莊子內篇解義　吳　怡著
新譯列子讀本　莊萬壽注譯
新譯管子讀本　湯孝純注譯
新譯墨子讀本　李生龍注譯
新譯公孫龍子　丁成泉注譯
新譯晏子春秋　陶梅生注譯
新譯鄧析子　徐忠良注譯
新譯荀子讀本　王忠林注譯
新譯尹文子　徐忠良注譯
新譯尸子讀本　水渭松注譯
新譯鶡冠子　趙鵬團注譯
新譯鬼谷子　王德華等注譯
新譯韓非子　傅武光等注譯
新譯呂氏春秋　朱永嘉等注譯
新譯韓詩外傳　孫立堯注譯
新譯淮南子　熊禮匯注譯
新譯春秋繁露　朱永嘉等注譯
新譯新書讀本　饒東原注譯
新譯新語讀本　王　毅注譯
新譯潛夫論　彭丙成注譯
新譯論衡讀本　蔡鎮楚注譯
新譯申鑒讀本　林家驪等注譯
新譯人物志　吳家駒注譯
新譯張載文選　張金泉注譯
新譯近思錄　張京華注譯
新譯傳習錄　李生龍注譯
新譯呻吟語摘　鄧子勉注譯
新譯明夷待訪錄　李廣柏注譯

文學類

新譯詩經讀本　滕志賢注譯
新譯楚辭讀本　林家驪注譯
新譯楚辭讀本　傅錫壬注譯
新譯文心雕龍　羅立乾注譯
新譯六朝文絜　蔣遠橋注譯
新譯世說新語　劉正浩等注譯
新譯昭明文選　周啟成等注譯
新譯古文觀止　謝冰瑩等注譯
新譯古文辭類纂　黃　鈞等注譯
新譯樂府詩選　溫洪隆注譯
新譯古詩源　馮保善注譯
新譯千家詩　邱燮友等注譯
新譯詩品讀本　成　林等注譯
新譯花間集　朱恒夫注譯
新譯南唐詞　劉慶雲注譯
新譯絕妙好詞　聶安福注譯
新譯唐詩三百首　邱燮友注譯
新譯宋詩三百首　陶文鵬注譯
新譯宋詞三百首　汪　中注譯
新譯宋詞三百首　劉慶雲注譯
新譯元曲三百首　賴橋本等注譯
新譯明詩三百首　趙伯陶注譯
新譯清詩三百首　王英志注譯
新譯清詞三百首　陳水雲等注譯
新譯唐人絕句選　卞孝萱等注譯
新譯唐才子傳　戴揚本注譯
新譯拾遺記　石　磊注譯
新譯搜神記　黃　鈞注譯
新譯唐傳奇選　束　忱注譯
新譯宋傳奇小說選　束　忱等注譯
新譯明傳奇小說選　陳美林等注譯

新譯容齋隨筆選　朱永嘉等注譯
新譯明散文選　周明初注譯
新譯明清小品文選　鄭　婷注譯
新譯人間詞話　馬自毅注譯
新譯白香詞譜　劉慶雲注譯
新譯幽夢影　馮保善注譯
新譯菜根譚　吳家駒注譯
新譯小窗幽記　馬美信注譯
新譯圍爐夜話　馬美信注譯
新譯郁離子　吳家駒注譯
新譯歷代寓言選　黃瑞雲注譯
新譯賈長沙集　林家驪注譯
新譯揚子雲集　葉幼明注譯
新譯曹子建集　曹海東注譯
新譯建安七子詩文集　韓格平注譯
新譯阮籍詩文集　林家驪注譯
新譯嵇中散集　崔富章注譯
新譯陸機詩文集　王德華注譯
新譯陶淵明集　溫洪隆注譯
新譯江淹集　羅立乾等注譯
新譯庾信詩文選　歸　青注譯
新譯初唐四傑詩集　李福標注譯
新譯駱賓王文集　黃清泉注譯
新譯王維詩文集　陳鐵民注譯
新譯孟浩然詩集　楊　軍注譯
新譯李白詩全集　郁賢皓注譯
新譯李白文集　郁賢皓注譯
新譯杜甫詩選　張忠綱等注譯

新譯杜詩菁華　林繼中注譯
新譯高適岑參詩選　孫欽善等注譯
新譯昌黎先生文集　周啟成等注譯
新譯劉禹錫詩文選　閻　琦注譯
新譯柳宗元文選　卞孝萱等注譯
新譯白居易詩文選　陶　敏等注譯
新譯元稹詩文選　郭自虎注譯
新譯李賀詩集　彭國忠注譯
新譯杜牧詩文集　張松輝注譯
新譯李商隱詩選　朱恒夫等注譯
新譯范文正公選集　王興華等注譯
新譯蘇洵文選　羅立剛注譯
新譯蘇軾文選　滕志賢注譯
新譯蘇軾詞選　鄧子勉注譯
新譯蘇轍文選　朱　剛注譯
新譯曾鞏文選　高克勤注譯
新譯王安石文選　沈松勤注譯
新譯唐宋八大家文選　鄧子勉注譯
新譯柳永詞集　侯孝瓊注譯
新譯李清照集　姜漢椿等注譯
新譯陸游詩文選　韓立平注譯
新譯辛棄疾詞選　聶安福注譯
新譯歸有光文選　鄔國平注譯
新譯唐順之詩文選　馬美信注譯
新譯徐渭詩文選　周　群等注譯
新譯薑齋文集　平慧善注譯
新譯顧亭林文集　劉九洲注譯
新譯納蘭性德詞　馮　乾注譯

新譯方苞文選　鄔國平等注譯
新譯鄭板橋集　朱崇才注譯
新譯袁枚詩文選　王英志注譯
新譯李慈銘詩文選　潘靜如注譯
新譯聊齋誌異選　任篤行等注譯
新譯閱微草堂筆記　嚴文儒注譯
新譯浮生六記　馬美信注譯
新譯弘一大師詩詞全編　徐正綸編著

歷史類

新譯史記　韓兆琦注譯
新譯漢書　吳榮曾等注譯
新譯後漢書　魏連科等注譯
新譯三國志　吳樹平等注譯
新譯資治通鑑　韓兆琦等注譯
新譯史記—名篇精選　韓兆琦注譯
新譯尚書讀本　吳　璵注譯
新譯尚書讀本　郭建勳注譯
新譯周禮讀本　賀友齡注譯
新譯逸周書　牛鴻恩注譯
新譯左傳讀本　郁賢皓等注譯
新譯公羊傳　雪　克注譯
新譯穀梁傳　顧寶田注譯
新譯春秋穀梁傳　周　何注譯
新譯戰國策　溫洪隆注譯
新譯國語讀本　易中天注譯
新譯說苑讀本　左松超注譯
新譯說苑讀本　羅少卿注譯

新譯新序讀本　葉幼明注譯
新譯吳越春秋　黃仁生注譯
新譯西京雜記　曹海東注譯
新譯列女傳　黃清泉注譯
新譯越絕書　劉建國注譯
新譯燕丹子　曹海東注譯
新譯東萊博議　李振興等注譯
新譯唐六典　朱永嘉等注譯
新譯唐摭言　姜漢椿注譯

宗教類

新譯金剛經　徐興無注譯
新譯高僧傳　朱恒夫等注譯
新譯碧巖集　吳　平注譯
新譯百喻經　顧寶田注譯
新譯楞嚴經　賴永海等注譯
新譯梵網經　王建光注譯
新譯圓覺經　商海鋒注譯
新譯法句經　劉學軍注譯
新譯六祖壇經　李中華注譯
新譯禪林寶訓　李中華注譯
新譯維摩詰經　陳引馳等注譯
新譯經律異相　顏洽茂注譯
新譯阿彌陀經　蘇樹華注譯
新譯無量壽經　邱高興注譯
新譯無量壽經　蘇樹華注譯
新譯妙法蓮華經　張松輝注譯
新譯景德傳燈錄　顧宏義注譯
新譯大乘起信論　韓廷傑注譯
新譯釋禪波羅蜜　蘇樹華注譯
新譯八識規矩頌　倪梁康注譯
新譯永嘉大師證道歌　蔣九愚注譯
新譯華嚴經入法界品　楊維中注譯
新譯地藏菩薩本願經　李承貴注譯
新譯悟真篇　劉國樑等注譯
新譯无能子　張松輝注譯
新譯坐忘論　張松輝注譯
新譯列仙傳　張金嶺注譯
新譯抱朴子　李中華注譯
新譯神仙傳　周啟成注譯
新譯性命圭旨　傅鳳英注譯
新譯老子想爾注　顧寶田等注譯
新譯周易參同契　劉國樑注譯
新譯道門觀心經　王　卡注譯
新譯養性延命錄　曾召南注譯
新譯樂育堂語錄　戈國龍注譯
新譯冲虛至德真經　張松輝注譯
新譯長春真人西遊記　顧寶田等注譯
新譯黃庭經・陰符經　劉連朋等注譯

軍事類

新譯司馬法　王雲路注譯
新譯尉繚子　張金泉注譯
新譯三略讀本　傅　傑注譯
新譯六韜讀本　鄔錫非注譯
新譯吳子讀本　王雲路注譯
新譯孫子讀本　吳仁傑注譯
新譯李衛公問對　鄔錫非注譯

教育類

新譯爾雅讀本　陳建初等注譯
新譯顏氏家訓　李振興等注譯
新譯聰訓齋語　馮保善注譯
新譯曾文正公家書　湯孝純注譯
新譯三字經　黃沛榮注譯
新譯百家姓　馬自毅等注譯
新譯幼學瓊林　馬自毅注譯
新譯增廣賢文・千字文　馬白毅注譯
新譯格言聯璧　馬白毅注譯

政事類

新譯商君書　貝遠辰注譯
新譯鹽鐵論　盧烈紅注譯
新譯貞觀政要　許道勳注譯

地志類

新譯山海經　楊錫彭注譯
新譯水經注　陳橋驛等注譯
新譯佛國記　楊維中注譯
新譯大唐西域記　陳　飛等注譯
新譯洛陽伽藍記　劉九洲注譯
新譯徐霞客遊記　黃　珅注譯
新譯東京夢華錄　嚴文儒注譯

◎新譯李賀詩集

彭國忠／注譯

有「鬼才」之稱的中唐詩人李賀，詩歌飽含怨悶憂鬱，意象瑰奇豔麗。擅長寫鬼與神仙世界，敷衍祭祀活動與神話傳說，寫得神奇變幻，異彩紛呈，然而在閱讀理解上也有一定的難度。本書是《李賀詩集》的最新全注全譯本，在前人的研究基礎上，輔以精確的注釋與流暢的語譯，各篇題解與研析並詳細介紹詩作的背景與深義，讓李賀詩變得更加親切可讀。

三民網路書店 會員

獨享好康大放送

通關密碼：A5575

憑通關密碼

登入就送100元e-coupon。

(使用方式請參閱三民網路書店之公告)

生日快樂

生日當月送購書禮金200元。

(使用方式請參閱三民網路書店之公告)

好康多多

購書享3%~6%紅利積點。

消費滿350元超商取書免運費。

電子報通知優惠及新書訊息。

三民網路書店

www.sanmin.com.tw

超過百萬種繁、簡體書、原文書5折起